Ella Perkins

Die Norland Nannys – Joan und der Weg in ein neues Leben

PIPER

Zu diesem Buch

»Als Reginald eintrat, stand Joan hastig auf. Sie wusste, dass Lady Rachel es überhaupt nicht gerne sah, wenn sie mit den Kindern auf dem Fußboden herumkroch. Joan war zwar der Auffassung, dass für sie als Nanny andere Regeln galten als für die Eltern. Sie wollte aber auch keinen Rüffel riskieren, falls Lord Reginald ihr Verhalten ebenfalls anstößig fand.
›Mr Dudley‹, sagte sie.
›Nanny Hodges.‹
Sie senkte den Blick, schon wieder war da sein Lächeln, das ihr Herz zum Klopfen brachte.
›Ich wollte nur mal nach meinen Neffen und Nichten schauen. Ich habe sie lange nicht gesehen.‹
›Oh, natürlich.‹
Joans Wangen glühten. Herrje, und für einen winzigen Moment hatte sie sich den Gedanken gestattet, dass Reginald Dudley vielleicht ihretwegen bei den Kindern vorbeisah.«

Ella Perkins, Jahrgang 1979, studierte nach einer Ausbildung im Buchhandel ein paar Semester Geschichte und Antike Kulturen, ehe sie sich ganz dem Schreiben und Übersetzen widmete. Sie lebt mit ihrer Familie in Westfalen.

Ella Perkins

Die Norland Nannys

Joan und der Weg in ein neues Leben

Roman

PIPER

Mehr über unsere Autorinnen, Autoren und Bücher:
www.piper.de

Wenn Ihnen dieser Roman gefallen hat, schreiben Sie uns unter Nennung des Titels »Die Norland Nannys – Joan und der Weg in ein neues Leben« an *empfehlungen@piper.de*, und wir empfehlen Ihnen gerne vergleichbare Bücher.

Von Ella Perkins liegen im Piper Verlag vor:
Die englischen Nannys:
Band 1: Die Norland Nannys – Joan und der Weg in ein neues Leben
Band 2: Die Norland Nannys – Mary und der Glaube an die Liebe

Originalausgabe
ISBN 978-3-492-31652-1
Dezember 2021

Redaktion: Hanna Bauer
Umschlaggestaltung und -abbildung: Johannes Wiebel | punchdesign unter Verwendung von Motiven von shutterstock.com, Rekha Arcangel/arcangel.com und Colin Thomas/bookcoversphotolibrary.com
Satz: Satz für Satz, Wangen im Allgäu
Gesetzt aus der Stempel Garamond
Druck und Bindung: CPI books GmbH, Leck
Printed in the EU

Prolog

London, Mai 1892

Emily Ward blieb vor den hohen Türen zum Salon stehen, hinter denen gedämpft der Singsang vieler Frauenstimmen zu hören war. Immer mal wieder erklang ein Lachen, schrill und fröhlich. Sie runzelte die Stirn. Bis zu diesem Moment war sie ganz auf ihr Ziel konzentriert gewesen, doch nun wurde sie wieder von der Vorstellung überrannt, dass niemand hören wollte, was sie zu sagen hatte.

Die Frauen, die sich hinter den Salontüren versammelt hatten, gehörten zu den klügsten der Londoner Gesellschaft. Viele von ihnen hatten sich dem Ziel verschrieben, jungen Frauen und Mädchen Bildung zugänglich zu machen. Emily war selbst Lehrerin; das Ziel einte sie. Aber wie würden sie Emilys Vorschlag aufnehmen? War er zu revolutionär? Zu weit gedacht? War die Welt bereit für Emilys Traum?

Der Butler stand geduldig vor den Salontüren. Er hüstelte. Emily warf ihm einen kurzen Blick zu.

»Sind Sie so weit, Mrs Ward?«

»Einen Moment noch.«

Sie musste sich erst sammeln.

Du kannst das, dachte sie. *Du schaffst das.*

Die Wahrheit aber war, dass sie am liebsten weggerannt wäre.

Du weißt, was du willst. Du hast dir das gut überlegt. Also geh da rein, und erzähl ihnen von deinem Traum! Du wirst sie überzeugen, dass du mit deinem Können und ihrer Hilfe für viele junge Frauen den Unterschied machen kannst!

Sie lächelte. Oh, diese Stimme in ihrem Kopf klang verdächtig nach ihrem Mann Walter, der sie seit Wochen in ihrem Streben unterstützte. Jedes Mal, wenn sie Zweifel befielen, verstand er es, diese zu zerstreuen.

Der Butler wartete immer noch, stoisch stand er vor der Doppeltür. Emily trat näher. Sie versuchte, tief durchzuatmen, ihr Herz hämmerte in der Brust.

»Madam?«, fragte der Butler.

»Ja, einen Moment noch.«

Sie ertappte sich dabei, wie ihre Finger den schlichten Goldreif drehten, der erst wenige Monate an ihrem Ringfinger steckte und an dessen Gewicht sie sich bis heute nicht gewöhnt hatte; kein Wunder, dachte sie. Hatte sie doch die ersten gut vierzig Jahre ihres Lebens vortrefflich ohne Ring und damit einhergehender Verbindung zu einem Mann verbracht. Sie hatte trotzdem – oder gerade deswegen? – viel erreicht. Und heute war sie hergekommen, um den Frauen und vereinzelten Männern im Salon von Lucinda Jones ihre Ideen vorzustellen, von denen sie *wusste*, dass sie einigen revolutionär, anderen geradezu *radikal* erscheinen mussten.

Sie hatte es immer allein geschafft.

Dennoch hatte sie letzten Herbst dem Werben von Walter Cyril Ward nachgegeben. Weniger aus dem Impuls heraus, dass sie nicht länger allein sein wollte – denn sie war gern allein, keine Frage –, auch nicht, weil sie sich davon erhoffte, ihr Wunsch nach eigenen Kindern könnte sich so spät im Leben noch erfüllen. Nein. Für sie zählte, dass Walter ein guter Gefährte war und dass er sie in ihrem Bestreben unterstützte.

»Mrs Ward?«

Trotzdem hatte sie sich bis heute nicht an diesen Namen gewöhnt. Lord, Ward – machte es einen Unterschied?

Offensichtlich. Zumindest für die Welt machte es einen Unterschied, ob sie verheiratet war oder nicht. Sie hätte darüber lachen können. Als Mrs Walter Ward jedenfalls begegnete man ihren Ideen wohlwollender als der alten Jungfer Emily Lord – bei Letzterer konnte man darüber hinweggehen, sie wurde nun mal wunderlich auf ihre alten Tage, da konnte man nichts machen.

Emily gab sich einen Ruck. Sie nickte dem Butler knapp zu, atmete ein letztes Mal tief durch. Ihre Hand strich prüfend über den weiten Rock des bodenlangen, dunkelblauen Kleids. Glitt über die hochgesteckte Frisur ihrer dunkelblonden, feinen Haare, in die sich, das focht sie aber nicht an, erste weiße Fäden spannen.

Die Türen sprangen auf, der Butler meldete mit leiser Stimme ihre Ankunft. Das Stimmengewirr verstummte, als Emily den Salon betrat. Dutzende Frauen, einige Männer. Ein paar standen ins Gespräch vertieft herum, andere wiederum saßen auf den wie zufällig verteilten Sesseln und Sofas. Ihre Blicke ruhten auf Emily. Neugierig, wohlwollend, niemand ablehnend. Wenigstens das. Sie entspannte sich ein bisschen.

»Meine liebe Emily, wie wunderbar, dass Sie kommen konnten.« Mit weit ausgebreiteten Armen kam die Gastgeberin Lucinda Jones auf sie zu. Emily war immer wieder überrascht, wie überaus herzlich ihre Schulleiterin sein konnte, wenn sie sich im privaten Rahmen trafen; in der Notting Hill High School, in der sie gemeinsam junge Mädchen unterrichteten, war sie stets ruhig und beherrscht.

»Ich möchte Sie den anderen Gästen vorstellen. Einige kennen Sie ja bereits.« Lucinda zwinkerte ihr zu. Als Emily sie vor Kurzem ins Vertrauen gezogen hatte, dass sich ihre Zeit an der Schule dem Ende zuneigte, weil sie sich einer anderen Aufgabe widmen wollte, hatte Lucinda nach einem ersten Moment der Bestürzung – »ich verliere Sie nur sehr ungern, Emily!« – verständnisvoll reagiert und ihr jede nur erdenkliche Unterstützung angeboten.

Zumindest, bis sie hörte, was Emily plante. Nun, da hatte sie ihr Versprechen schon gegeben, und Lucinda gehörte zu den Frauen, die zu ihren Zusagen standen. Emily rechnete es ihr hoch an, dass sie ihr Versprechen gehalten und einen Salon einberufen hatte, bei dem sie neue Unterstützerinnen für ihre Pläne zu gewinnen hoffte.

»Wollen wir?«

Emily nickte tapfer. In ihrer Rocktasche tastete sie nach den Notizen für die kleine Ansprache, die sie halten wollte.

»Ladys und Gentlemen, ich möchte Ihnen unseren heutigen Gast vorstellen. Mrs Emily Ward ist so freundlich, uns ein wenig über ihre Pläne für eine Nanny-Schule zu erzählen, die sie schon in Kürze in den Räumlichkeiten der Notting Hill High School gründen will.«

Die Anwesenden blickten neugierig in Emilys Richtung. Die meisten wirkten interessiert, einige wandten sich sofort wieder ab – sie waren wohl eher um der Unterhaltung willen hergekommen. Emily versuchte, sich davon nicht nervös machen zu lassen.

»Guten Tag.« Sie hüstelte. »Bei meiner Arbeit als Lehrerin für die jüngsten Kinder an der Notting Hill High School ist mir etwas aufgefallen. Wussten Sie, dass die Kleinsten in ihren Familien zumeist von Dienstmädchen versorgt werden? Ein Kind, das mit drei Jahren zu uns kommt, hat so bisher nur die erzieherische Hand einer nicht darin ausgebildeten, zumeist viel zu jungen Frau erfahren. Die fehlende Bildung dieser Kindermädchen führt dazu, dass sie oft ungeduldig mit dem Kind sind, dass es ihnen an Einfühlungsvermögen fehlt und sie dies durch unangemessene Strenge kompensieren. Viele kleine Kinder blühen bei uns auf, und das liegt nicht nur daran, dass sie eben ein Umfeld geboten bekommen, in dem sie stimuliert werden, sondern auch, dass sie sich bei uns sicher fühlen. Das haben uns viele Eltern bestätigt. Mein Ziel ist es daher, die Bildung der Kindermädchen auf professionelle Beine zu stellen. Junge Frauen werden bei uns alles lernen, was es über Säuglingspflege, Kinderkrankheiten, Erziehung und Kinderbeschäftigung zu wissen gibt. Die Kurse werden dabei von fähigen Expertinnen erteilt, die selbst jahrelang als Kindermädchen gearbeitet und sich entsprechend fortgebildet haben. So schaffen wir von Anfang an für die Kleinsten eine wohlwollende, liebevolle Umgebung, in der sie gedeihen können und in der sie ganz individuell nach ihren Bedürfnissen gefördert werden. Sie werden liebevolle Zuwendung erleben, die ihnen vorher in vielen Fällen nicht zuteilwurde. Das ist das Ziel. Und Sie alle können mich auf diesem Weg begleiten.«

Emily hielt inne. Sie sah von ihren Notizen auf und lächelte verhalten. Lucinda Jones klatschte, und viele fielen ein. Bevor Emily wusste, wie ihr geschah, war Lucinda schon an ihrer Seite. »Kommen Sie. Ich stelle Ihnen ein paar Leute vor. Frances Buss kennen Sie bestimmt?« Lucinda hakte sich bei ihr unter und führte Emily zu einem Sofa in der Ecke, auf dem eine etwas dickliche Dame von gut sechzig Jahren thronte, umgeben von einem halben Dutzend anderen Frauen, die wie gebannt an ihren Lippen hingen.

Natürlich kannte Emily Ms Buss – wer kannte sie nicht? Vor über vierzig Jahren hatte die junge Frances Mary Buss als erste Frau die Leitung einer Schule in England übernommen. Unter ihrer Ägide war erst die North London Collegiate School, später die neu gegründete Camden School für Mädchen entstanden. Sie war außerdem die Präsidentin der Gesellschaft der Schulleiterinnen, in der sich Frauen versammelten, die jede für sich als Schulleiterin Großartiges leisteten. Aber Ms Buss war Vorreiterin und Vorbild für jede einzelne.

Emily betrachtete ihr Gegenüber interessiert. Sie waren sich bisher nicht begegnet, und sie war froh um die Chance, diese Ikone der Bildung für Mädchen und junge Frauen endlich kennenzulernen. Eine gewisse Ähnlichkeit mit Queen Victoria stellte sie fest, wenngleich Frances Buss nicht so verbissen wirkte wie die Königin auf den offiziell von ihr veröffentlichten Fotos. Im Gegenteil – etwas Weiches, Wohlwollendes ließ ihr von zarten Falten gezeichnetes Gesicht von innen heraus strahlen.

»Frances, entschuldigen Sie, wenn ich Ihr Gespräch unterbreche.« Lucinda kannte keine Scheu. »Aber ich habe Ihnen doch so viel von meiner lieben Freundin und Kollegin Emily Ward erzählt. Hier ist sie.«

Der Blick, mit dem Frances Buss sie maß, war prüfend und neutral. Sie stand auf und gab ihr die Hand. »Das hat sie tatsächlich«, sagte sie an Emily gewandt. »Also viel erzählt. Meine Neugier könnte kaum größer sein.«

»Es ist mir eine Ehre«, stammelte Emily. Sie merkte, wie ihre Hände schwitzig wurden. »Ich bin voller Bewunderung für Sie und Ihre Leistungen, Ms Buss. Wie Sie bereits in jungen Jahren Lehrerin wurden und später sogar eine Mädchenschule gegründet haben.«

Das Lächeln ihres Gegenübers wurde etwas gequält. »Die erste öffentliche Schule für Mädchen, meinen Sie«, sagte sie kühl. »Kostenlos für die Schülerinnen.«

»Ja, genau. Und Ihr Einsatz für die Frauen …«

»Ja, nun. Ich weiß, was ich getan habe.« Ihre Stirn umwölkte sich. »Aber sagen Sie mal, was haben Sie denn vor? Das klang in meinen Ohren so abwegig, da musste ich Sie einfach kennenlernen. Sie wollen also junge Frauen, die nicht das Zeug zur Lehrerin haben, zu Kindermädchen ausbilden? Warum um alles in der Welt soll das nötig sein?«

»Eine gute Frage«, sagte Emily fest. Vor allem war es eine, auf die sie vorbereitet war. Ihre Nervosität ließ nach, sie bewegte sich nun auf sicherem Terrain. Sie versuchte nicht zum ersten Mal, Mitstreiterinnen für ihre neue Schule zu finden.

»Es gibt viele junge Frauen, die sich nach der Schulausbildung nicht befähigt sehen, das Lehrerinnenseminar zu besuchen, sei es aus mangelndem Interesse oder Können. Einige von ihnen sehen ihre Zukunft eher darin, sich um kleine Kinder zu kümmern – vom Säugling bis zum Schuleintritt. Wissen Sie, was Nannys lernen, bevor sie ihre Arbeit antreten?«

»Nun?« Frances Buss lächelte fein. Sie wusste, diese Frage war eine Falle.

»Nichts«, sagte Emily schlicht. »Im Grunde könnte jedes Dienstmädchen diese Aufgabe übernehmen. Oder ein Mädchen von der Straße. Eine Amme vielleicht. Keiner fragt nach, *wie* diese Frauen mit den Kindern umgehen. Weil wir geneigt sind, kleine Kinder als unperfekte Erwachsene zu betrachten, die wir mit Härte dazu bringen, sich den Regeln des Erwachsenenlebens zu unterwerfen. Aber so geht es nicht. Fröbel lehrt uns, kleine Kinder wie Bäume zu betrachten, die gehegt und gepflegt werden. Kleine Kinder brauchen Zuwendung und Liebe.«

»Sie wollen diesen Frauen also beibringen, wie sie Kinder

lieben?«, warf eine Zuhörerin ein. »Das ist nun beileibe kein Hexenwerk.«

Emily wandte sich an sie. »Sicher lieben wir alle Kinder. Auf unsere Art. Aber sie überfordern uns auch oft mit ihren Forderungen, mit ihren Wutanfällen und all dem, das wir nicht verstehen, geschweige denn begleiten können. Und eine Nanny, die im Sinne der neuen Lehren von Fröbel ausgebildet wird, achtet auf die Bedürfnisse des Kindes, sie lässt es wachsen und gedeihen.«

»Aber öffnet das nicht der Tyrannei Tür und Tor?«, fragte eine andere Frau. Sie hatte ein verkniffenes Gesicht. Die Falte zwischen ihren Augenbrauen vertiefte sich, als sie sprach.

»Darum geht es ja.« Inzwischen war Emily völlig in ihrem Element. »Was braucht das Kind? Warum braucht es das? Jeder Mensch ist anders. Ich bin überzeugt, dies beginnt bereits im Säuglingsalter.«

Ms Buss lauschte interessiert. Andere Frauen mischten sich nun ein und erkundigten sich, wie genau Emily sich diese Schule vorstellte. Was sie dafür brauchte. Manche waren von der Idee begeistert, andere blieben skeptisch. Das war nicht anders zu erwarten gewesen, Emily hatte sich dafür innerlich gewappnet. Trotzdem war sie enttäuscht. Vor allem Ms Buss' Schweigen irritierte sie.

Schließlich wandten sich die Damen anderen Themen zu. Frances Buss beugte sich mit der Teetasse in der Hand zu Emily herüber, die inzwischen neben ihr auf dem Sofa saß.

»Eine kostenpflichtige Einrichtung, bei der gelehrt wird, wie man sich um Säuglinge und Kleinkinder kümmert. Das klingt ja erst mal ganz hübsch. Aber wäre es nicht viel wichtiger, dass die Schulbildung zum Wohle aller verbessert wird? Kämpfen wir nicht genau dafür seit Jahrzehnten?«

»Ja, sicher. Aber wenn wir alle nur ein Ziel verfolgen, werden andere Ideen allzu schnell unter die Räder kommen. Ich denke, wenn wir bei der frühkindlichen Entwicklung ansetzen, können wir noch viel mehr erreichen. In meiner Rolle als Lehrerin für die Kleinsten an der Notting Hill High School habe ich zu oft erlebt, dass Kinder mehr brauchten als nur das Wissen, das wir ihnen vermitteln konnten. Teilweise kamen sie mit drei Jahren zu uns und waren emotional völlig verwahrlost. Eine Umarmung, ein Streicheln hat sie verwirrt, weil sie derlei nicht kannten. Da frage ich mich schon, was in den Kinderstuben der Familien vor sich geht. Wie die jungen Frauen mit diesen Kindern umgehen, die für ihre Betreuung abgestellt werden und selbst kaum erwachsen sind.«

»Und wer soll sich das leisten?« Eine junge Frau mischte sich ein. Emily kannte sie nicht, doch sie antwortete ihr ebenso höflich wie Ms Buss.

»Die jungen Frauen, die ich ausbilde, schlagen nicht den typischen Weg als Lehrerin ein.«

»Sie wollen also die Dummen auf die kleinen Kinder loslassen.« Die Bemerkung kam von einer dicklichen Frau Anfang dreißig, die sich gerade ein halbes Stück Kuchen in den Mund schob. Puderzucker bestäubte ihre Finger. Sie kaute und schluckte hastig, ehe sie ergänzte: »Damit schütten Sie das Kind aber mit dem Bade aus.«

Schon war sie wieder in eine Diskussion verstrickt. Aber Emily nahm es gelassen.

»Nein«, widersprach sie. »Es gibt genug Frauen, für die der Lehrberuf nicht infrage kommt, weil sie schlicht kein Interesse daran haben. Und ist es nicht befreiend, ihnen eine Alternative zu bieten?« Langsam fühlte sie sich sicherer – hatte sie sich die Argumente doch im Vorfeld dieses Nachmittags gründlich zurechtgelegt. »Geht es nach Mr Fröbel, sollen wir den Kindern Raum geben, in dem sie nicht nur lernen, sondern auch spielen können, und das gilt auch für die Kleinsten. Wissen Sie, wie die Babys und Kleinkinder bisher erzogen wurden? Nach der Geburt wurden sie an die Nanny übergeben. Diese hatte ihre Arbeit von einer anderen Nanny gelernt, diese von einer weiteren und so fort. Natürlich gibt es viele Kindermädchen, die sich aufopferungsvoll und aufmerksam um ihre Schützlinge kümmern. Wie viele aber werden von anderen Gedanken getrieben? Geht es ihnen nicht meist darum, dass sie es so einfach wie möglich haben? Wird das Kind nicht über die Maße bestraft, wenn es von dem abweicht, was dem Kindermädchen bequem ist?«

Inzwischen hatten sich weitere Frauen um Emily und Ms Buss versammelt. Wie sollte diese Schule finanziert werden? Woher kamen die Lehrerinnen? Wie stellte Emily die Qualität ihrer Ausbildung sicher? Woher kamen die Schülerinnen?

Die letzte Frage bereitete ihr selbst das meiste Kopfzerbrechen. »Wir hoffen auf Empfehlungen von Ihnen und anderen Lehrerinnen. Wenn Sie Schulabgängerinnen haben, deren Lebensweg nicht vorgezeichnet ist, freue ich mich über eine Empfehlung.«

Sie spürte die Skepsis. Die Fragen der jüngeren Frauen gingen in eine andere Richtung.

»Wer kann sich eine so gut ausgebildete Nanny leisten?« Und: »Wenn ich mit einer hervorragenden Ausbildung ausgestattet in einen großen Haushalt ziehe, damit ich mich um die Kinder kümmere, da will ich doch nicht mit den anderen Bediensteten in der Küche hocken? Am Tisch der Familie aber habe ich auch keinen Platz.«

Emily antwortete wahrheitsgetreu auf jede der Fragen. Sie wusste, ihre Pläne stießen auf Skepsis, vielerorts auch auf Ablehnung. Aber seit letztem Herbst konnte sie nicht mehr davon lassen. Es war an der Zeit, ihren Traum zu verwirklichen. Sie hoffte, dass sie an diesem Nachmittag erste Verbündete fand. Aber an den Fragen merkte sie, dass es schwer werden würde.

Wieder schoss ihr ein Gedanke durch den Kopf. Etwas, das Walter ihr letzten Herbst kurz nach der Hochzeit gesagt hatte.

Du lässt dich doch niemals unterkriegen.

Er hatte recht. Wenn sie hier keine Unterstützerinnen fand, würde sie ihren Traum zur Not auch alleine verfolgen.

~

»Und? Haben sie dir sehr zugesetzt?« Walter blickte von seiner Zeitung auf, als Emily zwei Stunden später in das Haus am Ladbroke Grove heimkehrte, das das Paar seit letztem Herbst bewohnte. Er hatte es sich im Kaminzimmer gemütlich gemacht, schmauchte eine Pfeife und trank dazu einen Whiskey.

Wortlos trat Emily zu ihm, sie beugte sich über ihn und küsste seine papierne Wange. Dann nahm sie das Whiskeyglas vom Tischchen, kippte den letzten Schluck hinunter und blinzelte die Tränen weg, die ihr in die Augen schossen.

»Ms Buss ist nicht grundsätzlich abgeneigt, denkt aber, es gibt dringlichere Probleme als die Betreuung der Kleinsten. Und die anderen lehnen meine Idee rundweg ab, weil sie sie für Schwachsinn halten.«

»Hmhmmm.« Er faltete die Zeitung zusammen und legte sie beiseite. »Und was sagt uns das?«

Sie lachte. »Vermutlich nur, dass ich das Richtige tue, wenn sich so viel Widerstand regt. Immerhin konnte ich ein paar andere Damen davon überzeugen, dass meine Idee kein Unfug ist. Sie erkundigten sich, wann die ersten Nannys ihren Abschluss machen und ob sie sich in eine Warteliste eintragen könnten. Sie seien daran interessiert, eine von mir ausgebildete Nanny zu engagieren.«

»Das zeigt doch, dass der Bedarf da ist.«

»Ach«, machte Emily, »es zeigt vielleicht nur, dass sie mit ihren Bediensteten nicht zufrieden sind. Aber das kann ja tausend Gründe haben.« Sie wusste selbst nicht, weshalb sie so entmutigt war. Normalerweise sprach sie mit so viel Leidenschaft über ihr Projekt, dass sie jeden überzeugen konnte. Heute aber hatte sie versagt. Ausgerechnet!

»Du bist erschöpft, meine Liebe«, sagte Walter ruhig. »Morgen sieht die Welt schon wieder anders aus.«

»Du hast recht.«

Walter stand auf. Er holte ein zweites Glas aus dem Schrank und schenkte ihnen ein. Sie ließ sich im zweiten Sessel nieder. Ihre Füße schmerzten unerklärlicherweise, und hinter ihrer Stirn machte sich ein drückender Kopfschmerz breit.

»Erzähl es mir noch mal«, forderte Walter sie auf. »Warum willst du Nannys ausbilden?«

Emily nahm das Glas von ihm entgegen. Ein feines Lächeln stahl sich auf ihre Lippen. Das machte er immer: sie mit provokanten Fragen aus der Reserve locken, bis ihre Leidenschaft wieder entfacht war.

»Weil es noch keine Ausbildung für Nannys gibt. Weil in diesem Land Hunderttausende Frauen einfach das machen, was ihr Instinkt ihnen einflüstert. Oder was ihnen am einfachsten scheint – was nicht unbedingt dasselbe sein muss. Bei meiner Arbeit mit den kleinsten Schülerinnen an unserer Schule habe ich erkannt, dass sie mehr bedürfen, als von uns mit Wissen gefüttert zu werden. Sie wollen auch spielen und die Welt erkunden. Sie brauchen Anleitung. Darum will ich jungen Frauen ermöglichen, sich fortzubilden. Damit sie ihren Schützlingen den bestmöglichen Start in ein glückliches Leben weisen können – und selbst an dieser Aufgabe wachsen und nicht länger daran verzweifeln.«

Walter nickte. »Dann gib nicht auf. Was du tust, ist richtig.«

»Aber wenn ich keine Unterstützerinnen finde ...«

»Sie werden kommen«, unterbrach er sie. »Verfolge nur dein Ziel. Nicht das einer Ms Buss, nicht das von Lucinda Jones. Ginge es nach den beiden, wirst du in hundert Jahren noch kleine Kinder unterrichten – und das wirst du nur deshalb tun, weil du darin so exzellent bist. Aber du bist zu Höherem berufen, meine Liebe.«

Emily sah ihn über den Rand des Whiskeyglases an, sie lächelte. »Womit habe ich dich nur verdient?«, fragte sie und seufzte.

Er strich sich über den langsam ergrauenden Schnurrbart. »Ah, gute Frage. Ich meine mich zu erinnern, dass du erst beim zweiten Antrag Ja gesagt hast.«

»Beim ersten Mal warst du auf dem Weg nach Shanghai«, erinnerte sie ihn sanft. »Ich habe dir immer gesagt, wenn ich heirate, werde ich nicht die Frau eines Handlungsreisenden sein, der mehr Zeit in Asien verbringt als daheim in England.«

»Ich habe dir schon damals versichert, dass es die letzte Reise sein wird, bei der ich meine Nachfolge regle.«

Sie lächelte bei der Erinnerung an jene Zeit, die noch gar nicht so weit zurücklag. Walter hatte sein Geld als Teehändler verdient, und oft hatten ihn Reisen ins ferne Asien geführt. Die beiden verband eine jahrelange Freundschaft, der auch die langen Trennungen nichts hatten anhaben können – jedes Mal, wenn er aus Asien heimkehrte, kam er auf schnellstem Wege zu ihr und brachte ihr stets eine Kleinigkeit von seinen Reisen mit. Und immer war es, als hätten sie sich erst gestern gesehen, sie knüpften dort wieder an, wo sie aufgehört hatten. Jedes Wiedersehen war wie eine warme, freundschaftliche Umarmung. Und die Vorstellung, er könnte irgendwann nicht mehr von diesen gefährlichen Reisen zurückkehren, hatte sie lange sehr bedrückt.

Den zweiten Antrag machte er ihr am Tag seiner Rückkehr aus Shanghai – er war direkt von den Docks zur Schule gefahren, in der sie auch wohnte, im Gepäck einen Ring mit dunkelblauem Saphir, den er in der Fremde für sie erworben hatte. Mit diesem Ring hatten sie besiegelt, dass sie zukünftig gemeinsam durchs Leben schreiten würden. Die Heirat wenige Monate später – eine schlichte Zeremonie, nur wenige Gäste, die Brautleute waren in der Mitte des Lebens, es war mehr Vernunft als Liebe, die sie trieb – war lediglich eine Formalität gewesen.

Und nun saß sie hier. Was aus Vernunftgründen begonnen hatte, war dieser Bund der Zuneigung. Aber seit sie gemeinsam das Haus am Ladbroke Grove bewohnten, hatte sich ein Wandel vollzogen. Walter schien zufrieden damit zu sein, daheimzusitzen, mit Freunden von nah und fern zu korrespondieren, Besuch zu empfangen und seine Bücher zu lesen. Er war genug gereist für dieses Leben. Arbeit war nicht mehr zwingend notwendig, er hatte sein Geld gemacht und verwaltete das Vermögen. Aber er genoss auch Emilys Gesellschaft, wann immer sie zu Hause war – was zuletzt selten genug zutraf. Sie ging weiterhin jeden Morgen zur Norland Place School, wo sie unterrichtete. Ihre Wohnung dort stand immer noch leer – und das hatte sie auf die Idee gebracht, die Räume sinnvoll zu nutzen.

Sie hatte sich auf ihre Art daran gewöhnt, dass er für sie da war. Hatte sie anfangs noch protestiert, wenn er ihr ein Glas Whiskey holte – »Dafür haben wir Bedienstete!« –, nahm sie diesen kleinen Liebesdienst nun gerne von ihm an. Weil sie dann nicht gestört wurden. Weil sie plaudern konnten, wie es ihnen gefiel. Keiner klopfte an die Tür, niemand fragte, ob sie noch etwas brauchten.

Konnte aus Vernunft und Zuneigung etwa eine tief empfundene, zarte Liebe erwachsen?

»Ich habe nachgedacht.« Walter riss sie aus ihren Überlegungen.

»Die Ehe ist doch nichts für dich?«, scherzte sie.

Er lachte gutmütig. »Selbst wenn nicht – und du weißt, wie sehr ich dich schätze, meine Liebe –, würde ich mich an mein Wort halten.«

Sein Wort. Sie atmete tief durch, spürte das Fischbeinkorsett, das ihr die Brust eng machte. Sein Wort lautete: Ich bleibe an deiner Seite, damit du dir diesen Traum erfüllen kannst.

»Worüber dann?«

»Wie du mehr Unterstützerinnen gewinnen kannst. Wie wäre es denn, wenn wir hier einen Salon abhalten? Lade sie alle ein, lass sie zu uns nach Hause kommen. Sollen sie doch ihre Neugier befriedigen, wie wir alten Zausel leben.«

»Du wärst bereit, an meiner Seite zu stehen? Die Damen können recht anstrengend werden, wenn man sie nicht gewohnt ist.«

Er zuckte mit den Schultern. »Wenn es der Sache dienlich ist und dir hilft?«

Sie stand auf. Unerklärlich war das mit den Gefühlen, lange hatte sie geglaubt, sie wäre dazu gar nicht in der Lage, und dass sie Walter heiratete, geschah eher aufgrund seiner Hartnäckigkeit und ihrem Ehrgeiz. Niemand hatte Ms Emily Lord ernst genommen, die alte Jungfer mit hochfliegenden Plänen. Seit sie als Mrs Walter Ward auftrat, war das anders. Und sie hatte gedacht, das wäre schon der größte

Vorteil, den sie aus dieser Ehe zog. Aber da war noch mehr. Wärme. Nähe. Die vor allem.

Jetzt hätte sie ihn am liebsten umarmt und geküsst. Weil er ihre Ziele sah. Weil er sie unterstützte. Nichts davon war selbstverständlich, aber er machte es. Manchmal war es, als hätten sie die Rollen getauscht, als wäre sie der Mann, der morgens zur Arbeit ging, während er daheimblieb und sich seinen häuslichen Aufgaben widmete.

Sie hatte ihn einmal gefragt, ob ihn das nicht störte, ob er nicht lieber seinen Teehandel wieder aufnehmen wollte. Er hatte sie verständnislos angesehen. »Aber warum denn? Wir haben doch genug Geld. Oder stört es dich, wenn ich daheim bin?«

Es störte sie nicht. Im Gegenteil. Und als sie jetzt lächelte und ihn fragte: »Wollen wir zu Bett gehen? Es war ein langer Tag«, da verstand er sofort.

»Nur zu gerne, meine Liebe.«

Bevor sie hinausgingen, löschte er eigenhändig das Licht. Die Dienerschaft musste ja nun wirklich nicht alles mitbekommen.

Kapitel 1

London, Juni 1902

Joan betrat mit dem kleinen Säugling auf dem Arm das Frühstückszimmer, wo der Earl und die Countess of Dudley wie jeden Morgen saßen und bei Kaffee und süßen Brötchen die Zeitung lasen. Joan knickste und reichte dann den Jungen an Lady Rachel weiter, die ihn mit einem Lächeln hochhob. »Da ist ja mein Schatz! Wie hast du geschlafen, kleiner Roderick?«

Sie blickte Joan fragend an.

»Nun, so gut wie immer«, sagte Joan. Sie musste sich ein Gähnen verkneifen. Auch nach acht Wochen hatte sie sich noch nicht an den Schlafmangel gewöhnt. Aber sie wusste, dass es schon bald besser werden würde, wenn das Baby nicht mehr nachts Hunger bekam.

Lady Rachel kitzelte den Kleinen am Kinn. Er verzog das Gesicht und fing an zu weinen.

»Oje, er ist noch etwas müde.« Joan nahm ihn wieder entgegen. »Ich hoffe, er schläft noch mal, bevor wir nachher losmüssen.«

»Heute ist also der große Tag?«, meldete sich Lord William zu Wort. Er tunkte sein Brötchen in die Kaffeetasse, was ihm einen bösen Blick von Lady Rachel eintrug. Er grinste.

»O ja.« Vielleicht war sie auch deshalb so unausgeschlafen. Gestern Abend war sie viel zu aufgeregt gewesen, um zur Ruhe zu kommen. Lange lag sie wach und stellte sich vor, wie sie heute Mittag in der Feierstunde des Norland Institutes zu dessen zehnjährigem Jubiläum als eine der ersten Nannys eine hohe Auszeichnung erhalten würde. Ihr Engagement für die Familie Dudley sollte auf diesem Weg honoriert werden. Lady Rachel hatte sich bereit erklärt, eine kleine Rede zu halten.

Die Countess schob ein paar dicht beschriebene Blätter unter ihre Kaffeetasse, die sie bei Joans Eintreten gelesen hatte. »Sie werden das schon meistern«, versicherte sie ihr. »Sind die anderen Kinder schon auf?«

»William schläft noch. Gladys und Lillian spielen.«

»Sorgen Sie bitte dafür, dass alle pünktlich zur Abfahrt fertig sind. Die Mädchen bitte in identischen Kleidern, Nanny Hodges.«

»Selbstverständlich, Lady Rachel.«

Joan trug Roderick aus dem Frühstückszimmer. Die Begegnung des Babys mit seiner Mutter hatte keine fünf Minuten gedauert. So war es oft morgens. Die älteren Kinder würden später zu Lady Rachel gehen, damit diese sie begrüßte. Auch dieses Aufeinandertreffen dauerte selten länger als zehn Minuten.

Es stand Joan natürlich nicht zu, den Umgang der Dudleys mit ihren Kindern zu hinterfragen. Seit sie vor über fünf Jahren ihre Arbeit bei der Familie aufgenommen hatte, waren die Countess und der Earl immer die liebevollen Eltern gewesen, die sich jede Nanny für ihre Schützlinge wünschte. Doch beide waren sehr beschäftigt, und oft sahen die Kinder ihre Eltern tagelang nur morgens und am Abend kurz vor dem Schlafengehen, denn auch ihre Mahlzeiten nahmen sie getrennt von den Erwachsenen ein.

Joan spürte einen leichten Widerstand in sich, als sie an

die vielen Dinge dachte, die sie noch erledigen und beachten musste, bevor sie in zwei Stunden aufbrachen. Zum Glück hatte sie Millie. Die Amme half ihr, wo sie nur konnte. Leider war die junge Frau auch unerfahren, weshalb Joan ihr immer alles sagen musste, was zu tun war.

Es wäre schön, wenn es heute einfach mal um mich gehen würde. Wenn ich nicht ständig auf alles achten müsste.

Andererseits: Was sie tat, war mehr als ein Beruf. Sie hatte ihr Herz an die Kinder verloren, und auch deshalb würde sie heute als eine der Besten ausgezeichnet werden. Ihre Exzellenz sollte anderen Nannys zum Vorbild gereichen, sie anspornen, ebenfalls ihr Bestes zu geben.

Als sie drei Stunden später aus der Kutsche stieg und an der hellen Sandsteinfassade des Norland Institutes hochsah, weitete sich ihr Herz, und der Groll darüber, dass ihr selbst an diesem besonderen Festtag ihre Arbeit nicht erspart blieb, wich einem seligen Gefühl, das sie erst nicht einordnen konnte. Doch dann erkannte sie: Es war fast eine Heimkehr, die sie innerlich so sehr erfasste. Das Norland Institute war erst kürzlich in dieses neue Gebäude eingezogen. Dennoch verknüpfte Joan all die Erinnerungen an ihre Zeit im Norland Institute mit den hohen Sprossenfenstern und dem hübschen Portikus. Sie atmete tief durch.

Lady Rachel trat neben sie. »Ist Ihnen nicht wohl, meine Liebe?«, erkundigte sie sich.

»Doch, es ist nur …«

Ergreifend. Das war wohl das passende Wort. Aber Lady Rachel hatte ihre Antwort gar nicht abgewartet, sondern schritt auf den Eingang zu. Als Countess verstand sie es, sich in jeder gesellschaftlichen Situation souverän zu bewegen. Joan hatte sich in den vergangenen Jahren viel von ihr abgeschaut, das merkte sie jetzt. Sie straffte die Schultern und folgte ihr.

Die Feierstunde begann erst am frühen Nachmittag. Vorher war die Countess Dudley noch mit Mrs Ward verabredet, und Joan hatte auch einen Termin, auf den sie sich außerordentlich freute.

Die gebohnerten Marmorfliesen der Eingangshalle führten in die hellen Gänge, von denen die Unterrichtsräume abgingen. Die Countess steuerte die Treppe an. Joan bog ab und ging Richtung Speisesaal. Dort war sie mit Katie Fox verabredet, mit der sie in den vergangenen zwölf Monaten korrespondiert hatte.

Das Norland Institute legte sehr viel Wert darauf, dass die Schülerinnen sich untereinander in ihren Anstrengungen bestärkten und die Jüngeren von den Älteren lernten. Joan hatte vor sieben Jahren ihren Abschluss gemacht und gehörte damit trotz ihrer sechsundzwanzig Jahre zu den erfahrensten Nannys. Für sie war es eine Ehre gewesen, als Mrs Ward sie vor einem Jahr anschrieb und bat, am Mentorinnenprogramm für Studentinnen teilzunehmen.

Katie Fox hatte letztes Jahr im August ihren Jahreskurs im Norland Institute begonnen, und obwohl Joan die meiste Zeit des Jahres in London verbrachte, hatte sich in den letzten Monaten keine Zeit für ein Treffen ergeben. Denn während der Schwangerschaft hatte Lady Rachel immer wieder Joans Unterstützung eingefordert, und so tauschte sie sich mit Katie regelmäßig auf dem Postweg aus. Sie freute sich, heute die junge Frau kennenzulernen, die all die Monate so gewitzt von ihren Erfahrungen geschrieben hatte, dass Joan direkt Lust bekam, selbst noch einmal hier die Schulbank zu drücken.

Sie lächelte wehmütig, als sie den Gang entlanglief. Die Erinnerung an ihre Zeit am Norland Institute würde sie wohl für immer im Herzen tragen. Damals war das Institute noch an seiner alten Adresse untergebracht gewesen – am

Holland Park Terrace, wo die Einrichtung schon ein Jahr nach der Gründung am Norland Place hingezogen war. Vor einem Jahr war man schließlich in die großen, hellen Räumlichkeiten am Pembridge Square umgezogen.

»Joan Hodges?« Eine jugendlich helle Stimme. Joan drehte sich um. Hinter ihr stand eine kleine junge Frau in der dunkelbraunen Tracht der Nannys. Die blonden Haare trug sie zu einem kunstvollen Knoten im Nacken aufgesteckt, ihre blauen Augen blitzten vergnügt. Die Wangen waren leicht gerötet, sie hatte einen wachen Blick und reckte entschlossen das spitze Kinn.

»Du musst Katie Fox sein.« Sie gaben sich die Hand, standen dann einen Moment verlegen voreinander, bis Katie sich räusperte.

»Herrje, das ist ja so aufregend. Wie schön, dass du da bist.«

Joan lächelte. »Als ich vorhin das Gebäude betreten habe, war das ein komisches Gefühl. Denn als ich Schülerin war, befand sich das Institute noch am Holland Park Terrace.«

»Davon habe ich gehört. Dort war es wohl etwas beengter.«

Joan lachte. »Wir haben uns zu fünft ein winziges Zimmer mit Stockbetten geteilt. Es gab nur einen Schreibtisch, und wenn wir lernten, konnten höchstens zwei von uns daran arbeiten. Die anderen drei hockten auf den Betten oder auf dem Boden.«

»Klingt gemütlich. Oh, möchtest du eine kleine Führung? Etwas Zeit habe ich noch. Später soll ich bei Mrs Ward noch etwas abholen.« Katie zwinkerte ihr verschwörerisch zu. »Die Anstecknadeln.«

»Ich bin schon so neugierig. Aber eine Führung wäre schön, das lenkt mich von der Aufregung ab.«

Sie machten sich auf den Weg. Katie erzählte, Joan stellte

Fragen. Sie verglich ihre eigenen Erfahrungen als Norlanderin mit denen, die Katie rund sieben Jahre später gemacht hatte. Fast kam es Joan so vor, als hätte sich die Schule nicht verändert. Doch sie war gewachsen, über sich hinaus. Mehr Schülerinnen, neue Lehrerinnen. Obwohl Katie auflachte, als Joan fragte, ob Ms Daringham noch da sei.

»Natürlich! Hat sie damals auch schon immer bei jeder richtigen Antwort mit der Nase gezuckt wie ein altes Kaninchen?«

»Es war so schwierig, dabei nicht zu lachen!« Sie kicherten. Katie führte Joan in einen Raum, den sie das Studierzimmer nannte. An den Wänden standen Pulte, jedes war einer Schülerin zugewiesen. Katies befand sich unter einem Fenster.

»Ich habe viel Glück gehabt. Dieser Platz ist sehr begehrt.« Katie zog einen zweiten Stuhl heran, und sie setzten sich an ihren Schreibtisch. Sie zeigte Joan die Lehrbücher, die im Moment verwendet wurden – über Säuglingspflege, Kindererziehung, aber auch Hauswirtschaft und Fremdsprachen gehörten zum Curriculum. »Oh, ich wollte dich noch fragen, ob ich für den *Norland Quarterly* über dich schreiben darf.«

»Über mich? Was gibt es denn da schon zu erzählen?«

»Immerhin bist du eine der Nannys, die heute ausgezeichnet werden. Ich möchte über die Feierstunde berichten und dachte, eine persönliche Note wäre ganz schön.«

Joan überlegte nicht lange. Sie hatte zwar das Gefühl, dass es zu viel der Ehre war, neben der Auszeichnung noch in der vierteljährlichen Zeitschrift des Norland Institutes hervorgehoben zu werden. Aber sie wusste von anderen Nannys, die gelegentlich für das Heft schrieben, und ja, sie freute sich, wenn sie auf diesem Weg ein wenig von ihrer Berufspraxis erzählen konnte.

»Einverstanden.«

»Oh, wunderbar!« Katie klatschte begeistert in die Hände. Sie zog aus dem Pult eine Kladde und einen Bleistift und schlug sie auf. »Erzähl mir alles darüber, wie du zum Norland Institute gekommen bist!«

Joan lächelte. Alles? Oh, da müsste sie früh anfangen. Sie legte die Hände in den Schoß. »Es begann, als ich zehn Jahre alt war. Kurz zuvor waren meine Eltern gestorben, und mein Onkel nahm mich bei sich auf.«

Die Erinnerung trug sie fort. Joan dachte wehmütig an das kleine Mädchen, das mit einem Pappkoffer und einer Puppe unter dem Arm in das düstere Haus ihres Onkels kam. Die Puppe mit dem Porzellangesicht hatte er ihr mitgebracht, als er sie in ihrem Elternhaus abholte. Joan hatte gedacht, sie wäre zu alt für Puppen, aber diese schloss sie sofort ins Herz. An ihr hielt sie sich fest, Tag und Nacht. Sie umsorgte das Puppenkind, wie sie selbst gern umsorgt worden wäre. Ihr Onkel gab sich Mühe, aber schon damals war er ein alter Junggeselle gewesen, dem es sichtlich schwerfiel, sein Leben mit einem Kind zu teilen. Besser wurde es erst im Laufe der Jahre, als Joan größer wurde. Was für die meisten heranwachsenden Frauen selbstverständlich war – der Wunsch nach einer eigenen Familie –, regte sich nicht bei ihr. Als sie sechzehn war, fragte Onkel George sie, was denn aus ihr werden sollte, wenn sie keinen Mann wollte. Er hatte das einfach hingenommen, war ihr auf Augenhöhe entgegengekommen. *Du willst nicht heiraten? Gut! Aber was möchtest du dann mit deinem Leben anfangen?*

Erst hatte sie gedacht, Lehrerin sei etwas für sie, denn sie wollte gern für andere Kinder da sein. Doch dann erzählte Onkel George ihr eines Abends von der Frau seines Geschäftsfreunds Walter Ward, die gerade eine Nannyschule gründete. Bis heute wusste Joan nicht, ob er ihr damit einen anderen Weg aufzeigen wollte oder ob er ganz unbedarft von der Schule sprach.

Joan saß da wie elektrisiert. *Nanny sein. Für Kinder sorgen. Nicht die eigenen, doch Kinder, die immer noch nah an meinem Herzen sind. Das will ich mit meinem Leben anfangen.*

Es fühlte sich richtig an, und sie bat ihn, sich für sie nach dieser Schule zu erkundigen.

»Und der Rest ist, wie man so schön sagt, Geschichte.«

»Eine schöne Geschichte.« Katie hatte während Joans Schilderung aufmerksam zugehört. Jetzt blickte sie auf ihre etwas spärlichen Notizen. »Herrje. Das muss ich jetzt schnell noch aufschreiben, und dann ist es schon Zeit fürs Mittagessen, danach muss ich zu Mrs Ward …«

»Schon in Ordnung. Ich finde allein hinaus. Es war schön, dass wir uns kennenlernen konnten. Sag, weißt du schon, wo du deine erste Anstellung findest?« Joan stand auf.

»Mrs Ward hüllt sich da noch in ihr geheimnisvolles Schweigen.«

»Ich weiß noch, wie aufgeregt ich war, als sie mich zu sich rief und ihr Lederbuch aufschlug. Aber bestimmt wird sie eine wundervolle Familie haben, die sich auf dich freut.«

»Das hoffe ich.«

Joan stand ebenfalls auf. Sie schloss Katie in die Arme. »Viel Erfolg weiterhin. Wir bleiben in Kontakt?«

»Auf jeden Fall!«

Joan blieb am Fenster stehen und blickte hinaus, während Katie ging. *Familie. Ich hatte nie viel Familie. Aber hier habe ich sie gefunden.*

Kapitel 2

Der Flur lag still vor ihr, die blank geputzten Fliesen erstreckten sich in einem Schachbrettmuster vor Katie. Nur ihre leisen Schritte hallten auf dem glatten Steinboden wider. In weiter Ferne hörte sie die hellen Stimmen ihrer Mitstudentinnen, ein geheimnisvolles Summen wie von einem Bienenschwarm, das vermutlich eher einem aufgeregten Plappern glich, säße sie nun neben ihnen unten im Speisesaal.

Sie hatte von der Schulleiterin Mrs Sharman die Erlaubnis bekommen, sich vor der Zeit vom Mittagstisch zu erheben, damit sie für die Feierlichkeiten dieses Tags noch eine besonders ehrenvolle Aufgabe erfüllen konnte. Katie hatte daraufhin rasch den letzten Schluck Tee heruntergestürzt und das kleine Stückchen Toast mit Cheddar in den Mund gesteckt. Da es abends ein feierliches Dinner für alle Absolventinnen, die Alumni und Gäste des Norland Institutes geben sollte, hatten sie mittags nur einen Imbiss zu sich genommen. Sie strich über die weiße Schürze, die sie über ihrem braunen Kleid trug – die Tracht der Schülerinnen ähnelte der Uniform der Absolventinnen bis auf wenige Details.

»Keine Eile«, sagte Mrs Sharman. Aber sie lächelte nachsichtig, denn sie wusste natürlich, wie begierig Katie Fox darauf war, die Lieferung aus dem Büro der Schulgründerin Mrs Ward zu holen. Jede Schülerin am Norland Institute wartete gespannt auf die Enthüllung der Auszeichnungen, die am heutigen Tag zum ersten Mal an besonders verdiente Absolventinnen der Schule verliehen werden sollten.

Leichtfüßig sprang Katie die Treppe hoch. Nach dem Gespräch mit Joan hatte sie sich schweren Herzens verabschiedet. Sie hoffte, dass sich nach der Feierstunde noch mal die Gelegenheit ergab, mit Joan Hodges zu reden. Sie selbst würde ja schon bald ihre erste Stelle antreten. Joan aber, die so sehr in sich ruhte und die Nannyuniform trug, als gehörte sie einfach zu ihr, hatte ihr so viel über ihren Werdegang erzählt, dass Katie problemlos einen längeren Artikel für den *Norland Quarterly* schreiben konnte.

Die Tür zum Büro war nur angelehnt. Katie klopfte leise, doch aus dem Innern drang kein Laut. Sie wartete, klopfte ein zweites Mal. Innerlich war sie ganz unruhig, auch wenn sie sich nichts anmerken ließ. Erst als auf ihr drittes Klopfen immer noch keine Antwort kam, schob sie behutsam die Tür auf.

»Hallo?«, rief sie in die Stille des großen Arbeitszimmers. »Mrs Ward, sind Sie da? Ich … wollte die Anstecknadeln abholen.«

Das Arbeitszimmer war leer. Auf dem Schreibtisch lag eine offene Schatulle, daneben eine Mappe aus hellem Kalbsleder. Katie trat ein. Auf dem weichen Orientteppich vor dem wuchtigen Schreibtisch standen zwei Besucherstühle. Die Regale an den Wänden enthielten eine Sammlung Fachbücher. Das wusste Katie nicht zuletzt deshalb, weil sie schon häufiger hier gewesen war, um sich eines der Werke für ihr Studium auszuleihen. Die bodentiefen Fenster des Erkers gaben den Blick frei auf einen kleinen Park direkt vor dem Gebäude.

Sie stand auf dem Teppich und wartete. Was sollte sie jetzt tun? Die Schatulle lag geöffnet auf der Schreibtischunterlage, sie konnte einfach hingehen und sie mitnehmen. Aber sie blieb stehen.

Ach, das ist doch Unsinn, dachte sie. Auftrag ist Auftrag.

Trotzdem waren ihre Schritte zögerlich, als sie den Schreibtisch umrundete und sich über die Schatulle beugte.

Die kleinen Broschen lagen auf schwarzen Samt gebettet, ein halbes Dutzend in jeder Reihe. Katie hielt die Luft an. Das waren sie. Die Ehrenabzeichen ihrer Schule, die an diesem Tag an die verdientesten jungen Frauen verliehen wurden, die bereits seit einigen Jahren die wundervolle Aufgabe erfüllten, der sich alle Absolventinnen des Norland Institutes verschrieben hatten. Sie waren wunderschön. Kleine Wappen aus Sterlingsilber, gekrönt mit einer blauen Blüte inmitten grüner Efeublätter aus Emaille, darunter das Motto der Schule eingestanzt: *Love Never Failth – Die Liebe höret nie auf.* Darüber befand sich die Nadel, verbunden durch winzige Ösen. *Fortis in arduis* stand dort. *Stark in Schwierigkeiten.* Katie lächelte. O ja, diese beiden Mottos waren es, die sie zu dem Entschluss gebracht hatten, sich als Schülerin am Norland Institute zu bewerben. Die Idee war von einer Freundin ihrer Familie gekommen, deren Nichte vor vier Jahren die Schule besucht hatte und in den höchsten Tönen davon schwärmte, welche Chancen das Leben als Nanny den jungen Frauen bot, die nach einjähriger Schulzeit eine Anstellung in den Haushalten reicher und adeliger Familien fanden. Nicht nur, dass sie sich der verantwortungsvollen Aufgabe widmeten, die Kinder der besseren Gesellschaft großzuziehen, nein: Sie durften auch bei ihren Aufträgen die Welt kennenlernen, denn die Kunden des Norland Institutes lebten auf allen fünf Kontinenten. Die Nichte der Freunde, Daisy, war beispielsweise gerade von einer Stellung zurückgekehrt, die sie nach Stockholm geführt hatte. Sie schwärmte von der Stadt im Norden, war aber auch schon voller Vorfreude auf die nächste Aufgabe, die sie über den Atlantik in den Haushalt eines Eisenbahnmoguls in Amerika führen sollte.

Reisen war immer schon ein Traum von Katie gewesen. Und hier bot sich ihr die Gelegenheit, die Welt zu erkunden.

Damals hatte sie nicht mal ansatzweise geahnt, wie sehr das Leben in diesem Haus sie verändern würde. Wie es jede veränderte, die herkam, auf eine gute, stärkende Art.

»Sie sind hübsch, nicht wahr?«, sagte eine Stimme von der Tür.

Katie machte einen Schritt nach hinten. Sie sah auf und blickte in das gütige Gesicht der Begründerin des Norland Institutes. Mrs Ward betrat auf lautlosen Sohlen das Zimmer. »Sehen Sie sie nur in Ruhe an, mein Kind«, sagte sie leise. »Dafür sind sie da.«

Katie senkte gehorsam noch einmal den Kopf. Sie widerstand dem Impuls, eine der Broschen zu berühren.

»Sie haben abgerundete Ecken. Damit unsere ausgezeichneten Absolventinnen sie auch bei der Arbeit tragen können und nicht Gefahr laufen, ihre Schützlinge zu verletzen.« Mrs Ward umrundete den Schreibtisch. Sie nahm eine der Broschen aus der Schatulle, strich mit dem Finger über die Emailleblüte und lächelte. »Ich freue mich so darüber. Wie ein kleines Kind an Weihnachten, können Sie sich das vorstellen?«

Katie räusperte sich. »Ja, das kann ich.« Sie stand neben Mrs Ward und überragte sie um eine Haupteslänge, obwohl sie selbst nicht besonders groß war. Nicht zum ersten Mal dachte sie, dass Mrs Ward etwas Mütterliches an sich hatte, das sich auf all ihre Schützlinge erstreckte, obwohl keine der jungen Frauen, die zu ihr kamen, jünger als siebzehn war.

»Seit zehn Jahren tragen die Schülerinnen nun schon das Licht des Norland Institutes in die Welt hinaus«, fuhr Mrs Ward fort. »Jede Absolventin, die ihre Prüfungen ablegt und anschließend im Haushalt ihres Dienstherrn diese herausragende Vertrauensstellung einnimmt, indem sie sich um das Wertvollste kümmert, was diese Familien haben – ihre Kinder, ihre Zukunft –, vollbringt Großes. Und jene, die sich durch besonders treue Dienste auszeichnen, wollen wir heute ehren. Nicht, weil sie besser sind als die anderen, sondern weil sie uns als Vorbild dienen sollen. Sie sind das Leuchtfeuer für diejenigen, die noch nicht für sich sprechen können. Sie sind der Schutz für alle, die sich nicht selbst schützen können.«

Sie verstummte, und Katie sah sie erwartungsvoll an.

»Entschuldigen Sie, meine Liebe. Ich habe eine kleine Ansprache vorbereitet. Gut möglich, dass ich sie gerade noch mal geprobt habe.«

Katie lächelte nachsichtig. Sie konnte Mrs Ward nicht böse sein, unmöglich! Die Gründerin der Schule hätte Spottgedichte vortragen können, und Katie hätte an ihren Lippen gehangen.

Mrs Wards Finger berührte das Motto. »Die Liebe höret nie auf«, murmelte sie. »1. Korinther. Wissen Sie, warum ich diesen Spruch gewählt habe?«

Katie schüttelte den Kopf.

»Sie und Ihre Gefährtinnen lernen erst ein Jahr lang Seite an Seite, Sie schlafen gemeinsam in einem der Schlafsäle, Sie sitzen bei den Mahlzeiten beisammen … Anschließend gehen Sie hinaus in die Welt. Sie sorgen für die Kinder. Diese kleinen, oftmals so hilflosen Wesen, die auf Sie angewiesen sind. Sie bedürfen Ihres Schutzes, Ihrer Liebe. Ich weiß, was Sie mit dieser Aufgabe auf sich nehmen, jede Einzelne. Denn diese Kinder werden Ihnen in den gemeinsamen Jahren alles abverlangen, was Sie geben können. Und manchmal wird auch das nicht reichen. Machen Sie sich das bewusst, Katie – Ihre Schützlinge werden Sie so lange brauchen, bis Sie sie an die Hand einer Gouvernante oder eines Hauslehrers abgeben. Die ersten Jahre ihres Lebens aber werden Sie da sein. Tag und Nacht. Auch wenn es manchmal Ihre Kraft übersteigt.«

Katie nickte. »Darum bin ich hergekommen«, sagte sie leise.

»Manchmal reicht all unser Pflichtbewusstsein nicht, unser ganzes Wissen darüber, was kleine Kinder und Babys brauchen. Aber unsere Liebe für jene, die uns anvertraut wurden, wird nie enden. So wie ich jede Einzelne von Ihnen liebe, auch wenn Sie in die Welt hinausgehen und Ihre Arbeit aufnehmen, so werden Sie diese Kinder lieben wie Ihre eigenen. Denn Sie werden zumeist diejenige sein, die ihnen in den Nächten das Fläschchen geben und sie wickeln. Sie werden ihre ersten Schritte begleiten, und vielleicht sagen die Kinder Ihren Namen vor dem ihrer eigenen Eltern. Und Ihre Liebe wird auch dann nicht aufhören, wenn Sie den Haushalt verlassen, weil das jüngste Kind der Kinderstube entwachsen ist. Das macht Sie zu guten Nannys. Zu den besten, die es gibt.«

Mrs Ward war verstummt, und Katie wusste gerade nicht, was sie sagen sollte. Mrs Ward fasste genau das in Worte, was sie sich von ihrer Arbeit erhoffte. Ihr Blick fiel auf das in Kalbsleder gebundene Buch, das neben der Schatulle lag. Sie wusste, darin verbarg sich der reiche Schatz, der das Norland Institute auszeichnete – Informationen über die einzelnen Klienten, die an Mrs Ward herantraten und gerne eine Nanny aus ihrer Schule einstellen wollten. Details über besondere Fähigkeiten und Talente der Nannys. Finanzen. Und vieles mehr. Auch über Katie stand sicher etwas darin. Sie schluckte. Zu gern hätte sie gewusst, wohin ihr Weg sie führte.

»Jetzt habe ich Sie aber lange genug aufgehalten.« Mrs Ward lächelte. Ein Kranz feiner Fältchen umrahmte ihre Augen. »Manchmal höre ich mich gerne reden.«

»Ach, ich höre Ihnen auch gern zu«, sagte Katie herzlich. Denn es stimmte – die Worte der Schulgründerin fielen bei ihr auf fruchtbaren Boden. Schon bald würde Mrs Ward auch für sie das dicke Buch heranziehen und ihr eine Anstellung vorschlagen. Sie war schon so gespannt auf diesen Moment. Fast hätte sie danach gefragt. Doch weil sie ahnte, dass Mrs Ward nicht vorgreifen würde, schwieg sie.

»Dann setzen wir dieses Gespräch morgen fort. Kommen Sie nach der Studierstunde zu mir, Ms Fox. Ich denke, ich habe gute Nachrichten für Sie.« Mrs Ward lächelte. »Und nun gehen Sie, damit Mrs Sharman sich nicht zu viele Sorgen machen muss. Sie ist fast so aufgeregt wie ich. Heute ist ein großer Tag für uns alle.«

~

Mary MacArthur wollte gar nicht lauschen. Aber als sie zu dem Raum lief, wo sich nach der Beschreibung der Haushälterin die Wäschekammer befand, kam sie an einer Tür vorbei, die nur angelehnt war. Die Stimmen dahinter weckten ihre Neugier, und Neugier war schon immer ihr größtes Problem gewesen. Sie verlangsamte ihre Schritte und spitzte die Ohren.

»Neugier ist der Katze Tod!« Fast konnte sie die Stimme ihrer Mutter hören, die sie tadelte, weil sie lieber bei den Nachbarn lauschte oder sich am Tratsch beteiligte, statt ihren Haushaltspflichten nachzukommen. Als älteste Tochter einer kinderreichen Familie hatte Mary schon früh mithelfen müssen.

Heute war ihr erster Tag am Norland Institute, vielleicht war das nicht der richtige Moment, ihre Nase in fremde Angelegenheiten zu stecken. Aber sie konnte nicht anders. Ihr schwirrte ohnehin bereits nach wenigen Stunden der Kopf von den zahllosen Anforderungen und Aufgaben, die an sie herangetragen wurden. Das war so ganz anders, als morgens zu überwachen, dass ihre jüngeren Geschwister sich nicht kabbelten und alle sauber und satt um kurz nach sieben auf dem Weg zur Schule waren.

Sie tröstete sich damit, dass sie schon bald in ihre neue Arbeit hineinwachsen würde und der heutige Tag ohnehin eine Ausnahmesituation darstellte, denn am Nachmittag fand die große Feierstunde statt, mit der das Schuljahr abgeschlossen wurde.

So hatte es ihr Sarah erzählt. Sarah war eine kleine, dunkelhaarige Waliserin, die mit einem schwer verständlichen Akzent sprach – und vor allem unfassbar schnell! Sie gehörte seit drei Monaten zu den Hausangestellten der Schule, kannte jeden Winkel und erzählte Mary flüsternd von Mrs Ward, der Gründerin, die oben in ihrem Arbeitszimmer saß und über alles wachte. »Ihr entgeht wirklich nichts!«, versicherte Sarah ihr. »Wenn du ein Glas fallen lässt, peng, steht's in ihrem Buch.« Sie hielt eines der Gläser hoch, die sie polieren sollten. »Aber wenn du gute Arbeit leistest, weiß sie das auch. Und sie kennt uns alle mit Namen, auch die letzte Spülmagd. Ihr geht es nicht nur um die Studentinnen. Obwohl die ja das Herz unserer Schule sind.«

Mary konnte das gar nicht glauben.

Sie näherte sich der Tür, die nur angelehnt war. Mit angehaltenem Atem lauschte sie, doch was auch immer die Frauen im Zimmer dahinter besprachen – sie taten es ruhig und so leise, dass Mary nur Bruchstücke aufschnappen konnte. Offensichtlich unterhielt sich Mrs Ward mit einer Studentin.

Mary war voller Bewunderung für diese jungen Frauen, die, davon war sie überzeugt, Großartiges leisteten. Die lernten und danach in die Welt hinausgingen, um ihr Wissen zum Wohle anderer Menschen anzuwenden. Ihr Traum war es, eines Tages eine wie sie zu sein und die Uniform zu tragen, die sie unverkennbar als Norland Nannys auswies.

Sie hingegen war nur eine Haushaltshilfe, eine von vielen. Mädchen für alles, eingesetzt in Küche und Wäschekammer. Niemand beachtete sie und ihre Gefährtinnen, die sich hinter den Kulissen darum kümmerten, dass die zwanzig Studentinnen sich auf den Jahreskurs konzentrieren konnten, nach dem sie dazu befähigt waren, sich um die Kinder reicher Leute zu kümmern.

»Irgendwann kokelst du dir die roten Haare an, wenn du überall deine Nase reinsteckst«, das hatte ihr älterer Bruder Finn immer gesagt. Aber Finn war nicht mehr da, er hatte sich vom Acker gemacht. Sein Geld fehlte der Familie, nach seinem Verschwinden war alles noch schwerer geworden. Wie sollte ihre Mutter Mary und die Geschwister satt bekommen, wie genug Kleidung kaufen, die Miete aufbringen? Davor hatte er wenigstens jede Woche ein paar Schilling bei ihrer Mutter abgeliefert.

Mary verstand ihn. Finn war zwanzig, und er hatte keine Lust, bis ans Ende seines Lebens für seine Eltern zu sorgen und die hungrigen Mäuler der jüngeren Geschwister zu stopfen.

Da hörte sie schon das Rascheln von Stoff. »Vielen Dank, Mrs Ward«, rief die junge Frau über die Schulter und trat aus dem Zimmer. Sie trug die Uniform der Studentinnen – braunes Kleid, weiße Schürze mit Rüschen, eine weiße Schleife am Kragen des Kleids – und hielt mit beiden Händen eine Schatulle fest an sich gedrückt. Sie war klein, das blonde Haar trug sie zu einem Knoten im Nacken aufgesteckt, die Wangen waren leicht gerötet. Ohne Mary zu bemerken, eilte sie zur Treppe.

Mary hörte ihre Schritte auf den Stufen. Dann ging eine Tür auf, mit lautem Geschnatter strömten die anderen Studentinnen aus dem Speisesaal. Sie waren unterwegs zu dem Nähzimmer, wo sie ihre Festkleider ein letztes Mal bügelten, die letzten Flusen abzupften, lose Knöpfe annähten und einander beim Anziehen halfen, bevor es gleich zum Festakt ging.

Dann war alles still. Mary näherte sich langsam der Tür, die noch immer einen Spaltbreit offen stand.

»Herzensgut«, so hatte Sarah die Schulgründerin Mrs Ward beschrieben. Aber ob sie auch einem einfachen Dienstmädchen gegenüber so aufgeschlossen wäre?

Mary spürte ihr Herz heftig klopfen. *Tu's nicht, tu's nicht,* flüsterte es im engen Käfig ihrer Brust.

Nur einen ganz kurzen Blick wollte sie riskieren. Behutsam schob sie die Tür auf und schaute in das Zimmer dahinter.

Eine ältere Frau um die fünfzig saß am Schreibtisch. Das in Kalbsleder gebundene Buch lag aufgeschlagen vor ihr, und gerade notierte sie etwas. Nur das Kratzen ihres Füllers war zu hören. Obwohl in weniger als einer Stunde bereits die Feierlichkeiten begannen, saß sie hier und trug in aller Ruhe etwas in dieses Buch ein. Mary bekam kurz ein schlechtes Gewissen, denn längst hätte sie doch mit den Bettlaken aus der Wäschekammer im Schlafsaal stehen müssen.

»Kann ich etwas für dich tun, mein Kind?«, fragte die Frau, ohne den Kopf zu heben.

Mary senkte betreten den Kopf. Sie fühlte sich ertappt.

Mrs Ward löschte die Tinte, klappte das Buch zu und legte den Füllfederhalter auf die kleine Schale vor sich. Sie faltete die Hände und blickte Mary an. Sie blieb ganz ruhig, als könnte sie nichts erschüttern. »Nun?«, fragte sie sanft. »Du bist das neue Dienstmädchen, nicht wahr? Mary MacArthur?«

Mary machte hastig einen Knicks. »Entschuldigen Sie, ich wollte nicht lauschen, aber …«, flüsterte sie heiser.

Sie spürte, wie sie rot bis zu den Haarwurzeln wurde.

Mrs Ward lächelte nachsichtig. »Aber du bist neugierig, richtig?«

Mary nickte. Sie musste schlucken. Mein Gott, sie wird mich rauswerfen, dachte sie. Ich hab's nicht mal einen Tag hier ausgehalten, weil ich zu neugierig war.

Nein. Sie hatte sich diese Gelegenheit nicht entgehen lassen können, weil sie mehr wollte. Das war schon immer so gewesen. Mary Traumfängerin, so hatte ihre Mutter sie früher genannt. Früher, bevor sie aus der Schule genommen wurde, damit sie daheim aushalf. Sie war eine Träumerin, ja. Aber nur, weil sie sich nicht mit dem begnügen wollte, was das Schicksal ihr zugedacht hatte. In ihr schlummerte immer noch dieser Ehrgeiz. Sie war ja bereit, hart zu schuften! Ihr Leben bestand immer schon aus Arbeit, nichts als Arbeit. Hier wurde sie wenigstens dafür entlohnt, dass sie sich die Hände im Seifenwasser ruinierte oder dass ihr die Knie schmerzten, wenn sie den ganzen Tag die Böden schrubbte.

»Gefällt es dir bei uns?«

»Sehr gut, Ms Ward, alle sind so freundlich zu mir.«

»Du kannst Mrs Ward sagen.«

Jemine, jetzt hatte sie in ihrer Aufregung der Schulgründerin auch noch unterstellt, dass sie unverheiratet war. Dabei wusste doch jede im Haus, dass Emily Ward verheiratet war, seit über zehn Jahren schon. Sie hatte auch zwei Kinder, das wusste Mary von Sarah, »aber nur adoptiert, sie war zu alt für eigene, als Mr Ward sie geheiratet hat«. Sarah hatte die Lippen geschürzt, als sie das erzählte; als wäre es eine Schande, keine eigenen Kinder zu haben.

Dabei war die Liebe zu den Kindern anderer Familien doch das, was die Norland Nannys auszeichnete. Und Mary war überzeugt, dass man jedes Kind lieben konnte. So wie sie ihre jüngeren Geschwister liebte, jedes einzelne vom Tag seiner Geburt an.

»Entschuldigen Sie, Mrs Ward. Ich wollte nicht unhöflich sein.«

»Das glaube ich dir. Dennoch bist du unaufgefordert eingetreten, statt deinen Pflichten nachzugehen. Und das an deinem ersten Tag bei uns.« Aufmerksam beobachtete Mrs Ward sie.

Mary spürte, wie Tränen in ihre Augen stiegen. O nein, dachte sie. Schon am ersten Tag wurde sie wieder vor die Tür gesetzt. Dabei hatte sie so sehr gekämpft, bis man ihr diese Stellung anbot. Als ihre Mutter Mary eröffnete, sie müsse nach Finns Verschwinden auch zum Haushaltseinkommen beitragen, hatte sie wochenlang gelogen, wann immer anderswo eine Stelle frei war. Jeden Morgen war sie zu der Schule am Pembridge Square gekommen und hatte am Dienstbotenaufgang gefragt, ob eine Stelle frei war. Dieses Haus war ihr Traum gewesen, seit sie von seiner Existenz erfahren hatte. Und wie groß war ihre Freude gewesen, als ihr letzte Woche von der sichtlich genervten Hausvorsteherin mitgeteilt wurde, dass man ihr eine Stellung anbot. »Aber nur, wenn du gut arbeitest und dich still verhältst!«, hatte sie Mary ermahnt.

»Möchtest du mir erzählen, warum du das getan hast?«, fragte Mrs Ward sanft.

»Ich bin sonst nicht so, das schwöre ich Ihnen.« Mary riss die Augen weit auf. »Ich mache immer meine Arbeit, ich beklag mich nicht, wenn es mehr zu tun gibt. Ich bin fleißig, hab mich jahrelang um die fünf jüngeren Geschwister gekümmert, weil meine Mam es nicht schaffte, sie musste ja arbeiten. Aber heute ist mein erster Tag, das ist alles so aufregend, und ich … Ich will doch nur …« Sie schluckte.

Mrs Wards Blick blieb aufmerksam und gütig, ihre Hände ruhten gefaltet auf dem Buch. Der Kragen ihres dunkelblauen Kleids berührte fast ihre vollen Wangen. Das hellbraune Haar trug sie hochgesteckt, es sah so weich aus wie der Flaum eines frisch geschlüpften Gänsekükens. Alles an ihr war weich und zart. Nur das verlieh Mary den Mut, ihren größten Wunsch auszusprechen.

»Ich will lernen«, flüsterte sie mit erstickter Stimme.

»Was möchtest du denn lernen, mein Kind?«

Konnte es eine sanftere, gütigere Frau geben als Mrs Ward? Wohl kaum. Trotzdem kostete es Mary große Überwindung, auf die Frage zu antworten. »Alles. Lesen kann ich, schreiben auch, aber ich möchte …« Sie holte tief Luft. »Ich möchte eine Nanny werden. So wie all die anderen Mädchen hier.«

Die Stille nach ihren Worten dehnte sich. Mary wagte nicht, den Blick zu heben. Mrs Ward war aufgestanden und umrundete den Schreibtisch. Sie blickte erst auf, als die kleine Frau ihr die Hand auf den Ärmel der Dienstmädchenuniform legte.

»Dein Wunsch ehrt dich, Mary. Und ich verstehe, wie verführerisch das alles für dich sein muss. Die Gemeinschaft der jungen Frauen, die hier zusammenkommen und gemeinsam lernen, begründet oftmals eine lebenslange

Freundschaft. Wenn dich dieser Kurs interessiert, gibt es vielleicht jemanden, der dir ein Empfehlungsschreiben ausstellt?«

Mary seufzte. »Leider nicht.«

»Das ist schade. Unsere Kursplätze sind begrenzt.«

Selbst wenn sich jemand fand, der für sie ein gutes Wort einlegte, wusste Mary doch, wie unmöglich ihr Unterfangen war. Das Schulgeld würde sie niemals aufbringen können.

»Es war auch nur eine Idee.« Sie senkte den Kopf und wandte sich zum Gehen.

»Ist es das wirklich?«, rief Mrs Ward ihr nach.

Mary drehte sich um. Kurz schöpfte sie Hoffnung, dass Mrs Ward ihr in einem Akt reinster Güte anbot, sie ohne das Schulgeld am Norland Institute aufzunehmen. »Nein. Es war mein Traum, seit ich von diesem Haus gehört habe. Ich liebe kleine Kinder, und sie mögen mich. Ich glaube, das wäre der richtige Platz für mich.«

Mrs Ward nickte nachdenklich. »Es gibt viele, die sich berufen fühlen«, sagte sie nur und kehrte hinter ihren Schreibtisch zurück.

Mary fand die Wäschekammer. Während sie die Bettlaken aus den Fächern zog, dachte sie darüber nach. War es denn gerecht, dass die Schulplätze nur an jene junge Frauen gingen, die es sich leisten konnten? Die das Schulgeld aufbrachten, Empfehlungsschreiben vorwiesen und vom Schicksal von vornherein an einen anderen, besseren Platz gestellt worden waren?

Mary wusste darauf keine Antwort.

Sie war eben nur die Tochter einer armen Seidenblumenhändlerin, und das würde sie bis ans Ende ihres Lebens bleiben.

Kapitel 3

Es fühlte sich so fremd, beinahe falsch an, dass sie hier saß und wartete, bis ihr Name aufgerufen wurde. Kein kleiner Roderick auf dem Arm. Links und rechts neben Joan saßen andere junge Frauen, und sie alle hatten sittsam und mit dem gebührenden feierlichen Ernst die Hände im Schoß gefaltet, den Blick nach vorne gerichtet, wo nun Mrs Ward von der Schulleiterin Mrs Sharman auf das kleine Podest gebeten wurde. Joan kannte die Norlanderinnen natürlich. Mit einigen hatte sie zusammen den Abschluss gemacht, von anderen hatte sie im *Norland Quarterly* gelesen. Da war Daisy Jones, die gerade aus Stockholm zurückgekehrt war und für ihre drei Jahre dort geehrt wurde. Harriet Morgan, die im Jahr nach Joan ihren Abschluss gemacht hatte und seither für einen schottischen Lord die Kinder in einer zugigen Burg in den Highlands versorgte, wie sie gern mit einem Augenzwinkern berichtete. Und viele mehr. Sie waren für Joan wie Schwestern.

Joans Hände waren feucht vom Schweiß, und diesmal war es ihr eigener, nicht der von kleinen Kinderhänden, die sich sonst so vertrauensvoll in ihre schoben. Ihr fehlte in diesem Moment etwas, um beschäftigt zu sein, abgelenkt von dem, was geschah. Sie wusste ja, was passieren würde, schließlich hatte eine entsprechende Notiz bereits in der

Frühjahrsausgabe des *Norland Quarterly* die Auszeichnung angekündigt. Doch das minderte die Aufregung nicht im Geringsten.

Für sie war es eine merkwürdige Vorstellung, dass sie an diesem Morgen in der Steinway Hall mit den anderen jungen Frauen ausgezeichnet werden sollte. Der Vorführungssaal des Klavierbauers in Marylebone war bis auf einen Flügel vorne neben dem Podest leer geräumt worden. Stuhlreihen erstreckten sich, wo sonst Klaviere auf Interessenten und Käufer warteten.

Wofür bekam sie dieses silberne Abzeichen? Weil sie seit mehr als fünf Jahren ihre Pflicht erfüllte – drei davon mindestens bei einem Arbeitgeber? Seit 1897 diente sie inzwischen dem Earl of Dudley, und seit der Geburt des kleinen Roderick im April hoffte sie, dass noch ein paar Jahre folgen würden. Der kleine Junge war das erste Kind, das sie vom Tag seiner Geburt an begleiten durfte, und das machte etwas mit ihr. Etwas, für das sie bisher keine Worte fand.

Sie liebte all ihre Schützlinge. Keineswegs würde sie Roderick seinen älteren Schwestern Gladys oder Lillian vorziehen, auch nicht seinem Bruder William, der sie anfangs so ablehnend behandelt hatte, weil er seine Mimi vermisste, wie er die Nanny nannte, die vor Joan für die Kinder des Earl of Dudley verantwortlich gewesen war. Aber es war etwas anderes, wenn sie Tag und Nacht für ein Kind da war, das sich Abend für Abend untröstlich in den Schlaf schrie, solange sie es nicht auf dem Arm trug. »Sie verwöhnen ihn zu sehr«, das waren die Worte von Lady Rachel. Als leibliche Mutter stand ihr das Recht zu, den Kleinen zu verwöhnen – doch daran zeigte sie nie Interesse. Und den an Joan gerichteten Tadel verpackte sie geschickt in ein zärtliches Lächeln für ihr Kind auf dem Arm der Nanny. Als wollte sie sagen: »Na, da wird aber jemand verwöhnt. Aber sieh ihn dir nur an, Joan. Er ist so ruhig bei dir, das kann doch nicht schlecht sein.«

»Und darum zeichnen wir heute jene aus, die für uns leuchtende Beispiele dafür sind, wofür das Norland Institute seit zehn Jahren steht.«

Es fiel ihr schwer, sich auf die Worte von Mrs Ward zu konzentrieren. Die Nacht war unruhig gewesen. Die ersten Zähnchen? Dafür wäre es noch etwas früh. Aber jedes Kind war ja anders.

»Sie tragen den Geist von Norland hinaus in die Welt – und nicht nur sprichwörtlich, denn einige führt ihre Arbeit nach Asien, Afrika, sogar nach Amerika. Ehren wir heute jene, die sich für das Wohl ihrer Schützlinge einsetzen. Ich darf nun die Countess of Dudley zu mir bitten. Sie war so großzügig, die Verleihung der Ehrennadeln zu übernehmen.«

Höflicher Applaus erklang. Die jungen Frauen links und rechts von Joan reckten die Hälse, sie flüsterten untereinander. Joan lächelte nur, erfüllt vom Stolz, dass sie es war, die für diese Familie arbeiten durfte.

Die Verleihung der Abzeichen begann. Mrs Ward verlas die Namen der einzelnen Nannys, die daraufhin aufstanden, nach vorne traten und von ihr eine Urkunde überreicht bekamen, ehe ihnen die Countess of Dudley das Abzeichen an die Brust heftete. Sie alle trugen heute ihre beste Ausgehuniform – das braune Kleid ohne Schürze, dafür aber aus leicht glänzender Moiréseide. Später würden sie sich wieder die kleinen, flachen Hüte aus braunem Samt aufsetzen, bevor sie mit einem leichten Cape um die Schultern vor die Tür traten.

»Joan Hodges.«

Sie stand auf und trat vor. Mrs Ward drückte ihr einen Kuss auf die Wange und die Urkunde in die Hand. »Wir sind sehr stolz auf Sie, meine Liebe«, sagte sie.

»Danke.« Joan machte einen Knicks. Sie lächelte. Die Ansprache, vor allem aber der Kuss erinnerten sie wieder daran, wie sie vor knapp acht Jahren in das Norland Institute eingetreten war. Jeden Abend hatte Mrs Ward all ihre Schützlinge, die Quartier im Institut bezogen hatten – weil sie aus anderen Städten stammten oder die allmorgendliche Anfahrt zu lange dauerte –, zur guten Nacht auf die Stirn geküsst. Schon damals waren sie über zwanzig junge Frauen, doch Mrs Ward ließ sich diese Tradition nicht nehmen. Eine Tradition, die Joan später bei ihren Familien fortsetzte. Es war das Maximum an Nähe, das sie sich bei den größeren Kindern ihrer Arbeitgeber zugestand. Der Wangenkuss aber stand für eine Begegnung auf Augenhöhe, wie sie den Absolventinnen zustand.

Die Countess heftete das Abzeichen an ihre Brust. »Danke für alles, Ms Hodges«, sagte sie, und Joan kehrte an ihren Platz zurück. Nachdem alle ihre Auszeichnung bekommen hatten, wurden sie eingeladen, an dem Festessen im angrenzenden Saal teilzunehmen. Joan reckte den Hals, als sie mit den anderen aufstand. Ihr Interesse galt vor allem der Frau, die zu Beginn der Feierstunde eine ergreifende Rede gehalten hatte.

»Hättest du gedacht, dass sie kommt?«, flüsterte ihr Constance Sadler zu, die direkt neben ihr stand.

»Im Leben nicht.«

»Sie ist die Schwägerin von Mrs Ward, wusstet ihr das?«, mischte sich eine andere ein. Jessy Burton, erinnerte Joan sich. Sie arbeitete seit letztem Herbst im Deutschen Reich.

Jede von ihnen kannte die Romane von Mrs Humphry Ward. Sie hier zu sehen war für alle eine Überraschung. Gerade plauderte sie mit Mrs Sharman und Mrs Wards Ehemann.

»Ich habe all ihre Bücher gelesen«, seufzte Jessy ergriffen.

»Ihre Rede war wirklich inspirierend.« Einen kurzen Moment lang erlaubte Joan sich, in diesem Moment zu schwelgen. Die Rede von Mrs Humphry Ward – so ließ sich die Schwägerin von Mrs Ward in der Öffentlichkeit nennen und veröffentlichte unter diesem Namen auch ihre Romane – und dann die Ehrung durch die Countess of Dudley … Wieder spürte Joan, wie besonders das Leben war, das sie führen durfte.

»Wusstet ihr, dass sie in Tasmanien geboren wurde? Am anderen Ende der Welt.« Jessy kannte sich offenbar gut aus.

»Ach, hätte ich das gewusst. Ich hätte meinen *Peter Eldermere* mitgebracht«, jammerte Constance. »Dann hätte ich sie bitten können, ihn für mich zu signieren.«

Joan bemerkte eine Bewegung an der Tür. Dort stand Millie und versuchte, ihre Aufmerksamkeit zu erregen. »Entschuldigt mich bitte. Sehen wir uns gleich beim Empfang?«

»Auf jeden Fall!«

Sie winkte, dann lief sie rasch zu Millie. Hoffentlich ist nichts passiert, dachte sie. Doch dann schob sie den Gedanken rasch weg. Roderick war bei Millie in guten Händen, sagte sie sich.

»Er lässt sich einfach nicht beruhigen.« Die junge, runde Frau mit dem leichten Silberblick und den zerzausten dunklen Haaren, die keine Bürste bändigen konnte, schnaufte. »Erst will er trinken, aber dann schreit er sich in Rage und spuckt alles wieder aus.«

Beruhigend legte Joan eine Hand auf Millies Arm. »Wo ist er jetzt?«, fragte sie.

»Draußen im Kinderwagen. Ich bin ein bisschen mit ihm herumgelaufen, wie Sie es gesagt haben.«

»Ich komme.« Sie sah sich suchend um, aber sowohl die Countess of Dudley als auch ihre Freundinnen waren in

Gespräche vertieft. Sie würde sich später entschuldigen, weil sie kurz ihrer Pflicht hatte nachgehen müssen.

Sie hörte Roderick schon von Weitem. Millie hatte den Kinderwagen unter dem Vordach eines kleinen Geschäfts auf der anderen Straßenseite abgestellt. Als Joan sich über ihn beugte, gewann Rodericks Geschrei direkt noch eine dringlichere Note. Sie schlug die Decke zurück und hob ihn heraus. »Ganz ruhig, mein Schatz«, murmelte sie, bettete sein Köpfchen an ihre Schulter, hielt ihn fest und wippte auf und ab.

Nach einigen Minuten wurde er wieder ruhiger. Seine Ärmchen ruhten auf ihrer Schulter, mit wachem Blick schaute er in die Welt um sich herum. Die klappernden Pferdefuhrwerke schienen Roderick ebenso zu interessieren wie der Bus, der vorbeifuhr. So viele Menschen, die rings um ihn herumliefen, so viel zu staunen!

Während Joan das Kind versorgte, stand Millie etwas verloren neben ihr. Sie wusste, das junge Mädchen war mit der Situation völlig überfordert; sie hatte vor zwei Monaten, als sie in die Dienste der Dudleys trat, ihr eigenes Kind in Kent zurücklassen müssen; ein knapp einjähriges, properes Mädchen, hatte sie erzählt. Und nun war sie für diesen kleinen Jungen verantwortlich, gemeinsam mit Joan. Sie verstand die Überforderung der Achtzehnjährigen – ihr wäre es in dem Alter nicht anders ergangen.

Aber Millies wichtigste Aufgabe war, das Kind zu nähren. Alles andere teilten Joan und sie sich.

»Gib ihm einfach die Nähe, die er bei dir sucht«, riet Joan ihr.

Millie knickste verlegen. »Entschuldigung, ich dachte …«

»Schon gut.« Joan nahm es ihr nicht übel.

An ihre Schulter gekuschelt schlief Roderick schließlich erschöpft ein. Sie wartete noch ein paar Minuten, ehe sie ihn behutsam zurück in den Kinderwagen legte. Mit den Füßen berührte der Säugling zuerst die Matratze – diesen Trick hatte sie am Norland Institute gelernt. So gelang es meist, dass das Baby bei der Umlagerung weiterschlief.

»Jetzt kannst du noch ein Stündchen mit ihm spazieren gehen«, sagte Joan. »Wenn er aufwacht, wird er Hunger haben, aber das kriegst du schon hin, ihr macht euch ja bald auf den Heimweg.« Die Kinder sollten nicht am Festessen teilnehmen, sondern mit Millie früher heimfahren. »Und falls nicht, frag dort drüben noch mal nach mir.«

Es tat ihr leid, dass Millie an diesem Tag gezwungen war, sich um den unleidlichen Roderick zu kümmern. In der Nacht war er oft aufgewacht, aber sie hoffte, dass er jetzt ein wenig schlafen würde.

Millie sah mit ihrem Kleid, an dem noch etwas Milchspucke haftete, nicht besonders vorteilhaft aus. Kurzerhand nahm Joan ihren Mantel und legte ihn ihr um die Schultern.

»Danke«, flüsterte Millie. Joan nickte ihr aufmunternd zu, ehe sie zurück zum Festsaal lief. Hoffentlich hatte niemand ihr Verschwinden bemerkt.

Kapitel 4

London, August 1902

Das Klackern der Bausteine, die in sich zusammenfielen. Das Aufheulen des achtjährigen William, weil die Physik sich nicht seinem Willen beugen wollte. Dazu das laute Singen der sechsjährigen Lillian, die ihre Puppe fütterte. Der sechs Monate alte Roderick, der auf Joans Arm gluckste, während sie sich durch das Spielzimmer der Kinder bewegte, ein Steckenpferd aufhob und in die Ecke stellte. Sie ermahnte die älteren Kinder nicht, denn es hatte ohnehin keinen Wert; nach fünf Minuten würden sie spätestens wieder lärmen, und solange niemand schlafen musste oder Kopfschmerzen davon bekam, brauchte sie nicht ständig an den älteren Kindern herumzumäkeln. Sie war nicht geräuschempfindlich – vermutlich eine der besten Eigenschaften, die sie zu ihrer Arbeit befähigten.

Das Älteste der Dudley-Kinder, Gladys, saß mit einem Buch auf dem Sofa an der rückwärtigen Wand des Raums. Sie war ganz vertieft in die Lektüre, als gäbe es den Lärm um sie herum nicht. Aber sie konnte auch gehen, wenn es ihr zu laut wurde. Die meiste Zeit blieb Gladys jedoch gern bei ihren Geschwistern und blendete den Trubel einfach aus.

Bewundernswert, fand Joan. Und es war auch etwas, das sie nie beherrscht hatte – nie beherrschen würde. Sie war darauf konditioniert, auf jedes Geräusch ihrer Schützlinge zu lauschen.

William begann, einen weiteren Turm zu errichten. Roderick strampelte, damit Joan ihn vom Arm ließ. Der Kleine wurde langsam mobil und wollte zu seinem Bruder, um die Bauklötze einzuspeicheln und den Turm zum Einsturz zu bringen. Joan legte Roderick auf den Bauch; er blickte mit großen Augen auf die Weite des Orientteppichs vor sich, dann begann er, sich unter Ächzen in Richtung seines Bruders zu schieben. Seine Bemühungen waren leider noch nicht von Erfolg gekrönt, doch lange würde es nicht mehr dauern.

Joan betrachtete den Säugling mit einem zärtlichen Lächeln. Sie werden wirklich verdammt schnell groß, dachte sie fast ein wenig traurig.

Unbemerkt war Millie eingetreten. Roderick bekam nun schon den ersten Brei und würde nicht mehr lange auf seine Amme angewiesen sein, doch weil der Kleine seine »Amma«, wie er sie nannte, genauso sehr vergötterte wie Joan, hatte sie sich bei Lady Dudley für Millie eingesetzt. Die junge Frau würde daher auch weiterhin bleiben und sie bei den vielfältigen Aufgaben in der Kinderstube unterstützen.

Joan nickte Millie zu, dann trat sie zu Lillian und legte ihr eine Hand auf die Schulter. »Ich bin jetzt weg«, sagte sie. »Millie passt heute Nachmittag auf euch auf.«

Lillian blickte auf. »Gut«, sagte sie nur. Mehr nicht.

Aber Lillian brauchte das. Eine kurze Rückmeldung, wenn sich etwas am Ablauf änderte. Gladys und William war es egal, sie nahmen den Wechsel der Betreuung einfach hin. Lillian war vielleicht noch zu klein dafür, zu empfindsam.

Joan winkte noch einmal, dann verließ sie das Spielzimmer. Roderick hatte ihr Verschwinden bemerkt und fing an zu weinen, doch Millie war sofort zur Stelle und nahm ihn auf den Arm. Joan blieb einen Moment vor der Tür stehen. Der Säugling beruhigte sich rasch.

Sie lief die Treppe hinauf. Das Herz war ihr schwer. Heute würde sie zum letzten Mal für lange Zeit ihren Onkel George treffen. Der nahe Abschied hatte sie schon den ganzen Tag beschäftigt.

Sie nahm eine Mietdroschke für den Weg ins East End. Ein kleiner, fast schon dekadenter Luxus, den sie sich aber gern gönnte. Als die Kutsche vor dem schmalen Stadthaus hielt, entlohnte sie den Kutscher, und bevor sie an der Haustür klopfte, streichelte sie dem mageren Schimmel über die Nüstern. »Braver Kerl«, murmelte sie. Pferdenasen. Es gab für sie kaum etwas Beruhigenderes.

Ihr Onkel hatte sich als Kaufmann nicht nur einen Namen gemacht, sondern auch ein kleines Vermögen, weshalb er durchaus großzügig in diesem Teil der Stadt residierte, der, so behauptete er gern, ihm immer noch im Blut lag. »Mein Tabak wird überall da draußen geraucht. Wieso sollte ich mich von denen abwenden, die mich reich gemacht haben?« Joans Einwand, dass es inzwischen wohl eher die Wohlhabenden von Mayfair oder Regency Park waren, die seinen Reichtum mehrten, ließ er nicht gelten. »Ich bleib da, wo ich herkomme.«

Joan trat in das Haus und wurde sogleich ins Kaminzimmer geführt. Das prasselnde Feuer im offenen Kamin wärmte sie. Eigentlich durfte ihr an diesem sommerlichen Augusttag nicht kalt sein, aber die innerliche Aufregung ließ sie beben. Die Veränderungen gingen auch an ihr nicht spurlos vorbei.

»Kommst du, um dich zu verabschieden?«

Joan drehte sich um. George Hodges war der Bruder ihres Vaters und alles, was ihr nach dem Tod der Eltern an

Familie in London geblieben war. Es gab noch ein paar Cousinen in Essex, von denen hatte sie aber schon lange nichts mehr gehört.

»Ja, leider. In drei Tagen fahren wir.«

George Hodges war ein hochgewachsener, kräftig gebauter Kerl mit sandblonden, bereits leicht ergrauten Haaren. Von Familienähnlichkeit konnte man da nicht sprechen – Joan kam mit den brünetten Haaren und der Stupsnase eher nach ihrer Mutter, deren leicht gebräunte Haut sie ebenso geerbt hatte wie die hellbraunen Augen. Ihr Onkel strich sich über den dünnen Schnurrbart, ehe er antwortete.

»Nun, dass es mir nicht behagt, weißt du. Hat deine Mrs Ward denn keine andere Stellung für dich? Muss es unbedingt Irland sein?«

Joan lachte. »Du meinst unsere Schulleiterin? Leider nicht. Ich hätte nicht gedacht, dass dir der Abschied so schwerfällt.«

Ihr Onkel brummelte und betätigte den Glockenzug neben dem Kamin. Als hätte sie auf dieses Zeichen gewartet, sprang die Tür auf, und die Haushälterin brachte den Teewagen mit einer Etagere voller Köstlichkeiten und frisch gebrühtem Earl Grey.

»Sieh es einem alten Hagestolz nach«, murmelte er, sobald die Tür sich wieder geschlossen hatte. Während Joan den Tee in die beiden zarten Porzellantassen goss, lehnte er sich zurück und schmauchte an seiner Meerschaumpfeife. »War wohl nicht darauf vorbereitet, dass mich die Verantwortung für ein junges Mädchen meinen Lebtag nicht mehr loslassen wird.«

»Und ich bin dir dankbar, dass du all die Jahre die Verantwortung getragen hast«, sagte sie sanft. »Aber nun bin ich sechsundzwanzig und kann auf eigenen Füßen stehen.«

George Hodges räusperte sich. »So, so. Na, ich kann

wohl froh sein, dass der Earl of Dudley nur General Lieutenant of Dublin wird und nicht Gouverneur von Australien. Trotzdem fühlt sich beides wie eine Weltreise an.«

Mehr sagte er nicht dazu, und ihr Gespräch wandte sich anderen Themen zu. Joan war ein bisschen traurig, dass sie zukünftig ihren freien Nachmittag nicht mehr in der angenehmen Gesellschaft ihres Onkels verbringen konnte. Er würde ihr fehlen, das wusste sie schon jetzt.

Aber als Norland Nanny hatte sie bisher ja großes Glück gehabt, dass sie mit der Familie des Earl of Dudley entweder in London residierte oder in Worcestershire auf dem Familiensitz Whitley Court. Viele ihrer Gefährtinnen trieb es in alle Himmelsrichtungen. Katie Fox zum Beispiel hatte es zu einer italienischen Adelsfamilie nach Monte Carlo verschlagen. Was auf den ersten Blick so glamourös klang, schien ihre Freundin nicht besonders glücklich zu machen. In ihren Briefen klang sie bedrückt. Joan versuchte, sie zu ermutigen. Zu gut erinnerte sie sich daran, wie die ersten Monate in Whitley Court sich für sie angefühlt hatten. Es dauerte, bis eine Nanny ihren Platz fand – vor allem, wenn es diese Stelle in einer Familie vorher noch nicht gegeben hatte.

Wie der Zufall es wollte, wartete ein Brief von Katie auf sie, als Joan später nach Hause kam. Die Kinder saßen schon beim Abendessen; soweit Joan es überblickte, hatte Millie die Situation im Griff. Sie holte aus der Küche ein Tablett mit ihrem Abendessen und zog sich damit in die Dachkammer zurück, die in den Londoner Monaten ihr Quartier war.

Ihr Zimmer war etwas größer als die der anderen Dienstboten, die diese sich meist zu zweit oder dritt teilen mussten. Joan hatte den Vorteil, dass sie ein Einzelzimmer zugewiesen bekommen hatte. Außerdem stand darin ein kleiner

Ofen, damit Joan es schön warm hatte. Sie besaß auch zusätzlich zu der Kommode und dem Bett einen kleinen Schreibtisch nebst Stuhl. Hier saß sie nun und löffelte die köstliche Suppe, während sie den Brief von Katie las.

Meine liebe Joan,
dein Brief traf mich in trüber Laune an, vermochte mich aber aufzuheitern. Du hast so recht mit dem, was du schreibst – mit allem! Es ist nicht das Reisen an sich, das mich so anstrengt. Es ist das Chaos, das die Umzüge begleitet. Erst kürzlich sind wir nach Neapel gereist, und was soll ich sagen? Meine Dienstherrin überließ alle Planung und Ordnung mir, und wie schon bei den letzten Malen war ich damit heillos überfordert. Nicht nur, weil so viel zu bedenken ist – nein. Ich muss ja nebenher noch die Kinder versorgen, als wäre das so einfach. Und kurz vor der Abfahrt reißt die Contessa alle Schrankkoffer und Truhen auf, rupft die Kleider heraus und zetert, das solle nicht mit, das auch nicht, ihre Hüte aber allesamt, wieso die noch keiner verpackt habe … Ich kann das nur dir schreiben, liebe Freundin, weil ich weiß, du wirst es nicht falsch verstehen. Und ich will auch gar nicht jammern. Die Arbeit ist für mich die Erfüllung all meiner Träume, die Kinder brav und so süß, begierig, zu lernen und zu spielen. Ich kann hier all das anwenden, wovon ich in den Monaten als Schülerin am Norland Institute geträumt habe. Aber muss dieses Gefühl des Ausgeliefertseins sein? Mrs Sharman hat uns immer eingeschärft, wir seien anders als die Dienstboten, bei uns legen die Dienstherrinnen einen anderen Maßstab an. Aber was ich hier erlebe, empfinde ich zunehmend als Schikane, ohne zu

wissen, ob dies Absicht oder die Hilflosigkeit der Contessa ist, die selbst nicht mit ihrem Leben zurechtkommt …

In diesem Tonfall ging es weiter. Joan lächelte bei der Schilderung eines Ausflugs, bei dem Katie mit ihren Schützlingen ohne Sonnenhut eine Ausfahrt gemacht hatte.

Danach war ich rot wie ein Krebs. Aber dank Buttermilchumschlägen geht es mir wieder besser, nur das Rot meiner Wangen erstreckt sich nun auch auf meine Stirn. Die mediterrane Sonne ist mindestens gewöhnungsbedürftig.

Zum Schluss schlug Katie nachdenkliche Töne an. Joan schob den Teller beiseite.

Ich weiß nicht, wie ich es anders sagen soll, aber ich bin dir unendlich dankbar, Joan. Du hast mich unter deine Fittiche genommen, als ich noch gar nicht wusste, was mich im Norland Institute erwartete. Der Austausch mit dir tat mir so gut! Weißt du noch, wie ich dich anfangs siezte, weil ich so viel Respekt vor dir hatte? Aber auch jetzt sind deine Gedanken so wertvoll für mich. Mit unserer Arbeit führen wir das fort, was das Norland Institute seit zehn Jahren auszeichnet. Ich weiß nicht, ob es einen passenden Begriff dafür gibt. Solidarität unter Frauen vielleicht? Wir sind uns bewusst, wie besonders wir sind. Wir wissen, dass da draußen unzählige Familien auf Frauen wie uns warten. Aber wir sind in jeder Hinsicht privilegiert. Zu leicht vergisst man das. Es gibt sicher auch andere Frauen, die wie wir gerne Nannys werden möchten, denen es aber an den finanziellen Möglichkeiten mangelt. Wir haben Glück gehabt. Aber wie viele haben nicht so viel Glück?

Joan verstand, was Katie meinte. Und sie freute sich über Katies Zeilen. Zeigten sie doch, dass Katie ebenfalls vom Geist des Norland Institutes erfasst worden war.

Aber so einfach, wie Katie sich das vorstellte, war es nicht. Für das Norland Institute musste ein Schulgeld entrichtet werden, das für viele Familien schlicht nicht aufzubringen war. Und wer war sie denn, dass sie an der Ordnung zweifelte? Soweit sie es bisher mitbekommen hatte, mangelte es auch jetzt schon nicht an Bewerberinnen für die Ausbildung. Aber wäre es überhaupt gewollt, dass Frauen aus der Mittelschicht oder aus den Arbeitervierteln zu Nannys ausgebildet wurden? Sicher, seit das Norland Institute so erfolgreich war, gab es andere Schulen, die auf ähnlichen Konzepten basierten und nicht gar so teuer waren. Dort zahlte man weniger Schulgeld, bekam eine ähnliche, nicht ganz so herausragende Ausbildung und bewarb sich dann mit so schwammigen Formulierungen wie »nach dem Konzept des Norland Institutes«, ohne etwas damit zu tun zu haben. Darunter litt natürlich das Ansehen der Ausbildung.

Joan hatte durchaus Glück gehabt, denn ihr Onkel George hatte ihr immer bei allen Zukunftsplänen seine Unterstützung zugesagt. Als sie mit dem Wunsch zu ihm kam, sie wolle sich am Norland Institute ausbilden lassen, hatte er darüber erst eine Weile nachgedacht, bevor er ihr das Schulgeld zusicherte. »Kommt mich günstiger als eine Heirat«, hatte er geschmunzelt.

Joan hatte daraufhin etwas gequält gelächelt. Eine Heirat, nun ja. Sie kam aus dem Haushalt eines leicht verrückten Hagestolzes, hatte erst eine Schule besucht, anschließend einen Hauswirtschaftskurs. »Willst du denn wirklich keinen Mann?«, hatte ihr Onkel sie recht form- und taktlos zu ihrem achtzehnten Geburtstag gefragt, und Joan hatte über die Frage lachen müssen. Da bereitete sie sich gerade auf das Jahr am Norland Institute vor.

Wollte sie einen Mann? Nein, im Grunde nicht. Sie wusste nicht, was ihr im Leben fehlte; sie hatte ihren Onkel, Freundinnen, die allerdings in den meisten Fällen eher in seinem Alter waren als in ihrem. Sie hatte früh erwachsen werden müssen nach dem Tod ihrer Eltern, und manchmal war es ihr vorgekommen, als lebten Onkel George und sie in einer merkwürdigen Gemeinschaft zusammen, nicht der Oheim und sein Schützling, sondern jederzeit auf Augenhöhe.

Es war ihm schwergefallen, sie gehen zu lassen, als sie sich für das Norland Institute entschied. Als sie nach dem Kurs zu ihrer ersten Anstellung bei den Dudleys wechselte. Das halbe Jahr war sie auf dem Landsitz; sie schrieben Briefe. Daran würde sich nichts ändern, wenn sie nach Dublin übersiedelten, aber Joan spürte, wie sehr sie ihm fehlen würde. Das hatte sich heute noch einmal gezeigt; er hatte wohl gehofft, sie würde immer in seiner Nähe bleiben.

Es gab für Joan keinen Mann, für den sie an einem Ort bleiben würde – auch nicht für ihren Onkel, dem sie so viel verdankte. Er hatte ihr schließlich diese Flausen in den Kopf gesetzt, das gab er selbst zu. »Niemand muss für ein glückliches Leben verheiratet sein«, waren das nicht seine eigenen Worte gewesen? Er hatte es ja selbst bewiesen, war zeit seines Lebens unverheiratet geblieben. Bei einem Mann war das natürlich immer noch etwas anderes als bei einer jungen Frau. Nun, sie war aber ohne Ehemann genauso glücklich wie ihr Onkel ohne Frau.

Kinder hatte sie sich aber immer gewünscht. Als Nanny verband sie das Leben als Junggesellin mit dem Hüten einer Kinderschar, die ihr fast wie die eigene war. Sie hatte ihren Platz gefunden in der Welt, und dass damit nun ein Ortswechsel verbunden war, fühlte sich im ersten Moment fremd an – aber sie gewöhnte sich an den Gedanken.

Kapitel 5

Neapel, September 1902

Diese ständigen Ortswechsel, dachte Katie. Irgendwann treiben sie mich in den Wahnsinn. Sie musste einen kühlen Kopf bewahren und sich konzentrieren. Gar nicht so leicht, denn selbst abends um elf kühlte sich die Luft im Schatten des Vesuv kaum ab. Die Zeit in Neapel war ihr lang geworden; die Hitze hatte sich als unerträglich erwiesen.

Unschlüssig stand sie zwischen den drei Schrankkoffern, die sie überragten. Katie war mit ihren knapp eins sechzig immer schon eine der Kleineren gewesen. In diesem Haushalt mit den erstaunlich hochgewachsenen Italienern fühlte sie sich winzig. Und eben anders, denn ihr Haar war blond, nicht schwarz, ihre Augen blau, nicht braun, ihre Haut weiß, nicht gebräunt – sie passte hier so gar nicht hin.

Seit sie vor zwei Monaten nach Monte Carlo gekommen war, hatte sie schon dreimal für die Contessa und ihre Kinder alles zusammenpacken müssen, und nun stand erneut eine Reise an. Die Kinder schliefen schon in ihren Bettchen, unten im Speisezimmer hörte sie die Contessa laut und affektiert lachen, wie sie es immer tat, wenn sie zu viel Wein getrunken hatte. Etwas ruhiger antwortete ihr Mann, der am Morgen überraschend aufgetaucht war und verkündet hatte, die Familie müsse nun unbedingt zurück nach Monte

Carlo und von dort schon bald für den Winter nach Oberhofen, genug mit dem Reisen, Neapel sei ein stinkender Moloch, unerträglich, basta!

Katie hoffte, dass es tatsächlich genug war mit dem Reisen. Aber sie gab sich keiner Illusion hin – wenn es Donna Pauline gefiel, würden sie schon bald wieder aufbrechen.

Wie ein Zugvogel, dachte Katie. Sie seufzte und faltete die Wäsche zusammen, die die Contessa in einem Anfall von Eifer auf ihrem Bett ausgekippt hatte.

Die Zofen, die sich die Contessa hielt, waren albern kichernde Mädchen, kaum der Kinderstube entwachsen. So kam es Katie jedenfalls manchmal vor. Sie hatte die drei jungen Frauen mit dem Verpacken der Hüte, Pelzstolen und anderen Kinkerlitzchen beauftragt. Katie legte die Wäsche zusammen und verstaute sie in den Schüben der Koffer. Sie dachte an das Spielzeug der Jungen, das sie ebenso noch heute Abend verpacken musste wie die Kleidung und Schuhe. Manches hatte sie seit dem letzten Umzug gar nicht ausgepackt, ging ihr auf. Vielleicht auch besser so.

Es klopfte an der Tür, und Katie hob den Kopf. »Brauchen Sie noch Hilfe, Signora Katarina?«, fragte schüchtern eine der Zofen. Sie war gerade mal fünfzehn Jahre alt, die jüngste im Kreis der Mädchen, von denen Katie noch immer nicht wusste, ob die Principessa Ruspoli sie eingestellt hatte, weil sie jüngere Schwestern als Gesellschaft suchte oder doch eher damit ihren unterschwelligen Wunsch nach Töchtern zu befriedigen suchte. Mit vier Söhnen gesegnet, hätte Donna Pauline sich ja im Grunde keine Sorgen machen müssen – die Nachfolge war gesichert. Aber gerade ihr Umgang mit dem sensiblen Alessandro ließ darauf schließen, dass sie nichts gegen eine Tochter einzuwenden gehabt hätte. Sie verhätschelte den Siebenjährigen, und hätte er gern mal ein Kleid getragen, hätte Donna Pauline ihm vielleicht auch das ermöglicht. So spielte der Kleine oft mit der Puppe, die er sich so sehr gewünscht hatte.

Ganz anders verhielt sich die Principessa ihrem jüngsten Spross gegenüber. Der zweijährige Emanuele, für den Katie die meiste Zeit zuständig war, war ein Wildfang, dem es gar nicht halsbrecherisch genug sein konnte. Sie hatte nicht gewusst, dass eine Mutter ihrem Sohn gegenüber so … lieblos sein konnte. So gleichgültig.

»Du kannst hier weitermachen.« Nur zu gern überließ Katie der Jüngeren die Wäsche. Regina wurde rot bis an die Haarwurzeln, als sie mit gespreizten Fingern die Spitzenhemdchen und die Strumpfgürtel ihrer Herrin vom Bett hob. Sie fühlte sich offenbar so gar nicht wohl mit dieser Aufgabe. Katie seufzte.

»Dann geh wenigstens ins Spielzimmer und pack die Sachen der Kinder ein.« Regina würde nicht darauf achten, dass die Bücher des Ältesten in eine Truhe kamen, die Eisenbahn der anderen beiden musste in Tücher gewickelt werden, bevor sie in einem ganz bestimmten Korb verpackt wurde …

»Oder warte. Wir machen hier alles fertig, dann kannst du mir drüben helfen.«

Ein bisschen fühlte sie sich ja, als hätte sie nicht nur die vier Jungen zu betreuen, sondern auch die Zofen.

»Katarina!«

Nun, und natürlich Donna Pauline. Diese betrat ihr Schlafzimmer, die Stirn gerunzelt, das Chaos missfiel ihr sichtlich. »Was ist hier los?«

»Wir packen«, erklärte Katie lapidar. Als würde man das nicht sehen.

»Ah, dieses schreckliche Chaos. Ich will doch nur schlafen.« Theatralisch warf sich die Principessa aufs Sofa, auf dem sich einige Hutschachteln türmten, für die Katie noch nicht die passenden Hüte gefunden hatte. Der Schachtelturm geriet gefährlich ins Wanken, und Regina sprang herbei und baute den Stapel schnell ab. »Ich hasse dieses Chaos«, schimpfte Pauline.

»Wir werden es schon richten.«

»Aber ich bin müde, Katarina. Ich will schlafen.«

»Wir sind hier bald fertig.«

Katie beeilte sich. Dabei beobachtete sie die Principessa aus dem Augenwinkel. Mit ihren einunddreißig Jahren war sie immer noch eine hübsche, schlanke Frau; manche Frauen ihres Alters waren durch die Schwangerschaften schon etwas in die Breite gegangen. Doch sie nicht. In ihrem hellen, zarten Kleid aus rosa Seide wirkte die dunkelhaarige Schönheit wie die älteste der Zofen, wie sie da gelangweilt das Kinn in die Hand stützte und mit dem Fuß wippte.

»So, jetzt können Sie schlafen.« Katie räumte letzte Strümpfe in den Schrankkoffer und schob diesen etwas beiseite. Morgen früh konnte sie direkt vor der Abreise die letzten Toilettenartikel darin verstauen.

»Ich werde es in Oberhofen hassen, Katarina«, seufzte Donna Pauline theatralisch. Regina kam mit der Schmuckschatulle aus dem Nebenraum, die sie geöffnet vor der Principessa hochhielt, während sie den Schmuck ablegte und die teuren Stücke achtlos hineinwarf. Ein Ring fiel über den Rand auf den Teppich; sie merkte es nicht einmal.

Katie verstand nicht, wie man so achtlos mit seinen Dingen umgehen konnte. Aber gerade die beiden mittleren Söhne der Fürstin, Marescotti und Alessandro, neigten dazu, ihre Dinge so zu behandeln, als könnten sie jederzeit ersetzt werden.

Katie bückte sich nach dem Ring. Sie legte ihn in die Schatulle. »Ach«, sagte die Principessa nur zerstreut. Sie rupfte die mit kleinen Diamantsplittern besetzten Silberkämme aus den dunklen Locken und seufzte, als wäre jede Handbewegung eine unerträgliche Zumutung.

Katie verließ den Raum. Sie hatte noch viel zu tun, bevor sie daran denken konnte, ins Bett zu gehen, und bis Mitternacht würde vermutlich auch Emanuele wieder wach sein. Der Kleine war nachts oft unruhig, manchmal wachte er schreiend auf und ließ sich stundenlang nicht beruhigen; inzwischen wusste Katie, dass in dieser Situation nur half, bei ihm zu sitzen, ruhig mit ihm zu sprechen und zu warten, bis der Alp von ihm wich; wenn sie versuchte, ihn aus dem Bettchen zu heben oder zu streicheln, wurde es nur noch schlimmer.

Sie hatte bereits an das Norland Institute geschrieben. Hoffentlich hatte Mrs Sharman oder Mrs Ward eine Idee, was mit ihrem Schützling nicht stimmte, damit sie ihm rasch helfen konnte.

Beim Blick in die Kinderstube aber war sie beruhigt; alle Knaben schliefen in ihren Betten. Manchmal ging der kleine Alessandro auf Wanderschaft, und sie fand ihn an seinen Bruder Marescotti gekuschelt, der sich das wohl gefallen ließ, denn beide schliefen gemeinsam im Bett sehr viel ruhiger. Lautlos glitt Katie durch das Zimmer, sie strich hier eine Decke glatt, zog sie dort ein wenig höher. Das ruhige Atmen der Kinder ließ auch sie endlich zur Ruhe kommen. Diese Stille, die keine war.

Als sie die Tür zum Schlafzimmer der Kinder behutsam hinter sich ins Schloss zog, legte sich eine Hand schwer auf ihre Schulter.

»Schlafen meine Söhne?«

Nur mit Mühe konnte Katie einen Aufschrei unterdrücken, denn davon wären die Jungen bestimmt aufgewacht. Mit einer abrupten Bewegung fuhr sie zum Principe herum. Mario dei Principe Ruspoli war ein attraktiver Mann von vierundvierzig Jahren, dessen markante Gesichtszüge und tief liegende Augen unter buschigen Brauen wohl so manches Frauenherz höherschlagen ließen. Katie fühlte sich zum Glück gar nicht von ihm angezogen. Sie hatte allerdings das Gefühl, dass er an manchen Tagen ihre Nähe suchte und dabei auch körperliche Grenzen bewusst überschritt, als könnte er sie auf diese Weise davon überzeugen, dass er ein für sie interessanter Mann war.

Sie fasste sich schnell wieder. »Guten Abend, Principe«, murmelte sie. »Ihre Söhne schlafen alle, ja.«

»Gut. Meine Frau auch?«

»Als ich vorhin bei ihr war, wollte sie sich gerade zur Ruhe begeben.«

Ein feines, fast raubtierhaftes Lächeln umspielte seine Lippen. Unter dem pomadierten Schnurrbart blitzten weiße Zähne auf. »Sehr gut«, schnurrte er. Wie ein Leopard auf Beutezug, fuhr es Katie durch den Kopf. »Sie schläft, das ist gut«, wiederholte er.

Ein kalter Schauer rann über Katies Rücken. Nicht zum ersten Mal kam ihr der Gedanke, der Fürst könnte unlautere Absichten hegen. An den Zofen seiner Frau vergriff er sich nicht, das hätten die kleinen Gänschen wohl kaum für sich behalten können. Die Dienstmädchen waren für ihn offenbar auch nicht von Interesse – oder Katie bemerkte nichts davon. Nur für sie schien er sich immer wieder zu interessieren.

»Hatten Sie das Gefühl, dass meine Frau mit dem baldigen Umzug einverstanden ist?«, fragte der Principe beiläufig.

Katies Blick huschte den Gang entlang zum Schlafgemach der Principessa. Das sollte er sie lieber direkt fragen, fuhr ihr durch den Kopf. Sie war nun wirklich nicht die Richtige, um Ratschläge zu erteilen.

»Nun, sie ermüdet schnell«, antwortete sie ausweichend.

»Ja, ja.« Nachdenklich fuhr er mit einem Finger über den Schnurrbart. »Sie hingegen – entschuldigen Sie, wenn ich das so offen sage, Ms Fox – machen auf mich den Eindruck, als hätten Sie eine robuste Konstitution.«

Katie gab sich einen Ruck. »Entschuldigen Sie«, sagte sie leise, »aber es müssen noch einige Dinge gepackt werden.«

Er musterte sie. »Selbstverständlich. Ich möchte Sie auf keinen Fall von Ihren Aufgaben abhalten.«

Sein Blick sagte etwas anderes. Sie spürte ihn auf sich ruhen, als sie den Gang entlanglief und in das Kinderzimmer schlüpfte, wo Regina bereits begonnen hatte, die Spielsachen zu verstauen. Katie atmete auf.

Warum nur hatte sie das Gefühl, dass der Principe ein Interesse an ihr zeigte, das über das eines Dienstherrn hinausging, der sich sorgte, ob die neueste Bedienstete sich wohlfühlte?

Am Norland Institute hatten sie klare Regeln vermittelt bekommen. Eine Affäre mit dem Vater der Kinder, die in ihrer Obhut standen, war grundfalsch und wurde auf keinen Fall toleriert. Katie hatte bisher gedacht, die eindringlichen Warnungen ihrer Lehrerinnen seien nur vereinzelten schlechten Erfahrungen entsprungen, aber seit sie hier war, bekam sie zunehmend das Gefühl, sie sei für den Principe eine Art Freiwild. Bisher hatte er nicht versucht, ihre Beziehung zu intensivieren, aber sie wüsste auch gar nicht, wie sie sich dagegen wehren sollte. Der Principe Ruspoli machte auf sie nicht den Eindruck, als ließe er sich von einem Nein davon abhalten, sich zu nehmen, was er wollte.

Auf manche Situationen hatte sie die Ausbildung am Norland Institute nicht hinreichend vorbereiten können. Doch Katie ließ sich davon nicht entmutigen. Denn sie wusste: Sie war hier am richtigen Ort. Für ihre Schützlinge konnte sie einen Unterschied machen, und für den Moment war das die Hauptsache.

Um den Principe würde sie sich bei Gelegenheit kümmern. Er musste verstehen, dass sie kein Freiwild war, nur weil er ihren Lohn bezahlte.

Kapitel 6

London, September 1902

Mary war sieben, als ihre Mutter ihr die winzig kleine Schwester Theresa in die Arme legte und sich den Korb mit den bunten Seidenblumen über den Arm hängte. Sie ging mit den Worten, sie käme am Abend wieder und Mary wisse schon, was zu tun sei, sie habe es ihr ja gezeigt.

In Wirklichkeit wusste sie nichts. Windeln wechseln schaffte sie wohl, aber als das Baby Hunger bekam, verweigerte es die verdünnte Kondensmilch, die Mary ihm mit einem Löffel einzuflößen versuchte. Und das Wenige, das im Mund landete, erbrach Theresa kurz darauf, weil sie sich vor Müdigkeit in Rage schrie. Mary war am Abend völlig verschwitzt, das Baby lag auf ihr, als ihre Mutter heimkam, die stinkenden Windeln hingen im Wäschetopf, ohne dass sie es geschafft hätte, sie in der Zwischenzeit auszukochen. Ihre Mutter riss die Fenster auf, nahm ihr das Baby ab und knöpfte ihre Bluse auf. Die Milch schoss in einem Strahl aus ihrer anderen Brust, sobald das Baby anfing, an der einen zu saugen, und sie presste mit einem leisen Stöhnen ein Tuch unter ihre Bluse. Da war das Baby gerade mal drei Wochen alt.

Es vergingen weitere sechs Wochen, bis sich alles irgendwie eingespielt hatte und Mary das Gefühl bekam, dass sie das, was ihre Mutter ihr aufbürdete, auch schaffen konnte, irgendwie. Trotzdem weinte sie viel mit ihrer kleinen Schwester, stellte aber nie infrage, was getan werden musste. Sie kannte es eben nicht anders. Und irgendwer musste sich ja um die jüngeren Geschwister kümmern. Finn konnte es jedenfalls nicht, oder er wollte nicht. Schon damals war er ständig unterwegs.

Nach Baby Theresa hatte sie noch zwei weitere Kinder ihrer Mutter großgezogen, während diese versuchte, die Familie mit den Seidenblumen und dem Geld, das ihr Ältester daheim abgab, durchzubringen. Marys Vater war selten zu Hause; und wenn er es war, gab es oft Streit. Es ging ums Geld oder darum, dass irgendwas fehlte oder sie es sich nicht leisten konnten. Nachts lag Mary dann oft wach und hörte, wie ihre Eltern leise stritten. Vermutlich dachten sie, niemand hörte, wie ihr Vater sein »hab dich nicht so« knurrte, wie ihre Mutter »aber mach mir nicht noch eins« flehte.

Er machte ihr noch eins, noch eins und noch eins. Dreimal standen sie auf dem Friedhof und betrauerten den Tod winziger Babys. Zuletzt fühlte es sich für Mary fast so an, als wären diese Kinder ihre eigenen. Sie tat ihr Möglichstes, kümmerte sich um ihre Mutter und die winzigen Würmchen, soweit sie konnte, aber es war gefühlt immer zu wenig.

Was brauchten Babys, damit es ihnen gut ging? Mary hatte sich so sehr bemüht. Seit sie jene ersten Tage mit ihrer jüngeren Schwester Theresa an ihrer Schulter zugebracht hatte, stets von der Angst beseelt, dass das Baby krank werden könnte, dass es ihr vom Arm rutschte und auf den Boden fiel, hatte sie immer ihr Bestes gegeben. Junge Mütter aus dem Mietshaus fragten inzwischen sie um Rat, wenn es um Säuglingspflege ging. Irgendwann war sie so geübt darin, dass sie an den Abenden nicht nur wie erschlagen neben dem Baby auf dem schmalen Sofa in der Küche lag, sondern noch mal aufstand und sich zu ihrer Mutter setzte und ihr half. Erst band sie Seidenblumen. Später ließ sie sich von der alten Mrs Dalloway im Dachgeschoss zeigen, wie man klöppelte. Mrs Dalloway war halb blind, aber für die Spitze reichte ihr Augenlicht noch. Mary lernte schnell, sie verdiente bald ihr erstes eigenes Geld mit ihren Klöppelspitzen. Es ging der Familie etwas besser. Zumindest, bis ihr Vater letztes Jahr krank wurde. Danach war es vorbei mit seiner nächtelangen Abwesenheit, aber weil er nicht mehr arbeiten konnte, sondern hustend ganze Tage im Bett lag, reichte das Geld wieder nicht, und Mary musste noch mehr arbeiten. Dabei vergaß sie nie, was ihr wirklich Freude bereitete. Für Kinder da zu sein. Manchmal bot sie einer Nachbarin sogar an, für ein paar Pennys auf deren Baby aufzupassen, wenn diese zur Arbeit musste und sich niemand aus der Familie kümmern konnte. Das geschah aber nur selten, die wenigsten hatten das Geld für ein Kindermädchen in dem Viertel, in dem Marys Familie lebte.

Aber wie konnte Mary ihre Fähigkeiten zum Wohle der Kinder einsetzen? Ihr jüngster Bruder war nun fünf, ihre Mutter schon lange nicht mehr schwanger geworden. Mary verspürte den Wunsch, mehr zu sein als nur die Spitzenklöpplerin.

Sie erfuhr vom Norland Institute, als eine Auftraggeberin ihre Spitzenklöppelei abholte und davon sprach, dass ihre Tochter ja an dieser exklusiven Schule aufgenommen worden sei. Sie erzählte voller Begeisterung und ein bisschen wohl auch, weil sie angeben wollte. Mary hörte schweigend zu, doch in ihr erwachte noch am selben Tag der Wunsch, mehr über diese Einrichtung zu erfahren. Sie ging fortan täglich dorthin. Erst kürzlich war die Schule in ein neues Gebäude umgezogen – größer und heller, mit einem kleinen Garten, in dem die Schülerinnen vom Spätfrühling bis in den Herbst saßen und lernten. Sie konnte ihr Glück kaum fassen, als sie sich nach wochenlangem Warten und Nachfragen bei der Haushälterin Ms Dormer vorstellen durfte. Nun verdiente sie nicht nur Geld, das daheim half, sondern konnte sich manchmal während der Unterrichtsstunden vor den Klassenräumen herumdrücken und lauschen, während sie die Böden wachste. Und abends saß sie wieder über das Kissen mit Spitze gebeugt, die Klöppelschlegel klapperten in ihren Händen, bis ihr die Augen zufielen.

So legte sie etwas Geld beiseite. Zu wenig, das ahnte sie wohl. Aber der Traum blieb. Sie wollte mehr sein. Nicht nur große Schwester und armer Leute Kind. Sie hatte Ms Dormer gefragt, wie viel ein Jahreskurs in Norland kostete, und mit der Antwort – sechzig Pfund – ging sie heim und zählte ihre Ersparnisse, die sich gerade mal auf drei Pfund und zehn Schilling beliefen. Wenn sie so weitermachte, würde es noch zwanzig Jahre dauern, bis sie das Geld für den Kurs beisammenhatte. Dann war es auch zu spät. Aber was konnte sie tun? Wie ihren Traum verwirklichen? Oder sollte sie ihn begraben?

Sie vergaß das Gespräch nicht, das sie im Juni mit Mrs Ward geführt hatte. Darüber, wie gerne sie eine Nanny werden wollte und dass ihr dieser Weg für immer versperrt bleiben würde. Wenn sie nachts wach lag, stellte sie sich vor, wie Mrs Ward zu ihr kam und ihr anbot, sie könnte doch den Jahreskurs belegen, denn sie hatte in ihr Herz gesehen und erkannt, dass Mary berufen war, Nanny zu werden.

Seitdem war jedoch nichts passiert, und sie hatte versucht, das Gespräch zu vergessen, und damit auch ihren Traum.

An diesem kühlen Septembermorgen wischte sie den Boden im obersten Stockwerk vor den Büros von Mrs Ward und Mrs Sharman, als eine Besucherin eintraf. Die junge

Frau mit den keck wippenden Federn auf dem dunkelvioletten Hut und mit dem schicken schokoladenbraunen Kleid mit weitem Rock wirkte etwas müde. Sie beachtete Mary nicht, betrat das Büro von Mrs Ward und erhob im Innern ihre Stimme. Sie war so laut, dass Mary sich nicht mal anstrengen musste, um zu lauschen.

»Aber das geht so nicht, ich stehe seit Wochen auf der Warteliste!«, beklagte sich die Besucherin. »Bitte sagen Sie mir, dass ich schon bald eine Nanny bekomme. Bitte!«

Mary war mit dem Wischen fertig. Schweren Herzens packte sie den Wassereimer und den Mopp und schleppte beides die Treppe hinunter. Auf dem Treppenabsatz hielt sie inne. Von oben kam immer noch die Klage der Besucherin, aber zugleich hörte sie noch etwas aus dem Erdgeschoss.

Und diese Laute kannte sie sehr gut. Sie wusste, was sie bedeuteten.

Mary stellte den Wassereimer ab, lehnte den Mopp gegen die Wand – was ihr vermutlich wieder einen Tadel von Ms Dormer einbringen würde – und eilte die Treppe hinunter. Tatsächlich. Neben der Eingangstür hatte jemand einen Kinderwagen abgestellt, und sie musste nicht besonders schlau sein, um eine Verbindung zwischen der Besucherin und dem Kind herzustellen, das unter dem dicken Daunenkissen vergraben lag und sich die Lunge aus dem Hals schrie.

Mary zögerte. Sie kannte diese Art von Schreien von ihren Geschwistern. Meist hießen sie »nimm mich hoch, halt mich fest«, manchmal schwang auch Empörung darin mit, weil das Baby allein war. Sie wusste, dass sie das Baby beruhigen konnte, sobald sie es auf den Arm nahm.

Aber es war nicht ihr Kind. Oder das einer Nachbarin oder Freundin. Es war ein fremdes Baby. Aber ausgerechnet in diesem Haus, in dem doch die Nannys der Zukunft ausgebildet werden sollten, schien sich niemand darum zu kümmern, dass es in Nöten war. So schlimm weinte, dass es Mary körperlich wehtat. Sie hielt das keine Minute länger aus!

Entschlossen trat Mary an den Kinderwagen. Sie blickte hinein. Tatsächlich – ein winziges Baby, keine zwei Monate alt, lag darin. Es war schon ganz rot im Gesicht, verschluckte sich beim Luftholen. Sein Weinen wurde schriller.

»Psssst«, machte Mary. Zögerlich streckte sie eine Hand in den Wagen, berührte sanft die Wange direkt neben dem Mund. Gierig schnappte der Säugling nach ihrem Finger. Hunger also.

Sie sah sich um. Niemand war in der Nähe, den sie um Rat hätte fragen können. Vielleicht ließ das Baby sich ein wenig hinhalten, wenn es an ihrem Finger saugen konnte, bis die Mutter zurückkam. Sie hielt die Hand wieder hin, das Baby nahm ihren kleinen Finger, saugte ein wenig daran, ließ dann wieder davon ab. Der Hunger war zu groß, als dass er sich mit ein wenig Nuckeln stillen ließ.

Kurz entschlossen schlug Mary die dicke Decke zurück und hob das Baby heraus. Sie schmiegte es an ihre Brust und verfiel sogleich in das leise Wippen und Schuckeln, von dem sie wusste, dass es beruhigend wirkte. Dabei summte sie leise ein Schlaflied, das sie schon Theresa vorgesungen hatte.

Das Baby schnuffelte an ihr, sein Weinen wurde leiser. Schließlich konnte sie es auf ihren Arm legen, sie bot ihm noch einmal den Finger an, und diesmal akzeptierte es ihn als Ersatz für die dringend benötigte Nahrung.

»Was machen Sie da mit meinem Baby?«

Die Stimme ließ Mary zusammenzucken. Sofort ließ das Baby ihren Finger los und fing wieder an zu brüllen.

Die Frau, die Mrs Ward aufgesucht hatte, kam die letzten

Stufen herabgeeilt und wollte Mary das Baby aus den Armen reißen.

»Bitte warten Sie, ich gebe es Ihnen sofort …«

»Geben Sie es mir jetzt!«, schrie die Frau hysterisch, sie bekam rote Flecken auf den Wangen. Mary hielt ihr das Baby hin, damit sie es ihrerseits in die Arme nehmen konnte, doch sie legte es sogleich zurück in den Kinderwagen. Dabei hielt sie die Arme weit von sich gestreckt, als wollte sie den größtmöglichen Abstand zwischen sich und dem Baby einhalten.

»Wie können Sie es wagen«, zischte die Frau. »Sie … Sie …« Ihr Blick maß Mary, die mit hängenden Armen in ihrer Dienstmädchenuniform vor ihr stand. Sie war sich lange nicht so minderwertig vorgekommen wie in diesem Moment.

»Aber es hat geweint«, wehrte sie sich. »Es hat Hunger«, fügte sie hinzu.

»Wann mein Kind Hunger hat, entscheide immer noch ich«, fauchte die Dame. Sie zerrte am Griff des Kinderwagens, um ihn zur Eingangstür auszurichten. Das Weinen des Babys wurde wieder schrill. »Jetzt sei doch endlich still«, flehte sie den Kinderwagen an. »Mami geht jetzt mit dir nach Hause, dann bekommst du dein Fläschchen.«

»Was ist hier los?« Die Stimme von Mrs Ward schaffte es, sogar das Greinen des Säuglings zu unterbrechen, der für einen Moment abrupt verstummte, gerade so, als wollte er hören, wer da mit so viel Autorität sprach.

Mrs Ward kam die Treppe herunter. Aus dem Augenwinkel bemerkte Mary, wie die Tür zum Küchentrakt einen Spaltbreit aufging und sich direkt wieder schloss. Ms Dormer hatte wohl kurz geschaut, ob ihr Eingreifen nötig war.

Mary wurde plötzlich eiskalt, und sie hätte am liebsten die Arme um ihren Oberkörper geschlungen. Sie wusste, was nun kommen würde: ihre Entlassung. Sie hatte etwas Unverzeihliches getan, als sie den Säugling tröstete. Sie hatte sich eingemischt – ein Dienstmädchen, das offenbar nicht wusste, wo sein Platz war, das sich gegen die Ordnung der Welt auflehnte.

Trotzdem wollte sie sich nicht kampflos in ihr Schicksal fügen.

»Es hat geweint«, sagte sie und machte einen halben Schritt nach vorne. »Das Baby. Es hat geweint, und ich habe es getröstet.«

»Sie hat es aus dem Wagen geholt«, zeterte die Frau.

»Mrs Miller.« Das Lächeln galt der Besucherin. »Vicky. Darf ich Sie so nennen?«

Widerstrebend nickte Mrs Miller. Die Wut fiel von ihr ab, offenbarte einen verletzlichen Kern, der sich darunter verbarg. Mary war überzeugt, dass es auch Mrs Ward nicht entging, die im Umgang mit verunsicherten Müttern vermutlich genauso geübt war wie mit kleinen Kindern.

»Ich bin sicher, Sie sind aufgebracht.«

»Mein Gott, ja.« Mrs Miller schlug die Hände vors Gesicht. Sie weinte jetzt fast. »Als ich die Treppe runterkam … Sie hielt mein Kind im Arm, als wäre es ihr eigenes! Es hat aufgehört zu weinen, verstehen Sie? Sie ist doch fremd für meine kleine Ruth, wie kann sie mein Baby beruhigen, während ich …« Ein herzzerreißendes Schluchzen. Mrs Miller konnte nicht weitersprechen.

Mrs Ward trat zu ihr und streichelte sanft ihren Rücken. »Ich verstehe Sie«, murmelte sie. Mehr sagte sie nicht.

»Ich habe mir das alles einfacher vorgestellt«, schluchzte Vicky Miller. Sie zog ein Spitzentaschentuch aus dem Retikül und tupfte sich die Augen. Dann beugte sie sich über den Kinderwagen. Das Baby war vor Erschöpfung eingeschlafen, seine Mutter lächelte erleichtert.

Mary stand hilflos da. Sie hatte das Gefühl, der Boden müsste sich unter ihren Füßen auftun und sie verschlingen. Es war wohl alles gesagt, nicht wahr? Mrs Ward verstand die junge Mutter. Sie jedoch hatte kein Verständnis zu erwarten, denn sie hatte sich über alle Regeln hinweggesetzt.

»Sie wollen jetzt sicher mit Ihrem kleinen Mädchen nach Hause.« Mrs Ward lächelte herzlich. »Oder haben Sie noch ein wenig Zeit? Ich glaube, eine Tasse Tee und ein Gespräch würden Ihnen guttun.«

Mrs Miller blickte vom Kinderwagen zur Schulgründerin. Sie schien nicht zu wissen, was sie sagen sollte.

»Unsere Mary hier wird sich um Ihr Kind kümmern. Ms Dormer hat bestimmt Pulvermilch und Fläschchen da. Wenn die kleine Ruth aufwacht, kann Mary sie füttern und danach ein wenig herumtragen. Kommen Sie, Mrs Miller. Sie brauchen eine Pause.«

»Aber ... ich habe mein Baby noch nie einer Fremden überlassen.«

»Vertrauen Sie mir.« Mrs Ward konnte sehr überzeugend sein. »Hier am Norland Institute kümmern wir alle uns um die Kinder.« Als sie Vicky Miller zurück zur Treppe geleitete, warf Mrs Ward Mary einen Blick zu. Mary verstand. Sie beeilte sich, in die Küche zu kommen, wo sie alles für das Babyfläschchen zusammensuchte und vorbereitete. Die nächste halbe Stunde blieb sie im Flur des Erdgeschosses, sie putzte und wienerte und lauschte auf das leise Schnaufen von Vicky Millers Baby. Als es aus dem Nickerchen aufwachte, hob sie es sogleich aus dem Kinderwagen und gab ihm das Fläschchen.

Wenig später konnte sie Mrs Miller ein zufrieden gurrendes Baby überreichen.

»Da ist ja mein Schatz.« Die Stimme der jungen Frau ließ die Zärtlichkeit und Liebe erahnen, die sie für ihre Tochter empfand. Doch die Art, wie sie den Säugling weit von sich streckte, erzählte etwas anderes.

»Ich habe sie auch gewickelt«, berichtete Mary. »Sie wird sicher bald wieder schlafen wollen.«

»Ja, danke.« Mrs Miller wandte sich an Mrs Ward, die sie nach unten begleitet hatte. »Ihnen danke ich auch für das aufschlussreiche Gespräch. Ich melde mich.« Sie legte das Baby in den Korb des Kinderwagens, deckte es zu und stolzierte nach draußen. Das Kind würde bestimmt schon an der nächsten Straßenecke eingeschlafen sein, dachte Mary.

»Mary? Komm bitte mit.«

Die Stimme von Mrs Ward war anders als sonst. Schärfer, fast ein bisschen erzürnt. Marys Herz sank. Oje, dachte sie. Jetzt setzt sie mich bestimmt vor die Tür.

Ihre Knie zitterten, als sie Mrs Ward nach oben folgte. Die Schulgründerin schritt energisch voran. Sie wies auf die Besucherstühle vor dem Schreibtisch in ihrem Büro. »Setz dich, bitte.«

»Ich stehe lieber.« Mary straffte die Schultern. Wenn sie schon ihre Arbeit verlor, wollte sie diese Nachricht so gefasst wie möglich aufnehmen. Dann ging sie eben wieder auf den Markt und verkaufte Strohblumen. Oder klöppelte mehr Spitze. Irgendwie kam das Geld schon rein.

Sie schluckte. Tränen stiegen ihr in die Augen. Die Vorstellung, nicht länger an diesem Ort arbeiten zu dürfen, sondern zurück in das elende Leben daheim im Armenviertel zu müssen, ohne den Glanz dieser Institution …

»Du hast dich da vorhin ganz schön … ungebührlich verhalten.« Mrs Ward suchte sichtlich nach den richtigen Worten.

»Es tut mir so leid.« Mary senkte den Blick und starrte auf die abgestoßenen Spitzen ihrer Schuhe.

»Aber du bist mit dem Säugling sehr umsichtig umgegangen. Wo hast du das gelernt?«

Mary sah auf. Mrs Ward klang nicht mehr so wütend, sondern fast freundlich. Wohlwollend.

»Daheim. Meine Geschwister. Ich passe seit zehn Jahren auf sie auf.«

»Aber du bist doch keinen Tag älter als achtzehn«, war Mrs Ward überrascht.

»Ich bin siebzehn«, sagte Mary leise. Langsam hob sie den Blick. Die Miene ihres Gegenübers war weich, sie sah in Mrs Wards Blick Erstaunen, fast so etwas wie ein erwachendes Interesse. An ihr etwa?

Wieso sollte eine Frau wie Mrs Ward sich für ein einfaches Dienstmädchen interessieren?

»Du hast dich mit sieben Jahren schon um deine jüngeren Geschwister gekümmert?«, fragte Mrs Ward. Ihre Stimme hatte einen sanften Klang angenommen. Als hätte sie Mitleid mit Mary.

»Es ging nicht anders. Wir brauchten Geld, und ich war zu klein, um auf dem Markt die Strohblumensträuße zu verkaufen. Darum blieb ich daheim, und meine Mutter ging.«

»Du armes Ding«, murmelte Mrs Ward. Sie schien mit ihren Gedanken auf einmal ganz weit weg zu sein und runzelte die Stirn.

Mary rang die Hände. »Muss ich jetzt gehen?«, fragte sie ängstlich.

»Was?« Mrs Ward blickte auf.

»Weil ich das Baby hochgenommen habe.«

»Aber nein, Kindchen. Du hast dich richtig verhalten. Ein Säugling, der schreit, bedarf der Aufmerksamkeit eines Erwachsenen. Es ist für diese Kleinen doch wichtig, dass sie mit ihren Bedürfnissen gesehen werden.«

»Aber die Mutter war so …«

Unsicher, dachte Mary. So verhielten sich Mütter, wenn sie unsicher waren. Sie nahm das Baby nicht richtig in den Arm, sie wütete, sobald sie das Gefühl hatte, dass jemand sich besser um ihr eigenes Kind kümmern konnte. Denn sollte nicht die Mutter ihr Kind am besten kennen?

»Lass Mrs Miller nur meine Sorge sein. Ich werde ihr hoffentlich bald eine Nanny vermitteln. Aber was mache ich mit dir?«

»Bitte setzen Sie mich nicht vor die Tür. Ich bin so gerne hier.« Tränen stiegen ihr in die Augen. Mary blinzelte.

Erst jetzt merkte Mrs Ward, in welcher Not sich Mary befand. »O nein, sei unbesorgt. Nur weil ein Dienstmädchen sich um ein Baby kümmert, setze ich es nicht vor die Tür. Aber ich möchte, dass du beim nächsten Mal erst nachfragst, bevor du das Baby einer Besucherin hochnimmst.«

»Auch wenn es weint?«

»Auch wenn es weint«, bestätigte Mrs Ward. »Stell dir nur vor, wie du dich als Mutter fühlen würdest, wenn eine Fremde dein Baby nimmt.«

Das verstand Mary. »Ich wollte nur helfen.«

»Das weiß ich doch.« Mrs Ward seufzte. »Und nun geh wieder an deine Arbeit.«

Mary knickste. »Ja, Mrs Ward«, sagte sie leise. Mit gesenktem Kopf verließ sie das Arbeitszimmer. Sie hätte so gern noch etwas gesagt, doch sie spürte, dass die Schulleiterin gerade nicht für Marys Wünsche zugänglich war.

Wenn sie doch nur die Chance bekäme, sich zu beweisen – Mary würde Mrs Ward und allen anderen schon zeigen, dass sie der Aufgabe als Nanny gewachsen war.

~

Es gab diese Momente, da saß Emily Ward hinter ihrem Schreibtisch, die Hände ruhten auf der in Kalbsleder gebundenen Mappe, und sie lauschte. In sich hinein, wo die Gedanken gerade in wildem Reigen durcheinanderwirbelten.

Mary MacArthur hatte falsch gehandelt, das wussten sie beide. Sie hätte Mary entlassen können, und niemand hätte darüber ein Wort verloren. Die junge Frau hatte sich etwas angemaßt, das ihr nicht zustand. Doch Emily hatte es nicht übers Herz gebracht, denn sie erkannte kinderliebe Menschen. Und diese junge Frau, die nun seit über drei Monaten täglich die Böden schrubbte und in der Küche beim Spülen half, hatte etwas an sich, was Emily davon abgehalten hatte.

Sie hat ein gutes Herz.

Als würde sie das überraschen. Aber nein, gar nicht. Nur, was sollte sie mit diesem Wissen anfangen? Mary MacArthur war bloß ein Dienstmädchen. Glücklich wäre jede Familie, die Mary als Kindermädchen einstellte. Aber der Weg war versperrt.

»So nachdenklich?« Isabel Sharman betrat das Zimmer und ließ sich recht undamenhaft in einen der Besucherstühle fallen. Sie verzog das Gesicht.

»Ach, ein wenig. Wieder die Migräne?« Regelmäßig wurde Isabel von dem schmerzhaften Pochen hinter der Stirn geplagt.

»Ach, es geht schon. Zum Glück ist es diesmal nicht so schlimm.«

»Ich hatte gerade eine interessante Unterhaltung mit unserem neuen Dienstmädchen. Mary MacArthur«, fügte Emily hinzu. Als wüsste Isabel nicht, von wem sie redete. Dabei war sie als Schuldirektorin selbstverständlich mit allen Abläufen des Norland Institutes vertraut und wusste ebenso, was sich in den Schlafsälen der Studentinnen wie auch unter der Treppe im Küchentrakt und bei den Dienstboten zutrug.

»Ging es darum, dass sie sich um das schreiende Baby gekümmert hat?«

Emily lächelte. »Wundert mich nicht, dass du das mitbekommen hast.«

»Es war schwer zu überhören«, bemerkte Isabel trocken. »Das Geschrei der Mutter allerdings war noch um einiges lauter.«

»Mary hat sich des Babys angenommen, und die junge Mutter fürchtete wohl, unser Dienstmädchen wollte ihr Kind entführen. Dabei hat sich Mary sehr geschickt angestellt. Ich musste sie natürlich vor Mrs Miller zurechtweisen, aber danach habe ich mich noch ein wenig mit ihr unterhalten. Sie hat mir erzählt, dass sie sich schon früh um ihre Geschwister kümmern musste. Wie viele junge Frauen wie sie gibt es wohl da draußen?«

»Was genau meinst du?« Isabel hob die Augenbrauen. Sie kannte Emily, weshalb beide sich ein Grinsen nicht verkneifen konnten.

Emily Ward war bekannt dafür, dass sie unkonventionelle Wege ging. Nur so hatte sie diese Schule aus dem Nichts erschaffen können, als kaum jemand an den Erfolg glaubte. Und es dauerte nicht lange, bis sich so ziemlich jede Familie, die etwas auf sich hielt, auf die Warteliste setzen lassen wollte, um eine der Nannys einzustellen, die hier ausgebildet wurden. Sie genoss schon damals einen hervorragenden Ruf als Lehrerin.

»Sie stammt aus dem East End. Ärmliche Verhältnisse. Hohe Säuglingssterblichkeit. Kein Wunder, wenn die Mütter ihre Babys so früh älteren Kindern überlassen müssen. Aber aus diesen Kindern werden junge Frauen, die in der Säuglingspflege bereits sehr geschickt sind.«

»Mary MacArthur hat mich tatsächlich vor einiger Zeit gefragt, wie hoch das Schulgeld ist«, erinnerte sich Isabel. »Als ich ihr den Betrag nannte, ist sie in sich zusammengesunken, als wären die sechzig Pfund für den Jahreskurs für sie nicht leistbar.«

»Das sind sie auch nicht.« Nachdenklich trommelte Emily mit den Fingern auf die Schreibtischunterlage. »Mich hat sie schon an ihrem ersten Tag angesprochen. Sie möchte gern Nanny werden.«

»Was ihr nicht möglich sein wird. Sie kann das Schulgeld nicht bezahlen.«

»Ich weiß. Ich überlege nur …« Emily seufzte. Ach, manchmal war es nicht so einfach. Ginge es nach ihr, würde sie jeder jungen Frau diese Chance gewähren. Aber das Norland Institute war eben auch ein Unternehmen, das wirtschaftlich arbeiten musste. Da war wenig Platz für Mildtätigkeit.

»Aber das ist unsere Ausbildung wert«, verteidigte sich Isabel.

»Mein Gott, natürlich ist sie das!« Emily riss die Augen auf. »Ich frage mich nur, ob es nicht eine andere Lösung gibt. Ob wir nicht jungen Frauen wie Mary MacArthur einen Weg ebnen können. Ein vergünstigtes Schulgeld, zum Beispiel.«

»Und wie sollen wir das finanzieren?« Isabel runzelte die Stirn. Sie klang langsam ungehalten; die Kopfschmerzen waren heute wohl doch schlimmer als gedacht. »Wir haben auch Ausgaben. Von dem Schulgeld leisten wir die Ausbildung, unterhalten dieses große Haus und zahlen unseren Mitarbeiterinnen und uns ein Gehalt«, zählte sie auf. »Wenn das wegfällt …«

»Aber was wäre«, unterbrach Emily sie, »wenn wir jungen Frauen anbieten, das Schulgeld zu senken, wenn sie davor ein, zwei Jahre bei uns als Dienstmädchen arbeiten? Sie bekämen in der Zeit dann nur einen reduzierten Lohn. Wir könnten den Lohn um zwölf Pfund kürzen und dafür das Schulgeld um vierundzwanzig Pfund verringern.«

Isabel kniff die Augen zusammen. »Und du meinst, das würde das Problem von Mary MacArthur lösen? Sie hat so und so kein Geld.«

»Sie ist fleißig. Vielleicht kann sie sich das Schulgeld von Verwandten leihen und ihnen zurückzahlen, sobald sie ihre erste Stellung antritt. Aber ihr gar keine Möglichkeit zu eröffnen ... ihr und anderen jungen Frauen, die für die Aufgabe geeignet wären. Es käme mir falsch vor, wenn wir nur denen eine Chance einräumen, die ohnehin aus privilegierten Familien stammen. Es wäre die Verschwendung von Talent, so.«

»Mach, was du willst«, brummelte Isabel. Doch dann glättete sich ihre Stirn, und sie atmete tief durch. »Ich verstehe, was du meinst. Gerade bei so talentierten jungen Frauen wie Mary MacArthur wäre es Verschwendung, wenn wir *nichts* für sie tun.«

»Wenn du mir sagst, dass das Institut es aushält.« Emily faltete die Hände. Sie war in allem, was sie tat, vor allem bedächtig. Hochfliegende Träume lassen sich nicht in einem Wimpernschlag umsetzen, so lautete seit jeher ihr Credo. Jeden Tag arbeiteten sie gemeinsam hart dafür, dass das Norland Institute ihnen beiden ein Auskommen gewährte.

Isabel seufzte. »Ich werde mir die Zahlen anschauen. Du wirst ja nicht von heute auf morgen ein halbes Dutzend Mädchen pro Jahr auf diesem Weg durch die Schule schleusen wollen.«

Emily lächelte nachsichtig. »Sag Bescheid, wann ich mit Mary reden darf. Sie wird außer sich sein vor Freude.«

Kapitel 7

Dublin, September 1902

Ach herrje. Komm da runter, William.« Sanft zog Joan den aufgeregten Achtjährigen am Hosenbund. Ihr Schützling war von Joans Eingreifen alles andere als begeistert. Er heulte auf und wollte sogar nach ihr hauen, doch sie hielt diesen Angriff stoisch aus. »Lass das«, sagte sie verärgert. »Ich weiß, es war eine lange Reise, aber wir sind ja bald da.«

Zu ihrer Überraschung ließ der Zweitälteste sich durch dieses Argument besänftigen. »Haben wir ein schönes Haus, Nanny Joan?«, fragte Gladys bang. Sie hing in der Ecke des Kutschfensters und drückte sich fast die Nase platt. »Die Menschen hier sehen so … elend aus.«

Elend traf es wohl. Joan war aus London einiges gewohnt, ihre Wege hatten sie manches Mal tagsüber auch durch eines der schlechteren Viertel ihrer Heimatstadt geführt, schon die Besuche ihres Onkels brachten das mit sich. Aber das hier?

Dublin war mit einem Wort: monströs. Die High Street, gesäumt von feinen Geschäften, sollte doch ein Ort sein, an dem die besseren Bürger verkehrten. Doch was sie erblickte, waren verstümmelte Bettler, grell geschminkte Freudenmädchen, die sich der Kutsche in der Hoffnung auf einen zahlungskräftigen Kunden näherten, und vor allem:

Kinder. Hohlwangige Knirpse, manche mit den irisch roten, manche mit keltisch schwarzen Haaren, alle verdreckt, die Schöpfe verfilzt, das Weiß der Augen das einzig Helle in ihren Gesichtern. Und aus diesen Augen sprachen so viel Elend, so viel Hunger und Leid …

Entschlossen hielt Joan sich an einem Riemen über dem Fenster fest und zog die Vorhänge zu. William wollte protestieren, doch im selben Moment fing Roddie an zu weinen, weil er allzu unsanft aus seinem Mittagsschlaf geweckt worden war. Millie reichte den rotgesichtigen Schreihals fast zu eifrig an Joan weiter.

Sie übernahm es, das Baby zu schaukeln und zu trösten. Nicht mehr lange, flüsterte sie ihm zu. Doch das Herz schnürte sich ihr zu, wenn sie daran dachte, was sich vor den Fenstern der Kutsche abspielte. Darauf war sie nicht vorbereitet gewesen. Das Elend in den Straßen. Die hungernden Kinder.

Gerade mal fünfzig Jahre war es her, dass eine große Hungersnot Irland heimgesucht hatte. Darüber hatte ihr Onkel bei einem der letzten Treffen recht freimütig gesprochen. »Was, du willst in das Land, dessen Bevölkerung unsere Regierung systematisch hat verrecken lassen? Glaube nicht, dass man euch mit offenen Armen empfängt.« Sie hatte ihm widersprochen, weil sie sich das nicht vorstellen konnte – und weil sie es bisher anders gehört hatte. Die Hungersnot Mitte des letzten Jahrhunderts – das war doch, weil damals die Kartoffelfäule ganze Ernten vernichtet hatte. Weil in Irland niemand mehr anderes anbaute als Kartoffeln, weil Mensch und Nutzvieh wie Schweine mit den Kartoffeln genährt wurden … oder nicht?

Ihr Onkel George hatte auf seiner Meerschaumpfeife gekaut. »So weit richtig«, hatte er gemeint. »Aber was hat der englische Staat für seine irischen Untertanen getan?«

»Er hat Getreide geliefert.« Joan hatte die Stirn gerunzelt. »Oder nicht?«

»Eher nicht.« Ihr Onkel sah aus, als hätte er gern über ihre Verwirrung geschmunzelt. Doch das Thema war zu ernst, es lag ihm offenbar am Herzen. »Die englische Regierung lieferte unter anderem Mais nach Irland und verkaufte ihn an die irische Bevölkerung zu Marktpreisen. Diese waren aufgrund der Hungersnot so hoch, dass sich kaum ein Ire das rettende Getreide leisten konnte. Wusstest du, dass viele irische Bauern kein Geld besaßen? Damals herrschte auf dem Land vielfach noch Tauschwirtschaft vor. Wovon sollten sie den Mais denn bezahlen?«

Das hatte sie nicht gewusst. Sie hing an den Lippen ihres Onkels, der sich offenbar viele Gedanken machte. Auch darüber, wie man es besser machen konnte.

Die Lösung, die danach ersonnen wurde, hatte auch nicht den gewünschten Erfolg gezeitigt. Die Whigs-Regierung hatte nach dem Misserfolg mit dem Mais versucht, die Menschen über Arbeitsbeschaffungsmaßnahmen in Lohn und Brot zu bringen – doch es war schon zu spät, viele waren zu geschwächt, um überhaupt Arbeit aufzunehmen, und auf den Kosten sollte Irland sitzen bleiben. Der Staat wollte sich nicht einmischen – und verschlimmerte das Elend. In den folgenden Jahren verloren massenweise Iren ihr Leben, oder sie verließen ihr Land, wenn sie noch die Kraft dazu besaßen und irgendwie das Geld auftreiben konnten, um die Überfahrt nach Amerika zu bezahlen.

»Aber warum?«, wollte Joan wissen. »Wieso haben sie nicht …«

»Weil ihnen nichts gehört«, unterbrach Onkel George sie geduldig. »Die Iren haben nichts außer ihr eigenes Leben und ihre Kinder. Und was tust du, wenn du Kinder hast und willst, dass es denen mal besser geht als dir in deinem

Elend?« Sie musste nicht antworten, denn er fasste ihre Gedanken perfekt zusammen. »Du gehst fort. Es bricht dir das Herz, wenn du dein bisheriges Leben hinter dir lässt, aber für deine Kinder machst du das eben. Und so haben es die Iren gemacht. So machen sie es bis heute. Irland blutet aus. Und dein Dienstherr wird sich an diesem schmutzigen Geschäft als Generalgouverneur beteiligen, Joanie.« Er hatte schwer geseufzt. »Manchmal ist es schwierig, das Richtige zu tun. Und ich kann dir nichts raten, außer: Hör auf dein Herz.«

Sicher hatte er damit nicht gemeint, dass sie die Kinder des Earl of Dudley vor dem Elend in den Straßen Dublins schützen sollte, damit sie wie in einer Wattekugel aufwuchsen. Aber Joan war noch nicht bereit, ihren Schützlingen eine angemessene Erklärung für das zu liefern, was sie dort sahen.

Gladys hatte den Vorhang wieder beiseitegeschoben. Sie blickte nach draußen. »Nanny Joan, was ist mit den Mädchen dort? Warum haben sie rote Punkte auf die Wangen gemalt?«

Joan seufzte. Ich kann das nicht, dachte sie. Doch statt Gladys zurechtzuweisen, beugte sie sich vor. Zwei junge Mädchen – vielleicht drei Jahre älter als die zehnjährige Gladys, denn beide hatten schon die Figuren junger Frauen, aber noch die Gesichter kleiner Mädchen – liefen neben der Kutsche her. Dabei rafften sie die bunten Röcke ihrer Kleider, damit der Saum nicht im Dreck schleifte, und unter den fadenscheinigen Schultertüchern sah man, wie die winzigen Brüste fast aus dem Mieder quollen. Lippen und Wangen waren grellrot geschminkt, und sie winkten William verführerisch zu, als wäre ein Achtjähriger an ihren Diensten interessiert.

»Warum verkleiden sie sich?«, bohrte Gladys nach.

»Das erkläre ich dir ein anderes Mal.« Joan schob den Vorhang wieder zu. Sie ließ sich auf das Polster der Kutschbank sinken. Hoffentlich vergaß Gladys den Vorfall möglichst rasch. Sie hatte jedenfalls kein Interesse daran, der Zehnjährigen zu erklären, womit Prostituierte ihr Geld verdienten und warum schon dreizehnjährige Mädchen ihren Körper verkaufen mussten.

Aber wenn sie es nicht tat – wer dann? Lord und Lady Dudley etwa? Schwer vorstellbar, wie sich die Eltern mit ihren Kindern abends hinsetzten und, statt ein Bilderbuch vorzulesen, mit ihnen darüber sprachen, dass die Menschen auf den Straßen krepierten – was sie übrigens überall taten, sei es nun in Dublin, London, Manchester oder auf dem Land. Bisher war es für die Familie nur nicht so sichtbar gewesen.

In Gedanken flehte sie: Bitte, lieber Gott, lass die Kinder noch ein kleines bisschen ihre Unschuld bewahren, gib ihnen noch etwas Zeit, bevor ich sie mit der Wahrheit dessen konfrontieren muss, was die Welt da draußen für sie bereithält … Aber sie ahnte: Viel Zeit blieb ihr nicht. Und wer war sie denn, wenn sie nicht den Unterschied machen wollte für die Kinder, für die sie verantwortlich war?

~

Wenig später erreichten die beiden Kutschen das neue Domizil der Familie Dudley. Dublin Castle diente schon lange als Residenz des Vizekönigs und Generalgouverneurs von Irland, wie der offizielle Titel des Earl of Dudley zukünftig lauten würde. Durch einen hohen Torbogen gelangten sie in einen stillen Innenhof, in dem die Wachleute mit ihren schwarzen Mänteln und den schwarzen Fellmützen sogleich Haltung annahmen. Joan atmete auf. Hier war von dem Elend wenige Straßen weiter nichts zu spüren, die royale Pracht des Schlosses machte sie ganz ergriffen und ließ ihr Herz klopfen.

Solange sie denken konnte, war Joan von der königlichen Familie beseelt. Sie fühlte sich fast, als wäre sie ein Teil von ihnen, weil sie jedes noch so kleine Häppchen, das in den Zeitungen über König Edward und seine Gemahlin Alexandra zu lesen war, in sich aufsaugte. Zuvor hatte sie alles über die alte Königin Victoria verschlungen, was ihr den milden Spott ihrer Schulfreundinnen eingebracht hatte. Als es aber um die Frage ging, mit welcher Nanny das Norland Institute die Stelle bei den Dudleys besetzte, die immerhin gut mit der Königsfamilie befreundet waren, hatte sich Joan angeboten – schlicht, weil sie mit den royalen Gepflogenheiten ebenso vertraut war wie mit den mancherdings komplizierten Verwandtschaftsverhältnissen der Nobilität. Sie machte sich nichts vor – über ihre Stellung würde sie niemals Zugang zu König Edward VII. bekommen, auch wenn dieser gelegentlich mit Lord und Lady Dudley dinierte und die Mutter von Lord Dudley eine gute Freundin von Königin Alexandra war. Aber sie fühlte sich wohl in dieser reichen, schönen Welt, in der das Funkeln von Diamanten, das leise Rascheln von Seidenkleidern und das Flüstern hinter vorgehaltenen Fächern zum guten Ton gehörte. Sie fügte sich in dieses Bild ein, weil sie eine gepflegte, unauffällige Erscheinung war mit ihrer Uniform aus dem braunen Kleid und der weißen Schürze, über der sie im Moment noch den etwas dunkleren Reiseumhang trug.

Sobald ein Diener den Kutschenschlag öffnete und die winzigen Stufen ausklappte, scheuchte Joan die älteren Kinder aus der Kutsche. Gladys, William und Lillian stiegen aus. Joan folgte ihnen und nahm von Millie den kleinen Roderick entgegen, der ihr laut krähend die Arme entgegenstreckte. Der Diener begrüßte sie und wies ihr den Weg zu den Apartments der vizeköniglichen Familie. Sie dankte ihm, raffte ihren Rock und folgte den Kindern, die bereits vorausliefen, voller Neugier auf das, was sie erwartete.

Lord und Lady Dudley waren bereits aus der ersten Kutsche gestiegen und im Gebäude verschwunden. Joan folgte ihnen. Sie staunte über die Pracht der Flure und Hallen, über die Seidentapeten an den Wänden, die glänzenden Marmorböden und die Holzkassettendecken. Fast hätte sie gelacht. Stattdessen kitzelte sie den kleinen Roderick auf ihrem Arm. »Schau mal, deine Nanny Joan ist tatsächlich drauf reingefallen.«

Sie hatte wirklich für einen kurzen Moment befürchtet, in Irland müssten alle im Elend hausen – also auch die Dudleys mit ihren Bediensteten. Das Gegenteil war der Fall – das obere Schloss des Dublin Castle barg hinter den dicken Steinmauern eine Pracht, die es mit den königlichen Residenzen in London aufnehmen konnte. Vielleicht ein wenig kleiner und beengt, aber sie würden schon alle ihren Platz finden. Joan hob stolz den Kopf und folgte dem Diener, der ihnen alle Räumlichkeiten zeigte. Die Kinder bewohnten einen eigenen Flügel. Es gab mehrere Schlafzimmer, zwei große Spielzimmer, ein Schulzimmer für die Älteren und sogar zwei Zimmer, in die Joan und Millie einziehen konnten, damit sie immer in der Nähe der Kinder waren. Joan war begeistert. Einiges würde sie gern nach ihren Wünschen gestalten – zum Beispiel hatten die Kinder daheim in London ein eigenes Speisezimmer gehabt, damit sie dort ungestört essen konnten, wenn sie nicht gerade von ihren Eltern zu einem offiziellen Anlass dazugebeten wurden.

Aber das hatte Zeit. Erst mussten sich die Kinder an die neue Umgebung gewöhnen, an die veränderten Lebensumstände. Auch sie selbst hatte sich noch nicht an das neue

Leben gewöhnt, durfte aber die Kinder nicht aus dem Blick verlieren, für die das noch viel anstrengender war.

»Ich bin Joan Hodges, Nanny für die Kinder des Vizekönigs von Irland.« Das klang gut, dachte sie. Sie hob den Kopf und folgte stolz dem Diener, der sie mit einer Demut herumführte, als gehörte sie zur Familie und nicht zur Dienerschaft.

Nun, in gewisser Weise stimmte das ja auch. Zugleich vergaß Joan nie, dass ihr Platz nicht bei der Familie war.

Kapitel 8

London, Oktober 1902

Sie bieten mir *was* an?« Mary MacArthur riss ihre hübschen grünen Augen auf. Die Haare trug sie zu Zöpfen geflochten, die sie im Nacken zusammengefasst hatte. Das fadenscheinige Dienstmädchenkleid würde ihr schon bald zu kalt werden – es wurde langsam Herbst in London. Nicht mehr lange, bis die ersten Stürme über die Stadt hinwegfegten.

Emily lächelte nachsichtig. Sie machte eine Notiz: Dienstmädchenuniformen! Bei einer Schneiderin, die sie schon lange Jahre kannte, erstand sie jedes Jahr ein paar Ballen Wollstoff, aus dem sie für die Nannyuniformen Kleider nähen ließ. Die Dienstmädchen sollten dieses Jahr auch welche bekommen, beschloss sie.

Dann wiederholte sie ihre Worte. »Wir bieten Ihnen ein Stipendium an, Ms MacArthur. Wenn Sie sich bereit erklären, zwei Jahre lang für ein Pfund weniger pro Monat für uns zu arbeiten, wird Ihr Schulgeld um insgesamt sechsunddreißig Pfund gekürzt, und Sie können für vierundzwanzig Pfund den Jahreskurs des Norland Institutes besuchen.«

Mary schüttelte ungläubig den Kopf. Kein Wunder, denn Emily hatte sie mit der Bitte um ein Gespräch überrumpelt. Sie wusste ja, dass die junge Frau vormittags die Böden in den oberen Stockwerken schrubbte und dabei besonders gründlich vor den Klassenräumen putzte, wo sie dann eifrig lauschte, was hinter den Türen vor sich ging.

Nun gerieten Marys Hände in Bewegung, sie schien zu rechnen, was das für sie bedeutete. Sie sparte damit allein schon zwölf Pfund ein, die ihr auf den Kurs angerechnet wurden. Mehr hatte Isabel nicht gestattet. »Mit diesen Stipendien verdienen wir gar nichts«, waren ihre Worte gewesen.

»Das müssen wir auch nicht bei jeder Studentin«, war Emilys Antwort gewesen. »Lass es uns mit Mary MacArthur wenigstens versuchen. Wenn es klappt, können wir darüber nachdenken, das Stipendium weiteren jungen Frauen anzubieten.« Schließlich hatte Isabel nachgegeben, wenn auch nur mit einem Brummeln, dass Emily das Norland Institute mit ihrer Mildtätigkeit eines Tages in den Ruin treiben würde.

»Das … kriege ich hin!«, rief sie voller Erstaunen. »Ich arbeite so hart, Mrs Ward, aber das schaffe ich, ganz bestimmt!«

»Gut. Dann werden wir Ihren Arbeitsvertrag entsprechend anpassen. Bedenken Sie, dass dies nur ein Angebot unsererseits ist. Sollten Sie sich zu einem späteren Zeitpunkt gegen die Schule entscheiden, würden wir Ihnen selbstverständlich den entgangenen Lohn nachträglich auszahlen.«

»Danke, danke …« Mary MacArthur wirkte völlig überwältigt. Für einen Moment sah es so aus, als wollte sie den Schreibtisch umrunden und Emily um den Hals fallen. Doch dann knickste sie nur mehrfach, und als Emily nachsichtig lächelte, stürmte sie aus dem Arbeitszimmer.

Schön, dachte sie. Schön zu beobachten, wie die kleine MacArthur aufblüht.

Nachdenklich blickte Emily aus dem Fenster. Oh, Isabel und sie hatten sich die Entscheidung nicht einfach gemacht. Ihr klang noch jedes einzelne Argument der Freundin im Ohr. *Die jungen Dinger sind nicht zuverlässig. Du wirst schon sehen, welches Chaos das gibt, wenn wir für Mädchen wie sie Schulplätze frei halten müssen. Die Wartelisten werden länger werden, und wir müssen viele enttäuschen.*

Der Pessimismus von Isabel Sharman war manchmal anstrengend, doch um nichts in der Welt wollte Emily ihre Freundin gegen eine andere eintauschen. Manchmal war Skepsis auch heilsam oder bewahrte Emily davor, zu große Risiken einzugehen. Aber nach sorgfältiger Überlegung waren sie sich in dem Punkt einig, dass sie an ihrem Institut nicht nur einen elitären Kreis jener ausbilden wollten, die sich das Schulgeld leisten konnten. Es sollte auch Platz bieten für junge Frauen, denen das Schicksal nicht alles in den Schoß legte und die nur noch auswählen mussten, welchen Weg sie einschlagen wollten.

Emily machte sich nichts vor. Frauen hatten es schwerer als Männer, wenn sie einen Beruf ergreifen wollten oder sich andere Ziele setzten. Herrje, sogar sie selbst hatte ihre Stellung als Gründerin dieser hoch angesehenen Schule unter anderem dem Umstand zu verdanken, dass sie nicht länger Ms Emily Lord, die verschrobene alte Jungfer, war, sondern Mrs Walter Ward, Ehefrau und Mutter.

Der letzte Gedanke zauberte ein Lächeln auf ihr Gesicht. Sie zog einen Fotorahmen heran, der seit ihrem letzten Geburtstag im August – dem zweiundfünfzigsten, war das denn die Möglichkeit? – ein neues Foto zeigte. Das davor hatte sie nur schweren Herzens ersetzt. Sie starrte auf die beiden Kinder, die sich auf dem Foto an sie drückten. Claude war sieben, Adelaide fünf Jahre alt. Auf dem Foto fehlte das dritte Kind, das jüngste der drei Geschwister, das

Walter und sie vor drei Jahren adoptiert hatten und das ein Jahr später an Keuchhusten verstorben war. »Kleine Charlotte. Du fehlst uns so sehr«, murmelte sie.

Höchste Zeit, nach Hause zu gehen. Zu ihrer Familie. Sie hatte heute wahrlich mehr als genug geschafft.

~

»Stell dir vor, Mam! Ich kann an die Schule gehen, Mrs Ward hat es mir erlaubt!« Marys Wangen hatten rote Flecken vor Aufregung. Heute war von der Müdigkeit nach einem langen Arbeitstag nichts zu spüren, sie riss ihrer Mutter den Korb mit den Strohblumensträußchen aus dem Arm und wollte mit ihr durch die beengte Küche tanzen. »Ich werde Nanny, Mam!«

»Mh«, machte ihre Mutter. »Lass mich doch erst mal daheim ankommen, Mary.« Sie lächelte nachsichtig und nahm die Mütze ab. Den Mantel hängte sie sorgfältig an den Haken hinter der Tür, die Börse mit den Einnahmen legte sie auf den Tisch. Jede ihrer Bewegungen folgte einer bestimmten Reihenfolge, damit sie nichts vergaß. Sie wusch über dem Spülstein die Hände. »Ist das Essen schon fertig?«

»Bald«, versprach Mary. Sie war so aufgeregt! Den ganzen Nachmittag hatte sie in Gedanken die Zahlen hin- und herbewegt, die Mrs Ward ihr genannt hatte. Natürlich würde ein Pfund im Monat ihnen fehlen, das Geld würde sie irgendwie anderweitig verdienen müssen. Sie könnte noch mehr Klöppelaufträge annehmen, gleich nach dem Essen wollte sie die schmale Stiege zu Mrs Dalloway hochklettern und fragen, ob es Arbeit für sie gab. In den letzten Wochen war sie abends allzu oft müde gewesen und hatte daher die Aufträge etwas schleifen lassen.

Aber jetzt wusste sie ja, wofür sie es machte!

Während ihre jüngeren Geschwister um sie herumwuselten und sie das Brot aufschnitt, das sie auf dem Heimweg gekauft hatte, erzählte Mary von dem Gespräch mit Mrs Ward. Wie befürchtet runzelte ihre Mutter erst einmal die Stirn.

»Das Geld wird uns fehlen«, sprach sie Marys Sorge aus.

»Aber ich kann noch mehr verdienen, wenn ich alle Abende am Klöppelkissen sitze.«

»Trotzdem. Lass dir keine Flausen in den Kopf setzen, nur weil du in einer Schule arbeitest.«

»Aber das Geld fehlt uns doch vor allem deshalb, weil nur du und ich was verdienen«, erwiderte Mary leise. »Wenn Vater Arbeit hätte …«

»Pscht.« Ihre Mutter legte den Finger an die Lippen. Sie nickte zu dem Bett in der Zimmerecke, in dem wie immer unter einem Deckenberg begraben Marys Vater lag. »Sag das nicht so laut. Er will das doch auch nicht, Mimi.«

Nein, natürlich wollte ihr Vater das nicht. Was nichts daran änderte, dass es nun mal so war.

Die Krankheit war plötzlich gekommen. War ihr Vater bis vor einem Jahr noch ein kräftiger Kerl in den besten Jahren gewesen, dem nicht mal die Grippe was anhaben konnte, wurde er zuerst immer blasser, dann immer schwächer. Bis ihn schon bald jeder Schnupfen auf Tage ins Krankenbett zwang. Er konnte seiner Arbeit als Packer am Hafen nicht länger nachgehen, und als er die Stelle verlor, war dies ein herber Schlag für die ganze Familie. Es kam aber noch schlimmer, denn seit er nicht mal mehr tageweise aufstand, um sich am Hafenbüro um einen der Tagelöhnerjobs anzustellen, verdiente er gar nichts mehr. Die ganze Last ruhte nun auf den Schultern von Mary und ihrer Mutter.

»Was würdest du verdienen, wenn du so eine Stelle bekommst?«, fragte ihre Mutter plötzlich.

Mary zuckte mit den Schultern. Das wusste sie gar nicht so genau. »Du meinst, wenn ich eine Nanny werde? Fünfzig Pfund oder so?«, riet sie.

Ihre Mutter sog scharf die Luft ein. Fünfzig Pfund, so viel hatte Marys Vater nicht mal in den besten Zeiten verdient.

»Aber ich müsste viel reisen. Ich wäre nicht mehr hier bei euch. Ich schicke euch Geld, versprochen. Wir alle werden es dann besser haben.«

»Erzähl mir davon.«

Das tat Mary. Sie setzten sich an den Tisch und aßen Graupeneintopf mit ein bisschen Möhre und dazu das dunkle Brot. Ihre jüngeren Geschwister rangelten und wollten alle eine zweite Portion. Marys Mutter teilte die Reste gerecht auf und hörte weiter ihrer ältesten Tochter zu. Dann kramte sie aus der Rocktasche ihres Kleids einen Bleistiftstummel und einen zerknitterten Zettel. »Vierundzwanzig Pfund brauchst du? Bis übernächsten Sommer?«

Mary nickte bang.

Ihre Mutter begann zu rechnen. Aber wie sie es auch drehte und wendete – es reichte nicht. »Wir müssten Finn bitten, dir etwas Geld zu leihen«, sagte sie schließlich niedergeschlagen. »Wenn er sich mal wieder blicken lässt, heißt das.« Sie seufzte und stand auf. Doch Mary hielt sie auf. »Bleib sitzen«, sagte sie leise. »Ich mache das.« Beseelt vom Gespräch mit Mrs Ward, hatte sie neue Kraft geschöpft. Sie nahm die Schüssel mit dem Eintopf für ihren Vater und eine dicke Scheibe Brot und ging zu ihm in die Zimmerecke.

»Pop?«, fragte sie leise. »Bist du wach?«

»Immer, *lass.*«

Sie lächelte. Bevor sie ihrem Vater half, sich aufzusetzen, stellte sie die Schüssel auf den kleinen Flickenteppich vor dem Bett.

»Hast gelauscht, was?«

Malcolm MacArthur stöhnte, als sie ihm half. Mary stopfte das Kissen in seinen Rücken. Dann setzte sie sich zu ihm auf die Bettkante und gab ihm die Suppenschüssel. »Geht's?«, fragte sie leise. Sie blickte zu ihrer Mutter, die mit den jüngeren Kindern redete. Mam saß mit dem Rücken zu ihnen. Seit es ihrem Vater so schlecht ging, wollte er sich nur noch von Mary versorgen lassen. Ihre Mutter sollte ihn in diesem Zustand nicht sehen. »Das zerstört alle Romantik, die mal war«, hatte er Mary mit einem Augenzwinkern anvertraut.

Fürsorglich legte Mary ihm eine Decke um die knochigen Schultern. Seit einigen Wochen aß er kaum noch etwas, aber sie brachte ihm jeden Morgen und jeden Abend eine volle Schüssel ans Bett und fütterte ihn, wenn er zu schwach war, selbst zu essen. Heute aber konnte er die Schale halten. »Konnte nicht weghören. Mag's aber, dass du Pläne machst für die Zeit, wenn ich mal nicht mehr bin.«

»Pop …«

Er lachte rau und musste husten. »Ach, *lass*. Ich weiß doch, was ihr für mich tut. Bringt nur nichts. Kein Arzt weiß, was mit mir los ist. Vielleicht ist dein Pop einfach alt.«

Davon wollte sie nichts hören. »Sie sind halt teuer, diese Pläne.«

Er lächelte. »Aber das willst du werden? Kindermädchen?«

»Nanny, ja. Ich glaube, das könnte ich gut.«

»Das glaube ich auch.«

Mary saß mit gefalteten Händen im Schoß vor dem Bett und beobachtete ihren Vater beim Essen. Jeden Bissen verfolgte sie mit ihren Blicken, aber nicht, weil sie ihm das Essen missgönnte. Heute aß er gut, und sie atmete auf. Der Herbst stand vor der Tür, mit ihm Stürme, Kälte und Nässe.

Sie fürchtete, die nächste Erkältung, die eines ihrer Geschwister mit nach Hause brachte, könnte sein Tod sein.

»Deine Schwester Theresa ist alt genug«, sagte er leise. »Schickt sie auf den Markt zum Verkaufen. Oder sie soll auch Klöppelspitzen machen.«

»Nein, Vater«, widersprach sie sanft. »Theresa tut schon genug.« Sie war gerade mal zehn. Wie sollte denn eine Zehnjährige die Verantwortung übernehmen?

»Du warst jünger, als wir dir so viel mehr zugemutet haben.«

Mary schwieg.

»Und wenn du da diese Arbeit hast. Du könntest dann auch uns unterstützen. Theresa eine Lehre ermöglichen?«

Sie sah, was er versuchte. In welche Richtung seine Gedanken schlichen. Er wollte, dass es ihnen allen besser ging, obwohl die Familie durch seine Krankheit ins Elend gestürzt worden war. Es wäre ihm ein Leichtes gewesen, von seiner Krankheit und Arbeitslosigkeit verbittert zu werden. Aber so war ihr Vater nicht. Seit er vor fünfundzwanzig Jahren als Zwölfjähriger aus Glasgow nach London gekommen war, hatte er immer versucht, das Gute im Menschen zu sehen, vor allem aber: das Gute im Leben. Wie ging das, dachte sie ein ums andere Mal. Wie konnte er weiterhin so zuversichtlich bleiben, obwohl er vermutlich für den Rest seines Lebens an dieses Bett gefesselt war und die Spanne, die ihm blieb, sich eher in Monaten bemaß, nicht in Jahren oder Jahrzehnten?

»Ich hole deine Medizin«, sagte sie leise und stand auf. Sie musste erst ihre Gefühle wieder sortiert bekommen, bevor sie ihm eine Antwort gab.

Während sie bei ihrem Vater gesessen hatte, hatten ihre Mutter und Theresa den Abwasch erledigt. Nun breiteten sie auf dem Tisch ihre Seidenblumen aus und machten noch ein paar neue, obwohl das Licht schon recht schwach war. Im Vorbeigehen strich Mary über den Schopf ihrer Schwester. Sie liebte ihre Geschwister so sehr, hätte jedes einzelne gern vor Unheil bewahrt. Die Vorstellung, dass Theresa nicht länger zur Schule ging, sondern in den Arkaden oder auf den Rennplätzen rings um die Stadt nach Kunden für die Trockenblumen und Seidenblumengestecke suchte, missfiel ihr. Theresa war groß für ihr Alter, schon bald würde vielleicht ihre Weiblichkeit erblühen. Man hielt sie schnell für zwei, drei Jahre älter.

Aber wenn sie auf diese Weise das Schulgeld für Mary aufbringen konnten? Wäre das nicht wunderbar? Und anschließend könnte sie Theresa, die so schlau war, erneut zur Schule schicken, konnte ihr unter Umständen sogar eine Ausbildung zur Lehrerin ermöglichen …

Ihr Vater schluckte die bittere Medizin und verzog das Gesicht. »Scheußlich«, murmelte er. »Ihr wärt ohne mich besser dran.«

»Sag das nicht«, widersprach sie.

»Wie viel kostet dieser bittere Saft? Jede Woche zwei Schilling. Das spart ihr euch alle vom Munde ab, damit ich …« Er wurde von einem Hustenanfall geschüttelt.

»Damit du lebst«, vollendete sie den Satz. Manchmal dachte sie, ihr Pop wollte nicht mehr leben. Nicht, weil er das Leben nicht mehr liebte, sondern weil er ihnen allen nicht länger zur Last fallen wollte.

»Lass gut sein, Mary Poppy«, murmelte er. »Ich bin schon still.«

Sie beugte sich über ihn, gab ihm einen Kuss auf die verschwitzte Stirn. »Schlaf jetzt, Pop«, sagte sie leise.

Als sie die Arznei wegräumte, spürte sie den Blick ihrer Mam. Sie sagte nichts, aber beide wussten, was die andere dachte.

Es wäre besser, wenn sein Leiden ein Ende hätte. Aber es würde sie umbringen, wenn er nicht mehr war.

~

Die Entscheidung über Marys Zukunft war vorerst vertagt. Doch eine Woche später erklärte Mam Theresa, sie könne nun nicht länger zur Schule gehen, sondern müsse sie auf den Markt begleiten. »Ich bringe dir alles bei, was ich kann«, sagte Mam. »Und in ein paar Wochen gehst du allein auf einen anderen Markt.«

Theresa akzeptierte das. Mit zehn Jahren hatte sie immerhin eine grundlegende Bildung genossen, das war mehr, als Mary bekommen hatte. Aber es fiel ihr nicht leicht; sie hätte gern noch länger die Schule besucht. Dass es um Marys Zukunft ging, verstand sie zwar. Die Atmosphäre daheim war aber vergiftet, weil Theresa ihrer älteren Schwester die Chancen neidete, ohne zu verstehen, dass Marys Aufstieg auch ihre Chancen deutlich verbesserte.

Und dann war da noch Finn.

Marys älterer Bruder war ein Rumtreiber – immer schon gewesen. Unzuverlässig, völlig aus der Art geschlagen, der Meinung war zumindest Pop. Mam verteidigte ihren Ältesten. »Du warst doch auch eines von diesen wilden Straßenkindern.«

»Ja, mit fünfzehn, sechzehn! Da hatte ich nichts. Aber er hat seinen Job am Hafen. Könnte uns wirklich mehr helfen, solange er keine eigene Familie hat.«

Alle paar Wochen tauchte Finn auf, aß sich am Tisch der Familie satt, spielte ein paar Runden Karten mit Pop, kitzelte die kleinsten Geschwister und gab Mam einen dicken Schmatzer, bevor er wieder verschwand. Meist ließ er einen Haufen Schmutzwäsche da, die Mary an ihrem freien

Nachmittag waschen und flicken musste. Oder er brachte für alle teure Pralinen mit. Auf die Frage, woher er die hatte, zwinkerte er nur und meinte, er hätte eben Glück gehabt.

Genauso wie es die Besuche gab, bei denen ihm das Glück aus jedem Knopfloch leuchtete, gab es jene finsteren Tage. Da fand Mary einen im wahrsten Wortsinn am Boden zerstörten Finn vor. So geschah es kurze Zeit später. Sie hatte auf dem Heimweg noch Brot und ein paar Rüben geholt und fand Finn auf dem Treppenabsatz. Sein Kopf war nach vorne gesackt, er lehnte wie betäubt an der Wand. Seine Jacke war verdreckt, und von ihm ging ein unangenehmer Geruch aus, eine Mischung aus Schnaps, Zigarre und ungewaschenem Körper.

»He.« Sie stieß ihn leicht gegen die Schulter. Sofort war er hellwach, blickte sie groß aus seinen grünen Augen an. Das blonde Haar hing ihm viel zu lang in die Augen. »Hä, was?«, rief er und schlug nach ihrer Hand.

»Meine Güte, musst mich ja nicht gleich hauen.« Sie stieg über seine langen Beine hinweg und machte die Wohnungstür auf. »Wieso bist du nicht reingegangen?«

Finn wischte mit dem Handrücken über seinen Mund. Er streckte sich und rappelte sich auf. »Mach mal nicht so 'nen Wind, Schwesterchen.« Mary folgte ihm in die Wohnung. Am Tisch saß Theresa und beaufsichtigte ihre jüngeren Geschwister bei den Hausaufgaben. Sie runzelte die Stirn, als sie Finn erkannte. »Der kommt mir nicht ins Haus«, kommentierte die Zehnjährige.

»Terry, bitte.« Mary hängte ihren Mantel an die Tür.

»Weißt du, was er vorhin gemacht hat?« Theresa legte ihre Arbeit beiseite. Sie kam zu den beiden. Ihre Stimme war ein feindseliges Zischen, damit die anderen sie nicht hörten.

»Er hat sich eingepisst. Stank nach Pisse wie so ein Schwein.«

»Stimmt ja gar nicht. Nur weil du dich einparfümierst wie 'ne Hafennutte ...«

»Das ist kein Parfüm, das ist meine Handcreme!«, fauchte Theresa. »Gegen raue Hände! Ich arbeite nämlich hart, anders als gewisse andere Leute!«

»Oh, seid um Himmels willen still!«

Mary hätte sich am liebsten die Ohren zugehalten. Unerträglich, wie ihre Geschwister stritten. Sie hörte vom Bett ihren Pop leise rufen und ging zu ihm.

»Was ist da los?«, fragte er.

»Nur Finn und Terry, die sich streiten.«

»Was ist mit Finn?«

Mary zögerte. Es lag ihr fern, ihren Bruder bei ihrem Vater anzuschwärzen. Aber Finn war in einem desolaten Zustand, daran ließ sich nichts beschönigen. »Keine Ahnung, wo er sich herumgetrieben hat. Er ist ziemlich erledigt, glaube ich.«

»Aber er hat sich herumgetrieben.«

»Ja.« Es brachte auch nichts, ihren Vater anzulügen.

»Vielleicht geht's ihm nach einem Teller Suppe besser.«

Es ginge ihm besser, wenn er nicht trinken würde, dachte Mary. Aber sie nickte nur und kehrte an den Tisch zurück. Finn war im Schlafzimmer verschwunden, das die Geschwister sich teilten. »Wo sind meine Sachen?«, rief er.

Theresa saß mit verschränkten Armen am Tisch. Die jüngeren Geschwister machten nur große Augen. Mary ging ins Schlafzimmer. Sie zeigte Finn den Korb, in dem seine sauberen Sachen lagen, die sie seit seinem letzten Besuch geflickt hatte.

»Ein Dankeschön wäre nett«, meinte sie.

»Ach, Schwesterchen.« Er zog die Jacke aus und warf

sie auf den Boden. Hemd, Hose und Wäsche folgten. Während er im Korb nach Sachen wühlte, las sie das dreckige Zeug auf. Es stank tatsächlich nach Urin. Sie rümpfte die Nase.

»Na, nimm's mir nicht übel. Hatte gehörig was zu feiern. Halt, Moment!« Bevor sie die Hose in den Wäschekorb stopfen konnte, entriss Finn sie ihr. Er fingerte eine Handvoll Münzen und ein paar zerknitterte Geldscheine aus der Hosentasche.

Mary starrte auf das Geld. Wie viel war das? Acht Pfund, zehn? Eine für sie unvorstellbar große Summe jedenfalls. »Woher hast du das?«, wollte sie wissen.

»Hab's mir verdient.« Er grinste. Mehr wollte er nicht erklären, und Mary gab es bald auf, ihn zu fragen. Wenn er in dieser Stimmung war, empfand sie seine Besuche als noch anstrengender. Erst wirkte er betrunken, und nun war er völlig überdreht. Offenbar hatte er sich wieder gefangen, und an diesem Abend wollte er mit ihnen feiern, als hätte er niemanden da draußen. Doch darüber, *wie* er sich das Geld verdient hatte, wollte er mit keinem reden.

~

»Glaub mir einfach, dass ich 'nen Weg gefunden habe, ein kleines Vermögen zu machen. Und wenn's so weit ist, hole ich euch alle aus diesem Loch hier raus.«

Mary und Finn saßen mit ihrer Mutter am Tisch. Es war spät geworden; ihr Vater schlief bereits, und die jüngeren Geschwister waren im Bett. Mary hatte das Klöppelkissen zwischen die Knie geklemmt, die Schlegel flogen hin und her. Drehen, kreuzen, drehen, kreuzen … Zum Glück hatte Mrs Dalloway genügend Aufträge. Für eine Hochzeit in den besten Kreisen klöppelten sie die Spitze für das Brautkleid. Nur war der Auftrag inzwischen eilig, weshalb Mary in jeder freien Minute daran arbeitete.

Finn hatte schon die ganze Zeit seinen Unmut darüber geäußert, dass sie anderweitig beschäftigt war, statt ihm eine Flasche Bier zu holen oder seine Sachen zu flicken. Mary versuchte, nichts zu sagen, sondern ihre Wut runterzuschlucken. Es brachte nichts, ihm von ihren hochfliegenden Plänen zu erzählen. Er würde sie nur verspotten, weil sie niemals ihr Ziel erreichen würde. Jedenfalls nicht mit harter Arbeit. Dazu würde er wieder großspurig mit seinen Münzen klimpern, als hätte er den Weg zum Reichtum entdeckt, der allen anderen verschlossen blieb, einfach weil alle anderen zu dumm dafür waren.

Marys Mutter aber konnte die Neuigkeit nicht für sich behalten. Sie hatte sich inzwischen an den Gedanken gewöhnt, dass Mary erst weniger verdiente, nur um anschließend deutlich mehr zu bekommen und damit unabhängig zu werden. »Mary möchte Nanny werden. Darum arbeitet sie so hart.«

»Kindermädchen, hä? Wie wird man das denn?«

»Es gibt eine Schule dafür«, erzählte Marys Mutter voller Stolz. »Dort lernt sie alles.«

»Ist ja witzig. Mary kann ja kaum lesen. Da soll sie noch mal zur Schule gehen?«

»Das ist nicht wahr!«, widersprach Mary. Anderthalb Jahre war sie damals zur Schule gegangen, und anschließend, als sie sich um die Geschwister kümmerte, hatte sie immer versucht, mit Finns Schulbüchern zu lernen. Später hatte sie sogar Theresa und den anderen beim Lernen geholfen. Sie war nicht dumm!

»Das bekommt sie schon hin. Und danach verdient sie richtig viel Geld. Sag's ihm, Mary. Wie viel verdienst du nach der Ausbildung?«

Mary hätte dieses Gespräch lieber nicht geführt.

»Wohl kaum mehr als ich.« Münzenklimpern. Finn trank das Bier aus und rülpste.

Mary spürte, wie sich in ihr Widerstand regte. »Eine gute Nanny kann durchaus fünfzig Pfund im Jahr erwarten«, erklärte sie würdevoll. »Hinzu kommen freie Kost und Logis.«

»Fünfz…« Das raubte ihm dann doch die Sprache, stellte sie zufrieden fest. »Heilige Scheiße, das ist viel.«

»Finn«, mahnte die Mutter. »Nicht fluchen.«

Marys Bruder beugte sich vor. Er schnipste vor ihrem Gesicht, um ihre Aufmerksamkeit zu erlangen. »Was macht denn so 'ne Nanny? Mehr als Kinder hüten?« Er grinste anzüglich.

»Das stört dich jetzt, was?«, giftete sie zurück. »Dass eine *Frau* mehr verdienen könnte als du mit deinem Job am Hafen.«

»Ich arbeite hart dafür. Auf Kinder aufpassen ist nun echt keine Kunst.«

Dann hättest du das ja damals machen können, dachte sie erbost. Oh, sie spürte, wie Finn sie auf so vielen Ebenen wütend machte. Statt auf seine Bemerkung einzugehen, steckte sie die Klöppel fest und breitete ein Tuch über ihre Arbeit. »Ich geh ins Bett«, sagte sie leise. »Morgen wird ein langer Tag.«

»So wird das aber nix, wenn du abends nicht durchhältst.« Finn stand auf. Er holte aus der Kammer eine zweite Flasche Bier. Mary hätte gern etwas dazu gesagt. Zum Beispiel, dass das Bier für die Festtage reserviert war und dann die Erwachsenen jeweils höchstens eines bekamen. Sie blickte ihre Mutter an, doch die schaute nur auf die eigenen Hände, die eine Seidenrose falteten.

»Weißt du, wenn du schon hier bist, könntest du ja mal

drüber nachdenken, ob dir deine Familie nicht ein kleines bisschen Unterstützung wert ist«, sagte Mary leise.

Ihre Mutter blickte auf. *Tu's nicht,* sagte ihr Blick. *Frag ihn lieber nicht, ob er uns mit deinem Schulgeld hilft. Nicht, wenn er in dieser Stimmung ist.*

Aber Mary musste ihn fragen. Sie durfte auf dem Weg zu ihrem Traum nichts unversucht lassen.

»Du behauptest ja, du wüsstest, wie man Geld verdient.«

»Ja, schon«, sagte Finn gedehnt. Er lehnte sich auf dem Stuhl zurück und streckte die Beine weit von sich. Er rülpste hinter vorgehaltener Bierflasche.

»Also, wenn du Geld hast – dann kannst du auch die Familie unterstützen. Und damit meine ich, dass du mich unterstützt. Ich kann es zurückzahlen.«

»Hä, wann denn? In drei Jahren? Darauf kann doch kein Mensch warten.« Finn tippte sich an die Stirn. »So doof bin ich nicht, Schwesterchen. Nachher überlegst du's dir anders oder lernst 'nen Kerl kennen, der dir jedes Jahr ein Balg macht, und futsch sind meine Goldtaler. Nee, du. Mein Geld behalt ich lieber für mich.«

Mary sah ihre Mutter an. Doch Mam kniff nur den Mund zusammen.

»Sag du doch auch was, Mam«, flehte Mary leise.

Mam seufzte und ließ die rote Seidenrose sinken. »Ach, Mimi.« Mehr nicht.

Aber Mary verstand. Selbst ihre Mutter glaubte nicht an sie. Sogar sie fürchtete, Marys Traum könnte nicht von Erfolg gekrönt sein. Mary hätte wütend sein müssen, doch stattdessen regte sich bei ihr ein gewisser Trotz. Wenn niemand an sie glaubte, würde sie es ihnen schon noch zeigen!

~

Als sie am nächsten Morgen aufstand, lag ihr Bruder im Bett ihrer Mutter und schnarchte. Ihre Mutter hatte sich mehr schlecht als recht neben die Jüngste gequetscht. Während Mary sich um das Frühstück für alle kümmerte, fiel ihr Blick auf das Klöppelkissen, das sie am Vorabend auf dem Tisch hatte liegen lassen. Ein Fehler, wie sie jetzt feststellte, denn jemand hatte mit ihrer Nähschere alle Fäden abgeschnitten und die Klöppel fein säuberlich neben das Kissen gelegt.

Finn. Sie hätte ihn am liebsten aus dem Bett gerissen und ihn für diesen miesen Streich zur Rechenschaft gezogen. Mindestens aber hätte er ihr die Arbeit bezahlen können, die sie nun doppelt machen musste. Aber sie ließ es. Aus Erfahrung wusste sie, dass es für ihren Bruder eine Freude war, wenn sie auf seine Provokationen einging.

Nächstes Mal, das schwor sie sich, würde sie vorsichtiger mit ihren Sachen sein.

Kapitel 9

Oberhofen, Oktober 1902

Es ist so schrecklich!« Die Principessa zog einen Schmollmund. Sie sah sich in dem Raum um, als hätte ihr Mann sie soeben in ein Rattenloch gesperrt und nicht eine der schönsten Residenzen in den Schweizer Alpen für die kommenden Monate als Wohnort gewählt. Aber Katie verstand, was ihre Dienstherrin störte.

»Wir werden im Winter entsetzlich frieren!«

Wie um ihren Worten Nachdruck zu verleihen, schlang die Principessa ihre Arme um den Oberkörper. Sie trug – wie immer – nur ein dünnes Seidenkleid, die Ärmel waren fast durchsichtig. Einzig der Schmuck war üppig, als könnte sie sich an Diamanten und Goldgeschmeide wärmen. Sie hatte sich auf dem Weg hierher nicht davon überzeugen lassen, etwas Wärmeres anzuziehen. Sie *wollte* frieren, und sei es nur, um ihrem Gatten begreiflich zu machen, was er ihr mit dieser Umsiedlung antat.

Katie hatte langsam keine Lust mehr, sich um die Principessa und ihre Grillen zu kümmern. Der Wollumhang, der zu ihrer Ausstattung gehörte, wärmte sie jedenfalls ebenso vortrefflich wie die dicke Pelzmütze. Vielleicht sollte der Principe seiner Frau lieber ein paar Pelze schenken, um ihr den Aufenthalt in dieser Welt zu versüßen, dachte sie fast ein wenig boshaft. Mindestens bis Weihnachten, hatte er angekündigt, würde Oberhofen nun ihr Zuhause sein.

Vermutlich hoffte er, die Abgeschiedenheit des Ortes am nördlichen Ufer des Thunersees könne sie von ihrem Leben in Monte Carlo heilen. Hier ging es eher gemütlich zu, hier bewahrte man sich die Ruhe, hier wollte niemand abends zum Tanz oder auf eine Soiree. Die wenigen Nachbarn, mit denen die Familie Ruspoli verkehrte, waren alteingesessen und suchten ebenfalls die Ruhe.

Katie begrüßte diesen Schritt vor allem deshalb, weil sie hoffte, die Fürstin könnte in der Abgeschiedenheit endlich Zugang zu ihren Kindern finden. Sie war nicht das erste Kindermädchen, dem die Jungen anvertraut worden waren, und das merkte sie deutlich; anfangs hatten vor allem Marescotti und Alessandro sie spüren lassen, dass sie ihre Nana vermissten. Aber mit der Zeit hatten sie sich Katie geöffnet. Beharrlich, herzlich und voller Liebe – so hatte Katie es geschafft, dass die Kinder ihr vertrauten. Und sie suchten Katies Nähe auf so heftige Art, dass sie sich fragte, ob diese kleinen Knaben überhaupt wussten, was eine gute Bindung oder Mutterliebe war.

Der Kontakt mit ihrer Mutter beschränkte sich für die vier Jungen auf einen abendlichen Rapport, bei dem Donna Pauline auf einem Sofa im Salon saß und nur kurz ihr Buch beiseitelegte, um sich anzuhören, was ihre Söhne berichteten. Selten ein freundliches Wort, nie eine zärtliche Berührung. Die Kinder brauchten doch Nähe, dachte Katie. Und sie fühlte sich etwas unwohl damit, dass offenbar sie als Nanny dazu auserkoren war, diese Kinder mit der Nähe und Liebe zu versorgen, zu denen ihre distanzierte Mutter sich nicht in der Lage sah. Andererseits: Wenn sie sich nicht der Kinder annahm, tat es keiner.

Die Principessa durchquerte den hohen Salon, sie stellte

sich vor den Kamin, in dem bereits ein wärmendes Feuer brannte. Sie rieb sich die Hände. »Was sollen wir hier denn all die Wintermonate machen?«, klagte sie.

»Spielen, lesen, Freunde besuchen.« Leise war der Principe eingetreten. Er stellte sich zu seiner Frau und legte die Hand auf ihre Schulter. Sie machte sich mit einer unwilligen Bewegung los. Derweil hatten Alessandro und Constantino den Deckelkorb mit den kleinen Zinnsoldaten geöffnet und verstreuten sie auf dem teuren Orientteppich, als handelte es sich um eine Hochebene, auf der es bald zur entscheidenden Schlacht kam. Dabei waren die Rabauken erstaunlich brav.

Nicht mal laut sein konnten die Kinder in Gegenwart ihrer Mutter. Katie seufzte. Sie hob den kleinen Emanuele hoch, der sich an ihre Schulter schmiegte. Dem Zweijährigen fielen schon fast die Äuglein zu, so müde war er von der letzten Etappe der Reise. Seine Brüder aber wurden zunehmend ausgelassen, sie mussten noch ein wenig spielen und toben, bevor Katie sie ins Bett stecken konnte.

Sie ließ die Familie allein und machte sich auf die Suche nach dem Kinderschlafzimmer. In den Gängen herrschte ein reges Gewusel, die Dienerschaft sprach Italienisch mit einem harten, schnarrenden Akzent, weshalb es ihr schwerfiel, etwas zu verstehen – lernte sie die Sprache doch auch erst seit Kurzem. Mit ihren Brötchengebern unterhielt sie sich meist auf Englisch, mit den Kindern in einem Mischmasch aus Englisch und ihren ersten Gehversuchen auf Italienisch, das sie durch das Französisch ergänzte, das sie in der Schule gelernt hatte.

Sie fand das Schlafzimmer für die Kinder. Es lag am Ende eines langen Gangs, weit weg von den Gemächern der Eltern. Vermutlich war das auf eine Anweisung der Principessa zurückzuführen, direkt daneben zeigte ein älterer

Diener, dessen Bauch wie ein Fass war und der Augen von überraschend schönem Grün besaß, ihr ein weiteres Gemach. »Per la Nana«, sagte er und grinste.

Sie mochte sein Lächeln.

»Grazie.«

Er strahlte, trat vor und musterte den kleinen Knaben auf ihren Armen. »Povero bambino«, sagte er leise. *Armes Kind.*

Katie runzelte die Stirn. Gern hätte sie ihn gefragt, wie er das meinte, doch er war so schnell verschwunden, wie er gekommen war. Katie trug den schlafenden Emanuele ins Kinderzimmer, legte ihn auf ein Bett und schälte ihn aus dem kleinen Mantel. Er wachte nicht auf, als sie ihn weiter auszog und für die Nacht fertig machte.

Normalerweise achtete sie darauf, dass die Kinder einen klar strukturierten Tagesablauf befolgten. Das gab ihnen Sicherheit. Und es half auch Katie, mit den Anforderungen der Kinderbetreuung umzugehen. Wenn sie auf Reisen waren, wurden diese Strukturen regelmäßig ausgehebelt, und jedes neue Haus führte dazu, dass sie diese Routinen aufs Neue entwickeln musste.

Sie hatte noch viel Arbeit vor sich. Es war nun halb acht am Abend, und bis die größeren Jungen schliefen, mochten noch zwei Stunden vergehen. Anschließend musste sie ihre eigenen Sachen auspacken und in der Küche nachfragen, ob für das Frühstück alles gerichtet war …

Sie straffte sich. Darauf hatte man sie doch vorbereitet, nicht wahr? Auf ein Leben fern der Heimat, immer im Bestreben, für ihre Schützlinge zu sorgen. Sie hoffte einfach, dass die Nacht ruhig blieb …

Kapitel 10

Dublin, den 17. September 1902

Meine liebe Katie,
nun haben wir uns auch in diesem neuen Leben eingefunden. Mehr schlecht als recht, muss ich zugeben. Wie schaffst du es, alle zwei Wochen mit dem kompletten Haushalt umzuziehen? Mich hat dieses eine Mal schon überfordert, mich graust es schon jetzt davor, dass der Earl of Dudley irgendwann nicht mehr Generalgouverneur ist und wir das ganze Zeug wieder in Kisten und Koffer stopfen müssen ... Die Wechsel zwischen London und Whitley Court sind nicht annähernd so nervenaufreibend gewesen, obwohl mir auch das schon gereicht hat.
Nun ging auf der Reise auch noch die liebste Porzellanpuppe von Lillian zu Bruch. Ein wunderschönes Stück, aber herrje, so schnell findet man keinen Ersatz oder jemanden, der es repariert. Heiße Tränen waren die Folge, Lillian wollte zurück nach London ... Verständlich. Erst ist alles fremd, dann wird ihr noch das Liebste genommen, mit dem sie sich immer tröstet. Ich bin mit ihr zusammen in die High Street gefahren, dort gibt es einen Spielzeug-

laden. Aber keine der Puppen dort wollte ihr gefallen.
Und was mir nicht gefiel – mein Gott, Katie. Londons East End ist schlimm. Aber Dublin? Man kann kaum einen Schritt tun, ohne über bettelnde Kinder zu stolpern. Manche blind, andere von Pockennarben versehrt, wieder andere so mager und in Lumpen gehüllt, du weißt schon jetzt, sie werden den kommenden Winter so nicht heil überstehen, und Erfrierungen wären nicht mal das Schlimmste, was ihnen widerfährt …

Joan hielt inne. Sie blickte aus dem Fenster ihres kleinen Zimmers. Erstaunlich früh im Jahr rüttelte der erste Herbststurm an dem Sprossenfenster. Sie hatte den kleinen Schreibtisch unter das Fenster geschoben und konnte nun über die Stadt blicken. Kam es ihr nur so vor, oder wurde es in Irland abends früher dunkel? Ganz so schlimm war's noch nicht; vermutlich lag es an den dunklen Regenwolken, die am Himmel hinwegjagten.

Sie hatte gehofft, Dublin würde die Familie des Vizekönigs mit offenen Armen empfangen. Doch inzwischen merkte sie, wie naiv diese Vorstellung gewesen war. Irland hatte nicht auf den Herrscher aus England gewartet, der in schöner Regelmäßigkeit aus London geschickt wurde, um die Unterdrückung zu manifestieren und nichts am Elend der Menschen zu ändern. Faktisch war es eine Besetzung, das begriff Joan nun. Und sie fühlte sich noch mehr hin- und hergerissen als ohnehin schon. Es würde ihr vermutlich schwerfallen, in Dublin Gleichgesinnte zu finden, mit denen sie sich anfreunden konnte. Sie war Engländerin, weshalb alle Iren sie mit Misstrauen beäugten. Und sie war eine Nanny. Ihre Position bedeutete, dass sie über anderen

Bediensteten stand. Und sie konnte sich wohl kaum mit dem Butler anfreunden, der, nebenbei bemerkt, ein ziemlich eingebildeter Kerl war, der auch Joan mit einer Herablassung behandelte, die sie als ungerecht empfand.

Diese Gedanken sorgten dafür, dass sie sich selbst hinterfragte. Das Gefühl, so weit entfernt von London, von ihren dortigen Freundinnen und ihrem Onkel zu sein, machte ihr noch einmal deutlich, wie einsam sie in ihrem Beruf doch war. Wenn sie nicht arbeitete, saß sie meist in ihrem Zimmer. Sie hatte zwar das Zimmer unten bei den Kindern – eine schmale Kammer mit Bett und Tisch, wo sie nur dann schlief, wenn eines der Kinder krank war, damit sie schnell zur Stelle war –, aber sie war froh, sich abends in das gemütliche Zimmer unterm Dach zurückziehen zu können. Die Einsamkeit an sich störte sie nicht. Was zunehmend an ihr nagte, war ein Gefühl, als könnte das nicht alles gewesen sein, was das Leben ihr bot.

Dabei hatte sie doch Glück gehabt. Sie musste wieder an die beiden Kinder in der High Street denken, denen sie heute begegnet war. Geblieben war eine Hilflosigkeit, weil sie niemals allen Menschen würde helfen können. Das Elend des Einzelnen würde bleiben, und Joan konnte zwar versuchen, einen Unterschied zu machen – letztlich würde sie aber nie erfahren, ob es ihr tatsächlich gelang.

~

Jenes Erlebnis in der High Street würde sie nicht so schnell vergessen, ohne es richtig einordnen zu können. Es waren zwei kleine Mädchen gewesen, die sich Lillian und ihr näherten, vielleicht sieben oder acht Jahre alt. Sie sahen einander sehr ähnlich. Schwestern, vermutete Joan. Die größere zupfte an Joans Mantel, während die jüngere mit weit aufgerissenen Augen, in denen der Hunger stand, zu ihr aufblickte. »Eine milde Gabe«, flehte sie.

Joan griff nach ihrer Geldbörse, die sie versteckt unter dem Mantel in einer Innentasche trug. Sie hätte dem Mädchen gern ein paar Pennys in die Hand gedrückt, damit sie für sich und ihre Schwester Brot kaufen konnte.

Doch bevor sie die Geldbörse zückte, hob sie den Blick und bemerkte einen älteren Mann. Das Haar hing ihm fettig ins Gesicht, die kleinen Augen kniff er zusammen. Er musterte sie auf eine gierige Art, als schätzte er ab, wie viel bei ihr zu holen war. Während die Kinder ihr Herz rührten, erfüllte sie ein unerklärlicher Ekel gegen den Mann, der ebenso abgerissen war wie die Mädchen.

»Sind das Ihre Kinder?« Joan machte einen halben Schritt auf ihn zu. Lillian suchte in den Falten von Joans weitem Mantel nach ihrer Hand. Sie drückte sie. Alles gut, sagte sie ihrem Schützling damit.

»Was geht's Sie an, Ms?« Er kaute auf einem Priem herum. Sein Englisch war vom irischen Dialekt so breit ausgewalzt, als hätte er eine heiße Kartoffel in der Backentasche unter dem ungepflegten, leicht ergrauten Bart.

»Was dagegen, wenn ich den Mädchen ein Brot kaufe?« Sie drehte sich suchend um. War sie nicht vorhin an einer Bäckerei vorbeigekommen?

»Lassen Sie das mal, Ms. Die kriegen schon genug.« Der Mann kam näher. Joan spürte, wie Lillian fast hinter ihren Röcken verschwand. »Scht«, machte sie beruhigend. Die kleinen Irinnen zuckten zusammen, als hätte Joan versucht, sie zu verscheuchen.

»Ich würde ihnen lieber was kaufen«, wiederholte sie.

Er legte den Kopf leicht schief. »Wieso denn?«, schnarrte er.

»Weil ich fürchte, sie bekommen nicht genug zu essen.«

»Lassen Sie das mal meine Sorge sein. Also, wollen Sie jetzt was geben oder nicht?«

Joan zögerte. Hätte sie den Mann nicht bemerkt, der offenbar auf seine bettelnden Töchter aufpasste – wenn es überhaupt seine Töchter waren –, hätte sie den Mädchen ein paar Münzen in die Hand gedrückt. Aber der Mann hatte eine rot geäderte Säufernase, die er jetzt mit dem schmierigen Ärmel seiner löchrigen Jacke abwischte. Sie traute ihm nicht. Sie fürchtete, er würde den Mädchen das Geld wegnehmen und dafür bei der nächsten Schnapsdestille eine Flasche billigen Gin kaufen.

»Was 'n jetzt?!«, rief er empört.

Joan nahm ein paar Münzen aus der Geldbörse. Wenn sie den Mädchen gar kein Geld gab, würden sie garantiert nichts zu essen bekommen. Sie musste darauf vertrauen, dass der Vater ihnen etwas gab.

Er beobachtete sie scharf. Sie ließ die Münzen durch die Finger gleiten. Würden sie überhaupt einen Unterschied für diese Familie machen? Konnte sie denn das Elend der Stadtbevölkerung mit ein paar Pennys lindern? Oder versuchte sie nur, sich von der Schuld freizukaufen, dass es ihr besser ging?

»Bitte, Ms.« Sein Tonfall wurde schmeichelnd. »Die Mädchen haben ihre Mutter kürzlich verloren. Und den jüngeren Bruder. Wir haben nix, seit ich meine Arbeit aufgeben musste. Sie haben sonst keinen, der sich um sie kümmert. Die Kleine hat einen schlimmen Husten, seit Wochen schon.«

»Sie haben ganz schön viel verloren«, sagte sie sanft.

Er senkte den Blick. »Ja.« Auf einmal war das Feindselige von ihm abgefallen, und sie sah hinter diese Mauer, die er um sich errichtet hatte. Sie sah seinen Schmerz, sein Elend, seine Trauer.

Joan gab sich einen Ruck. Sie drückte dem älteren Mädchen ein Geldstück in die Hand. Die Miene des Vaters hellte sich auf. »Danke, Ms. Sind 'ne gute Lady, obwohl Sie Engländerin sind.« Er zog die Mütze vom Kopf, verneigte sich mehrmals, dann schnappte er sich das Geldstück und lief davon. Die Mädchen folgten ihm wie kleine Gänseküken der Mutter durch das Gedränge.

Joan holte tief Luft. Sie wandte sich ab, denn sie wollte gar nicht wissen, ob er Schnaps oder Brot kaufen ging.

»Warum haben die Leute nichts, Nanny Joan?«, fragte Lillian. Das kleine Mädchen hatte die Szene schweigend beobachtet. Joan zog sie an der Hand etwas beiseite, dann ging sie in die Hocke. »Ich fürchte, der Papa von den beiden Mädchen hat keine Arbeit. Er muss sich um sie kümmern. Man arbeitet ja, um Geld zu verdienen.«

»So wie mein Paps, wenn er den ganzen Tag regiert?«

Nun, der Earl *musste* streng genommen nicht arbeiten, um Geld zu verdienen, denn er besaß ausgedehnte Ländereien, die für ihn verwaltet wurden. Die Pächter mehrten sein Vermögen jedes Jahr, ohne dass er etwas dafür tat. Aber mit einer Sechsjährigen wollte Joan keine Diskussion darüber führen, wo die Unterschiede zwischen einem Adeligen mit großem Besitz und einem armen Schlucker ohne Arbeit waren. Das führte zu weit.

»Ja, genau«, sagte sie deshalb nur.

»Und wieso hat der Mann keine Arbeit?«

»Das weiß ich nicht«, gab Joan zu. Sie wollte dem kleinen Mädchen auch nichts darüber erzählen, dass manche Menschen keine Arbeit fanden, weil sie unzuverlässig waren. Oder weil es nicht genug Arbeit gab. »Vielleicht gibt es zu wenig zu tun für ihn. Oder er hat etwas gelernt, für das gerade kein Bedarf ist.«

»Für Paps' Regieren ist aber immer Bedarf, oder, Nanny

Joan?« Jetzt klang Lillian fast ein wenig ängstlich. Am liebsten hätte Joan sie in die Arme geschlossen. Lillian war mit ihren sechs Jahren schon ziemlich ernst und eifrig. Sie war die Stillste der Dudley-Geschwister. Manchmal vergaß sogar Joan, dass sie da war, bis sie fast über Lillian stolperte, weil sie wie ein Schatten immer hinter ihr hing.

»Dein Paps wird immer Arbeit haben, versprochen.« Dass ausgerechnet ein Kind wie Lillian, das vermutlich nie im Leben Geldsorgen haben musste, sich darüber Gedanken machte … Wie mochte es dann erst den Kindern gehen, die echte Not kennenlernten? Die im Elend wohnten?

Konnte man denn gar nichts für die Menschen tun, die von Gott und der Welt nicht mit einer so hervorragenden Startposition im Leben gesegnet worden waren?

~

Das Thema ließ sie nicht los. Joan und die kleine Lillian kehrten wenig später ins Stadtschloss zurück. Der Diener, der ihnen öffnete und die Mäntel abnahm, erklärte ihr, die junge Lady werde im grünen Salon erwartet, es seien Gäste gekommen.

»Wer denn, wer denn?« Sofort bekam Lillian leuchtende Augen.

»Das weiß ich leider nicht, du neugieriger Spatz.« Joan folgte ihr mit einem Lächeln auf den Lippen. Lillian hatte das Erlebnis in der High Street offenbar schon wieder vergessen, so fröhlich hüpfte sie voran.

Im grünen Salon saß Lady Rachel Dudley mit ihrem Gast auf den teuren, mit grünem Samt bezogenen Sofas, die Polster so straff, dass Joan manchmal fürchtete, sie würde einfach herunterrutschen, wenn sie sich draufsetzte.

Lillian erkannte die Besucher natürlich sofort. »Gramma!«, rief sie und stürmte auf die schlanke, ätherisch wirkende dunkelhaarige Frau von Mitte fünfzig zu, die geziert eine Tasse Tee in einer Hand balancierte.

»Lillian Morvyth!« Die Stimme der Dowager Countess Georgina Dudley war tief und wohltönend. Schwer vorstellbar, dass diese zarte Person mit der Taille, die noch in einem anderen Jahrhundert so unglaublich schlank geschnürt worden war, eine so volle Stimme hatte. Ihre Augen in dem Porzellangesicht waren groß wie die eines Kinds, die Haare hochgesteckt bis auf einen winzigen Pony, der zu Löckchen gelegt war. Sie trug ein pfirsichfarbenes Kleid aus duftiger Spitze. Die Schärpe, mit der ihre zarte Körpermitte betont wurde, war von einem dunkleren Orange. Alles an dieser Frau war delikat, von einer unglaublichen Zartheit. Doch die Mutter des Earls war von einer zupackenden, direkten Art, wie Joan es bei Frauen ihres Standes bisher selten erlebt hatte.

Zum ersten Mal war Joan ihr im Büro ihrer Schulleiterin Mrs Ward begegnet, und die beiden Damen, die im selben Alter waren, hätten kaum verschiedener sein können. Auf der einen Seite die gelassene Emily Ward in ihrem dunklen Kleid und von eher stämmiger Statur, klein und sanft. Auf der anderen die Dowager Countess, die es sich trotz ihres Witwentums nicht nehmen ließ, die Kleider zu tragen, die sogar an vielen jüngeren Frauen albern ausgesehen hätten, als wollten sie sich wie Püppchen verkleiden. Die dunkelhaarige Schönheit aber trug ihre pastellenen Kleider, als hätte der liebe Gott diese zarten Farben nur für sie erschaffen.

In dem gertenschlanken Körper wohnte allerdings eine Strenge, die sich auch auf andere erstreckte, weshalb Joan ihre seltenen Begegnungen mit Lady Georgina in unangenehmer Erinnerung hatte.

Lillian verharrte kurz vor ihrer Großmutter und machte verlegen einen Knicks. »Guten Tag, Großmutter«, sagte sie artig.

»So ist es brav. Und nun komm her, mein Schatz. Ich habe dir etwas mitgebracht.« Die Dowager Countess breitete die Arme aus, und Lillian flog zu ihr auf das Sofa.

Joan wollte sich schon zurückziehen, denn im Moment wurden ihre Dienste hier nicht gebraucht, und sie hätte gern geschaut, was ihre anderen Schützlinge trieben. Vor allem um Roderick sorgte sie sich.

»Bleiben Sie noch einen Moment, Nanny Hodges.« Die Stimme der Dowager Countess duldete keinen Widerspruch. Also blieb Joan stehen.

»Guten Tag, Lady Dudley. Ich möchte Sie aber nicht stören, wenn Sie lieber für sich bleiben …«

»Ach was. Setzen Sie sich zu uns, Nanny Hodges. Ich habe gehört, Sie waren mit Lillian in der Stadt?«

Zugleich zog die Dowager Countess ein Geschenk hervor, das sie Lillian überreichte. »Du wirst es wohl zu schätzen wissen, mein Liebling. Deine Geschwister konnten gar nicht schnell genug das Weite suchen.«

»Wir haben Bettelkinder gesehen!«, berichtete Lillian, während sie eifrig das Geschenkband löste. Sie saß neben ihrer Großmutter und stieß einen kleinen Juchzer aus, denn in dem Päckchen war ein Buch. »Erbauliche Geschichten für junge Mädchen.« Countess Dudley strich Lillian über die Wange. »Ich dachte, das gefällt dir vielleicht.«

Lillian nickte. Eifrig schlug sie das Buch auf. Ihre Lippen bewegten sich, während sie versuchte, einzelne Wörter zu entziffern.

Lady Rachel war aufgestanden und betätigte den Klingelzug. Dem Diener, der kurz darauf eintrat, trug sie auf, für Lillian Kakao und für Joan frischen Tee zu bringen.

»Und was ist das mit den Bettelkindern?« Die Dowager Countess wandte sich an ihre Schwiegertochter und runzelte die Stirn. »In der High Street? Das kann ich mir kaum vorstellen.«

»Es stimmt«, sagte Joan leise. Sie setzte sich auf das zweite Sofa. »Ich war selbst überrascht.«

»Man sollte doch meinen, dass die Menschen in ihren Elendsvierteln bleiben. Oder dass wenigstens die Polizei für Ordnung sorgt. Bettler in der besten Straße, das ist doch eine Zumutung für jeden Ladenbesitzer, damit vergrault man ja alle Kundschaft.«

»Dublin ist nicht London«, sagte Lady Rachel ruhig. Ihr Kleid raschelte, als sie sich neben Joan setzte. Sie trug ein dunkelgrünes, schlichtes Nachmittagskleid aus Baumwollstoff. Nicht vergleichbar mit der Extravaganz ihrer Schwiegermutter, aber Lady Rachel hatte noch nie versucht, mit ihr zu konkurrieren. Als wüsste sie, dass sie den Kürzeren ziehen würde.

»Du meinst, weil diese Stadt so klein ist?«

»Nein.« Lady Rachel atmete aus. »Weil es hier kaum Programme zum Schutz der Armen gibt. Die Gesellschaft kümmert sich nicht. Die wenigen englischen Ladys haben kein Interesse daran, die Lage der Stadtbevölkerung zu verbessern. Meist verbringen sie sowieso nur einen Teil des Jahres hier, weil ihre Familien große Ländereien besitzen. Herrgott, Mutter. Das sind die Iren. Die haben wir immer schon sich selbst überlassen. Es fehlt schon allein an einer vernünftigen Gesundheitsfürsorge.«

Joan hob erstaunt die Augenbrauen. Es überraschte sie, von Lady Rachel so kritische Töne zu hören.

»Meine Güte, die Leute werden sich selbst zu helfen wissen. Ist doch in London nicht anders.« Lady Georgina rümpfte kaum merklich die Nase.

Joan hätte gern widersprochen. Sie wusste von den Bemühungen vieler englischer Ladys, die mit genügend Freizeit gesegnet waren, in der sie für die Armen, Waisen und Versehrten Krankenhäuser finanzierten, Spendengalas gaben oder Einrichtungen unterhielten, in denen den Ärmsten geholfen wurde.

Lady Rachel ergriff das Wort. »Manche können sich eben nicht helfen. Wer nichts hat, dem fehlt wohl auch dafür die Kraft.«

Die Dowager Countess spitzte den Mund. »Also, ich habe ja schon viel Elend gesehen«, meinte sie. »Aber da ging es um unsere tapferen jungen Männer.«

»Ja, wir wissen, was du für die Kriegsversehrten getan hast.« Joan horchte auf. Ihre Arbeitgeberin klang mit einem Mal ziemlich reserviert und fast schon ein wenig feindselig.

»Was soll ich denn deiner Meinung nach tun? Die Menschen in ihren verlausten Behausungen aufsuchen und sie zwingen, sich von mir helfen zu lassen?«

»Um Gottes willen, bloß nicht! Nein, die Menschen müssen sich selbst retten, das steht außer Frage. Zudem wäre es wohl Aufgabe der Regierung, für bessere Lebensumstände zu sorgen. Aber das tut sie sicher schon. Vermutlich sind es die rücksichtslosen Eltern, die ihre Kinder auf die Straße jagen und das Wenige, was sie haben, lieber in Gin investieren.«

Sie sprach damit den Gedanken aus, gegen den Joan sich selbst hatte wehren müssen. Sie strich über ihren Rock, obwohl der makellos wie immer war. Ihr brannte eine Erwiderung auf der Zunge, aber sie war nur die Nanny. Es stand ihr nicht zu, der Mutter des Earls zu widersprechen oder sie gar offen zu kritisieren. Lady Rachel war schneller.

»Ich werde jedenfalls etwas tun müssen«, erklärte sie. »So kann es nicht weitergehen mit den Iren. Sie sind immer noch völlig beseelt von der Vorstellung, dass von der englischen Regierung nichts Gutes kommen kann. Das ist doch Unsinn. Dieses Völkchen ist so starrköpfig, sie wollen einfach nicht einsehen, dass sie sich selbst ins Fleisch schneiden, wenn sie auf ihrer Unabhängigkeit beharren. Was wird die ihnen bringen? Wo stünde dieses Land denn, wenn wir ihnen nicht während der großen Hungersnot geholfen hätten?«

Joan musste an das denken, was Onkel George gesagt hatte. Dass ein Volk sich nicht von einem anderen beherrschen ließe – schon gar nicht, wenn es systematisch ausgeblutet wurde. Das waren radikale Ansichten, keine Frage. Ansichten, mit denen sie in dieser Runde sicher allein dastand.

»Sie sollten sich einfach nicht gegen die Ordnung versündigen.« Der Diener brachte frischen Tee und Kakao für Lillian, die sich einen Keks nahm und dann weiter ihr Buch las. Das Thema schien beendet zu sein.

»Ich meine, man schaue sich nur die Buren an.«

Aha, dachte Joan. Sie musste sich ein Grinsen verkneifen und hob rasch ihre Teetasse an die Lippen, damit es niemand bemerkte. Lady Georgina hatte offensichtlich noch mehr zu sagen.

»Wusstet ihr, dass die Buren nach dem verlorenen Krieg die Engländer für ihr eigenes Elend verantwortlich machen? So ein Unsinn. Die Engländer haben keinen Guerillakrieg geführt, oder? Die Buren haben damit angefangen. Nur weil sie sich den britischen Soldaten nicht in einer offenen Feldschlacht entgegenstellten, waren die Engländer doch gezwungen, beim Rückzug die burischen Farmen niederzubrennen. Sonst würden unsere Männer jetzt noch da unten ihr Leben lassen. Ich habe mit eigenen Augen gesehen, was dieser Krieg ihnen antut. Sie kamen auf Lazarettschiffen zurück nach England, notdürftig zusammengeflickt, wochenlang unterwegs. Was diese Männer aushalten mussten, unvorstellbar. Meine Freundinnen und ich haben sie gesund gepflegt. Aber nicht jeder hat es geschafft. Schade um diese Seelen. Sie waren so gute Menschen.«

Joan hatte viel von diesem Krieg gehört. Von den Gräueltaten, die auf beiden Seiten begangen worden waren. Sie konnte nicht länger an sich halten. »Aber ist es nicht so, dass die Engländer burische Frauen und Kinder interniert haben? In Lagern, in denen katastrophale Zustände herrschten? Wo sie weder genug zu essen hatten noch ein Dach über dem Kopf? Von den hygienischen Gegebenheiten ganz zu schweigen, die schlicht nicht vorhanden waren, weshalb es zur Verbreitung von Seuchen kam. Wie hätten die Buren denn nicht jedes Mittel ergreifen sollen, um ihre Heimat und ihre Familien zu verteidigen?«

Lady Rachels Augen weiteten sich. Vorsicht, sagte ihr Blick. Doch es war schon zu spät.

Der Kopf der Dowager Countess fuhr zu ihr herum. Abschätzig musterte sie ihr Gegenüber in seiner Uniform. »Was wissen Sie schon darüber, Nanny Hodges?«, fragte sie überheblich.

»Was die Zeitungen schreiben, weiß ich. Und was mein Onkel George erzählt, der Freunde in Übersee hat.« Joan wollte nicht zurückweichen. Ihr war zugleich unbehaglich zumute, denn niemand, wirklich niemand legte sich mit der Dowager Countess an. Ein winziger Moment hatte genügt, dass Joans Gerechtigkeitssinn über ihre Vernunft siegte, und schon war sie in eine Diskussion verwickelt, in der sie nur verlieren konnte. Um Zeit zu gewinnen, nahm sie ihre Teetasse und rührte etwas Sahne hinein.

»Ach, und was schreiben die Zeitungen so?«, erkundigte sich Lady Georgina.

»Die Zeitungen schreiben die Wahrheit.«

Die drei Frauen hoben die Köpfe. Unbemerkt war ein Mann in den Salon gekommen. Hochgewachsen und adrett gekleidet in einen staubgrauen Anzug, darunter Hemd und Krawatte. Die dunklen Haare leicht gewellt, kaum gebändigt durch die Pomade. Er verbeugte sich mit einem spöttischen Grinsen. »Schwägerin Rachel. Entschuldige die Verspätung.« Er wandte sich an die Dowager Countess. Joan beobachtete, wie er zu ihr trat und den Kopf neigte. »Wie ich sehe, musst du wieder mal das Treiben unserer Regierung verteidigen, Mutter.«

»Weil sie recht daran tun, unser Land mit allen Mitteln zu verteidigen«, erwiderte Lady Georgina pikiert. »Und nun komm her, Reginald. Setz dich zu mir.« Sie klopfte neben sich auf das Sofapolster. »Herrje, wollen wir wirklich nach alledem streiten? Rachel bestellt dir bestimmt etwas Stärkeres, wenn dir der Sinn nicht nach Tee steht. Warum bist du überhaupt hier? Ich dachte, du wolltest mit William reden.«

»Oh, mein Bruder ist sehr beschäftigt.«

Joan senkte den Kopf. Sie war peinlich berührt, dass der jüngere Bruder des Earl of Dudley ihr zur Seite gesprungen war.

»Guten Tag.« Er trat zur Sitzgruppe. Sein Blick ruhte auf Joan, und als sie den Kopf hob, spürte sie die Röte, die ihre Wangen wärmte. »Wir sind uns noch nicht vorgestellt worden, nehme ich an.«

»Nanny Joan Hodges«, flüsterte sie. Er beugte sich über ihre Hand, als sie diese ausstreckte, seine Lippen streiften ihren Handrücken, oder bildete sie sich das nur ein? Hastig zog sie die Hand zurück.

»Sie ist nur die Nanny«, schnatterte die Dowager Countess Dudley. Jedes bisschen Wohlwollen, das sie Joan zuvor entgegengebracht hatte, war wie weggeblasen. Sie erhob sich halb und wandte sich an ihren Sohn. »Komm, mein Lieber. Setz dich zu mir. Müssen Sie nicht nach den anderen Kindern sehen, Nanny Hodges?«

Komisch, dachte Joan. Vor wenigen Minuten noch war es der Dowager Countess recht gewesen, dass sie blieb. Aber nun hakte sie sich bei ihrem Sohn unter, der sich folgsam zu ihr setzte, und schien nicht länger an einem Gespräch darüber interessiert zu sein, dass die Menschen ihrer Meinung nach am Elend selbst schuld waren, wenn sie sich nicht dem Willen der erdrückenden Weltmacht beugten.

Ihr Sohn schien da ganz anderer Auffassung zu sein und hatte offensichtlich keine Lust, sich so schnell vom Thema abbringen zu lassen. »Worum ging es denn gerade?«, erkundigte er sich an Joan gewandt.

Sie war vor Schreck wie erstarrt und blickte hilflos zu Lady Rachel, die die ganze Szene mit einem spöttischen Lächeln beobachtete.

Nein, nicht spöttisch. Beinahe zärtlich betrachtete sie den jüngeren Bruder ihres Ehemanns. Joan konnte es ihr nicht verdenken. Lord Reginald hatte das gute Aussehen seiner Mutter geerbt, er wirkte dabei fast noch ein bisschen geheimnisvoll.

»Die Buren?«

»Lass doch, Reggie.« Seine Mutter tätschelte seinen Arm. »Nicht nötig, dass du dich mit diesem Thema belastest. Schlimm genug, dass du in diesem Krieg gedient hast. Es muss schrecklich gewesen sein und ist nun wirklich kein Thema für den Tee am Nachmittag.«

»Oh, es belastet mich nicht im Geringsten.« Er lächelte gewinnend. Allerdings nicht in Richtung seiner Mutter, sondern zu Joan. Sie blickte auf ihre Hände, die im Schoß ruhten. Dann stand sie abrupt auf.

»Ich gehe dann mal«, sagte sie leise.

»Nein, tun Sie das nicht. Ich möchte gern hören, was Sie zu sagen haben.« Reginald Dudley ließ sie nicht aus den Augen.

»Ach …« Sie schüttelte verwirrt den Kopf.

»Lass sie gehen, Reggie. Sie ist nur eine Bedienstete.« Lady Georgina entschärfte die Bemerkung zwar mit einem entwaffnenden Lächeln – aber Joan wusste auch so, dass es sich eindeutig um eine Spitze gegen sie handelte.

»Komm, Lillian.«

Das kleine Mädchen rutschte vom Sofa, ließ sich von der Großmutter noch einen Kuss geben und vom Onkel die Haare zausen, bevor sie mit dem Buch unter den Arm geklemmt an Joans Seite zur Tür lief.

Lady Rachel hatte die ganze Zeit nichts gesagt, sondern die Szene stumm beobachtet. Als Joan schon an der Tür war, rief sie sie zurück und trug ihr auf, die Kinder für das Abendessen im Speisezimmer schick zu machen. Joan knickste. »Ja, Ma'am.«

Noch eine Machtdemonstration. Doch als sie gerade gehen wollte, bemerkte Joan Reginalds Blick.

Ein feines Lächeln umspielte seine vollen Lippen, seine Augen blitzten. Er durchschaute sowohl seine Mutter als auch seine Schwägerin – wie sie gemeinschaftlich das Gespräch vom Elend der Buren zurück in sicheres Fahrwasser führten und damit zugleich Joan den Wind aus den Segeln nahmen. Joan versuchte sich an einem zaghaften Lächeln, drehte dann aber rasch den Kopf weg.

Sie hatte sich danebenbenommen, das war ihr bewusst. Es stand ihr nicht zu, sich in eine politische Diskussion einzuschalten, überhaupt in irgendein Gespräch ihrer Arbeitgeberin. Aber sie hatte es getan. Sie wusste nicht, wie lange Reginald Dudley schon unbemerkt an der Tür gestanden und ihr Gespräch belauscht hatte. Aber sie spürte eine seltsame Verbundenheit mit ihm, als stünde er an ihrer Seite.

Er war der Bruder des Earls. Joans Herz klopfte, und sie wünschte sich auf einmal, sie könnte über diese unüberwindliche Mauer springen, die sich zwischen ihnen auftürmte – eine Mauer aus Standesbewusstsein, Verboten und Vernunft. Einfach, um noch ein wenig mit diesem hübschen jungen Mann zusammensitzen und reden zu dürfen.

Er würde sich anhören, was sie zu sagen hatte, das spürte sie.

~

Das also war die berühmte Nanny Hodges, von der seine Schwägerin immer in den höchsten Tönen schwärmte. Was hieß schon immer – es war ja nicht so, dass Lady Rachel in ihren Briefen kein anderes Thema kannte. Die Korrespondenz mit ihr war ihm in den Jahren in Südafrika stets eine willkommene Abwechslung gewesen.

Bei Nanny Hodges hatte er wohl an eine ältere Frau mit Kneifer gedacht, mindestens Mitte vierzig und mit leicht ergrautem Haar, das sie in einem strengen Knoten trug. Er hatte ja keine Ahnung gehabt, dass damit diese junge, hübsche Frau gemeint war, die sich auch noch als sehr wortgewandt und an sozialen Fragen interessiert zeigte. Außerdem ließ sie sich nicht einmal von seiner Mutter Lady Georgina einschüchtern, was für sich betrachtet schon eine Leistung war.

Sein Interesse war jedenfalls geweckt, und bei Teegebäck und Earl Grey versuchte er, mehr über die junge Frau mit diesem faszinierenden Lächeln herauszufinden. Allerdings waren seine Schwägerin und seine Mutter nicht besonders auskunftsfreudig. Viel lieber wollten sie wissen, wie es ihm ging und was er vom Krieg erzählen konnte.

»Ich glaube nicht, dass Kriegsgeschichten so erbaulich sind, dass wir sie beim Tee erörtern sollten«, erklärte er abwehrend. Lady Rachel pflichtete ihm bei, seine Mutter aber ergriff die Gelegenheit, um über die armen jungen Männer zu berichten, die sie im Londoner Lazarett aufopferungsvoll pflegte, wann immer ihr von gesellschaftlichen Verpflichtungen übervoller Kalender es zuließ.

Ihr Blick war es, der ihn nicht losließ. Sie hatte damit so viel mehr gesagt. Er hatte das Gefühl, als wären seine Gedanken bei ihr gut aufgehoben. Anders als in diesem Gespräch, das sich eher daran orientierte, was gesellschaftlich akzeptiert war. Er war überzeugt, dass Ms Hodges – Joan! – ihm zuhören würde.

Reginald sprang auf.

»Ist dir nicht wohl?«, erkundigte sich seine Mutter. Die dünnen Augenbrauen zogen sich zusammen.

»Doch, alles bestens, Mutter.« Er verbeugte sich leicht. »Mir ist nur eingefallen, dass ich noch gar nicht die anderen Kinder begrüßt habe. Ich habe sie eine Ewigkeit nicht gesehen, keine Ahnung, ob sie mich überhaupt noch erkennen.« Er lachte etwas gezwungen.

»Oh, sei nicht albern, Reginald. Natürlich wissen sie, wer du bist. So lange warst du nun auch wieder nicht fort. William hat sich jeden deiner Briefe vorlesen lassen, die du mir geschrieben hast.« Lady Rachel lächelte. »Er wird sich freuen, dich zu sehen. Aber wenn er dich zu sehr anstrengt mit seinen Fragen zu den Schlachten gegen die Buren, sag ihm das bitte.«

Reginald nickte grimmig. Über Schlachten wollte sein achtjähriger Neffe reden? Wohl kaum. Daran war nichts Heldenhaftes oder Glamouröses, nichts, um einen kleinen Jungen zu beeindrucken. Im Gegenteil – er wünschte William, er möge in einem Jahrhundert ohne Kriege aufwachsen, in dem die Menschen einander respektierten und achteten, ohne dass es zu völkerübergreifenden Kriegen kam. Aber das zu erklären fiel ihm schwer. Es war ja nur ein vorübergehendes Unwohlsein, redete er sich ein, weil die Kriegsereignisse sich tief in sein Gedächtnis gegraben hatten. Er war überzeugt, die Erinnerung würde irgendwann verblassen, und damit würden auch die Albträume verschwinden.

Kapitel 11

Das Spielzimmer der Kinder lag im Obergeschoss. Joan kniete gerade auf dem Boden und half Lillian, eine Stoffpuppe anzuziehen. Die Kleine war immer noch wegen ihrer Porzellanpuppe betrübt, und Joan beschloss, gleich heute Abend Onkel George in London zu schreiben, ob er eine ähnliche Puppe besorgen und schicken konnte.

Weil Lillian ihre ganze Aufmerksamkeit beanspruchte, bemerkte sie den Gast nicht sofort. Erst das laute Rufen von Will ließ sie aufblicken. »Onkel Reggie!«, schrie der Achtjährige. »Erzählst du uns vom Krieg?«

Auch Gladys war aufgestanden und trat zu ihrem Onkel, der sie kurz in die Arme schloss und seinen Neffen spielerisch gegen die Schulter boxte. Die Kinder wirkten sehr vertraut mit ihm. Joan wusste, dass er manches Jahr im Sommer zur Sommerfrische auf dem Land gewesen war, aber sie hatte zu der Zeit Urlaub genommen und verbrachte diesen bei ihrem Onkel in London.

Nur Roderick schien mit dem Eintreten des Gasts überhaupt nicht einverstanden zu sein. Der Säugling, der bisher friedlich mit einem Stoffball neben Joan auf einer Decke gelegen hatte, verzog das Gesicht, als Reginald sich über ihn beugte. »Und das ist der kleinste Dudley, nehme ich an.« Reginald kitzelte den Kleinen am Bauch. Das Baby war davon so überrascht, dass es, statt in lautstarkes Gebrüll auszubrechen, anfing zu glucksen.

Joan stand hastig auf. Sie wusste, dass Lady Rachel es überhaupt nicht gerne sah, wenn sie mit den Kindern auf dem Fußboden herumkroch. Joan war zwar der Auffassung, dass für sie als Nanny andere Regeln galten als für die Eltern, sie war ja nicht nur Erzieherin, sondern auch Spielkameradin für die Kleinen. Sie wollte aber auch keinen Rüffel riskieren, falls Lord Reginald ihr Verhalten ebenfalls anstößig fand.

»Mr Dudley«, sagte sie.

»Nanny Hodges.«

Sie senkte den Blick, schon wieder war da sein Lächeln, das ihr Herz zum Klopfen brachte.

»Ich wollte nur mal nach meinen Neffen und Nichten schauen. Ich habe sie lange nicht gesehen.«

»Oh, natürlich.«

Joans Wangen glühten. Herrje, und für einen winzigen Moment hatte sie sich den Gedanken gestattet, dass Reginald Dudley vielleicht ihretwegen bei den Kindern vorbeisah. Vorhin beim Salongespräch, als sie seiner Mutter die Stirn geboten hatte, war er ihr beigesprungen, oder nicht? Aber ein Krieg am anderen Ende der Welt war tatsächlich kein salonfähiges Thema. Sie verstand also, dass die Dowager Countess lieber das Thema gewechselt hatte.

Der kleine Roderick strampelte fröhlich, als Reginald ihn hochhob. Er setzte sich auf einen Stuhl, das Baby auf den Knien. Joan räumte hastig ein paar Spielsachen in einen Korb. Draußen wurde es schon dunkel, bald war es Zeit, die Kinder für das spätere Abendessen mit den Erwachsenen umzuziehen. Joan ärgerte sich darüber, dass die Countess die Kinder beim Abendessen dabeihaben wollte. Normalerweise aßen die Kinder getrennt von den Erwachsenen, damit sie zu einer halbwegs erträglichen Zeit schliefen und nicht stundenlang stillsitzen und den für Kinderohren völlig uninteressanten Tischgesprächen lauschen mussten.

Aber sie konnte sich natürlich nicht gegen die Wünsche der Eltern auflehnen. Sicher, die Betreuung der Kinder oblag ihrer Verantwortung, sie konnte auf die Countess einwirken, damit die Kinder an den meisten Tagen einen geregelten Ablauf hatten. Den brauchten sie, der hatte es ihnen auch ermöglicht, sich recht schnell in der neuen Umgebung zurechtzufinden. Doch wenn Rachel Dudley ihre Sprösslinge beim abendlichen Dinner am Tisch sitzen haben wollte, dann mussten sie da sein und sich auch angemessen betragen. Joan rechnete daher damit, dass an diesem Abend alle erst sehr spät zur Ruhe kamen.

Für sie blieb, nachdem sie die Kinder im Speisesaal abgeliefert hatte, nur der Weg in die Küche, wo bereits ein Tablett mit einem abgedeckten Teller, einem hellen Brötchen und einem Glas Wasser wartete. Die Köchin stand noch am Herd, ein paar andere Bedienstete saßen schon am langen Tisch, an dem sie die Mahlzeiten gemeinsam einnahmen.

Joan grüßte leise. Sie nahm ihr Tablett und verließ die Küche wieder. Als sie die Dienstbotentreppe hochstieg, hörte sie aus dem Speisezimmer Gelächter und Stimmengewirr. Der Earl war soeben eingetroffen, und die Kinder stürzten sich auf den Vater, der so selten für sie Zeit hatte. Joan hatte ein Lächeln auf den Lippen. Schön zu sehen, wie die Kinder sich über die Gegenwart des Vaters freuten, dachte sie.

Sie aß in der Stille ihrer Kammer, allein. An Tagen wie diesem, wenn sie nicht mit den Kindern in einem Speisezimmer saß, war das eben so; sie hatte sich daran gewöhnt. Kam ja ohnehin selten vor, dass sie allein war. Und gerade heute war sie froh um ein bisschen Stille.

Dass die Nannys mit den anderen Dienstboten speisten, war mit dem Selbstverständnis, das sie während ihrer Ausbildung vom Norland Institute vermittelt bekamen, nicht vereinbar. Joan war so dicht dran an den Kindern, dass es ihr komisch vorkäme, wenn sie abends zu den Dienstboten ging. Sie gehörte irgendwie zur Familie; andererseits auch wieder nicht. Natürlich war sie nur eine Angestellte. Aber eine, die im Stellenwert deutlich über den Kindermädchen stand, die vorher für den Nachwuchs zuständig gewesen waren. Das lag in der Natur ihrer fundierten Ausbildung. Manchmal machte sie dies sehr einsam. Aber zum Glück gab es die anderen Norlanderinnen, wie ihre Freundin Katie.

Nach dem Essen schrieb sie den Brief an Katie fertig. Gelegentlich trat sie auf den Gang und lauschte, ob sie schon die Kinder hörte; doch es blieb still. Gegen neun Uhr hatte sie den Brief beendet, sie versiegelte ihn und legte ihn zusammen mit einem Geldstück auf den Schreibtisch. Morgen früh konnte sie sich darum kümmern.

Als sie nach unten kam, stand die Tür zum Speisezimmer bereits offen, und die Countess kam auf Joan zu. »Da sind Sie ja, Nanny Hodges.« Lady Rachel reichte Joan den schlafenden Roddie. Lillian schmiegte sich an ihre Mutter, sie konnte kaum mehr stehen vor Müdigkeit. Joan streichelte den Kopf des Mädchens. »Wo sind die anderen beiden?«

»Ach, drüben in der Bibliothek mit den Männern. Ich hole sie gleich. Danke, dass Sie sie noch ins Bett bringen.«

»Ist doch selbstverständlich«, murmelte Joan.

Und das war es. Sie war für diese Kinder da, Tag und Nacht, wenn es sein musste. Schon so manches Mal hatte sie an ihren Betten gewacht, eine fiebernde Stirn gekühlt oder Wadenwickel gemacht.

»Ich weiß. Trotzdem bin ich dankbar. Sie sind für die Kinder ein Halt in dieser unruhigen Zeit.« Fast sah es so aus, als wollte Rachel Dudley noch etwas hinzufügen, doch dann gab sie ihrem Jüngsten auf Joans Arm noch einen flüchtigen Kuss auf die dunklen Locken. »Gute Nacht«, murmelte sie.

Joan ging mit Roddie auf dem Arm und Lillian an der Hand nach oben. Als sie den Gang zu den Kinderzimmern entlangliefen, war die Countess bereits verschwunden.

Ob sie ihre Kinder manchmal vermisste?, fragte Joan sich. Sie konnte es sich kaum anders vorstellen, doch wirkte Lady Dudley manchmal unnahbar, beinahe kalt. Als müsste sie keine mütterlichen Gefühle entwickeln, denn für Zärtlichkeit, Liebe und Zuwendung bezahlte sie ja die Nanny.

Mich würde das niemals glücklich machen, dachte Joan. Sollte sie irgendwann selbst Kinder bekommen, würde sie alles tun, um ihnen die liebende Mutter zu sein, die jedes Kind verdient hatte.

Joan schüttelte den Kopf. Eigene Kinder? Woher kam nur der Gedanke? Sie war doch Nanny geworden, weil sie frei sein wollte. Aber auf einmal war er da. Was wäre, wenn? Sie war erst Mitte zwanzig, ihr Leben lag vor ihr.

Aber dann fiel ihr wieder ein, warum das keine gute Idee war. Ein Mann würde über ihr Leben bestimmen, über ihre Finanzen und über ihre Zukunft. Sie müsste sich in allem nach ihm richten, müsste in seinem Haushalt wohnen und ihm überallhin folgen, wohin sein Berufsleben oder schlicht sein Wille ihn trieb. Nein, genau das wollte sie nicht. In ihr wohnte einfach zu viel Widerspruchsgeist, als dass sie das mit sich machen lassen würde. Als Nanny konnte sie immerhin kündigen und sich eine andere Stellung suchen, wenn es ihr bei einer Familie nicht mehr gefiel.

Kapitel 12

London, Oktober 1902

Schritte polterten auf der Treppe. Mary, die sich wie jeden Abend mit müden Gliedern und bereits schmerzenden Augen über das Klöppelkissen beugte, sah hoch. Der junge Mann, der durch die Wohnungstür schlüpfte und verschwörerisch einen Finger auf die Lippen legte, bevor er frech grinste, brachte sie mit seiner pantomimischen Darbietung als müder Held zum Kichern. Sie schlug die Hand vor den Mund. Sie wäre gern sauer auf Finn gewesen, denn beim letzten Besuch hatte er die Arbeit einer ganzen Woche zunichtegemacht mit seinem üblen Scherz. Sie hatte sich drei Nächte um die Ohren geschlagen, um das, was sie bei der Klöppelei verloren hatte, wieder aufzuholen.

Aber als sie ihrer Mutter ihr Leid klagte, hatte diese nur geseufzt. »Wir wissen doch, wie Finn ist.«

Das entschuldigte in ihren Augen nichts. Doch Mary hatte gelernt, dass es nichts brachte, wenn sie versuchte, Stimmung gegen Finn zu machen. Er war der Älteste, immer noch der Goldjunge. Sie schluckte den Groll hinunter. Vielleicht ließ er sich doch noch überreden, dass er ihr Geld lieh, wenn sie ihn nicht darauf ansprach.

Es war bereits nach zehn Uhr, alle anderen schliefen schon. Sie legte die Klöppelschlegel auf das Kissen und stand auf. Aus der Vorratskammer holte sie eine Flasche Bier und zeigte auf das Fenster, das auf den Hof hinausging. Das Fensterbrett war hier oben im Dachgeschoss gerade breit genug, um zu zweit darauf zu sitzen.

»Lange nicht gesehen, Schwesterchen«, flüsterte Finn. Er ließ den Bügelverschluss der Flasche aufschnappen. Das Ploppen ließ sie wieder kichern. Sie hätte ihrem älteren Bruder am liebsten die rötlich blonden Haare verwuschelt, die ihm drahtig vom Kopf abstanden. Er wühlte in der Jackentasche und förderte eine zerknickte Zigarette hervor. Dass er rauchte, war ihr neu, aber er kam so selten bei ihnen vorbei, es durfte sie wohl nicht wundern, wie wenig sie noch über ihn wusste.

»Seit wann rauchst du?«

Er grinste nur, zuckte mit den Schultern, wühlte weiter und hielt Mary eine zweite Zigarette hin. »Willste?«

»Nee«, sagte sie.

»Hab gerade 'nen richtig guten Job. Verdiene echt viel.« Er nickte zufrieden mit sich, trank Bier und zündete die Zigarette an. In dem schwachen Licht der Karbidlampe, die Mary sich extra gekauft hatte, um auch spätabends noch zu klöppeln, konnte sie das Grau seiner Augen nur erahnen. Aber sie blitzten vergnügt, und im Moment reichte ihr das.

»Das freut mich.« Sie lächelte zurückhaltend. Zu gern hätte sie ihn gebeten, dass er ihre Eltern unterstützte. Vater brauchte eine neue Medizin, diese war teurer als die alte. Sie half ihm aber auch etwas besser, weshalb sie jede Woche einen Teil ihres Lohns dafür beiseitelegte. Es lief noch nicht so gut mit dem Ansparen ihres Schulgelds wie erhofft.

»Wenn das so weitergeht, kann ich mir bald schon einen eigenen Laden leisten.«

»Und unsere Leute ausbeuten.« Sie beobachtete ihn scharf von der Seite. Natürlich verstand sie Finns Wunsch, etwas aus sich zu machen. Zugleich missfiel ihr die Richtung, die er einschlagen wollte. Einen Laden? Ja, gerne. Damit ließ sich viel Geld verdienen. Aber ihr missfielen die Methoden vieler Ladenbesitzer. Sie waren hoch angesehen, denn sie besaßen so viel mehr als alle anderen. Zugleich waren sie verhasst, denn wer einen Laden besaß, der verkaufte zu teuren Preisen, und wenn man die nicht zahlen konnte, durfte man zwar anschreiben, musste aber Wucherzinsen bezahlen, die einen noch ärmer machten. Mary achtete peinlich genau darauf, dass sie niemals in diese Spirale rutschten, denn dann würde ihnen das Geld noch schneller durch die Hände rinnen.

»Das sind die Gesetze des Marktes. Ich muss ja auch sehen, wo ich bleibe.« Er paffte die Zigarette, grinste sie schief von der Seite an.

»Du könntest die Waren auch zu einem fairen Preis verkaufen.«

»Und dann bleib ich auf der Strecke, weil sie nicht mal den bezahlen können? Nee, nee. Ich will was aus mir machen, Schwesterchen. Und das schaffe ich auch.«

»Und da könntest du ruhig schlafen?«

»Ich mach ja meinen Schnitt.«

Er stupste sie gegen die Schulter. »Du dann auch, wenn du magst. Kann sicher ein schlaues Mädchen brauchen, das schnell rechnen kann.«

Mary schwieg. Sie wollte nicht mit Finn streiten. Vor wenigen Monaten noch hätte die Möglichkeit, in einem Laden zu arbeiten, sie froh gemacht. Weil es keine so schwere Arbeit war wie die, der sie im Moment nachging. Vom Schrubben der Böden taten ihr die Knie weh, die Hände waren rissig von der Seifenlauge. Von den winzigen Nadeln, mit denen sie die Klöppelspitze am Kissen feststeckte, hatte sie eine Hornhaut auf der Zeigefingerkuppe. Und das alles tat sie für ein Ziel – und das war nicht, sich von ihrem Bruder herumscheuchen zu lassen.

»Ich bleib lieber bei der Klöppelspitze.«

Finn fuhr sich mit einer Hand über den Nacken. »Ja, das. Tut mir leid. War letztes Mal wohl sauer auf dich.«

Das war alles, was sie an Entschuldigung von ihm bekommen würde, das wusste Mary. Sie knuffte ihn gegen die Schulter. »Schon in Ordnung«, log sie.

»Kannst es dir ja überlegen mit dem Laden. Muss los, hab noch eine Verabredung.« Wieder dieses Grinsen. Als könnte das Leben ihm nichts anhaben. Mary beneidete ihn fast ein wenig um diese Sorglosigkeit. Er stand auf, beugte sich noch mal zu ihr hinunter. »Hab dich lieb, Schwesterchen.« Die Wohnungstür zog er ganz leise hinter sich ins Schloss.

Da war sie wieder allein mit ihren Gedanken. Mary seufzte. Sie trank den letzten Schluck Bier aus der Flasche und räumte ihr Klöppelkissen weg. Zeit fürs Bett. Morgen musste sie wieder Böden schrubben und Spitze klöppeln.

Zumindest wusste sie, warum sie das tat. Ganz sicher nicht, um im Laden ihres Bruders zu enden.

Kapitel 13

Dublin, November 1902

Mit einem erleichterten Seufzen schloss Joan die Tür ihres Zimmers hinter sich. Sofort glitten ihre Finger zum Hals; sie betastete die helle, weiche Haut unter dem Spitzenkragen. Dort, wo sie seit Stunden ein Kribbeln spürte, als hätte jemand sie mit dem Brenneisen gezeichnet.

Sie öffnete den Kragen, fächelte sich mit beiden Händen Luft zu. Dann trat sie an den Tisch, beugte sich darüber und riss das kleine Fenster auf. Die kühle Nachtluft strömte in das Zimmerchen, strich feucht über ihr Gesicht. Joan schloss die Augen. »Wie konnte ich nur so dumm sein?«, murmelte sie.

Doch wenn sie die Augen schloss, wurde sie zurückgeworfen zu jener Szene im Salon vor zwei Stunden, als sie … nein, nein, nein. Joan erbebte allein bei der Erinnerung. »Ich darf das nicht«, flüsterte sie.

Auf keinen Fall durfte sie sich verlieben. Oder schlimmer noch, sich in etwas stürzen, was ihre Arbeit, ihr Leben, ja ihre ganze Zukunft gefährden konnte! Aber nun stand sie hier, ihre Hand befühlte ihren Hals, als ob seine Berührung Spuren hinterlassen hätte. Sie glaubte immer noch, seine Finger an ihrem Hals zu fühlen. Seine Stimme, dunkel und warm. »Darf ich, Ms Joan?«, er hatte nicht Nanny Hodges zu ihr gesagt, wie es alle anderen in diesem Haushalt taten.

Ms Joan. Respektvoll, ganz der Gentleman seiner Klasse, doch zugleich spürte sie in dem Moment, als seine Finger ihren Hals berührten, dass zwischen ihnen ein Abgrund gähnte, denn es fiel ihr nichts ein, womit sie sich gegen seine Avancen hätte wehren können.

Sie gab sich einen Ruck. So ist er nicht, dachte sie. Er war keiner dieser Männer, die das Machtgefälle ausnutzen würden. Joan wusste, dass das allzu oft passierte. Dienstherren, die mit den Dienstmädchen ins Bett stiegen, einfach nur, weil sie da waren und weil sie sich seinen Wünschen fügten – aus Angst, sonst ihre Arbeit zu verlieren. Aber Reginald Dudley würde sie nie zu etwas zwingen oder überreden, was sie nicht wollte, das spürte sie.

Oder war sie etwa diejenige, die mehr wollte? Ihre Knie zitterten jetzt noch nach dieser winzigen Berührung, als er ihr eine Daune unter dem Kragen hervorgezogen hatte. Aber er war der Bruder eines Earls, ein angesehener Offizier. Sollte er irgendwann beschließen, sein Junggesellendasein zu beenden, würde er bestimmt nicht eine mittellose Nanny zur Frau nehmen.

Streng genommen hatte er das getan. Oh, er war voller Respekt gewesen. Bei der Erinnerung stahl sich wieder dieses selige Lächeln auf ihre Lippen …

Er ist anders als die meisten Männer, dachte sie voller Überzeugung. Mit ihm wäre das Leben … »Ach, hör auf zu träumen, Joan«, schalt sie sich.

Aber die Gefühle waren da, und sie ließen sie nicht los. Als Joan wenig später im Bett lag, schlief sie mit dem Gedanken an ihn ein, und sie träumte davon, wie sie sich an diesem Nachmittag begegnet waren ….

~

Es war am Nachmittag geschehen. Joan war etwas außer Atem, ihre Wangen waren gerötet, sie fühlte sich fast ein wenig verschwitzt, weil sie mit den Kindern getobt hatte. Sie trug den kleinen Roderick auf der Hüfte, der versuchte, ihre Norland-Brosche vom Kleid zu reißen, die sie manchmal tagsüber trug.

Sie legte Roderick auf dem Wickeltisch ab; der Raum dafür grenzte an das Spielzimmer und war nicht mehr als ein begehbarer Schrank. Deshalb fuhr sie erschrocken herum, als plötzlich Reginald Dudley hinter ihr auftauchte.

»Sie haben mich erschreckt!«, sagte sie vorwurfsvoll.

»Guten Tag, Ms Joan.« Er grinste entschuldigend. »Hoffentlich störe ich nicht.«

»So langsam habe ich mich ja an Sie gewöhnt«, erwiderte sie ungewollt spröde.

Seit drei Wochen war der jüngere Bruder des Earls nun in Dublin, und bisher machte er keine Anstalten, seinen Aufenthalt in naher Zukunft zu beenden. Lady Georgina war bereits vor zwei Wochen zurück nach London gereist. Begegnungen mit Joan waren fast an der Tagesordnung, gerade so, als suchte er ihre Nähe.

»Ich hoffe, Sie fühlen sich von meiner Gegenwart nicht gestört«, sagte er leise.

Joan nahm Roderick hoch und legte ihn auf den Boden. Er ging in den Vierfüßler und wippte vor und zurück.

»Gestört nicht, nein.« Sie lächelte verhalten. Lillian rief nach ihr.

»Darf ich, Ms Joan?« Er hob die Hand.

Sie wollte an ihm vorbei zurück ins Spielzimmer, blieb nun aber stehen. Ihre Brust hob und senkte sich, sie spürte wieder dieses Flattern im Bauch, das sie immer bekam, wenn sie ihn sah. »Ich muss zu den Kindern.«

Er stand nun direkt vor ihr, sein Rücken verdeckte den

Blick auf das Spielzimmer. »Sie haben da etwas.« Er hob die Hand.

Fast wäre Joan zurückgezuckt. Sie sah ihm in die Augen, doch sein Blick war konzentriert auf ihren Hals gerichtet. Es kitzelte, als seine Finger unter ihren Spitzenkragen schlüpften. Joan biss sich auf die Unterlippe. Sie machte hastig einen Schritt beiseite, die Nähe zu ihm wurde ihr unerträglich.

»Wo kommt die denn her?« Mit einem Lächeln hielt Reginald Dudley die Daunenfeder hoch.

Joan nahm die Daune aus seiner Hand – wobei sich ihre Fingerspitzen berührten, und diese Berührung durchfuhr sie ebenso wie ein Blitz wie seine Finger an ihrem Hals – und steckte sie in die Rocktasche. »Ach«, sagte sie ein wenig erleichtert. »Wir haben vorhin Kissenschlacht gespielt.« Sie hätte am liebsten gelacht, um ihrer Anspannung Luft zu machen.

»Kissenschlacht!« Reginald war überrascht. »Das hat mein Kindermädchen nie mit mir gemacht.«

»Die Kinder können seit Tagen nicht vor die Tür. Der Regen, die Kälte ... Und irgendwo müssen sie mit ihrer überschüssigen Energie ja hin.« Tatsächlich hatten sich Kissenschlachten, Wettrennen durchs Schloss mit ihren Steckenpferden oder Purzelbaumwettbewerbe in den vergangenen Wochen bewährt. Jeden Tag war das Wetter so unerträglich regnerisch, so schlimm hatte Joan es aus London im Herbst nicht in Erinnerung. Die graue Wolkendecke über der Stadt schien sich überhaupt nicht zu heben, die klamme Kälte steckte allen in den Knochen, ständig bekamen die Kinder fiebrige Erkältungen, und die Countess hatte verboten, dass eines der Kinder mit Schniefnase vor die Tür ging, obwohl Joan der Auffassung war, dass frische Luft allemal besser war als das von den offenen Kaminfeuern in diesem vorsintflutlichen Schloss rußige Raumklima, dem die Kinder Tag für Tag ausgesetzt waren. Sie selbst hatte eine robuste Gesundheit, doch auch sie musste ständig husten.

Heute Nachmittag also hatten sie alle Kissen zusammengesucht, die sie finden konnten, und hatten im Spielzimmer erst Kuschelburgen gebaut und anschließend eine wilde Kissenschlacht gemacht, bis die Daunen flogen. Jetzt saßen die älteren Kinder in ein Spiel vertieft am Tisch.

»Gute Idee.« Reginald nickte. »Darauf hätte ich auch kommen können.«

»Aber Sie sind ja keine Nanny.«

»Nun, mir ging es früher ja genauso. Was meinen Sie, ob den Kindern eine Ausfahrt Spaß machen würde? Dann organisiere ich das für Sie.«

»Ich weiß nicht.« Sie runzelte die Stirn. Die Vorstellung, mit Reginald und den Kindern zusammen unterwegs zu sein – ach, die war verlockend! Aber was würde man über sie denken?

Gar nichts, fiel ihr auf. Niemand würde etwas daran finden, wenn der Onkel mit den Kindern eine Ausfahrt machte und für das Jüngste die Nanny mitkam. Sie wurde schlicht übersehen, denn sie war ja nur das Kindermädchen. Niemand, um dessen Tugend man sich sorgen musste.

»Ich werde meine Schwägerin einfach fragen.« Wieder dieses Lächeln. Dann beugte er sich vor. »Sie kommen doch mit, Ms Joan? Das würde mich sehr freuen.«

Bevor sie etwas erwidern konnte, war er verschwunden, ließ sie mit ihren widerstreitenden Gefühlen allein. Joan stand noch einen Augenblick in dem engen Zimmerchen, in dem sich neben dem Wickeltisch in den Regalen die Spielzeuge der Kinder stapelten.

Ich darf mich nicht verlieben, dachte sie. Niemals! Doch die Wahrheit war: Ihr Herz hatte eine andere Meinung, und ihr Verstand war nur allzu gern bereit, sich vom Herzen leiten zu lassen.

~

Warum tut er das?, fragte sich Joan. Sie hatte sich die Frage schon gestellt, als Reginald Dudley die Kinder zu einer Ausfahrt eingeladen hatte. Auf Joan machte der jüngere Bruder des Earls den Eindruck, als wäre er in die Kinder vernarrt. Das war normalerweise älteren Tanten oder – in einem zurückhaltenden Maße, wie es ihrer Art entsprach – der Dowager Countess vorbehalten.

Darum hatte sie erst gedacht, Reginald Dudley habe einen Scherz gemacht, als er von der Ausfahrt sprach. Allenfalls hatte sie mit einer kleinen Tour durch die Innenstadt gerechnet. Aber nun saß er neben ihr in der Kutsche und beugte sich zu Lillian vor. »Freut ihr euch schon auf den Zoo?«

Den Zoo? Er bemerkte wohl, wie sie ihn entgeistert von der Seite musterte, denn Reginald Dudley lehnte sich zurück und lächelte entschuldigend. »Ich dachte, der Zoo sei ein schönes Ziel für unseren Ausflug.«

»Das wäre er sicher, wenn Sie mich darüber vorher informiert hätten«, erwiderte sie spröde. »Die Kinder sind an feste Zeiten und Abläufe gewohnt. Hätte ich das Ziel gekannt, wäre ich nicht einverstanden gewesen.«

Er wirkte zerknirscht. »Also kein Zoo?«

Joan sah Lillian und William an. Die Augen der beiden mittleren Kinder glänzten; ein Ausflug in den Tiergarten war vielleicht genau das, was sie brauchten. Joan seufzte. Für Roderick hatte sie kein Fläschchen dabei, Millie war auch daheimgeblieben … Roderick nahm zwar gelegentlich schon feste Nahrung zu sich, aber wenn er hungrig wurde, hatte er eine genaue Vorstellung, was er brauchte.

»Es wird schon gehen«, meinte sie wider besseres Wissen.

»Nun denn.« Reginald Dudley lehnte sich zurück. Er klopfte an das Kutschdach, und schon rollten sie los.

Joan wandte den Blick ab und sah nach draußen. Roderick schlief an ihrer Schulter. Sie würde ihn die ganze Zeit tragen müssen. Ach, sie hatte so vieles nicht bedacht, bevor sie dem Ausflug zugestimmt hatte.

Aber die Sorgen waren fort, als sie eine halbe Stunde später Reginald und seinem Neffen durch das Tor des Zoos folgte. Gladys war schon vorausgelaufen, und Lillian hielt sich wie gewohnt an ihrer Seite, ihr Händchen in Joans freie Hand geschoben. Direkt hinter dem Tor bot ein Waffelverkäufer seine Ware an, daneben war ein Stand mit erfrischender Limonade. »Dürfen wir, Nanny Joan?«, riefen die Kinder aufgeregt, und Joan lächelte nachsichtig. Sie tastete bereits in ihrem Retikül nach einer Münze, doch Mr Dudley war schneller. »Das mache ich natürlich«, sagte er. »Möchten Sie auch etwas?«

Joan nickte nach kurzem Überlegen. »Eine Limonade wäre gut.« Sie spürte Lillian dicht neben sich. Die Kleine war von der fremden Umgebung eingeschüchtert und hielt sich an Joans Seite. Das kannte sie schon von der Sechsjährigen. Irgendwann würde sie an Sicherheit gewinnen und mit ihren Geschwistern vorauslaufen. Als Beschützer bei so einem großen Abenteuer war der Onkel dann doch nicht der Richtige.

Reginald kaufte Limonade für alle und Waffeln für die größeren Kinder. Joan folgte ihnen zum ersten Gehege. Ein Tiger lief darin auf und ab, ein riesiges, wunderschönes Tier. William wollte ganz nah an die Gitterstäbe heran, die durch einen Graben und einen Zaun von den Zuschauern getrennt waren. Reginald erzählte ihnen von diesem Tiger, der aus Indien stammte. Als Gladys ihm eine Frage stellte, zuckte er aber hilflos mit den Schultern – er wusste nicht, wie viel Fleisch ein Tiger am Tag fraß. »Da vorne geht es zu den Löwen.« Die Ablenkung gelang. Joan lächelte nachsichtig und folgte den Kindern.

»Was denn?« Reginald ließ sich zurückfallen. Er ging neben ihr.

»Ach, ich ...« Sie biss sich auf die Unterlippe. »Sie könnten ja fragen, wenn Sie es nicht wissen.« Sie nickte zu einem Mann, der in Arbeitskleidung eine Schubkarre mit Kamelmist aus dem angrenzenden Gehege schob. Eindeutig ein Tierpfleger des Zoos.

»Ach, mit Löwen kenne ich mich besser aus.«

»Haben Sie welche gesehen, ja? Im Krieg?«

Eine winzige Falte tauchte zwischen seinen Augenbrauen auf. Joan dachte, dass selbst dieser nachdenkliche Gesichtsausdruck sie auf eine ganz besondere, merkwürdige Art berührte – so sehr, wie es nicht sein durfte.

»Nicht jedes Raubtier steckt im Fell«, sagte er leise.

Sie schlug den Blick nieder. Wie er sie musterte, erinnerte sie an den Tiger, der in seinem Käfig auf und ab stromerte. Auf der Suche nach Freiheit, nach dem Leben, das ihm hinter Gittern verwehrt blieb ...

War Reginald so ein Mann? Einer, der die Freiheit suchte, der ungebunden sein wollte? Fast schien es so. Andererseits: Dann hätte er sich nicht mit seinen Nichten und Neffen umgeben, oder? Lord William war jedenfalls noch nie mit seinen Kindern in den Zoo oder zu Spazierfahrten aufgebrochen; das gehörte einfach nicht zu seinen Aufgaben, fand er. Die Älteren abends vor dem Schlafengehen abfragen, was sie gelernt hatten, ein Kuss auf den Scheitel bei den

Mädchen, ein Wuscheln durch die Haare, ein Knuff gegen die Schulter seines Nachfolgers, der mit seinen acht Jahren so ernst und bemüht war, dem Vater zu gefallen – mehr ließ der Earl nicht zu.

»Haben Sie das dort gelernt? In Südafrika?«

Er schwieg lange. Die Kinder riefen begeistert, denn sie hatten das Nashorn entdeckt, das im Gehege gegenüber stand und sich gemächlich bewegte, als könnte es mit allzu viel Eile umkippen und nie mehr aufstehen.

»Was denn, das mit den Raubtieren?«

Sie spürte, dass sie sich auf dünnem Eis bewegten.

Sie hatten das Gehege der Löwen erreicht. Das Männchen mit der stolzen Mähne lag im Schatten eines Baums, blinzelte kaum. Dennoch ging von ihm eine Kraft und Gefährlichkeit aus, die Joan einen kalten Schauer über den Rücken rinnen ließ. Zwei Löwinnen liefen durch das Gehege, hin und her, beobachtet von ihrem Pascha. Reginald stellte sich zu den Kindern, erzählte ihnen von den Raubkatzen, die er in Freiheit erlebt hatte, in der südafrikanischen Steppe, wo sie Antilopen, Zebras und Gnus jagten.

»Stellt euch vor, bei den Löwen jagen vor allem die Weibchen.« Gladys fand das witzig, und der achtjährige William fragte, warum die Löwenmännchen denn nicht mitmachten.

»Ja, weißt du …« Reginald warf Joan einen Blick zu, sie stand etwas abseits, weil Lillian sich nicht so nah an das Gehege traute. »Die Weibchen sind die Aktiven. Sie sorgen für die Gruppe. Der König der Tiere bleibt passiv.«

Ein Lächeln umspielte seine Lippen. Eines, das sie nicht verstand, von dem sie aber spürte, dass es ihr galt.

Als sie weitergingen, hielt Joan sich an seiner Seite. »Manchmal denke ich, das britische Imperium ist wie der Löwe«, sagte er leise. »Hält sich im Hintergrund, lässt alles geschehen, aber wehe, wenn eine Löwin aufbegehrt oder ein Jungtier sich muckt.«

Er meinte wohl den Krieg in Südafrika oder all die anderen Auseinandersetzungen in der Welt, bei denen es um die britische Vorherrschaft ging.

»Es ist schwer vorstellbar für mich, was Sie in Afrika erlebt haben.«

»Interessiert es Sie denn?«, erkundigte er sich behutsam. Als wäre das, was er dort gesehen und erlebt hatte – immerhin ein mit grausamen Mitteln geführter Krieg! –, nichts, womit er die zarte Seele einer Frau belasten wollte.

»Ja. Wäre ich nicht schon seit Jahren bei Ihrem Bruder, hätte mich eine Anstellung auf einem anderen Kontinent gereizt.«

Reginald Dudley schnaubte. »Als wär's so einfach …«, murmelte er.

»Wie bitte?«

»Ich meine nur, dass Sie sich das zu leicht vorstellen. Afrika ist ein dunkler Kontinent, und damit meine ich nicht mal die Eingeborenen mit ihrem finsteren Naturglauben und der festen Überzeugung, dass hinter allen Dingen Magie am Werk ist. Ich meine das, was Afrika aus uns Europäern macht.«

»Was macht es denn mit uns?«

»Es bringt die finstersten Seiten zum Vorschein, bei jedem Einzelnen.« Er zögerte. »Kennen Sie dieses Buch? *Herz der Finsternis*? Nicht gerade erbauliche Lektüre für die Dame …«

Joan hatte davon gehört. Ein kurzer Roman von Joseph Conrad, über den man sagte, er schildere die Grausamkeit der Kolonisierung des afrikanischen Kontinents. Das klang nicht gerade, als könnte diese Lektüre sie von ihrem anstrengenden Alltag ablenken …

»Ich leihe es Ihnen gern, wenn Sie mögen. Aber es ist schwere Kost.«

»Trauen Sie's mir ruhig zu«, sagte Joan. »Ich bin keine der Frauen, die nichts aushalten.«

»Das denke ich auch«, sagte er nachdenklich.

Sie lächelte, denn so, wie er das sagte, klang es fast wie ein Kompliment.

Kapitel 14

Oberhofen, November 1902

Oberhofen, den 7. November 1902

Meine liebste Freundin,
kannst du dir das vorstellen? Schnee, nichts als Schnee und grauer Himmel, die kahlen Äste recken sich, aber sie können keine Sonne locken; der See – dunkles Bleigrau. Alle Farbe ist aus diesem Ort gewichen, der uns noch vor wenigen Wochen voller Herbstleuchten begrüßte.
Die Stimmung der Principessa folgt der Natur. Kaum ein Tag, an dem sie aus dem Bett aufsteht. Schwermütig, denke ich. Darüber reden kann ich mit niemandem, doch irgendwo muss ich diese Gedanken abladen. Ich fürchte um die Kinder, wenn sie so ist. Wenn sie flucht und schreit und ich die Jungen am liebsten von ihr abschirmen möchte. Verstehst du, was ich meine? Aber sie ist die Mutter dieser Kinder, und ich bin nur die Nanny. Was kann ich schon ausrichten?

Katie seufzte. Es war spät geworden, sie sollte längst im Bett liegen. Doch im Moment trieben ihre Sorgen sie um, und sie wusste nicht, wohin damit.

Sie erzählte Joan nicht alles. Irgendwo tief in ihr war immer noch ein Pflichtbewusstsein, das sich auf die ganze Familie Ruspoli erstreckte – auch auf die Eltern. Die Wutanfälle von Donna Pauline hatte sie lange ignorieren können – oder sie fanden einfach in einem anderen Flügel des Schlosses statt, fernab der Kinder. Das machte es nicht leichter, aber die Jungen bekamen es nicht so mit.

Hier im schweizerischen Oberhofen war das anders. Die Verhältnisse waren nicht beengt, aber auch nicht so großzügig wie in Monte Carlo oder Neapel. Die Schlafräume lagen dicht beieinander, und wenn die Principessa abends tobte, weil sie sich wie eine Gefangene im eigenen Haus fühlte, stellten die Kinder Fragen.

»Ist Mamma krank?«

»Warum ist sie so laut? Weiß sie nicht, dass man leise und brav sein soll?«

»Nanny Katie, was hat unsere Mamma?!«

Katie wusste keine Antwort. Sie drückte die Kinder an sich, wuschelte die dunklen Haare, blickte in die ernsten Augen dieser kleinen Menschen, die sich um ihre Mamma sorgten und keine Worte fanden für den unaussprechlichen Zorn ihrer Mutter.

Sie fragte sich, ob sie in der Position war, diese Probleme anzusprechen? Der Principessa bei den wöchentlichen Berichten zu erklären, dass ihre Kinder sich fürchteten, wenn das Gebrüll anhob? Der siebenjährige Alessandro hatte schlechte Träume; gelegentlich nässte er sich nachts wieder ein. Aber auch ohne das Gespräch zu suchen, wusste Katie, was die Principessa ihr sagen würde. Für sie wäre ganz eindeutig das unzumutbare Leben in Oberhofen schuld daran, dass es ihren Söhnen so schlecht ging, und nicht ihr eigenes beängstigendes Benehmen. Sie würde dann wieder ihrem Mann Mario damit in den Ohren liegen, wie schrecklich es hier war. Und er? Würde vermutlich nichts tun. Auf jeden Fall nichts, um die Lebenssituation seiner Söhne zu verbessern, das ging ihn schließlich nichts an. »Wofür haben wir diese Nanny?« Ihr blieb also nur: für die Kinder da sein. Ihnen Trost spenden. Antworten geben, die sie selbst nicht hatte.

Katie seufzte. Seit ein paar Tagen schlief sie im Zimmer der Kinder. Das mochte in den Augen der Eltern unangemessen sein, doch solange sie nicht dabei erwischt wurde, bekam sie auch keinen Ärger. Sie brachte die Jungen meist gegen acht ins Bett, erstattete anschließend Bericht bei der Principessa, bevor diese zum späten Abendessen mit ihrem Mann ging – allzu selten mit Gästen, und wenn Besuch kam, waren es irgendwelche »Bauerntölpel aus den Bergen«, wie Donna Pauline abfällig bemerkte. Katie ging danach in ihr Zimmer, erledigte ein paar Dinge, schrieb Briefe oder las. Zu ihrer Schlafenszeit schlich sie dann wieder zu den Kindern.

Sie bildete sich ein, dass die Jungen ruhiger schliefen, wenn sie sich, nachdem sie eine prüfende Runde durch das Kinderzimmer gedreht hatte, bei der sie die eine Decke hochzog oder ein paar verschwitzte Locken aus der Stirn strich, auf dem schmalen Feldbett zur Ruhe begab, das für Notfälle mit im Zimmer stand. Morgens war sie vor den Kindern wach, schlich zurück in ihr Zimmer und machte sich für den Tag fertig.

In dieser Nacht konnte sie erst nicht einschlafen, weil sie in Gedanken bei Joan war, die wohl an ähnlicher Einsamkeit litt, seit sie in Dublin lebte. Außerdem hatte die Freundin ihr Dinge über den Bruder des Earls geschrieben. Zwischen den Zeilen nur, aber schon deutlich genug, dass Katie ahnte, da war mehr als nur ein verstohlener Blickwechsel – und der wäre schon zu viel.

Sie wachte früh auf, viel zu früh. Stockdunkel war es im Schlafzimmer. Die Atemzüge der Kinder waren ruhig. Katie tastete nach ihrer kleinen Taschenuhr, die sie stets bei sich trug und nachts neben dem Kissen ablegte; doch beim besten Willen konnte sie nichts erkennen. Sie vergewisserte sich, dass die Jungen ruhig schliefen, ehe sie sich aus dem Raum stahl und auf den Weg in ihre eigene Dachkammer machte.

»Nanu, wen haben wir denn da?«

Fast hätte sie aufgeschrien. Hinter ihrem Rücken war wie aus dem Nichts eine Gestalt aufgetaucht, die Hände griffen nach ihren Schultern. Katie spürte den Alkoholatem des Mannes, der stolperte und gegen die Wand neben ihr torkelte, wo er sich mit einem Kichern festhielt. »Oje«, murmelte er. »Der Principe und sein Weinkeller …«

»Ich glaube, Sie haben sich verirrt.« Sie fand rasch die Fassung wieder. Etwas weiter hinten im Gang brannte Licht, weshalb sie den Mann recht deutlich sah, der an der Wand lehnte und sie seinerseits aus trüben Augen musterte. Er runzelte die Stirn, schien nach Worten zu suchen – und brachte nur ein Hicksen zustande.

Sie zog die Augenbrauen zusammen. Was stimmte nicht mit ihm? Was störte sie daran, wie dieser fein gekleidete Herr mit Anzug, weißem Hemd und Weste, mit gelockerter Krawatte und blondem Schnurrbart sie mitten in der Nacht anrempelte? Die Tatsache, dass er im privaten Familientrakt des Hauses herumgeisterte, war es nicht, das konnte bei diesen beengten Räumlichkeiten schon mal passieren …

»Zu den Gästezimmern geht es dort entlang«, und dann stockte sie. Natürlich. Er sprach Englisch, genau wie sie.

Katie hatte leidlich Italienisch gelernt, bevor sie die Stellung bei der Familie Ruspoli antrat, und seither hatte sie sich daran gewöhnt, Italienisch zu sprechen, auf Englisch aber Briefe zu schreiben, zu träumen oder mit sich selbst zu reden. Und nun lief sie hier, in tiefster Nacht, einem Engländer über den Weg.

»Ach so. Oje. Das sagte ich bereits.«

Sie glaubte, immer noch seine Hände auf ihren Schultern zu spüren. Nicht unangenehm, und das war nun ein Gefühl, für das sie keinen Platz hatte. Fröstelnd legte sie die Arme um sich, sie trug ja nichts außer Nachthemd und Morgenmantel. Unangemessener wäre es nur gewesen, wäre sie nackt unterwegs.

Er starrte sie immer noch an. Dann: »Sie sind keine Italienerin.«

Katie lachte zitternd auf. Ihr Gegenüber schien auf einmal ernüchtert. »Sie sind auch keiner«, erwiderte sie.

»Amerikaner. Auf der Durchreise, wenn Sie so wollen.« Er musterte sie eingehend, und sie spürte, wie ihre Wangen brannten. »Entschuldigen Sie.« Da wandte er den Blick ab. Vorher hatte er offenbar im trunkenen Zustand nicht gemerkt, wie spärlich bekleidet sie durch die Gänge geisterte.

Katie hätte gern etwas gesagt, doch ihr fiel nichts ein.

Er stieß sich von der Wand ab, machte ein paar unsichere Schritte. Sie schätzte ihn auf Anfang dreißig, vielleicht hatte er sogar ein freundliches Gesicht, wenn es nicht vom Alkohol gerötet wäre. »Dort entlang?«, fragte er. Sie nickte. Er ruckte mit dem Kopf, marschierte dann stur geradeaus in die andere Richtung. Katie musste kichern. Ihr Herz hämmerte immer noch in der Brust, und als sie ihre Kammer erreichte, warf sie sich aufs Bett und spürte in ihrem Inneren eine sonderbare Aufregung.

Meinte Joan das, wenn sie davon schrieb, dass Gefühle etwas seien, was niemand kontrollieren konnte?

~

»Herrje. Bitte, Nanny Fox. Sprechen Sie leise.«

Donna Pauline rieb ihre schmerzende Schläfe. Sie griff nach einem Glas Wasser und schluckte gleich mehrere Tabletten auf einmal gegen die Kopfschmerzen, die sie offenbar nach einer fröhlich durchzechten Nacht mit dem Besucher hatte, über den Katie heute Nacht fast gestolpert wäre.

»Ich möchte mit den Kindern Skifahren üben.«

»Das haben Sie bereits gesagt.«

Katie wartete.

Die Idee war ihr heute Nacht gekommen, als sie stundenlang wach lag und an den Amerikaner hatte denken müssen. Sie hätte sauer sein müssen, weil er sie angefasst hatte, aber dann dachte sie wieder an seine Augen, die so *traurig* auf sie gewirkt hatten. Aber vielleicht hatte sie sich das nur eingebildet. Darum überlegte sie lieber, wie sie den Jungen den kommenden Tag versüßen konnte.

Die Principessa blickte nach draußen. Leichter Schneefall hatte in den frühen Morgenstunden eingesetzt, der alles überzuckerte. »Sie werden sich verkühlen …«, murmelte sie.

»Ich packe sie dick ein«, versprach Katie. Sie stand mit vor der frisch gestärkten Schürze verschränkten Händen vor der Principessa und wartete.

»Aber Emanuele bleibt im Haus«, sagte Donna Pauline. Seufzte, als wäre dies eine Entscheidung auf Leben und Tod. »Er ist zu zart.«

Katie hätte gern widersprochen, denn der Zweijährige würde nicht begeistert sein, dass er vom größten Spaß ausgeschlossen wurde. Aber wenigstens durften die drei älteren ein wenig Abenteuer erleben.

»Danke.«

»Bringen Sie ihn zu mir, ich kümmere mich.«

Katie neigte den Kopf. Es war selten, dass die Principessa

sich mit einem ihrer Söhne beschäftigte. Aber vielleicht tat Emanuele so ein bisschen Zeit mit seiner Mama gut.

Als sie das Frühstückszimmer gerade verließ, betrat ein junger Mann den Raum. Katie senkte den Blick; sie erkannte ihn natürlich sofort.

»Robert, mein Lieber!«, zwitscherte die Principessa. Von ihren Kopfschmerzen war auf einmal nichts mehr zu merken. »Das war alles«, blaffte sie Katie an. Jetzt erst traf sie der Blick des Mannes. In seinen Augen blitzte Erkennen auf, und sie lächelte verlegen, bevor sie fluchtartig das Frühstückszimmer verließ.

»Guten Morgen, liebste Freundin«, hörte sie ihn, dann klappte die Tür hinter ihr zu. Liebste Freundin, puh. Vielleicht hatte sie sich doch in ihm getäuscht. Im betrunkenen Zustand heute Nacht hatte er jedenfalls freundlich und *normal* auf sie gewirkt, und nun verhielt er sich so affektiert. Robert hieß er also. Schöner Name.

Später, als Katie mit den Kindern nach draußen ging, wartete bereits ein junger Bursche namens Jovin. Der Bruder einer Dienerin hatte sich angeboten, die Kinder im Skifahren zu unterweisen. »Die sind für Sie«, sagte der dunkelhaarige junge Mann mit den fröhlich blitzenden Augen und hielt Katie zwei Bretter hin.

»Was? O nein, ich werde auf keinen Fall Skifahren, ich kann das gar nicht.«

Er zuckte mit den Schultern. »Dann lernen Sie's eben.«

»Ich bin doch gar nicht richtig angezogen.« Sie zeigte auf ihr braunes Wollkleid mit dem weiten Mantel darüber.

»Meine Schwestern können das auch mit Rock.« Er hielt ihr nachdrücklich Ski und Stöcke hin. Zögernd nahm Katie beides entgegen und ließ sich von ihm zeigen, wie sie die Schuhe anzog, die dann auf den Skiern festgeklemmt wurden. Die Kinder standen um sie herum und feixten. Dass ihre

Nanny auch Skifahren lernte, fanden sie aber nur so lang lustig, bis sie selbst kurz darauf die ersten zögerlichen Schritte mit den Brettern unter den Füßen machten. Constantino wollte sich als Ältester sofort beweisen und landete mit dem Kopf voran in einer Schneewehe. Katie hatte keine Ahnung, wie ihm das gelungen war, aber Marescotti und Alessandro ließen sich nicht zweimal bitten, in den Quatsch einzusteigen, und schon bald kugelten sich die Kinder im Schnee.

»Schluss jetzt!«, donnerte die Stimme des Skilehrers. Sofort krabbelten die Jungen aus dem Schnee und kamen mithilfe ihrer Stöcke wieder hoch. »Skifahren ist eine ernste Angelegenheit, also passt auf, was ich euch jetzt sage! Schnee darf man nicht unterschätzen, wir leben hier in den Bergen das halbe Jahr mit ihm, aber er bleibt gefährlich.«

Er strahlte eine natürliche Autorität aus, die bei den Kindern sofort für Aufmerksamkeit sorgte. Eine halbe Stunde später machten sie schon die ersten zaghaften Versuche, einzelne Kurven und Schwünge auf der leicht abschüssigen Wiese hinter dem Haus zu fahren. Obwohl sie nicht so schnell unterwegs waren wie Jovin, der sich auf seinen Skiern bewegte, als wäre er auf ihnen geboren und aufgewachsen, wollte Katie es den Kindern lieber nicht nachmachen und hielt sich im Hintergrund. Sie hoffte, dass Jovin sie weiterhin übersah.

»Sieht schon richtig professionell aus.«

Sie fuhr herum. Robert, der Amerikaner, war hinter ihr aufgetaucht. Mit dickem Mantel, Schal, Mütze und Stiefeln sah er aus, als gehörte er in die Schweizer Alpen, während sie in ihrer Nannytracht schon ein wenig fror und sich auf ein Heißgetränk mit Schuss freute, sobald die Kinder den Spaß am Skifahren verloren.

Es sah im Moment aber so aus, als würde das noch eine Weile dauern.

»Mr …« Fragend hob sie die Augenbrauen.

»Oh, entschuldigen Sie. Robert Daniels, Unternehmer aus Amerika. Ich muss mich wohl bei Ihnen bedanken. Meine Gastgeber haben nicht mitbekommen, dass ich mich heute Nacht ein wenig … ähm, verirrt habe.«

»Ist doch nicht schlimm«, meinte sie leichthin.

»Es wäre sehr peinlich geworden, wenn ich plötzlich im falschen Schlafzimmer gestanden hätte. Was durchaus meinem Ansinnen entsprach. Man könnte sagen, Sie haben mich vor dem Schlimmsten bewahrt.«

»Ach …« Jetzt verstand sie. Hatte er tatsächlich vorgehabt, zu so später Stunde und in seinem desolaten Zustand der Principessa seine Aufwartung zu machen?

Es versetzte ihr einen kleinen, feinen Stich. Aber natürlich. Die »liebste Freundin«, die er tags mit seinem Charme umgarnte …

»Nein, wirklich. Ich wurde von Ihnen gerettet.«

Warum nur hatte sie das Gefühl, dass sie etwas übersah?

Dann fiel es ihr ein.

»Sie waren ohnehin im falschen Flur«, sagte sie leise. »Die Principessa schläft im zweiten Stock, nur ihr Gemahl und die Kinder im ersten Stock.«

Er verharrte in der Bewegung. Sein Blick ging in dieselbe Richtung wie ihrer, und sie hörte ihn atmen, ein, aus, ein, aus.

»Ich weiß«, murmelte er dann. »Das weiß ich nur zu gut.«

Mr Daniels gab sich einen Ruck. »Jedenfalls danke, dass Sie mich gerettet haben. Ich stand kurz davor, eine Dummheit zu machen.«

~

Wieder lag sie wach im Kinderzimmer. Die Jungen waren nach diesem aufregenden Tag im Schnee erstaunlich schnell eingeschlafen. Auch der kleine Emanuele wirkte ziemlich erschöpft von der ungeteilten Aufmerksamkeit seiner Mamma. Nach dem Abendessen hatte er einen Wutanfall nach dem nächsten gehabt, bis Katie ihn auf den Arm nahm und so lange trug, bis er völlig erschöpft von seiner eigenen Laune an ihrer Schulter in den Schlaf fand.

Stille im Haus. Katie fragte sich, ob Robert Daniels wieder durch die Gänge stromerte. Ob er … Nein. Der Gedanke verbot sich. Die Vorstellung, wie der Amerikaner sich nachts zum Hausherrn schlich …

Katie hatte sich einen winzigen Moment der Schwäche erlaubt. Sie hatte zugelassen, dass sie ein wenig träumte. Davon, wie es wäre, mit einem Mann zusammenzuleben. Und ausgerechnet dieser Mann, der in ihren Tagträumen diese nicht existente Lücke füllte, fühlte sich zu anderen Männern hingezogen. Das war etwas, was sie peinlich berührte. Zumal es Fragen aufwarf. War Robert heimlich in Principe Mario verliebt? War er unterwegs gewesen, um seinem Freund diese Gefühle zu offenbaren? Oder war das eine Affäre der beiden Männer? Ging das schon länger? Und wenn es so war: Wusste Donna Pauline von dieser unangemessenen Liaison?

So viel Unaussprechliches, das ihr durch den Kopf geisterte. Sie glaubte auf einmal zu verstehen, warum die Principessa so wütend war. Wenn sie davon wusste, was ihr Mann des Nachts trieb … Nun, Katie wäre an Donna Paulines Stelle deshalb ebenso verstört. Sie merkte selbst, wie ihre hohe Meinung vom Principe und von Mr Daniels litt, weil sie sich vorstellte …

O nein, lieber nicht vorstellen. Sonst bekam sie noch Albträume. Sie merkte auch, dass ihre eigene Unschuld bei diesem Thema in Gefahr geriet. Sie wusste zwar, dass es das gab – Liebe unter Männern –, aber sie hatte keine Ahnung, was genau das bedeutete. Und sie wollte darüber auch lieber nicht zu genau nachdenken. Ob es derlei auch bei Frauen gab, die sich zueinander hingezogen fühlten, die einander körperlich nahe kamen …?

Die Vorstellung sandte zu ihrer eigenen Überraschung ein wohliges Erschauern durch ihren Körper.

In dieser Nacht träumte sie. Von einer Frau, die sich zu ihr legte. Sie berührte die Wange dieser namenlosen Frau, und diese flüsterte im schwachen Licht: »Kate. Oh, Kate.« Dann küssten sie sich in diesem Traum. Katie wachte atemlos auf, das Herz raste. In ihr war eine Leere, die nicht mal dieser Traum zu füllen vermochte.

Kapitel 15

Dublin, November 1902

Joan hob die Hand und klopfte. Ihr Herz hämmerte in der Brust, sie drückte den schmalen Buchband an sich und schloss für einen winzigen Moment die Augen.

Vielleicht ist er ja nicht da, dachte sie. Dann könnte sie das Buch einfach vor seiner Tür ablegen und wieder verschwinden …

Schritte hinter der Tür, dann öffnete sie sich einen Spaltbreit. Das offene, freundliche Gesicht von Reginald Dudley tauchte auf; die Haare etwas zerzaust, er trug bereits Hausmantel und Pyjama.

»Oh, entschuldigen Sie.« Joan trat einen Schritt zurück. »Ich wollte nicht stören.«

»Sie stören nie.« Dieses Lächeln. Dann bemerkte er ihren Blick, und vielleicht bildete sie sich das ein, aber er errötete ein wenig, oder?

»Ich wollte Ihnen nur das Buch zurückbringen.« Mit diesen Worten streckte sie den Band in seine Richtung. Vor gut einer Woche hatte Reginald ihr den Roman nach dem Besuch im Zoo zukommen lassen, und sie hatte die Abende seitdem damit verbracht. In ihr brannten Fragen, sie wollte mehr wissen über die finstere, abscheuliche Welt, die Joseph Conrad schilderte. Vor allem wollte sie wissen: Warum? Warum ließen Menschen zu, dass andere so sehr ausgebeutet, gequält und bis in den Tod getrieben wurden?

War es das, was er während seiner Zeit in Afrika gesehen hatte? Was er nicht guthieß und weshalb er ihr das Buch geliehen hatte? Wollte er mit ihr darüber reden? Auch wenn das Thema komplex und schwer war, sie hätte mit ihm über alles gesprochen, weil sie glaubte, dass sie dieselben Ansichten teilten. Weil sie gern mehr über den Menschen Reginald Dudley erfahren hätte, den sie hinter der perfekten Fassade eines adeligen Offiziers zu erkennen glaubte.

Reginald Dudley nahm das Buch nicht entgegen, sondern sah sie nachdenklich an.

»Haben Sie noch einen Moment Zeit? Wir könnten uns unten in einen Salon setzen«, schlug er vor. Er schien ihre Reaktion falsch zu deuten, denn er fügte hastig hinzu: »Die Tür bleibt auf. Ich möchte Sie auf keinen Fall in Verlegenheit bringen.«

»Aber nur, wenn Sie wollen.«

Sein Lächeln, warm und voller Zuneigung. »Sonst hätte ich Sie nicht gefragt«, sagte er. »Geben Sie mir fünf Minuten.«

Die Tür schloss sich, und Joan stand etwas verloren davor. Sie ging einmal den Gang auf und ab, überlegte, ob sie nicht lieber unten in einem der Salons warten sollte. Ach, hätte sie ihm das Buch doch einfach auf den Frühstückstisch gelegt.

Aber es ging ihr nicht um das Buch.

Ein bisschen wunderte sie sich, dass der Bruder des Earls immer noch da war. Was hielt ihn in Dublin? War es wirklich so, dass er die Erholung suchte? Er war mit den Kindern manchmal ausgelassen wie ein junger Hund, dann wieder so grüblerisch und mieser Stimmung, dass er allen aus dem Weg ging. Einmal hatte er sie auf dem Gang versehentlich angerempelt, hatte sie daraufhin angeknurrt, sie solle sich wegscheren, und erst als Joan ihn entgeistert anstarrte, hatte er sie erkannt und sich hastig entschuldigt. Sie glaubte sogar, so etwas wie Bedauern in seinem Blick zu sehen, doch konnte er in diesem Augenblick wohl nicht aus seiner Haut.

Aber nun freute sie sich darüber, dass er ihr auf Augenhöhe begegnete. Sie hatte wohl einen guten Tag erwischt, und sein Angebot, miteinander im Salon zu sitzen, fühlte sich an, als wären sie Freunde. Und das tat ihr gut, denn sie vermisste ihre Freundinnen vom Norland Institute. In London hatte sie wenigstens noch die eine oder andere gelegentlich im Park getroffen. In Dublin war sie vollständig isoliert, ihr blieben nur Briefe, um in Kontakt zu bleiben. Die Herrschaften scherten sich nicht um Joan, solange sie ihre Arbeit machte, die Kinder waren zu jung, als dass sie mit ihnen vernünftige Gespräche führen konnte, und die anderen Bediensteten des Haushalts rümpften die Nase, weil Joan es wagte, *Ansprüche* zu haben. Andere Norland Nannys gab es in Dublin nicht.

Sie gestand es sich nur ungern ein, aber sie war einsam, und Reginald Dudley sorgte für eine gewisse Ablenkung. Und für ein merkwürdiges Kribbeln in der Magengegend, wann immer sie ihm mehr oder weniger zufällig über den Weg lief. Diese Empfindung versuchte sie zu ignorieren, als würde sie davon verschwinden.

Eine Tür am anderen Ende des Flurs öffnete sich. Lady Rachel kam den Gang entlang, sie strebte ihr eigenes Schlafzimmer an, das am anderen Ende des Flurs lag. Joan wäre am liebsten im Erdboden versunken, denn die Frau des Earls trug Nachthemd und Morgenmantel. Sie hatte offenbar ihrem Ehemann einen spätabendlichen Besuch abgestattet.

»Oh.« Lady Rachel errötete, als sie ihre Nanny entdeckte.

Joan hätte sich gern wie ein Mäuschen in einem Loch verkrochen.

»Guten Abend«, sagte sie und räusperte sich.

»Wollten Sie zu mir, Nanny Hodges?«

»Ähm, also ...«

Doch bevor sie sich eine plausible Notlüge ausdenken konnte, ging hinter ihrem Rücken die Tür zu den Gemächern von Reginald Dudley auf. »Schwägerin Rachel«, hörte sie seine Stimme. Auch er schien erstaunt, Lady Rachel zu so später Stunde zu sehen. »Du bist noch auf?«

Joans Dienstherrin blickte vom Schwager zur Nanny und wieder zurück. Sie verstand. »Allerdings«, sagte sie langsam. Mehr nicht.

Joan drückte Reginald das Buch in die Hand. »Vielen Dank für die Leihgabe«, stotterte sie und drehte sich um. Ohne einen Blick zurück lief sie zur Treppe und hastete die Stufen nach oben. Erst als sie ihre Kammer unter dem Dach erreicht hatte und die Tür hinter sich schloss, gestattete sie sich einen tiefen Atemzug. Oh, lieber Himmel! In was für eine ausweglose Situation hatte sie sich nun gebracht! Ein unbedachter Besuch bei Reginald hatte genügt – bei dem noch nicht einmal etwas passiert war, bei dem sicher niemals etwas passiert wäre, ganz bestimmt nicht! –, und schon musste sie fürchten, dass sie morgen früh aufwachte und Lady Rachel ihr eröffnete, dass ihre Dienste nicht länger gebraucht wurden.

Es sah so aus, als sollte Joans Sehnsucht nach London sich schneller als gedacht erfüllen ... Denn wo sollte sie sonst hin, wenn ihr gekündigt wurde?

Sie sank auf ihr Bett und lauschte. Im Haus blieb alles still. Sie wusste, später musste sie wieder nach unten; manchmal schlief Roderick nicht durch, und sie teilte sich diese wachen Nächte mit Millie.

Es war nur ein Buch, dachte sie. Der Blick aber, mit dem Lady Rachel sie vorhin durchbohrt hatte, machte ihr eines klar: Hier ging es um mehr.

~

»Hast du mir etwas zu sagen?« Lady Rachel saß in ihrem kleinen Salon, der an das Schlafzimmer grenzte. Alle Lichter brannten, die Tür stand offen, und eine Dienerin brachte ihr frischen Tee. »Leg bitte noch mal Holz nach, Hedy«, sagte sie leise. Das Mädchen knickste und machte sich am Kamin zu schaffen.

Lady Rachel seufzte. Reginald stand vor der offenen Salontür und schien zu warten. »Du bist ja immer noch da.«

»Meinst du heute Abend oder meinen Aufenthalt allgemein?«, fragte er spöttisch.

Ihr brannte eine scharfe Erwiderung auf der Zunge. Stattdessen gab sie ihm ein Zeichen, und er trat langsam ein. Eigentlich hatte sie keine Lust, sich mit ihrem Schwager zu befassen, der es offenbar darauf anlegte, sie zu ärgern. Schlimm genug, dass er seit Wochen in ihrem Haushalt herumlungerte. Sie mochte ihn, keine Frage. Er war manchmal wie ein verspielter Welpe, nicht so ernst wie William. Zugleich genoss sie seine Aufmerksamkeit, sie verbrachte gern Zeit mit ihm.

Aber bisher hatte sie gegrübelt, warum er nicht endlich nach London zurückkehrte. Was hielt ihn in Dublin?

Offenbar hatte sie heute Abend eine Antwort bekommen, die ihr zu ihrem Verdruss gar nicht gefiel. Nanny Hodges vor seinem Schlafzimmer warten zu sehen bereitete ihr körperliches Unbehagen. Eine Mischung aus Furcht, sie zu verlieren, und Wut, weil sich dieses junge Ding offenbar anmaßte, sich einem Mann zu nähern, dessen sie nicht würdig war. Sie war ein Mädchen aus einfachen Verhältnissen, gemessen am Maßstab ihrer Familie. Und dann war da noch ein gehöriges Maß Enttäuschung. Sie hatte gedacht, Reginald würde sich nicht zu so einer Dummheit hinreißen lassen.

»Ich fürchte, es ist eine Entschuldigung fällig. Dein Verhalten ist absolut inakzeptabel.« Sie klang kalt, dabei hätte sie ihn lieber verzweifelt gefragt: *Warum? Wieso muss es ausgerechnet Nanny Hodges sein? Weißt du nicht, was sie für mich bedeutet?*

Reginald lachte leise. Er stand nun vor ihr. »Ich glaube, du interpretierst zu viel in die Situation hinein.«

»Ach, tue ich das, ja?«

Sie legte das Buch beiseite. Er trug einen Morgenmantel, darunter offenbar Pyjama und ein Halstuch. Wie unangemessen, fuhr es ihr durch den Kopf, dass er meinte, sie nach zehn Uhr abends in ihren Schlafgemächern aufzusuchen. Aber in dieser Hinsicht war ein Besuch bei der Schwägerin wohl nur die Spitze des Eisbergs.

»Wie lange geht das schon?«, erkundigte sie sich, ohne seine Antwort abzuwarten.

Er setzte sich auf den freien Sessel und schlug die Beine übereinander. »Na, ich halte dir mal zugute, dass du mir diese Frage nicht in ihrer Anwesenheit gestellt hast«, murmelte er. »Damit würdest du der armen Frau unrecht tun, denn da ist nichts.«

»Ach. Ist sie bei dir vorbeigekommen, um dich zurückzuweisen?«

Reginald sah sie unverwandt an, ohne auf ihre Frage einzugehen. Keine Wut, kein Spott – da war nichts in seiner Miene, was Raum für Interpretationen ließ. Rachel seufzte.

Das war das Problem mit ihm. Sie wollte böse auf ihn sein; er brachte sie in eine unmögliche Lage! Herrgott, Diskretion! Hätte er sich die nicht von seinem Bruder abschauen können?

Sie wusste natürlich, dass Lord William sich gelegentlich eine Geliebte nahm. Hier in Dublin war er noch nicht fündig geworden, doch sie gab sich keinen Illusionen hin; er war ein Mann mit Bedürfnissen, und sie war eine Frau, die nicht gewillt war, diesen Bedürfnissen jederzeit nachzukommen; wenn sie dies zu häufig tat, hatte sie wieder ein Kind am Hals, nicht zu vergessen eine strapaziöse Zeit in anderen Umständen. Mit vier Nachkommen hatte sie ihre Schuldigkeit getan, fand Lady Rachel, zumal sogar zwei Jungen dabei waren, beide von robuster Natur.

»Ich habe Nanny Hodges nach unserem Ausflug in den Zoologischen Garten vor einer Woche ein Buch ausgeliehen«, erklärte er. »Sie interessierte sich für mein Leben in Afrika, und ich fand nicht die richtigen Worte dafür. Joseph Conrad schon.«

Sie riss die Augen auf. »Du gibst diesem jungen Ding Conrad zu lesen?!«

»Ich wusste nicht, dass du mit dem Autor vertraut bist.«

Lady Rachel antwortete nicht.

»Jedenfalls hat sie mir das Buch zurückgebracht. Ende der Geschichte.«

Mit hochgezogenen Augenbrauen sah sie ihn stumm an. Unter diesem Blick, das wusste sie, gab jeder seine Verfehlungen zu, vom kleinen Stalljungen, der ihr Reitpferd nach der Jagd nicht ordnungsgemäß trocken geführt und abgerieben hatte, bis zu ihrem Ehemann, wenn sie wissen wollte, wer seine neueste Bettgefährtin war. Reginald aber verharrte in der entspannten Haltung. Der Morgenmantel aus dunkelrotem Brokat umhüllte seinen Körper, der Bartschatten wirkte bereits dunkler als am Morgen.

»Kennst du Albert Parker? Den Earl of Morley«, fügte sie hinzu.

Reginald runzelte die Stirn. »Wer soll das sein?«

»Ein Freund deines Bruder. Ich korrespondiere schon länger mit seiner Frau Margaret. Sie sucht gerade einen Ehemann für ihre Tochter, Lady Flora.«

Er lachte auf. »Du meinst, mit einer Heirat wären meine Probleme gelöst? Die du zu sehen glaubst, weil ich deinem Kindermädchen ein Buch geliehen habe? Es war kein schwülstiger Liebesroman, auch keine romantischen Gedichte, nach deren Lektüre sie in meine Arme sinkt, weißt du?«

»Ich weiß. Ich vermute nur, dass du nach dem Krieg ... den Halt verloren hast. Du weißt nichts mit dir anzufangen. Lässt dich treiben ... Eine Frau könnte dir nicht schaden.«

Er schüttelte den Kopf. »Manchmal überraschst du mich«, sagte er leise. »Einerseits bist du so klug. So bedächtig. Ich unterhalte mich wirklich gern mit dir, weißt du? Und dann kommt wieder so ein Satz. Eine Frau könnte mir nicht schaden.« Reginald beugte sich vor. Die Ellbogen auf die Knie gestützt, die Hände verschränkt. Die nächsten Worte wählte er mit Bedacht. »Es könnte sein, dass es nicht nur Langeweile ist, die mich dazu treibt, Nanny Joans Nähe zu suchen.«

Lady Rachel schürzte die Lippen. Sie antwortete nicht, und er lehnte sich zurück.

Gewagt, dachte sie. Er lehnte sich ja weit aus dem Fenster, wenn er ihr anvertraute, dass er – ja, was? *Gefühle* für ihre Nanny hegte?

»Sie ist meine wertvollste Dienstbotin«, sagte sie spröde. »Und wie ich meinen Mann und seine Neigung zu diversen Techtelmechteln kenne, hat er dich bereits darüber in Kenntnis gesetzt, dass sie ... nun. Es ist nicht ratsam, mich gegen dich aufzubringen, wenn du verstehst.« Sie lächelte fein. »Eine wie auch immer geartete romantische oder körperliche Beziehung mit Nanny Hodges werde ich auf keinen Fall tolerieren.«

Reginald wirkte nachdenklich. »Ich bin mir dessen bewusst«, sagte er schließlich. Er stand auf. »Und sei versichert, ich respektiere deinen Wunsch, dass ich mich nicht in irgendwas verstricke. Aber tu du mir auch bitte den Gefallen, und versuche nicht, mich anderweitig zu binden. Daran habe ich kein Interesse. Du kannst Lady Margaret und ihrer Tochter also eine Abfuhr erteilen, ja?«

Das werden wir ja sehen, dachte sie. Ihr Ehrgeiz erwachte.

An der halb offenen Tür blieb er stehen. »Was liest du da eigentlich?«

»Ach das …« So war Reginald: Wenn es um Literatur ging, wollte er alles wissen. »Den Bericht einer jungen Frau aus Südafrika. Über die … Zustände.«

»Die sind schlimm, ja.« Sein Blick wurde weicher, als hätte er nicht damit gerechnet, dass sie sich mit so schwerer Kost befasste. »Wenn du etwas wissen möchtest …«

»Ja, das möchte ich tatsächlich«, unterbrach sie ihn und errötete. Wie unhöflich von ihr. »Diese Lager. In denen die Buren interniert wurden. Frauen, Kinder, alte Leute … Gab es die wirklich?«

»Die gab es, ja. Ich habe sie mit eigenen Augen gesehen.«

Lady Rachel legte eine Hand auf die Brust, dorthin, wo der Morgenmantel, den sie bis zum Hals geschlossen trug, ihr duftiges Spitzennachthemd verbarg. »Schrecklich. Seit wir hier sind und Nanny Joan mir von dem Elend der Iren erzählt hat, geht mir das nicht mehr aus dem Kopf. Wie ungerecht es in der Welt zugeht.«

»Nun«, sagte er. »Unsere Familien profitieren seit Jahrhunderten von dieser Ungerechtigkeit, nicht wahr?«

»Aber wir haben es uns doch nicht ausgesucht.«

»Das habe ich nicht behauptet. Aber wir haben es in der Hand, ob wir dieses Ungleichgewicht hinnehmen oder etwas dagegen tun.«

»Also, jetzt redest du schon wie Nanny Hodges. Sie meinte auch, man müsste etwas unternehmen.«

Reginald grinste. »Verstehst du jetzt, wieso ich nicht anders kann, als sie zu mögen?«

»Scher dich fort, du unmöglicher Kerl. Und sieh zu, dass du nach London zurückkehrst, bevor du meine Nanny verdirbst und ich dich doch mit der jungen Lady Flora verkuppeln muss.«

Er deutete eine Verbeugung an. »Stets zu Diensten, Mylady.«

Sie konnte sich ein Lächeln nicht verkneifen. Das Buch in ihrem Schoß war vergessen; als ihre Zofe wenig später kam, um ihr vor dem Schlafengehen beim Kämmen zur Hand zu gehen, schrak sie aus Träumereien hoch, in denen sie mit Reginald durch die Armenviertel Dublins zog, halb verhungerte Kinder rettete und er sie bei jeder sich bietenden Gelegenheit vertraulich und mit einem Lächeln auf den Lippen ansah – gerade so, als kannte er ihre geheimsten Wünsche.

Oh, es machte sie wahnsinnig, dass Reginald immer noch hier war. Und wütend war sie. Denn sie hatte insgeheim gehofft, dass er ihretwegen blieb, dass er *ihre* Gesellschaft genoss, sich mit *ihr* gern unterhielt. Dass er ihr ein Freund sein wollte und sich an ihrer Seite von den Strapazen des Kriegs erholen wollte.

Aber er sieht mich ja nicht mal, dachte sie verbittert. Er sieht nur Nanny Hodges.

~

Das leise Klopfen an ihrer Zimmertür. Sofort war Joan hellwach; sie sprang aus dem Bett und tastete sich im Dunkeln zur Tür vor. Wieder ein leises Klopfen. »Millie?«

Um Mitternacht hatte Millie sie bei Klein-Roddie abgelöst, der untröstlich weinte und nicht schlafen wollte. Die Zähne, mal wieder. Was hatten die Babys nur verbrochen, dass der liebe Gott sie ohne Zähne zur Welt kommen ließ, die sich schmerzhaft in den ersten beiden Lebensjahren nach und nach aus dem Kiefer schoben?

»Ich bin's.« Gedämpft drang die dunkle Stimme durch die Tür. Joans Herz stockte, dann galoppierte es davon, es flog ihm förmlich durch das Holz zu.

»Mr Dudley.« Sie wusste nicht, was sie tun sollte. Blieb wie erstarrt vor der geschlossenen Tür stehen. Ich darf ihm nicht öffnen, dachte sie.

»Ms Hodges? Machen Sie mir auf?«, hörte sie Reginald fragen. »Bitte. Wenn mich jemand hier draußen sieht ...«

Aber die anderen schlafen alle, dachte Joan. Sie legte die Hand auf die Tür, glaubte, durch das Holz seinen Atem zu spüren. Als würde das Dubliner Schloss zum Leben erwachen und mit ihr atmen, und das Gebäude flüsterte seinen Namen in der Dunkelheit.

»Wollten Sie nicht mit mir reden, Ms Hodges?«

Sie drehte den Knauf und öffnete die Tür. Nur einen Spaltbreit.

Er hatte eine Lampe in der Hand, hob sie hoch. Das Licht flackerte zwischen ihnen, sie sah den Kummer in seinem Blick. »Mr Dudley ...«

»Nennen Sie mich Reginald. Bitte.«

Stumm blickte sie ihn an. Sie wusste, was er wollte. Was *sie* wollte. Das Buch, das er ihr zu lesen gegeben hatte, war wie ein Weckruf gewesen, so tief hatte es sich in ihr Herz gegraben. Aber darum ging es nicht. Das Buch war nur ein

Vorwand gewesen, mit dem sie beide einander hatten näherkommen können, ohne zugeben zu müssen, dass sie sich nahe sein wollten.

»Bitte nicht«, flüsterte sie. Behutsam schloss sie die Tür, eilte zurück zum Bett und verkroch sich unter der dicken Daunendecke.

Bitte nicht, Reginald. Ich will mich nicht verlieben. Das darf nicht sein.

Doch während sie mit klopfendem Herzen in der Dunkelheit lauschte, bis sie seine Schritte auf dem Holzboden hörte, dachte sie daran, wie er sie angesehen hatte. Wie seine Blicke ihr den Boden unter den Füßen wegzogen. Am liebsten wäre sie aufgesprungen und ihm nachgelaufen.

Aber sie durfte nicht. Er würde nicht nur reden wollen, er würde das wollen, was Männer immer von Frauen wollten. Was sie ihm keinesfalls geben durfte.

Als eine Viertelstunde später Millie kam und sie zur Ablösung holte, war Joan froh, denn an Schlaf war in dieser Nacht ohnehin nicht zu denken.

Kapitel 16

London, November 1902

Die Luft roch nach Schnee, doch daran glaubte Mary noch nicht. Der Himmel hing schwer und schwarz über London, nun kamen die Monate, in denen sie in der Dunkelheit zur Arbeit laufen musste und meist erst im Dunkeln heimkam. Sie musste husten, als sie vor die Tür trat und sich auf den allmorgendlichen Marsch zum Norland Institute machte. Die Luft war erfüllt von dem Ruß der Kohlefeuer, mit denen in der ganzen Stadt sommers wie winters die Wohnungen warm gehalten wurden. Mit einsetzender Kälte verschärfte sich das Problem, und nun war es seit Tagen windstill. Wie eine schwere Staubwolke lag der Ruß über der Stadt und setzte sich überall fest. Wenn man sich schnäuzte, war das Taschentuch danach schwarz.

Mary reihte sich zu dieser frühen Stunde in die Masse der Arbeiter und Dienstmädchen, der Verkäuferinnen und, sobald sie sich aus dem Armenviertel hervorarbeitete, der Büroangestellten ein. Sie zog ihren Schal über Mund und Nase, auch wenn das weniger gegen die dreckige Luft als gegen die Kälte half. Ihre Hände hatte sie tief in den Taschen des Mantels vergraben, den Ma ihr gegeben hatte. Sie wusste, dass Ma nun mit einem dünneren Mantel unterwegs war, aber ihre Einwände hatte Ma nicht hören wollen.

Sie erreichte das Norland Institute rechtzeitig vor Unterrichtsbeginn und begab sich direkt in die Großküche, wo Ms Dormer bereits mit der Köchin über den Speiseplan der nächsten Tage gebeugt war.

»Guten Morgen«, grüßte Mary. Ms Dormer hob den Kopf. Sie hatte sich nach anfänglicher Skepsis, dass Mary nun eine Sonderstellung genoss, weil sie in zwei Jahren auch Schülerin werden konnte, schnell damit anfreunden können. Sie hatte vielleicht befürchtet, dass Mary sich darauf ausruhen würde.

»Guten Morgen, Mary. Gut, dass du kommst. Wir brauchen heute jemanden, der im Kindergarten putzt.«

»Kein Problem, das übernehme ich gerne.«

»Aber nur, wenn es deine anderen Pflichten nicht berührt.«

»Ich habe gestern das meiste geschafft, was Sie mir aufgetragen haben.«

Ms Dormer nickte zufrieden. »Nimm Sarah mit. Sie kann dir helfen.«

»In Ordnung.« So änderten sich die Dinge. Noch vor einigen Monaten hatte Sarah ihr alles gezeigt, und nun war Mary diejenige, die mit den Aufgaben betraut wurde. Hing das wohl auch mit ihrer neuen Stellung zusammen?

»Später sollst du noch bei Mrs Ward vorbeikommen. Nach dem Mittagessen«, fügte Ms Dormer hinzu.

»Oh.«

Ms Dormer lächelte beruhigend. »Ich glaube, es ist nichts Schlimmes. Sie hat wohl gute Nachrichten für dich.«

So ganz beruhigte Mary das nicht, aber sie versuchte, sich nicht davon verrückt machen zu lassen, dass die Schulleiterin sie sehen wollte. *Sie will mich bestimmt nicht vor die Tür setzen. Warum sollte sie?*

Doch die gute Laune war ihr vergangen, und sie ahnte,

dass sie erst dann durchatmen konnte, wenn sie wusste, was Mrs Ward von ihr wollte.

Mit Sarah zu arbeiten war zum Glück ein Vergnügen. Sie hatten sich in den vergangenen Monaten angefreundet, und Sarah schien Mary ihre neue Stellung als zukünftige Schülerin des Norland Institutes nicht im Geringsten übel zu nehmen.

»Wenn ich ein bisschen schlauer wäre und Familie hätte«, seufzte Sarah. Sie schleppten die Besen, Wischeimer und anderen Putzutensilien durch einen Gang zum Kindergarten des Norland Institutes.

»Dann hätte Mrs Ward dir sicher auch ein Angebot gemacht«, tröstete Mary sie.

»Na ja, ich will das eigentlich nicht.« Sarah lachte unbekümmert. »Als alte Jungfer sterben? Bloß nicht. Lieber heirate ich 'nen hübschen Kerl, der mir jedes Jahr ein eigenes Kind machen darf. Ich mach ihm das Haus schön, und er bringt genug Geld für uns heim, weil er in der Stadt als Büroangestellter arbeitet.«

So hatte jede ihre hochfliegenden Träume, dachte Mary. Ihr Traum war es, Nanny zu werden und mit dem Geld auch ihre Familie zu unterstützen. Über eine eigene Familie dachte sie gar nicht nach. Sarah hingegen wünschte sich Kinder und einen Mann.

Sie erreichten das Nebengebäude des Norland Institutes, in dem der Kindergarten untergebracht war. Hierher konnten Familien gegen eine geringe Gebühr ihre Kinder bringen, die dann tagsüber betreut wurden, während die Eltern arbeiteten. Für das Norland Institute war dieser Kindergarten ebenso wie die Vorschule der Norland Place School, wo Mrs Ward früher Schulleiterin gewesen war, ein wichtiger Baustein in der Ausbildung der Nannys, denn hier lernten sie den Umgang mit kleinen Kindern in der Praxis. Mary war gerne hier. Sie genoss die ruhige Atmosphäre und sah den Kleinen gerne beim Spielen, Malen und Basteln zu.

Sie wurden schon von Mrs Gibbs erwartet, der Vorsteherin des Kindergartens.

»Gut, dass ihr kommt. Gerade hat sich ein Kind übergeben, putzt bitte dort zuerst auf.«

Sarah verdrehte die Augen. Mary hingegen ging direkt in den Nebenraum und wischte das Erbrochene auf. Ihr machte so etwas wenig aus; es gab nichts, was sie nicht schon gesehen hatte.

Drei kleine Kinder, das älteste vielleicht fünf Jahre alt, beobachteten sie aus einer Ecke des Raums heraus. Mary winkte ihnen zu, und sofort liefen die Kinder nach draußen.

Aber es dauerte nicht lange, bis die Kinder sich wieder vorwagten. Für sie war es ein großer Spaß, wenn etwas Interessantes passierte. Zwei Dienstmädchen, die putzten, gehörten eindeutig dazu.

Mrs Gibbs scheuchte die Kinder irgendwann nach draußen. »Tut mir leid, dass immer wer im Weg steht«, entschuldigte sie sich.

»Das macht doch nichts«, sagte Mary beruhigend.

Einige saßen an einem Tisch und bastelten unter der Anleitung von zwei Nanny-Studentinnen. Mary kannte die beiden vom Sehen, denn bis vor Kurzem hatten sie die Kurse im Hauptgebäude besucht, die in den ersten drei Monaten zur Ausbildung gehörten. Danach wechselten die Studentinnen für weitere drei Monate in einen Kindergarten – entweder hier am Norland Institute, in der Norland Place School oder einer anderen Einrichtung –, bevor sie für weitere drei Monate Kurse besuchten. Daran schlossen sich sechs Wochen in einem Kinderkrankenhaus an, bevor sich die Nannys abschließend zum Ende ihres Jahreskurses auf die Prüfungen vorbereiteten und diese ablegten.

Mary wusste dies vor allem aus belauschten Gesprächen unter Studentinnen. Ein Dienstmädchen wurde meist übersehen, wenn es Türklinken polierte oder Böden wischte. Und jedes Detail ihrer zukünftigen Ausbildung saugte Mary auf wie ein Schwamm.

Eine der zukünftigen Nannys sprang auf. »Nein, lass das!«, schrie sie einen kleinen Jungen an, der sie verschreckt ansah. »Leg sofort den Stift weg, ich hab dir doch gesagt, du sollst es anders machen!«

Mary sah sich um. Mrs Gibbs war verschwunden, ebenso Sarah, die im Nebenraum putzte. Die andere Studentin blickte auf und runzelte zwar die Stirn über den impulsiven Ausbruch ihrer Kollegin, sagte aber nichts dazu. Der kleine Junge saß auf seinem Stuhl, seine Unterlippe zitterte. »Aber ich wollte nur …«

»Schluss damit!«, rief die Studentin. »Und nun gib mir gefälligst den Stift.«

Der Kleine umklammerte den Stift. Die zukünftige Nanny riss ihn aus der Hand des Jungen, der sogleich aufheulte.

»Dottie, lass doch«, meldete sich nun die andere zu Wort.

»Hast du gesehen, wie frech der mich angrinst? Das darf ich mir von so ’nem Rotzbalg doch nicht bieten lassen!«, fauchte Dottie. »Und du sei endlich still!«, schrie sie das Kind an.

Mary konnte nicht länger an sich halten. Sie ging dazwischen. »Lassen Sie den armen Jungen in Ruhe.« Sie trat hinzu, ging neben dem Kleinen in die Hocke und legte beschützend einen Arm um seine Schultern. »Er hat Ihnen nichts getan.«

Der abschätzige Blick von Dottie traf sie. »Was geht’s dich an? Du bist nur ein Dienstmädchen.«

Mary ließ sich nicht beirren. »Der Kleine hat Ihnen

nichts getan. Er hat nur nicht das gemacht, was Sie von ihm wollten. Wie soll er auch wissen, *warum* er das machen soll? Sie haben es ihm nicht erklärt.«

Dottie schnaubte.

Unbemerkt war Mrs Gibbs wieder eingetreten. »Mary hat recht, Dorothy.« Sie hatte die Szene wohl mitbekommen. Mary merkte, wie ihre Wangen sich röteten. Sie stand hastig auf und wollte an ihre Arbeit zurückkehren, doch Mrs Gibbs bedeutete ihr, damit zu warten.

Sie sprach noch einen Moment mit Dottie und der anderen Nanny. Dann kam sie zu Mary. Sie seufzte. »Entschuldigen Sie, Mary.«

»Was denn?«

Es fiel Mrs Gibb sichtlich schwer, die richtigen Worte zu finden. »Nun, ich konnte mir bisher nicht vorstellen, dass junge Mädchen wie Sie für die Ausbildung zur Nanny geeignet sind. Aber heute habe ich gesehen, was Mrs Ward meinte, als sie uns allen versicherte, dass Sie das richtige Gespür für Kinder haben. Ich freue mich, dass Sie schon bald zu uns gehören.«

Mary lächelte. »Danke«, sagte sie leise. Die Worte der Ausbilderin bedeuteten ihr viel, denn bisher hatten sie allzu oft Zweifel befallen, ob sie die Stelle wirklich verdient hatte. Nun konnte sie beruhigt das Gespräch bei Mrs Ward am Nachmittag abwarten.

~

»Sie machen sich sehr gut, Mary.«

»Danke, Mrs Ward.« Mary knickste. Sie stand vor dem Schreibtisch der Schulleiterin und hatte die Hände vor dem Bauch gefaltet.

»Bitte setzen Sie sich. Wir haben einiges zu besprechen.«

Mary sank auf einen Besucherstuhl. Mrs Ward hatte vor

sich auf dem Schreibtisch ein in schwarzes Leder gebundenes Buch liegen. Sie hob es nun hoch. »Wissen Sie, was das hier ist?«

Natürlich wusste Mary das. »Ein Zeugnisbuch.«

Mrs Ward lächelte. »Es wundert mich nicht, dass Sie es kennen. Ms Dormer sagte mir, Sie tun alles, um heimlich die Kurse zu belauschen. Sie arbeiten fleißig und erledigen Ihre Aufgaben tadellos. Vor ein paar Tagen haben wir beim Institutsrat über Sie gesprochen.«

Mary atmete tief durch. Zum Glück wusste sie dank Mrs Gibbs' Andeutung bereits, dass man auch dort wohlwollend auf sie schaute.

»Wir haben dort beschlossen, dass Ihre Aufgaben künftig etwas anders gelagert sein werden. Und wir möchten Ihnen anbieten, eine Kammer unter dem Dach zu beziehen. Wenn es eine weitere Kandidatin für das Ausbildungsprogramm gibt, werden Sie sich die Kammer mit ihr teilen.«

Bevor Mary etwas erwidern konnte, fuhr Mrs Ward fort.

»Außerdem bekommen auch Sie ein Zeugnisbuch, in dem all Ihre Leistungen vermerkt werden. Sie werden an drei Nachmittagen in der Woche an den Freiarbeitsstunden der Studentinnen teilnehmen. Was Sie dabei tun, ist Ihnen überlassen. Viele widmen sich ihrer Handarbeit oder lesen.« Mrs Ward lächelte aufmunternd. »Sie können zum Beispiel einen Teil Ihrer Schulbildung auffrischen oder Ihre Nannyuniform schon nähen.«

»Ich weiß gar nicht …« Mary war sprachlos. Das war nun wirklich das Letzte, womit sie gerechnet hatte. Ein eigenes Zimmer im Norland Institute? Sie müsste nicht mehr jeden Tag zweimal jeweils eine Stunde zwischen der Wohnung ihrer Eltern und dem Norland Institute hin- und herlaufen, sie könnte nachts allein in einem Bett schlafen … Sie schluckte. Allein. Ohne ihre Familie.

»Wir alle hier sind überzeugt, dass Sie zur Familie des Norland Institutes gehören. Überlegen Sie es sich.« Mrs Ward zeigte auf das Zeugnisbuch. »Ich war außerdem so frei, für Sie dieses Buch anzulegen. All Ihre Leistungen werden zukünftig darin vermerkt werden, von der ersten Unterrichtsstunde bis hin zu den Zeugnissen Ihrer ersten Arbeitgeber.«

Mary hatte natürlich schon von diesen Büchern gehört. Doch dass sie selbst nun eines bekommen sollte, ehrte sie. Inzwischen sagte sie gar nichts mehr. Mrs Ward war auch noch nicht fertig.

»Zu guter Letzt möchten wir etwas tun, um Sie für alle sichtbar von den anderen Dienstmädchen abzusetzen. Sie werden zukünftig eine Schuluniform tragen, allerdings in einem helleren Braunton als die Uniformen der Norland Nannys.«

Mary schüttelte ungläubig den Kopf.

»Ich verstehe, wenn das im Moment etwas zu viel für Sie ist«, sagte Mrs Ward leise. »Aber wir sind uns einig, dass Sie eine geeignete Kandidatin für unser Förderprogramm sind. Entschuldigen Sie, wenn wir das alles nur so nach und nach umsetzen. Es ist auch für uns neu.«

»Ich bin nur …« Ja, was eigentlich? »So glücklich«, schloss sie.

Mrs Wards Lächeln wurde noch eine Spur wärmer, beinahe zärtlich. »Mrs Gibbs hat mir erzählt, wie Sie sich heute in ihrem Kindergarten für eines der Kinder eingesetzt haben. Ich hatte keinen Zweifel, dass Sie für die Aufgabe als Nanny geeignet sind. Aber wer auch immer bis zu diesem Tag Zweifel hegte, für den haben Sie sie spätestens heute aus dem Weg geräumt. Und nun gehen Sie, Mary. Sie werden Ihren Weg machen.«

Am Nachmittag erfuhr Mary, dass eine der Nanny-Studentinnen ihre Sachen gepackt hatte und gehen musste, weil sie sich einem ihrer Schützlinge gegenüber unangemessen streng verhalten hatte. Es war wohl nicht zum ersten Mal passiert, und das Norland Institute hatte klare Vorgaben, was mit einer Schülerin passierte, wenn sie die Klassenziele nicht erreichte. Dies galt vor allem für den praktischen Teil der Arbeit.

Mary aber ging an diesem Abend beschwingt heim. Sie fror nicht mehr, und auch die rußig schwarze Luft über der Stadt störte sie nicht länger. Ihrem Traum war sie heute einen großen Schritt näher gekommen.

Kapitel 17

Dublin, November 1902

»Nanny Hodges. Bitte setzen Sie sich.«

Joan fuhr mit ihren schweißnassen Handflächen über die weiße Schürze. Das Herz hämmerte in ihrer Brust. Lady Rachel hatte sie zu sich zitiert, nachdem sie Joan seit über einer Woche geflissentlich ignoriert hatte, als hätte es den nächtlichen Zwischenfall vor dem Schlafzimmer von Reginald Dudley nicht gegeben.

»Ich muss etwas mit Ihnen besprechen.«

Die Countess kramte mit gerunzelter Stirn in den Papieren auf ihrem Schreibtisch. Ihr Arbeitszimmer lag in einem Seitenflügel des Schlosses, weit weg von Kindergeschrei oder den öffentlichen Räumen, wo sie ihre Besucher empfing. Neben dem wuchtigen Schreibtisch, hinter dem sich die zarte Frau mit den dunklen Haaren verschanzt hatte, als wäre er eine dicke Mauer, gab es links und rechts von den hohen Fenstern Regale, die bis an die Decke reichten, im Moment aber noch leer waren. Ein wenig fühlte Joan sich an das Büro von Emily Ward daheim im Norland Institute erinnert, nur war die Einrichtung hier von einem delikaten Luxus, wo bei der Schulgründerin zweckmäßige Schlichtheit dominierte.

»Sie haben sich ja neulich … hervorgetan.« Die Countess räusperte sich. »Als Sie mit Sir Reginald diskutiert haben.«

Joan hätte am liebsten die Augen geschlossen. Oder wäre im Boden versunken. Einfach verschwinden, damit sie nicht der Schmach ausgesetzt wurde, die sie heranrauschen spürte.

Jetzt kommt die Kündigung, dachte sie. Lady Rachel hatte natürlich recht, wenn sie es nicht tragbar fand, eine junge Frau zu beschäftigen, die ihrem Schwager schöne Augen machte. Das müsse Joan verstehen, schließlich gebe es Regeln, sie sei nun mal keine standesgemäße Verbindung und würde es nie sein. Und so weiter und so fort.

Zumal die Regeln für Norland Nannys ja eindeutig formuliert waren. Nicht umsonst standen sie in jedem Zeugnisbuch auf der ersten Seite, sodass jeder Arbeitgeber sie ebenso wie die Zeugnisse der Nanny lesen konnte.

Sie hatte es sich in den vergangenen Nächten allzu oft ausgemalt, wenn sie wach lag. Wie die Countess sie zu sich bestellte, sie wegen ihres maßlosen Verhaltens tadelte und ihr dann die Kündigung überreichte.

»Ah, da habe ich es«, murmelte Lady Rachel. Sie zog einen versiegelten Briefumschlag aus dem Stapel und hielt ihn Joan hin. Einen winzigen Moment lang glaubte sie, der Boden werde ihr unter den Füßen weggezogen. »Nehmen Sie schon, Nanny Hodges. Bitte.«

Ihre Finger zitterten. Das blieb nicht unbemerkt; ein feines Lächeln umspielte die Mundwinkel der Countess.

»Ihr Engagement ehrt Sie«, fuhr sie ungerührt fort. »Daher denke ich, das ist nur angemessen.«

»Was meinen Sie?« Joans Stimme versagte fast.

»Das sagte ich doch bereits.« Lady Rachel beobachtete sie scharf. Zugleich hatte sie etwas gänzlich Unbedarftes.

»Entschuldigen Sie. Das war unangemessen.«

»Allerdings. Meine Schwiegermutter war empört.«

Joan runzelte leicht die Stirn. Hatte die Countess etwa der Dowager Countess davon geschrieben …? Aber nein.

Da fiel ihr zum Glück wieder das Gespräch im Salon vor ein paar Wochen ein, als sie mit Lillian aus der High Street zurückgekommen war und berichtet hatte, was sie beobachtet hatten. Sie hätte die Episode vielleicht schon vergessen – wäre nicht Reginald so engagiert gewesen und hätte begonnen, von seinen Erlebnissen in Südafrika zu erzählen. Von dem Elend dort.

»Es wird nicht wieder vorkommen.«

»Ach was.« Lady Rachel winkte ab. »Ehrlich gesagt ist es gut, dass Sie damit angefangen haben. Ich vergesse allzu oft, dass unser Leben die Ausnahme bildet. Also …«

Joan verstand. Der Earl und die Countess of Dudley gründeten ihr Leben in Reichtum auf der Nutzung jener Ländereien, die ihre Vorfahren erworben hatten. Bewirtschaftet wurde der Grund zumeist von Kleinbauern, die ihre Pacht an den Gutsherrn entrichteten. Das konnte Lady Rachel natürlich nicht so offen formulieren. Immerhin, so viel konnte Joan ihr zugutehalten – ihre Dienstherrin spürte, dass da eine Lücke klaffte, und sie war gewillt, sie zu füllen.

Nur die Methode würde vermutlich nicht dem entsprechen, was Joans Meinung nach gerecht wäre. Aber sie würde sich hüten, diese offen auszusprechen, denn ginge es nach ihr, sollte jeder einen fairen Lohn erhalten, mit dem er die eigene Familie versorgen konnte. Diese revolutionären Flausen kamen natürlich von ihrem Onkel, der ihr Bücher zu lesen gab, mit denen sie diese Meinung verfestigte. Ihr Lohn ermöglichte das, doch was war mit den Stallburschen, den Dienstmädchen und anderen niederen Bediensteten? Die konnten ja froh sein, dass sie zu Weihnachten neue Kleidung bekamen, und sollten sich ansonsten schön ruhig verhalten. Kaum besser stand's um die Pächter, die von der Hand in den Mund lebten, gerade in Jahren der Missernte, damit sie die Pacht aufbrachten, damit der Earl mit seiner Familie mondän in Whitley Court residieren konnte.

Zugleich spürte sie, welchen Reiz das Leben auf sie ausübte, das die Adeligen führten. Nie hätte sie sich erträumen können, dem Königshaus so nahe zu kommen. Lord William ging beim König ein und aus; damit war Joan eine der Nannys mit der profiliertesten Stellung in der Geschichte des Norland Institutes. Das erfüllte sie mit ebenso großem Stolz wie die silberne Anstecknadel mit dem Efeublatt aus Emaille. Sie war mehr als eine Nanny. Mehr auch als eine der rund fünfzig jungen Frauen, die alljährlich ihren Abschluss an der Schule machten; sie war Vorbild, leuchtendes Beispiel, sie war diejenige, zu der andere aufschauten. Zugleich schlummerte in ihrem Herzen immer noch die Sehnsucht nach diesem anderen, besseren Leben. Als könnte sie es allein mit Ehrgeiz und Willenskraft für sich erlangen.

Auch die Countess war in Gedanken offenbar ganz woanders gewesen, denn ein Klopfen an der Tür ließ die beiden Frauen zusammenzucken. »Wer ist da?«, fragte Lady Rachel, die Stimme schneidend. Sofort war alles Weiche, Zarte gewichen, sie legte sich einen Panzer an, mit dem sie Besuchern und Dienstboten entgegentrat.

Dass sie bei Joan inzwischen darauf verzichtete, war ein großes Kompliment, das Joans Sehnsucht danach, von der Countess nicht länger nur als Angestellte gesehen zu werden, zusätzlich verstärkte.

Einer der Butler schaute herein. Es war der jüngste, mit winzigem Schnurrbart und einem unglaublich breiten irischen Akzent. »Mylady, ich sollte Sie an die Verabredung erinnern.«

»Ich komme gleich, Benjamin.« Ungeduldig winkte die Countess, der Butler zog sich sogleich zurück. »Also. Ich hätte gern mehr Zeit gehabt, das mit Ihnen zu besprechen.

Aber nun gut. Ich möchte, dass Sie den Brief der Mutter Oberin des Klosters St. Mary's überbringen.«

»Oh. Ja, natürlich.« Joan nahm den versiegelten Umschlag entgegen. »Warum …?«

»Ich möchte etwas tun«, unterbrach Lady Rachel sie. »Die Menschen … sie müssen nicht so leben, ich will ihnen helfen. Irgendetwas muss es doch geben, was ich in meiner Stellung beitragen kann.«

Warum ich?, wollte Joan fragen.

»Vielleicht möchten Sie mich dabei unterstützen«, fügte ihr Gegenüber leiser hinzu. »Meine Schwiegermutter ist gut darin, wohltätige Arbeit zu machen. Sie beschränkt sich auf verletzte Soldaten, aber dieser Aufgabe geht sie aufopferungsvoll nach, gerade in den letzten Jahren. Es ist schwer, sich gegen sie zu behaupten.« Das Lächeln der Countess war traurig. »Ich denke manchmal, dass Sie … nun, Sie und ich, wir kümmern uns um meine Kinder. Sie sind wohl im Moment das, was einer guten Freundin am nächsten kommt.«

»Aber Sie haben doch Freundinnen daheim in London«, stotterte Joan.

»Ja, in London. Ganz schön weit weg. Machen wir uns nichts vor, Nanny Hodges. Ich bin isoliert. Ich werde mir meine Freunde und Aufgaben in dieser Stadt suchen müssen, hier ist niemand, der mir den rechten Weg aufzeigt. Vielleicht hat die Äbtissin eine Idee, was wir tun können.«

Das Gespräch war beendet. Joan stand auf und ging zur Tür.

»Eines noch!«

»Ja?« Sie drehte sich um.

»Sollten Sie irgendwann noch einmal meinen Schwager nachts aufsuchen wollen, werde ich nicht mehr darüber hinwegsehen, Nanny Hodges. Sie sind ein wertvolles Mitglied meines Haushalts. Sorgen Sie dafür, dass es so bleibt.«

Joan wurde rot. »Ja, Lady Dudley.« Sie machte einen Knicks und floh.

Draußen im Gang drückte sie den Brief an die Äbtissin an die Brust und schloss die Augen. Die Zurechtweisung hatte sie hart getroffen, denn niemals wollte sie ihre Stellung in Gefahr bringen. Doch es fiel ihr so schwer, sich von Reginald fernzuhalten. Himmel, wie sollte sie ihr Herz nur bezähmen, wenn es immer wieder solche heftigen Kapriolen schlug?

~

»Nun zu dir.«

Reginald, der sich gerade auf den Besucherstuhl setzen wollte, auf dem bis vor wenigen Augenblicken noch Nanny Hodges gesessen hatte, hielt in der Bewegung inne. Er lachte. »Das klingt, als würdest du heute jeden maßregeln, der durch diese Tür kommt. Hast du da eine kleine Liste mit all unseren Verfehlungen?« Er beugte sich vor, schielte auf den Schreibtisch.

Rachel runzelte verärgert die Stirn. »Spotte nur«, meinte sie kühl. »Ich mache mir wirklich Gedanken um dich.«

»Das weiß ich doch, liebe Rachel.« Er gab sich versöhnlich. So war Reginald – er kam mit jedem gut aus, sein sonniges Wesen ließ sich durch nichts trüben. Das machte es ihr nicht leichter. Sie hatte dafür zu sorgen, dass in der Familie alles ruhig und entspannt lief. Da half es nicht, wenn Reginald sich als Dauergast einnistete. Seine Anwesenheit machte auch sie unruhig, und was Nanny Hodges tatsächlich vor seiner Schlafzimmertür gesucht hatte, wollte sie lieber gar nicht wissen.

»Du bist nun schon länger bei uns zu Gast …«

Er lehnte sich zurück, schlug die Beine übereinander und zupfte einen unsichtbaren Flusen vom Hosenbein.

»Nun ja. Ich bin gerne hier. Die Kinder bereiten mir viel Freude.«

Sie lächelte schmallippig. »Die Kinder, tatsächlich?«

Es war nur ein winziges Zucken seines Mundwinkels, sie wussten aber beide, dass es Rachel nicht entging.

»Ich vermute, ich soll mich ertappt fühlen?«

Rachel sah ihn lange an, bis er den Blick senkte.

»Ich hoffe nur, du bereitest ihr keinen Ärger«, fuhr er ruhig fort. »Ms Joan hat sich auf keine Weise unangemessen verhalten. Wenn du jemandem etwas vorwerfen willst, kannst du das gern bei mir tun.«

»Das habe ich nicht vor.« Rachel seufzte. »Himmel, Reginald. Wir hatten das Thema schon. Deine Mutter …«

»Meine Mutter hat mir nichts zu sagen. Ich bin erwachsen, werde niemals Earl werden, was soll's also? Wenn ich mein Leben ruinieren will, weil ich Gefühle für eine junge Frau hege, die in den Augen der Gesellschaft niemals angemessen sein wird … Ich meine, du vertraust ihr deine Kinder an. Die zukünftige Generation. Das Wichtigste, was du hast. Was soll an dieser jungen Frau also verkehrt sein?« Er verstummte.

Rachel musste sich beherrschen. Sie hätte ihn gern angeschrien, dass er das nicht tun durfte, auf keinen Fall … Sah er denn nicht, dass sie Joan Hodges verlieren würde, wenn sie Reginalds Werben nachgab? So weit durfte es auf keinen Fall kommen.

Sie beherrschte sich. Die Informationen, die Reginald ihr quasi auf dem Silbertablett bezüglich seiner Gefühle lieferte, konnte sie später noch nutzen.

»Ich wollte mit dir nicht über *Nanny Hodges* reden.« Gefühle. Was wusste er schon darüber? In dieser Familie redete man nicht über Gefühle. Sie hatten keinen Platz. »Sondern über Lady Flora.«

»Das dachte ich mir schon. Die Antwort lautet Nein.«

»Du weißt doch gar nicht, was ich vorschlagen möchte.«

Er schüttelte mit einem Lächeln den Kopf. »Das muss ich gar nicht. Du willst mich verkuppeln, und ich will das nicht.«

»Nun, du wirst sie jedenfalls in Kürze kennenlernen. Sie wird uns mit ihrer Mutter besuchen. Ich habe die beiden eingeladen.«

»So, hast du das.« Reginald wirkte nachdenklich.

»Ich wollte dir das nur mitteilen. Ihr gegenüber habe ich bisher nicht erwähnt, dass du hier bist.«

»Du lässt mir also die Wahl. Entweder ich reise vor ihrer Ankunft ab, oder ich bleibe und lerne eine junge Frau kennen, die sich Hoffnungen macht.«

Schade. Sie hatte gehofft, er würde sie nicht so schnell durchschauen.

»Danke, dass du mich darüber informierst.« Reginald stand auf.

»Wie wirst du entscheiden?«

»Was denkst du denn?«

Sie dachte, er sei ein Ehrenmann, und als solcher müsste es doch in seinem Sinne sein, nicht die Hoffnungen einer jungen Frau erst zu wecken und dann zu zerstören, weil er nicht um sie warb. Aber das sagte sie nicht.

»Sieh mal … Ich lasse mich nicht vertreiben. Wenn dieses Mädchen sich Hoffnungen macht, weil du sie in ihr geweckt hast – nun, dann kannst du ihr sicher auch erklären, dass du dich geirrt hast und ich trotz meiner Anwesenheit kein Interesse daran habe, sie näher kennenzulernen. Geschweige denn, um sie zu freien.« Er deutete eine spöttische Verbeugung an und verließ den Raum.

Rachel blieb ratlos zurück.

Verdammt, dachte sie. Korrigierte sich sogleich in Gedanken: nicht fluchen. Aber allzu oft ging ihr Temperament mit ihr durch, sie konnte gar nicht anders. Reginald hatte sie sofort durchschaut, und statt sich wie ein Gentleman zurückzuziehen, ließ er sie die Suppe auslöffeln, die sie sich selbst eingebrockt hatte.

Sie durfte nicht zulassen, dass ihr Schwager und ihre Nanny sich in etwas verstrickten, was alle bereuen würden – sie eingeschlossen, denn wenn es so weit kam …

Rachel atmete tief durch. So weit würde es nicht kommen. Wenn Lady Flora erst hier war, würde Reginald garantiert ihrem Charme erliegen. So einfach war das.

Kapitel 18

Oberhofen, Dezember 1902

Dank der anhaltenden Schneefälle in Oberhofen war die Betreuung der älteren Kinder in den kommenden Wochen kein großes Problem. Katie musste nur andeuten, dass erneut Schnee gefallen war, und schon wurde sie von den Jungen bestürmt, ob Jovin sie weiter im Skifahren unterrichten würde. Inzwischen bewältigten sie den kleinen Hang hinter dem Haus mit eleganten Schwüngen, während Katie mit Emanuele auf einem Schlitten neben der präparierten Piste stand und zusah. Morgens mussten die drei Älteren weiterhin in das Schulzimmer im ersten Stock, wo der französische Hauslehrer sie in Lesen, Schreiben, Rechnen und anderen Fächern unterrichtete. Das gab Katie Zeit, sich um den Jüngsten zu kümmern, der die Zeit allein mit seiner Nanny sehr genoss. Nachmittags aber kannte auch Emanuele kein Halten mehr, er wollte genauso durch den Schnee stapfen wie die älteren Brüder.

Es geschah an einem dieser Nachmittage eine Woche vor Weihnachten, dass Katie plötzlich den Principe entdeckte, der am Fuß des Hangs auftauchte und seine Söhne beobachtete. Er applaudierte ihnen, was die Jungen mit Stolz erfüllte. Emanuele krabbelte vom Schlitten, und bevor Katie ihn davon abhalten konnte, kugelte der Jüngste durch den Schnee direkt auf seinen Vater zu.

Principe Mario hob den Zweijährigen lachend aus einer Schneewehe und warf ihn in die Luft. Der Schnee glitzerte im Sonnenlicht, das Kind jauchzte. Katie kletterte unbeholfen seitlich den Hügel hinab und wollte den Kleinen wieder übernehmen. Doch der Principe setzte Emanuele auf seine Schultern. Er kam auf sie zu. »Die Kinder haben viel Spaß!«, rief er.

»Ja, den haben sie.« Katie lächelte verlegen. Sie war auf der Hut; es kam so selten vor, dass der Hausherr sich direkt an sie wandte.

»Sie haben sich gut hier eingelebt?«

»Sehen Sie selbst, Principe.« Sie standen nebeneinander, Katie etwas höher am Hang, wodurch sie mit ihm auf Augenhöhe war. Die Jungen jauchzten und umkurvten die Slalomstangen, dass der Schnee nur so flog.

»Ah.« Principe Mario atmete tief durch. Emanuele klopfte fröhlich glucksend auf seinen Kopf, und auch das ließ der Vater gut gelaunt geschehen. »Herrlich. Ich liebe es in den Bergen.«

Katie lächelte nachsichtig. Sie vermutete, dass der Principe mit ihr nicht nur über das Wetter reden wollte. Er setzte den Kleinen ab und schickte ihn mit einem Klaps auf den Po zu den älteren Brüdern, die ihn mit großem Hallo ein Stück weiter begrüßten. Alessandro stellte Emanuele vor sich auf die Ski und ruckelte ein paarmal vor und zurück.

»Goldig, nicht wahr?«

»Machen Sie sich keine Sorgen. Es geht ihnen wirklich gut.«

Der Principe schwieg einen Moment. Dann sagte er leiser: »Doch, ich mache mir Sorgen, Nanny Fox.«

»Oh.« Katie spürte ihr Herz in der Brust hämmern.

»Ich habe erfahren, dass Sie Dinge wissen. Über gewisse … Vorgänge im Haus. Besuche in der Nacht.« Er warf ihr rasch einen Blick zu.

Katie war keine dieser Frauen, die peinlich errötend am liebsten im Boden versunken wären, wenn jemand sich in Andeutungen erging. »Sie meinen Mr Daniels«, sagte sie schlicht.

Principe Mario musterte sie prüfend, als würde er sie auf einmal in einem anderen Licht sehen. »Was wissen Sie darüber?«

Sie atmete tief durch. »Ich weiß, dass er nicht immer in seinem Bett schlief.« Mehr sagte sie nicht. Sollte er eigene Schlüsse ziehen.

»Weiß sonst noch jemand …« Er verstummte.

»Nein, außer mir weiß niemand davon«, unterbrach sie ihn hastig. Nun wurde sie doch rot. Herrje! Aber schon der Gedanke war ihr unangenehm, dass zwei Männer … »Entschuldigen Sie, Principe. Ich bin nicht prüde. Es steht mir nicht zu, ein Urteil über jemanden zu fällen, der … nun, der mein Gehalt bezahlt. Ich bin nur die Nanny. Ich weiß nichts.«

»Also gut.« Er seufzte. »Mir wäre es lieb, wenn es so bleibt. Also, dass meine Frau nichts davon erfährt.«

Jetzt wurde sie langsam sauer. Was hatte sie denn damit zu tun, wenn sein Liebhaber nachts durchs Schloss geisterte und sich in die falschen Gemächer verirrte?

»Das liegt nicht allein in meiner Hand«, gab sie scharf zurück.

Nun war es der Principe, der leicht errötete. Vielleicht war es auch die Winterkälte, die seine Wangen mit dem zarten Rosa überzog. Er starrte zum Haus hinüber. Katie folgte seinem Blick. Sie glaubte zu sehen, wie sich die Gardine im Salon leicht bewegte. Wurden sie von Donna Pauline beobachtet? Wie unangenehm. Wenn sie sah, wie ihr Mann und die Nanny sich erhitzt unterhielten, könnte sie die falschen Schlüsse ziehen.

»Sie gehen besser wieder«, sagte Katie leise. »Ihre Frau …«

Er nickte wortlos. Doch dann trat er noch einmal näher zu ihr. »Nanny Fox, es soll nicht zu Ihrem Schaden sein.«

Sie ignorierte Don Mario, weil sie es unmöglich von ihm fand, in welche Situation er sie brachte. Durch dieses von außen betrachtete vertrauliche Gespräch versuchte er, bei seiner Frau einen anderen Eindruck zu vermitteln als die Realität. Wusste er nicht, dass er damit ihre Anstellung riskierte? Sie fühlte sich ausgenutzt.

Katie ging zu Emanuele, der sich schon wieder im Schnee wälzte und sich die Pelzmütze mit den süßen Ohrenklappen vom Kopf gerissen hatte. Sie drehte sich nicht zum Principe um, als er zum Haus zurückstrebte. Der Himmel färbte sich langsam dunkler, die Sonne war untergegangen. Zeit, mit den Kindern zurück ins Haus zu gehen. Alle vier umziehen, in der Schlossküche heißen Kakao und Kekse bestellen … bis zum Abendessen waren es noch über zwei Stunden, und Skifahren machte hungrig.

Als sie wenig später mit den Kindern zurück ins Haus kam und sie sich vor der Tür die Stiefel abtraten, löste sich ein Schatten aus der Nische neben der Treppe. Die Principessa. Sie trug ein dunkelgraues Seidenkleid, die Augen hatte sie dramatisch geschminkt, die Lippen in einem dunklen Rot. Das schwarze Haar trug sie offen. Katie konnte sich nicht des Eindrucks erwehren, dass sie einem Racheengel gegenüberstand. Der Blick von Donna Pauline durchbohrte sie.

»Sie kommen zu mir, sobald die Kinder schlafen.« Das Lächeln, mit dem sie ihre Worte unterstrich, war starr wie eine Maske und erreichte die Augen nicht.

»Ja, Principessa.« Katie senkte den Blick. Dann konzentrierte sie sich wieder ganz auf die Kinder, die ihre Aufmerksamkeit einforderten.

»Und zum Abendessen will ich die Kinder an unserem Tisch sehen.«

»Aber …« Katie verstummte. Das Abendessen war ein ständiger Zankapfel zwischen der Principessa und Katie gewesen, seit sie im Sommer ihre Stellung angetreten hatte. Die Kinder waren es damals gewöhnt, mit den Eltern zu speisen, oft gab es zum Abend ein Menü aus drei oder vier Gängen, das sich endlos zog. Die Kinder drehten dadurch auf und fanden mit vollem Bauch nicht zur Ruhe. Oft genug hatte Katie die Jungen erst nach zehn Uhr ins Bett bringen können, und dann schliefen sie längst nicht. Es hatte eine Weile gedauert, bis Donna Pauline erkannte, dass Katie mit ihrer Forderung nach einem zeitigen Essen für die Kinder richtiglag und es für ruhigere Abende sorgte.

»Ich will *meine* Kinder heute Abend bei Tisch sehen.« Die Principessa sah Katie an, als wartete sie auf Widerspruch. Doch Katie senkte den Blick. Sie wusste, wann sie verloren hatte.

»Selbstverständlich.«

Sie wurde bestraft, und die Kinder gleich mit. Weil sie sich vertraulich mit dem Principe unterhalten hatte. Weil die Principessa glaubte, dass sich zwischen ihnen eine Romanze entspann. Dabei war es doch ganz anders … Katie biss sich auf die Unterlippe. Sie wurde schon wieder wütend, weil Don Mario sie tatsächlich in diese unmögliche Lage brachte. Wenn Donna Pauline ihr heute Abend kündigte, was wurde dann aus ihr? Sie konnte doch wohl kaum zu Mrs Ward gehen und ihr erklären, dass die Principessa da etwas falsch verstanden habe, weil der Principe ihr genau dieses Bild von einer Liebelei mit ihr, der Nanny, habe vermitteln wollen … Das glaubte ihr doch kein Mensch!

Aber auch wenn alles ganz anders *war*, als es schien – sie konnte ihrer Arbeitgeberin unmöglich die Wahrheit sagen. Nicht, nachdem der Principe sie um Stillschweigen gebeten hatte.

Sie musste also ausbaden, dass Principe Mario vor seiner Frau ein Geheimnis hatte, das Katie zufällig entdeckt hatte. Sie könnte sich jetzt darüber beklagen, wie ungerecht sie behandelt wurde. Aber ihr Augenmerk galt den Kindern. Darum ging es nun in erster Linie.

Sie wurde da in etwas hineingezogen, von dem sie nichts wissen wollte, was sie auch gar nichts anging. Wie konnte sie das ihren Arbeitgebern nur begreiflich machen?

~

Der Abend wurde dann gar nicht so schlimm. Schon kurz nach neun Uhr war das Dinner beendet, sie nahm einen fast schon schlafenden Emanuele in Empfang, der sich nur im Halbschlaf an ihre Schulter kuschelte. Die drei größeren Jungen zeigten sich kooperativ; schon kurz vor zehn lagen alle in ihren Betten, und es war ruhig im Schlafzimmer.

Katie schloss die Tür leise hinter sich. Als sie sich umdrehte, schrak sie zusammen, denn hinter ihr stand wie aus dem Nichts der Principe.

»Wir müssen reden«, sagte er mit rauer Stimme.

»Entschuldigen Sie. Ihre Frau wollte mich heute Abend noch sehen.«

Seine Kiefer bewegten sich, als müsste er auf ihren Worten herumkauen. »Darum geht es ja«, stieß er hervor. »Ich möchte, dass Sie …«

Katie faltete die Hände vor der blütenweißen Schürze. »Ja?«, fragte sie leise, als er nicht weitersprach.

»Bitte«, stieß er hervor. »Was auch immer sie denkt oder zu wissen glaubt … lassen Sie sie in dem Glauben. Es soll …«

»… nicht zu meinem Schaden sein, ich habe schon verstanden.«

Don Mario runzelte die Stirn. »Ich werde Ihnen ein tadelloses Zeugnis ausstellen.«

»Sie wissen, das hätte dann keinen Wert mehr.«

»Also gut. Machen Sie sich um meine Frau keine Sorgen. Sie ist so vernarrt in Sie und Ihre Arbeit, sie wird Ihnen keine Probleme bereiten. Dafür sorge ich.«

Katie sagte ihm lieber nicht, dass ihrer Erfahrung nach Frauen ihre ganz eigenen Methoden hatten, einer Geschlechtsgenossin das Leben zur Hölle zu machen, wenn sie es darauf anlegten. Die Principessa musste ihr dafür nicht kündigen. Dass sie an diesem Abend über ihre Kinder verfügt hatte und damit Katies Arbeit erschwerte, war nur ein kleiner Vorgeschmack gewesen.

Aber letzten Endes blieb ihr nichts anderes übrig, als sich den Wünschen ihrer Arbeitgeber zu beugen. Beiden.

~

Vor der Tür zu Donna Paulines privatem Salon blieb Katie stehen. Sie atmete mehrmals tief durch, ehe sie die Hand hob und klopfte.

Wenn sie mich rauswirft, kann ich niemandem die Wahrheit erzählen.

»Herein!«

Die Stimme von Donna Pauline klang sanft, fast nicht hörbar durch die Tür. Katie atmete noch einmal tief durch, bevor sie den kleinen Salon betrat, der an das Schlafgemach der Principessa grenzte. Nach dem Abendessen zog sie sich oft hierher zurück, las oder vertiefte sich in eine Handarbeit. »Sie wollten mich sprechen, Principessa.«

»Schließen Sie bitte die Tür, Nanny Fox.«

Katie gehorchte.

Die Principessa legte ihre Stickarbeit neben sich auf das Sofa. Sie beobachtete Katie. »Die Kinder sind gut eingeschlafen?«, erkundigte sie sich.

»Ja, alles bestens«, sagte Katie hastig. »Emanuele schlief ja schon fast, als ich ihn abgeholt habe.« Sie lächelte bei dem Gedanken.

»Ah ja.« Donna Pauline inspizierte ihre Fingernägel. »Darüber wollte ich allerdings nicht mit Ihnen sprechen. Wie Sie sich bestimmt denken können.«

»Ich weiß.« Katie faltete die Hände vor der Schürze. Sie fühlte sich in die Defensive gedrängt, wusste nicht, wohin mit ihren Händen. Am liebsten hätte sie die Arme verschränkt.

»Es geht um Ihre Arbeit im Allgemeinen. Die ich sehr schätze.«

»Danke.«

»Was ich allerdings nicht schätze …« Sie machte eine bedeutungsvolle Pause. »Sie werden es sich denken können.«

Das ist so absurd, dachte Katie. Ich habe nichts getan. Ich werde dafür bestraft, dass ihr Mann homosexuell ist.

»… ist, dass Sie offenbar gewillt sind, das Geheimnis meines Mannes zu bewahren.«

Katie riss überrascht die Augen auf. »Sie wissen davon?«, rief sie und schlug sich direkt die Hände vor den Mund.

Die Principessa lachte. Es war ein herzliches, erlöstes Lachen. Doch sie wurde wieder ernst. »Geben Sie sich keine Mühe, Nanny Fox. Von den Vorlieben meines Mannes wusste ich schon vor unserer Heirat. Sie sind der Grund, weshalb ich ihn geheiratet habe. Ich dachte wohl, dann hätte ich irgendwann meine Ruhe, denn … es gibt Aspekte einer Ehe, an denen ich kein Interesse habe.« Nach einer kurzen Pause fügte sie hinzu: »Das und weil ich ihn wirklich liebe. Auf eine eher … unkörperliche Art.«

Katie konnte sich irren, aber sie glaubte zu sehen, wie eine zarte Röte die Wangen ihres Gegenübers überzog. Sie brauchte einen Moment, um sich zu sammeln.

»Und es wäre mir sehr recht, wenn Sie für sich behalten könnten, dass ich um sein kleines Geheimnis weiß«, fuhr Donna Pauline fort. »So ist es besser für alle Beteiligten. Ich kann zwar nicht behaupten, dass es mir gefällt, wenn *Sie* nun auch davon wissen, aber …«

Da sie nicht weitersprach, ergriff Katie das Wort. »Von mir erfährt niemand ein Wort«, sagte sie leise. »Ich würde dieses Wissen am liebsten wieder vergessen.«

»Das ehrt Sie, Nanny Fox.«

Ihr wurde bewusst, wie ernst die Lage war; Donna Pauline versuchte, ihre Familie zu schützen. Wenn öffentlich wurde, welche Neigung der Principe dei Ruspoli hatte, würde dies für einen handfesten Skandal sorgen. Und um das zu verhindern, schien Donna Pauline jedes Mittel recht zu sein – sie war sogar bereit, mit dieser Lüge zu leben, die zwischen ihrem Mann und ihr stand.

»Gut. Dann lassen Sie uns dieses Gespräch vergessen.« Donna Pauline nahm die Stickarbeit wieder zur Hand. »Wundern Sie sich bitte nicht, wenn Sie Ihre nächste Gehaltszahlung bekommen. Mein Mann und ich sind heute Abend übereingekommen, Sie für Ihre hervorragende Arbeit mit einer Lohnerhöhung auszuzeichnen. Sie sind das Beste, was unseren Kindern in all den Jahren passiert ist.«

Katie knickste. »Danke, Donna Pauline. Gute Nacht.«

»Gute Nacht.« In Donna Paulines Blick lag etwas Verletzliches, beinahe Zärtliches. Katie spürte ihren Blick im Rücken, als sie zur Tür ging.

Erst draußen im Flur konnte sie ihre Gefühle, die wie ein Sturm in ihr tobten, irgendwie herauslassen. Sie ließ die Luft entweichen, als hätte sie mühsam versucht, nicht zu atmen. Schloss mit einem Stöhnen die Augen. »Himmel«, murmelte sie. Was für ein Leben. Der Principe lebte in der Gewissheit, dass er seine Frau seit Jahren hinterging, ohne dass sie von seiner Homosexualität wusste. Die Principessa lebte damit, dass er sie stets belog. Kein Wunder, dass beide immer so gereizt waren; es musste unfassbar anstrengend sein, für die Kinder und die Gäste diese Fassade zu wahren.

Und nun war auch Katie Teil dieser Fassade. Zu sagen, dass sie sich damit unwohl fühlte, war eine Untertreibung. Sie war zu dem Gespräch bei Donna Pauline gegangen und hatte befürchtet, diese werde ihr kündigen. Das wäre Katie nicht nur schwergefallen, weil sie die vier Kinder wirklich gern mochte. Auch der Gedanke daran, wie sie womöglich mit einem schlechten Zeugnis eine zweite Anstellung finden sollte, erfüllte sie mit Sorgen.

Aber nun hatte sich das Blatt gewendet. Donna Pauline bat sie, Don Marios Geheimnis zu hüten. Von *der* Seite hatte sie also nichts zu befürchten. Aber die ganze Situation bereitete ihr Unbehagen, gegen das sie anzukämpfen versuchte. Die privaten Probleme der Eheleute durften nicht ihre Arbeit berühren.

Kapitel 19

London, Dezember 1902

Dem Poltern im Treppenhaus nach zu urteilen, war eine ganze Büffelherde unterwegs zu ihnen. Mary und ihre Mutter hoben die Köpfe. Mary legte die Klöppelschlegel sorgfältig ab, bevor sie aufstand.

Über Weihnachten hatte sie zwei Tage freibekommen, und sie war froh, diese Zeit bei ihrer Familie zu verbringen. Sie brauchte diese Tage bei ihrer Mam und den Geschwistern so dringend.

Es war Finn, und er kam nicht allein. Drei Personen kamen lautstark herein und blieben atemlos und mit von der Winterkälte geröteten Wangen in der Wohnungstür stehen.

»Heda, Familie! Ich bin daheim! Fröhliche Weihnacht euch allen!«

Marys Mutter stieß einen erstickten Laut aus. Sie sprang auf, schob sich an Mary vorbei und umarmte ihren Ältesten, als hätte sie ihn seit Monaten nicht gesehen.

Dabei waren es nur zwei Wochen gewesen. Seit der Beerdigung ihres Pops war Finn wie vom Erdboden verschluckt gewesen, und jedes Mal, wenn Mary versuchte, etwas über seinen Verbleib in Erfahrung zu bringen, hatten seine alten Freunde nur mit den Schultern gezuckt. »Der treibt sich rum, seit euer Vater nicht mehr ist. Kommt damit nicht klar. Wird schon wieder.«

Als würde irgendwer damit klarkommen, dass Pop nicht mehr war.

Es war schnell gegangen. Damals Ende November, Mary hatte erst wenige Tage zuvor ihre Sachen gepackt und war ins Norland Institute gezogen, als auf einmal Theresa vor der Tür der Schule stand und Mary holte. Ihr Vater hatte morgens Blut gehustet, am Abend kam ein Fieberkrampf dazu, und noch in der Nacht verstarb er. Der Arzt, den sie hinzuriefen, murmelte etwas von »fiebrige Erkältung«, und das war's. Er stellte den Totenschein aus und ließ sie allein.

Die Trauer hatte sie fast zerrissen. Marys Vater war schon so lange krank und bettlägerig gewesen, und trotzdem war der Gedanke, er könnte irgendwann nicht mehr sein, ungewohnt. Außerdem wurde sie von Schuldgefühlen geplagt. Hätte er überlebt, wenn sie da gewesen wäre?

Aber nun war er nicht mehr. Sie hatten ihn bestatten lassen; für das Begräbnis hatte Mary noch einmal auf ihre Ersparnisse zurückgreifen müssen. Aber seitdem war es leichter für sie, etwas beiseitezulegen, auch wenn es schmerzte, sich das einzugestehen. Die Medizin musste nicht länger bezahlt werden. Medizin, die ihren Pop doch nicht hatte retten können.

»Mam.« Finn drückte seine Mutter lange an sich. »Darf ich dir meine Freunde vorstellen? Danny und Elle.«

»Willkommen in unserem bescheidenen Heim.«

Mary hielt sich im Hintergrund. Sie musterte die Begleiter ihres Bruders misstrauisch. Danny war ein vierschrötiger Ire mit einem Akzent, als hätte er Kieselsteine in den Hamsterbacken; seine blonden Haare waren fast schwarz von Fett und Dreck. Nur der Vollbart verriet ihn. Er ließ sich sogleich aufs Bett plumpsen und fragte, ob es hier ein Bier gab. »Obwohl mir was Stärkeres besser zupasskäme«, grölte er. Es war wohl nicht das erste Bier an diesem Abend.

Das Mädchen – denn sie konnte nicht älter als sechzehn oder siebzehn sein – war ein blasses, schmales Ding, das ein rotes Schultertuch um den Oberkörper raffte und auf jede Frage mit einem geflüsterten »Ja, Ma'am« oder »Nein, Ma'am« antwortete. Am häufigsten aber entschuldigte sie sich, als ob es ihr unangenehm war, dass es sie überhaupt gab.

Mary konnte sich nicht helfen; sie schloss Elle sofort in ihr Herz. Während Danny und Finn mit ihrem Gepolter die jüngeren Geschwister wach hielten, die in ihren Nachthemden auf dem Boden gehockt und mit ihren Weihnachtsspielsachen gespielt hatten, holte Mam noch ein paar Leckereien aus dem kleinen Speiseschrank neben dem Herd. Mary räumte rasch das Klöppelkissen beiseite.

Finn haute ihr mit der flachen Hand zwischen die Schulterblätter. »Kannst nicht mal zwischen den Jahren von diesem Tüddelkram lassen, was?«

»Ich verdiene damit mein Geld.« Ihr Blick durchbohrte ihn. Finn nahm das Bierglas, das Mam ihm reichte, und nahm einen großen Schluck.

»Ja, du, ich verdiene auch«, meinte er. »Nicht schlecht, übrigens.« Er grinste, beugte sich zu ihr vor. »Die Elle. Die hat's faustdick hinter den Ohren.«

»Ist sie deine Liebste?«, fragte Mary. Vielleicht noch etwas jung, dachte sie.

Finn lachte dröhnend, als hätte sie einen Witz gemacht. Sie zuckte zusammen. So laut kannte sie ihn nicht, das verwirrte sie.

»Nee, du. So ist das nicht. Aber lustig, dass du das denkst.«

Dann ist Elle wohl mit Danny zusammen, dachte Mary. Sie beobachtete, wie die junge Frau sich nützlich machte. Sie half Mam, den Eintopf zu erwärmen, spaltete ein paar kleine Scheite, heizte den Ofen und deckte den Tisch für ein spätabendliches Weihnachtsfestmahl.

»Es ist noch ein wenig von der Ente da. Und vom Pudding.« Mam tischte auf, was sie eigentlich morgen hatten essen wollen. Dabei strahlte sie übers ganze Gesicht, die Wangen waren gerötet. Mary ließ ihr die Freude und sagte nichts. Seit ihrer Ankunft gestern hatte sie gemerkt, wie bedrückt ihre Mutter war – erst Marys Auszug, dann der Tod von Pop und Finns Verschwinden nach dem Begräbnis, wo er sich unmöglich benommen hatte. Es hätte nicht viel gefehlt, und er hätte auf dem Grab seines Vaters getanzt.

Mary musterte ihren Bruder von der Seite. »Heute biste aber nüchtern gekommen, oder?«

Er grinste frech. Den dunkelblauen Sweater, den er trug, kannte sie gar nicht an ihm, sah aber gut aus. »Hab ich von 'nem Seemann gewonnen.« Ihr bewundernder Blick war nicht unbemerkt geblieben.

»Ach, Finn.« Immer noch der Spieler, sie hätte es sich denken können.

»Mach dir keine Sorgen, Schwesterchen. Ich vertrag 'ne Menge Gin, wenn's sein muss.« Er hauchte sie an. Der Alkohol schlug ihr ins Gesicht. Mary verzog unmerklich das Gesicht. »Kann mich aber benehmen, versprochen.«

»Das ist gut.« Sie wollte es lieber auf sich beruhen lassen. Ihn nicht damit konfrontieren, wie ihre Mutter sich nach dem Begräbnis und der anschließenden Trauerfeier abends in den Schlaf weinte. Nicht nur, weil Marys Vater eine so große, schmerzhafte Lücke hinterlassen hatte, weil die jüngeren Geschwister verwirrt waren und Halt suchten …

»Also, ich tanz nicht auf dem Tisch, falls du das befürchtest.«

Finn hatte es in ihre Richtung geraunt, doch fielen die Worte ausgerechnet in das plötzliche Schweigen, weil Marys Mutter sich hinsetzte und die Hände zum Gebet faltete, was die Geschwister jedes Mal schlagartig zum Schweigen brachte.

Marys Mutter hob den Kopf. Ihr Blick durchbohrte den ältesten Sohn. »Dann ist es ja gut«, sagte sie. »In meinem Haus dulde ich dieses Benehmen kein zweites Mal, Finn MacArthur.«

Er senkte den Kopf und starrte auf seine Hände, die er ebenfalls faltete. Fast demütig, dachte Mary. Sie atmete auf. Hoffentlich benahm er sich heute besser. Was er bei Pops Begräbnis gemacht hatte, war so himmelschreiend respektlos gewesen, dass sie es noch immer nicht glauben konnte.

»Ich war besoffen, Mam. Besoffen und voller Schmerz. Ich trauere auch um ihn, weißt du?«

»Lass gut sein, Finn«, murmelte Mary. Sie hätte ihn gern gebremst. Er sollte die Mutter lieber nicht daran erinnern, wessen er sich schuldig gemacht hatte.

»Nein, Mary.« Sie hatte die Hand gehoben, wollte sie auf Finns Arm legen. Er schob seinen Teller weg. Die Speisen darauf hatte er nicht angerührt. »Das muss doch mal wer sagen dürfen. Dass Pop uns alle unser Leben lang schikaniert hat. Dich und mich hat er verprügelt, als er's noch konnte, und die Kleinen hat nur seine Krankheit davor bewahrt.«

Mams Faust donnerte auf den Tisch. »Es ist Weihnachten. Ich dulde keine üble Nachrede gegen Verstorbene in meinem Haus.« Sie blickte von einem zum anderen. Ihr Blick blieb an Elle hängen, die sich neben Finn duckte, als fürchtete sie, die Faust könnte sich als Nächstes gegen sie richten. Mams Miene wurde weich. »Entschuldigen Sie, Ms Elle«, sagte sie leise.

»Schon gut.« Die Stimme des Mädchens war nur ein zarter Hauch.

Mary stand auf. Sie warf Finn einen Blick zu, er wich

ihr aus, nahm lieber Elles Hand. Danny räusperte sich. Als Mary zurück an den Tisch kam, hatten alle angefangen zu essen.

Doch die Stimmung war ihnen verdorben, und schon bald nach dem Abendessen, während die Kinder noch durch das Zimmer tobten und sich nicht bändigen ließen, verabschiedeten Finn und seine Freunde sich wieder.

»Wie läuft es mit deiner Arbeit?«, fragte er Mary, als er schon in den Mantel schlüpfte und sich den Schal um den Hals wickelte.

»Es geht so weit.« Anstrengend war es, aber das wollte sie ihm nicht sagen; für sie sah es so aus, als wäre seine Arbeit im Moment ein Fest, ein angenehmer Spaziergang. Sie versuchte, deshalb nicht neidisch zu werden.

»Hab gehört, du wohnst da jetzt, damit sie dich mehr ausbeuten können.«

»So ist es nicht. Sie geben mir eine Chance.«

»Irgendwann kennst du uns nicht mehr.«

»So wie du, ja?«

Finn schüttelte den Kopf. »Ach, Mary. Sag Bescheid, wenn du was brauchst.«

Sie schnaubte, schüttelte ihrerseits den Kopf.

»Was denn?«

»Meinst du, damit ist es getan? Wenn du als Wohltäter hier auftauchst? Was willst du, uns Geld geben?«

Stumm schüttelte er den Kopf.

»Siehst du. Außerdem ist es mit Geld nicht getan, Finn. Mam braucht mehr.«

Er kaute auf ihren Worten herum. »Nein«, sagte er schließlich. »Mam braucht niemanden, die ist immer schon gut allein zurechtgekommen. Wäre Pop nicht gewesen, hätte sie euch problemlos durch die letzten Jahre gebracht …«

Es kostete Mary viel Selbstbeherrschung, dass sie nicht

die Augen verdrehte. »Pop war aber«, erwiderte sie scharf. »Ich möchte nichts davon hören, dass es in den letzten Jahren für uns leichter gewesen wäre ohne ihn.«

Dabei wusste sie, dass Finn recht hatte. Und sie schämte sich für den Gedanken.

»Pass auf dich auf.« Er gab ihr einen flüchtigen Kuss auf die Stirn, sie drehte im selben Augenblick den Kopf, und seine Lippen landeten auf ihrer Schläfe, direkt am Haaransatz. Mary sah zu Elle und Danny, die bereits in ihren Mänteln etwas abseits standen.

»Was ist das mit euch dreien?«, wollte sie wissen.

Finn lachte rau. »Vor allem ist es kompliziert.«

Dabei beließen sie es. Denn das Leben war nun mal so. Kompliziert. Man musste es leben, wie es kam.

Wenige Monate später sollte Mary an diesen Abend zurückdenken. Und sie würde ihre Mutter dafür verfluchen, dass sie den Besuchern die Tür geöffnet hatte. Aber auch das war kompliziert, denn selbst mit dem Wissen, das sie später erlangte, wäre es ihr schwergefallen, ihren Bruder abzuweisen.

Kapitel 20

Dublin, Februar 1903

Liebste Joan,
immer noch kein Schnee in Dublin? Wir haben nach wie vor reichlich, außerdem ist es so kalt, dass wir kaum mehr vor die Tür kommen.
Mit dem neuen Jahr wurde es hier einfach unerträglich. Don Mario und Donna Pauline streichen um mich herum, als wäre ich ein fünftes Kind, das fallsüchtig ist. Ständig Nanny Fox hier, Nanny Fox dort, kein Handgriff, ohne dass einer der beiden auftaucht und mich fragt, was ich tue. Ob es mir gut gehe, nicht, dass es mir an irgendwas fehle. Undenkbar, dass ich mal mit einem von ihnen allein bin, sofort taucht der andere auf. Dabei habe ich ihnen beiden mein Wort gegeben, Stillschweigen zu bewahren.
Ich verstehe so vieles jetzt besser, Joan. Dass die Principessa unglücklich ist und dieses Unglück sich in Wut äußert. Dass der Principe sich lieber von Monte Carlo fernhält, denn offenbar gab es dort einen Zwischenfall, der gewisse Gerüchte befeuert hat … Das weiß ich übrigens von ihm, denn manchmal erwischt er mich abends (irgendwann muss seine Frau ja auch schlafen …), und er hat mich zu seiner Vertrauten auserkoren, der er alles erzählt. Das ist

sogar noch schlimmer, als hätten wir eine Affäre; er vertraut sich mir an, nicht ihr. Aber so macht man das offenbar in diesen Kreisen. Sie leben aneinander vorbei. Ist das nicht schrecklich?
Viel schlimmer ist aber, wie sie ihre Kinder konsequent ignorieren. Ich war darauf vorbereitet, dass die Kinder in unserer Obhut vor allem von uns betreut werden. Doch nun merke ich, dass ich offenbar die Einzige bin, zu der diese Knaben eine Bindung aufbauen; mich erschreckt, wie der kleine Emanuele weint, wenn er mal für ein paar Stunden bei seiner Mama bleiben soll. Als wäre sie eine Fremde für ihn. Aber sie ist mit der Betreuung ihrer eigenen Kinder so wenig vertraut und fast schon ängstlich; ich verstehe seinen Kummer. Aber mich macht das alles hier so müde; ich weiß nicht, ob ich das ewig aushalte. Ob ich um Versetzung bitte? Aber wird Mrs Ward nicht denken, dass ich untauglich bin, wenn ich so schnell aufgebe? Und was wird dann aus den Kindern? Ich kann sie doch nicht im Stich lassen, jetzt, da sie zu mir Zutrauen gefasst haben …

Joan ließ den Brief sinken.

Was wird aus den Kindern – ja diese Frage bewegte sie auch jeden Tag.

Sie war nun schon einige Jahre bei den Dudleys. Doch seit letztem Herbst war alles anders. Erst der Umzug nach Irland, dann der wochenlange Besuch von Reginald. Im November hatte er sich schließlich von der Familie verabschiedet und war abgereist. Joan hatte gehofft, danach könnte sie endlich zur Ruhe kommen. Aber das Gegenteil war der Fall. Während sie mit den Kindern tagsüber bastelte, ihnen vorlas und mit ihnen spielte, war sie darüber hinaus in fast jeder freien Minute bei Lady Rachel, die sich mit Feuereifer in das wohltätige Projekt stürzte, um die Lebensbedingungen der Dubliner Stadtbevölkerung zu verbessern.

Die wertvolle Stunde, wenn Joan abends die Kinder ins Bett gebracht hatte, verbrachte sie in ihrer Dachkammer. Die Briefe von Katie munterten sie jedes Mal auf, doch sie sorgte sich auch um die Freundin. Rasch formulierte sie eine Antwort.

Meine liebe Katie,
da haben sie dich in eine unangenehme Lage gebracht, darin stimme ich dir zu. Tut mir leid zu lesen, dass du in der ersten Stellung direkt in so einen Schlamassel geraten bist.
Lass dir versichern: Das ist normal. Wir sind anfangs Fremde, die erst ihren Platz finden müssen. Und das tun wir mit jedem Tag aufs Neue, es ist ein zartes Konstrukt, das durch jede noch so kleine Erschütterung aus dem Gleichgewicht geraten kann.
Du hast bis zu einem gewissen Grad auch Macht über die Familie, Katie. Du bist für die Kinder die wichtigste Bezugsperson. Gib das nicht auf, nur weil die Eltern sich auch wie Kinder verhalten.

Sie war nicht ganz zufrieden mit der Antwort. Was würde sie an Katies Stelle tun? Ihre Freundin blieb vage, was die genauen Umstände dessen betraf, was sie über ihre Arbeitgeber wusste. Don Mario und Donna Pauline hatten offensichtlich Eheprobleme, und Katie war in die Schusslinie geraten.

Hatte sie etwa eine Affäre mit ihrem Arbeitgeber? Nein, das konnte Joan sich nicht vorstellen. Ihre Freundin war durchaus forsch, aber nichts deutete darauf hin, dass sie Gefühle für den Principe entwickelte, die ihrem Pflichtbewusstsein im Weg standen.

Aber man konnte ja nie wissen, nicht wahr? Sie selbst hätte es sich auch nie träumen lassen, dass sie Gefühle für jemanden entwickelte, der so gänzlich außerhalb ihrer eigenen Möglichkeiten lebte. Mal abgesehen davon, dass Sir Reginald sicher kein Interesse an ihr hatte. Wieso denn auch?

Joan seufzte. Und wieder drehten sich ihre Gedanken unweigerlich um Lord Williams Bruder. Oh, sie war es leid, dass sie sich so quälte. Ändern konnte sie aber nichts daran, dass er ihr einfach nicht aus dem Kopf ging.

Sie war müde; morgen früh wollte Lady Rachel sie dabeihaben, wenn sich drei junge Krankenschwestern vorstellten, die sie im Rahmen ihrer Arbeit als Gemeindeschwestern »für die Elendsviertel von Dublin« einstellen wollte. Wie auch immer man sich das vorstellen konnte – vermutlich jene beengten Mietshäuser, wie Joan sie aus dem Londoner East End kannte, wo sich allzu schnell Krankheiten verbreiteten. Lady Rachel hatte es sich in den Kopf gesetzt, mit Joans Hilfe für die Stadtbevölkerung »einen Unterschied zu machen«. Als könnte sie auf diese Weise die Liebe der Menschen für ihren Mann gewinnen, der mit rigoroser Hand über Irland regierte.

Joan fand sich am nächsten Morgen pünktlich nach dem Frühstück vor dem Arbeitszimmer von Lady Rachel ein, wo bereits zwei der drei jungen Bewerberinnen warteten. Joan blickte auf ihre kleine Taschenuhr – kurz nach neun. Die dritte verspätete sich offensichtlich.

Sie stellte sich den beiden Bewerberinnen vor. »Nun, wer möchte den Anfang machen?«, fragte sie.

Die Jüngere der beiden, deren dunkelrotes Haar zu einem

dicken Zopf geflochten auf den Rücken fiel, hob schüchtern die Hand. »Ich, bitte.«

Die zweite schien noch zurückhaltender zu sein, denn sie machte sogleich einen halben Schritt nach hinten.

»Gut, Ms …« Joan schaute in die Mappe mit den Unterlagen. »Penny O'Dell?«

Die Rothaarige strahlte. »Genau.« Sie gab Joan die Hand. Der Händedruck war fest, die Handfläche kühl. Joan war angenehm überrascht.

»Sind Sie die Sekretärin von Countess Dudley?«, erkundigte Penny sich.

Joan lächelte. »Könnte man meinen, nicht wahr?«

Es stimmte; die Aufgaben, die sie hier zusätzlich übernommen hatte, könnten eine zusätzliche Kraft beschäftigen. Die Countess bestand jedoch darauf, dass Joan sich kümmerte.

Warum bloß?

Damit sie mich im Auge behalten kann.

Vor allem seit der Abreise von Reginald hatte Joan das Gefühl, unter Beobachtung zu stehen. Reagierte sie in jeder Situation angemessen? Vermutlich wurde auch ihre Post von ihrer Vorgesetzten kontrolliert; es würde Joan nicht wundern. Argwöhnte Lady Rachel etwa, dass sie mit Reginald eine Korrespondenz unterhielt?

Dabei hatte sie seit seiner Abreise nichts mehr von ihm gehört. Kein Wort. Und es war richtig so; er kam aus einer anderen Welt, es war für sie beide schlicht nicht bestimmt. Trotzdem hatte sich ihr Herz bis heute nicht davon erholt. Von den wenigen Gesprächen, in denen sie zu spüren glaubte, dass seine Seele ihrer so nah war, dass es fast unschicklich schien.

Seelenverwandtschaft. So etwas gab es doch nicht.

Nachdem sie Penny zu Lady Rachel gebracht hatte, zog

Joan die Tür zu. Das andere Mädchen, das auf einem Stuhl saß und wartete, blickte hoffnungsvoll zu ihr auf. »Meinen Sie, dass sie mehr als nur eine Stelle vergibt?«, fragte sie.

»Das weiß ich nicht«, gab Joan zu.

Lady Rachel hatte für das kommende Wochenende einen Wohltätigkeitsball geplant; die Einnahmen aus der Lotterie sollten in ihre neue Stiftung fließen.

Wie absurd, dachte Joan. Die Armut der Stadtbevölkerung könnte man durch vernünftige Gesetze tausendmal besser bekämpfen als durch wohltätige Arbeit, die das Elend entschärfte, das erst durch die Politik von Lord William geschaffen wurde. Aber was wusste sie schon.

~

»Ihre Referenzen gefallen mir.« Lady Rachel legte das Papier zurück in die Mappe, die Penny O'Dell ihr gegeben hatte. »Ich denke, Sie haben gute Aussichten. Können Sie sich vorstellen, in einer Wohnung im Viertel zu leben und immer für Ihre Menschen da zu sein?«

Die junge Frau vor ihr nickte eifrig. »Selbstverständlich.«

»Können Sie Fahrrad fahren?«

Ms O'Dell runzelte die Stirn. »Warum?«, piepste sie.

Lady Rachel lächelte. »Mit einem Fahrrad wären Sie schneller unterwegs. Ich denke, es wäre einfacher zu handhaben als ein Pferd. Außerdem frisst es kein Heu.«

Die junge Frau sah etwas unglücklich aus. Sie wusste wohl nicht, ob Lady Rachel eventuell einen Scherz machte.

»Nun gut. Ich werde Ihnen Nachricht schicken, wenn ich mich entschieden habe.«

Die zweite Bewerberin machte keinen so guten Eindruck auf sie. Noch verhuschter, wie sollte sich so ein junges, naives Ding bei den Leuten durchsetzen? Die dritte war erst gar nicht gekommen, damit war die Sache wohl entschieden.

Lady Rachel seufzte. Ihre Wohltätigkeitsarbeit ging nicht so voran, wie sie sich das wünschte. Vor allem hatte sie nicht gewusst, dass es wirklich viel *Arbeit* war. Zum Glück half Joan ihr. Doch das war keine Dauerlösung. Sie brauchte eine andere Helferin; die Nanny musste doch für die Kinder sorgen.

»Hier steckst du also.«

Ihr Kopf ruckte hoch. Ohne anzuklopfen, hatte jemand das Zimmer betreten, gerade so, als hätte er jedes Recht dazu. Lady Rachel spürte, wie ihr Herz sich bei seinem Anblick weitete, doch zugleich zog sich etwas tief in ihrem Inneren schmerzhaft zusammen.

»Was führt dich denn hierher?« Ihre Stimme überschlug sich fast.

»Dir auch einen guten Tag, liebe Schwägerin.« Reginald blieb vor dem Schreibtisch stehen und verneigte sich mit einem spöttischen Lächeln, die Hände hinter dem Rücken verschränkt.

»Nun, das nenne ich mal eine Überraschung.« Rachel spürte, wie sich Ärger in ihr regte. Herrgott, hielt sich denn niemand an ihre Wünsche? Es hatte einen guten Grund, weshalb sie Reginald keine Einladung zum Wohltätigkeitsball geschickt hatte – mal ganz davon abgesehen, dass ein alleinstehender Offizier vermutlich wenig Interesse an einer Veranstaltung dieser Art haben dürfte.

»Denke ich mir. Meine Mutter erhielt von dir eine Einladung zu deinem Ball am kommenden Dienstag. Sie bedauert, verhindert zu sein, und bat mich, sie zu vertreten.«

»So ist das?«

Selbst mit ihrer gerunzelten Stirn und mit einer Ablehnung, die aus jeder ihrer Bewegungen sprach, konnte sie ihm nicht das Grinsen austreiben. Rachel seufzte.

»Du hast keine Einladung bekommen.« Mit Absicht. Aber die Höflichkeit verbot ihr, das Offensichtliche auszusprechen.

»Ja, zu schade.« Er setzte sich unaufgefordert auf einen Besucherstuhl und schlug die Beine übereinander. »Aber nun bin ich ja hier.«

»Ich sehe es.« Ärgerlich stand sie auf. Sie war nicht in Stimmung, mit Reginald über den Ball, ihre Wohltätigkeitsarbeit im Allgemeinen oder andere alltägliche Dinge zu plaudern. Sie vermutete, hinter seinem Besuch stand nicht das Vergnügen an einer Tombola, bei der er ein Ballkleid gewinnen konnte, das der beste Dubliner Schneider aus der High Street gespendet hatte.

»Wie lange gedenkst du zu bleiben?«

»Ich weiß es noch nicht. Beim letzten Mal hat es mir gut gefallen …«

»Wage es nicht«, murmelte sie.

»Was soll ich nicht wagen?«

Immer noch dieses freundliche, unverbindliche Lächeln. Rachel machte sich nichts vor – ihr Schwager würde nichts preisgeben, er würde keinen Zoll zurückweichen. Seine Absichten hielt er geheim, soweit es ihm möglich war.

»Nanny Hodges«, stieß sie hervor. »Lass sie in Ruhe, Reginald. Sie gehört mir.«

Er hob in gespieltem Erstaunen die Augenbrauen. »Und ich dachte, die Sklaverei wäre abgeschafft.«

Rachel wandte sich von ihm ab. Unschlüssig trat sie ans Fenster, blickte auf einen der kargen Innenhöfe des Dubliner Schlosses. Sie knetete ihre Finger, suchte nach den richtigen Worten, nach einer angemessenen Formulierung …

Nein. Da waren keine.

Wie sollte sie dem Bruder ihres Mannes erklären, dass sie eifersüchtig war? Eifersüchtig auf das, was sich zwischen ihm und Joan Hodges entspann? Was nicht sein durfte und sich trotzdem seinen Weg suchte, als handelte es sich um eine schicksalhafte Verbindung … Er war doch nicht wegen des Balls zurückgekommen, sondern weil er in der Nähe von Nanny Joan sein wollte … Rachel schluckte. Das war zu viel für sie. Ihr Herz schmerzte; sie mochte Reginald sehr, vielleicht brachte sie ihm sogar mehr Zuneigung entgegen als ihrem eigenen Ehemann.

Warum war ihr nie so etwas vergönnt gewesen? Romantische Gefühle, die alles ein wenig leichter machten, was sie aus Pflichtgefühl tat?

Als William und Rachel sich zum ersten Mal gegenüberstanden, waren dieser Begegnung bereits Gespräche zwischen ihren Eltern vorausgegangen; man hatte herauszufinden versucht, ob man zueinanderpasste, und weil das der Fall war, wurde ein Verlobungstermin festgelegt. Natürlich erst, nachdem die jungen Leute sich ein wenig kennengelernt hatten, aber Rachel war damals noch zu naiv gewesen, um zu wissen, worauf sie hätte achten müssen, um eine gute Wahl zu treffen. Sie hatte auch nie das Gefühl vermittelt bekommen, dass sie tatsächlich eine Wahl hatte. William war zu dem Zeitpunkt bereits Earl. Sie wäre schön dumm gewesen, hätte sie seinem Werben nicht nachgegeben! Und nun war sie in der Ehe mit einem Mann gefangen, der stets freundlich und aufmerksam war, mit dem sie aber außer der wachsenden Kinderschar und dem gemeinsamen Namen wenig verband.

Wie machten das die einfachen Arbeiter, Spülmägde, die Stallburschen und Zofen? Auch die fanden ja irgendwann jemanden zum Heiraten, und meist kündigten die jungen Frauen ihre Stellung mit rot glühenden Wangen, mit glänzenden Augen und voller Glückseligkeit. Rachel beneidete jede einzelne. Ob sie in diesem Leben glücklich wurden? Das wusste niemand. Aber in diesem kurzen Moment, wenn sie beschlossen, mit wem sie den Rest ihres Lebens verbringen würden, da spürten sie Glück.

»Ich sag's nur. Wenn du mit ihr was anfängst …«

Reginald wartete, doch sie sagte nicht mehr. Hatte schon zu viel gesagt. Sie warf ihm einen bösen Blick zu, hoffte, das genügte ihm.

»Entschuldige mich nun, ich habe zu tun.«

Er stand auf. »Gut«, sagte er leise.

Gar nichts war gut. Reginald war zurück, und Rachel wusste, das würde nur zu Problemen führen.

~

Am Abend erfuhr Joan von dem Hausgast, der am Nachmittag eingetroffen war, weil zwei junge Dienstmädchen, die der Wäschemamsell halfen, sich beim Falten der Handtücher leise kichernd darüber ausließen, was für ein attraktiver Mann der jüngere Bruder des Earls doch war.

»Warum er wohl wieder hier ist?«, wunderte sich die eine.

Joan griff nach einem Stapel Handtücher. »Im Kinderschlafzimmer fehlen die wieder«, bemerkte sie schärfer als beabsichtigt. Die beiden Mädchen fuhren herum, sie knicksten verlegen und murmelten eine Entschuldigung. »Denkt beim nächsten Mal daran, ich will nicht immer hinterherrennen müssen.«

Als hätte sie nicht genug um die Ohren.

Für den Rest des Tages war sie gereizter Stimmung. Als Lillian zu ihr kam und bitterlich weinte, weil der Saum vom Kleid ihrer Puppe ausgefranst war, verdrehte sie die Augen und holte ihr Nähkästchen. »Ich zeige dir jetzt, wie das geht, und nächstes Mal kannst du das allein.« Daran, wie Lillians Augen fast in Tränen schwammen, merkte sie erst, wie ungerecht sie klang. Joan umarmte die Kleine. »Nicht schlimm«, fügte sie hinzu. »Manchmal geht etwas kaputt, aber wir können fast alles reparieren.«

Die Kleine konnte ja nichts dafür, dass Joan sich fühlte, als steckte sie in der falschen Haut.

Erst als sie am Abend das Kinderschlafzimmer verließ und in ihre Kammer ging, ließ sie all die Gefühle zu, die sich irgendwo tief in ihrem Inneren zusammenballten. Sie hatte gedacht, sie würde Reginald nie wiedersehen, und ganz langsam war es ihr auch gelungen, sich an diesen Gedanken zu gewöhnen. Aber nun hörte sie, wie andere Bedienstete über ihn redeten. Dass er wieder da war.

Reginald.

Und sie wünschte sich so sehr, dass er ihretwegen zurückgekommen war. Nicht wegen des Balls oder weil er seine Familie besuchen wollte.

Sie stieg mit den Handtüchern im Arm die Dienstbotentreppe hoch. Von oben kamen polternde Schritte. Sie trat beiseite und wartete.

»Joan.«

Seine Stimme. Sie sah auf. Was hatte er hier zu suchen?

»Ich habe Sie gesucht.«

Er verstellte ihr den Weg. Sie senkte den Kopf. Da hatte sie ihre Antwort. Er war ihretwegen gekommen.

»Mr Dudley.« Sie stieg eine Stufe hoch. Nun standen sie direkt voreinander. Joan presste die Handtücher vor ihre Brust. Ihr Herz hämmerte, sie spürte mit jedem Atemzug, wie sie sich mehr darin verlor, ihm nahe zu sein, wie sie immer mehr versuchte, ihren Körper näher an seinen zu schieben. So nahe, bis sie sich berührten, ob nun zufällig oder nicht.

»Hoppla.« Der Handtuchstapel geriet ins Wanken, und Joan spürte im selben Moment, wie sie das Gleichgewicht verlor. Wie sie nach vorne stürzte. Seine Hände umfingen ihre Unterarme, sonst wäre sie auf die Treppe gefallen. Die Handtücher segelten in die Tiefe, sie fielen auseinander wie weiße Tauben, die sich in den Abgrund stürzten. Im Halbdämmer der Dienstbotentreppe sah Joan das Lächeln von Reginald aufblitzen. »Warten Sie, ich helfe Ihnen.«

»Das müssen Sie nicht tun.«

Mit einer hastigen Bewegung riss sie sich von ihm los. Wo er sie berührt hatte, brannte ihre Haut wie süßes Feuer. Joan zitterte. Sie hätte am liebsten aufgeheult vor Wut. Was fiel ihm ein? Dachte er wirklich, sie war ein naives Dummerchen, das sich von einer Berührung verführen ließ?

Die Wahrheit war: Sie würde sich von ihm verführen lassen. Sofort. Wenn er nur das Richtige tat oder sagte. Aber ihr im finsteren Treppenaufgang aufzulauern fühlte sich falsch an. Er hatte sie damit in die Ecke gedrängt, und sie durfte nicht den Fehler machen, sich in ausgerechnet dieser Situation von ihren Gefühlen leiten zu lassen.

»Joan.«

Bitte hör auf, meinen Namen zu sagen. Wenn du das noch mal tust, weiß ich nicht, wie ich mich länger wehren soll …

Stumm bückte sie sich nach den Handtüchern. Rasch waren sie eingesammelt, zwar zerknüllt und schmutzig, aber dann musste sie eben später neue holen. Reginald stand vor ihr und wartete. Alles an dieser Situation war ihr unangenehm und machte ihr nur erneut schmerzhaft bewusst, wie groß die Kluft zwischen ihnen war.

Er würde mich doch nur als Liebchen wollen – und wenn er meiner überdrüssig wäre, was dann? Müsste ich nicht spätestens dann gehen?

Der Dienstbotenaufgang war allein für die Bediensteten

vorgesehen. Damit sie unbemerkt vom Haushalt ihren Aufgaben nachgehen konnten. Dienstbare Geister waren sie alle, die tagein, tagaus die Treppen rauf- und runterhuschten, sie trugen Feuerholz und Wäsche, brachten Speisen in die Gemächer oder trugen das dreckige Geschirr zurück in die Spülküche. Und abends kletterten sie müde die Stiegen hinauf, legten sich in ihre schmalen, kalten Betten in den unbeheizten Kammern unterm Dach und warteten auf den Schlaf, der erst dann kam, wenn sie nicht mehr vor Kälte mit den Zähnen klapperten.

Jemand von den Herrschaften hatte hier schlicht nichts zu suchen. Schon Joan fühlte sich als Nanny manchmal fehl am Platz.

»Gehen Sie. Bitte«, fügte sie hinzu. Ihre Stimme brach. Sie wollte ihn nicht fortschicken. Sie wollte sich in seine Arme schmiegen.

»Es tut mir leid.« Er wandte sich ab und ging.

Sie blieb im Halbdunkeln zurück, immer noch ein paar Handtücher um sie herum verstreut. Seine Schritte entfernten sich, sie hörte von unten das Lachen der Wäschemädchen. Dann bückte Joan sich und sammelte die restlichen Tücher auf.

Nein, dachte sie. Du hättest mir noch viel näher kommen dürfen, und ich hätte es zugelassen.

Aber sie wusste, dass es ein Fehler war. Alles daran war falsch. Sie war nur eine Nanny, er war der Bruder des Earls. Niemals durften sie zusammen sein. Sie wusste, wo ihr Platz war.

Kapitel 21

»Sind die Blumen nicht traumhaft?«, zwitscherte Lady Rachel. Joan nickte abwesend. Sie stand neben der Countess im Ballsaal und sah sich um. Für den Wohltätigkeitsball waren alle Diener im Haus im Einsatz. Sie schleppten Stühle heran, polierten Gläser und das Silberbesteck, deckten die lange Tafel und schleppten Blumenbouquets heran, die zu dieser Jahreszeit in der Orangerie gezogen worden waren.

Joan fragte sich, wie lange sie wohl noch hierbleiben musste. In wenigen Stunden begann der Ball, und bisher machte die Countess keine Anstalten, sich in ihre Gemächer zurückzuziehen und sich für das Ereignis umzuziehen. Sie schien alles bis ins letzte Detail kontrollieren zu wollen, und zugleich war Joan ständig an ihrer Seite, hielt ein Brett mit einer ellenlangen Liste in der Hand und hakte pflichtbewusst alles ab, was sie erledigen musste.

Das ist nicht meine Aufgabe. Sie war für die Kinder verantwortlich. Nicht dafür, dass die Teller und Gläser auf den Tischen korrekt ausgerichtet waren oder dass der Wildschweinbraten die perfekte Soße bekam. Derweil kümmerte sich Millie um die Kinder, die heute ein besonders frühes Abendessen bekamen, bevor sie frisch geschniegelt noch einmal vor ihren Eltern auflaufen mussten, ehe diese zum Ball gingen. Im ganzen Schloss herrschte eine summende

Geschäftigkeit; das erste Mal, seit er nach Dublin gekommen war, öffnete der Earl sein Haus für Gäste. Englische und irische Adelige würden hier mit Geschäftsleuten zusammentreffen, es würde spät in der Nacht zum Tanz aufgespielt werden, und um Mitternacht erwartete die Gäste eine spektakuläre Eisbombe und ein Feuerwerk, das sie vom Ballsaal und dem angrenzenden Balkon aus beobachten konnten.

Lady Rachel zupfte eine welke Rose aus dem Bouquet, ehe sie weiterlief. Sie war in ihrem buttermilchweißen Kleid mit der dunkelblauen Schürze darüber seit Tagen im Schloss unterwegs, sie überließ nichts dem Zufall.

»Wenn Sie nichts dagegen haben, kümmere ich mich nun wieder um die Kinder.« Demonstrativ blickte Joan auf ihre Taschenuhr. Höchste Zeit.

»Ja, gehen Sie nur.« Lady Rachel bekam gerade von einer Köchin einen kleinen Appetithappen serviert, eine Pastete mit Täubchenfleisch und Sellerie gefüllt. »Ah, köstlich. Hervorragend. Die Weine? Sind die Weine bereit?«

Schon war sie fort. Joan drückte der verwirrten Köchin das Klemmbrett in die Hand. Sie war erleichtert, der nervenaufreibenden Aufgabe entkommen zu sein. Die Köchin stand etwas hilflos zwischen den gedeckten Tischen, in der einen Hand das Brett, in der anderen den leeren Teller. Zwei Diener trugen die letzten Stühle herein, ein kleines Streichorchester nahm seinen Platz zwischen Speisesaal und Ballsaal ein, umgeben von Palmen und Orangenbäumchen, die aus der Orangerie herbeigeschafft worden waren.

Joan benutzte nun bei jeder Gelegenheit die geheimen Gänge der Dienstboten. Sie wollte kein zweites Mal Reginald über den Weg laufen und vermutete, dass er sich von den geheimen Treppen hinter den Tapetentüren fernhielt, seit er ihr dort vor wenigen Tagen viel zu nahe gekommen war.

Und doch nicht nah genug.

Diese kurze Begegnung hatte das Feuer in ihrem Innern neu entfacht. Sie konnte es nur ersticken, wenn sie sich konsequent von ihm fernhielt und wenn sie ihren Gedanken verbot, immer wieder zu ihm abzuschweifen.

Letzteres erwies sich als unmöglich. Immer wieder stellte sie sich vor, wie sie einander über den Weg liefen. Das Schloss war groß, aber nicht groß genug, um sich dauerhaft zu meiden. Vor allem, weil sie bei ihrer Arbeit die meiste Zeit mit seinen Neffen und Nichten verbrachte.

Aber er hatte es bisher vermieden, die Kinder in ihrem Spielzimmer aufzusuchen, wie er es bei seinem letzten Besuch häufiger getan hatte. Keine Einladung in den Zoo. Vielleicht hatte er das Interesse an ihr verloren. Oder er hatte nie an *Joan* Interesse gehabt, sie hatte einfach seine Freundlichkeit falsch verstanden.

Sicher hatte sie das. Sie hatte sich hinreißen lassen. Von seinem Lächeln. Seiner Nettigkeit, davon, dass er ihr ein Buch ausgeliehen hatte, das sie zutiefst beeindruckte. Nach der Lektüre hatte sie Fragen an ihn, doch es hatte sich nicht mehr die Gelegenheit ergeben, diese zu stellen. Und es wäre sicher unpassend, wenn sie drei Monate später auf das Thema zurückkam.

Wem machte sie etwas vor? Ging es denn wirklich um Reginald? Oder fühlte sie sich geschmeichelt, weil sie einem Adeligen aufgefallen war? Weil er sie angesehen hatte, als würde das, was sie sagte, etwas *bedeuten?* Sie wusste, dass sie nicht dazugehörte. Lady Rachel ließ sie das ja im Moment täglich spüren. Selten hatte sie Joan so sehr wie eine Dienstbotin behandelt wie in den vergangenen Tagen.

Von oben kamen zwei Kammerdiener die enge Stiege heruntergepoltert. Einer streifte im Vorbeilaufen ihre Schulter, dass sie ihm wütend ein: »Hey!«, nachrief. Er drehte sich halb um, machte eine unflätige Handbewegung. Sein Kumpel lachte keckernd. »Was treibste dich auch hier rum?«, hallte es von unten herauf.

So war das nämlich. Weder die Dienstherren noch die anderen Dienstboten gaben ihr einen Platz in ihrer Mitte. Oder wenigstens am Rand. Joan war isoliert, weshalb schon die kleine Freundlichkeit eines Reginald Dudley sie von Freundschaft träumen ließ. Oder mehr.

»Hör endlich auf, dir etwas vorzumachen«, schalt sie sich leise.

Aber der Gedanke blieb. Hartnäckig krallte er sich in ihren Kopf, sie wurde ihn nicht los.

Fang lieber an zu leben und dich nicht in Träumereien zu verlieren. Sie kannte die Regeln doch.

~

»Nanny Hodges, warum dürfen wir nicht zum Ball?« Gladys zog einen Schmollmund. Sie sah so hübsch aus in ihrem adretten zitronengelben Kleid, den weißen Söckchen und den Lackschuhen. Die passende gelbe Schleife im Haar stach aus den dunklen Locken hervor. Joan streichelte ihre Schulter. »Ihr seid noch zu jung, Liebes.«

»Aber ich bin schon zehn!«

Joan lächelte nachsichtig. Bis zu Gladys' Debüt mochten noch einige Jahre vergehen, dachte sie wehmütig. »Die Zeit vergeht wie im Flug, Spatz. Und nun ab mit dir. Ihr bekommt heute Abend auch was von den feinen Leckerbissen. Ich habe darum gebeten, dass für uns im kleinen Speisezimmer aufgefahren wird.«

Gladys bekam glänzende Augen. Sie war nicht gänzlich damit versöhnt, dass sie vom Wohltätigkeitsball ihrer Mutter ausgeschlossen war, doch die Aussicht auf ein Menü im Kreis ihrer Geschwister war wenigstens ein kleiner Trost.

Lillian und Will waren mit allem einverstanden. Der Achtjährige zerrte bereits die Krawatte herunter, die er für den Besuch bei seinen Eltern angelegt hatte. Lillian schob ihre Hand in Joans, während sie zum Speisezimmer gingen. »Meine Mama sieht aus wie eine Prinzessin«, sagte sie verträumt.

Joan lächelte. »Das stimmt«, sagte sie. Lady Rachel hatte in ihrem cremefarbenen Abendkleid mit den aufgestickten Pfauenfedern wirklich wunderschön ausgesehen.

»Werde ich auch mal so eine schöne Prinzessin?«, fragt Lillian.

»Nee, du wirst hässlich wie Zwerg Nase«, krähte William dazwischen.

Joan wies ihn zurecht. »Lass deine Schwester in Ruhe, Will.« An Lillian gewandt erklärte sie: »Natürlich wirst du zu einer starken, selbstbewussten Frau heranwachsen, die ihren Weg gehen wird.«

Das schien Lillian zufriedenzustellen. Sie ließ Joans Hand los und tänzelte hinter Gladys und William her.

Das Abendessen verlief in angenehmer Harmonie. Die Kinder genossen die Leckereien. Millie kam und holte Roderick ab; der Kleine hatte an einem Stück Brot geknabbert und wollte unbedingt vom Wein naschen, den Joan sich zur Feier des Tages hatte servieren lassen. Joan ließ die Kinder noch ein wenig Erwachsene spielen, bevor sie in die Hände klatschte und zum Aufbruch mahnte.

Heute waren die drei Älteren müde und aufgedreht von der Aufregung. Es dauerte, bis im Kinderzimmer Ruhe einkehrte. Als Joan die Tür leise hinter sich zuzog, lauschte sie. Aus dem Ballsaal klang die Musik des kleinen Orchesters bis in diesen Teil des Schlosses. Sie lächelte und bewegte leicht die Füße. Oh, sie würde so gerne tanzen.

Es war nicht mehr lange bis Mitternacht. Morgen würden die Kinder lange schlafen, und das war ausnahmsweise auch in Ordnung. Joan holte rasch ihr Weinglas, das ein Diener gerade abräumen wollte; sie ließ sich noch einmal einschenken und schlenderte dann durch die Gänge.

Es kam natürlich nicht infrage, dass sie als Bedienstete an den Feierlichkeiten teilnahm. Genauso wenig konnte Joan sich vorstellen, mit den anderen Dienstboten in der Küche zu sitzen, wo diese die Reste verspeisten und danach zur Fidel lustig ihr eigenes Tanzfest machten.

Da war sie wieder. Die Einsamkeit, die sie niederdrückte.

Joan hatte gar nicht gemerkt, wie sie bei ihrem Streifzug in die Nähe des Ballsaals gelangt war. Linker Hand führten hohe Fenstertüren auf den Balkon, der sich über die gesamte Westseite des Schlosses erstreckte. Auf der Rasenfläche davor bereiteten sich einige Männer unter Anleitung eines Feuerwerkmeisters darauf vor, die Raketen zu zünden.

Joan drückte sich hinter einem der Fenster an den altrosa Samtvorhang. Sie nippte am Wein und blickte hinaus in die sternklare Nacht. Von hier aus konnte sie unbemerkt das Feuerwerk beobachten. Durch die Tür sah sie die Ballgäste, die sich im Takt der Musik wiegten. Sie lächelte verträumt. Wie gerne wäre sie dabei …

Ein Räuspern ließ Joan herumfahren. Gegen eine der dorischen Säulen gelehnt, die die Türen flankierten, stand einige Meter entfernt ein dunkelhaariger Mann, dessen schwarzer Anzug ihm wie auf den Leib geschneidert war. Seine grünen Augen blitzten vergnügt, als er sein Champagnerglas hob und sie stumm grüßte. Reginald Dudley.

Joan spürte, wie Röte ihre Wangen überzog. Es war nicht so, dass sie nicht insgeheim gehofft hatte, ihn hier zu sehen …

Sie trank hastig einen viel zu großen Schluck Weißwein und verschluckte sich prompt. Tränen schossen ihr in die Augen, und sie hielt sich keuchend eine Hand vor den Mund und wandte sich peinlich berührt ab.

Sie spürte Sir Reginalds Hand, die sanft ihren Rücken klopfte. »Herrje, Joan. Alles in Ordnung bei Ihnen?«

»Ja«, japste sie, obwohl gar nichts in Ordnung war. Seine Berührung war fast zu viel für sie.

»Geht's wieder?«

Sie nickte, schüttelte dann den Kopf und trat beiseite. Himmel, sie musste hier raus! Zu allem Überfluss hatte sie beim unterdrückten Husten auch noch ein wenig Wein auf ihr Kleid gekleckert. Joan tastete nach dem Fenstergriff und riss die Fenstertür weit auf. Sie trat nach draußen, drückte die freie Hand auf die feuchte Brust und atmete tief durch. Langsam kam sie wieder zu Atem. Doch dafür galoppierte ihr Herz nun so wild in der Brust, dass sie glaubte, ihr würde im nächsten Moment schwarz vor Augen werden.

Sie spürte, dass Reginald hinter sie auf den Balkon trat. Joan fröstelte in der kühlen Nachtluft. Sie trat an die Brüstung und atmete ein paarmal tief durch. Schon besser. So langsam gewann sie ihre Souveränität zurück.

»Entschuldigen Sie, wenn ich Ihnen zu nahe trete.«

»Das tun Sie tatsächlich.« Joan musterte ihn. Ein spöttisches Lächeln umspielte seine Lippen, und sie musste wegsehen. Der Wind hatte ein paar Strähnen aus ihrem Haarknoten gelöst, die sie hinter das Ohr strich.

»Joan … Ms Hodges.«

»Wir sollten nicht hier sein«, unterbrach sie ihn. »Also, Sie natürlich schon, es ist der Ball Ihres Bruders, aber ich sollte wieder gehen. Ich wollte nur ein wenig der Musik lauschen, wissen Sie? Ich bin nicht hier, weil …«

Sie wollte an ihm vorbei zurück zur Tür, doch Reginald hielt sie auf.

»Bitte, bleiben Sie.«

Sie schüttelte den Kopf. »Ich kann nicht.«

»Meinetwegen? Störe ich Sie?«

Stumm schüttelte sie den Kopf. Im Saal begann ein neues Musikstück. Ein langsamer Walzer, so wunderschön. Wenn sie nicht mit ihm hier draußen gestanden hätte, sie hätte mit dem Fuß gewippt.

Reginald bemerkte, dass die Musik sie bewegte. Er verbeugte sich formvollendet, und dieses Mal war sein Lächeln nicht spöttisch, sondern ganz ernst. »Darf ich bitten, Ms Hodges?«

Sie machte einen Knicks und streckte die Hand aus. Sein Lächeln wurde warm, und dann spürte sie seinen Arm um ihre Taille; ihre Hand ruhte in seiner, und sie warteten kurz, dann kam der passende Takt, und sie schwebten davon.

Reginald Dudley war ein hervorragender Tänzer, und Joan genoss jede Sekunde.

Viel zu schnell endete der Walzer. Joan knickste und Reginald verbeugte sich vor ihr. Sie kicherte übermütig. Das war, dachte sie, das Schönste, was ihr bisher in Dublin widerfahren war. Sir Reginald nahm ihre Hand und küsste sanft ihren Handrücken; dabei ließ er sie nicht aus den Augen. »Joan.« Seine Stimme klang seltsam belegt.

Sie zog die Hand zurück. Sie brannte von seinem Kuss, und Joan wich zwei Schritte zurück. In diesem Moment erklang ein Zischen; die erste Feuerwerksrakete stieg in den Nachthimmel auf und verströmte ihren Funkenregen.

Reginald machte noch einen Schritt auf sie zu. »Bitte«, sagte er. Mehr nicht.

Sie schüttelte den Kopf. Sie wusste, wenn sie jetzt ging, wäre nichts passiert, sie hätte sich nichts zuschulden kommen lassen. Ihr Verhalten wäre nicht unbedingt schicklich, aber auch nicht gänzlich verwerflich. Sie jedoch stand an der Schwelle zu etwas Größerem.

Joan hob das Kinn. »Reginald.«

Er lächelte, als sie seinen Namen sagte. Als er einen Schritt auf sie zumachte, wich sie nicht zurück. Sie zitterte. Kein Wort kam mehr über ihre Lippen. Reginald war nun direkt vor ihr; ihr Rock streifte seine Schuhe.

»Ja, Joan«, hörte sie ihn flüstern.

Über ihren Köpfen prasselten und knallten die Feuerwerksraketen, und Joan hörte die Stimmen der Ballgäste, die auf die Terrasse strömten und das Spektakel mit lautem »Oh!« und »Ah!« bewunderten. Ihre Hand suchte seine. Sie umschloss seine Finger und drückte sie ganz sacht. Sein Blick ruhte auf ihr, und sie konnte ebenso wenig wegsehen. »Was willst du von mir?«, flüsterte sie.

Vielleicht hörte er ihre Worte. Oder sie wurden vom Feuerwerk übertönt. Aber als er sich nun über sie beugte und seine Lippen ganz sacht ihre streiften, war das nicht unbedingt die Antwort, die sie erwartet hatte.

Aber erhofft. Erhofft hatte sie diesen Kuss die ganze Zeit.

Joan seufzte. Reginalds Arme lagen um ihren Oberkörper, er zog sie an sich. Sie fröstelte in ihrem dünnen Kleid, drückte sich an ihn und seufzte erneut, als er sie wieder küsste.

»Oh, Joan …«, hörte sie ihn flüstern, als sie sich nach einer halben Ewigkeit voneinander lösten.

Er hielt ihre Hände. Betrachtete ihr Gesicht, das vom bunten Funkenregen des Feuerwerks rot, grün, weiß beleuchtet wurde. Sie zitterte. In ihr war so viel Liebe, so viele Gedanken ballten sich in ihrem Kopf, und das Herz war so licht und weit voller Gefühl, dass sie nicht wusste, wohin mit sich.

Reginald machte einen Schritt nach hinten. Das Nächste, was er sagte, war wie ein Schlag ins Gesicht.

»Das war ein Fehler.«

Sie starrte ihn an, doch er hatte den Blick von ihr abgewandt, sah hinauf in den Nachthimmel, als wäre so ein Feuerwerk tausendmal interessanter für ihn. Seine Haltung war abweisend, und als er sogar die Arme vor der Brust verschränkte, wusste Joan, dass sie verloren hatte.

Joan wandte sich ab und floh.

Als sie die Fenstertür aufriss, entdeckte sie ein paar Meter weiter im Schatten zweier Palmen ein Paar, das eng umschlungen zum Himmel aufblickte und das Feuerwerk bewunderte. Doch Joan blieb keine Zeit, sich zu wundern. Sie rannte fort, nur fort von diesem Balkon, auf dem sie sich vergessen hatte.

~

Er wollte hinter ihr herrufen, doch in dem Moment sah er das eng umschlungene Liebespaar hinter den Säulen, das für Joan und ihn keinen Blick hatte, sondern nur Augen füreinander. Die Frau erkannte er sofort.

Sieh an. Wer hätte das gedacht?

Er trat wieder an die Balustrade. Warum hatte er vorhin nicht einfach den Moment mit Joan genießen können? Sie hatten getanzt, hatten einander tief in die Augen gesehen. Ein zutiefst romantischer Moment. Und dann hatten sie sich sogar geküsst.

Aber dann hatte er seine Gedanken ausgesprochen. Und Joan hatte verständlicherweise verstört darauf reagiert. »Ein Fehler?«, murmelte er. Wie konnte er das Beste, was ihm in den vergangenen drei Jahren passiert war, als Fehler bezeichnen? Kein Wunder, dass sie sofort weglief. Welche Frau mit einem Funken Selbstachtung würde denn bleiben, wenn der Mann ihr nach dem ersten Kuss erklärte, dass das ein Fehler war?

Er seufzte. Wie sollte er Joan nur erklären, dass nicht der Kuss ein Fehler war, sondern … ja, was? Er konnte ihr wohl kaum die Wahrheit sagen, oder?

Mich würde keine Frau wollen, wenn sie wüsste, was aus mir geworden ist …

Er hatte bisher gedacht, das wäre auch nicht schlimm. Er wollte auch keine Frau, nie hatte ihn eine interessiert. Und Lady Flora, die auf diesem Ball herumflatterte, entsprach genau seinen Erwartungen an eine junge Frau seines Stands. Sie kicherte albern, ließ die Wimpern flattern und hauchte irgendwas, das man über die Musik und das Stimmengewirr der anderen Ballgäste hinweg nicht verstand. Er hatte es bald aufgegeben, sich mit ihr zu unterhalten.

Sie würde außerdem nie verstehen, wer er war.

Joan hingegen …

Ach, er war ein Narr, wenn er dachte, er müsste sich nur für eine Frau entscheiden, egal woher sie kam oder was sie war, und dann könnten sie heiraten. Es war nicht nur, dass er sich selbst im Weg stand. Dass er keiner Frau zumuten wollte, mit ihm zusammenzuleben, mit seinen finsteren Gedanken und düsteren Stimmungen. Nie war ihm der Standesunterschied zwischen Joan und ihm so bewusst geworden wie vorhin nach dem Tanz. Als sie hoffnungsvoll zu ihm aufblickte. Als er nicht anders konnte, als sie zu küssen.

Wusste er denn, ob sie ähnlich empfand?

Empfand er denn tatsächlich so für sie, oder war das nur die Hoffnung, sie könnte sich weniger daran stören, dass er kaputt war, weil sie eben nicht so hohe Erwartungen an eine Verbindung mit ihm stellte, weil sie sich glücklich schätzen konnte, wenn er um sie warb?

Das musste er wohl erst für sich herausfinden. Auch, ob seine Gefühle echt waren oder er sich das alles nur einredete, weil eine Verbindung zu Joan Hodges leichter wäre. Sicher, seine Familie wäre alles andere als begeistert. Doch das focht ihn nicht an. Er hatte schon immer das gemacht, was er wollte.

»So einsam hier draußen?«

Reginald fuhr herum. Rachel stand hinter ihm und musterte ihn prüfend. Er wusste sofort, was dieser Blick bedeutete.

Hast du mehr gesehen, als gut für mich ist?

»Ein wunderbares Fest, meine Liebe.« Er deutete eine Verbeugung an.

Rachel lachte nervös. »Das freut mich. Hast du bereits mit Lady Flora getanzt?«

»Das weiß ich gar nicht. Da du mich nicht aus den Augen lässt, kannst du es mir vielleicht sagen?«

»Ich vermute, du denkst, du hättest mit dem Tanz zu Beginn des Abends deine Schuldigkeit getan?«

»Wie ich bereits mehrfach versucht habe, dir zu erklären – ich habe kein Interesse daran, sie zu heiraten, liebe Schwägerin.«

»Ach«, meinte Lady Rachel gespielt betrübt. »Du bevorzugst die Gesellschaft einer Dienstbotin, ja?«

»Manchmal sind sie mir lieber als die angeheiratete Verwandtschaft. Pardon, ich nehme dich da ausdrücklich aus.«

»Willst du damit etwas andeuten?«, fragte sie leise und trat näher. So nahe, dass er ihr Parfüm riechen konnte.

»Niemals, liebe Rachel.« Er deutete eine Verbeugung an. »Und nun entschuldige bitte. Dieses Fest hat mich ermüdet, ich werde mich nun zur Ruhe begeben.«

Kapitel 22

Guten Morgen. Na, sind wir schon wieder nüchtern?«
Lady Rachel blickte auf. Sie schlug das Notizbuch zu, in dem sie alles zu ihrer Wohltätigkeitsarbeit notierte. Sie saß allein im Frühstückszimmer; William war vor einer Viertelstunde nach zwei Tassen Kaffee leicht verkatert in sein Arbeitszimmer gegangen, und die Kinder hatten still ihr Porridge mit Obstmus gelöffelt, bevor Nanny Hodges sie in das Spielzimmer mitgenommen hatte, wo die älteren später von ihrem Hauslehrer abgeholt wurden.

Sie hatte die Stille genossen und dabei fast vergessen, dass sie ja noch einen Schwager hatte. Sie spürte, wie sie rot wurde, denn mit seinem Erscheinen kam auch die Erinnerung an die vergangene Nacht wieder hoch.

Unwirsch schob sie das Notizbuch von ihrem Teller weg und schraubte den vergoldeten Füllfederhalter zu. Die Kanne enthielt nur noch eine lauwarme Pfütze Kaffee, weshalb sie aufstand und den Klingelzug betätigte.

»Mehr Kaffee«, sagte sie knapp, als ein Butler erschien.

»Für mich bitte einen Earl Grey«, sagte Reginald. Er saß entspannt auf der gegenüberliegenden Seite des Tisches, um ihn herum die leer gekratzten Porridgeschalen der Kinder. Der Butler kam zurück und räumte ab, deckte für den Bruder des Earls ein. Während er im Raum war, herrschte eine gespenstische Ruhe. Lady Rachel inspizierte ihre Fingernägel. Sie hatte kein Interesse daran, sich mit Reginald über den gestrigen Abend auszutauschen; außerdem dröhnte ihr der Kopf.

»Verlief der Ball zu deiner Zufriedenheit?«, erkundigte Reginald sich höflich, sobald sie allein waren.

Ihr Blick traf ihn wie ein Giftpfeil. Er lächelte freundlich, und sie hätte ihn am liebsten vor die Tür gesetzt. Was erlaubte er sich eigentlich?

»Ich meinte die Tombola«, fügte er hinzu.

Rachel atmete durch. Ach, natürlich. Sie sollte nicht immer vom Schlimmsten ausgehen – davon, dass jemand versuchte, sein Wissen über sie zum eigenen Vorteil zu nutzen.

»Die Einnahmen haben meine Erwartungen übertroffen.«

»Das ist doch erfreulich.«

Sie richtete sich auf. »Willst du mir irgendetwas sagen?«

»Nein. Du mir?«

Sie gab nach. »Es ist nicht so, wie man vielleicht denken könnte. Sir Thomas und ich …« Sie verstummte. Alles, was sie zu den Vorfällen des gestrigen Abends hätte vorbringen können, klang wie eine lahme Entschuldigung. Sie war auch nicht bereit, sich für etwas zu rechtfertigen, was sie sich selbst nicht erklären konnte.

Vielleicht hatte es an der ausgelassenen Stimmung gelegen. An ihrer Freude über so viele Gäste, daran, dass der Ball tatsächlich ein rauschendes Fest gewesen war, über das man, darin waren sich alle Gäste einig, noch in vielen Jahren sprechen würde. Der Champagner war in Strömen geflossen, und als Rachel zu später Stunde auf den Balkon trat, um ganz für sich das Feuerwerk im angrenzenden Park zu genießen, hatte sich ein Mann neben sie geschoben, den sie noch von früher kannte. Aus ihrer Zeit als Debütantin.

Jene drei Saisons, als sie auf den Richtigen wartete – wobei »richtig« hieß, dass er in den Augen ihrer Mutter bestehen musste. Für sie war Rachel, die Jüngere, für etwas Höheres bestimmt als ihre Schwester Laura, die sich nur für Literatur interessierte und deren Finger immer tintenfleckig waren. Sir Thomas warb zuerst überaus hartnäckig um Rachel, und hätte sie jemand gefragt, hätte sie von Herzen gerne Ja zu ihrem entfernten Cousin Sir Thomas gesagt. Doch dann kam es anders; im Sommer 1890 wurde sie mit Lord William bekannt gemacht, und ihre Mutter signalisierte ihr vom ersten Moment an, dass er der Richtige wäre. Thomas heiratete drei Jahre später Laura. Und als ihr Schwager war er dieser Tage mit ihrer Schwester angereist, die inzwischen eine erfolgreiche Schriftstellerin war und nichts von dem mitbekam, was um sie herum vorging. Die Familie residierte in einem Hotel in der Innenstadt, und heute früh war Rachel darüber sehr froh, denn so musste sie weder Thomas noch Laura gegenübersitzen.

Dafür war Reginald da, und seine Anwesenheit empfand sie als Affront, weil er sie daran erinnerte, was sich gestern Nacht zugetragen hatte. Was Reginald beobachtet hatte – und nicht nur er.

»Ich denke, wir beide sollten lieber nicht über den anderen richten.« Sie wischte einen Krümel von der Tischdecke und sah Reginald nicht an.

»Du meinst, weil ich mit einer jungen Frau getanzt habe – ganz harmlos und gesittet –, während du dich in den Armen deines Schwagers für einen Moment vergessen hast?«

Rachel spürte, wie sie rot wurde. »Davon verstehst du nichts.«

Dabei wusste sie, dass das, was passiert war, nicht richtig war. Wie sollte sie ihrer Schwester je wieder in die Augen sehen? Oder auch Thomas, der ihr mit seinen gierigen Küssen, seinen geflüsterten Liebesschwüren und seinen Berührungen mehr als deutlich gemacht hatte, welche der Schwestern ihm schon immer die liebste gewesen war …

Vielleicht hatte sie einen Fehler gemacht, als sie sich damals dem Wunsch ihrer Mutter gebeugt und William statt Thomas gewählt hatte. Als hätte sie je eine Wahl gehabt.

Reginald hingegen war nicht so eingeschränkt. Bei ihm waren die Regeln etwas weniger streng, er musste nicht fürchten, dass man ihn verurteilte. Auch Thomas würde niemand einen Vorwurf machen. Bei ihr lagen die Dinge schon anders …

»Vielleicht verstehe ich nichts davon«, sagte Reginald leise. »Aber für mich sah es danach aus, als wären Sir Thomas und du …«

»Sprich nicht weiter«, fuhr sie ihn an. »Erklär mir lieber, was du dort zu suchen hattest.«

»Ich wollte frische Luft schnappen.«

»Und hast, natürlich absolut zufällig, Nanny Hodges angetroffen.«

Er zuckte mit den Schultern. Rachel schnaubte. Sie stand auf und steckte den Füllfederhalter in ihr Notizbuch. »Mir kannst du nichts vormachen. Lass deine Avancen, verstanden? Bevor noch etwas passiert, was ihr beide bereut. Sie mehr als du. Sei dir um Himmels willen deiner Verantwortung bewusst, wenn du so ein junges Ding mit deinen Großtaten beeindruckst.«

Reginald lachte auf. »Meinst du allen Ernstes, eine Frau wie Nanny Hodges ließe sich von irgendwelchen Großtaten beeindrucken?«

»Vor allem hat es den Anschein, dass sie sich von dir beeindrucken lässt, und ich habe keine Ahnung, was du im Schilde führst.«

»Was lässt dich glauben, dass ich etwas im Schilde führe?«

»Du verdirbst sie. Wenn du …«

»Sei versichert, liebe Schwägerin, dass meine Absichten gänzlich ehrenwerter Natur sind.«

Bevor sie etwas erwidern konnte, brachte der Butler Kaffee und Earl Grey. Rachel setzte sich wieder. Ihre Finger trommelten auf den Tisch, während Reginald sich einschenken ließ. Erst als die Tür sich hinter dem Diener schloss, ergriff sie wieder das Wort.

»Bei Tageslicht betrachtet …« Rachel überlegte fieberhaft. Nachdem Reginald sie und Thomas gestern Abend ertappt hatte, als sie sich küssten, hatte sie anschließend versucht, sich für dieses Gespräch am nächsten Morgen die richtigen Worte zurechtzulegen.

»Du musst dich für nichts rechtfertigen«, unterbrach Reginald sie. »Wir alle treffen Entscheidungen. Aber diese Doppelmoral?«

Sie schwieg betreten. Er hatte ja recht; einerseits verbot sie ihm den Umgang mit Nanny Hodges, während sie auf der anderen Seite … »Das ist nicht dasselbe«, verteidigte sie sich.

»Stimmt«, sagte er sanft. »Du bist schließlich verheiratet.«

Mehr nicht. Er ließ sie ihre eigenen Schlüsse ziehen, so schmerzhaft das auch sein mochte. Und das machte es nur noch schlimmer. Dass er ihr keine Vorwürfe machte, dass er keine Forderungen stellte. Sie hätte beides verdient. Aber nein; er sah sie an, er schwieg.

»Sie ist meine Angestellte. Was willst du denn mit ihr machen? Sie heiraten?«

»Wenn es das ist, was sie will – ja.«

Er schien das wirklich ernst zu meinen! Rachel staunte. Bisher hatte sie gedacht, das da zwischen ihrer Nanny und ihrem Schwager, dafür gebe es kein Wort. Aber er klang so, als wären zumindest auf seiner Seite Gefühle im Spiel.

»Ich kann das nicht glauben«, murmelte sie.

»Glaub es ruhig. Ich habe wirklich versucht, sie mir aus dem Kopf zu schlagen. Vergebens.«

»Und was ist mit Lady Flora?«

»Damit hast du angefangen. Ich habe dich nie zu irgendetwas ermutigt.«

Auch damit hatte er recht. Zum Glück war nichts Schlimmes passiert. Sie hatte Lady Flora keine Hoffnungen gemacht, und das junge Ding, einfältig, aber hübsch, war gestern Abend nach ein paar Tänzen mit jungen Iren, die sich förmlich um sie rissen, früh vom Ball verschwunden. Vielleicht ein bisschen enttäuscht, weil Reginald sie keines Blicks gewürdigt hatte. Aber sie hatte es mit Fassung getragen, woran die drei jungen Männer nicht ganz unschuldig waren, die ihr überaus galant Avancen gemacht hatten.

»Ich vermute, sie wird sich anderweitig orientieren.« Rachel lächelte. Sie hätte gern mehr gesagt. Zum Beispiel hätte sie ihn gefragt, was seine Mutter davon halten würde, wenn er eine Bürgerliche liebte. »Du willst sie also heiraten?«

»Joan, meinst du? Wer weiß schon, was noch passiert …«

»Das kann nicht dein Ernst sein«, fuhr Rachel auf. »Die Kinder lieben sie, und ich konnte mich all die Jahre auf sie verlassen. Du kannst doch nicht …«

»Noch hat sie nicht Ja gesagt«, sagte Reginald beschwichtigend. »Geschweige denn, dass ich sie gefragt habe.«

Sie starrte ihn an. »Das wird sie. Schließlich ist sie nicht dumm. Wenn ein Peer kommt und um sie freit …«

Mit einem Lächeln schüttelte er den Kopf. »Ach, Schwägerin. Du stellst dir das immer so einfach vor«, sagte er leise. »Glaubst du wirklich, nur weil ich weit über ihr stehe, würde Joan sich für mich entscheiden? Das würde ich doch gar nicht wollen. Wenn wir uns über Grenzen hinwegsetzen, sollten das beide wollen.« Dabei sah er sie so intensiv an, dass sie glaubte, sich verteidigen zu müssen. Denn hatte sie sich nicht auch über Grenzen hinweggesetzt?

»Was du gestern Abend gesehen hast …«

»Wir müssen darüber nicht reden, denn ich habe nichts gesehen.«

Aber sie wollte es ihm erzählen. Seit Jahren lag diese Liebe tief in ihrem Innern weggeschlossen, sie hatte sich selten den Gedanken daran erlaubt, was aus Thomas und ihr hätte werden können, wenn nicht … Sie hatte sich damals gegen ihn entschieden, weil sie geglaubt hatte, dass Liebe allein nicht reichte. Außerdem hatte sie gerade William kennengelernt, der sie so stürmisch eroberte, dass jeder Gedanke an Thomas in den Hintergrund rückte – und als sie Williams engagiertem Werben nachgab, weil er durch seine Position und die politischen Ambitionen, die er bis heute vollständig erfüllt hatte, wie die bessere Partie aussah, hatte sie feststellen müssen, dass Thomas sich schon enttäuscht von ihr abwandte. Zu spät für eine Aussprache, sein Stolz verletzt und sie bereits gefangen in den Mechanismen einer bevorstehenden Hochzeit. Lady Georgina hatte sie kennengelernt und bei der ersten Begegnung kein gutes Haar an Rachel gelassen. Damals hatte sie kurz gedacht, sie hätte einen Fehler gemacht. Und auch als sie zwei Jahre später erfuhr, dass ihre ältere Schwester Laura sich endlich verlobt hatte und ausgerechnet Thomas ihr Auserwählter war, hatte es ihr einen Stich versetzt. Seither aber waren zehn Jahre vergangen, sie war längst nicht mehr das naive junge Ding von damals, sie war die Countess Dudley, ihr Mann regierte als Generalgouverneur über Irland und war damit direkt dem König unterstellt.

Bisher hatte sie bei den seltenen Begegnungen mit Sir

Thomas nicht das verspürt, was ihr gestern Abend geschehen war … Sie konnte sich noch so oft einreden, dass es Zufall gewesen war, dass sie vielleicht sogar in dem Moment empfänglich war für diese Art von Techtelmechtel … Die Wahrheit aber war, dass sie es leid war, Lady Dudley zu sein, dass es sie unendlich ermüdete, immer wieder den Ansprüchen zu genügen, die die Welt an sie stellte. Unermüdlich erfüllte sie die Erwartungen, ging sogar noch weiter. Aber sie wusste, dass es niemals reichen würde, um zum Beispiel Lady Georgina davon zu überzeugen, dass sie die Richtige für William war.

Und manchmal suchte das Herz einer Frau nach Ablenkung. Nach diesem kleinen bisschen Bestätigung. Sir Thomas war überaus freundlich gewesen an diesem Abend, und als Laura sich früh entschuldigte, weil sie von dem kalten Dubliner Februarwetter eine Erkältung bekam, war er noch geblieben, hatte sich in ihrer Nähe aufgehalten, während Rachel ihren Pflichten als Gastgeberin nachging. Und sobald sie eine kleine Atempause hatte, entführte er sie auf den Balkon.

Wäre mehr passiert, wenn sie nicht von Reginald überrascht worden wären? Ihr Verstand sagte Nein, ihr Herz sehnte sich trotzdem danach. Warum sollte sie nicht das tun dürfen, was sich ihr Mann wie selbstverständlich gönnte?

Das alles und noch so viel mehr ging ihr durch den Kopf. Reginald schien so sehr mit sich im Reinen zu sein; er nippte am Tee, er schmierte Butter auf einen Toast und kleckste sehr großzügig die teure Orangenmarmelade drauf, die sie sich kistenweise aus London schicken ließ. Sein Blick ging suchend über den Tisch; sie ahnte, er wollte lieber Zeitung lesen, als mit ihr über eine Affäre zu sprechen, die keine war.

»Nun, dann sollte ich wohl auch meine Konsequenzen ziehen.« Rachel stand auf. Oh, sie hatte genug davon, dass

Männer meinten, sie dürften alles, während Frauen immer schön brav bleiben sollten – erst, damit überhaupt ein Mann sich für sie interessierte, und nach der erfolgreichen Hochzeit dann, damit jeder wusste, dass sie über jeden moralischen Zweifel erhaben waren. Und dann diese Andeutung von Reginald, er könnte Interesse an Nanny Hodges haben ... Ja, sie war auch eifersüchtig, dass er das einfach zugab, dass er nächtens mit ihr Walzer auf der Terrasse tanzte. Sie hatte doch gesehen, wie ihre Nanny ihren Schwager anschmachtete, sie war eine reife Frucht, die er nur zu pflücken brauchte. Und das wusste er vermutlich. Nein, sie musste etwas unternehmen, und sei es nur, um Nanny Hodges zu schützen.

Verflixt, in was für eine ausweglose Situation Reginald sie gebracht hatte! Rachels Kopfschmerzen verstärkten sich.

Reginald jedoch sah nur überrascht auf. »Was ist denn los?«

»Bitte such dir heute ein Hotel. Es ist für alle Beteiligten so am besten.«

»Nun gut, wenn das dein Wunsch ist ... Meinst du, dein Schwager kann mir eines empfehlen?«

Oh, sie wollte ihm dieses süffisante Grinsen aus dem Gesicht schlagen. »Verschwinde«, zischte sie. »Ich will dich in meinem Haus nicht mehr sehen.«

~

Nun war das rauschende Fest vorbei. Joan hätte gern aufgeatmet; bald würden die Gäste abreisen, und sie konnte sich anschließend wieder ganz auf den Alltag konzentrieren.

Doch da hatte sie sich getäuscht.

Lady Rachel ließ nach ihr schicken. Da sie im Moment nur den kleinen Roderick betreute, während die anderen

Kinder bei ihrem Lehrer waren, ließ sie ihn bei der Amme und folgte dem Diener zu Lady Rachels Arbeitszimmer.

»Setzen Sie sich.«

Alles Gütige, das ihre Arbeitgeberin in den vergangenen Jahren ausgestrahlt hatte, wann immer Joan das Gespräch mit ihr suchte oder zu ihr gerufen wurde, war verschwunden und hatte einer schmallippigen, geradezu feindseligen Stimmung Platz gemacht.

»Sie wissen, warum ich Sie sprechen wollte?«

Joan schüttelte den Kopf. Sie hatte keine Ahnung. Sofort aber fing sie an, in Gedanken nach dem Grund zu forschen. Ihr fiel nichts ein. Herrgott, sie hatte sich sogar von Reginald ferngehalten, obwohl sie dies als eine Qual empfand.

Gestern Abend allerdings … Joan schlug den Blick nieder. Ja, sie hatte sich eine winzige Schwäche erlaubt. Sie hatte mit ihm getanzt, und danach hatte sie die halbe Nacht mit wild klopfendem Herzen wach gelegen, weil sie am liebsten noch stundenlang in seinen Armen gelegen hätte. Und nicht nur, um sich im Walzertakt zu wiegen. In ihren Träumen hatten sie Dinge getan. Köstliche, unanständige Dinge, die ihnen verboten waren und dadurch nur umso reizvoller und verführerischer waren … Am Morgen wachte sie auf und glaubte, seine Lippen auf ihren zu schmecken.

Lady Rachel faltete die Hände. »Sie haben all die Jahre sehr gute Arbeit für uns geleistet, Ms Hodges.«

Joan schluckte hart. Sie nannte sie nicht mehr *Nanny* Hodges. Als wäre dieses Kapitel für Lady Rachel bereits geschlossen … Und ja, mit ihrem nächsten Satz bestätigte sie Joans schlimmste Befürchtung.

»Ich denke aber, Sie sollten sich zukünftig anderen Aufgaben zuwenden. Roderick wird mein letztes Kind sein«, bei diesen Worten lächelte Lady Rachel verhalten, »und für ihn kann Millie sorgen. Eine Nanny mit Ihrer Reputation, die für nur ein Kind sorgt ... Nun, die anderen sind inzwischen allesamt den ganzen Tag bei ihrem Lehrer.« Joan spürte, wie ihr Tränen in die Augen stiegen. »Selbstverständlich werde ich Ihnen ein tadelloses Zeugnis ausstellen, Ms Hodges. In der Zeit, die Sie bei uns waren, haben Sie unser Familienleben sehr bereichert. Bringen Sie mir Ihr Zeugnisbuch, ich werde einen entsprechenden Eintrag vornehmen. Aber wir sollten nun alle nach vorne schauen.«

Worte wie Giftpfeile. Jedes mit viel Bedacht gewählt. Keine Angriffsfläche bot die Countess, sie ließ keinen Raum für einen Widerspruch.

Sie war in den letzten sechs Jahren bei der Familie gewesen. Sie hatte für die Kinder alles gegeben – weil es ihre Aufgabe war. Weil sie ihre Arbeit liebte, und vor allem, weil sie die Kinder liebte und alles für sie tun würde.

Und als man sie nicht mehr brauchte, wurde sie fortgeschickt. Es fühlte sich an, als wäre Lady Rachel einfach heute früh aufgestanden und hätte eine Laune bekommen, *wen werfe ich heute raus, mir ist gerade danach.*

Als Joan sich damals beim Norland Institute beworben hatte, wusste sie, worauf sie sich einließ. Dass sie, wenn sie Nanny wurde, für die Kinder in ihrer Obhut nur auf Zeit da sein würde. Ihr gemeinsamer Weg war temporär, der Abschied unausweichlich. Theoretisch hatte sie gewusst, dass dieser Tag irgendwann kommen würde. Wäre der Tag absehbar gewesen, hätte sie sich dafür wappnen können.

Aber ging das überhaupt? Sich auf den Abschied von geliebten Schützlingen vorbereiten?

Die Kündigung jedenfalls traf sie völlig unvorbereitet, und Joan saß einen Moment lang einfach da und horchte dem Sturm aus Gefühlen nach, der in ihr tobte. Sie sollte die Kinder hier zurücklassen? Wann denn? In einer Woche, einem Monat?

»Bitte gehen Sie nun und packen Ihre Sachen, Ms Hodges. Ich werde alles für Ihre Heimreise nach London veranlassen.«

Heute schon?

Joan erhob sich langsam. Sie spürte, mit Argumenten kam sie nicht weiter. Als hätte Lady Rachel sich eine Rüstung angelegt, die kein Wort durchdringen konnte. »Ich verstehe es nur nicht.«

»Was?«

Lady Rachel blickte auf. Sie hatte sich offenbar schon wieder anderen Dingen zugewandt, ihrer Wohltätigkeitsarbeit, irgendwas.

»Ich verstehe nicht. Warum jetzt? Was habe ich falsch gemacht? Habe ich mir etwas zuschulden kommen lassen?«, fragte Joan hilflos.

»Es hat nichts mit Ihrer Arbeit zu tun.«

»Ich habe nichts Falsches getan«, sagte Joan leise. »Sie bestrafen mich. Ich weiß nicht, wofür, aber Sie setzen mich vor die Tür, als hätte ich die Silberlöffel geklaut. Nie haben Sie meine Arbeit kritisiert. Für Ihre Kinder habe ich alles getan …« Heiß brannten die Tränen in ihren Augen, und Joan wischte sie hastig weg. »Warum tun Sie mir das an?«

»Mir bleibt keine andere Wahl.« Lady Rachel stand auf. Sie kam langsam näher. »Es ist nur zu Ihrem Besten, Joan. Verstehen Sie das?«

Nein. Da gab es nichts zu verstehen, dachte Joan.

»Ich werde Ihr Empfehlungsschreiben und die letzte Gehaltszahlung in einer Stunde fertig haben. Sie werden zum Hafen gebracht, die Überfahrt nach England bezahle ich selbstverständlich auch. Ich bin sicher, dass Mrs Ward schon bald eine andere Stellung für Sie findet.«

Lady Rachel stand nun direkt vor ihr. Einen winzigen Augenblick dachte Joan, die Countess würde sie umarmen, würde ihr sagen, das sei alles nur ein bedauerlicher Irrtum, sie wisse selbst nicht, was in sie gefahren sei. Doch der Moment war genauso schnell wieder vorbei.

»Das wäre dann alles.«

Tränenblind und wie betäubt stolperte Joan aus dem Arbeitszimmer. Die Gänge lagen leer vor ihr. Sie musste sich erst sammeln, bevor sie den langen Rückweg antreten konnte. Eine Stunde blieb ihr zum Packen. Und um sich von den Kindern zu verabschieden.

Die Kinder ... Eine neuerliche Welle aus Trauer überschwemmte Joan. Das durfte nicht wahr sein; wie sollte sie den Älteren denn erklären, dass sie von heute auf morgen gehen musste und nie zurückkehren würde?

Als sie knapp eine Stunde später in das Spielzimmer trat, trug Joan bereits ihr Reisekleid. Sie kniete sich hin und breitete die Arme aus. Der kleine Roderick kam auf sie zugekrabbelt und jauchzte, als sie ihn hochhob und sich mit ihm im Kreis drehte.

Joan streichelte das Köpfchen ihres jüngsten Schützlings, der bereits strampelte, damit sie ihn herunterließ. Er würde sich nicht daran erinnern, dass es in seinem Leben mal eine Nanny Hodges gegeben hatte. Aber sie würde ihn nie vergessen.

Millie, die sich während ihrer Abwesenheit um den jüngsten Dudley gekümmert hatte, rang die Hände. »Ach, Nanny Hodges, warum müssen Sie nur gehen?«, rief sie verzweifelt. Die Nachricht hatte also schon die Runde gemacht.

»Ich weiß es nicht«, gab Joan ehrlich zu. »Aber bis eine neue Nanny eintrifft, werden Sie das schon schaffen. Die Großen sind an den meisten Tagen im Schulzimmer, der Kleine ist bestens gelaunt. Sie wissen ja, was die Kinder gern spielen und welche Lieder wir ihnen zum Einschlafen vorsingen.« Joan schluckte. Sie wandte sich ab und versuchte, sich nicht anmerken zu lassen, wie sehr der Abschied sie ergriff.

Es sind nicht meine Kinder, sagte sie sich. Ich habe sie jahrelang versorgt, habe mit ihnen gespielt, habe ihre Babynächte begleitet, ihnen die fiebrige Stirn gekühlt und ihre ersten Schritte begleitet. Aber sie waren nie meine Kinder. Es war immer nur meine Arbeit, die mich für sie da sein ließ ...

Die Wahrheit aber war: Sie hatte ihr Herz an diese Kinder gehängt, und niemals würde sie die Jahre in diesem Haushalt vergessen. Egal, was die Zukunft brachte – sie hatte Spuren hinterlassen, und ebenso hatten die Kinder sie geprägt.

Joan ging zum Schulzimmer. Sie klopfte und bat darum, sich von den Kindern verabschieden zu dürfen. Mr Myers, der Lehrer der drei Kinder, blickte sie über die Halbmonde seiner kleinen Brille hinweg fast schon feindselig an, weil sie es wagte zu stören. Bis in diesen Winkel war die Botschaft von ihrer Abreise also noch nicht vorgedrungen. Darüber war sie erleichtert, denn sie wollte es William, Lillian und Gladys lieber persönlich sagen. Der Lehrer ließ sie für einen Moment alleine.

Lillian weinte und klammerte sich an Joans Arm, als sie den dreien erzählte, sie müsse zurück nach London. »Aber du kommst doch wieder, Nanny Joan?«, bettelte sie.

»Leider nicht«, sagte sie leise. »Auf mich warten andere Aufgaben.«

William hatte seine Lektion gelernt – er wusste, dass man von ihm als ältestem Sohn eines Earls eine angemessene Reaktion erwartete. Er reichte ihr die Hand und wünschte ihr alles Gute für den weiteren Weg. Danach musste er den Kopf abwenden, als würden auch ihm Tränen in die Augen steigen. Gladys schließlich umarmte Joan und flüsterte ihr ins Ohr, dass in London bestimmt ein Märchenprinz auf sie wartete, damit sie auch bald eigene Kinder bekam. »Sie wären die beste Mutter auf der ganzen Welt«, flüsterte sie.

Joan drückte Gladys an sich. »Danke«, wisperte sie.

Dann verließ sie das Schloss, ohne sich ein letztes Mal umzudrehen. Am Dienstbotenausgang wartete die Kutsche auf sie; ihr Schrankkoffer war hinten auf der Ablage festgezurrt, ihre Reisetasche stand im Fußraum der Kutsche. Auf dem Sitzpolster lag ein dicker Umschlag mit dem Zeugnisbuch, ihrer letzten Gehaltszahlung und dem Ticket für die Überfahrt nach Southampton. In einem extra Umschlag fand Joan ein paar Pfundnoten für die Fahrt mit dem Zug von Southampton nach London. Sie schüttelte den Kopf. Alles wirkte so perfekt durchorganisiert, als habe die Countess of Dudley nichts dem Zufall überlassen wollen. Als wäre es ihr vor allem darum gegangen, Joan so schnell wie möglich aus dem Haus zu schaffen.

Aber warum?

Kapitel 23

London, Februar 1903

Alljährlich im frühen Herbst, wenn mit den ersten Septembertagen und den kühlen Nächten, die durch alle Ritzen ins Haus krochen, die jungen Frauen in das Norland Institute strömten, die von schnatternder Aufregung erfüllt sehnsüchtig den Beginn ihrer Ausbildung erwarteten, stellte Emily Ward fest, dass die Uhren in ihrem Haus anders gingen. Dass diese Mädchen, die meisten gerade mal achtzehn oder zwanzig Jahre alt, nichts von dem Tempo der modernen Welt wussten. Selbstverständlich war auch ihre Schule mit dem Besten ausgestattet, was man sich nur wünschen konnte – so hatten sie letzten Herbst als eines der ersten Häuser am Pembridge Square elektrisches Licht bekommen.

Daran musste Emily denken, als sie an diesem Wintermorgen auf dem Weg zum Büro der Schulleiterin durch die hell erleuchteten Gänge lief und ihr die Studentinnen auf dem Weg zu ihren Kursen entgegenkamen. Die jungen Frauen grüßten freundlich. Sie alle kannten sich aus, sie wussten, wo sie hinmussten und wie ihre Pflichten aussahen.

Durch den ritualisierten Alltag, der sie einer neuen Struktur unterwarf, lernten die jungen Frauen die wichtigste Lektion quasi im Vorbeileben. Wie wichtig es war, dass jeder Tag verlässlich blieb. Eine Lehre, die sie hoffentlich auch im Arbeitsalltag begleitete und ihnen als Richtschnur galt, um den Kindern in ihrer Obhut einen Weg aufzuzeigen, wie sich die Verwirrung des Großwerdens durch einen geregelten Tagesablauf abmildern ließ.

Zu Emilys täglichen Pflichten gehörte es, morgens die Studentinnen zu begrüßen und ihnen abends eine gute Nacht zu wünschen, bevor sie nach Hause ging. Zu ihren wöchentlichen Terminen gehörte ein Treffen mit Isabel Sharman, wo sie alle Belange der Schule besprachen. Jeden Dienstag um neun setzten sie sich bei einer Tasse Tee mit ihren Kalendern zusammen und besprachen alles Relevante.

Dabei ging es auch um die Absolventinnen des Norland Institutes, ihren Werdegang und die alle drei Monate erscheinende Zeitung *Norland Quarterly*, in der ausgewählte Norlanderinnen über ihre Erfahrungen berichteten. Dies inspirierte die Studentinnen und Lehrerinnen gleichermaßen, denn es zeigte ihnen, wie viel im Rahmen ihrer Möglichkeiten lag.

Einer dieser Berichte lag ihr seit ein paar Tagen vor. Er bereitete Emily ein unerklärliches Unbehagen, weshalb sie diesen Bericht ganz oben auf die Liste der Dinge gesetzt hatte, über die sie dringend an diesem eisigen Februarmorgen mit Isabel reden musste.

Als Emily nun an die Tür ihres Direktorinnenzimmers klopfte und leise eintrat, stand Isabel sogleich auf. »Was ist passiert?«, fragte sie besorgt. »Ich hoffe, Walter und die Kinder sind wohlauf?«

Sie umrundete den Tisch und umarmte Emily zur Begrüßung. Emily ließ es geschehen.

»Es geht ihnen gut.« Sie atmete tief durch. »Hast du den Brief gelesen, den ich dir gestern hingelegt habe?«

Isabel runzelte leicht die Stirn. »Ja, habe ich. Aber ich weiß nicht, was dir daran Sorgen bereitet. Sie schreibt doch, sie gehe ihren Pflichten weiterhin nach.«

Emily seufzte. Als Isabel ihr den Brief zurückgab, überflog sie die Zeilen von Katie Fox.

»Sie schreibt: ›Meine Aufgabe ist, mich um die Kinder zu kümmern. Das werde ich weiterhin tun. Aber mir wird dies zusätzlich erschwert durch die Erschütterungen im Verhältnis der Eltern …‹«

»Sie ist nicht die erste Nanny, bei deren Familie es ein wenig knirscht«, merkte Isabel an. »Erinnerst du dich an den Richter aus Manchester? Der hatte jede Woche ein anderes Liebchen …« Sie sprach nicht weiter. Allzu lebhaft erinnerte Emily sich an die Episode. Die Nanny, die sie an den Richter vermittelt hatte, war eine burschikose, zupackende Witwe von dreiundzwanzig Jahren gewesen; doch dass ihr Arbeitgeber seine Freundinnen nachts in ihrer Kammer einquartierte, bis seine Frau sich zur Ruhe begab, war selbst für sie zu viel gewesen.

»Unsere Nannys müssen eine Menge aushalten. Und das können sie auch. Ich hatte gehofft, Nanny Fox könnte in ihrem Bericht über das Leben auf Reisen etwas Positives berichten. Aber sie ist unglücklich. Irgendetwas ist vorgefallen. Dabei schrieb mir die Principessa vor wenigen Wochen und lobte sie in den höchsten Tönen.«

Emily wurde das Gefühl nicht los, dass da irgendwas im Argen war. Und sie wusste, nach über zehn Jahren als Eigentümerin des Norland Institutes, in denen sie über die moralische Unversehrtheit ihrer Schützlinge gewacht hatte, dass sie sich auf ihren Instinkt unbedingt verlassen konnte. »Vielleicht sollten wir für Nanny Fox eine neue Wirkungsstätte finden.«

Isabel rieb sich die Schläfe. Sie bemerkte Emilys besorgten Blick. »Nur Kopfweh, nichts Schlimmeres«, sagte sie hastig.

»Du solltest trotzdem einen Arzt aufsuchen.«

Isabel lachte freudlos. »Der mir dann Hysterie bescheinigt? Nein, danke. Ich nehme meine Tabletten, wenn es zu schlimm wird.«

Das kommentierte Emily nicht. Sie wusste, dass Isabel schon immer unter wiederkehrenden Kopfschmerzattacken litt, gegen die kaum etwas half, außer sich für einen halben Tag ins Bett zu legen. Der Arzt, zu dem sie ging, wusste sich auch keinen anderen Rat, als ihr Tabletten zu verschreiben.

»Ich brauche dich, Izzie«, sagte sie daher nur leise. Friedfertig, denn das Letzte, was sie im Sinn hatte, war ein Streit mit ihrer Freundin.

»Ich bin doch hier«, sagte Isabel ebenso leise.

Sie seufzten, beide raschelten mit Papieren und suchten rasch nach einem anderen Thema.

»Lady Dudley schreibt und bittet uns, ihr Bewerberinnen für die vakante Stelle als Nanny zu nennen.« Isabel runzelte die Stirn.

»Was?« Emily horchte auf. Nanny Hodges war seit Jahren bei der Familie, und es hatte nie Probleme gegeben, nicht ansatzweise. Umso mehr überraschte sie dieses Ansinnen. »Was ist da passiert?«

»Sie schreibt, das Vertrauensverhältnis sei zerrüttet und sie habe deshalb die Kündigung ausgesprochen. Joan Hodges sei auf dem Weg zurück nach London.«

Das war für Emily schwer vorstellbar. Ob etwas anderes dahintersteckte? Aber warum sollte es jetzt zu Verwerfungen kommen, nach so vielen Jahren? »Haben wir in jüngster Zeit etwas von Joan Hodges gehört?«, erkundigte sie sich.

»Sie schrieb einen sehr ausführlichen Brief darüber, wie

es ist, mit dem Hausstand eines Earls umzuziehen.« Isabel kramte wieder in den Papieren auf ihrem Schreibtisch, und Emily lächelte nachsichtig. Ach, das ewige Chaos ihrer Freundin, wie oft hatte sie Isabel schon damit aufgezogen. »Hier ist er.« Isabel gab ihr die drei eng beschriebenen Blätter. »Aber darin steht nichts, was uns Hinweise auf die Verstimmung der Countess liefern könnte. Vor ein paar Wochen kam noch ein Bericht für den *Norland Quarterly*, darin schrieb sie über die Wohltätigkeitsarbeit der Countess, bei der sie wohl hilft.«

Emily überflog die Seiten, während Isabel ein wenig Ordnung in den Papierbergen schaffte. Sie wusste, manchmal versteckten sich die Wahrheiten zwischen den Zeilen …

Und auch dieses Mal wurde sie fündig.

»Was ist hiermit?« Sie zeigte darauf.

Isabel setzte die Brille auf, die sie an einer Kette um den Hals trug. Sie runzelte die Stirn. »Da steht nur, dass sie mit den Kindern im Zoo war.«

»Ja. Aber sie war dort mit dem Bruder des Earls.«

»Ja, und?«

Emily ließ ihre Worte wirken. Isabels Augen weiteten sich, als sie Emilys Gedanken erriet.

»Du meinst, sie haben eine … Affäre? Das glaube ich nicht«, widersprach Isabel.

»Sie erwähnt ihn, das ist außergewöhnlich genug. Vielleicht ist da etwas entstanden, das … Nun, nicht direkt eine Affäre, aber vielleicht etwas, das sich als nicht angemessen erwies, weshalb das Arbeitsverhältnis aufgekündigt wurde.«

»Aber das ist schon drei Monate her!«

Trotzdem – Emily war überzeugt, dass es einen Zusammenhang gab. Isabel gab ihr den Brief zurück, und sie redeten weiter über die Belange des Norland Institutes und planten die nächste Ausgabe des *Norland Quarterly*. Emily wollte auf jeden Fall einen Teil des Berichts von Joan Hodges abdrucken. Denn hier zeigte sich wieder einmal, wie viel Kraft die Arbeit der Nannys über die Kinderbetreuung hinaus entfalten konnte. Nanny Hodges schrieb ausführlich darüber, wie Lady Dudley sie in die Wohltätigkeitsarbeit einband und auch ihren Ideen gegenüber aufgeschlossen war. Der Brief schloss mit einem Absatz über die persönliche Verantwortung jeder Einzelnen.

> *Wenn ich am Norland Institute eines gelernt habe, dann wohl, dass wir einen Unterschied machen können. Nicht nur für »unsere« Kinder. In meinem Fall heißt das, dass ich mich engagiere. Meine Arbeitgeberin gibt mir Einblicke, wie man jenen helfen kann, die nicht so privilegiert sind. Dafür bin ich dankbar, ja es macht mich demütig. Ich wünsche mir, dass ich diese Erfahrung mitnehmen kann. Vielleicht finde ich später im Leben etwas, wofür ich mich einsetzen will. Was mir wichtig ist. Das Rüstzeug dafür habe ich nun erworben.*

~

Mary hatte sich den ganzen Morgen vor dem Zimmer von Mrs Ward herumgedrückt, weil sie hoffte, der Schulgründerin über den Weg zu laufen. Sie wünschte, sie könnte einfach sagen, was ihr auf dem Herzen lag. Aber hinter der dunklen Holztür blieb es still. Sie trödelte beim Putzen des Türknaufs, hielt inne, lauschte. Dann erst fiel ihr ein, dass ja heute Dienstag war. Und dienstags, das wusste jede im Norland Institute, saß Mrs Ward immer bei der Direktorin Mrs Sharman und sprach über alle Belange der Schule.

Mary spürte, wie all ihre Hoffnung in sich zusammenfiel. Als könnten sich allein durch ein gutes Wort von Mrs Ward all ihre Probleme in Luft auflösen.

Sie packte den Wischmopp und den Eimer mit dem Schmutzwasser und lief zur Treppe. Tränenblind übersah sie dabei den Staublappen, mit dem sie vorhin die Türknäufe gewienert hatte. Sie stolperte, der Eimer glitt ihr aus der Hand, und das Wasser ergoss sich einmal den kompletten Flur entlang. Das Scheppern des Eimers vermischte sich mit Marys frustriertem Aufschrei.

»So ein Mist!«, fluchte sie.

Dann sank sie inmitten der Schmutzwasserlache auf die Knie und begann zu weinen.

»Was ist denn los, meine Liebe?«

Eine Hand berührte ihre Schulter. Mary blickte auf und sah in das gütige, volle Gesicht von Mrs Ward, die sich über sie beugte. Wortlos rappelte Mary sich auf und wischte mit dem nassen Ärmel Rotz und Tränen vom Gesicht. »Ach, nichts.«

Mrs Ward lächelte. »Das klang aber nicht nach nichts. Mrs Sharman und ich haben schon gedacht, dass es gewittert, so laut hat es hier draußen gescheppert.«

Erst jetzt bemerkte Mary, dass sie bei ihrem kleinen Malheur direkt vor der Tür von Mrs Sharman auf die Nase gefallen war. Die Schuldirektorin stand mit gerunzelter Stirn und vor der Brust verschränkten Armen in der Tür zu ihrem Büro. Sie machte einen Schritt zurück, weil die Pfütze sich weiter in ihre Richtung ausbreitete.

»Entschuldigen Sie. Ich bin gestolpert und ...« Mary weinte. Sie konnte die Tränen nicht zurückhalten, sie strömten einfach aus ihren Augen, sie kannte nun kein Halten mehr. Mrs Wards Mitgefühl, Mrs Sharmans Ablehnung – alles an dieser Situation brachte sie zum Weinen.

Als sie spürte, wie Mrs Ward ihr die Hand auf die Schulter legte, musste Mary direkt noch mehr weinen. Sie fühlte sich so hilflos. Sie versuchte, mit dem Mopp einen Teil des Wassers aufzunehmen, aber das würde ewig dauern, und danach müsste sie den Flur noch einmal komplett wischen. Sie schüttelte den Kopf und wollte sich an die Arbeit machen, doch Mrs Wards sanfte Stimme unterbrach sie.

»Wollen Sie mir nicht erzählen, was mit Ihnen los ist, Mary?«

Mary schüttelte heftig den Kopf. »Das kann ich nicht«, flüsterte sie.

Zu groß war ihre Angst, sie könnte jetzt alles verlieren, wofür sie die letzten acht Monate so hart gearbeitet hatte. Jeden Penny hatte sie beiseitegelegt; nachdem Pops Begräbnis bezahlt war, hatte sie wieder angefangen zu sparen. Und nun war alles weg. Sie wusste ganz genau, wer ihr das angetan hatte, und sie war so wütend deshalb!

»Kommen Sie, Mary. Das können Sie später aufwischen. Jetzt setzen wir uns erst einmal in Isabels Büro, und Sie erzählen mir, was passiert ist.«

Es dauerte eine Weile, bis Mrs Ward und Mrs Sharman die ganze Geschichte aus ihr herausbekamen. »Mein Bruder«, stieß sie hervor. »Er hat mir alles geklaut. Das ganze Geld …«

Sie war ja selbst schuld, hatte sie doch die Münzen in einer Teedose ganz hinten im Küchenschrank aufbewahrt. Direkt neben der Kaffeedose, in der ihre Mutter das Haushaltsgeld verwahrte. Das hatte Finn nicht angerührt. Als wüsste er, dass er den Zorn von Mam fürchten musste, wenn er das wagte.

O Gott. Darüber hatte sie noch gar nicht nachgedacht. Was würde Mam sagen, wenn sie erfuhr, dass Mary alles verloren hatte? Finn war bestimmt mit dem Geld schon über alle Berge, hatte es am nächsten Spieltisch auf eine Karte gesetzt oder im Pub mit einer Lokalrunde verjubelt. Für billigen Schnaps und teure Huren zum Fenster rausgeworfen, was sie sich durch harte Arbeit angespart hatte.

»Alles, was ich gespart habe für mein Studium.« Sie heulte wieder los. Bestimmt würden Mrs Sharman und Mrs Ward sie trösten, aber es blieb die Tatsache, dass sie die gesparten sechs Pfund unmöglich zusätzlich ansparen konnte, bevor in anderthalb Jahren ihre Ausbildung beginnen sollte.

»Ach, Kindchen.« Mrs Ward hörte nicht auf, sie mitfühlend zu streicheln. »Das tut mir so leid. Wie können wir Ihnen helfen?«

Mary schniefte. Sie wusste, dass ihre Situation aussichtslos war. »Aber vielleicht nehmen Sie mich bis dahin aus dem Programm heraus. Dem für die Dienstmädchen, die dann Schülerin werden können, meine ich.« Sie wollte niemandem die Chance verwehren, die ihr selbst ermöglicht worden war. Denn für Mary war absehbar, dass sie es so nicht schaffen würde.

»Ach, nun geben Sie nicht gleich auf.« Über ihre Schulter hinweg sah Mrs Ward zu Mrs Sharman, die inzwischen hinter ihrem Schreibtisch thronte. »Sie sind schon so weit gekommen.«

Aber wie sollte ihr das Unmögliche gelingen? Mary fragte nicht nach. Sie war schon froh, dass die beiden Frauen sie nicht ausgelacht oder sie direkt aus dem Programm geworfen hatten.

»Könnten Sie mir …« Sie verstummte. Es wäre viel verlangt, vielleicht zu viel. Aber sie vertraute daheim niemandem mehr. Was, wenn eines der jüngeren Geschwister das nächste Mal ihr Geld nahm?

»Was denn, meine Liebe?« Mrs Ward war aufgestanden und hatte den Schreibtisch umrundet. Sie stand halb hinter

Mrs Sharmans Stuhl und legte eine Hand auf ihre Schulter. Mrs Sharman lächelte sie flüchtig an.

»Mein Geld. Das ich anspare. Kann ich es bei Ihnen … deponieren?« Das Letzte flüsterte sie nur. Sie schämte sich so sehr. Dass sie nicht mal in der Lage war, auf ihre Ersparnisse achtzugeben. Wer würde so einer Frau denn seine Kinder anvertrauen?

»Das können wir gern für Sie machen. Bringen Sie mir das Geld, ich werde es für Sie auf ein Konto einzahlen.« Mrs Ward lächelte aufmunternd. »Und nun gehen Sie wieder an die Arbeit, Mary. Wir werden Ihren Fall in aller Ruhe noch einmal besprechen.«

~

»Denkst du, was ich denke?«

»Ich muss etwas trinken.« Isabel stand mühsam auf.

»Bleib sitzen.« Emily trat zum Klingelzug. Während sie auf ein Dienstmädchen warteten, drehte sie sich zu Isabel um. »Wir müssen mehr tun. Wenn wir wollen, dass junge Frauen wie Mary MacArthur eine ähnlich gute Startposition haben wie jene Studentinnen, deren Familien die Studiengebühr mühelos aufbringen, müssen wir uns was einfallen lassen.«

»Müssen diese jungen Frauen denn so gut gestellt sein wie andere?«, murmelte Isabel. Sie rieb ihre Schläfen. Ein junges Mädchen brachte Wasser in einer Karaffe mit zwei Gläsern. Emily goss ihnen ein und wartete, bis sich die Tür hinter ihr geschlossen hatte.

»Weißt du, warum wir hier sitzen?«, fragte sie leise.

»Weil du darauf bestehst, dass wir einmal in der Woche eine Besprechung abhalten, egal wie viel gerade zu besprechen ist?«

Emily lächelte nachsichtig. Während Isabel ein paar Schlucke trank, setzte sie sich wieder vor den Schreibtisch. Sie schlug die Beine übereinander und stützte sich auf eine der Armlehnen.

»Nun, das machen wir vor allem, damit wir mal eine kurze Pause bekommen. Aber du solltest gleich nach Hause gehen, meine Liebe.«

Isabel seufzte. »Du hast recht.«

»Ich meine vor allem, warum es das Norland Institute gibt.«

»Weil du es gegründet hast.«

Emily lächelte. »Das stimmt. Aber es wäre mir niemals möglich gewesen, so weit zu kommen, wenn nicht andere Frauen bereit gewesen wären, mir diesen Weg zu ebnen. Und zwar, ohne zu fragen, was ich im Gegenzug für sie leisten kann. Das wünsche ich mir für die Absolventinnen des Norland Institutes. Dass sie in diesem Geist handeln. Dass sie den Funken weitertragen.«

»Lass uns das ein andermal erörtern.«

Erst jetzt bemerkte Emily, wie erschöpft Isabel war. »Natürlich. Du musst dich ausruhen. Aber lass uns doch bis zum nächsten Dienstag überlegen, ob wir der armen Mary helfen können. Es ist ja nicht damit getan, wenn wir ihr die Studiengebühr komplett erlassen. Das wäre wiederum ungerecht denjenigen gegenüber, die den vollen Beitrag zahlen. Oder dieses Vorgehen wird uns finanziell schlechter stellen.«

Isabel stand auf. Normalerweise war sie nicht so brüsk, aber heute hatte sie wohl ihre Belastungsgrenze erreicht.

»Wenn es eine Art Stipendium geben würde. Aber so etwas haben wir nicht, und ich wüsste auch nicht, wie wir etwas Derartiges finanzieren sollten.« Sie runzelte die Stirn.

»Geh nach Hause, Isabel. Irgendeine Lösung wird sich finden.«

Als Emily wieder in ihr Büro trat, war sie in Gedanken weiterhin bei der armen Mary. Wäre es nicht möglich, dass die Norland Nannys – Frauen wie Katie Fox oder Joan Hodges, die in ihren Berichten und Briefen immer wieder den Geist von Norland beschworen und ihr mitteilten, wie sehr das Norland Institute ihnen den Weg in ein unabhängiges Leben geebnet hatte – jene, die sich die Ausbildung nicht leisten konnten, über eine Art Stipendium fördern konnten …? Ach, nein. Fast hätte sie über den absurden Gedanken gelacht, denn damit verlangte sie zu viel von den jungen Frauen.

Oder doch nicht?

Kapitel 24

Die Nachricht von Joans Rauswurf bei den Dudleys – denn nichts anderes war es! – verbreitete sich nach ihrer Ankunft wie ein Lauffeuer bei den Londoner Nannys. Spätestens mit der Sommerausgabe des *Norland Quarterly* würden es alle wissen, wenn hinter ihrem Namen nicht mehr die Dubliner Adresse stand, sondern die ihres Onkels in London.

Joan war das egal. Nach ihrer Rückkehr war sie wieder bei Onkel George eingezogen. Sie sorgte mit sanftem Tadel und gestrenger Hand dafür, dass seine Dienstboten ihre Aufgaben ernster nahmen als zuletzt. Wenn man überraschend für alle Beteiligten auftauchte, sah man auf den ersten Blick, wo sich ein kleiner Schlendrian eingeschlichen hatte. Onkel George ließ sie gewähren. Er dachte wohl, es sei besser, wenn sie ein bisschen beschäftigt war.

Außerdem schien es ihm zu gefallen, dass sein Heim wieder etwas ordentlicher war, der Zeitungsstapel neben dem Sessel war auch wieder sortiert, die neueste Ausgabe lag zuoberst, und wenn er eine andere weiter unten im Stapel hervorzog, kippten die Zeitungen nicht mehr um. Joan saß abends bei ihm und strickte ein Jäckchen. Erst am dritten Abend fiel ihr auf, dass es die passende Größe für Roderick hatte. Wütend riss sie die Nadeln aus dem Gestrick und begann, alles wieder aufzuribbeln.

Onkel George brummelte.

»Was ist?«, fragte sie gereizt.

»Ach, nichts, nichts.« Er kaute auf seiner Meerschaumpfeife. »Ich finde nur, du bist nach deiner Rückkehr … mh. Erregt, könnte man fast meinen.«

Joan schnaubte. »Du meinst, hysterisch.«

»Das hast du gesagt.« Er rutschte unbehaglich auf dem Sessel herum. Man merkte ihm an, dass er keine Erfahrung mit streitlustigen Frauen hatte.

Joan ließ das Knäuel sinken. »Du hast recht«, sagte sie leise. »Ich verstehe einfach nicht, was da in Dublin passiert ist.«

»Was ist denn da passiert?«

Bisher hatte sie ihm nicht viel erzählt. Nur, dass sie ihre Arbeit verloren hatte. Aber das, hatte sie hastig hinzugefügt, sei nur ein vorübergehender Zustand, sie werde sich möglichst bald bei Mrs Ward zurückmelden und sie bitten, ihr eine neue Anstellung zu vermitteln. Als Norland Nanny mit ihrer Reputation dürfte das kein Problem sein.

Aber der Makel blieb. Die Countess hatte ihr gekündigt, ohne Angabe von Gründen. Würde sie dadurch Probleme bekommen? Das Zeugnis hatte sie sorgfältig studiert, es war wie versprochen tadellos und enthielt auch keine versteckten Hinweise auf Verfehlungen.

Sie wusste, hinter dem Ganzen steckte mehr. Aber was? Sie hatte sich doch auch von Reginald ferngehalten, nachdem er ihr auf der Stiege begegnet war. Ganz bewusst hatte sie das getan, obwohl ihr Herz davon gebrannt hatte.

Nun, aber dann kam der Abend des Balls, und er hatte mit ihr auf der Terrasse getanzt. Als sie nach dem Kuss fluchtartig davonlief, hatte sie zwei Personen bemerkt, die eng umschlungen im Schatten der Säulen standen … Nach längerem Nachdenken war Joan zu dem Schluss gekommen, dass eine dieser Personen Lady Rachel gewesen war. Doch der Mann, der sie umarmte, war nicht Lord William gewesen …

Das war so schmerzhaft. Dass sie, die sich seit Jahren um die Kinder der Dudleys gekümmert hatte, nach einem Fehltritt direkt vor die Tür gesetzt wurde. Als hätte die Familie ihr vorher nicht das Wertvollste anvertraut. Als wäre da nicht ein Vertrauensverhältnis gewesen, das so etwas aushielt.

Aber so waren die Regeln, nicht wahr? Als Dienstbotin taugte sie, aber wehe, sie wagte es, sich der Familie des Earls zu nähern … Und wenn es so wäre – hätte die Countess nicht befürchtet, dass Joan ihrerseits verraten könnte, dass sie mit einem anderen Mann in inniger Umarmung das Feuerwerk beobachtete?

Deshalb hatte sie es so eilig, mich aus Dublin fortzuschicken. Ich wusste zu viel. Es ging gar nicht um den Kuss …

Ja, das war eine plausible Erklärung, auch wenn es schmerzte.

Die Wolle riss nach einer besonders heftigen Handbewegung, und Joan verbiss sich einen Fluch. Sie stopfte das Knäuel und den Rest vom Strickstück in ihren Handarbeitskorb. »Ich gehe wohl lieber zu Bett, bevor ich dir mit meiner miesepetrigen Laune noch den Abend verderbe.«

»Das schaffst du nicht.« Onkel George faltete die Zeitung zusammen. »Also sag mal, ich kenne mich ja nicht so aus mit Frauenthemen.« Irrte sie sich, oder wurde Onkel George rot? Schwer vorstellbar bei dem alten Griesgram, der sich nie scheute, die Wahrheit auszusprechen. »Aber kann das sein, dass du zu sehr Mutter warst für die Kinder

der Countess? Dass sie dich deshalb nicht mehr im Haus haben wollte?«

Der Gedanke war Joan auch schon gekommen, wenngleich er ihr zugleich abwegig vorkam. »Warum erst jetzt?«, widersprach sie. »Ich arbeite schon so viele Jahre für sie …«

»Ja, was hat sich denn in letzter Zeit verändert?«

»Ach …« Auch wenn sie einen Verdacht hatte – sie wollte nicht darüber reden.

Ihre Gedanken drehten sich im Kreis. Wie sollte sie ihrem Onkel von ihrer Schwärmerei für den Bruder des Earls erzählen, denn diese würde sich ohnehin nie erfüllen.

»Nichts hat sich verändert.«

Sie wollte die Wohnstube verlassen, doch in der Tür stieß sie fast mit der jungen Dienerin Bridget zusammen, die erst seit Kurzem im Haushalt ihres Onkels arbeitete. Bridget war ziemlich verhuscht, sie schaffte es selten, die Stimme zu erheben, doch Joan schätzte sie, weil sie fleißig und zuverlässig war. »Ms Joan, da ist eine Besucherin für Sie. Ich habe sie in den Salon geführt, ich hoffe, das ist in Ordnung.«

»Eine Besucherin? Wie lautet ihr Name?« Joan spürte das Herz bis zum Hals klopfen. Damit hatte sie als Letztes gerechnet. Sie blickte auf ihre Taschenuhr. Es war fast neun Uhr am Abend. Wer mochte sie zu so später Stunde noch aufsuchen?

»Eine ältere Frau. Ihren Namen hat sie nicht genannt.«

Joan atmete auf. »Bridget. Du musst die Besucher um ihre Karte bitten.« Sie dachte nach. Sie wusste ja, dass sie nach ihrer Rückkehr schnellstmöglich bei Mrs Ward im Norland Institute vorsprechen sollte. Vielleicht hatte die Schulleiterin die Geduld verloren und kam selbst zu ihr. »Hm, der Salon ist nicht geheizt, bring sie doch …« Sie überlegte. Hinter ihrem Rücken aber stand Onkel George bereits lautlos auf.

»Ich werde mich mal in mein Kaminzimmer zurückziehen, wenn es nichts ausmacht. Dann habt ihr es hier schön angenehm.«

»Danke, Onkel George.« Joan bat Bridget, Mrs Ward zu ihr in die Wohnstube zu bringen. Sie setzte sich wieder auf das Sofa und nahm den halb aufgeribbelten Lappen aus dem Körbchen, um ihre Hände zu beschäftigen.

Die Nachricht über ihre Kündigung war inzwischen mit Sicherheit zum Norland Institute vorgedrungen. Sie hätte sich längst bei Mrs Ward melden müssen. Doch sie hatte sich geschämt.

»Guten Abend.«

Joan stand auf. Sie spürte, wie ihr Mund trocken wurde, und einen kurzen Moment dachte sie, ihr würden die Sinne schwinden, denn vor ihr stand nicht die kleine, gütige Mrs Emily Ward, sondern …

»Guten Abend, Dowager Countess of Dudley.« Gerade rechtzeitig fiel ihr ein, dass sie einen Knicks machen musste.

Die Mutter von Earl William blickte sich in der kleinen Wohnstube um, die Onkel George und Joan abends bevorzugten, weil sie so gemütlich war. Sie rümpfte nicht direkt die Nase, aber Joan spürte, wie abschätzig Lady Georgina ihr Heim betrachtete. Ein bisschen so, als hätte sie sich in ein Rattenloch begeben, um dem dort lebenden Ungeziefer aufzuwarten.

»Darf ich Ihnen eine Erfrischung bringen lassen?«, fragte Joan höflich.

»Sie haben nicht zufällig einen Sherry oder Port?«

Oh, gleich so etwas Starkes. Joan läutete, und Bridget tauchte so schnell auf, als hätte sie hinter der Tür gelauert. »Bringen Sie uns zwei Gläser vom guten Portwein, Bridget.«

»Sehr wohl, Ms Joan.«

»Ich habe nicht mit Ihnen gerechnet«, sagte Joan leise, sobald die Tür sich geschlossen hatte.

»Das denke ich wohl. Entschuldigen Sie die Scharade. Ich hätte Ihrem Dienstmädchen auch meine Karte geben können. Dann hätten Sie mich vorhin auch nicht angestarrt, als wäre ich ein Geist. Verzeihen Sie den Taschenspielertrick. Ich wollte nicht, dass Sie mich abweisen.«

Hätte sie das getan? Joan bezweifelte es. Aber dass die Dowager Countess derlei befürchtete, erstaunte sie.

»Ich gebe zu, ich habe mit Mrs Ward, der Schulgründerin des Norland Institutes, gerechnet. Ich bin nach der Kündigung und meiner Rückkehr nach London noch nicht bei ihr gewesen, und ich fürchte, sie wird mir allein für dieses Versäumnis den Kopf abreißen.«

»Ah. Sie kommen direkt zur Sache. Das mag ich an Ihnen, Ms Hodges.«

Joan legte unbehaglich die Hände in den Schoß. Sie wartete auf das große Donnerwetter, das zwangsläufig folgen musste. Denn deshalb war die Dowager Countess doch hergekommen, nicht wahr? Würde sie nun endlich erfahren, was tatsächlich der Grund für die Kündigung war?

»Mein Sohn war sehr überrascht, als er von Ihrem raschen Verschwinden erfuhr. Ich übrigens auch.« Lady Georgina verstummte, denn Bridget brachte den Portwein. »Wir fragen uns, was Sie dazu veranlasst hat, so überstürzt die Zelte in Dublin abzubrechen. Ist etwas vorgefallen?«

Joan stellte das Portweinglas auf ein Tischchen, ohne daran zu nippen. Sie wollte für diese Unterredung alle Sinne beisammenhalten. »Ich verstehe nicht«, sagte sie langsam.

»*Sie* haben doch gekündigt, oder nicht?«

Joan atmete tief ein und aus. Das ist es also, dachte sie. Niemand wusste, was vorgefallen war.

»Nein, das entspricht nicht den Tatsachen.«

»Oh«, machte die Dowager Countess. Im anschließenden Schweigen hatte Joan etwas Zeit, das Gehörte zu verarbeiten. Hatte Lady Rachel ihren Mann und alle anderen in dem Glauben gelassen, dass Joan selbst das Arbeitsverhältnis beendet hatte? Das war wirklich unerhört. Aber auch verständlich, falls sie es getan hatte, um entweder sich selbst zu schützen oder sie auf diese Weise den Kuss von Joan und Reginald aus allem heraushielt ...

Sie atmete tief durch. Die Beweggründe der Countess Dudley waren im Grunde egal. Dass sie Joan die Kündigung zuschob, schützte sie gewissermaßen beide.

»Dann tut es mir leid ...« Lady Georgina stand auf. »Entschuldigen Sie, ich dachte, wenn ich herkomme und mit Ihnen rede, bekomme ich Antworten. Nun habe ich noch mehr Fragen. Wir dachten ...« Wir, damit meinte sie auch Earl William, wurde Joan klar.

»Sie dachten, ich hätte gute Gründe für die Kündigung«, sagte sie leise und erhob sich ebenfalls. »Nun, ich weiß selbst nicht, was da passiert ist. Da Lady Rachel Ihnen gegenüber etwas anderes angedeutet hat ...« Weiter sprach sie nicht. Nie käme es ihr in den Sinn, die Countess einer Lüge zu bezichtigen. Schon gar nicht vor deren Schwiegermutter.

»Ja, es ist tatsächlich ein Rätsel.«

Die Dowager Countess wirkte nachdenklich.

»Danke, dass Sie hergekommen sind. Auch wenn ich nichts beitragen konnte, um dieses Durcheinander aufzuklären.«

»Die Kinder vermissen Sie«, sagte Lady Georgina unvermittelt. »Mein Sohn hat mich kontaktiert und von seiner Verwirrung und der seiner Kinder geschrieben. Der Jüngste weint sich jeden Abend in den Schlaf, weil er die Nana vermisst. Und bis eine neue kommt, wird es noch dauern, wurde ihm mitgeteilt.«

»Ich bin überzeugt, dass Mrs Ward für die Familie Ihres Sohnes eine gute Entscheidung trifft.«

»Kommen Sie zurück, Ms Hodges. Wenn ich das zwischen Ihnen und meiner Schwiegertochter aus dem Weg räumen kann – glauben Sie, dann wäre ein Neuanfang möglich?«

Joan senkte den Blick. Einer Dowager Countess konnte sie wohl kaum eine Bitte abschlagen. Doch in das Haus zurückkehren, aus dem man sie verjagt hatte? Nein, das konnte sie nicht. Auch nicht um der Kinder willen. Und sie konnte sich auch nicht vorstellen, dass Lady Rachel damit einverstanden wäre. »Das weiß ich nicht«, gab sie zu. »Ich muss mir in Kürze eine neue Aufgabe suchen. Aber sollte ich noch verfügbar sein …«

Ein grimmiger Zug lag um den Mund der Älteren. »Ich kümmere mich um die Angelegenheit. Sie hören von mir. Guten Abend.« Als Joan ihr folgen wollte, schüttelte sie den Kopf. »Ich finde allein hinaus.«

Die Tür fiel leise klickend ins Schloss. Joan sank auf das Sofa. Was war gerade passiert? Sie nahm ihr Portweinglas und kippte den Inhalt ganz unprätentiös hinunter. Das weiche Brennen in der Kehle fühlte sich angenehm an und wärmte ihr den Bauch.

Der Besuch der Dowager Countess hatte nur noch mehr Verwirrung gestiftet. Warum hatte Lady Rachel über den Grund für die Entlassung geschwiegen?

Kapitel 25

Oberhofen, März 1903

Von den Ereignissen im fernen London bekam Katie Fox nichts mit. Sie war zu sehr damit beschäftigt, sich um die Kinder zu kümmern. Nachdem sie zwischen dem Principe und der Principessa stand und um das Geheimnis ihres Arbeitgebers wusste, hatte sie das Gefühl, es niemandem mehr recht zu machen.

Katie versuchte, sich einzureden, dass es sie nichts anging, wie die Eltern ihrer Schützlinge ihr Leben bewältigten. Ihre Aufgabe war vor allem, sich um die Kinder zu kümmern. Doch es wurde schwierig, denn täglich gab es Fragen, die sie mit Donna Pauline oder Don Mario besprechen müsste. Und beide gingen ihr nun aus dem Weg. In Katie machte sich immer größeres Unbehagen breit.

Es wurde auch nicht besser durch den Umstand, dass Don Mario sich vorzugsweise in seinem Arbeitszimmer oder dem angrenzenden Billardzimmer verschanzte, einem Raum, in dem er stundenlang die Kugeln mit dem Queue bearbeitete. Die Principessa ließ derweil die teuersten Schneider aus Mailand oder Rom kommen, die ihr eine komplette neue Garderobe schneiderten, mit der sie nach ihrer Rückkehr nach Italien, auf die sie täglich hoffte, bei ihren Freundinnen glänzen wollte. Täglich rief sie Katie zu sich, damit sie mit ihr die Stoffauswahl oder Farben beraten konnte. Wenn Katie versuchte, bei diesen Gelegenheiten auch über die Belange der Kinder zu sprechen, winkte Donna Pauline ab.

»Das werden Sie schon richten. Sie sind die Nanny.«

Katie hatte kein Gespür für Mode; sie war oft froh, dass sie sich morgens vor dem Schrank nicht für ein Kleid entscheiden musste, sondern einfach eines der drei braunen Kleider ihrer Nannyuniform nehmen konnte, die darin hingen. Darum empfand sie die Stunden im Ankleidezimmer der Principessa als Qual. Diese stand fröhlich plappernd auf einem Hocker und wurde von drei Schneidergehilfinnen umrundet, während der Schneidermeister neben Katie stand und jede Falte, jede Perlenstickerei und jedes winzige Detail kenntnisreich kommentierte.

Das ist nicht meine Aufgabe!, hätte sie am liebsten geschrien. Stattdessen stand sie an ihrem Platz und wartete, bis sie entlassen wurde.

Es passierte an einem Tag Anfang März, dass die Donna völlig aufgelöst zu Katie kam. Sie schluchzte und nahm Katies Hand, zog sie hinter sich her in den Nebenraum, während ihre Kinder friedlich auf dem Boden hockten und mit der Eisenbahn spielten.

»Etwas Schreckliches hat sich zugetragen, Nanny Fox!«, rief sie. »Ich kann nicht glauben, wie es so weit kommen konnte …«

Die Principessa sank auf den Boden und schlug die Hände vors Gesicht. »Ich wollte das nicht!«, heulte sie.

Katie hockte sich neben sie. Etwas unbeholfen und verunsichert berührte sie die Schulter von Donna Pauline. »Was ist denn passiert?«, fragte sie sanft. Hatte Don Mario sie verlassen? War jemand verletzt? Es schien ihr sogar möglich, dass die Donna im Streit mit ihrem Ehemann handgreiflich geworden war. Kurz blitzte in ihrem Kopf das Bild eines blutüberströmten Don Mario auf, der die Hand nach seiner Frau ausstreckte und sie anflehte, ihn nicht im Stich zu lassen …

»Das Schlimmste«, sagte Donna Pauline mit Grabesstimme. Sie legte die Hand auf ihren Unterleib. »Schon wieder bin ich guter Hoffnung.«

»Oh.« Katie konnte sich nicht helfen, für einen winzigen Moment freute sie sich für die Donna, denn war ein neues Menschenkind nicht immer Grund zur Freude?

»Schrecklich«, kommentierte die Principessa. Tränen rannen über ihr Gesicht. »Ich will nicht noch ein Balg, das mir erst die Figur ruiniert und mich wochenlang ans Bett fesselt. So war es bei den letzten drei Schwangerschaften. Ich habe es gehasst. Nach Emanueles Geburt habe ich meinem Mann gesagt, ich werde kein weiteres Kind bekommen. Reichen ihm vier Söhne nicht?«

Katie enthielt sich eines Kommentars. Zu einer Empfängnis gehörten immer zwei, oder nicht? War es nicht die Donna, die nächtens durch die Gänge zu ihrem Gemahl ging, wenn dieser nicht gerade einen Hausgast hatte?

Vermutlich tat sie das in der verzweifelten Hoffnung, ihn zu bekehren, ihn von seiner Homosexualität zu »heilen«, wenn er nur oft genug das Bett mit ihr teilte. Donna Pauline hatte bis heute nicht aufgegeben, um ihren Mann zu kämpfen. Katie konnte den Schmerz nur erahnen, den ihre Dienstherrin Tag für Tag erlitt.

»Was mache ich denn jetzt«, flüsterte Donna Pauline. »Ich kann dieses Kind nicht bekommen, Nanny Fox. Es bringt mich um, wenn ich noch eins kriege …«

»Erst mal koche ich Ihnen einen Kräutertee.« Katie half ihr hoch. »Und dann stecke ich Sie ins Bett. Sie sehen ganz blass um die Nase aus. Wollen Sie denn heute Abend so den Botschafter empfangen?«

»Ach ja, der Botschafter …« Die Principessa seufzte. Doch dann straffte sie sich, als hätte sie eine Entscheidung getroffen. »Natürlich werden wir ihn empfangen. Ach, entschuldigen Sie, Nanny Fox. Was belaste ich Sie auch mit meinen Problemen?« Spontan schloss sie Katie in die Arme. Katie schnappte überrascht nach Luft. »Herrje. Wie kriege ich denn nur die Rötungen und Schwellungen bis zum Abend weg? Kamille dürfte da helfen, nicht wahr?«

»Ich mache Ihnen Umschläge«, bot Katie an. »Setzen Sie sich doch so lange zu Ihren Kindern, Principessa. Die Jungen spielen heute besonders harmonisch.«

Katie hoffte, die Gegenwart der spielenden Kinder würde die Principessa auf andere Gedanken bringen. Hastig lief sie in die Küche und bereitete einen Baldriantee mit Lavendelblüten zu, den sie großzügig mit Honig süßte. Sie stellte eine Schüssel mit Keksen aufs Tablett, machte einen Sud aus Kamillenblüte, in dem sie ein paar Kompressen einweichte. Zum Glück hielt sie immer ein paar Heilkräuter und Medikamente in ihrer Hausapotheke für die Kinder vor, aus der sie sich auch bei dieser Gelegenheit bediente. Bei ihrer Rückkehr stürzten sich die Jungen auf die Schüssel mit den Keksen. Die Principessa lächelte dankbar und nippte an dem Tee, während sie das Gewusel um sich herum nachsichtig ertrug.

»Nun los! Ich komme gleich zu euch«, scheuchte Katie die Meute zurück zum Spielen. Sie setzte sich neben die Principessa aufs Sofa. Ihr entging nicht, wie diese die Hand auf ihren Bauch legte, fast beschützend.

»Dritter Monat«, murmelte Donna Pauline; sie hatte Katies Blick bemerkt. »Es muss kurz nach Weihnachten passiert sein.«

»Dann kommt es im September.«

»Gott, ja. Noch ein halbes Jahr. Und ich dachte, ich hätte

mir immer wieder den Magen verdorben. Ständig war ich unpässlich, erinnern Sie sich? Ich wollte es nicht wahrhaben.« Sie runzelte nachdenklich die Stirn. »Wird er sich freuen?«

Darauf wusste Katie keine Antwort. »Wir schaffen das«, sagte sie. Die Versorgung eines Säuglings war ihr von der Ausbildung vertraut. Das war noch das geringste Problem.

»Ich werde es ihm sagen müssen …«

»Wenn Sie sich dazu in der Lage fühlen.«

»Ja, Sie haben recht. Jetzt noch nicht.« Donna Pauline schüttelte den Kopf. »Ich bin doch nun wirklich zu alt für ein weiteres Kind mit meinen über dreißig Jahren.«

»Wir schaffen das«, wiederholte Katie. Aber sie spürte, dass es nicht darum ging, ob die Betreuung eines fünften Kindes Probleme aufwarf. Darum biss sie sich auf die Lippen, damit sie nicht noch mehr sagte, das Donna Pauline als unangemessen empfinden könnte. Sie durfte sich nun wirklich kein Urteil anmaßen. Wenn Donna Pauline eine fünfte Schwangerschaft als Katastrophe empfand, war sie das für sie auch.

»Danke.« Donna Pauline sah schon etwas besser aus. Sie bekam sogar bereits wieder ein Lächeln zustande. »Für alles.«

»Gerne. Dafür bin ich da.«

Katie kehrte zu den Kindern zurück, nachdem sie sich vergewissert hatte, dass die Principessa ohne sie zurechtkam. Ihr Herz sang, ganz leise nur. Ein Baby. Vielleicht half ein Baby den Eheleuten ja, wieder zueinanderzufinden.

Kapitel 26

London, März 1903

»Ach, Kindchen. Wie gut, dass Sie vorbeikommen. Wir waren schon in Sorge.« Mrs Ward lächelte aufmunternd. »Schön, dass Sie es jetzt geschafft haben.«

Es hätte nicht viel gefehlt, und Joan wäre in Tränen ausgebrochen – Tränen der Erleichterung vor allem. Sie hatte lange für diesen Schritt gebraucht, weil sie es nicht übers Herz brachte, Mrs Ward und Mrs Sharman von ihrem unbegreiflichen Scheitern zu erzählen.

Aber heute hatte sie die Kraft gefunden, nach dem Gespräch mit der Dowager Countess hatte sie erkannt, dass ihr Gefühl sie nicht trog – sie hatte sich absolut nichts vorzuwerfen. Wenn sogar Lady Georgina und Earl William ratlos waren, warum sie entlassen worden war, hatte sie nicht zu befürchten, dass auf verschlungenen Wegen das, was Lady Rachel zur Kündigung veranlasst hatte, bis zum Norland Institute vorgedrungen war.

Inzwischen war Mitte März, die Tage wurden heller, die Luft war fast schon etwas warm. Sie hatte sich am Morgen ein fliederfarbenes Kleid angezogen, darüber einen hellgrauen, leichten Mantel. Keine Nannyuniform. Diese hing seit ihrer Rückkehr nach London in mehrfacher Ausführung unangetastet in ihrem Schrank und versetzte Joan jedes Mal, wenn sie die Kleider sah, einen Stich.

Die Mietdroschke brachte sie zum Pembridge Square, wo sie Mrs Ward gemeldet und nach kurzer Wartezeit in ihr Büro geführt worden war. Die junge Frau in der Dienstmädchenuniform musterte Joan neugierig. Das flammend rote Haar ringelte sich um ihren Kopf, die grünen Augen blitzten wach und munter.

»Ich schäme mich so«, gestand Joan, als sie wieder mit Mrs Ward allein war. Sie versuchte, das Thema zu wechseln. »Wer ist das neue Dienstmädchen? Die kannte ich noch gar nicht. Sie macht auf mich einen patenten Eindruck.«

»Sie gehört zu unseren Sorgenkindern. Ach, kommen Sie her, Ms Joan.« Mrs Ward umrundete den Schreibtisch. Sie musste sich auf die Zehenspitzen stellen, um Joan auf die Stirn zu küssen. »Sie haben wirklich Schreckliches durchgemacht.«

»Ich weiß gar nicht, was genau passiert ist«, gestand Joan. Sie setzte sich, während Mrs Ward sich wieder hinter den Schreibtisch begab.

Die Schulgründerin runzelte die Stirn. »Tatsächlich, es ist auch uns ein Rätsel, denn das Zeugnis, das die Countess of Dudley uns geschickt hat, lässt keinen Zweifel an Ihrer hervorragenden Arbeit und Kompetenz. Nicht, dass ich etwas anderes erwartet hätte«, fügte sie eilig hinzu. »Könnte die Countess die Befürchtung haben, dass Sie … nun, wie drücke ich es aus …«

»Dass ich eine Affäre mit ihrem Mann habe?«, half Joan nach. Mrs Ward blickte peinlich berührt auf ihre eigenen Hände mit den sauberen, kurz geschnittenen Nägeln. »Nein. Da war nichts.« Sie dachte an Reginald. Aber das ging die Countess nichts an, und es hätte sie auch nicht zu einer so heftigen Reaktion verleiten dürfen.

Da war wirklich nichts, dachte sie trotzig. Ich habe die ganze Zeit gewusst, dass es falsch gewesen wäre, und bis auf einen schwachen Moment haben wir uns voneinander ferngehalten. Ich werde darüber hinwegkommen, und es geht niemanden etwas an, dass ich ihn nicht vergessen kann.

»Wie möchten Sie weitermachen?« Mrs Ward überging das unangenehme Thema und klappte ihr Lederbuch auf. »Sie wissen, mit Ihrem Ruf können Sie sich Ihren nächsten Arbeitgeber beinahe aussuchen.«

»Ich weiß es nicht«, gab Joan zu. »Vielleicht brauche ich erst etwas Zeit.«

»Ach so. Das verstehe ich natürlich.« Mrs Ward blätterte trotzdem in dem Buch. »Hier habe ich eine griechische Prinzessin. Die Großnichte des Zaren, sie hat zwei bezaubernde Töchter, für die sie dringend eine Nanny sucht. Im Moment sind alle Kandidatinnen vergeben, die dieser Aufgabe gewachsen wären – fern der englischen Heimat, noch dazu mit der Sprachbarriere konfrontiert. Darum habe ich an Sie gedacht. Aber wenn Sie sagen, Sie bräuchten erst etwas Zeit …«

Mrs Ward machte eine Pause, als hoffte sie, Joan könnte ihre Meinung direkt ändern.

»Es geht nicht«, sagte sie leise. Zu vieles, was sie noch nicht verstand.

»Natürlich. Sie können sich melden, sobald Sie sich wieder bereit fühlen.« Es gelang Mrs Ward aber nicht, ihre Enttäuschung zu verhehlen.

Joan stand auf.

»Es interessiert Sie vielleicht, dass Sie einen Fürsprecher bei den Dudleys haben.«

Sie hatte die Tür schon fast erreicht. Nun fuhr Joan herum. »Die Dowager Countess?«, mutmaßte sie.

Mrs Ward hob die Augenbrauen. »Darüber weiß ich nichts. Aber ich erhielt einen Brief vom Bruder des Earls. Ein flammendes Plädoyer für Sie. Er schrieb darin, wie behutsam Sie mit den Kindern umgehen und dass, was immer geschehen sein mag, weshalb Ihnen gekündigt wurde – es liegt nicht an Ihnen.«

Reginald.

Er ließ nicht locker. Setzte sich für sie ein.

»Danke«, sagte Joan still. »Das ist eine wichtige Information.«

»Ist das so?« Mrs Ward runzelte die Stirn, und für einen winzigen Moment hatte Joan das Gefühl, sie müsste sich nun rechtfertigen. Als wüsste Mrs Ward von ihren Gefühlen. Stand es ihr so deutlich ins Gesicht geschrieben? Joan atmete durch, sie versuchte, ihr Gegenüber möglichst unverbindlich anzusehen.

Mrs Ward seufzte. »Sie waren immer eine unserer besten Schülerinnen«, sagte sie. »Wir haben Großes von Ihnen erwartet. Und Sie haben unsere Erwartungen mehr als erfüllt. Wenn wir inzwischen Anfragen aus allen europäischen Königshäusern bekommen – aus dem Deutschen Reich, aus Griechenland, sogar aus Russland oder Dänemark –, dann haben wir das auch Ihnen zu verdanken. Ihre Nähe zum englischen Königshaus hat das ermöglicht. Ich vermute, dass die Mutter des Earls Ihre Verdienste gelegentlich bei der Königin erwähnt hat.«

»Danke«, sagte Joan leise.

»Ich bin überzeugt«, fuhr Mrs Ward fort, »dass Sie die Werte von Norland nicht verraten haben. Zu keinem Zeitpunkt. Und ich werde alles tun, damit dieser Makel Ihren weiteren Werdegang nicht beeinflusst. Sie waren immer eine der Besten.«

Joan hätte fast geweint. Es tat ihr gut zu hören, dass sie nichts falsch gemacht hatte, dass jeder unverbrüchlich an ihrer Seite stand. Es blieb jedoch die Tatsache, dass sie durch ihr Verhalten Lady Rachel erzürnt hatte. Und ihr selbst fiel nur der Tanz mit Reginald als Grund dafür ein – der Tanz und der anschließende Kuss.

Das musste es sein. Und das war umso bitterer, weil diesem einen Kuss niemals ein weiterer folgen würde.

Bevor sie das Arbeitszimmer von Mrs Ward verließ, rief diese sie zurück. »Sie können sich gern die Schlüssel für mein Haus in Bath holen«, sagte sie. »Wenn Sie London mal für ein paar Wochen den Rücken kehren wollen, meine ich.«

»Danke«, sagte sie abwesend. Sie verließ eilig den Raum und blieb im Flur stehen. Atmete dreimal tief durch und versuchte, sich zu sammeln.

Er hatte sich als ihr Fürsprecher hervorgetan.

Hatte das etwas zu bedeuten? Natürlich. Wäre sie ihm gleichgültig, hätte er gar nichts getan. Und noch etwas schwang darin mit. Er hatte sich ihretwegen die Mühe gemacht, einen Brief zu schreiben. Als hätte er ein schlechtes Gewissen.

Sie musste wissen, was das bedeutete. Ob es mehr war als nur sein schlechtes Gewissen.

Und es gab nur einen Weg, das herauszufinden.

~

Das Problem war, dass sie nicht wusste, wo sie nach Reginald suchen sollte. Joan fiel nur eine Möglichkeit ein, wie sie herausfinden konnte, wo er sich aufhielt. Bevor sie der Mut verließ, stieg sie in die nächste Mietdroschke und bat den Kutscher, sie nach Pembroke Lodge zu bringen.

»Das is mal 'ne feine Gegend«, meinte der Kutscher nur. »Ganz schön weit bis dahin.«

»Ich weiß«, sagte sie leise.

Für den Rest der Fahrt behelligte er sie nicht weiter, und

darüber war sie froh; so konnte sie sich für das wappnen, was ihr bevorstand.

Sie hatte nicht geplant, die Dowager Countess so bald schon wiederzusehen. Aber das Anwesen von Lord Williams Mutter im Südwesten Londons war ihre einzige Anlaufstelle. Sie erinnerte sich gut, wie Lady Georgina letzten Herbst immer wieder davon geschwärmt hatte, dass sie schon bald in London ein standesgemäßes Heim haben werde. Die letzten Renovierungsarbeiten seien gerade im Gange, erzählte sie. Aber dann werde das Anwesen in neuem Glanz erstrahlen, das ihr Königin Alexandra überlassen hatte, eine gute Freundin der Dowager Countess.

Nur kein Druck, dachte Joan, als die Kutsche durch den Park auf das Portal des georgianischen Prachtbaus zurollte. Die Vorstellung, dass die *Königin* in diesem Schloss ein und aus ging, war zu groß für sie. In all den Jahren bei den Dudleys hatte sie es vermieden, über die Nähe ihrer Arbeitgeber zum Königshaus nachzudenken. In diesem Augenblick fiel es ihr aber besonders schwer.

»Da wären wir. Soll ich warten, bis Sie fertig sind?«

Joan zögerte. Weit und breit war kein Droschkenstand, und wie sie nach ihrem unangekündigten Besuch – von dem sie fürchtete, er werde allenfalls wenige Minuten dauern, wenn sie überhaupt bis zur Dowager Countess vorgelassen wurde – nach Hause kam, stellte sie ohne dieses Angebot vor ein schier unlösbares Problem. Sie konnte doch nicht den halben Weg zurücklaufen! Dankbar drückte sie dem älteren Mann ein paar Münzen in die Hand. »Ja, bitte. Danke«, fügte sie hinzu.

Er tippte sich an die schäbige, abgewetzte Mütze und stieg umständlich vom Kutschbock, um seine Pferde – einen Braunen und einen Schimmel – mit Futtersäcken zu versorgen.

Wenigstens er schien zu glauben, dass sie hierhergehörte und seinen Tieren ein kleines Päuschen vergönnt war.

Joan straffte die Schultern. Aus ihrer kleinen Handtasche zog sie eine ihrer Visitenkarten. Sie fühlte wieder, wie ihr Herz in der Brust hämmerte, aber nun gab es kein Zurück mehr. Sie schritt auf den Haupteingang zu und betätigte den Türklopfer, der die Form einer Biene hatte.

Ein Butler öffnete ihr, nahm ihre Karte entgegen und ließ sie ins Entree ein. Dort ließ er sie warten und verschwand auf leisen Sohlen im Innern des Gebäudes, nachdem sie ihm erklärt hatte, sie möchte bitte mit der Dowager Countess sprechen. Sie wusste, wie unwahrscheinlich es war, dass Lady Dudley sie empfangen würde. Nach dem letzten Gespräch erst recht …

»Wenn Sie mir bitte folgen?«

Joan fuhr herum. Genauso leise, wie er verschwunden war, tauchte der Butler wieder auf. Er wies ihr den Weg zu einem kleinen Salon, in dem alle Möbelpolster, Tapeten und Vorhänge mit der Farbe Lavendel spielten. »Lady Dudley kommt bald.«

»Vielen Dank.« Joan wusste nicht, wohin mit sich. Sie traute sich nicht, auf einem der schmalen Sofas Platz zu nehmen. Unruhig trat sie an das Fenster und blickte hinaus auf den Park, der sich hinter dem Schloss erstreckte. Ein einsamer Reiter war im Schatten der Bäume unterwegs. Sie kniff die Augen zusammen. War das Reginald? Sie stellte sich gern vor, dass er in ihrer Nähe war …

Hinter ihr ging die Tür auf. Die Dowager Countess trug wieder eines dieser ätherischen, hellen Kleider. Dieses war von einem fast schon zu grellen Weiß, wie es allenfalls Bräuten vorbehalten war, nicht Witwen jenseits der Fünfzig. Eine lavendelfarbene Schleife umschmiegte ihre unglaublich schlanke Taille, und Joan schoss der Gedanke durch den Kopf, Lady Georgina könnte den kleinen Salon passend zu ihrem Gürtel gewählt haben.

»Das nenne ich eine Überraschung.« Der Blick, mit dem die Ältere sie maß, ging Joan durch und durch.

Sie machte einen tiefen Knicks. »Entschuldigen Sie, Dowager Countess Dudley«, sagte sie. »Ich hätte Ihnen vorher schreiben sollen.«

»Nun, ich habe Sie ja auch gestern überfallen. Quid pro quo, würde ich sagen.« Die Dowager Countess schürzte die Lippen und wies einladend auf eines der Sofas. Sie wartete, bis Joan sich gesetzt hatte, ehe sie sich auf dem anderen niederließ. »Möchten Sie eine Erfrischung?«

»Danke, nein.« Joan biss sich auf die Lippe. Wie unhöflich, keine Erfrischung anzunehmen.

Lady Dudley entging der Fauxpas ebenso wenig. Kaum merklich presste sie die Lippen zusammen. »Nun, dann kommen Sie lieber direkt zum Grund Ihres Besuchs.«

Joan legte die Hände in den Schoß, die sich eisig und verschwitzt anfühlten. »Ich suche Ihren Sohn.«

»Meine Liebe, ich habe sechs Söhne. Sie werden schon etwas konkreter werden müssen. Meinen ältesten meinen Sie wohl nicht, denn dass er in Dublin lebt, wissen Sie.«

Joan schluckte. »Reginald«, brachte sie schließlich hervor. »Ich suche Reginald. Wissen Sie, wo ich ihn finde?«

Auf einmal hatte sie das Gefühl, dass die Dowager Countess sie voller Abscheu ansah. »So ist das also«, sagte sie hart.

»Nein!«, rief Joan. »Bitte, Lady Dudley. Es ist … Ich will mich nur bei ihm bedanken, weil er sich nach der … Angelegenheit als mein Fürsprecher hervorgetan hat.« Sie spürte, wie ihre Wangen heiß wurden. Fast wäre sie in Tränen ausgebrochen, doch sie biss sich auf die bebende Unterlippe und faltete ihre Hände so fest, dass sie glaubte, das Knacken der Fingerknochen zu hören. »Bitte, Lady Dudley.«

»Ich nehme an, wir müssen nicht darüber reden, dass es hier um mehr geht als ein schlichtes Dankeschön.«

Joan erwiderte ihren Blick. »Es geht nur darum«, sagte sie fest.

Die Dowager Countess blickte sie lange an. Schließlich seufzte sie. »Ich weiß, das sollte keine Mutter sagen. Aber er ist mein Lieblingssohn. Wussten Sie das?«

»Nein.«

»Nun, ich will damit vermutlich einfach ausdrücken, wie sehr mir sein Wohl am Herzen liegt. Und glauben Sie mir, eine Affaire«, sie sprach das Wort französisch aus, »mit einer Dienstbotin wird ihn auf Dauer nicht glücklich machen. Das weiß ich. Darum verstehen Sie sicher, dass ich ihn beschütze.«

Joan saß wie erstarrt auf ihrem Platz. Sie versuchte, etwas zu erwidern, doch sie spürte, dass jedes weitere Wort zu viel wäre.

»Er wird sich in Kürze mit Lady Flora verloben. Das wussten Sie vermutlich noch nicht.«

»Nein, das wusste ich nicht.« Joan fror auf einmal so sehr. Sie stand auf. »Entschuldigen Sie, Lady Dudley. Es war ein Fehler, herzukommen.«

»Das denke ich auch«, sagte Lady Dudley sanft. »Ich wünsche Ihnen für die Zukunft wirklich nur das Allerbeste, Ms Hodges. Aber bitte, unterlassen Sie es zukünftig, mit meinem Sohn oder anderen Mitgliedern meiner Familie Kontakt aufzunehmen.«

Wie betäubt folgte Joan dem Butler, der offenbar vor der Tür des lavendelfarbenen Salons gewartet hatte. Zu spät fiel ihr ein, dass sie nicht mal zum Abschied »Auf Wiedersehen« gesagt hatte. Aber Lady Dudley hatte es ihr ja unmissverständlich klargemacht – es würde kein Wiedersehen geben. Sie sollte sich Reginald endlich aus dem Kopf schlagen.

Wenigstens habe ich es versucht, dachte sie traurig, als sie in die Kutsche kletterte. Sie sah nicht zurück zu dem herrschaftlichen Anwesen. Der Droschkenkutscher warf gelegentlich einen besorgten Blick über die Schulter, während er sie zurückfuhr. Joan war egal, was er über sie dachte – sollte er sie für ein hysterisches Weib halten, das sich die Augen ausweinte. Der Gedanke, dass sie Reginald nie wiedersehen würde, war so übermächtig, dass sie wünschte, sie müsste nie mehr mit irgendjemandem reden.

Joan erinnerte sich noch lebhaft an die Zeit ihrer Ausbildung am Norland Institute – damals, als sie halbe Nächte gelesen hatte, statt zu schlafen. In den dramatischen Liebesromanen, die sie mit den anderen Schülerinnen ausgetauscht hatte, ging es immer um die *eine* Liebe, die unerfüllt bleiben soll – bis der Märchenprinz am Ende doch kommt und das junge Mädchen aus einfachen Verhältnissen rettet. Vielleicht sollte sie sich nun eingestehen, dass diese Geschichten nur in Romanen stattfanden, niemals in der Realität. Auch wenn sie sich zu Reginald hingezogen gefühlt hatte und er sich zu ihr – denn wie sollte sie seinen Kuss sonst deuten? –, er würde eine andere heiraten, und damit nahm die Geschichte ein bitteres, geradezu schmerzhaftes Ende.

Außerdem wollte sie nicht gerettet werden. Sie wollte geliebt werden. Bisher hatte sie gedacht, das Leben genügte ihr, wie es war. Sie hatte ja die Kinder, auf die sie aufpasste, die ihr nahe waren. Das Leben bei den Dudleys war ein gutes gewesen, und sicher würde sie sich auch in einer neuen Familie einfügen, wenn sie sich dazu durchrang, eine neue Stellung anzunehmen. Sie war eine unabhängige, eine starke Frau. Sie wusste, was sie wollte.

Aber diese Leere in ihrem Herzen, die nur Reginald hätte füllen können – würde sie damit irgendwann leben können?

Natürlich werde ich das. Ich habe mir immer genügt.

Kapitel 27

Jener einsame Reiter am anderen Ende des stillen Parks von Pembroke Lodge war tatsächlich Reginald gewesen. Seit ein paar Wochen hielt er sich nun schon bei seiner Mutter auf, weil es ihm widerstrebte, sich der Vernunft zu beugen und das zu tun, was von ihm erwartet wurde. Er drückte sich einfach vor der Verantwortung, den Absprachen zwischen seiner und Lady Floras Familie gemäß um ihre Hand anzuhalten.

Er hätte auch in sein Haus in Mayfair zurückkehren können, doch dort war es ihm zu ruhig, und er bekam das Gefühl, in der stickigen Stille des Junggesellenhaushalts nur noch lauter die fordernde Stimme seiner Mutter zu hören, er solle sich endlich verheiraten.

Bisher hatte er ihr Ansinnen auch deshalb abwenden können, weil er ihr Lieblingssohn war, wie sie nicht müde wurde, jedermann bei jeder sich bietenden Gelegenheit unter dem Siegel der Verschwiegenheit mitzuteilen, weshalb inzwischen ganz London davon wusste. Wahrscheinlich hielt man ihn inzwischen für ein Muttersöhnchen, weil er sich in ein Apartment in Pembroke Lodge zurückgezogen hatte und sich nur zu Theaterabenden oder einem Opernbesuch an der Seite seiner Mutter zeigte. Vielleicht hielt man ihn ja irgendwann für so verschroben, dass das

Gerede über eine mögliche Verlobung mit Lady Flora endlich versiegte. Dann würde man ihm vielleicht ein unangemessenes Verhältnis mit einer Schauspielerin andichten.

Für die ganze Stadt schien es nur eine Frage der Zeit zu sein, bis er bei Lady Floras Vater um ihre Hand anhielt, was seine Situation nur verschlimmerte, denn bis auf ein paar nichtssagende Sätze beim Wohltätigkeitsball in Dublin vor ein paar Wochen hatte er mit ihr bisher noch nie gesprochen. Und er hätte es gern dabei belassen.

Als er an diesem Nachmittag von seinem Ausritt heimkehrte, warf er einem Stallburschen die Zügel seines Pferds Thunder zu. Einst hatte man dem dunkelbraunen Vollbluthengst eine glanzvolle Karriere auf den Rennbahnen des Landes prophezeit, bevor eine Beinverletzung diese Hoffnung allzu früh im Keim erstickte. Das jedoch tat Reginalds Liebe für das Tier keinen Abbruch, und die ersten Fohlen tollten bereits auf dem familieneigenen Gestüt in Kent über die Koppeln und waren wohl sehr vielversprechend. Der Ausritt hatte Reginald gutgetan.

Seine Stimmung wurde aber deutlich getrübt, als er den Wintergarten betrat, wo seine zwei Jahre ältere Schwester Amelia wie ein Backfisch auf einem der Sofas lümmelte, herzhaft in einen Apfel biss und irgendwelche Liebesgedichte schmökerte.

»Du bist ja immer noch hier.«

»Ich freue mich auch jeden Tag aufs Neue, dich zu sehen, kleiner Bruder.« Sie klappte das Buch zu und rekelte sich. »Hat dir der Ausritt gutgetan?«, erkundigte sie sich mit einer Liebenswürdigkeit, die kaum verhehlen konnte, wie sehr sie sich für den wahren Grund seiner schlechten Laune interessierte.

»Gutgetan, pah.« Er warf seine Reithandschuhe auf den

Tisch und sank in einen der Korbsessel. Finster starrte er sie an.

»Nimm's nicht zu schwer. Du weißt doch, dass unsere Mutter nur das Beste für dich will. Für jeden von uns.«

»Was ist denn so verkehrt an einem jungen, hübschen und klugen Mädchen wie Lady Flora?«, wollte Amelia wissen.

»Wann willst du denn mal zurück zu deinem Mann?«, erkundigte Reginald sich statt einer Antwort.

»Ach, der merkt doch gar nicht, dass ich weg bin.« Amelia zog einen Schmollmund. »Seit er zweiter Kammerherr des Königs ist, hat er Besseres zu tun.«

»Nun, auch ein König schläft mal, und dann könnte dein Ehemann sich bestimmt um die Bedürfnisse seiner Frau Gemahlin kümmern. Wenn sie denn daheim wäre, meine ich.«

»Du willst nur Mutters ungeteilte Aufmerksamkeit.« Amelia seufzte theatralisch.

»Wo ist sie überhaupt?«

»Ach, sie spielt mit den Kindern, und danach will sie noch auf eine Mission, irgendwas mit den Kriegsversehrten.«

Reginald goss sich ein Glas Wasser ein. Er war vom langen Ausritt durstig geworden.

»Du errätst nie, wen sie heute empfangen hat.«

»Nein, das werde ich tatsächlich nie erraten, denn unsere Mutter kennt ganz London, es könnte nun wirklich *jeder* kommen.«

Amelia lächelte. Sie genoss das hier, und Reginald sah sie mit hochgezogenen Brauen an. »Nun?«, fragte er.

Sie zog eine leicht ramponierte Visitenkarte aus ihrem Buch und hielt sie Reginald hin. »Deine kleine Freundin hat sich heute die Ehre gegeben. Und stell dir vor, Mutter hat sie sogar empfangen. Was die beiden besprochen haben, weiß ich leider nicht, aber danach ist die arme kleine Nanny ganz bedröppelt in ihre Mietdroschke gestiegen und davongefahren.« Es bereitete ihr sichtlich Freude, die Details genüsslich auszuwalzen. Reginald schnappte sich die Visitenkarte.

Auf recht dünnem, aber durchaus festem Papier stand »Ms Joan Hodges, Nanny«. Und darunter ihre Adresse.

»Deinem Gesichtsausdruck nach zu urteilen, bist du ein Kater, dem ich gerade ein Schälchen mit Rahm hingestellt habe«, kommentierte Amelia. Sie beugte sich vor und nahm sich einen weiteren Apfel aus der Schüssel auf dem Tisch. Dabei ließ sie Reginald nicht aus den Augen.

Als er vor knapp einer Woche nach Pembroke Lodge gekommen war, hatte seine Schwester sofort bemerkt, dass er in einer gewissen Stimmung war. Vor ihr konnte er einfach nichts verheimlichen. Und manchmal war das ja ganz angenehm, aber er hatte damals wirklich keine Lust gehabt, sich erklären zu müssen.

Sie war es inzwischen auch gewohnt, dass er von düsteren Anwandlungen heimgesucht wurde – und Amelia war die Einzige in der Familie, die diese Stimmungen aushielt, ja die ihm Trost und Halt gab, wenn er beides brauchte. Er wusste, wie sehr sie den Reginald »von damals« vermisste. Vor dem Krieg war er ein so fröhlicher, zufriedener Mensch gewesen – und ihr bester Freund. Aber nun? Davon war nur wenig geblieben, er wusste selbst, wie düster seine Stimmungen waren. Aber sie ging darüber hinweg, und das machte es ihm leichter.

Es hatte nur einen Abend gedauert, an dem sie gemeinsam zwei Flaschen Wein leerten, bis Reginald ihr sein Herz ausschüttete. Nicht über den Krieg; sie wollte nichts von den Gräueltaten wissen, die er dort erlebt oder womöglich selbst begangen hatte. Doch er berichtete ihr, während sie gemeinsam in ihre Rotweingläser starrten, dass er sich eine Freiheit erlaubt habe und deshalb am nächsten Tag die Nanny seines Bruders entlassen worden war. Er weigerte sich, auf die näheren Umstände einzugehen. Oder gar über seine Gefühle zu reden, denn die gingen Amelia nun wirklich nichts an, fand er.

Aber zum Ende des Abends hatte sie etwas gesagt, das ihn zum Nachdenken brachte. »Sie muss dir schon etwas bedeuten, wenn wir zwei Flaschen Burgunder brauchen, ehe du mir von ihr erzählst.«

»Ich bin wohl eher der Kater, der die Teesahne vom Kaffeetisch auf den Boden gekippt hat«, murmelte er und bewegte das Kärtchen zwischen den Fingern. Dann seufzte er. »Nun, wir wissen ja, warum unsere Schwägerin Rachel ihre Nanny am Tag nach dem Ball vor die Tür gesetzt hat.«

»Oho. Du hast ihr doch nicht etwa davon erzählt?«

Reginald zögerte. Alles konnte er nicht erzählen – zum Beispiel nicht, dass Rachel mit Sir Thomas eng umschlungen im Schatten gestanden und den Kuss zwischen Reginald und Joan beobachtet hatte.

»Sagen wir so. Ich habe eine Andeutung gemacht. Die hat ihr wohl nicht gefallen.«

»Hm«, machte Amelia.

Weil Reginald nicht weitersprach, nahm Amelia den Gesprächsfaden wieder auf. »Unsere Mutter hat Lady Flora für morgen zu uns eingeladen. Ich fürchte, sie möchte die Sache etwas beschleunigen. Hast du sie in Dublin nicht schon näher kennengelernt?«

»Hmhm«, machte Reginald. Sie sah, dass er auf etwas herumdachte.

»Dann steht einer baldigen Verlobung ja nichts im Wege. Ein Hochzeitstermin im September klingt gut, findest du nicht? Georgie und Marion können Blumenkinder werden.« Amelia beugte sich vor und knuffte ihren Bruder gegen den Arm. »Sag mal, hörst du mir überhaupt zu?«

»Wer kommt zu uns?«, fragte er zerstreut.

Amelia warf in gespielter Verzweiflung die Arme in die Luft. »Ich kenne wirklich kaum jemanden, der so wenig Interesse an der eigenen Zukunft zeigt, Reg. Was haben die im Burenkrieg mit dir gemacht? Wo ist mein gewitzter, schlauer Bruder, mit dem ich über die Absurditäten eines Lebens in unseren Kreisen lachen kann? Hast du den dort gelassen?«

»Kann schon sein ...«

Schlagartig wurde sie ernst. »Ach, komm her, Reg. Ich hab's doch nicht so gemeint.«

Er setzte sich zu ihr. Lachend rückte sie von ihm ab. »Du stinkst nach Pferd und Schweiß. Aber nein, du bleibst jetzt hier, denn ich fürchte, das hier solltest du dir gut anhören, bevor Mutter dich in ein Unglück stürzt.«

Er hätte am liebsten die Augen verdreht. »Lady Flora, nicht wahr?«

Amelia tätschelte seinen Arm. »Bist eben doch einer von den Schlauen.«

Reginald gab sich einen Ruck. Sie sah, dass er einen Entschluss gefasst hatte – er stand auf und straffte die Schultern. »Ich werde die Sache in Ordnung bringen. Und dann gehe ich zu Joan und frage sie, ob sie meine Frau werden will.«

Amelia war sprachlos. Doch sie fasste sich schnell. »Chapeau. Schon mit einer dieser beiden Aktionen wirst du vermutlich dafür sorgen, dass unsere Mutter nie mehr ein Wort mit dir spricht.«

»Und es ist mir egal«, gab er zurück. Er steckte Joans Visitenkarte in seine Jackentasche. Ein ungeahntes Hochgefühl hatte ihn erfasst. Er wusste nun, wo sie wohnte, und niemand würde ihn davon abhalten, zu der Frau zu gehen, die seit letztem Herbst der einzige Lichtblick in seinem Leben zu sein schien.

Und wenn du dich da in etwas verrennst?, fragte er sich.

Er sah Amelia an, dass sie dieselbe Frage bewegte. Aber sie hielt den Mund. Sie sah wohl, wie entschlossen er war.

Amelia lehnte sich zurück. »Ich bestelle mir nun Champagner und warte ab, was passiert. Das Schauspiel lasse ich mir jedenfalls nicht entgehen, wie du unserer Mutter das erklären willst ...«

Doch er lächelte nur. Da war sein Ziel, und er würde sich nicht davon abbringen lassen.

Kapitel 28

Nach ihrer Heimkehr ging Joan direkt in ihr Zimmer. Sie wechselte das Kleid und wusch sich das Gesicht. Sie kühlte die verweinten Augen und löste die Hochsteckfrisur. Das Alltagskleid war aus leichter, hellblauer Baumwolle und gehörte zu ihren liebsten. Sie stand vor dem Spiegel und atmete mehrmals tief durch. Keine Nannyuniform mehr. Das war vorbei.

Als Dienstbotin war sie für die Dudleys gut genug. Aber niemals würde sie mehr sein. Und wäre nicht Reginald, wäre nicht der Kuss … Sie würde niemals mehr verlangen.

In all den Jahren hatte man ihr nie das Gefühl vermittelt, nur eine Dienerin zu sein. Als Nanny war sie so viel mehr. Aber nun hatte die Dowager Countess sie geradezu schmerzlich auf ihren Platz verwiesen.

Joan runzelte die Stirn. Nein, sie würde sich nicht davon entmutigen lassen, dass andere Menschen offenbar glaubten, sie seien etwas Besseres, nur weil sie mit einem goldenen Löffel im Mund geboren wurden. Onkel George hatte ihr immer wieder gesagt, dass jeder Mensch denselben Wert hatte.

Sie würde sich neuen Aufgaben zuwenden. Und zwar sofort.

Mit neuer Energie begab sich Joan in die kleine Bibliothek hinter der Wohnstube. Dort stand ein Schreibtisch, den sie gern nutzte, weil er direkt am Fenster stand und sie einen Blick auf den grünenden Garten hatte. Sie zog einen Bogen Papier aus dem Fach und spitzte einen Bleistift.

Sie hatte eine Idee, und die wollte sie skizzieren.

So viel hatte sie in den letzten Tagen seit ihrer Rückkehr darüber gegrübelt, was sie mit ihrem Leben anfangen wollte. Es schien ihr falsch, direkt beim Norland Institute nach dem nächsten Job zu fragen. Außerdem bezweifelte sie, dass eine neue Aufgabe sie darüber hinwegtäuschen würde, dass sie nach der Kündigung immer noch damit haderte, wie das alles passiert war.

Und dann war ihr eingefallen: Sie legte zwar viel Wert auf ihre Unabhängigkeit. Aber für Onkel George war es selbstverständlich, für sie zu sorgen, wenn sie sich – unabhängig von den Gründen – außerstande sah, ihre Arbeit zu erfüllen.

Diese Erkenntnis hatte einem anderen Gedanken Platz gemacht. Dem, der wohl schon länger tief in ihrem Innern schlummerte, ohne dass sie ihn konkret greifen konnte. Aber ihre Korrespondenz mit Katie und anderen Norlanderinnen hatte ihr bewusst gemacht, wer sie waren. Jede Frau, die sich als Absolventin des Norland Institutes weiterhin den Werten dieser Lehranstalt verpflichtet fühlte, war sich im Klaren, wie viel Glück sie gehabt hatte, dass sie diesen Weg für sich gefunden hatte. Einen, der sie erfüllte.

Aber was war mit den Frauen, denen dieser Weg versperrt blieb? Die sich den Luxus dieser Ausbildung nicht leisten konnten?

Joan wusste um ihre eigenen Privilegien, die ihr bei ihrer Rückkehr in Onkel Georges Haus einmal mehr deutlich bewusst gemacht worden waren. Sie hatte einen Ort, wo sie jederzeit willkommen war. An den sie sich ohne finanzielle

Sorgen zurückziehen konnte. Einen Teil ihres Gehalts hatte sie immer beiseitegelegt. Selbst ohne Onkel George stünde sie nicht mit leeren Händen da.

Die Arbeit, die sie so sehr liebte, hatte ihren Blick geschärft für die Ungleichheit in der Welt. Gerade weil sie weder zu den Dienstboten gehörte noch zu den Herrschaften. Sie stand dazwischen, unbeirrbar in ihrem Wunsch, den Kindern zu dienen.

Was wäre aus ihr geworden, wenn Onkel George nicht nach dem Tod ihrer Eltern zur Stelle gewesen wäre und sie bei sich aufgenommen hätte? Es gab viele junge Frauen, die ohne die Hilfe ihrer Familie auskommen mussten. Denen der Weg an eine so renommierte Lehranstalt wie das Norland Institute verwehrt blieb, weil sie weder über die richtigen Verbindungen noch über das nötige Geld für die Schulgebühr verfügten. Und beides sagte nichts über ihre Eignung als Nanny aus.

Joan wollte diesen Frauen helfen. Weil sie selbst am Norland Institute immer ein offenes Ohr fand. Die Mitstudentinnen waren für sie wie Schwestern, Mrs Ward wachte mit mütterlichem Stolz über ihre Absolventinnen. Warum konnte sie nicht der Schule etwas zurückgeben und anderen Frauen diesen Weg eröffnen, der sie selbst so glücklich machte?

Und sie hatte schon eine Idee, wie sie das bewerkstelligen konnte.

Als Joan zwei Stunden später von ihrer Arbeit aufblickte, stand Bridget in der Tür zur Wohnstube. Sie wirkte seltsam bedrückt.

»Da steht ein Besucher vor der Tür«, sagte sie.

Joan legte den Stift weg. »Und hast du den Besucher hereingebeten?«

Bridget schüttelte stumm den Kopf. Sie gab Joan eine

Visitenkarte. Schweres, cremefarbenes Papier. Der Name darauf …

»Also gut«, sagte Joan leise. »Ich werde den Besucher empfangen.«

Bridget riss die Augen auf. »Aber Mr Hodges ist gar nicht da!«

»Nun zerbrich dir nicht meinen Kopf, Bridget.«

Sie stand auf und legte beruhigend eine Hand auf Bridgets Schulter. »Ich werde ihn selbst einlassen. Dann hast du dir nichts vorzuwerfen, wenn ein fremder Mann mich besucht.«

Bridget nickte. Joan trug ihr auf, Tee für zwei vorzubereiten und im Salon zu servieren, sobald sie nach ihr läutete. Dann blieb sie einen Moment allein, um sich zu wappnen.

Die Karte mit seinem Namen lag vor ihr auf dem Schreibtisch.

Mr Reginald Dudley.

Warum war er hier? Es gab nur einen Weg, es herauszufinden.

~

Vor der Haustür blieb Joan nicht stehen, denn sie ahnte, wenn sie jetzt zögerte, würde sie umdrehen und wieder gehen. Sie öffnete die Tür just in dem Augenblick, als draußen ein eisiger Schneeschauer von Westen gegen die Hausfront wehte. Reginald, der sich mit dem Rücken zum Wetter gestellt hatte, stand auf einmal direkt vor ihr.

»Ms … Joan.«

»Mr Dudley. Kommen Sie herein.« Sie ließ ihn eintreten. Er brachte Schnee und Kälte mit sich, und Joan wies ihm den Weg zum Salon. Da Bridget in der Küche war, nahm sie selbst seinen Mantel entgegen und hängte ihn auf. Sie ärgerte sich, denn schon fühlte sie sich wieder wie eine Bedienstete.

Das bin ich nicht. Ich bin Joan Hodges, eine unabhängige Frau.

Sie folgte ihm in den Salon.

Reginald stand am Fenster. Er drehte sich zu ihr um und sah sie lange an.

Joan schluckte. Sie wollte etwas sagen, aber ihr fiel nichts Angemessenes ein. »Mr Dudley«, brachte sie schließlich über die Lippen. »Das ist eine Überraschung. Möchten Sie einen Tee?«

Ohne seine Antwort abzuwarten, trat sie zum Klingelzug und ruckte daran. Stumm bot sie ihm an, sich zu setzen. Sie sank auf ein Sofa. Die Tür blieb offen. Undenkbar, dass sie als unverheiratete Frau mit einem Gentleman allein in einem geschlossenen Raum saß.

»Ms Joan.« Er räusperte sich. »Joan. Entschuldigen Sie … nein.« Er schüttelte den Kopf.

Sie faltete die Hände im Schoß und wartete. Das Herz trommelte in ihrer Brust. Wieso war er zu ihr gekommen? Joan blickte ihn aufmerksam an und versuchte, sich nichts von ihrer Aufregung anmerken zu lassen. Dabei wäre sie am liebsten den gefliesten Flur entlanggetanzt, hätte Bridget geküsst vor Freude, ausgerechnet Bridget, die jetzt völlig fertig in der Küche hockte und wohl die Konsequenzen des Besuchs fürchtete.

Ich habe dich so sehr vermisst, dachte sie. Hast du mich auch …? Aber nein. *Diese* Frage brauchte sie ihm nicht zu stellen, schließlich war er hier. Hätte er kein Interesse an ihr, in welcher Form auch immer – er wäre fortgeblieben.

Doch da war sie. Die kalte, unbestimmte Angst, dass er gekommen war, nicht, weil ihn die Gefühle hertrieben, sondern die Gelegenheit, die sie ihm bot. Für eine wie auch immer geartete Affäre, wie seine Mutter es so abschätzig genannt hatte, also genau das, was Joan niemals wollte.

Aber wer war sie denn, dass sie hoffen durfte, er würde sie – aus bürgerlichem Haus, nur eine bessere Dienstbotin, wenn man es genau nahm – zur Frau nehmen? Das sollte sie sich schleunigst aus dem Kopf schlagen.

Ihre Gedanken überschlugen sich. Bridget fragte von draußen, ob sie den Tee servieren sollte. »Ja, bitte«, hörte Joan sich sagen, und zugleich spürte sie, wie ihre Knie zitterten. Alles an ihr zitterte.

»Joan.« Reginald rückte vor bis zur Sesselkante, er stützte die Ellbogen auf die Knie. Dann streckte er eine Hand nach ihr aus und umschloss die eisigen Finger in ihrem Schoß. »Joan, ich … habe dich so vermisst. Entschuldige, ich bin ein Narr, ich habe so vieles falsch gemacht …«

Die Worte purzelten über seine Lippen, sie brauchte einen Moment, bis sie ihn verstand, bis sie begriff, dass er genauso aufgeregt war wie sie. Joan atmete tief durch.

»Ja.« Mehr sagte sie nicht.

In seinem Blick war so viel Hoffnung, so viel Sehnsucht. »Joan … Wenn ich dir eine Frage stelle. Wenn ich dir *die* Frage stelle, ich meine … Wenn ich dich frage, ob ein Leben mit mir für dich vorstellbar wäre … Wirst du darauf auch mit einem Ja antworten?«

Joan öffnete den Mund. Doch bevor sie Ja sagen konnte zu ihm, zu einem gemeinsamen Leben, zu einer Zukunft, hob Reginald die Hand. »Du weißt nicht alles über mich. Joan«, seine Stimme wurde zärtlich. »Ich will, dass du diese Entscheidung erst triffst, wenn du weißt, wer ich bin.«

»Aber …« Sie wusste doch, wer er war!

»Es gibt Dinge, die du über mich nicht weißt.«

Sie lächelte. »Aber einiges weiß ich schon über dich.« Sie dachte an den Ball, daran, wie sie miteinander getanzt hatten. Sie hatte in seinen Armen gelegen, als wäre dies nicht das erste Mal, dass sie sich so nahe waren. Und als sie sich anschließend küssten, hatte sie gewusst, dass sie ihn wollte. Unabhängig davon, was er war. Zugleich hatte sie gewusst, wie unmöglich ihre Liebe war und dass er sich vermutlich niemals über die Standesgrenzen hinwegsetzen würde.

Er seufzte schwer. »Bitte. Lässt du mich erzählen?«

»Natürlich.«

Er setzte sich zu ihr aufs Sofa und nahm Joans Hände. Ohne sie anzusehen, sagte er leise: »Es sind zwei Dinge. Meine Familie, vor allem meine Mutter. Sie hat Pläne mit mir.«

»Oh.« Ihr wurde eiskalt, und sie hätte ihm am liebsten die Hände entzogen, doch er hielt sie fest.

»Das ist aber kein Problem. Ich werde mich darum kümmern und Lady Flora erklären, dass ich sie nicht heiraten kann. Was meiner Mutter nicht gefallen wird. Aber ich habe eine Entscheidung getroffen.« Er hob ihre Hände hoch, küsste ihre Handrücken. »Für dich.«

Joan wappnete sich. »Was ist das andere? Du sprachst von zwei Dingen.«

»Das andere, ja.« Er ließ ihre Hände los. »Da ist noch die Sache mit Südafrika. Die Zeit dort hat bei mir Spuren hinterlassen.«

Und weil sie nicht sofort etwas dazu sagte, fügte Reginald hinzu: »Die Zeit in Südafrika hat meine Seele gezeichnet.«

Sie war sich nicht sicher, ob sie verstand. Vermutlich, weil die Vorstellung, wie ein gestandener Mann wie Reginald seine Schwäche einräumte, so völlig aus allem fiel, was sie über das Verhältnis zwischen Mann und Frau wusste. Seine grauen Augen wirkten so viel dunkler, sein Gesicht war von dem Schmerz gezeichnet, für den er keine Worte fand. »Ich habe Dinge gesehen, die mir nicht mehr aus dem Kopf wollen. Der Krieg hat etwas mit mir gemacht, und ich weiß nicht, wie ich damit leben soll. Manchmal denke ich, wenn ich nur ein Leben führe, das so ganz und gar *meins* ist, dann werde ich diesen Schmerz mit der Zeit vergessen. Aber das rede ich mir vermutlich nur ein.«

»Ich verstehe …« Nein, sie verstand nichts.

Reginald beobachtete sie nachdenklich. »Ich liebe dich, Joan Hodges«, murmelte er. »Ich glaube zumindest, dass Liebe sich so anfühlen soll. Aber wenn du nicht bereit bist, dieses Wagnis mit mir einzugehen – ich könnte es verstehen.« Er stand auf. »Vielleicht … Ich weiß nicht, was richtig ist. Ich weiß nur, was ich mir wünsche.«

Bevor sie etwas sagen konnte, hatte er den Salon verlassen. Sie hörte seine Schritte im Flur. Das Ticken der Uhr auf dem Kaminsims dröhnte in ihren Ohren, und als sie aufblickte und aus dem Fenster sah, hatte es draußen wieder angefangen zu schneien. Sie dachte daran, dass dies nun ihr Leben war, dass sie zum Norland Institute zurückgehen und dort weitermachen konnte, wo sie vor einigen Wochen hatte aufhören müssen. Zu tun gab es genug für sie. Auch ihr Projekt kam Joan in den Sinn; die seitenlangen Notizen, die sie auf dem Schreibtisch zurückgelassen hatte.

Sie sprang auf und lief ihm nach.

»Warte!«, rief Joan.

Reginald stand schon an der Haustür, den Türknauf in der Hand, den Blick mit leicht gerunzelter Stirn auf den Regen da draußen gerichtet. Joan trat zu ihm. Sie nahm sein Gesicht in beide Hände. Oh, wie kühn sie sich fühlte, als sie sich auf die Zehenspitzen stellte und ihn auf den Mund küsste. Der Moment, als ihre Lippen auf seine trafen. Als er die Hände auf ihre Taille legte und sie leicht hochhob, dann aber die Arme um ihren Körper schlang. Sie schaffte es gerade noch, mit einem Fuß die Tür zu schließen, dann vergaß sie die Welt um sie beide und gab sich der Erfüllung ihres größten Traums hin. Ihm nahe sein. Ihn spüren. Seine Arme um ihren Körper, sein Gesicht an ihrem Hals, dann: seine Lippen. Auf ihren Lippen.

»Ich will dich mit allem, was du bist«, flüsterte sie. Sie trauerte mit ihm um seine unbeschwerte Seele, die er wohl so nie wieder haben würde. »Von nun an tragen wir diese Last gemeinsam.«

»Das musst du nicht«, wisperte er. »Ich gebe dich frei, wenn es dir zu viel wird.«

Sie schüttelte mit einem Lächeln den Kopf. Fuhr mit einer Hand durch sein Haar, bevor sie ihn erneut küsste. »Wie kannst du mir nur je zu viel werden?«, seufzte sie.

Kapitel 29

Am liebsten wären Reginald und Joan noch in derselben Nacht durchgebrannt, hätten irgendwo in aller Stille geheiratet und anschließend alle vor vollendete Tatsachen gestellt. Zuvor aber gab es viel zu bedenken – vor allem für Joan.

Wie gern hätte sie sich einfach in dieses neue Leben an seiner Seite fallen lassen. Doch nach dem ersten Kuss traf sie schon bald die Ernüchterung wie ein Schlag. »Wir müssen reden«, stellte sie fest. Reginald legte die Hand auf ihre Wange und lächelte sie an. »Das sage ich doch die ganze Zeit.«

Also setzten sie sich in den Salon und redeten. Bridget brachte den Tee und ließ sich nicht anmerken, ob sie etwas von den innigen Umarmungen im Entree mitbekommen hatte; Joan vermutete allerdings, dass es zumindest irgendwer von der Dienerschaft mitbekommen und in der Küche direkt weitergetragen hatte.

Es gab nichts, was sie weniger kümmerte. Sollten sie doch alle sehen, wie glücklich sie war!

Über kleinen Sandwichs mit eingelegten Gürkchen und süßen Küchlein saßen sie beisammen und planten ihre Zukunft. Es stellte sich leider schon bald heraus, dass es nicht so leicht sein würde. Sollten sie wie in einem ersten Impuls überlegt durchbrennen und heiraten, stünde Joan im Falle eines Scheiterns nicht nur weitgehend mittellos da, sie könnte anschließend auch nicht in ihren alten Beruf zurückkehren, denn für verheiratete, verwitwete oder gar geschiedene Frauen stand das Norland Institute als Vermittler nicht länger zur Verfügung. »Ich bekäme auch ohne Mrs Wards Zuspruch eine Arbeit«, versicherte Joan ihm, doch Reginald ließ in diesem Punkt nicht mit sich reden.

»Ich weiß, wie sehr du das hier willst.« Hastig nahm er ihre Hand, drückte einen Kuss auf die Fingerknöchel und lächelte sie von unten herauf an. »Und mir missfällt auch, dass wir so manchen Kampf austragen müssen, bevor wir glücklich werden dürfen. Aber ich will das hier richtig machen.«

Und richtig machen, das hieß für ihn, dass sie erst beide Familien informierten und anschließend einen Notar aufsuchten, der für sie einen Ehevertrag aufsetzte. »Wenn ich dich ins Unglück stürze, sollst du zumindest abgesichert sein«, sagte Reginald. Das Lächeln, mit dem er diese Worte unterstrich, sollte wohl aufmunternd wirken. Doch Joan merkte, wie sehr ihn die Vorstellung quälte, dass sie gerade etwas begannen, was sich so wunderschön anfühlte, aber vielleicht ein schreckliches Ende nahm.

Insofern passten sie wohl ganz gut zusammen, denn beide fürchteten, für den anderen eine große Enttäuschung zu sein, und versicherten einander, das könnten sie gar nicht. Würde ihre Liebe reichen, um alle Hindernisse zu überwinden?

Reginald wollte, dass alles seine Ordnung hatte, und als Onkel George an diesem Abend nach Hause kam, traf er seine sichtlich nervöse Nichte in Begleitung eines jungen Adeligen an, der ihn mit ruhiger Stimme und festem Blick um ein Gespräch unter vier Augen bat.

Joans Onkel wäre nicht Joans Onkel gewesen, wenn er sie nicht angesehen und gefragt hätte: »Aber das macht er jetzt nicht, weil was Kleines unterwegs ist?«

Sie wäre vor Scham am liebsten im Boden versunken. Reginald überspielte den Moment perfekt; er beugte sich zu ihr herunter und flüsterte ihr etwas zu. Joan kicherte, ihr Onkel hob die Augenbrauen.

»Was nicht ist, kann ja noch werden …«

Oh, sie liebte ihn wirklich sehr, denn allein der Gedanke daran, wie sie das taten, was er da gerade andeutete, hinterließ bei ihr eine freudige Aufregung. Sie konnte sich nichts Schöneres vorstellen, als ihm endlich für alle Zeiten so nah sein zu dürfen.

Sie blieb allein zurück. Der Tee in den Tassen war erkaltet, und sie wusste nichts mit sich anzufangen. Was war passiert, dass sie alle Träume, die Vorstellung von ihrem zukünftigen Leben so schnell hatte über Bord werfen *wollen?*

Ich habe wohl einfach nicht damit gerechnet, dass es einen Mann wie ihn gibt. Der mir auf Augenhöhe begegnet und bereit ist, alles dafür zu tun, dass wir glücklich werden.

Die Unterredung von Reginald mit ihrem Onkel dauerte nicht lange. Doch als Onkel George allein zurückkehrte, rutschte ihr kurz das Herz in den Bauch, sie hielt sich an der Sofalehne fest. Er setzte sich zu ihr. Räusperte sich. »Ein Lord also«, sagte er. »Ich habe nur eine Frage an dich.« Sie nickte bang. »Wird er dich glücklich machen, Joanie?«

»Ja, Onkel George. Das wird er zumindest versuchen.«

Er nickte nachdenklich. »Viel mehr können wir nicht vom Leben erwarten, nehme ich an. Ich frage mich nur …« Er schüttelte den Kopf. »Verzeih, ich bin ein alter Mann und muss mich an Veränderungen erst gewöhnen. Aber was, wenn es nicht gut geht? Du warst immer so unabhängig und frei. Das war uns beiden wichtig, damit du irgendwann ohne mich gut auskommst. Zählt das nicht mehr?«

Joan wusste, was er meinte. »Ich habe wohl nicht damit gerechnet …«

»Das denke ich mir. Du hast auf mich nie den Eindruck gemacht, als würde dir etwas fehlen.« Onkel George schien mit sich zu ringen. »Bitte pass auf, dass du auch weiterhin die freiheitsliebende Joanie bleibst. Ja?«

»Das werde ich.«

»Also gut. Meinen Segen habt ihr.«

Joan juchzte, sie fiel ihm um den Hals. »Wo ist er?«, fragte sie.

»In meinem Arbeitszimmer. Aber benehmt euch. Noch seid ihr nicht verheiratet.« Er zwinkerte ihr zu. Hatte es sich offensichtlich in der kurzen Zeit schon bis zu ihm herumgesprochen, dass Joan und Reginald sich vorhin im Entree geküsst hatten …

Sie eilte zu Reginald. Er sprang auf, umarmte sie so fest, dass ihr die Luft wegblieb. »Alles wird gut«, versprach sie ihm, versicherte sie auch sich selbst.

»Ich hoffe es so sehr.« Reginald ergriff ihre Hände und küsste die Handrücken. »Ich werde nun nach Pembroke Lodge fahren und meiner Mutter mitteilen, dass wir heiraten werden.«

Bei der Vorstellung, wie Reginald seine Mutter vor vollendete Tatsachen stellte, überlief Joan ein kalter Schauer. Zu lebhaft war ihr noch in Erinnerung, wie Lady Dudley ihr heute Vormittag – war das wirklich erst wenige Stunden her? – erklärt hatte, dass ihr Sohn sie niemals heiraten würde.

»Soll ich dich begleiten?«, fragte sie behutsam.

»Sosehr es mir auch widerstrebt, länger als unbedingt nötig von dir getrennt zu sein – das Beste wird sein, wenn ich das allein mit ihr bespreche.« Er runzelte die Stirn. »Meine Mutter ist nicht dafür bekannt, dass sie wütend und laut wird. Aber wenn eines ihrer Kinder aus der Reihe tanzt …« Ihm fiel etwas ein, und seine Miene verdüsterte sich. »Außerdem werde ich meinen Bruder William informieren müssen, was wir vorhaben. Er wird nicht begeistert sein.«

Lady Rachel vermutlich genauso wenig, dachte Joan. Sie fröstelte und umarmte sich. »Es fühlt sich falsch an«, murmelte sie.

Reginalds Miene hellte sich auf. Er lachte sogar. »Was, dass meine Familie sich benimmt, als würde ich den größten Fehler meines Lebens begehen? Keine Sorge, das hätten sie bei jeder anderen Frau auch getan.«

»Aber ich bin eine Bürgerliche.«

»Ja, ich weiß. Ich hoffe einfach, dass sie sehen, wie glücklich du mich machst.«

Das hoffte Joan auch. Aber sie wappnete sich lieber für den schlimmsten Fall. »Und wenn sie dagegen sind?«

»Ich kümmere mich darum. Mein Vater hat mir genug Geld vererbt, dass wir ein sorgloses Leben führen können.«

~

Am späten Abend kam ein Brief von Reginald, als Joan sich schon zur Ruhe begeben wollte. Ihr Onkel gab dem Laufburschen einen Schilling, ehe er nachdenklich die Haustür schloss. Sie stand auf der untersten Treppenstufe und sah ihn erwartungsvoll an.

»Willst du den Brief nicht aufmachen?«, fragte sie. Es kam oft vor, dass zu so später Stunde noch Nachrichten eintrafen, die seine Geschäfte betrafen.

»Er ist für dich.«

Sie schüttelte den Kopf. »Ich will ihn nicht lesen.«

Wenn er von Reginald kam, wollte sie nicht wissen, womit er sich herausredete. Sie war wie betäubt.

»Joan!«

Sie war auf halber Höhe der Treppe, wobei jeder Schritt ihr so viel Kraft raubte, dass sie immer wieder innehalten musste. *So fühlt sich ein gebrochenes Herz an*, dachte sie.

»Du solltest das wirklich lesen.« Onkel George hatte den Umschlag geöffnet und hielt ihr den Brief hin.

Widerstrebend nahm sie das Blatt.

Liebste, die Familie ist nicht erbaut von unserer Verlobung. Doch ich will nicht ohne dich sein. Ich komme zu dir, sobald ich einige Dinge geregelt habe. Verzage nicht.
Dein R.

Joan schloss für einen winzigen Moment die Augen. Sie versuchte, Vertrauen zu haben. Zu Reginald und dem, was er für sie beide zu erreichen suchte. Zu ihrer gemeinsamen Zukunft. Aber zugleich spürte sie, wie ihr Mut schwand. Sie war so müde. Hatte sie sich das auch gut überlegt, als sie beschloss, ihr unabhängiges Leben für das an der Seite eines Mannes aufzugeben?

Kapitel 30

Oberhofen, April 1903

Katie hatte insgeheim gehofft, mit der erneuten Schwangerschaft der Principessa würden der Principe und seine Frau wieder zueinanderfinden. Doch die nächsten Tage verstrichen, ohne dass er die Neuigkeit verkündete oder irgendetwas darauf schließen ließ, dass Donna Pauline ihr süßes Geheimnis mit jemand anderem als Katie geteilt hatte.

Eines Abends betrat er das Zimmer der Kinder, als Katie die vier gerade zum Aufräumen anhielt; er wartete, bis alle Körbe und Kisten verstaut waren und sie die Jungs zum Händewaschen schickte, weil es kurz danach Abendessen gab.

»Haben Sie einen Moment Zeit, Nanny Fox?«, fragte er. Seine Stimme klang belegt.

»Natürlich.« Sie faltete die Hände vor der weißen Schürze.

»Ich weiß nicht, ob Sie bereits die Neuigkeit gehört haben …« Er schüttelte müde den Kopf. »Meine Frau ist wieder guter Hoffnung.«

»Sie hat es mir vor Kurzem erzählt, ja.«

»Gut.«

Katie blickte ihn überrascht an. Sie hatte mit einer anderen Reaktion gerechnet.

»Das ist gut, weil sie eine Vertraute hat. Und ich weiß, wie sehr sie das alles belastet.« Er ließ den Kopf hängen. Katie hätte gern etwas Tröstendes gesagt, doch alles, was ihr durch den Kopf ging, sprach sie nicht aus, weil es unangemessen gewesen wäre. »Sie will dieses Kind nicht, darüber hat sie mich informiert. Aber das ist nichts Neues für mich, das war schon bei Emanuele so. Sie wäre bei seiner Geburt fast gestorben.«

»Oh.«

»Ich fürchte nur ... Ihr Lebenswille. Bitte, Nanny Fox. Geben Sie auf Pauline acht. Sie ist mir das Wertvollste, das ich habe.«

»Selbstverständlich.« War sie in der Position, mehr zu sagen? Stand es ihr zu, sich in irgendeiner Weise kritisch zu äußern? Sie war nicht die Freundin der Principessa, dafür wurde sie nicht bezahlt. Wenn er wusste, wie einsam Donna Pauline war, wieso bezahlte Don Mario nicht eine Gesellschafterin, die ihr in diesem langen, kalten Winter zur Seite stand?

»Bald kehren wir nach Monte Carlo zurück. Sagen Sie's ihr noch nicht.« Er lächelte. »Es soll eine Überraschung zu ihrem Geburtstag sein.«

»Ich verrate nichts.«

Er war schon an der Tür, als Katie ihm etwas nachrief. »Warum Oberhofen? Warum waren wir den Winter über hier?«

Er stockte. Sofort bereute sie ihre Frage.

»Oberhofen ist ein guter Ort, wenn man vergessen möchte«, sagte er leise. »Nur habe ich es nicht geschafft, ihn zu vergessen.« Auf einmal wirkte er unendlich traurig, und Katie hätte ihm gern etwas Tröstendes gesagt. »Nun ja. Es hat sich herausgestellt, dass dieser Ort auch dazu geeignet ist, neu anzufangen.« Hilflos zuckte er mit den Schultern. »Verdammen Sie mich ruhig, Nanny Fox. Ich habe Ihren Zorn verdient, ebenso wie den Hass meiner Frau.«

Und damit ging er. Sie blieb in dem aufgeräumten Zimmer stehen und sah sich um. Ein paar Türen weiter hörte sie die Kinder schreien, dann knallte etwas auf den Boden, und eins der Kinder weinte. Sie gab sich einen Ruck und folgte Don Mario. Sie hatte Wichtigeres zu tun, als sich um die zerrüttete Ehe ihrer Arbeitgeber zu kümmern.

Aber dann wieder merkte sie, dass sie inzwischen mehr war als nur die Nanny. Damit ging eine Verantwortung einher, die Katie nicht tragen wollte. Sie war immer schon diejenige gewesen, die sich damit schwertat, Verbindungen mit anderen Menschen einzugehen.

~

In der darauffolgenden Nacht wurde sie von einem Klopfen an ihre Zimmertür aus dem Schlaf gerissen. »Nanny Fox? Sind Sie wach?«

Die Stimme der Principessa drang durch die Tür.

Jetzt bin ich wach, ja, dachte Katie. Sie stand auf und tastete im Dunkeln nach der kleinen Karbidlampe auf ihrem Nachttisch. Es dauerte, bis sie die Lampe entzündet hatte und zur Tür gehen konnte.

Donna Pauline stand vor der Tür, eine Hand gegen den Türrahmen gedrückt, die andere zwischen ihre Beine gepresst. Das Nachthemd unter dem Morgenmantel glänzte dunkel von all dem Blut, das sie verlor.

»Bitte«, flüsterte sie, »helfen Sie mir.«

Sofort war Katie bei ihr. »Das muss nichts heißen«, sagte sie. »Kommen Sie. Ich bringe Sie ins Bett und schicke dann nach einem Arzt.«

Donna Pauline ließ sich von Katie aufhelfen. Auf dem

Weg zurück zur Treppe folgten sie einer tiefroten Spur. So viel Blut, dachte Katie entsetzt. Wie viel Blut konnte ein Mensch verlieren, ohne zu sterben? Konnte sie irgendwas tun, um die Blutung zu stillen? Sie konnte zwar kleine Verletzungen und Kinderkrankheiten versorgen, aber für eine Fehlgeburt verfügte sie nicht über das nötige Wissen.

Auf dem Weg nach unten kamen sie an der Kammer der Zofen vorbei, die direkt an der Treppe lag. Katie hämmerte mit einer Faust gegen die Tür, damit wenigstens eines der Mädchen wach wurde. Jemand musste ihr helfen. Der aufgeschreckten Regina, die im Nachthemd durch den Türspalt schaute, rief sie zu, sie solle jemanden runter in den Ort schicken, zum Arzt. Dann half sie der Principessa die Treppe hinunter. Zum Glück war Donna Pauline leicht, denn sie stützte sich bei jedem Schritt mit ihrem ganzen Gewicht auf Katie. Es fehlte nicht viel, dass sie das Bewusstsein verlor, doch Katie redete die ganze Zeit auf sie ein. Sie hoffte, Donna Pauline hielt sich irgendwie an ihrer Stimme fest, denn wie sollte sie die Principessa sonst ins Bett bekommen?

Regina kam die Treppe heruntergepoltert. Sie griff Donna Pauline ebenfalls unter den Arm, gemeinsam schafften sie es, die halb Bewusstlose in ihr Schlafzimmer zu bringen. Erst als sie sicher im Bett lag, machte Regina sich auf die Suche nach einem Diener, damit er ins Dorf lief und den Arzt holte.

»Was brauchen Sie?« Regina war schnell zurück.

Katie wusste es selbst nicht so genau. Aber eine Geburt war eine Geburt, nicht wahr? »Heißes Wasser, Handtücher. Weck ein Küchenmädchen, falls du unten nicht zurechtkommst.«

»Sofort.« Regina knickste, bevor sie davonlief.

Donna Pauline wand sich auf dem Bett. Erst jetzt sah

Katie, dass auf dem Laken noch mehr Blut war. Ihre Herrin krümmte sich vor Schmerzen und weinte stumm. Als sie etwas flüsterte, beugte sich Katie zu ihr hinunter. Donna Pauline packte Katies Hand, ihre Finger waren nass von dem ganzen Blut. »Ich will nicht sterben«, stieß sie hervor.

»Das müssen Sie nicht«, versprach Katie. »Wir retten Sie, Donna Pauline. Ich verspreche es Ihnen.«

Doch mit jeder Minute, die sie allein neben dem Bett hockte und Donna Pauline stöhnend ihre Hand umklammert hielt, flehte Katie in Gedanken den lieben Gott und all die anderen Kräfte dieser Welt an, dass sie ihnen beistanden.

Wenn nicht bald ein Arzt kam, wusste sie nicht, ob sie ihr Versprechen halten konnte.

~

»Wo bleibt denn nur der Arzt?«

Seit zwei Stunden hockte Katie nun schon vor dem Bett der Principessa, die sich unter Schmerzen wand und stöhnte. Wenigstens hatte die Blutung für den Moment aufgehört. Das änderte jedoch nichts daran, dass die Principessa das Ungeborene verlieren würde.

Katie war ganz bang zumute.

Die Principessa rief sie.

»Ich bin hier.« Katie nahm ihre Hand. Sie hoffte nur, der Arzt kam bald. Regina huschte nach draußen, vermutlich um sich nach ihm zu erkundigen.

»Werde ich sterben?«

»Ganz bestimmt nicht«, versicherte Katie ihr und drückte mitfühlend die Hand. »Ich passe auf Sie auf.«

Wie sollte sie es nur den Kindern beibringen, wenn ihre Mutter die Nacht nicht überstehen würde? Ihr wurde klar, dass ihnen in dieser Situation so schnell niemand würde helfen können.

Also widmete sie sich all dem, was in dieser Situation getan werden musste. Die Zofen beruhigen, die inzwischen allesamt wach waren und wie aufgeregte kleine Singvögel durch das Schlafgemach flatterten. Der ersten trug sie auf, saubere Laken und Kleidung für Donna Pauline zu holen. Der zweiten, sich um die Kinder zu kümmern, falls sie aufwachten – was sie zum Glück nicht taten. Die dritte sollte ihr helfen, Donna Pauline auszuziehen und zu waschen.

»Danach ziehen wir sie wieder an und legen sie mit Wärmflasche ins Bett«, verkündete Katie. Sie hatte keine Ahnung, ob das half, aber was blieb ihnen sonst?

Zumindest bewahrte die Tätigkeit sie selbst davor, vollends verrückt vor Angst zu werden. Etwas tun. Sich nützlich machen. Während Regina und sie schweigend arbeiteten, hielt die junge Zofe plötzlich peinlich berührt mitten in der Bewegung inne. »Da ist was.« Sie wandte sich ab, konnte nicht sagen, *was* sie da gesehen hatte.

Katie trat näher. Sie erkannte wohl, was dieses Etwas war. Sie bat Regina um ein weiches Tuch und nahm damit dieses winzige Wesen auf. Sie musste schlucken, weil ihr bewusst wurde, was dieses kleine Ungeborene, das nie das Licht der Welt erblicken würde, das nie seinen ersten Schrei tun würde … Wie viele Möglichkeiten dieses kleine Wesen in sich geborgen hatte, bevor die Natur, der Körper der Principessa oder schlicht der liebe Gott beschlossen hatte, die Schwangerschaft zu diesem frühen Zeitpunkt zu beenden.

Kaum länger als ihre Handfläche war es. Katie wickelte es behutsam in das Tuch und legte es dann in eine Schale, die Regina ihr reichte. Sie beendeten ihre Arbeit, wuschen die Principessa, die inzwischen vor Schmerzen und Fieber ganz weit weg schien, zogen ihr ein frisches Hemd an und packten sie dick ein. Als kurz darauf der Arzt erschien, sah er sich die inzwischen friedlich schlafende Principessa an und polterte dann, wieso denn überhaupt nach ihm gerufen worden sei, hier stehe doch alles zum Besten. Katie erklärte es ihm. Sie zeigte ihm sogar den Fötus, woraufhin der Arzt zurückschrak und sie anstarrte, als wäre sie eine Hexe. Er verschrieb der Principessa Morphium, falls sie noch mal Schmerzen bekam, und verschwand so schnell, wie er gekommen war.

Er überließ es also Katie, den Principe über den Verlust zu informieren.

Sie schloss das Fenster. Donna Pauline bewegte sich, und Katie trat an ihr Bett.

»Ist es vorbei?«, flüsterte die Principessa.

Katie nickte stumm.

Eine einzelne Träne rollte über Donna Paulines Wange. »Ich hatte mich gerade …« Sie sprach nicht weiter. Ihr Schmerz war greifbar, er hing wie eine dunkle Wolke im Raum.

»Möchten Sie, dass ich Ihren Mann hole?«

Donna Pauline nickte. Sie rollte sich zusammen und schloss die Augen, als könnte sie die Welt damit für alle Zeiten ausblenden.

Als Katie leise die Tür zum Schlafzimmer hinter sich ins Schloss zog, kam ihr Don Mario schon entgegen. »Was ist passiert?«, rief er. Doch dann sah er ihre Miene, und sie konnte dabei zusehen, wie er in sich zusammenfiel.

»Es tut mir leid«, flüsterte sie.

»Aber sie lebt?«

»Ja, ja!« Katie riss die Augen auf. Himmel, sie hatte ihm doch nicht so einen Schrecken einjagen wollen.

»Mein Gott. Als sie mir von dem Kind erzählt hat … Ich

fürchtete schon, dass es sie das Leben kosten wird, wie damals beinahe bei Emanuele …« Der Principe fuhr sich mit beiden Händen über das Gesicht. Er sah aus, als wollte er noch mehr sagen, doch Katie kam ihm zuvor.

»Gehen Sie zu ihr.« Sie zögerte. »Wenn Sie … es bestatten möchten. Es ist in dem kleinen Körbchen am Fußende des Betts.«

Er starrte sie entgeistert an, als wäre allein die Vorstellung eines so unfertigen Babys für ihn zu groß, zu abscheulich. Doch dann geschah wieder etwas mit ihm. Er straffte die Schultern, und nun war es eine unglaubliche Ruhe und Gelassenheit, die von ihm ausging. »Ich werde mich darum kümmern«, sagte er nur.

Kapitel 31

Noch am selben Morgen traf Katie eine Entscheidung. Nach den Ereignissen der vergangenen Nacht wusste sie, dass sie keinen Tag länger für die Ruspolis arbeiten konnte.

Sie hatte gewusst, dass sie als Nanny allzu oft auf sich gestellt sein würde. Aber dies hier war zu viel.

Sie hatte schon seit Tagen dieses unbestimmte Gefühl, dass sie am falschen Platz war. Und nun hatte sie eine Entscheidung getroffen. Nicht leichtfertig, o nein. Sie wusste, wie groß das Risiko war, das sie damit einging.

Sie hatte zu viel gesehen, zu viel erfahren. Im Norland Institute war sie immer davor gewarnt worden, zu viel Nähe zuzulassen. Sie hatte bisher gedacht, dies bezog sich vor allem darauf, nicht mit dem Vater der ihr anvertrauten Kinder innig zu werden. Und nun musste sie erkennen, dass ihr Wissen über den Zustand der Ehe von Don Mario und Donna Pauline sie um ihre Stellung brachte.

Sie ging daher nach dem Frühstück mit den Kindern zu Don Marios Arbeitszimmer und bat ihn um ein Gespräch. Als sie ihm eröffnete, dass sie nicht länger bleiben könne, starrte er sie einen Moment entsetzt an. Doch dann nickte er schicksalsergeben.

»So wird es wohl das Beste sein. Ich werde Ihnen selbstverständlich ein entsprechend gutes Zeugnis ausstellen, Ms Fox. Mir tut das alles so leid. Entschuldigen Sie. Ich fürchte, wir waren keine guten Arbeitgeber.«

»Das muss es nicht«, sagte sie leise. Kein Dreivierteljahr hatte sie es in ihrer ersten Stellung geschafft. Was würde man daheim über sie sagen? Was dachten Mrs Ward und Mrs Sharman, wenn sie von Katies Kündigung erfuhren? Würden sie nicht denken, dass sie ungeeignet für den Beruf war, wenn sie so schnell aufgab?

Aber nein. Bisher waren die Schulleiterin und die Direktorin immer fair gewesen. Es gab für sie keinen Grund, mit dem Gegenteil zu rechnen. Sie konnte es erklären, ohne allzu sehr ins Detail zu gehen.

»Wir sind Ihnen dankbar, Ms Fox. Für alles, was Sie für uns und vor allem für unsere Söhne getan haben. Ich werde das nicht unerwähnt lassen. Und ich hoffe, Sie werden ähnlich Gutes über uns berichten. Es wäre schade, wenn wir … keine Nanny mehr bekämen nach dieser Sache.«

»An mir soll es nicht liegen«, sagte Katie.

Er machte eine unbestimmte Handbewegung und wandte sich von ihr ab. Starrte ins Feuer, als ob er darin alle Antworten finden würde. Er trauert, ging ihr auf. Ob nun um das Baby oder das Leben, das wohl zukünftig nicht länger möglich sein würde, konnte sie nicht beurteilen.

Aber es ging sie auch nichts mehr an. Es war sie nie etwas angegangen.

Kapitel 32

London, April 1903

Als Katie zwei Wochen später von Bord des Schiffes ging, mit dem sie die letzte Etappe ihrer Heimreise bewältigt hatte, wartete bereits Joan am Kai. Sie entdeckte Katies blonden Kopf unter den anderen Reisenden, hob die Hand und winkte. »Hier bin ich!« Dankbar schob Katie sich zu ihr durch. Sie stand einen Moment lang hilflos vor Joan, als wüsste sie selbst nicht, was sie hierhergeführt hatte.

Joan schloss sie in die Arme. »Willkommen daheim«, flüsterte sie. »Es tut gut, dich zu sehen.«

Sie hielt Katie auf Armeslänge von sich weg. Musterte die Freundin prüfend, die in ihrem taubenblauen Reisekleid mit der Spitzenpelerine darüber außergewöhnlich schick aussah. »Gefällt es dir?«, fragte Katie. Sie strich verlegen über den Rock. »Ich habe es mir während meines Aufenthalts in Paris gekauft.«

»Es steht dir ausgezeichnet.« Joan hakte sich bei ihr unter. Sie gab einem Kofferträger ein Zeichen, der sofort zur Stelle war. Joan drückte ihm eine Münze in die Hand und trug ihm auf, Katies Gepäck in ihr Heim im East End zu bringen. Der junge Bursche tippte sich an die Mütze und sauste davon.

»Du kommst fürs Erste mit zu uns«, erklärte Joan. »Ein wenig Gesellschaft wird dir guttun.«

Sie stellte keine Fragen, denn sie vermutete, dass dafür später noch genug Zeit sein würde. Als Katie ihr geschrieben hatte, sie sei auf dem Weg nach London, während die Ruspolis zurück nach Monte Carlo reisten, hatte Joan das Schlimmste befürchtet. Vor allem nach ihren eigenen Erfahrungen in den vergangenen Wochen … Aber nein. Nicht jede Nanny war so dumm wie sie.

Erst als sie eine Stunde später gemütlich bei einer Tasse Tee und winzigen Küchlein in ihrem kleinen Wohnzimmer saßen, fragte Joan behutsam, was genau sich in Oberhofen zugetragen hatte. Katie stellte die Teetasse vorsichtig auf das Tischchen vor sich. »Ach«, sagte sie nur. »Das ist eine lange Geschichte.«

Joan bohrte nicht nach. Im Grunde ging es sie nichts an.

»Es gab Differenzen in der Familie, und ich hielt es deshalb für klüger, zu kündigen.«

»Oh.« Joan war erleichtert. Wenn Katie selbst gekündigt hatte, gab es dafür sicher triftige Gründe – und keiner davon ging sie etwas an, denn vermutlich war etwas in der Familie vorgefallen, und Katie wäre so diskret, darüber kein Wort zu verlieren.

»Und was ist bei dir los? Dass du wieder in London bist, war ja auch nicht geplant.«

Joan lächelte gequält.

Wie gerne hätte sie Katie von ihrer Verlobung erzählt. Davon, dass sich nach der Kündigung alles zum Guten gewendet hatte. Doch das wäre eine Lüge gewesen.

Seit Reginald sich damals von ihr verabschiedet hatte, war Joan jeden Morgen mit der Hoffnung aufgewacht, dass er sich bei ihr meldete.

Doch nichts geschah. Stille. Kein Besuch, nicht mal ein Brief. Die wenigen Zeilen, mit denen er ihr mitteilte, dass seine Familie nicht besonders erbaut war und er sich darum kümmern würde, war das letzte Lebenszeichen von ihm gewesen. Und allmählich fragte sie sich, was vorgefallen war, dass er sie ignorierte. Ob sie sein Schweigen auch nur einen Tag länger aushielt oder ob sie wieder nach Pembroke Lodge fahren musste, um bei seiner Mutter vorzusprechen …

Was wusste sie schon über ihn, außer dass sie ihn liebte?

Nach einer Woche hatte sie beschlossen, dass es nichts brachte, sich nur aufs Warten zu konzentrieren. Sie nahm ihre Idee von einer Stiftung für junge Frauen wieder auf und hatte diese weiter ausgearbeitet.

Wie gern hätte sie Katie anvertraut, warum sie sich bisher noch nicht um eine neue Anstellung als Nanny bemüht hatte. Aber immer noch war da die Angst, dass Reginald für immer verschwunden blieb. Was dann?

Nur gut, dass ich nicht schon mein ganzes Leben für ihn aufgegeben habe.

Joan wechselte beiläufig das Thema. »Hast du im letzten *Norland Quarterly* gelesen, dass es nun ein Stipendium für junge Frauen aus ärmeren Familien gibt? Sie können durch zwei Jahre Dienst im Norland Institute die Kosten für den Jahreskurs reduzieren.«

»Ja, ich habe mich schon gewundert!« Katie griff das Thema begierig auf. »Ich meine, wenn sie wirklich jungen Frauen aus der Arbeiterschicht diese Chance ermöglichen wollen, werden sie mehr tun müssen. Das Schulgeld ist für viele unbezahlbar.«

»Das habe ich auch gedacht.« Joan runzelte die Stirn. »Soweit ich weiß, ist aktuell eine junge Frau in dem Programm. Ein Versuch. Sollte sie nicht erfolgreich sein, wird es wohl nicht weitergeführt.«

»Der Bedarf an guten Nannys wird immer da sein.«

Das Gefühl hatte Joan auch. Erst vergangene Woche

hatte sie einen Brief von einer Duchess bekommen, die von Joans Kündigung gehört hatte und offenbar auf diesem Weg versuchte, an der von Mrs Ward gestreng überwachten Warteliste vorbei an ein Kindermädchen zu kommen. Joan hatte sich fast geschmeichelt gefühlt, musste der Duchess jedoch eine Absage erteilen. Und das nicht nur, weil sie sich vertraglich an Mrs Ward gebunden hatte. Sie war auch immer noch davon überzeugt, dass es für Reginald und sie eine gemeinsame Zukunft gab. Dieser kleine Funke Hoffnung ließ sich einfach nicht niederzwingen …

»Es wird aber auch immer genug zahlungskräftige Familien geben, die ihren Töchtern die Ausbildung ermöglichen wollen.« Joan schenkte Tee nach und bot Katie noch einmal die Scones an. Katie nahm eins und legte es auf ihren Teller, ohne davon zu kosten.

Beide hingen für den Moment ihren eigenen Gedanken nach. Seitdem ihr Onkel zu einer seiner zahlreichen Überseereisen aufgebrochen war und Joan allein in seinem Haus war, blieb ihr viel Zeit zum Nachdenken.

Ohne Onkel George wäre sie nach dem Tod ihrer Eltern vermutlich in einem Waisenhaus gelandet. Sie hatte sonst niemanden. Und rückblickend: Was genau wäre dann aus ihr geworden? Mit etwas Glück hätte sie sich in der Schule hervorgetan, man hätte aufgrund ihrer Herkunft aus der bürgerlichen Familie Wege geebnet, die ihr als Arbeiterkind nie offengestanden hätten. Vielleicht wäre sie Gesellschafterin für eine Witwe geworden. Aber sicher niemals Nanny am Norland Institute. Weil niemand die Kosten für diese Ausbildung übernommen hätte. Und Fälle wie diesen fiktiven der einsamen Joan Hodges gab es da draußen zuhauf.

Auf der anderen Seite stand der gesellschaftliche Sprung, der sich für sie abzeichnete, nachdem Reginald alles unternahm, damit sie bald ihr gemeinsames Leben beginnen konnten. Er hatte sich ihretwegen mit seiner Familie entzweit, wollte aber nicht mit ihr durchbrennen, ohne eine Perspektive für die Zukunft zu haben. Und die war eben nicht, dass Joan seine Geliebte wurde. Er wollte heiraten.

Sie wollte das ja auch. Aber je länger sie warten musste, je mehr Zeit zum Nachdenken ihr blieb, umso mehr geriet sie auf Abwege. Sie fragte sich: Warum waren Frauen immer abhängig? Woher sie auch kamen, von der kleinen Mary MacArthur, die im Norland Institute die Böden schrubbte, bis zur Dowager Countess – letztlich waren sie alle davon abhängig, was die Männer dieser Welt ihnen zugestanden. Reginald hatte ihren Onkel gefragt, ob er um Joans Hand anhalten dürfe. Was wäre passiert, wenn Onkel George nicht sein Einverständnis gegeben hätte?

Sie merkte, wie müde sie das machte. Das Warten brachte sie auf dumme Gedanken.

»Was hältst du davon, wenn wir eine Stiftung gründen?«, fragte sie geradeheraus.

Sie hatte schon länger über diese Frage nachgedacht, aber für Katie kam sie wohl überraschend. Ihre Freundin riss die Augen auf. »Was für eine Stiftung denn?«, fragte sie.

»Eine, in der wir uns für junge Frauen einsetzen, damit sie Nannys werden können. Ich habe mir das überlegt, weil ich zuletzt viel Zeit hatte.« Sie lachte auf. Zeit haben, das war etwas ganz Neues für sie.

»Erzähl mir mehr.« Katies Interesse war jedenfalls geweckt.

Joan zog einen Zettel aus der Rocktasche, auf dem sie ihre Gedanken der letzten Wochen zusammengetragen hatte. »Ich habe mir überlegt … Wir, die Nannys, wir könnten uns zusammentun. Du, ich, all die anderen Absolventinnen. Jede zahlt jährlich einen Betrag ein, und daraus finanzieren wir Stipendien und den Aufwand für die Stiftung. Junge

Frauen bewerben sich bei uns. Natürlich können wir nicht jede unterstützen. Aber es wäre ein Anfang.«

Katie runzelte die Stirn. »Und was haben wir davon?«, fragte sie skeptisch.

»Wir helfen anderen Frauen, die nicht in der glücklichen Lage sind wie wir«, sagte Joan schlicht.

»Du meinst, weil ihre Familien kein Geld haben.«

»Genau.«

»Glaubst du nicht, dass wir damit die Ausbildung … mh, gewissermaßen abwerten?«

»Nur, weil wir anderen Frauen diesen Weg ermöglichen, die vielleicht nicht aus gutbürgerlichen Familien kommen? Sie werden sich ja trotzdem für die Aufnahme im Norland Institute bewerben müssen. Mrs Ward achtet sehr genau darauf, wen sie aufnimmt.«

»Stimmt.« Katie lachte. »Ich wäre fast an dieser Aufnahmeprüfung gescheitert, wusstest du das?«

»Und es lag sicher nicht an deiner mangelnden Intelligenz«, sagte Joan leise. »Du bist klug. Und viele andere sind das auch.«

»Warum tust du das, Joan?«

Sie dachte nach. »Weil ich einen Unterschied machen möchte. Weil ich gemerkt habe, dass ich nicht ewig Nanny sein werde. Und ich bin so dankbar, dass ich diese Zeit hatte. Sie hat mich so vieles gelehrt, verstehst du?«

»Oh, ich weiß absolut, was du meinst.«

»Wir haben so oft darüber geschrieben, und irgendwie … nun ja. Hier ist die Idee.«

Katie war sogleich Feuer und Flamme. Sie biss von ihrem Scone ab und schenkte sich Tee nach. Fast schien es, als seien ihre Lebensgeister wieder erwacht. Sie schüttelte die Müdigkeit der Reise ab, und gemeinsam schmiedeten sie Pläne.

»Wirst du dich um eine neue Stelle bemühen?«, fragte Joan schließlich.

Katie nickte. Sie seufzte. »Herrje, das ist alles so ärgerlich. Weißt du, warum ich gekündigt habe?«

Joan schüttelte lächelnd den Kopf.

»Nein, woher auch, ich habe es bisher mit keinem Wort erwähnt. Mein Arbeitgeber hatte ein Verhältnis. Aber nicht mit mir. Ich wusste nur davon und …« Sie wurde rot. »Ich war dort nicht mehr erwünscht, als die beiden sich versöhnten. Darum habe ich gekündigt. Nun ja, und weil es sich einfach falsch anfühlte, dass ich die Vertrauensperson für beide war.«

»Ach, herrje.«

»Ich wäre so gern geblieben. Die Kinder … Ich glaube, damit habe ich nicht gerechnet.«

»Wie sehr sie uns ans Herz wachsen, ja. Mir fiel der Abschied auch schwer.« Sofort spürte Joan wieder, wie ihr Tränen in den Augen brannten. Oh, sie vermisste die Kinder so sehr. Kein Tag verging, an dem sie sich nicht wünschte, sie könnte ihren Schrankkoffer packen und zurück nach Dublin fahren.

Aber dieser Weg war ihr für alle Zeiten versperrt.

»Du musst mir nicht mehr erzählen.« Joan berührte die Freundin sanft am Arm, die stumm in ihren Tee starrte und sichtlich nach Worten suchte.

»Danke, meine Liebe.« Katie schniefte und putzte sich die Nase. »Das habe ich mir anders vorgestellt«, gab sie zu.

»Du meinst, wie wir in die Familien eingebunden werden?«

Katie nickte.

»Ja. Das war anfangs auch für mich schwierig.«

»Aber mein Zeugnis ist ganz hervorragend, und ich bin sicher, Mrs Ward wird mir bald ein neues Angebot machen.

Also, ich hoffe es …« Katies Selbstbewusstsein fiel in sich zusammen. »Ich meine, wenn du schon seit Wochen keine Arbeit bekommst …«

»Das hat andere Gründe.«

Wie gern hätte Joan ihr davon erzählt. Aber nein, auch wenn sie Katie bedingungslos vertraute, war das etwas, das sie für sich behielt.

Auch so hatten sie genug zu besprechen.

An diesem Abend fühlte Joan sich nicht so allein, als sie ins Bett ging. Sie hatte eine Freundin zu Besuch, und die Gespräche taten ihr gut. Irgendwann würde auch Reginald wieder zu ihr kommen. Und eines fernen Tages, davon war sie überzeugt, würde sich ihre Zukunft klären. Der Nebel hob sich, und sie blickte in eine strahlende Zukunft.

Kapitel 33

Katie war froh, dass sie zumindest in den kommenden Wochen bei Joan unterkommen konnte, bis sich ihre Arbeitssituation geklärt hatte. Schon morgen wollte sie zu Mrs Ward gehen und sie um eine neue Anstellung bitten.

Sie stand in dem kleinen Gästezimmer, das Joan ihr zugewiesen hatte. Wie alles in diesem Haus des alten Handlungsreisenden George Hodges spürte man die liebevolle Hand, die sich für die Einrichtung verantwortlich zeigte – die geblümten Zierkissen auf der dunkelblauen Tagesdecke mit aufgestickten Vergissmeinnicht passten perfekt zu den etwas helleren Samtvorhängen. Katie traute Joans Onkel nicht so viel Geschmack zu und vermutete daher, dass ihre Freundin für die Ausstattung zuständig war. Es gefiel ihr.

Sie packte ihre Sachen aus. Gerade beugte sie sich über die Waschschüssel und putzte sich die Zähne, als jemand zaghaft an die Tür klopfte. »Bist du noch wach?«, hörte sie Joan aus dem Flur.

»Einen Moment, bitte!« Rasch schlüpfte Katie in ihren Morgenrock. Sie öffnete die Tür einen Spaltbreit.

»Entschuldige die späte Störung.« Vor ihr stand Joan. Sie trug noch ihr Kleid, und auf Katie wirkte sie irgendwie erhitzt, geradezu aufgeregt. »Kannst du noch mal nach unten kommen? Wir … ich habe Besuch.«

»Oh«, sagte Katie. Das überraschte sie, es war schon spät; keine Zeit für Besucher. Und Joans Bitte ließ darauf schließen, dass es sich um einen Mann handelte, da sie jemanden dabeihaben wollte. »Ich meine ...«

»Bitte, es ist wichtig«, sagte Joan hastig.

»Ich bin schon unterwegs.« Katies Neugier war geweckt. Während sie sich noch einmal nach Joan umwandte, fragte sie: »Kenne ich ihn?«

Joan lächelte still. »Nein, ich denke nicht.«

Alles an ihrer Freundin war so anders, verschwunden war die in sich ruhende junge Frau. Sie wirkte seltsam nervös.

»Müssen wir was von diesem Mann befürchten?« Obwohl Joan nicht verängstigt wirkte, hatte Katie die schlimmsten Befürchtungen. Vielleicht war es ja ein Erpresser, der Joan umgarnt hatte und sie nun um ihre Ersparnisse bringen wollte.

»Nein. Er ist mein Verlobter.«

Damit hatte Katie nicht gerechnet. »Aber ... wieso ...«

»Bitte, Liebes«, unterbrach Joan sie. »Es regnet, er steht draußen vor der Tür, und ich würde ihn gern ins Haus bitten, aber das geht nicht, wenn wir alleine sind. Kommst du nach unten?«

»Ja natürlich.« Katie schloss die Tür. Sie zog sich eilig wieder an und kam zehn Minuten später die Treppe herunter. Joan wartete im Entree, und als sie Katie sah, riss sie auch schon die Tür auf und ließ den dunkelhaarigen Mann, dessen Mantel feucht vom Regen glänzte, eintreten.

»Reginald, meine Freundin Katie Fox. Katie, das ist Reginald Dudley.«

»Oh«, machte Katie. Ihre Gedanken rasten. Dudley, Dudley? Wieso kam ihr der Name bekannt vor? Woher kannte Joan ihn?

»Er ist der Bruder des Earl of Dudley«, fügte Joan erklärend hinzu.

Jetzt war ihr alles klar. Nun, nicht alles, aber immerhin so viel, dass sich Katie auf diesen nächtlichen Besuch einlassen konnte.

Dass Joan bisher ein Geheimnis vor ihr gehütet hatte, war dabei nicht das Schlimmste. Nein, es war dieses eine Wort. Verlobter. Das hieß nämlich, dass Joan, wenn sie den Bruder des Earls heiratete, zukünftig nicht mehr als Nanny arbeiten würde. Und das hatte Joan schon heute Nachmittag gewusst, als sie Katie von ihrer Idee einer Stiftung erzählte.

Jetzt ergab das natürlich Sinn – Joan wollte auch in Zukunft dem Norland Institute verbunden bleiben und hatte deshalb diese verrückte Idee ersonnen. Katie verstand sie ja. Aber sie hätte sich gewünscht, dass Joan aufrichtig gewesen wäre.

Reginald Dudley begrüßte Katie zurückhaltend, als Joan die beiden miteinander bekannt machte. Er schien sich an Katie nicht zu stören, sondern kam sogleich zum Grund seines Besuchs. »Lass uns heiraten. Ich will nicht länger warten.« Er ergriff Joans Hände, und es hätte nicht viel gefehlt, dass er vor ihr aufs Knie gesunken wäre.

Joan quiekte: »Jetzt?«

»Ja, jetzt. Bald. Ich habe meine Dinge geregelt, nichts kann uns noch aufhalten.«

Joan blickte Katie an. Sie schien zu überlegen, was sie sagen sollte.

Katie stand auf. Sie umarmte Joan und flüsterte: »Können wir reden?«

»Ja«, flüsterte Joan zurück, und dann musste sie ein bisschen lachen.

»Aber …« Katie war ratlos. Sie hätte sich so gern mit Joan gefreut. »Er ist der Bruder des Earl of Dudley.«

»Das ist mir egal.«

»Es wird aber viele Menschen geben, denen das nicht egal ist ...«

Joan ließ sich nicht beirren. »Vorhin haben wir noch darüber geredet, dass wir jungen Frauen ein anderes Leben ermöglichen wollen. Ein besseres.«

»Und was wird aus deinem Leben als Norlanderin?«

»Norlanderin bleibe ich mein Leben lang.«

Katie verstand. »Darum die Stiftung.«

»Ich hätte die Stiftung auch gegründet, wenn er nicht zurückgekommen wäre.«

Es musste schön sein, dachte Katie, wenn es jemanden gab, der einen so anschaute. Sie blickte von Joan zu Reginald, der sich im Moment noch im Hintergrund hielt. »Ich vermute, es gibt nichts, was dich davon abhalten kann?«

Mit einem Lächeln schüttelte Joan den Kopf. Katie gab ihren Widerstand auf. Sie hatte ohnehin kein Mitspracherecht, sie war eine gute Freundin. Sie durfte ihre Einwände vorbringen, auch ihr Unwohlsein, dass Joan und ihr Verlobter die Standesgrenzen einrissen, als wären sie gar nicht vorhanden. Mehr stand ihr nicht zu.

»Macht er dich glücklich?«

»O ja«, hauchte Joan. Ihre Wangen waren gerötet vor Aufregung.

»Dann heirate ihn. Schnell.«

Joans Strahlen genügte ihr als Antwort. Er würde sie glücklich machen, und mehr musste man nicht wissen.

~

Bevor sie ihn wieder in die Nacht entließ, brauchte Joan Antworten von Reginald. Sie bat ihn in den Salon. Er blickte sie ernst an, doch dann nickte er.

»Wo warst du?«

Sie saßen nebeneinander auf dem Sofa. Ihre Hand in seiner. Reginald wich ihrem prüfenden Blick aus. Katie war so taktvoll, sich im Hintergrund zu halten. Sie saß in einem der beiden Sessel vor dem Kamin, in dem noch ein paar letzte Holzstücke glommen.

Reginald senkte den Kopf. »Es tut mir leid, ich musste meine Angelegenheiten ordnen.«

»Aber was denn für Angelegenheiten?«

Er seufzte. Als er sich mit beiden Händen durch die leicht gelockten Haare fuhr, erkannte Joan, wie müde er war. Geradezu abgezehrt, als hätten ihm die vergangenen Wochen alles abverlangt.

»Ich habe versucht, die Sache mit meiner Familie zu regeln.« Er lachte auf. »Stell dir vor, ich bin sogar nach Dublin gefahren und habe mit meinem Bruder gesprochen. Er hat sich natürlich auf die Seite meiner Mutter gestellt. Kurzum: Ich bin nun ein armer Schlucker. Mein Vermögen wurde eingefroren.«

»Können sie das einfach so tun?«

»Sie haben das Geld verwaltet, also ja. Sie können. Darum habe ich nach meiner Rückkehr … Ich hatte ein Rennpferd. Das habe ich nun verkauft. Ein wunderschönes Tier. Es wird mir fehlen, aber … Ich denke, unsere Zukunft ist fürs Erste gesichert.«

Joan war von dieser Eröffnung völlig überrumpelt. Und sie hatte befürchtet, er wollte sich aus der Affäre ziehen!

Reginald fragte sie, ob sie es vermissen würde, wenn es keine große Hochzeit gab. Aber Joan schüttelte nur den Kopf. Sie lachte sogar, denn eine große Hochzeit war das Letzte, was sie sich wünschte.

Sie besprachen letzte Details, bevor Reginald sich verabschiedete. Nur deshalb war er hergekommen – weil er nun seine Dinge geordnet hatte, wie er das nannte.

Als er weg war, stand Katie vor Joan und verlangte Antworten. Das verstand Joan. Sie hatte nie ein Wort über Reginald verloren, und ihre Freundin vor vollendete Tatsachen zu stellen und sie zugleich zu bitten, für Joan als Trauzeugin zu fungieren, war vielleicht zu viel verlangt.

Also holte sie aus der Küche einen kleinen Imbiss, und sie setzten sich im Wohnzimmer zusammen. Katie hatte viele Fragen. Als müsste sie sich vergewissern, dass Joan keinen Fehler beging.

»Es ist richtig so«, sagte Joan schließlich. »Wir lieben uns, er gibt seine Familie auf und ich ein Stück weit meine Unabhängigkeit. Ich werde morgen zu Mrs Ward gehen und sie darüber informieren, dass ich nicht länger als Nanny arbeiten werde.«

»Aber die Stiftung.«

»Ja«, sagte Joan. Deshalb war ihr die Idee gekommen. Sie wollte mehr zurückgeben. Es käme ihr nach all dem, was Mrs Ward ihr mit der Ausbildung am Norland Institute ermöglicht hatte, falsch vor, wenn sie sich in ein neues Leben davonstahl.

»Du willst das wirklich machen.« Katie staunte.

Joan faltete die Hände im Schoß. »Ich liebe ihn, Katie. Aber es ist kompliziert. Da ist so vieles, was ich gern möchte, und ich will nichts falsch machen. Wenn die Countess Dudley mir nicht gekündigt hätte, wäre ich immer noch von Herzen gern bei ihnen. Aber sie ertrug wohl nicht, dass Reginald und ich einander zugeneigt waren, und, nun ja, vielleicht hat sie das hier auch verhindern wollen. Seine Mutter ist auch sehr gegen unsere Verbindung. So viel Ablehnung vonseiten seiner Familie und es ist ihm egal.« Sie schluckte. »Ich halte es nicht aus, wenn er noch mehr Opfer bringen muss. Und ich …« Die Stimme versagte ihr.

Ja, was war mit ihr? Was, wenn sie sich beide irrten, wenn das, was sie für große Gefühle hielten, die eine, alles überwindende Liebe nicht das war, was sie sich beide erhofften? Wenn es irgendwann zu einem Streit kam, weil er nicht zufrieden war mit dem Leben, zu dem er sich an ihrer Seite gezwungen sah?

»Ich will ihn glücklich machen.«

»Und dich«, fügte Katie hinzu.

Sie blinzelte. Ihre Augen wurden feucht. »Ja, natürlich«, murmelte sie. Natürlich wollte sie auch glücklich werden, aber etwas anderes schien doch gar nicht denkbar, nur Glück war möglich, das war ihre Überzeugung.

»Ach, Joan.« Katie seufzte. Sie stand auf und setzte sich neben die Freundin. Joan spürte Katies Arm um ihre Schultern und legte den Kopf darauf ab. »Liebes. Du wirst ihn glücklich machen. Aber du wirst nicht deshalb glücklich sein, weil du ihn glücklich machst. Sondern weil ihr das gegenseitig schafft – euch glücklich machen. Sonst ist das doch nicht das, was ihr sein wollt.«

»Du hast recht.«

»Natürlich habe ich recht. Und das nächste Mal erzählst du mir vorher, wenn du dich unsterblich verliebt hast, ja?«

Joan musste lachen. »Ach, du«, sagte sie nur.

»Ja, bitte. Wir können uns doch alles anvertrauen, oder nicht?«

»Vertraust du mir denn auch alles an?«

Katie war nun diejenige, die schwer seufzte. »Mir fällt es nicht leicht, mich anderen zu öffnen. So wie du, meine ich. Ach …« Sie wechselte das Thema. »Ich glaube, wir sollten uns auf andere Gedanken bringen. Weißt du schon, welches Kleid du zur Hochzeit trägst?«

»Ich habe ein rosafarbenes Kleid mit einem schwarzen Gürtel und Onyxknöpfen.«

Katie schüttelte den Kopf. »Ein schlichtes Tageskleid? Bedaure, das geht gar nicht. Du heiratest den Bruder eines Lords, da darf es schon ein richtiges Hochzeitskleid sein. Gleich morgen gehen wir los und kaufen eins.«

»Aber die Hochzeit ist schon so bald!«, protestierte Joan.

»Ja, und? Es gibt in London genug Schneider, die über Nacht kleine Wunder vollbringen können. Man muss nur genug Geld auf den Tisch legen. Und Geld sollte doch in Zukunft kein Problem für dich sein, oder?«

Joan zögerte, denn das wusste sie gar nicht so genau. Reginald hatte ein paar Andeutungen gemacht … Aber Geld war vorher auch nie ein Grund zur Besorgnis gewesen, denn Onkel George hatte sich immer angemessen um sie gekümmert. Doch als künftige Schwägerin eines Earls durfte sie an ihrem Hochzeitstag auch ein bisschen hübscher aussehen.

»Es soll aber ein Kleid sein, das ich auch als Ehefrau tragen kann«, war ihr letztes Argument.

»Das sollst du haben.«

Und so gingen sie am nächsten Tag los und kauften für Joan ein Brautkleid, das einer Lady würdig war.

Kapitel 34

Du siehst wunderschön aus«, flüsterte Reginald ihr zu, als er Joan zwei Tage später vor der kleinen Kirche in Mayfair in Empfang nahm. Er half ihr aus der Kutsche. Joans Onkel folgte ihr und schüttelte Reginald die Hand, während Katie um sie herumging, hier noch mal am Rock zupfte und dort einen unsichtbaren Flusen wegschnipste.

Sie wurde rot. Das Blumenbouquet, das Katie besorgt hatte, drückte sie kurz an ihre Brust und atmete tief durch. Pinke Rosen inmitten von Schleierkraut, beides zusammen symbolisierte ihre unendliche Freude und Unschuld. Blumen und Kleid passten perfekt zusammen – das Kleid war nur ein duftiger Hauch aus rosafarbener Spitze mit Seidenrock und Schleppe.

»Ich habe das Kleid nur für den heutigen Tag gekauft.«

Er hob die Augenbrauen. Ihr kam es vor, als wollte er noch etwas sagen, doch in diesem Moment trat der Priester aus der Sakristei und begrüßte die kleine Hochzeitsgesellschaft. Er ließ den Blick über die vier Personen schweifen. »Sollen wir noch ein wenig warten?« Fast klang der hagere Priester mit dem sauber gestutzten Vollbart verzweifelt, denn wenn ein hochrangiger Adeliger in Mayfair heiratete, sollte man doch etwas mehr erwarten als nur die Brautleute und zwei Trauzeugen.

»Lassen Sie uns anfangen«, sagte Reginald. Er räusperte sich und bot Joan den Arm an. Ihr Onkel trat zurück und übergab sie damit schon vor der Kirchentür an Joans zukünftigen Mann. Ein kleiner Bruch mit der Etikette.

Die Zeremonie dauerte keine zwanzig Minuten, und Joan, die die ganze Zeit atemlos an Reginalds Seite blieb, wunderte sich, denn er war so sehr in sich gekehrt, so verbissen fast schon. Hatte sie etwas Falsches gesagt? Gefielen ihm die Blumen nicht? Hatte sie etwas anderes getan, was sein Missfallen erregte?

Joan fragte ihn einfach, als sie allein in der Kutsche saßen und zu ihrem Onkel nach Hause fuhren, wo ein kleines Mittagessen die Feierlichkeiten abschließen sollte, bevor Reginald und Joan in sein Haus nach Mayfair zurückfuhren.

»Sag, habe ich etwas falsch gemacht?«

Er sah sie überrascht an. »Was könntest du denn falsch machen, Liebes?«

»Ich hatte das Gefühl, dass dich das Kleid überrascht hat.«

»Das, ja. Ich war wohl etwas …« Ein Muskel in seiner Wange zuckte.

»Magst du es mir erzählen?«

Reginald seufzte. Er nahm ihre Hand, und sein Zeigefinger strich über den schlichten Goldreif, den sie nun am Ringfinger trug. »Entschuldige, ich bin wohl einfach … müde. Aber ich habe vorgestern, bevor ich zu dir kam, Thunder verkauft. Das fiel mir sehr schwer, aber es war notwendig, weil sich meine Mutter nach wie vor weigert, mir Zugriff auf das Erbe meines Vaters zu gestatten. Ich werde von dem Geld wohl Anwaltskosten und unseren Lebensunterhalt bestreiten müssen. Als ich dich in diesem wunderschönen Kleid sah … Ich dachte wohl, dass es doch eigentlich meine Aufgabe gewesen wäre, dir das Kleid zu kaufen.«

»Ich habe mein eigenes Geld«, sagte sie leise. »Und sollte mein Onkel eines fernen Tages sterben …« Sie sprach nicht weiter.

»Du meinst, ich habe keine arme Kirchenmaus geheiratet?«, neckte er sie.

»Na, ich werde sicher nie so wohlhabend sein wie du.«

Er küsste ihren Handrücken. Joan quiekte überrascht. Sie waren in der Öffentlichkeit, ein Kuss, egal in welcher Form, war völlig indiskutabel!

»Warte nur, bis wir zu Hause sind. Und allein.« Sein Mund war ganz dicht an ihrem Ohr. Joan spürte, wie ihr ein erregter Schauer durch den ganzen Körper rann …

»Was ist dann?«, wisperte sie.

Er lachte. »Dann beginnt unser gemeinsames Leben. Genau so, wie es sein soll.«

Sie lächelte. Das war ein schöner Gedanke. Der schönste, wenn sie ehrlich war. Über alles andere konnten sie sich morgen immer noch Gedanken machen. Über Reginalds berufliche Zukunft ebenso wie über ihr finanzielles Auskommen, über Joans Stiftung für das Norland Institute und darüber, wo und wie sie zukünftig leben würden. Über Kinder hatten sie bisher nicht geredet, aber für Joan war klar, dass sie mit Reginald auch Kinder wollte.

Komisch. Mit dem Thema hatte sie im Grunde schon abgeschlossen, als sie Nanny wurde. Sich nun an den Gedanken zu gewöhnen, dass eigene Kinder in greifbarer Nähe waren, fiel ihr leicht. Als hätte sie insgeheim immer auf ein Wunder gehofft, das ihrem Leben diese entscheidende Wendung gab.

Und dieses Wunder war nun geschehen.

Ach, wenn doch nur erst Abend wäre …

~

Eine Woche verging, in der Joan nur wenig von der Welt um sich herum wahrnahm. Seit sie am Abend ihres Hochzeitstags mit Reginald in sein Haus gefahren war, hatte sie nichts und niemanden gebraucht. Ihr Leben schrumpfte zusammen, auf die Räumlichkeiten des hübschen Stadthauses, auf den angrenzenden Park, in dem sie jeden Nachmittag ausgiebig spazierten. Sie redeten viel in diesen Tagen, über die Zukunft, aber auch die Vergangenheit. Joan öffnete sich ihm, wie sie sich bisher selten einem anderen Menschen geöffnet hatte. Als sie ihm vom Verlust ihrer Eltern erzählte, erkannte sie, wie lange sie diesen Schmerz tief in ihrem Innern verschlossen hatte. Sie wurde von ihren Gefühlen überrollt, und Reginald hielt ihre Hände und versprach ihr, dass sie niemals mehr allein sein würde. »Und unsere Kinder auch nicht!«, versicherte er ihr.

»Dann willst du auch Kinder?«, fragte sie. »Auch wenn unsere Zukunft ungewiss ist?« Das Thema, über das sie sich nicht zu reden getraut hatte, weil es auch die Intimität berührte, hatte er einfach so für sie angesprochen.

»So schlimm wird es nicht werden«, versprach er ihr. »Außerdem«, er senkte die Stimme zu einem Flüstern, »hätten wir dieses Gespräch wohl vor der Hochzeitsnacht führen sollen. Und den Nächten danach.«

Joan genoss die Liebesnächte mit Reginald. Weshalb sie sich an den folgenden Abenden auch aufs Schlafengehen freute – denn wer sagte denn, dass man im Ehebett *schlafen* musste? Sie lächelte und war schon wieder voller Vorfreude auf den baldigen Abend.

Dieses Gespräch führten sie beim Nachmittagstee, den sie im Salon einnahmen. Sie hatte sich zwar noch nicht an den dezenten Luxus seines Hauses in Mayfair gewöhnt, doch woran sie sich eindeutig gewöhnen konnte, waren die ausgezeichneten Kochkünste seiner Köchin.

»Oh, ich habe noch etwas für dich.« Reginald stand auf und holte eine cremefarbene Schachtel vom Sekretär zwischen den beiden bodentiefen Fenstern. »Ich hätte es dir gern schon eher gegeben, aber so ist es mein Geschenk zu einer Woche Ehe mit mir. Gratuliere, dass du es mit mir aushältst.«

»Ach, Reginald.« Sie lachte. »Wie soll ich es denn nicht mit dir aushalten?«

»Du kennst meine dunkle Seite noch nicht.«

Die es nicht gab, davon war sie überzeugt. Joan nahm die Schachtel entgegen und löste die blassgrüne Schleife.

»Ich dachte mir, dass du nun neue brauchst«, sagte er leise.

Es waren Visitenkarten. Auf schweres, fast kartonsteifes Papier gedruckt, das unnatürlich schön glänzte. Ihr Name »Mrs Reginald Dudley« war eingestanzt, darunter stand die Adresse in Mayfair.

»Hoffentlich gefallen sie dir.«

»Sie sind wunderschön«, hauchte Joan. Sie nahm ein Kärtchen heraus, strich mit den Fingerspitzen darüber. Noch nie hatte sie so schöne Visitenkarten gesehen. In diesem Moment begriff sie, dass sie dazugehörte. Wem auch immer sie bei ihrem Besuch diese Karte aushändigen ließ, würde wissen, dass sie die Schwiegertochter der Dowager Countess Ward war. Die Schwägerin des Earl of Dudley. Zwar wurde sie nach wie vor von beiden ignoriert, obwohl ihre Heiratsanzeige selbstverständlich in der *Times* veröffentlicht worden war. Der Skandal war ausgeblieben. Sie wurden schlicht von Reginalds Familie ignoriert.

»Du hast so viel für mich aufgegeben«, sagte sie leise.

»Nein«, widersprach Reginald. Er wusste genau, worauf ihre Worte abzielten. »Du machst mich erst ganz, Joan. Meine Familie hat sich gegen uns entschieden, nicht wir gegen sie. Ihnen steht meine Tür jederzeit offen.«

Doch Joan bezweifelte, dass seine Mutter oder sein Bruder sich allzu schnell bei ihm blicken lassen würden.

~

Die Ernüchterung kam drei Nächte später.

Joan wusste nicht, wie ihr geschah, als sie mitten in der Nacht von Schreien aus dem Schlaf gerissen wurde. Das durchdringende Brüllen, das sie in Sekundenbruchteilen senkrecht im Bett sitzen ließ, ging ihr dermaßen durch Mark und Bein, dass es einen Moment dauerte, bevor sie realisierte, dass die Schreie von Reginald kamen, der neben ihr im Bett saß, die Augen weit aufgerissen. »Lauft!«, brüllte er. »Los, rennt!«

Joan berührte ihn am Arm. Sie wusste nicht, ob er wach war, ob er ansprechbar war oder einfach nur ganz weit weg in einem Albtraum gefangen. Sie hatte darüber gelesen, dass es Kinder gab, die von dieser Art Nachtmahr befallen wurden; dagegen half nichts, außer auf den kleinen Schützling aufzupassen, damit er sich nicht selbst Schaden zufügte. Was aber die Lehrbücher bei einem erwachsenen Mann rieten, wusste sie nicht.

»Reginald?«, fragte sie leise, als er eine Pause machte. »Hörst du mich? Ich bin hier. Joan. Deine Frau. Du bist in Sicherheit, Reginald. Komm, leg dich hin.« Sie streckte die Hand nach ihm aus.

Und als ihre Finger sich um den Baumwollstoff seines Pyjamaärmels schlossen, spürte sie im selben Moment, wie die Erstarrung sich bei ihm löste. Aller Anspannung beraubt, sank er einfach in sich zusammen. Joan konnte ihn gerade noch auffangen, bevor sein Kopf gegen den Bettpfosten knallte. Sie bettete ihn auf das Kissen und blieb neben ihm sitzen.

Er schlug die Augen auf. »Joan.« Seine Stimme war ein heiseres Krächzen. »Was ist passiert?«

»Du hattest einen schlechten Traum, glaube ich«, sagte sie leise.

»Oh.« Er setzte sich auf und fuhr sich mit beiden Händen über sein Gesicht. »Oje. Das tut mir leid.«

Sie wollte fragen, woher dieser Traum kam. Hatte er etwas mit seiner Zeit im Burenkrieg zu tun? Doch bevor sie den Mund aufmachen konnte, schwang Reginald die Beine über die Bettkante. Er stand auf und griff nach seinem Morgenmantel. »Es ist wohl besser, wenn ich in mein Schlafzimmer gehe.«

»Nein!« Sie stand ebenfalls auf. »Bitte, Reginald. Lass uns darüber reden.«

Er blieb auf halbem Weg zur Tür stehen. »Da gibt es nichts zu reden«, sagte er. »Ich habe Albträume. Das ist alles.«

»Ich möchte aber, dass wir darüber reden.«

Reginald seufzte. Joan schlüpfte ebenfalls rasch in ihren Morgenmantel. Sie legte die Hand auf seine Schulter. »Bitte. Lass uns im Salon noch einen Tee trinken.«

»Also gut.«

Sie gingen nach unten. Während Reginald die Lichter anmachte und im Kamin ein kleines Feuer schürte, ging Joan in die Küche. Kein Grund, zu so früher Stunde die Köchin zu wecken, nur um einen Tee zu kochen. Sie kannte sich zwar noch nicht so gut in dieser Küche aus, fand aber schon bald Teeblätter und Kanne. Als sie kurze Zeit später ein Tablett in das Wohnzimmer trug, saß Reginald in seinem Sessel und starrte ins Feuer.

»Danke, meine Liebe.« Er nahm die Teetasse entgegen.

Joan setzte sich ihm gegenüber auf das Sofa. Schweigend tranken die Eheleute ihren Tee.

»Ich kann uns auch einen kleinen Imbiss machen«, sagte Joan, als sie die Stille nicht länger aushielt. Ihr Blick fiel auf die Kaminuhr. Kurz nach vier. Sie glaubte nicht, dass einer von ihnen beiden heute Nacht noch schlafen würde.

»Du musst das nicht tun«, erwiderte Reginald gereizt.

»Was denn?« Sie blinzelte verwirrt. Hatte sie etwas falsch gemacht?

»Mich bedienen.« Er runzelte die Stirn. »Du hättest die Köchin wecken können. Oder eines der Küchenmädchen. Das ist schließlich ihre Aufgabe.«

»Sie müssen aber nicht wissen, dass du nachts schlaflos herumgeisterst, weil du Albträume hast«, erwiderte Joan sanft. »Außerdem macht es mir nichts aus.« Ihr lag eine deutlich schärfere Erwiderung auf der Zunge, aber es brachte wohl nichts, wenn sie ihn darauf hinwies, wie sehr seine Worte sie verletzten. Sie hatte bisher nie das Gefühl gehabt, dass er in ihr die ehemalige Dienerin sah. Bis zu diesem Moment.

Er lachte rau. »Als würde das irgendwem verborgen bleiben, wenn ich ständig nachts das Haus zusammenschreie.«

Joan schwieg. Dann wusste die Dienerschaft also mehr als sie, seine Ehefrau. Wann hatte er ihr das mitteilen wollen? Nie?

»Es tut mir leid, Joan.« Reginald seufzte. Er stellte die Teetasse ab und lehnte sich zurück. Die Arme ruhten auf den Armlehnen. »Ich hätte dir vor der Hochzeit davon erzählen müssen.«

»Du hast es versucht, nicht wahr?« Ihr fiel wieder das Gespräch ein, bei dem er ihr gestanden hatte, dass er »nicht heil« war. Das hatte er damit gemeint. Sie war weit davon entfernt, zu verstehen, was ihn quälte. Aber sie hätte sich gewünscht, dass er sich ihr früher anvertraut hätte. Dass er ihr mehr erzählt hätte. Dann hätte sie sich vorbereitet gefühlt. So war sie nun völlig überrumpelt.

»Es tut mir leid, wenn ich es nicht deutlicher sagen konnte. Der Krieg ist schuld. Seitdem gibt es dunkle Tage, an denen ich gar nicht weiß, wohin mit mir. Dann ist alles in mir so … leer. Und dann, ja. Die Albträume. Ich habe gehofft, die wären für immer vorbei, denn in den letzten Wochen hatte ich keine.« Er beugte sich vor. »Ich habe wirklich geglaubt, durch dich wäre ich geheilt.«

»Ach, Reginald.« Sie konnte ihm nicht böse sein, sosehr sie es auch versuchte. Er hatte ihr nicht schaden wollen, im Gegenteil – sein Versuch, Schaden von ihr abzuwenden, indem er ihr seinen Zustand verschwieg, ehrte ihn. »Ich verstehe dich. Aber … keine Geheimnisse.«

Er nickte nach kurzem Nachdenken. »In Ordnung. Keine Geheimnisse mehr.«

»Nie wieder«, fügte sie bekräftigend hinzu. Sie stand auf. »Und jetzt mache ich uns ein ordentliches Frühstück. Der Tag wird lang, wenn man so früh aufsteht, das weiß ich von meiner Arbeit.«

»Sag bloß, die Kinder haben dich auch zu dieser Unzeit geweckt?«

Joan lachte. »Was denkst du denn? Kinder schlafen nicht durch, sie brauchen nachts oft Zuspruch, Nähe oder schlicht Nahrung. Aber mit einem starken Mokka kommt man ganz gut über den Tag und geht dann eben am nächsten Abend früh ins Bett.«

»Mh, früh ins Bett.« Er grinste. »Das könnte mir gefallen.«

Joan lachte.

Und wenn sie noch lachen konnten, dachte sie, war ihr Leben doch in guter Ordnung.

Kapitel 35

London, Mai 1903

Mary zog ihre Geldbörse aus dem Korb, in dem sie ihre Sachen verwahrte, wenn sie sonntags zu ihrer Familie zu Besuch kam. Sie ließ ein paar Münzen hineingleiten. Gerade hatte sie von Mrs Dalloway den Lohn für ein großes Stück Spitze bekommen, an dem sie in den letzten zwei Monaten in jeder freien Minute gearbeitet hatte. Das Geld würde sie wieder Mrs Ward geben, die es für sie anlegte.

In den vergangenen Monaten hatte sie alles versucht, um sich vom Verlust des Geldes an Weihnachten zu erholen. Sogar heute, am heiligen Sonntag, wickelte sie das dünne weiße Garn auf die kleinen Schlegel und steckte den Klöppelbrief für ihre nächste Handarbeit auf dem Kissen fest, während die laue Mailuft durch das Fenster strömte und auf dem Herd ein Eintopf aus Steckrüben, Suppenfleisch vom Schwein und ein paar letzten, schrumpeligen Kartoffeln köchelte. Die Mutter war mit den jüngeren Geschwistern wie jeden Sonntag zur Kirche gegangen. Sie kamen erst zum Mittagessen zurück, nach einem ausgiebigen Spaziergang durch den Park.

Für Mary waren die kirchfreien Sonntage die einzige Zeit in der Woche, zu der sie in aller Ruhe werkeln konnte. Und das war heute besonders wichtig, denn die neue Auftragsarbeit war ein Schleier und stellte sie vor eine große Herausforderung. Da sie so flink und geschickt war, überließ Mrs Dalloway ihr inzwischen immer ausgefeiltere Muster, bei denen sie sich sehr konzentrieren musste. Nicht leicht, wenn rings um sie die jüngeren Geschwister tobten oder das Licht flackerte, weil es draußen spätabends stockdunkel war.

Die Schritte auf der Stiege ignorierte sie erst. Dann hämmerte jemand an die Tür. »He, jemand zu Hause?«

Mary hob den Kopf. »Ist offen!«, rief sie.

Sofort krampfte sich etwas tief in ihrem Bauch zusammen. Es war Finns Stimme, das erkannte sie sofort. Und Finn wusste natürlich, dass die Familie sonntags immer zur Kirche ging. Was also hatte er hier zu suchen?

Sie stand auf. Die Tür ging auf, und da war er: feiner Wollanzug, ein Tuch um den Hals, das seidig glänzte. An der Hand hatte er Elle, zog sie hinter sich ins Zimmer. »Schwesterchen. So eine Freude.« Er ließ Elle los und umarmte Mary, die von so viel Überschwang völlig überrumpelt war. »Was riecht denn hier so köstlich? Machst du deinen berühmten Rübeneintopf?«

»Na, besser als Kohl ist der vielleicht«, murmelte sie.

Elle trug ein hübsches Kleid, bemerkte Mary. Hellgrünes Musselin mit zarter Stickerei an Ärmeln und Mieder, dazu eine dunkelgrüne Schärpe aus Samt, die sich um ihre Körpermitte spannte. Das Haar lockte sich um ihr Gesicht. Die Wangen waren rosig, die Augen glänzten. Nur ihre Miene wollte nicht in das Bild passen; immer noch so verhuscht und fast feindselig. Ihr Blick ging in alle Ecken, als fürchtete sie, einem Hinterhalt aufzusitzen.

»Du kommst leider zur Unzeit, wenn du Mutter besuchen wolltest. Sie ist in der Kirche.«

»Ach, schade. Hast du ein Bier da?«

Stumm wies Mary auf die kleine Kammer. Finn verschwand darin, sie hörte Glas klirren. Mary bot Elle einen Platz an. »Möchtest du auch was trinken?«

»Ein Wasser, bitte.«

»Elle trinkt auch ein Bier«, fuhr Finn dazwischen.

Sie protestierte. »Von Bier wird mir schlecht.«

»Ach, dir wird von allem schlecht im Moment, mein Herz.«

Mein Herz? Mary hob die Augenbrauen, fragte aber nicht nach. Sie goss Elle ein Glas Wasser ein und stellte es vor ihr auf den Tisch.

»Und wie geht es euch sonst so?«, fragte sie.

Finn lehnte sich entspannt zurück, kreuzte die weit von sich gestreckten Beine und rülpste, was ihm einen tadelnden Blick von Elle eintrug, den er mit einem frechen Grinsen quittierte. »Tjaaa, Schwesterchen. Vor dir steht ein gemachter Mann. Inzwischen habe ich genug angespart, dass es für einen eigenen Laden reicht.«

»Das ist ja schön.«

»Bin mir auch schon mit wem handelseinig. Im Herbst geht's los. Was ich jetzt noch anspare, fließt in das Unternehmen. Ich werde es MacArthur and Sons nennen, klingt das nicht toll?«

»Schön«, wiederholte Mary. Viel mehr fiel ihr nicht dazu ein. Sie fragte sich immer noch, woher Finn all das Geld hatte. Aber da er schon beim letzten Mal nicht besonders auskunftsfreudig gewesen war, fragte sie nicht nach. »Ich hoffe nur, du bringst dich nicht in Schwierigkeiten.«

»Ach was.« Er machte eine wegwerfende Handbewegung. »Ach so! Hier, meine Adresse.« Er holte einen Zettel aus der Jackentasche und legte ihn auf den Tisch. »Falls du mich mal besuchen willst.«

Sie hatte daran zwar kein Interesse, nahm den Zettel aber an sich. Wer wusste schon, wofür es gut war.

~

Diesmal hatte sie aufgepasst. Sie hatte Finn keinen Moment aus den Augen gelassen, und als sie sich eine Stunde später zum Abschied umarmten, spürte Mary, dass ihr Bruder erleichtert war. »Wir verstehen uns doch gut, oder, Schwesterchen?«, flüsterte er. »Auch wenn ich mich manchmal wie ein Idiot verhalte?«

Darüber lachte sie. Gutmütig, weil er sich dieses Mal wirklich benommen hatte. Sie hatte jedenfalls nicht das Gefühl, dass er hergekommen war, weil er aufschneiden wollte. Sie hatten mit der Familie zusammen gegessen, und während die Mutter mit den kleineren Kindern die Stube fegte und den Abwasch machte, hatten Finn und Mary mit einem letzten Glas Bier am Fenster gesessen und nach draußen geblickt. Elle machte sich auch nützlich. Eine friedliche, fast schon idyllische Atmosphäre war das.

»Du bist kein Idiot«, erwiderte sie. »Tut mir leid, ich war so misstrauisch, weil …«

Ach nein. Sie wollte nicht mit der alten Geschichte anfangen. Dass er ihr Geld genommen hatte. Es würde ja nichts bringen. Stattdessen umarmte sie ihn noch einmal. »Pass auf dich auf«, flüsterte sie. »Dass du nicht unter die Räder kommst da draußen.«

Finn wurde plötzlich sehr ernst. Mary sah ihn erschrocken an, doch dann war der Moment schon wieder vorbei, er grinste sein freches Grinsen und knuffte sie in die Seite. »Logisch«, sagte er. »Mach ich doch immer.«

Am Abend besprach Mary wie jeden Sonntag mit ihrer Mutter die Aufgaben für die kommende Woche, bevor sie ihre Sachen zusammenpackte und sich auf den Rückweg ins Norland Institute machte. Seit dem Tod ihres Vaters hatte Marys Mutter begonnen, sie in die Entscheidungen einzubeziehen, fast als wären sie zwei Mütter für die kleineren Geschwister.

»Den Stoff für neue Kleider kann ich kaufen«, bot Mary an. »Ich nähe sie dann nachmittags bei unserem Nähzirkel.« Die jüngeren Geschwister hatten alle einen Wachstumsschub getan, und vor allem Theresa brauchte zwei neue Kleider.

»Musst du da nicht arbeiten?«

Mary seufzte. Sie hatte es schon so oft zu erklären versucht, und jedes Mal fragte ihre Mutter erneut nach. Geduldig erklärte sie: »Morgens lernen die Studentinnen, und ich gehe meiner Arbeit nach. Die Nachmittage sind reserviert fürs Nähen, für andere Handarbeiten und Lektüre. Das gilt auch für mich.«

Ihre Mutter, die bisher über eine Näharbeit gebeugt am Tisch gesessen hatte, stand auf. Sie holte ihre Sparbüchse aus dem Schrank, um Mary das Geld für den Stoff zu geben. Schon als sie die alte Teedose aus dem Schrank holte, in der sie sonst immer ihr Geld verwahrte, runzelte sie die Stirn. »Sag mal, hast du Geld rausgenommen?«, fragte sie.

»Nein, wieso sollte ich?« Mary blickte vom Klöppelkissen auf.

Ihre Mutter stand vor ihr, leichenblass. Sie hielt Mary die leere Teedose hin, in der sonst immer das Haushaltsgeld verwahrt wurde. Die Dose ähnelte der, in der Mary ihre Ersparnisse aufbewahrte. »Leer«, hauchte sie.

Mary sprang auf. »Dieser Mistkerl!«, rief sie.

»Keine Flüche in meinem Haus!«, ermahnte ihre Mutter sie. »Von wem redest du?«

Aber Mary antwortete nicht. Sie stand schon an der Tür

und griff nach ihrer Geldbörse. Mary schüttelte sie. Leer. Alle Münzen, die sie für monatelange Arbeit bekommen hatte, waren weg.

Voller Wut nahm sie das Kärtchen mit Finns Adresse in die Hand und schlüpfte in den leichten Sommermantel. Keine Zeit für Erklärungen, sie musste Finn sofort zur Rede stellen. »Ich muss noch mal weg!«, rief sie, dann zog sie die Tür hinter sich ins Schloss.

Auf dem Weg legte sie sich die Worte zurecht, die sie ihrem Bruder vor den Latz knallen wollte. Er wohnte nun in einer etwas besseren Gegend von London im Westen, das Haus, vor dem sie dann stehen blieb, wirkte gutbürgerlich. Mary zögerte. Es sah so aus, als hätte er wirklich ein kleines Vermögen gemacht.

Das er uns gestohlen hat!, dachte sie. Ihre Wut war neu entflammt, und obwohl es schon spät war, betätigte sie den Türklopfer aus Messing mit viel Schwung.

Das Dienstmädchen, das ihr öffnete, wusste erst gar nicht, was Mary von ihr wollte. Völlig verständnislos reagierte sie auf Marys Forderung, sofort zu ihrem Bruder Finn MacArthur vorgelassen zu werden.

»Meine Güte, ich bin doch nicht *sein* Dienstmädchen!«, meinte das junge Ding und zeigte auf den Treppenabgang neben der Haustür, der zum Keller führte. »Da müssen Sie nach ihm fragen.«

Rums, schon knallte die Haustür zu. Mary starrte auf die moosigen Stufen, auf die Brettertür, das vernagelte Fensterchen daneben. Ein Kellerloch also. Das passte schon eher, dachte sie erbost.

Ihre Faust brachte die notdürftige Tür zum Beben, als sie dagegenhämmerte. »Finn!«, schrie sie. »Mach gefälligst auf, du Dieb!«

Er sah verschlafen aus, als er die Tür öffnete. Mary machte

einen Schritt nach hinten. »Na, so was«, sagte er nur. Er rieb sich mit der Hand über das Gesicht. »Hätte nicht gedacht, dass wir uns so schnell wiedersehen.«

»Darf ich reinkommen, oder wollen wir lieber hier draußen besprechen, dass du uns schon wieder bestohlen hast?«

Er lächelte gequält. »Bestohlen, ja? Glaubst du, ich kann es nicht aus eigener Kraft schaffen? Oder warum beschuldigst du mich?«

»Weil du es getan hast. Wer denn sonst? Heute Mittag war meine Geldbörse noch voll, ebenso die Spardose von Mam mit ihrem Haushaltsgeld. Vorhin wollte sie mir was davon geben. Und da hab ich gemerkt, dass auch mein Lohn weg ist. Ich weiß nicht, wie du das gemacht hast. Nachdem du mich an Weihnachten beklaut hattest, habe ich diesmal wirklich gut aufgepasst und dich keinen Moment aus den Augen gelassen. Aber jetzt ist alles weg, und Mam weiß nicht mal, wie sie morgen für unsere Geschwister ein Abendessen auf den Tisch bringen soll. Und ich hab gerade erst Hoffnung geschöpft, dass ich es doch schaffe, das Schulgeld zusammenzukratzen.« Sie merkte, dass sie vor Wut und Enttäuschung heulte, doch das war ihr egal. »Weißt du, wenn du was Gutes damit angefangen hättest. Den Laden eröffnet, von dem du seit Monaten redest. Irgendwas. Dann hätte ich es ja noch verstanden. Aber vermutlich bist du in den nächsten Pub, hast es in Gin und Pints für alle investiert und den Rest am Spieltisch verjuxt. Na ja, und so 'nen feinen Anzug hast du dir schneidern lassen. Aber das Geld ist futsch, und wir können sehen, wie wir über die Runden kommen.«

»Bist du jetzt fertig?«

Während ihrer Tirade hatte Finn sich mit verschränkten Armen in den Türrahmen gelehnt.

»Ich glaube schon, ja.«

»Gut. Ich hab das Geld nicht genommen, Mary. Bitte

glaub mir. Ich bin ein schlechter Mensch, ja. Das weiß ich. Und ich weiß, dass ich nicht immer nett zu dir oder Mam oder irgendwem in unserer Familie war. Aber Geld klauen? Niemals. Das hätte selbst ich nicht zustande gebracht.«

Mary war ratlos. »Aber … wo ist es dann?«

Finn runzelte die Stirn. »Ich fürchte … Ach, Mann, komm erst mal rein, Schwesterchen. Und dann erzähle ich dir alles der Reihe nach.«

Zögernd betrat Mary das Kellerloch, das Finn so großspurig sein Zuhause nannte. Es wurde nur von einer einzelnen rauchenden Petroleumlampe beleuchtet. Der Holzkorb neben dem uralten Herd war fast leer. Im Raum herrschte eine klamme Kälte, die sich nicht mal vom Frühlingswetter draußen vertreiben ließ. Es gab einen kleinen, wackligen Tisch und zwei Hocker davor, eine Matratze lag in der Ecke auf dem Boden. Ein Bettlaken versperrte den Blick auf den zweiten Kellerraum. Finn bemerkte Marys Blick dorthin. »Das ist für Danny und Elle. Sind beide gerade unterwegs, Geld verdienen.« Er lachte freudlos.

Dann bat er Mary, sich zu ihm an den Tisch zu setzen. Er holte eine Flasche Wein und goss zwei Gläser voll, die er vorher mit einem schmuddeligen Lappen ausputzte. Mary hätte liebend gern die Gläser gewaschen, doch Finn warf ihr nur einen strengen Blick zu, als sie sich halb erhob. »Das ist meine Aufgabe«, sagte er.

Dann setzte er sich zu ihr. Und begann zu erzählen.

»Das mit Danny und Elle ist … nicht schön. Auch wenn ich so tue, als wäre alles bestens.« Er schwieg einen Moment. Und dann brach alles aus ihm heraus.

Er erzählte, wie er vor über einem Jahr Elle in einer Kneipe kennengelernt hatte, nachdem er beim Kartenspiel ein erkleckliches Sümmchen gewonnen hatte. Sie setzte sich auf seinen Schoß und gurrte ihm etwas ins Ohr. Finn fiel auf ihre Avancen herein und ließ sich verführen. Ein teurer Spaß, denn nachdem sie sich ein paar Stunden vergnügt hatten, tauchte Danny auf und verlangte den »angemessenen Lohn« für Elles Bemühungen.

»Hab einfach nicht kapiert, dass sie 'ne Hure ist«, sagte er leise.

Mary spitzte die Lippen. Sie mochte das Wort nicht, doch ließ sie Finn weiterreden.

»Hab dann versucht, die beiden zu überzeugen, dass es besser ist, wenn wir gemeinsame Sache machen. Elle fand's gut, sie mag mich. Danny mag es nur, wenn wir genug Geld nach Hause bringen. Seinen Anteil versäuft er. Na ja, und ich spare meinen Anteil. Wir passen zusammen auf Elle auf, verstehst du? Sie begleitet mich zu den Spieltischen, lenkt die anderen Spieler ab. Später dann setzt sie sich einem auf den Schoß, macht ihm schöne Augen, und sie verschwinden. Dann kommt Danny ins Spiel. Oft sind das so feine Herren, die nie 'ne Hure an sich ranlassen würden in solchen Spelunken. Aber weil sie glauben, dass sie mein Liebchen ist, lassen sie sich auf sie ein. Tja … ist ein Fehler, der sie teuer zu stehen kommt.«

»Ihr erpresst sie«, sagte Mary leise. Es stimmte also – ihr Bruder hatte sich auf krumme Geschäfte eingelassen. Trotzdem hauste er in diesem Rattenloch, als hätte er kaum was zu beißen.

»Na ja, sie kriegen auch was dafür. Also Elle. Für eine Nacht. Gab selten einen, der das Angebot ausgeschlagen hat.«

Das musste Mary erst mal verdauen. Sie merkte, wie Finn sie beobachtete. Dann stand ihr Bruder auf; er machte sich am Ofen zu schaffen und verschwand kurz durch eine zweite Tür in eine Art Hinterhof, wo sie ihn Holzscheite spalten hörte.

Ihr Bruder war ein ... ja, was? Ein Spieler, das war er schon immer gewesen, aber nun nutzten sein Freund Danny und er das junge Mädchen Elle aus. Es war egal, wie Finn das nannte, es war nicht rechtens. Mary spürte, wie ihr übel wurde. Sie stellte das Weinglas hin und ging zur Tür. Während sie in der offenen Tür stand und versuchte, wieder zu Atem zu kommen, blickte Finn von seiner Arbeit auf.

»Dachte mir, dass dir das missfällt. Darum hab ich nichts erzählt.«

»Ihr nutzt das arme Mädchen aus.«

»Das ist eh bald vorbei.« Er sammelte die kleinen Scheite auf und trug sie zurück in die Wohnung. »Wenn ich das Geld für den Laden beisammenhabe, will ich sie heiraten.« Er hielt inne, die offene Ofenklappe in der einen Hand, einen Holzscheit in der anderen. »Sie kriegt ein Baby, weißt du?«

Mary verkniff sich die Frage, ob Elle von Finn, Danny oder einem anderen Kerl schwanger war. Es ging sie auch nichts an. Ihr Bruder wirkte nicht besonders glücklich mit der ganzen Situation.

»Hast du deshalb mein Geld genommen?«

Finn knallte die Ofenklappe zu. »Verdammt, jetzt hör doch mal damit auf!«, schimpfte er. »Ich hab dein Geld nicht genommen, weder heute noch an irgendeinem anderen Tag!«

»Aber wer soll es dann genommen haben?«, rief Mary.

Und dann dämmerte es ihr.

Sie hatte Finn im Auge behalten, als er bei ihnen war. Aber nicht Elle.

Auch Finn schien zum selben Schluss gekommen zu sein. »Dieses Miststück«, knurrte er. »Wenn sie das war ...«

Er stürmte in den Nebenraum. Mary blieb zurück; sie hörte, wie er in den Sachen seiner Freundin wühlte, wie er

Elle verfluchte und beschimpfte. Schließlich kam er wieder hervor. Er hielt einen Geldbeutel in der Hand. Warf ihn Mary zu. »Das ist alles, was davon übrig ist«, sagte er nur.

Mary schnürte den Beutel auf. Viel zu wenig Münzen purzelten ihr entgegen, nur ein paar Schilling. Das würde kaum für das Essen diese Woche reichen. Und von ihren Ersparnissen war nichts geblieben.

»Was hat sie mit dem Geld gemacht?«, fragte sie dumpf.

»Hat's Danny gegeben, nehme ich mal an. Der hat am Spieltisch nicht so ein Händchen. Die beiden sind heute Abend zusammen los. Sie waren so richtig in Feierlaune, ich dachte, sie wollten Geld verdienen …« Er verstummte. Zählte wohl zwei und zwei zusammen. »Sie wäre nie mit mir mitgegangen, oder?«

Er sank auf einen der Hocker. Mary war zu sehr mit ihren eigenen Sorgen beschäftigt, um ihn zu trösten.

~

Finn bat sie zu bleiben, bis Elle und Danny zurückkamen, um die beiden gemeinsam zur Rede zu stellen. Mary setzte sich zu ihm. Er schimpfte noch ein wenig vor sich hin, aber dann rappelte er sich wieder auf. »Ich würd's dir zurückzahlen«, sagte er. »Bis auf den letzten Penny. Aber letzte Woche erst hab ich alles für die Anzahlung vom Laden ausgegeben.« Und sie wusste, auch in Zukunft würde er jeden Schilling in sein Geschäft stecken.

Er gab sich Mühe, sie zu trösten. Lief zu einem Pub zwei Straßen weiter und holte eine Pastete als Abendessen, die eine krachende Kruste hatte und mit richtig gutem Fleisch gefüllt war. Während sie aßen, erzählte er immer wieder vom Laden und schlug vor, Mary könnte doch bei ihm anfangen zu arbeiten. Doch davon wollte Mary nichts hören.

»Irgendwann will ich nicht mehr für andere Leute die Böden schrubben«, sagte sie. »Ich will mich um Kinder kümmern dürfen.«

»War nur 'ne Idee.«

Schließlich hörten sie Schritte auf der Treppe, dazu das betrunkene Grölen von Danny. Als Elle die Tür aufstieß und ihren Freund durch die Öffnung bugsierte, standen Mary und Finn auf. Stumm warteten sie, bis Danny sich von Elle löste und Richtung Nebenraum torkelte. Sie hörten, wie er mit einem Grunzen auf die Matratze fiel und sofort anfing zu schnarchen. Elle löste das Schultertuch und hängte es an den Haken hinter der Tür. Erst dann bemerkte sie Mary und erstarrte mitten in der Bewegung.

»Hallo auch«, murmelte sie. »Ich bin müde, gute Nacht.«

Finn packte ihr Handgelenk, bevor sie entwischen konnte.

»So nicht«, sagte er gefährlich leise.

Da brach Elle zusammen.

»Ich hab das nicht gewollt«, flüsterte sie.

»Was gewollt?«, hakte Finn nach. »Du wirst es sagen müssen, Elle.«

»Das mit dem Geld. Dass ich es ...« Sie schluckte. »Gestohlen habe.«

»Trotzdem hast du's getan.«

»Ja, weil ...«

Finn und Mary warteten. Elle setzte sich auf einen Hocker. Sie ächzte und umfasste ihren runden Bauch. Komisch, dachte Mary. Dass ihr der vorher gar nicht aufgefallen war.

»Wollte doch auch was Schönes fürs Baby haben.« Sie hielt den Kopf gesenkt. »Jetzt hat Danny aber das Geld gefunden und heute Abend alles verspielt.«

Mary stöhnte auf. Das war wirklich das Schlimmste, was

ihr passieren konnte. Denn auch wenn sie versuchte, auf Elle und Finn sauer zu sein – es ging nicht. Finn war so zerknirscht, sie nahm ihm ab, wie sehr es ihm leidtat, dass er Elle und Danny zu ihnen nach Hause gebracht hatte. Und Elle? Sie traf noch am ehesten Schuld, doch konnte Mary zu gut nachvollziehen, dass eine junge Frau gut für ihr Kind sorgen wollte.

»Mam hat vielleicht noch ein paar Babysachen, die wir bisher nicht weitergegeben haben«, sagte sie leise, ohne aufzusehen. Und wenn nicht, dachte sie, würde Mary eben ein paar nähen. Stoffreste hatten sie immer da, und so ein paar Kleidchen waren schnell gemacht. Aber das brachte ihr das Geld auch nicht wieder.

Sie stand auf. »Wirst du Mam vom Baby erzählen?«, fragte sie Finn. »Sie wird sich freuen.«

»Wir bringen das in Ordnung, Mary.« Er stand ebenfalls auf und drückte ihr das bisschen Geld in die Hand, das noch in Elles Geldbeutel gewesen war. Elle protestierte nicht. Sie hockte mit verweinten Augen am Tisch und starrte Mary an, als fürchtete sie, dass diese ihr gleich noch was antun könnte.

Als Mary nach Hause kam, schliefen alle. Sie steckte das Geld zurück in die Zuckerdose. Dann nahm sie ihren Korb und verließ die Wohnung. Sie schämte sich, weil sie nicht mehr hatte tun können.

Mit ihrem Traum war es nun endgültig vorbei. Das spürte Mary sehr deutlich. Sie hielt es nicht aus, noch ein Jahr länger für Mrs Dalloway Spitze zu klöppeln oder die Böden im Norland Institute zu schrubben. Vielleicht sollte sie Finns Angebot einfach annehmen und mit dem Leben zufrieden sein, das sich ihr bot.

Kapitel 36

Es dauerte noch eine Weile, bis Joan und Reginald sich in ihr gemeinsames Leben eingefunden hatten. Die Albträume kamen und gingen, und manche Nacht wachte Joan auf, und das Bett neben ihr war leer, weil Reginald unbemerkt aufgestanden und in sein Schlafzimmer gegangen war. Sie machte ihm keinen Vorwurf deshalb. Sie verstand ja, dass er sie schützen wollte.

Dennoch waren sie glücklich. Eines Sonntags, als sie zum Mittagessen bei Onkel George waren, hatte dieser ein lukratives Angebot für Reginald. Einer seiner Handelspartner suchte für sein Londoner Handelskontor einen Büroleiter. Es war nicht unbedingt das, was Reginald sich für die Zukunft erhofft hatte, doch für den Anfang freute er sich über eine Anstellung, die ihre finanzielle Situation langfristig entspannen würde. Leichter wäre es, wenn seine Familie endlich das ihm zustehende Vermögen freigeben würde. Doch damit war nicht zu rechnen, und die Anwälte, die er beauftragt hatte, machten ihm wenig Hoffnung.

»Dir strahlt das Glück wirklich aus jedem Knopfloch«, begrüßte Katie ihre Freundin wenige Wochen später, als sie sich zu einem Besuch beim Schneider trafen. »Das Eheleben bekommt dir, so wenig, wie man von dir sieht.«

»Vor allem bekommen mir die üppigen Mahlzeiten.«

Joan zog die Nase kraus. »Ich fürchte, der Schneider wird einige meiner Kleider auslassen müssen, sie sind irgendwie enger geworden.«

Katie lachte. »Bist du sicher, dass das an den *Mahlzeiten* liegt?«

Sie betraten das Atelier von Monsieur Lasalle, einem französischen Schneidermeister, bei dem Joan auch das Hochzeitskleid erstanden hatte. Der kleine, flinke Mann mit beginnender Stirnglatze und fliehendem Kinn erkannte sie sofort und kam dienstbeflissen auf Joan zu. »Ah, Madame Dudley. So eine Freude, Sie in meinem bescheidenen Atelier begrüßen zu dürfen. Was kann ich heute für Sie tun?«

»Ich benötige neue Garderobe«, sagte sie. »Sommerkleider.« Reginald und sie hatten noch nicht darüber gesprochen, doch früher oder später, dachte sie, war eine Vorstellung bei der Dowager Countess unausweichlich. Dafür wollte sie zumindest modisch gerüstet sein, wenn sie sich schon nicht anderweitig darauf vorbereiten konnte.

»Da werden wir sicher etwas Modisches für Sie finden. Folgen Sie mir bitte.« Monsieur Lasalle wies auf das Separee, in dem er betuchte Kundinnen zu bedienen pflegte. Er gab einer Gehilfin ein Zeichen, die sogleich folgte und sein Nähkästchen mitbrachte. Während Monsieur Lasalle Joan bat, sich auf einen niedrigen Hocker zu stellen, damit er Maß nehmen konnte, plauderte sie weiter mit Katie.

»Hast du es in deiner neuen Unterkunft gut getroffen?«

Nach Joans Hochzeit war Katie in einer Pension unweit vom Pembridge Square untergekommen. »Die Wirtin ist so eine vom ganz alten Schlag, gewaschen wird sich morgens mit eiskaltem Wasser. Keine Ahnung, wie sie das auftreibt. Aber es macht schön wach. Der Tee hingegen ist so dünn, als hätte sie statt Teeblättern ein Gänseblümchen reingetan.«

»Oje. So schlimm?«

»Ach, es geht schon. Ich muss ja nicht mehr lange dortbleiben.« Katie seufzte. Sie saß auf einem opulenten Armlehnstuhl mit pinkem Polster. Die Schneidergehilfin brachte ihr ein Glas Champagner.

»Für mich nicht«, sagte Joan hastig. »Mir wird von Alkohol im Moment schlecht.«

Katie zog beide Brauen hoch, sagte aber nichts.

Joan drehte sich von ihrer Freundin weg. Sie spürte ihre Wangen, die ziemlich glühten unter dem gestrengen Blick ihrer Freundin. Auch Monsieur Lasalle räusperte sich und nahm ein zweites Mal um ihre Taille Maß, als könnte er nicht glauben, dass der Wert so sehr von dem abwich, den er vor wenigen Wochen beim Maßnehmen für ihr Hochzeitskleid in seinem kleinen Büchlein notiert hatte.

Aber keiner der beiden sagte etwas, und darüber war Joan froh. Noch wollte sie ihr kleines Geheimnis für sich behalten – oder zumindest die nächste sich bietende Gelegenheit nutzen, um zuerst Reginald darüber zu informieren, wie sehr sich ihr gemeinsames Leben schon bald aufs Neue ändern würde.

Katie lächelte ihr in dem Spiegel aufmunternd zu, und Joan senkte den Blick. Sie war froh, als sie von dem Hocker steigen und sich in einen zweiten Armlehnstuhl werfen konnte, während Monsieur Lasalle und seine Gehilfin Kataloge anschleppten, ihr Kleiderschnitte und Stoffe zur Auswahl vorlegten und auf Joans Entscheidung warteten. Joan nahm sich von den Scones und den kleinen Sandwichs, die auf einer Etagere serviert wurden. Es gab Tage, an denen nur permanentes Essen gegen dieses flaue Gefühl zu helfen schien, und manchmal dachte sie schon, sie würde sich das winzig kleine Bäuchlein nur anfressen und es hätte nicht den süßesten, wunderbarsten Grund aller Zeiten.

Schließlich wählte sie Stoffe für drei Kleider aus. Monsieur Lasalle erklärte, sie könne die Modelle in zehn Tagen abholen, und er meinte außerdem, an diesen Kleidern werde sie lange Freude haben, da er »etwas mehr Stoff vernähen« wollte. Joan bedankte sich bei ihm für die gute Beratung und beglückwünschte sich zugleich zu ihrer Wahl dieses diskreten und beflissenen Schneiders.

Als Joan einige Stunden später mit einer Hutschachtel und ein paar anderen Kleinigkeiten von ihrem Ausflug heimkehrte, informierte sie der Butler Jackson, der schon seit über fünf Jahren für Reginald arbeitete, dass die Schwester von Reginald, Lady Amelia, im Salon auf sie warte.

»Wo ist mein Mann?«, fragte Joan. Sie übergab die Pakete an Jackson und streifte ihre Handschuhe ab.

»Geschäftlich unterwegs, sagte er heute früh.«

»Nun, haben Sie Lady Amelia eine Erfrischung gebracht?«

Jackson spitzte ganz leicht den Mund. »Selbstverständlich.« Als wäre allein die Frage Majestätsbeleidigung in seine Richtung.

Joan trat an den Spiegel, der in der Eingangshalle hing. Rasch strich sie ein paar ihrer dunklen Locken nach hinten. Blass war sie, doch ging von ihr zugleich dieses glückliche Strahlen aus, das sie sich nicht einmal von diesem überraschenden Besuch nehmen ließ.

Hoffentlich wird es nicht zu unangenehm, dachte sie.

Es wurde dann das genaue Gegenteil.

»Meine liebe Schwägerin!« Lady Amelia sprang auf, sobald Joan den Salon betrat. Sie ergriff Joans Hände, musterte sie von oben bis unten. »Entschuldige, wir kennen uns noch gar nicht. Dabei fühlt es sich für mich so an. Reggie hat so viel von dir erzählt.«

»Das Gleiche könnte ich von dir sagen.« Joan staunte, mit welcher Leichtigkeit Lady Amelia alle Konventionen über Bord warf. Sie war die Erste, die Joan in der Familie willkommen hieß – nicht mal die Countess of Dudley hatte sich seit der Heirat gemeldet, dabei *musste* sie davon doch wissen! –, und dabei lächelte sie so warm und gab sich so freundlich, als wäre gar nichts passiert. Als hätte Reginald sie nicht übergangen und als wäre Joan schon immer Teil der Familie gewesen.

Jedenfalls fiel die Nervosität allmählich ab, und Joan konnte sich auf das Gespräch mit Lady Amelia einlassen. Gerade lauschte sie hingerissen der Geschichte, wie sich der fünfjährige Reggie des Nachts auf dem Familiengut weggeschlichen hatte, um im Stall bei seinem Pony zu schlafen, das nach einer Kolik »bestimmt nicht allein sein will, ich will auch nicht allein sein mit Bauchweh, Maman«, als der Mann eintrat, um den sich all die Anekdoten drehten.

»Wir haben Besuch«, sagte er überrascht.

Amelia sprang auf. »Verzeih«, sagte sie. »Ich hoffe, es stört dich nicht. Aber ich wollte sie endlich mal kennenlernen.«

Reginalds Blick suchte Joans. Alles in Ordnung?, schien er damit zu fragen. Sie nickte kaum merklich.

Amelia trat zu ihrem Bruder und gab ihm einen Kuss auf die Wange. »Ich mag sie«, sagte sie und lächelte Joan an. »Sie wird unsere Mutter ganz schön aufmischen, wenn sie endlich aufhört, wegen der Hochzeit eingeschnappt zu sein.«

»Will sie das noch lange durchhalten?«

»Du kennst sie. Spätestens an Weihnachten ist alles wieder gut, denn ein Weihnachtsfest, an dem wir nicht in größtmöglicher Harmonie zusammenkommen und *Twelve Nights* singen, ist für sie kein Weihnachtsfest.«

»Dein Wort in Gottes Ohr«, murmelte Reginald.

Amelia verabschiedete sich von Joan. Sie beugte sich vor. »Du machst ihn glücklich. Danke«, flüsterte sie.

Als sie wieder allein waren, räusperte Reginald sich. »Nun, das war meine Schwester Amelia. Ich hoffe, sie hat dir nicht zugesetzt.«

»Gar nicht.« Joan runzelte die Stirn. »Ich mag sie.«

»Bevor ich zum verlorenen Sohn wurde, hat sie die Rolle als schwarzes Schaf erfüllt. Vermute, die teilen wir nun. Wollen wir zum Abendessen?«

Er bot ihr den Arm, und Joan hakte sich bei ihm unter. Während Reginald von seinem Tag erzählte, war sie in Gedanken ganz weit weg. Sie lehnte den Wein ebenso ab wie den Sherry, den sie manchmal nach dem Abendessen in der Bibliothek tranken, während sie sich in ihre Bücher vertieften. Lesen war Joans große Leidenschaft, und hier fand sie ein Haus vor, das mit übervollen Bücherregalen lockte.

»Willst du mir erzählen, was dich beschäftigt?«, fragte Reginald. Er klappte das dicke Buch zu, in dem er schon eine ganze Weile las.

»Ist das so offensichtlich, ja?«

Er lachte leise. »Wir verbringen viel Zeit miteinander. Natürlich fällt es mir auf, wenn du dich anders verhältst.«

Sie seufzte. »Ich hätte es dir gern anders gesagt, aber ich weiß nicht, wie.«

Er legte den Kopf schief und studierte ihr Gesicht.

»Heute war ich beim Schneider und habe neue Kleider bestellt. Er war nicht besonders erfreut, denn meine Taille ist etwas … aus der Form.«

»Ah«, sagte er. »Du meinst …«

Weil er nicht weitersprach, nahm Joan all ihren Mut zusammen. Herrje, sie war im Haus ihres Onkels aufgewachsen, der nun wirklich nicht so prüde war, wie es die Gesellschaft von allen Bürgern gern erwartete. Und sie war mit den biologischen Vorgängen einer Schwangerschaft und Geburt zumindest theoretisch und als Beobachterin vertraut, da sie Lady Rachel während deren »anderen Umständen« mit dem kleinen Roderick und im anschließenden Wochenbett begleitet und mitbetreut hatte. Und Reginald und sie hatten ein in ihren Augen überaus entspanntes Verhältnis zu ihrer körperlichen Liebe.

Trotzdem kamen ihr die Worte nur schwer über die Lippen.

»Wir bekommen ein Baby, Reginald.«

»Meine Liebste.« Er stand auf. Joan spürte, wie er sie an den Händen sanft auf die Füße zog und in die Arme schloss. »Aber das ist eine wunderbare Nachricht. Ich freue mich sehr.«

Erst da merkte sie, dass sie Angst gehabt hatte, dass die Schwangerschaft für ihn alles verändern könnte. »Du bist deshalb nicht … irgendwie böse oder so?«

Reginald lachte ungläubig. »Um Himmels willen, wieso sollte ich? Das ist doch das größte Glück für uns beide. Oder etwa nicht?« Jetzt war er derjenige, der sie besorgt musterte. »Joan? Freust du dich auf unser Baby?«

Sie hätte gern einfach Ja gesagt, doch je länger sie schwieg, umso besorgter sah Reginald sie an. »Ist es meinetwegen?«, fragte er leise. »Weil ich …«

»Nein«, rief sie hastig. Er sollte bloß nicht denken, dass sie kein Kind wollte, weil er immer noch durch den Krieg traumatisiert war. »Es ist nur so merkwürdig … Als müsste ich mich erst an den Gedanken gewöhnen. Dabei weiß ich doch, was auf mich zukommt. Es ist nicht das erste Baby, um das ich mich kümmere. Dennoch …« Sie seufzte. Reginald nahm sie in seine Arme.

»Was ist deine größte Befürchtung?«, fragte er und streichelte behutsam ihren Rücken.

»Ach, keine Ahnung. Dass ich es fallen lasse?«

Er lachte. »Ganz sicher nicht.«

»Hast du denn keine Angst?«, fragte sie.

»Doch.«

Sie blickte zu ihm auf.

»Dass dir etwas passiert. Davor habe ich Angst. Dass du bei der Geburt stirbst und …« Er sprach nicht weiter. Stattdessen strich er Joan eine Strähne aus dem Gesicht. »Ich könnte es niemals ertragen, wenn dir etwas passiert.«

»Ach, Reginald.« Sie wusste nicht, was sie sagen sollte. Stattdessen legte sie ihre Wange an seine Brust und spürte seinen Herzschlag durch den Stoff des Baumwollhemds. »Ich werde dich niemals im Stich lassen, hörst du?«

Er drückte sie noch fester an sich. »Ich werde auf dich aufpassen«, flüsterte er in ihr Haar.

Dann löste er sich von ihr. »Und nun lass uns diese wunderbare Nachricht gebührend feiern. Ich nehme an, ein Glas Champagner möchtest du nicht? Meine Schwester hat mir erzählt, dass ihr davon in jeder Schwangerschaft regelmäßig übel wurde.«

»Oh, das ist bei mir ähnlich. Aber wenn noch etwas kalter Braten vom Abendessen übrig ist, würde ich den sehr gern nehmen«, sagte Joan.

»Ist schon unterwegs.« Er grinste, als er zur Tür ging. »Aber verpetze mich nicht bei der Köchin, wenn sie dich morgen danach fragt, wo der Braten abgeblieben ist.«

»Niemals!«

Sie sank in die Polster des Sofas, streifte die Pantoffeln von den Füßen und zog eine Decke heran, die sie an den kühlen Sommerabenden gern über ihre Beine legte. Sie war von einer Leichtigkeit erfüllt, die sich aus der unbändigen Freude speiste. Sie bekamen ein Baby! Und Reginald freute sich so sehr darüber, dass auch Joan sich erlaubte, nicht mehr nur in Gedanken all das aufzuzählen, was schiefgehen könnte. Sie war sicher: Nichts konnte ihnen jetzt noch passieren.

Kapitel 37

London, Juli 1903

Wenn Emily Ward nicht mehr wusste, wo ihr der Kopf stand, zog sie sich in ihr Arbeitszimmer im zweiten Stock des Norland Institutes zurück und setzte sich an ihren Schreibtisch. Hier lag die unbeantwortete Korrespondenz; stapelweise Briefe von Familien, die hofften, auf die Warteliste für eine ihrer begehrten Nannys zu gelangen. Junge Frauen schrieben ihr flammende Plädoyers, mit denen sie für sich selbst warben und versprachen, das Schulgeld, das sie derzeit nicht aufbringen könnten, in den ersten drei Jahren als Nanny mit Zins und Zinseszins zurückzuzahlen. Dankesbriefe waren auch darunter – von Familien, die in den Genuss kamen, eine ihrer Nannys bei sich aufzunehmen, die schon bald nicht mehr aus dem Familienleben wegzudenken waren.

Auch an diesem frühen Morgen Anfang Juli saß sie müde an ihrem Schreibtisch. In aller Herrgottsfrüh, als ihre Kinder noch schliefen und Walter gerade so aufrecht im Bett saß, wohin er sich Morgenkaffee und Zeitungen bringen ließ, war sie aufgebrochen und zum Norland Institute spaziert. »Bald werden die Tage wieder kürzer«, hatte er bemerkt.

»Dann werde ich bestimmt auch wieder häuslicher.« Sie küsste ihn zum Abschied auf die Wange. Die Kinder würde sie heute vielleicht gar nicht sehen, falls sie es nicht zur Mittagsstunde nach Hause schaffte.

Aber in zwei Wochen wollten sie zur Sommerfrische nach Bath reisen, und vorher hatte sie noch so viel zu tun.

Sie wusste ja, warum sie das alles tat, und hätte sie nicht vor all den Jahren diese Entscheidung getroffen, wäre das Leben allzu vieler Menschen anders verlaufen. Zugleich aber spürte Emily, wie diese Mutlosigkeit sie erneut erfasste.

Immer noch wollte sie mehr tun. Mehr sein als »nur« ein Institut für bessere Töchter. Aber jeder ihrer Vorstöße stieß bei Isabel Sharman auf taube Ohren. »Das können wir uns nicht leisten«, hörte Emily allzu oft auf ihre Vorschläge. Und so blieb es bei der jungen Mary MacArthur, die noch ein knappes Jahr als Dienstmädchen vor sich hatte, bevor sie hoffentlich die Ausbildung zur Norland Nanny begann. Erst wenn sie Erfolg hatte, glaubte Emily, würde Isabel begreifen, dass das Norland Institute so viel mehr tun konnte. Dass sie einen Unterschied machten – für Frauen aus *allen* Schichten.

Emily hatte es bisher vermieden, Isabel von Mary MacArthurs letztem Besuch zu erzählen. Seitdem zerbrach sie sich den Kopf, wie sie dem Dienstmädchen helfen konnte. Die junge Mary hatte ihr unter Tränen gestanden, dass ihr schon wieder ihr mühsam erarbeitetes Geld abhandengekommen war und sie somit der Möglichkeit beraubt war, wie geplant nächstes Jahr im Sommer den Kurs zu besuchen. »Sie sollten wohl lieber einer anderen Bewerberin von der Warteliste den Platz geben.«

Das kam überhaupt nicht infrage! Emily würde zur Not selbst das Schulgeld bezahlen, nur damit sie den Traum dieser jungen Frau verwirklichen konnte, die ihr wirklich sehr am Herzen lag … Aber sie machte sich nichts vor. Sowohl Isabel als auch ihr Mann Walter würden ihr Veto einlegen.

Und sie wusste auch, dass beide damit recht hätten. Sie hatten so lange über ein gerechtes System für die jungen Nanny-Anwärterinnen diskutiert. Auf keinen Fall durfte Emily es schon bei der ersten Gelegenheit kompromittieren.

Das sachte Klopfen an der Tür riss Emily aus ihren Grübeleien.

»Ja, bitte?«

Die junge, blonde Frau, die eintrat, lächelte warm. »Das hätte ich mir ja denken können, dass Sie hier stecken.«

»Nanny Fox, meine Liebe!« Emily sprang auf. Sie umrundete den Schreibtisch und nahm die Hände von Katie Fox. »Wie schön, Sie bei bester Gesundheit zu sehen. Haben Sie sich in London wieder eingelebt?«

»Nun, das Leben ist ein bisschen zu aufregend für meinen Geschmack.« Katie strahlte förmlich von innen heraus. Sie trug statt der Nannyuniform ein hellgrünes Kleid, das ihr ausnehmend gut stand. Auf dem Hut mit der breiten Krempe hüpfte eine kecke dunkelblaue Feder. »Entschuldigen Sie, dass ich einfach so hereinplatze …«

»Nichts da, meine Liebe. Was kann ich für Sie tun? Fühlen Sie sich bereit für Ihre nächste Aufgabe?«

Katie Fox zögerte. »Bald«, versprach sie dann. »Vorher möchte ich etwas mit Ihnen besprechen, das Nanny Hodges und ich uns überlegt haben. Oh, ich sollte sie nicht so nennen, richtig? Sie ist jetzt Mrs Dudley.«

Emily lächelte immer noch. Ja, der Verlust von Nanny Hodges schmerzte sie ein wenig, doch sie wollte sich davon nichts anmerken lassen. Immerhin war Nanny Hodges so fair gewesen, sie über die Hochzeit zu informieren, bevor sie es aus der Gesellschaftsspalte der Zeitung erfuhr.

»Setzen Sie sich doch. Was haben Sie sich überlegt?«

Und während sie den Ausführungen von Katie Fox lauschte, begriff Emily, dass sich hier die Lösung all ihrer

Probleme bot. An diesem Tag ging sie beschwingt nach Hause.

»Weißt du, Walter«, sagte sie beim Abendessen zu ihrem Mann, »heute habe ich gesehen, wie gut und wichtig unsere Arbeit ist. Wir geben diesen jungen Frauen das Handwerkszeug, damit sie die Welt verändern. Und dann tun sie es einfach. Das macht mich heute glücklich.«

»Ich bin glücklich, wenn du es bist«, sagte Walter friedlich. Die Kinder waren mit dem Essen fertig und baten darum, aufstehen zu dürfen.

»Geht schon mal nach oben. Ich komme gleich und lese euch vor.« Emily blickte den Geschwistern nach. Meine Kinder, dachte sie ungläubig. Was vor einigen Jahren mit der Adoption begonnen hatte, fühlte sich inzwischen so an, als wäre sie vom ersten Schrei an Mutter dieser beiden gewesen. Dabei war der Junge schon fünf gewesen, als sie ihn bei sich aufnahm.

Familie ist eben nicht nur durch Blutsverwandtschaft definiert. So, wie sie sich für alle Zeiten ihren Nannys verbunden fühlte, als wären sie jüngere Schwestern, würden ihre Kinder auch immer ihre Kinder sein. Man fühlte sich ja auch einem Partner verbunden, mit dem einen vorher nichts verbunden hatte.

Kapitel 38

London, September 1903

Mary konnte Finn verzeihen, dass er Elle und Danny zu ihnen ins Haus gebracht hatte. Doch ihr Problem mit dem fehlenden Schulgeld war damit immer noch nicht gelöst. Sie arbeitete weiter sechs Tage in der Woche im Norland Institute und versuchte, den Gedanken an ihre eigene Zukunft zu verdrängen. Die Vorstellung, sie könnte irgendwann nicht mehr Teil dieses lehrreichen, von Frauen geführten Hauses sein, schmerzte zu sehr.

Der Dienstag war Marys Lieblingstag in der Woche. Auch an diesem heißen Dienstagmorgen im August tänzelte sie in die Küche, wo Ms Dormer bereits auf sie wartete. »Zwei Minuten zu spät!«, rief sie streng. »Nur weil du denkst, du wirst mal was Besseres, darfst du nicht deine Pflichten vernachlässigen, Mary.«

Doch nicht mal der Tadel der Haushälterin konnte ihre gute Laune trüben. Sie schnappte den Eimer mit der Seifenlauge und die Bürste, mit der sie die Böden schrubbte, und war schon fast zur Tür hinaus, als Ms Dormer sie zurückrief. »Heute will ich keine Beschwerden von Ms Longheart hören, haben wir uns da verstanden?«

»Ja, Ms Dormer.« Mary knickste brav. Dann sauste sie mit Eimer und Putzutensilien nach oben. Dass sie zu spät gekommen war, lag nun wirklich nicht in ihrer Absicht!

Die Klassenzimmer der zukünftigen Nannys lagen im ersten Obergeschoss. Vier Türen öffneten sich zu dem langen Gang, hinter jeder hatte eine der Lehrerinnen des Norland Institutes ihren Klassenraum. Im ersten war es heute früh noch ruhig – Ms Sharman unterrichtete hier montags, donnerstags und freitags immer alles rund um Kinderbeschäftigung für verschiedene Altersklassen. Die Tür zum zweiten Raum war wie jeden Dienstag nur angelehnt – Ms Longheart hatte eine Leidenschaft für Frischluft, weshalb sowohl Fenster als auch die Tür während ihrer Stunden offen standen, damit keine krank machenden Miasmen ihre Schülerinnen oder sie selbst befielen. Die Schülerinnen saßen vor allem im Winter vor Kälte schnatternd und mit dicken Wolltüchern um die Schultern im Unterrichtsraum und hatten oft danach eine Schniefnase.

Für Mary aber war diese offene Tür ein Segen, denn jeden Dienstag durfte sie die Böden im Flur schrubben, und während sie sich mit Eimer und Scheuerbürste auf den Knien durch den Flur vorarbeitete, konnte sie immer wieder belauschen, was Ms Longheart ihren Schülerinnen erzählte.

»Was müssen wir über die ersten Lebenswochen eines Säuglings wissen? Nun, wer von Ihnen hat schon mal ein Neugeborenes im Arm gehalten? Ja, Ms Alice?«

Eine junge Stimme antwortete. Sie berichtete, dass sie einmal ihre drei Wochen alte Nichte auf dem Arm hatte halten dürfen.

»Das hilft uns in diesem Fall nicht weiter. Sonst noch jemand von den Anwesenden?«

Und so ging es weiter. Eine berichtete, wie sie ein Baby versorgt hatte, während ihre Schwester mit Wochenbettfieber daniederlag.

»Neugeborene brauchen nicht viel«, dozierte Ms Longheart. »Ihnen genügen Wärme, Nahrung und die Nähe der Mutter. In vielen Fällen werden Sie diesen Platz ersetzen, weil junge Mütter von Stand oftmals mit der neuen Aufgabe überfordert sind oder sich schlicht nicht so kümmern wollen, wie sie es müssten. Sie fürchten sogar, das Baby könnte kaputtgehen. Manchmal ist eine Amme im Haus, aber in vielen Fällen werden Sie das Baby nähren und versorgen.«

Unruhe entstand unter den jungen Frauen hinter der Tür. Mary zog behutsam den Eimer ein Stück weiter.

»Damit will ich nicht sagen, dass Sie das Baby stillen sollen«, fuhr Ms Longheart mit erhobener Stimme fort. »Sie werden aber Tag und Nacht zur Stelle sein und das Neugeborene mit Flaschenmilch füttern. Heute geht es um die Zubereitung und das Füttern an sich.«

Mary hörte nur noch mit halbem Ohr hin, denn über die Zubereitung von Pulvermilch für Babys wusste sie mehr als genug. »Das Wasser immer abkochen«, murmelte sie.

Möglichst leise schob sie den Eimer weiter, tauchte die Bürste in die Lauge, schrubbte den Boden. Sie war so in ihre Arbeit und das Lauschen vertieft, dass sie gar nicht bemerkte, wie Mrs Sharman den Flur betrat und hinter ihr stehen blieb. Erst ihr Räuspern ließ Mary herumfahren. Hastig sprang sie auf.

»Sie machen es schon wieder, Mary.« Mrs Sharmans Stimme klang tadelnd.

»Ja, Ma'am. Entschuldigen Sie.«

»Ich weiß Ihren Eifer zu schätzen, aber warten Sie doch bitte, bis Sie selbst Studentin sind. Sonst müssen Sie im Jahreskurs ja gar nichts mehr lernen.« Das feine Lächeln verstand Mary nicht; es erreichte nicht Mrs Sharmans Augen.

»Wenn ich das überhaupt schaffe«, murmelte Mary. Sie hatte sich noch nicht von dem Schlag erholt, den sie nach Elles Diebstahl erlitten hatte. Und es sah nicht so aus, als könnte sie ernsthaft bis zum Sommer des nächsten Jahres genug Geld zusammenkratzen, um ihr Schulgeld zu bezahlen.

Mrs Sharman wollte noch etwas sagen, doch dann bemerkte sie eine andere Frau, die an der Treppe aufgetaucht war. Mary folgte ihrem Blick.

Die junge Frau mit den dunklen Haaren und dem feinen, klaren Gesicht näherte sich langsam. Sie trug ein moosgrünes Kleid und einen dunkelroten Hut. Ihre Hände steckten in feinen Handschuhen.

»Mrs Sharman.« Die Stimme der Besucherin klang warm.

»Oh, Mrs Dudley. Sie sind schon da.«

Mary konnte sich irren, aber Mrs Sharman klang fast ein wenig aufgeregt.

Und wer war diese Mrs Dudley in den feinen Kleidern einer Lady? Eine neue Bewerberin? Dann gäbe es sicher keinen Grund für die Nervosität. Doch mit dem nächsten Satz begriff Mary.

»Ich dachte mir, ich komme ein wenig früher. Ist sie das?«

Ein sanftes Nicken in Marys Richtung.

Mrs Sharman wurde rot. »Kommen Sie, Mary«, zischte sie.

Mary ging auf die beiden Frauen zu und wischte sich die Hände an der Schürze trocken.

»Entschuldigen Sie, Mrs Dudley. Ich will Sie immer noch mit Nanny Hodges anreden. Das hier ist Mary MacArthur. Mary? Mrs Dudley war früher eine unserer verdientesten Nannys, bevor sie kürzlich geheiratet hat. Vielleicht haben Sie schon von ihr gehört.«

Mary riss die Augen auf. Ms Hodges? Etwa *die* Ms Joan Hodges, die seit Jahren als Nanny beim Earl of Dudley in Diensten stand? Sarah hatte ihr vor ein paar Wochen erzählt, dass Nanny Hodges unter ungeklärten Umständen von der Countess entlassen worden war. »Sie bekam das beste Zeugnis, doch der Makel bleibt«, hatte Sarah ihr zugeflüstert. »Jetzt will die doch niemand mehr haben, wer weiß, was sie sich hat zuschulden kommen lassen!«

Mary hatte nichts darauf geben wollen, denn Sarah und die anderen Dienstmädchen blickten nicht wie sie zu den Nannys auf. Sarah rümpfte auch regelmäßig die Nase über Marys Ambitionen. »Wir haben doch 'nen Platz im Leben, der is gut genug. Irgendwann lernst du einen kennen, da willst du doch nicht wegen der Ausbildung aufs Heiraten verzichten?«

So weit dachte Mary gar nicht. Sie wollte einfach etwas aus ihrem Leben machen.

»Danke, Mrs Sharman.« Mrs Dudley lächelte. »Vielleicht kann ich irgendwo ungestört mit Mary reden?«

Jetzt wusste Mary gar nicht mehr, wo ihr der Kopf stand. Hatte sie was angestellt? Fieberhaft überlegte sie, doch ihr fiel nichts ein.

»Natürlich. Die Schneiderei ist um diese Zeit leer.«

»Nun, den Weg kann mir Ms Mary zeigen. Kommen Sie?«

»Wieso denn?«, fragte Mary, bevor sie sich zügeln konnte. Erschrocken schlug sie die Hand vor den Mund. Sie wollte gar nicht so frech sein, aber wenn das Leben ihr eins beigebracht hatte in den letzten Monaten, dann, dass sie sich nicht länger widerspruchslos von jedem herumschubsen lassen wollte.

»Mary!« Mrs Sharman sog scharf die Luft ein.

»Ist schon in Ordnung.« Begütigend hob Mrs Dudley die Hand. »Ich möchte Ihnen ein Angebot machen, Ms Mary. Ich habe gehört, dass Sie einen Traum haben. Nun, vielleicht kann ich dabei helfen. Kommen Sie?«

Mary stolperte verwirrt vorweg zur Schneiderei. Hier

versammelten sich nachmittags die Nannys, um ihre Uniformen zu nähen, ihre anderen Sachen zu flicken oder Strümpfe zu stricken. Rings um zwei große Tische standen die Stühle, in den Regalen lagen die Stoffballen, Wollstränge quollen aus den Körben, und die Nähkästchen standen aufgereiht auf mehrere Regalbretter verteilt, für jede Schülerin ein eigenes. Auch Mary hatte hier seit letztem Herbst ein Fach. Darin lagen im Moment die zugeschnittenen Teile für ein Musselinkleid für Theresa und für jede noch so kleine Mußestunde ihr Klöppelkissen.

»Setzen Sie sich.«

Mrs Dudley wählte einen Stuhl in der Nähe der offenen Fenster. Sie fächelte sich mit ihren Handschuhen frische Luft zu. »Puh, ist das heiß heute.«

»Ich kann uns gern eine Erfrischung holen.«

»Das wäre sehr freundlich, ja.«

Mary eilte in die Küche. Als sie zwei Gläser und einen Krug mit kalter Limonade auf ein Tablett stellte, kam Ms Dormer hinzu. »Was machst du da?«, wollte sie wissen.

»Ich habe ein Gespräch mit Mrs Dudley.«

»Davon weiß ich nichts.« Ms Dormer runzelte missbilligend die Stirn. Sie mochte es nicht, wenn irgendetwas im Haus vorging, über das sie nicht informiert wurde.

»Mrs Sharman hat sie mit mir bekannt gemacht.«

Ms Dormer spitzte die Lippen. »Ach, so ist das. Na, dann los. Aber vergiss nicht, dass du die Arbeit nachholst, die liegen bleibt.«

Als Mary in die Schneiderei zurückkam, stand Mrs Dudley am Fenster. Sie hatte den obersten Knopf ihres Kleids geöffnet und verschloss diesen hastig wieder, als Mary eintrat.

»Mrs Ward hat mir von Ihnen erzählt«, begann sie nach einem ersten Schluck Limonade. »Meine Freundin Katie

Fox und ich gründen eine Stiftung aller Alumni des Norland Institutes, um junge Frauen wie Sie zu fördern.«

»Oh.« Mary stockte der Atem.

»Daher möchte ich Sie ein wenig kennenlernen, bevor wir entscheiden, ob Sie als eine der ersten Schülerinnen des Norland Institutes für ein Stipendium infrage kommen.«

»Aber ich bekomme doch schon ein Stipendium von der Schule«, platzte es aus Mary heraus. Sogleich schalt sie sich. Halt den Mund!, dachte sie verzweifelt.

»Ich weiß.« Mrs Dudley lächelte. »Und es ehrt Sie, dass Sie versuchen, das verbliebene Schulgeld aufzubringen. Aber wir möchten diesen Druck von Ihnen nehmen, damit Sie ganz entspannt all Ihre Kraft auf die Schule legen können. Das Stipendium würde dann das noch fehlende Schulgeld abdecken.«

Mary überlegte. Das klang durchaus verlockend. Denn es würde bedeuten, dass sie dieses kommende Jahr kein Geld mehr für das Schulgeld zurücklegen musste, sondern stattdessen für das Jahr, in dem sie zur Schule ging, vorsorgen konnte. Sie müsste nicht mehr so viel arbeiten.

»Das wäre schön«, sagte sie leise.

»Dann sind wir uns einig?« Mrs Dudley beugte sich vor. Sie seufzte leise und drückte sich eine Hand ins Kreuz. Marys geübter Blick glitt zu ihrer Körpermitte. Mrs Dudley musste lachen. »Ist es schon so offensichtlich, ja?«, fragte sie.

»Entschuldigen Sie.« Betreten senkte Mary den Blick. Auf keinen Fall wollte sie in irgendeiner Form den Gesundheitszustand ihres Gegenübers kommentieren.

»Ach, schon vergessen. Ich mag Sie, Mary. Ich würde mich sehr freuen, wenn wir uns in Kürze noch einmal zusammensetzen und dann alles Weitere besprechen. Für mich ist die Stiftungsarbeit auch noch ganz neu. Seien Sie nachsichtig, wenn ich nicht immer sofort eine Antwort weiß.«

Kapitel 39

Ärmelkanal, September 1903

Die *Queen Mary* war ein tapferes kleines Dampfschiff, das jedoch mit dem ersten Herbststurm des Jahres 1903 heillos überfordert schien. Es wurde von den Orkanböen auf den Wellen hin- und hergeworfen, weshalb die meisten Passagiere es vorzogen, sich in ihre Kabinen zurückzuziehen, wo sie die meiste Zeit über einen Spuckeimer gebeugt zubrachten.

Katie Fox aber trotzte dem Sturm und begab sich in den kleinen Speisesaal. Das Schiff schlingerte auf den Wellen, die Gischt klatschte von außen gegen die Bullaugen, während der Steward sich nur mit Mühe auf den Beinen hielt, als er ihr einen Becher Tee und ein Milchbrötchen servierte.

»Der Sturm ist bald vorbei, meint der Kapitän. Wird 'ne ruhige Einfahrt in Calais.«

»Vielen Dank.« Sie lächelte. Seit sie am Vorabend in London abgelegt hatten, wurde sie das Gefühl nicht los, dass der junge Kerl mit ihr schäkerte. Er schien wohl ihre braune Uniform als die einer einfachen Dienstbotin zu interpretieren und zu glauben, sie wären ebenbürtig.

»Wenn Sie möchten, zeige ich Ihnen nachher, wo man das erste Mal Calais sieht.«

»Vielen Dank. Aber ich werde mit meiner Begleiterin in der Kabine bleiben, bis das Schiff anlegt.«

Ihre Begleitung war eine ältere Gouvernante, mit der Katie bis Neapel gemeinsam reisen würde, bevor Ms Wellington auf ein Schiff Richtung Suez stieg und Katie hoffentlich für das letzte Stück ihrer Reise nach Athen eine andere Begleitung fand. Ms Wellington war schon über fünfzig, aber von einer zupackenden, pragmatischen Art, die sich für die lange Reise als sehr angenehm erwies. Angst schien sie nicht zu kennen. Dennoch war sie von Seekrankheit gebeutelt und lag in ihrer Koje, wo sie Zwieback knabberte und Kamillentee in kleinen Schlucken trank. So gelang es ihr, die Übelkeit in Schach zu halten und sich nicht zu übergeben. Das war auch eine Leistung, fand Katie.

Sie kehrte in die kleine Kabine zurück. Ms Wellington schien zu schlafen, sie lag in Kleidern in ihrer Koje und schnarchte leise. Katie legte sich auf ihre eigene Koje und zog einen Brief aus dem erbaulichen Liebesroman, den sie gerade las; es war der erste Brief von vielen, die sie in den vergangenen Wochen mit der Großfürstin Jelena gewechselt hatte.

Die Großfürstin musste ein Sprachtalent sein; aufgewachsen am russischen Zarenhof hatte sie einen griechischen Prinzen geheiratet und beherrschte zugleich auch die französische und die englische Sprache so perfekt, dass ihre Briefe wie kleine Liebeserklärungen waren.

Sie schrieb:

Meine liebe Ms Fox,
erst heute traf der Brief Ihrer über alles geschätzten Schulgründerin Mrs Emily Ward ein, in dem sie mich informierte, dass Sie sich schon bald auf den Weg zu uns machen werden, um mich bei der Pflege meiner kleinen Tochter Prinzessin Olga zu unterstützen. Sie ist erst wenige Wochen alt, aber ach, ich brauche so

dringend jemanden, der mir hilft. Es bricht mir das Herz, meinem Kind nicht gerecht zu werden. Ich liege nachts allzu oft wach und frage mich, ob es ein Fehler war, ein Kind zu bekommen. Aber wir Frauen sind doch dafür gemacht, oder? Warum nur finde ich mich nicht in dieses neue Leben ein?
Schon lange bat ich Mrs Ward, uns eine Nanny zuteilwerden zu lassen, während der Schwangerschaft schrieb ich ihr immer neue Briefe. Doch jetzt erst, sagte sie, sei mit Ihnen die richtige zur Verfügung. Sie teilte mir aber außerdem mit, dass Sie derzeit nicht bereit seien, sich für eine neue Aufgabe länger zu binden.
Ich bitte Sie, überlegen Sie es sich noch einmal. Hier in Athen erwartet Sie winters ein gemäßigtes Klima, und könnten Sie mich wenigstens im Babyjahr meines kleinen, geliebten Täubchens Olga unterstützen, so wäre Ihnen meine ewige Dankbarkeit – und die meines Mannes Nikolaos – gewiss.

In diesem Tonfall ging es weiter. Beinahe unterwürfig warb die Großfürstin um Katies Unterstützung. Vermutlich hatte Mrs Ward ihr geschrieben, dass Katie noch zögerte, eine neue Aufgabe zu übernehmen. Aber ihr gefiel, wie die Großfürstin über ihre kleine Tochter schrieb. Mit so viel Liebe und Respekt vor den kindlichen Bedürfnissen. Zugleich deutete sie an, dass sie selbst so wenig von Kindererziehung wisse, sie lege diese Aufgabe von Herzen gern in die Hände von ausgebildeten Frauen wie Katie.

Falls Sie sich entschließen, zu uns zu kommen, erwartet Sie eine fürstliche Entlohnung,

schrieb sie.

Ich weiß, dass Geld niemals aufwiegen wird, was Sie für unser Kind tun, auch, dass Sie diese Herzensaufgabe nicht allein des Geldes wegen auf sich nehmen. Aber Sie dürfen gewiss sein, dass wir Ihren Einsatz vom ersten Tag an zu schätzen wissen, dass wir Sie immer auch als Teil unserer Familie betrachten werden, selbst wenn Ihr Einsatz nur von begrenzter Dauer sein wird.

Der Brief der Großfürstin löste bei Katie zweierlei Empfindungen aus, und diese widerstreitenden Gefühle waren es, die sie auch in diesem Augenblick völlig vereinnahmten: Einerseits ersehnte sie genau das. Einen Platz, an dem man sie als das annahm, was und wer sie war – eine fähige Nanny, die für die Kinder sorgte und nicht von den Eltern ignoriert wurde. Sie erwartete ja gar nicht, dass man sie wie ihresgleichen behandelte; Großfürstin Jelena war die Enkelin von Zar Alexander II. und die Großcousine des aktuellen Zaren Nikolaus II. Sie war mit einem griechischen Prinzen vermählt und bewegte sich auf dem Parkett des europäischen Hochadels, der wie eine große, weit verzweigte Familie war, vollkommen sicher und geübt. Von Geburt an war sie für dieses Leben bestimmt gewesen, man hatte sie dazu erzogen. Dennoch gab sie Katie das Gefühl, als würde sie einer noch unbekannten Freundin die Hand entgegenstrecken. Deshalb fühlte Katie sich geschmeichelt, und als sie den ersten Brief von Großfürstin Jelena las, hatte sie sofort den Impuls verspürt, dieses Angebot anzunehmen. Andererseits war ihr noch allzu lebhaft in Erinnerung, wie sie anfangs von den Ruspolis umgarnt worden war und wie sich das Leben dort so vollkommen anders dargestellt hatte als erhofft.

Sie schrieb zurück. Freundlich, aber bestimmt erklärte

sie der Großfürstin, dass sie derzeit nicht abkömmlich sei. Dass sie aber gerne ein paar Ratschläge geben könne, falls nötig.

Die Antwort kam prompt, und mit ihr ein halbes Dutzend Fragen. Offensichtlich war die Amme mit den Bedürfnissen des Kindes überfordert, und die Großfürstin hatte noch weniger Ahnung von Säuglingspflege, weshalb sie sich auf eher obskure Ratschläge verließ, dass ein Kind ruhig schreien dürfe, weil das die Lungen stärke.

Katie schrieb zurück und erklärte geduldig, dies sei ein Ansatz, sie bevorzuge es aber, dem Säugling zu jeder Tages- und Nachtzeit Nähe und Geborgenheit zu vermitteln und den Problemen auf den Grund zu gehen, weshalb das Baby weinte. Hunger, Müdigkeit, eine volle Windel oder einfach ein wenig Sehnsucht nach Nähe konnten die Gründe sein, die Amme sollte das alles ausprobieren.

Der dritte Brief der Großfürstin begann mit den Worten:

Meine liebe Foxie, ich hoffe, ich darf Sie so nennen? Sie sind eine Zauberin. Denken Sie sich nur, heute Nacht hat die Amme Ihre Ratschläge umgesetzt, und diesmal hat das Kind nicht den ganzen Palast zusammengebrüllt, sondern ließ uns alle drei Stunden am Stück schlafen. Was für ein Segen! Bitte, Nanny Fox: Denken Sie über mein Angebot nach. Sie werden es nicht bereuen.

Katies Widerstand bröckelte. Als sie ein paar Tage später ihre Freundin Joan besuchte, weil sie über weitere Formalitäten der Stiftung reden mussten, fragte Joan sie, ob sie schon eine neue Aufgabe in Aussicht habe.

Katie, die vermutete, dass Mrs Ward Joan mit ins Boot geholt hatte, um sie vom Angebot der Großfürstin zu überzeugen, reagierte verhalten. »Ich denke, ich bin noch nicht so weit.«

»Aber du würdest gern wieder für eine Familie arbeiten?«

Darauf erwiderte Katie nichts. Sie legte wortlos einen Stapel mit Briefen auf den Tisch zwischen ihnen. Sie alle stammten von Nannys aus allen Teilen der Welt. Im letzten *Norland Quarterly* hatten sie einen Artikel über die geplante Stiftung veröffentlicht und auf diesem Weg die Nannys gebeten, ihnen ihre Gedanken mitzuteilen und eventuell auch über eine Unterstützung nachzudenken. Die Reaktionen hatten beide überwältigt; Dutzende Briefe trafen ein, viele mit begeisterten Stimmen und die meisten mit einer Zusage, zukünftig einen festen Betrag pro Jahr in die Stiftung einzuzahlen und damit die Ausbildung junger Frauen zu finanzieren, die das Schulgeld nicht selbst aufbringen konnten.

»Vielleicht ist das hier auch meine Zukunft«, meinte Katie. »Unsere Stiftung. Wir können jedes Jahr so viel Gutes erreichen. Mehr Nannys in die Welt hinausschicken. Warum soll ich mich da noch in einer Familie engagieren?«

Joan, die ja selbst einen herben Rückschlag hatte erleiden müssen, als Lady Rachel Dudley ihr kündigte, wiegte den Kopf. »Weil es unsere Leidenschaft ist. Wir lieben, was wir tun.« Und mit einem feinen Lächeln fügte sie hinzu: »Die Liebe höret niemals auf.«

Dieser Satz war es, der Katie keine Ruhe ließ. Er kreiste in ihrem Kopf, als sie Stunden später in die Pension zurückkehrte, sie dachte ihn, als sie sich abends über die Waschschüssel gebeugt wusch, als sie im Bett lag und versuchte, noch ein paar Seiten zu lesen.

Die Liebe höret niemals auf.

Das Motto des Norland Institutes. Sie lächelte, wann immer ihr diese fünf Worte in den Sinn kamen, denn sie drückten exakt das aus, was sie erlebt hatte. Noch immer dachte sie voller Liebe an die Kinder der Ruspolis. Die konnten ja nichts dafür, dass die Erwachsenen sich manchmal so irrational benahmen, dass sie Chaos stifteten und nichts so war, wie Kinder es für ein gedeihliches Aufwachsen brauchten. Aber Katie hatte in den Monaten bei den Ruspolis schon das Gefühl gehabt, dass aus den unausgelasteten Rabauken, denen niemand einen halbwegs vernünftigen Tagesrhythmus vorgab, ausgeglichene und aufmerksame, neugierige Kinder wurden, die ihre Welt erkundeten und wissbegierig waren. Sie würde die vier kleinen Jungen wohl niemals vergessen.

Ob sie bereit war, eine neue Familie in ihr Herz zu lassen?

Als Katie am nächsten Morgen aufstand, wusste sie die Antwort. Sie setzte sich an den kleinen, wackligen Tisch in ihrem Pensionszimmer und schrieb der Großfürstin, dass sie nach Athen kommen würde.

Kapitel 40

London, Dezember 1903

Weihnachten stand vor der Tür, und mit dem Fest stellte sich dieses Jahr für Joan im Grunde nur eine Frage ... Würden sie nach Pembroke Lodge eingeladen werden oder nicht?

Von Lady Amelia, die inzwischen ein gern gesehener Gast bei Reginald und Joan war, wusste sie, wie wichtig die Weihnachtsfeierlichkeiten für die Dowager Countess waren. Kaum auszudenken, wenn ihr Lieblingssohn nicht daran teilnahm! »Sie fand es letztes Jahr schon unerträglich, dass William und Rachel mit den Kindern nicht gekommen sind. Glaub mir, wenn die sich dieses Jahr auch weigern, die Reise auf sich zu nehmen, wird Mutter durchdrehen.«

Sie nahm das Sherryglas entgegen, das Reginald ihr nach dem gemeinsamen Dinner eingeschenkt hatte. Er entschied sich für Brandy, während Joan einen Tee in der Küche bestellte. Sie seufzte und schob unter dem Kleid behutsam ihre Füße aus den viel zu engen Schuhen. Wenn sie den ganzen Tag unterwegs war, merkte sie das abends recht deutlich, und heute hatte sie ihre Weihnachtseinkäufe erledigt. Nach langem Zögern hatte sie auch für die Dowager Countess ein Geschenk gekauft; sie wusste allerdings nicht, ob das weiche Schultertuch aus Lammwolle ihren Geschmack traf, und hatte noch keine Zeit gefunden, Reginald danach zu fragen.

»Hm, wir werden definitiv kommen, wenn sie ruft.« Reginald setzte sich in den Sessel und sah von Amelia zu Joan. »Und warum sollte sie nicht?«

Amelia lachte auf. Doch sie wurde schnell wieder ernst und wandte sich an Joan. »Wie lange ist es noch?«, erkundigte sie sich.

»Ein bis zwei Monate.« Reginald meldete sich zu Wort. »Also irgendwann im neuen Jahr.« Er überwachte Joans Zustand ganz genau, insbesondere jedes noch so kleine Zipperlein, das seiner Ansicht nach Grund zur Besorgnis sein könnte. Sie wies ihn jedes Mal sanft darauf hin, dass es ihr wirklich gut gehe, doch davon wollte er nichts hören. Nachts schliefen sie nun wieder in einem Bett, und wann immer sie aufwachte, saß er neben ihr und beobachtete sie. Das war manchmal schon etwas verwirrend. Aber immerhin hatte er keine Albträume mehr, oder sie bekam nichts davon mit.

»Dann hast du das Schlimmste ja bald hinter dir.«

Joan wechselte rasch das Thema. Sie merkte nämlich, wie Reginald sich schon wieder hervortun wollte, weil er glaubte, alles über Schwangerschaften zu wissen. Um Rat fragen konnte sie niemanden; es war einfach kein gesellschaftsfähiges Thema. Aber sie erinnerte sich an ihre Kurse früher am Norland Institute – da war es vornehmlich um Säuglingspflege gegangen, am Rande aber hatten sie auch Schwangerschaftsbeschwerden umrissen und einiges über die Versorgung einer Wöchnerin gelernt, da dies auch zum Aufgabenfeld einer Nanny gehören konnte.

»Nun, falls du damit das Weihnachtsfest meinst …«

Amelia lachte. »Ihr werdet eingeladen, ganz bestimmt.«

Sie sollte recht behalten. Zwei Tage später kam ein

schwerer cremefarbener Briefumschlag, der mit rotem Siegelwachs verschlossen war. Joan erkannte das eingedrückte Zeichen sofort.

»Deine Mutter schreibt uns.« Sie legte den Brief auf Reginalds Schreibtisch.

Er hob erstaunt die Augenbrauen. »Du hättest ihn ruhig lesen können. Er ist an uns beide adressiert.«

Vielleicht traute sie sich das nicht.

Reginald brach das Siegel und zog eine Karte hervor. Ein Lächeln erhellte sein Gesicht, und Joan, die sich seit ihrer Schwangerschaft allzu oft leicht aus der Ruhe bringen ließ, musste sich abwenden. Sie verspürte einen Stich der Eifersucht. Aber sie wusste ja, wie sehr Reginald seine Familie vermisste. Umgekehrt war es vermutlich ähnlich; nur bekam sie durch diesen Umstand gerade das Gefühl, dass sie immer außen vor sein würde und niemals Platz in der Familie für sie war.

Wie erhofft handelte es sich um die Einladung zum traditionellen Weihnachtsfest der Familie in Pembroke Lodge. »Wir freuen uns, dich und deine Frau am Heiligabend in Pembroke Lodge begrüßen zu dürfen«, las Reginald vor.

Joan drehte sich um und verließ den Raum. Siehst du, hätte sie ihm am liebsten gesagt. Der Brief ist zwar an uns beide adressiert, aber sie schreibt ihn an dich, nicht an uns beide.

Es war so schwierig, mit ihren widerstreitenden Gefühlen zurechtzukommen, ohne gleichzeitig Reginald Vorwürfe für etwas zu machen, woran ihn keine Schuld traf. Seine Familie hatte den Kontakt zu ihm abgebrochen, weil er sich durchgesetzt hatte. Weil er mit ihr glücklich werden wollte. Das mit dem Glücklichsein, das hatten sie geschafft, doch Joan merkte täglich, wie sehr ihrem Mann die Familie fehlte. Nicht nur die Geschwister, vor allem auch die unnahbare, wunderschöne Mutter, an die keine Frau heranreichte. Durfte sie deshalb nicht zumindest ein kleines bisschen eifersüchtig sein?

»Joan?«

Reginald war ihr in die Bibliothek gefolgt. Sie atmete tief durch – so weit ihr das in ihrem Zustand möglich war – und drehte sich um.

»Wir müssen nicht dorthin.«

Joan trat zu ihm und legte eine Hand flach auf seine Brust. Ihr Blick suchte seinen. Reginald legte die Arme um ihre Schultern, und dann berührte seine Stirn die ihre.

»Doch«, sagte sie leise. »Wir müssen hingehen, denn nur so werden sie mich kennenlernen.«

»Sie werden dich lieben«, versicherte Reginald ihr. »Amelia vergöttert dich jetzt schon.«

»Dein Bruder und Lady Rachel kennen mich bereits.«

»Und sie haben jahrelang sehr große Stücke auf dich gehalten.«

Nun, vielleicht war das inzwischen anders. Aber den Gedanken schob sie rasch beiseite.

»Und was meine Mutter betrifft …« Reginald seufzte. »Ich möchte, dass sie dich kennenlernt. Nicht als eine Untergebene, denn das bist du nicht mehr und wirst du nie wieder sein. Sie wird dich in ihr Herz schließen, wenn sie sich nur endlich erlaubt, mir den Verrat zu verzeihen. Und diese Einladung ist ein erster Schritt.«

»Du kennst sie besser«, sagte Joan leise. Sie dachte aber, dass Reginald sich vielleicht etwas vormachte, wenn er glaubte, mit einem Weihnachtsfest sei alles wieder gut.

~

Natürlich fuhren sie an Heiligabend nach Pembroke Lodge. Das Schloss war festlich erleuchtet, die Dienerschaft trug rote Livreen statt der sonst üblichen blauen, und als Reginald ihr aus der Kutsche half, bekam Joan eine ungefähre Vorstellung davon, was er und Amelia damit gemeint hatten, dass Weihnachten in ihrer Familie etwas ganz Besonderes sei.

Es waren nicht nur die Diener, die in der hereinbrechenden Dunkelheit die Pakete, Schachteln und Koffer aus der Kutsche luden und ins Haus brachten, die Joan zum Staunen brachten. Auch ein quäkender Laut hinter ihnen ließ sie herumfahren, gerade als sie sich bei Reginald untergehakt hatte.

Hinter ihrer Kutsche war ein Gefährt aufgetaucht, das sie bisher selten auf Londons Straßen gesehen hatte. Ein elektrisches Automobil der Marke Baker, das eine Sitzbank für Fahrer und Beifahrer besaß, mit Batterien betrieben wurde und mit dem Dach an einen gemütlichen Zweisitzer erinnerte. Nur eben ohne Deichsel und Pferd. Vom Beifahrersitz winkte ganz aufgeregt Amelia, während ihr Mann mit der rechten Hand den Lenkbügel arretierte und aus der deichsellosen Droschke sprang.

»Juhu, frohe Weihnachten!«, rief Amelia.

Joan lachte.

»Was habt ihr denn da?«, fragte Reginald belustigt. »Könnt ihr euch keine Pferde mehr leisten?«

»Das, mein lieber Schwager, ist der Baker Electric. Mit dem kann ich so schnell und lautlos jederzeit durch London brausen, dass Amelia fast der Hut wegfliegt!«

»Und eure Kinder habt ihr direkt zu Hause gelassen?«

»Die sind tödlich beleidigt, dass wir sie nicht mitfahren lassen, und kommen mit der Kutsche nach.« Amelia trat zu ihnen und umarmte Joan ganz sacht. »Du siehst hinreißend aus, meine Liebe.«

Joan lächelte verunsichert. Das Kleid, das sie heute trug, war eher eine Notlösung – es war das einzige, das noch halbwegs passte und angemessen festlich wirkte und außerdem nicht zu viel von ihrem Zustand verriet.

Bevor sie losfuhren, hatte Joan Reginald gefragt, ob seine Mutter bereits von ihren Umständen wusste, woraufhin Reginald nur lachte und ihr einen Nasenstupser gab. »Glaub mir, es gibt nichts zwischen Himmel und Erde, was meine Mutter nicht weiß.«

Es wäre also im Grunde egal, ob man ihr den Zustand ansah oder nicht. Aber Joan war es trotzdem wichtig, dass man sie als eigenständige Person sah und nicht als diejenige, die sich Hals über Kopf in eine Affäre gestürzt hatte, die in eine Ehe mündete.

Sie betraten die hohe Eingangshalle. Zwischen den beiden geschwungenen Treppen stand ein riesiger Weihnachtsbaum, der mit Kerzen, Kugeln und Lametta geschmückt war. Joan blieb stehen. Natürlich hatten Onkel George und sie auch früher Weihnachten gefeiert, doch einen Baum – so einen neumodischen Quatsch, wie ihr Onkel es immer genannt hatte – hatten sie nie gehabt. Und bei den Dudleys hatte es auch keinen gegeben, sie waren ja regelmäßig zu den Weihnachtsfeiern zur Dowager Countess gefahren. Einmal hatten sie Joan auch mitgenommen, im ersten Jahr. Damals war Lillian noch ganz klein gewesen …

Sie schluckte. Die Kinder. Sie würde die Kinder heute wiedersehen. Den Gedanken hatte sie bisher erfolgreich verdrängt.

»Meine Lieben!« Am oberen Ende tauchte die Dowager Countess auf. Wunderschön wie immer, das Kleid aus golden glänzendem Seidenstoff mit einem dunkelroten Gürtel, schwebte sie die Stufen herab und begrüßte erst Amelia und ihren Mann. »Geht nur schon voran, die anderen sind schon da.«

Amelia warf noch einen Blick über die Schulter, dann folgte sie dem Diener. Lady Georgina blieb vor Reginald und Joan stehen. Ihr Blick ging vom Sohn zur Schwiegertochter und zurück.

Jetzt wirft sie uns gleich raus, fuhr es Joan durch den Kopf. Sie stellte sich vor, wie die Dowager Countess sie nur deshalb hatte kommen lassen, um sie nun dermaßen zu erniedrigen, weil sie niemals wieder hier willkommen sein würden.

Dann seufzte die Dowager Countess. »Ach, Reginald«, sagte sie leise.

Er machte einen Schritt nach vorne. »Mutter. Es ist lange her.« Sie bot ihm die Wange dar, und Reginald küsste sie. Dann drehte er sich zu Joan um und streckte die Hand nach ihr aus. »Darf ich dir meine Frau Joan vorstellen? Ich glaube, ihr seid bereits miteinander bekannt, doch bisher ergab sich nicht die Gelegenheit, dass ihr euch näher kennenlernt.«

Lady Georgina wandte sich Joan zu. Ihr Blick glitt prüfend über sie hinweg, von den dunklen Locken, die Joan hochgesteckt trug, geschmückt von zwei silbernen Kämmen. Hinab zu dem Schmuck (schlichte Silberohrhänger mit winzigen Saphirsplittern, die Reginald ihr geschenkt hatte), dem Kleid. Sie machte sogar einen Schritt nach hinten und legte den Kopf schief, als wollte sie versuchen, die Schuhe unter dem weiten Rock auszumachen.

»Lady Joan«, sagte sie schließlich und streckte beide Hände aus. »Sei willkommen in unserer Familie. Meine Schwiegertöchter nennen mich Lady Georgina.« Und dann lächelte sie herzerwärmend und voller Liebe.

Einfach so, als wäre nichts gewesen. Als hätte sie Joan

nicht vor einem Dreivierteljahr rundheraus mitgeteilt, dass sie niemals Teil dieser Familie sein würde. Als hätte sie nicht monatelang Reginald und seine Ehefrau ignoriert. Sie breitete die Arme aus, und alles war wieder gut.

Joan traute diesem Frieden nicht. Doch sie spielte mit, denn im Moment blieb ihr ja kaum etwas anderes übrig. »Ich danke dir, Lady Georgina.« Sie knickste, und das Lächeln ihrer Schwiegermutter wurde noch breiter. Offenbar hatte Joan angemessen reagiert – höflich, ein klein wenig unterwürfig.

So, wie man es von einer ehemaligen Dienstbotin erwartete.

Reginald, der die Szene beobachtet hatte, schaltete sich ein. »Ich denke, bevor wir zu den anderen gehen, ist noch eine Entschuldigung fällig.«

Joan starrte ihn mit großen Augen an. Eine Entschuldigung? Aber wofür sollte sie sich denn entschuldigen? »Verzeih, Reginald …«

Doch die Dowager Countess hob die Hand. »Du hast recht, mein Sohn.« Sie seufzte. Was nun folgte, schien sie große Überwindung zu kosten. »Entschuldige, Joan. Ich habe dich und meinen Sohn ungerecht behandelt. Vor allem mein Verhalten, als du nach ihm gesucht hast, war nicht in Ordnung. Ich kann es nur damit erklären, dass ich versucht habe, ihn und meine Familie vor allem Unbill zu schützen.«

Und damals, doch das sprach sie nicht aus, hatte sie genau das von Joan erwartet.

»Ist schon gut«, sagte sie besänftigend.

Erst jetzt war auch Reginald zufrieden, und sie betraten Seite an Seite den kleinen Festsaal, in dem die ganze Familie zusammengekommen war, um gemeinsam Weihnachten zu feiern.

~

»Bist du glücklich?«, fragte Joan. Sie waren auf dem Rückweg nach Hause. Draußen fiel ein feiner Schneegriesel, der allerdings nicht liegen blieb, sondern nur wie winzige Nadelspitzen auf das Kutschdach trommelte.

»Ja, sehr.« Reginald legte den Arm um ihre Schulter. Er verzog das Gesicht, seine Hand ging zur rechten Leiste. »Autsch.«

»Was ist los?«, fragte sie.

»Ach nichts.« Er schüttelte den Schmerz rasch ab. »Ich glaube, ich habe mir ein wenig den Magen verdorben. Hier drückt es irgendwie.«

»Da ist aber nicht der Magen. Jedenfalls nicht, wenn er bei mir schmerzt.«

Er lachte. »Dann habe ich mich an den Geschenken verhoben.«

Dabei beließen sie es. Erst Monate später sollte Joan an diesen Abend zurückdenken. Daran, was Reginald sagte, dass er Schmerzen im Unterbauch hatte. Sie würde sich fragen, ob es an jenem Tag angefangen hatte. Ob sie noch etwas hätte tun können, damit es nicht so kam, wie es kommen sollte.

Kapitel 41

London, Februar 1904

Es konnte nun jeden Tag so weit sein, und obwohl Joan ihm immer wieder aufs Neue erklärte, dass so eine Geburt nicht in wenigen Minuten vonstatten gehe, wich Reginald ihr inzwischen kaum mehr von der Seite.

Nur heute hatte er einen wichtigen Termin mit ihrem Onkel George am Dock, und als er sich am Morgen von ihr verabschiedete, musste sie ihm doppelt und dreifach versprechen, sofort einen Laufburschen zu ihm zu schicken, wenn sie das Einsetzen der Wehen spürte.

»Auch wenn du nur *vermutest,* es könnten welche sein.«

»Du wirst ohnehin nicht viel tun können, außer in der Bibliothek Furchen in den Teppich zu laufen«, neckte sie ihn. Er umarmte sie zum Abschied.

»Aber dann mache ich das wenigstens in deiner Nähe. Zur moralischen Unterstützung.«

»Heute wird schon nichts passieren«, versprach sie ihm. »Es geht mir prächtig, und nachher kommt Mary MacArthur vorbei, es geht um ihr Stipendium.«

»Dann hat das Gremium sich für sie entschieden?«

»Sie sind unserer Empfehlung gefolgt, ja. Darüber bin ich sehr froh, nachdem wir ihr schon so viel versprochen haben.«

Katie und Joan hatten vor Katies Abreise nach Athen

einiges in die Wege geleitet, damit die von ihnen initiierte Stiftung auch unabhängig von ihnen agieren konnte – einerseits, weil Joan nicht mehr jederzeit verfügbar sein würde, wenn das Baby erst da war. Darum hatten sie der Stiftung eine Satzung gegeben und drei weitere Nannys in den Vorstand berufen, die sich mit Joan und Katie um alle Belange kümmerten. Viele weitere hatten sich bereit erklärt, bei der Arbeit zu helfen. Bisher war Joans und Katies Idee eine Erfolgsgeschichte, und die beiden hofften, in den kommenden Jahren noch viele junge Frauen so zu fördern, wie es ihnen mit Mary hoffentlich gelang. Aufgabe des Vorstands war es auch, jede Bewerberin zu prüfen, bevor das Geld für den Jahreskurs direkt in ihrem Namen an das Norland Institute ausgezahlt wurde.

Heute war nun nach monatelanger Vorbereitung der große Tag gekommen. Mary würde die Vereinbarung unterzeichnen, mit der sie zur ersten Stipendiatin des Norland Alumni Fund wurde.

Joan fühlte sich inzwischen recht schwerfällig. Immerhin konnte sie wieder besser atmen, seit sich der Bauch leicht gesenkt hatte. Damit gingen aber immer wieder leicht ziehende Wehen einher, und sie seufzte und schnaufte jedes Mal, wenn sie eine längere Strecke lief oder eine der Treppen im Haus bewältigte.

Nach dem Mittagessen ruhte sie sich aus und wurde von merkwürdig ziehenden Rückenschmerzen geweckt. Sie stand auf, lief ein wenig umher und blieb vor dem Fenster stehen. »Jetzt auch das noch?«, murmelte sie frustriert. Bisher war sie während der Schwangerschaft von größeren Zipperlein verschont geblieben; aber nun quälte sie sich doch ein wenig auf den letzten Metern.

Mit der Lektüre eines Liebesromans versuchte sie, sich von ihren Rückenschmerzen abzulenken.

Kurz nach drei Uhr klopfte es an die Tür des Salons. Jackson meldete ihr die Besucherin. Joan legte das Buch beiseite und trug ihm auf, in der Küche ein paar Erfrischungen für ihren Besuch vorzubereiten.

Sie stand auf. Wieder diese verflixten Rückenschmerzen! Gerade wollte sie ans Fenster treten, als ihr völlig unvermittelt auch noch schrecklich übel wurde. Joan sah sich Hilfe suchend um, aber in ihrer Not entdeckte sie nur den Korb für Kaminholz, der neben der Feuerstelle stand. Sie schaffte es gerade so, sich in diesen zu übergeben und nicht den feinen, blau gemusterten Orientteppich zu erwischen.

~

Mary folgte mit wild klopfendem Herzen dem Butler. Sie war viel zu früh angekommen und war die letzte halbe Stunde vor der Verabredung unruhig im nahe gelegenen Park auf und ab gelaufen und hatte gewartet, dass die Kirchturmglocke drei schlug. Sie hatte sich immer wieder in Gedanken beruhigt. Nein, Joan würde bestimmt keinen Rückzieher machen. Es änderte aber nichts an ihrer Beklommenheit. Die Angst, dass nach all den Kämpfen der letzten anderthalb Jahre das greifbare Ziel doch noch in weite Ferne rückte, war zu groß.

Ihrer Familie würde es besser gehen, wenn sie das Stipendium bekam, davon war Mary überzeugt. Sie war auch in den vergangenen Monaten nicht untätig gewesen und hatte versucht, weiterhin jeden entbehrlichen Penny beiseitezulegen, damit Mam ein Auskommen hatte, während sie zum Norland Institute ging. Was danach kam, machte ihr keine Sorgen – bestimmt würde sich dann bald eine Stellung für Mary finden.

Auch ihr Verhältnis zu Finn hatte sich weiter normalisiert. Vor zwei Monaten hatte er tatsächlich in dem Viertel im East End einen Gemischtwarenladen eröffnet, wo er Mehl, Zucker, getrocknete Erbsen, Tee und alle anderen Dinge des täglichen Bedarfs anbot. Noch war er knapp bei Kasse, aber er hatte ihr versprochen, dass er ihr das Geld auf Schilling und Penny genau zurückzahlen würde, das Elle ihr gestohlen hatte. Letzte Woche war er vorbeigekommen, drei Schilling hatte er ihr in die Hand gedrückt. Ein Anfang.

Elle hatte inzwischen einen zauberhaften kleinen Jungen bekommen, ein properes Kerlchen mit rotem Haarschopf und Grübchen im Kinn, der Finn wie aus dem Gesicht geschnitten war. An der Vaterschaft bestand für ihn kein Zweifel, und er wohnte mit Elle in einer kleinen Zweizimmerwohnung über dem Laden. Sie half im Laden mit und machte auf Mary einen glücklichen Eindruck. Sie war offensichtlich froh, mit Finns Hilfe dem Leben entkommen zu sein, das sie zuvor geführt hatte. Als Mary sich erkundigte, wie es ihnen gelungen war, Danny loszuwerden – denn sie hatte den Eindruck gewonnen, dass er keiner war, dem man einfach sagte, dass man nichts mehr mit ihm zu tun haben wollte –, schwieg Finn verbissen. Sie fragte lieber nicht noch mal nach.

War also alles wieder gut?

Mary wusste es nicht so genau. Sie hatte in diesen achtzehn Monaten immerhin gelernt, dass Familie immer Familie blieb, wenn es alle wollten. Zu leicht wäre es gewesen, Finn und Elle aus ihrem Leben zu verbannen.

Aber das hatte sie nie gewollt.

»Bitte schön, Ms MacArthur.« Der Butler trat beiseite und neigte den Kopf. Mary drückte ihre kleine Handtasche vor den Bauch und betrat vorsichtig das Kaminzimmer.

Ihr bot sich ein seltsames Bild. Joan stand mit dem Rücken zum Raum vor dem Kamin, die Hand gegen das Sims gestützt, den Kopf nach unten gebeugt. Als Mary sich räusperte, stöhnte Joan und wischte sich mit einem Taschentuch über die Lippen. Dann erst drehte sie sich zu Mary um.

Mary wusste ja, dass Joan Dudley ein Baby erwartete, und das war bei allen Versuchen, den Zustand durch die Umstandskleidung zu kaschieren, unmöglich zu übersehen. Blass sah sie Mary an, doch ging ihr Blick durch ihre Besucherin hindurch, als würde sie in sich hineinlauschen …

»Autsch«, murmelte Joan. »Das tut so weh …«

In dem Moment begriff Mary.

»Der Bauch?«, fragte sie behutsam.

»Nein.« Joan lachte verlegen. »Der Bauch, das hieße ja …« Sie schüttelte den Kopf. »Es ist der Rücken. Das können doch keine Wehen sein, oder?«

Mary wollte sie schon beruhigen, doch dann fiel ihr ein, wie ihre Mutter bei der Geburt des jüngsten Kindes kurz vorher über heftige Rückenschmerzen geklagt hatte. Danach hatte es nicht mehr lange gedauert.

»Und dann war mir gerade vor Schmerzen so unwohl.« Joan seufzte. Dann gab sie sich einen Ruck. »Ach, entschuldigen Sie, Mary. Sie sind ja nicht hergekommen, um mein Gejammer anzuhören.«

Die Tür ging auf, und der Butler schob ein Wägelchen mit einem Teeservice für zwei und einer Platte mit Küchlein herein. Er rümpfte die Nase und trat ans Fenster, um ein wenig frische Luft einzulassen. Das Erbrochene im Holzkorb stank zum Himmel. Er bemerkte die Misere und machte sich daran, sie äußerst diskret zu entfernen.

»Danke, Jackson.« Joan wirkte seltsam bedrückt, weil sie ihm so viele Umstände bereitete.

»Das mache ich gerne, Lady Dudley«, versicherte er ihr,

obwohl er seinerseits nun etwas grün um die Nase geworden war.

Joan setzte sich auf eines der Sofas und lud Mary ein, sich zu ihr zu setzen. Marys Hintern hatte kaum das blaue Polster berührt, als Joan schon wieder aufsprang. Sie lief unruhig auf und ab, blieb nur kurz am Fenster stehen und blickte nach draußen. Dann seufzte sie wieder und pustete ganz schön.

Das mussten die Wehen sein. Es würde sie jedenfalls nicht wundern, wenn es schon in wenigen Stunden …

Joan schrie auf.

»Was ist passiert?«

Mary war aufgesprungen, und bevor sie wusste, was sie tat, legte sie den Arm um Joans Schulter und beugte sich besorgt zu ihr hinunter. Joan war in die Knie gegangen und stützte sich mit beiden Händen auf den Boden.

»Jetzt tut's nicht mehr weh. Aber ich glaube, ich hab mich … herrje.« Sie wurde knallrot. »Ich glaub, ich hab mich eingenässt, Mary.«

»Nein.« Mary schüttelte bestimmt den Kopf. Jetzt wusste sie Bescheid. »Das ist Fruchtwasser. Ihre Fruchtblase ist geplatzt. Können Sie aufstehen?«

»Was denn, jetzt? Aber wieso auf einmal?« Joan war mit der Situation sichtlich überfordert.

Mary lächelte nachsichtig. »Weil das Baby jetzt kommen will.«

Joan ließ sich von Mary aufhelfen, die als Nächstes den Klingelzug neben dem Kamin betätigte. »Wir werden Hilfe brauchen, um Sie nach oben ins Bett zu bringen«, sagte Mary. »Hier, halten Sie sich an mir fest, wenn es wieder so fest im Rücken zieht.«

»Aber Reginald ist gar nicht zu Hause, wie soll ich denn das Kind bekommen …«

»Glauben Sie mir, Lady Dudley: Sie haben ihn gebraucht, dass es so weit kommt. Die Geburt schaffen wir aber am besten ohne ihn.«

Zum Glück kam Jackson rasch, er erfasste die Lage mit bewundernswerter Schnelligkeit; statt Mary zu unterstützen, damit sie Joan in ihr Schlafzimmer schaffen konnten, rannte er direkt nach draußen und holte ein Dienstmädchen. »Soll ich den Arzt rufen?«, fragte er bei seiner Rückkehr. Sein Blick ging an Joan und Mary vorbei zum Holzkorb und der kleinen Pfütze aus Fruchtwasser, die sich davor auf dem Boden gebildet hatte.

»Ja, schnell!«, rief Mary über die Schulter. Sie bezweifelte, dass der Arzt noch rechtzeitig kommen würde.

~

Auf dem Weg nach Hause kam Reginald an einem Blumenmädchen vorbei, das gebundene Sträuße aus Seidenblumen anbot. Er blieb stehen. Die Januarkälte biss ihn ins Gesicht, das Mädchen mochte elf oder zwölf Jahre alt sein, sie schlotterte in einem viel zu dünnen Mantel. Er warf ihr einen Schilling extra zu. Über die Seidenblumen würde Joan sich hoffentlich freuen, ein kleiner Lichtblick im trüben Januargrau.

Als er das Haus betrat, war es beängstigend still. Reginald legte Hut und Mantel ab, er lauschte. Ging in das kleine Wohnzimmer, wo er Jackson fand. Der Butler sprang sogleich auf.

»Ich habe Sie nicht kommen gehört.«

»Nicht schlimm«, beschwichtigte Reginald ihn. »Wo ist meine Frau?«

»Oben.« Der Butler senkte den Blick, sah Reginald nicht an.

»Wo oben? In den Dienstbotenquartieren? In ihrer Bibliothek?«

Jackson sah auf. Er wurde rot. »In ihrem Schlafzimmer, Sir.«

Reginald runzelte die Stirn. »Ich hoffe, ihr ist nicht unwohl geworden?«

»Nein, Sir. Doch, irgendwie schon.« Der Blick des Butlers fiel neben den Kamin. Reginald seufzte. Jackson war normalerweise nicht auf den Mund gefallen, und ausgerechnet heute verhagelte er ihm die blendende Laune, indem er sich wie ein kleines Kind verhielt, das etwas ausgefressen hatte.

»Wo ist der Holzkorb hin?«

»Ich stelle ihn später wieder dorthin. Er ist etwas ... in Mitleidenschaft gezogen worden.«

Was auch immer das heißen sollte.

Auf der Treppe kam ihm ein Dienstmädchen entgegen, das einen Armvoll mit Handtüchern und Laken nach unten schleppte. Als sie Reginald erblickte, wurde sie aschfahl. Sie huschte an ihm vorbei, doch selbst auf der breiten Treppe, die in der hereinbrechenden Dunkelheit spärlich beleuchtet war, erkannte er die Flecken. Und hätte er nicht auf einen Blick gesehen, dass es sich um Blutflecken handelte, hätte ihn spätestens der Geruch darauf gebracht, den die junge Frau hinter sich herzog.

Reginald zählte eins und eins zusammen. Im nächsten Moment stürmte er die Treppe hinauf, das Herz schlug ihm bis zum Hals. »Bitte nicht ...«, murmelte er.

Die Tür zu Joans Schlafzimmer war nur angelehnt. Er hörte Stimmen aus dem Inneren, stieß die Tür auf und blieb stehen.

Dr. Gregory und eine junge Frau, deren helle Schürze ebenfalls mit Blut besudelt war, standen am Fußende von Joans Bett. Sie drehten sich erstaunt zu ihm um.

Er verlangsamte seine Schritte. Umrundete das Bett. Da war sie. Seine Joan. Licht seines Lebens. Sie lag auf der Seite, der Kopf ruhte auf einem Arm. Die andere Hand aber hielt ein winziges, in weißes Tuch gewickeltes Bündel, und während Reginald kurz der Gedanke durch den Kopf fuhr, ob sie vielleicht tot war, hob Joan den Blick, und ihre Augen strahlten so intensiv, wie er es bisher nur selten erlebt hatte.

Sie war das pure, reine Glück.

»Reginald«, sagte sie, und ihre Stimme klang erschöpft, aber genauso glücklich, wie sie aussah. »Willst du unseren kleinen Sohn begrüßen?«

Reginald war sprachlos. Er trat an das Bett; Dr. Gregory und die junge Frau – vermutlich Mary MacArthur, die sich ja für heute Nachmittag angekündigt hatte – machten ihm Platz. Er setzte sich auf die Bettkante, und Joan setzte sich behutsam auf. Sie wirkte bei aller Fröhlichkeit auch irgendwie zerbrechlich. Behutsam und mit einem bewundernswerten Geschick hob sie das winzige Baby hoch und zeigte ihm, wie er das Köpfchen stützen konnte. Das überwältigende Gefühl der Freude überflutete ihn in Wellen, er war sprachlos.

»Guten Tag, kleiner Mann«, flüsterte er schließlich mit belegter Stimme. Joan lächelte ihn an.

In diesem Moment, diesen Minuten bei seiner Frau, während er seinen Sohn im Arm hielt, vergaß Reginald die Welt da draußen. Alle Schmerzen, all der Kummer seines Lebens waren wie fortgeblasen, und er genoss einfach, dass er am Leben war. Er hätte nicht für möglich gehalten, dass etwas so Alltägliches, so Profanes wie die Geburt eines Kindes für ihn einen so großen Unterschied machen konnte.

»Wie wollen wir ihn nennen?«, fragte Joan leise.

Darüber hatte Reginald sich schon vorher viele Gedanken gemacht, und er hätte ihn gern nach seinem Vater William genannt. Nun aber entschied er sich anders. »Wie wäre es mit Edward George? George nach deinem Onkel und meiner Mutter – wir könnten die beiden fragen, ob sie seine Paten werden wollen. Und Edward nach deinem Vater.«

Sie lächelte. »Edward George Reginald Dudley. Willkommen in unserer Familie.«

Damit war es beschlossen.

Reginald blieb noch eine Weile bei Joan, aber sie war müde und musste sich ausruhen. Als er das Schlafzimmer seiner Frau verließ, kam die Köchin mit einem Tablett die Treppe herauf. Die untersetzte, ältere Frau schnaufte. »Das hätte doch auch Jackson übernehmen können«, sagte Reginald.

»Verzeihen Sie, Sir, aber wenn ich das Würmchen sehen möchte, muss ich mir schon was einfallen lassen. Meine Glückwünsche zur Geburt Ihres prächtigen Sohns. Der hat 'nen Schrei getan, als er geboren wurde, den man bis Richmond gehört hat, will man meinen.«

Reginald lachte. Er konnte die Köchin allzu gut verstehen. »Vielen Dank.«

»Ihr Abendessen kommt bald, entschuldigen Sie die Aufregung. Wir sind alle ein bisschen durcheinander, das ging ja hopplahopp.«

»Keine Sorge«, beruhigte er sie.

Als er das Speisezimmer betrat, ließ Reginald sich mit einem Seufzen auf einen Stuhl sinken. Er hielt sich wieder den rechten Unterbauch. Der Schmerz kam und ging, manchmal hatte er tagelang überhaupt keine Probleme und dachte schon, dass das, was auch immer es war, vorbei war. Darum schob er einen Besuch beim Arzt weiterhin vor sich her.

Er hätte Dr. Gregory vorhin fragen können, ob dieser ihn untersuchen könnte, doch wäre es ihm albern vorgekommen. Was sollte er ihm sagen? »Ich habe seit ein paar Wochen immer mal wieder starke Schmerzen im Bauch, was kann das sein?«

Der hätte ihn vermutlich ausgelacht und ihm erklärt, dass er wohl zu sehr mit seiner Frau mitlitt. Denn Dr. Gregory hatte bereits gereizt reagiert, als Reginald ihn wegen jedes noch so kleinen Zipperleins, von dem Joan ihm berichtete, zurate zog.

Die Wahrheit war: Er hatte unendlich große Angst, Joan zu verlieren. Seit sie bei ihm war, hatte er das Gefühl, dass er wieder atmen konnte. Ihre Nähe, ihre Fürsorge und vor allem die vielen Gespräche, die sie führten, hatten ihm mit der Zeit ruhigere Nächte beschert. Er hatte sein Leben völlig auf den Kopf gestellt, hatte alles auf diese eine Karte gesetzt. Und nun war es so gekommen, wie er es sich nie hätte träumen lassen.

An diesem Abend ging er glücklich ins Bett. Und als er am nächsten Morgen aufwachte, bildete er sich ein, dass die Bauchschmerzen verschwunden waren. Durch Glück geheilt, dachte er.

Kapitel 42

Schwerin, Februar 1904

Die Nachricht von der Geburt des kleinen Edward George Reginald Dudley machte sich auf den Weg um die Welt, denn in der Februarausgabe des *Norland Quarterly* stand eine kleine Notiz, dass die Vorsitzende des Norland Alumni Fund Mutter eines gesunden Sohnes geworden sei.

In den letzten Februartagen erreichte diese Ausgabe auch Katie Fox, die zu dieser Zeit mit der griechischen Königsfamilie im Schweriner Schloss residierte.

Sie hatte nur langsam das Misstrauen ablegen können, das sich ihr nach der Zeit bei den Ruspolis offenbar eingebrannt hatte. Die Monate in London hatten ihr gutgetan, die Arbeit, in die sie sich während der Zeit gestürzt hatte, war aber nicht befriedigend gewesen. Sie hatte ein paar Tage in der Woche im Kindergarten ausgeholfen, der dem Norland Institute angeschlossen war, wo berufstätige Eltern ihre Kinder gegen eine geringe Gebühr zur Betreuung abgeben konnten. Der Kindergarten diente auch für die jungen Nanny-Schülerinnen als Ausbildungsstätte für ihr dreimonatiges Praktikum im Anschluss an den Jahreskurs.

Doch es war nicht das, was Katie für den Rest ihres Lebens machen wollte.

Du kannst jederzeit wieder kündigen, hatte sie sich eingeredet, während sie auf dem Weg nach Athen war. Und in den ersten Tagen hatte sie wirklich mit dem Gedanken gespielt, denn das Leben in Griechenland unterschied sich frappant vom Luxus der Paläste an der Côte d'Azur.

Nach den Monaten in eher baufälligen Schlössern in Athen und in Tatoi, wo sie den Winter im milden Mittelmeerklima hatten verbringen können, war die klirrende Kälte in Mecklenburg vor allem für die kleine Olga wie ein Schock; das Mädchen, sonst so hart im Nehmen, weinte wieder viel.

Katies Tage begannen früh um sieben, wenn die kleine Prinzessin aufwachte. Dann ging Katie zu ihr und hob sie aus dem Bettchen. Sie trug das acht Monate alte Baby mit sich herum, wechselte seine Windel und zog es hübsch an. Eine Amme hatte das Kind schon seit ein paar Monaten nicht mehr, weshalb Katie ihr ein Fläschchen zubereitete. Damals war Katie zur Stelle gewesen; sie hatte nachts das untröstlich weinende Kind beruhigt, hatte sogar mit ihm in einem Bett geschlafen, bis es sich an die neue Situation gewöhnt hatte.

~

Bei den Ruspolis wäre derlei undenkbar gewesen. Da hätte sie sich spätestens nach zwei Nächten vor der Principessa rechtfertigen müssen, warum sie den kleinen Emanuele so verzärtelte. Dabei gab es einen einfachen Grund: weil das Kind es brauchte. Und weil Katie selbst deutlich mehr Schlaf bekam, wenn sie im Bett lag und nicht davor auf einem Stuhl oder in einem Sessel saß, während das Kind nicht zur Ruhe kam.

Großfürstin Jelena hatte damit, anders als Katies frühere Arbeitgeberin, überhaupt kein Problem. »Tun Sie alles, damit es Olga gut geht«, das waren ihre Worte. »Und wenn jemand Ihnen deswegen Ärger macht, soll derjenige sich bei mir melden.«

Aber Großfürstin Jelena ließ ihr nicht nur freie Hand. Sie war so oft in der Kinderstube, dass Katie gerade zu Anfang nervös davon wurde, weil sie sich beobachtet fühlte. Als würde die Großfürstin ihr nicht vertrauen.

Dann ergab sich eines Abends die Gelegenheit für ein Gespräch. Die kleine Olga plagte sich mit nächtlichen Bauchschmerzen, und Katie trug das Mädchen gerade im Kinderzimmer auf und ab, als die Tür aufging und Jelena hereinschaute.

»Kann sie nicht schlafen?«, fragte sie besorgt.

Katie war verwirrt. Sie war es nicht gewohnt, dass ihre Arbeitgeberin sie nachts aufsuchte. Schon gar nicht, weil ein Kind weinte. Denn dafür war sie doch zuständig, nicht wahr?

»Ich hoffe, wir haben Sie nicht geweckt, Hoheit.« Hastig machte sie einen Knicks, und die kleine Olga schien das leichte Wippen zu mögen, denn für einen Moment verstummte das Weinen. Doch dann setzte das Jammern wieder ein. Katie ging noch einmal in die Knie, und diesmal sah das Baby sie mit großen Augen an.

»Ich habe einen leichten Schlaf. Machen Sie sich deshalb keine Gedanken.« Die Großfürstin sah sich um. Dann schritt sie zu dem Schaukelstuhl in der Ecke und setzte sich. Sie war eine kleine, zarte Person, die gern üppige, wallende Kleider trug. Über dem Nachthemd trug sie einen dunkelblauen Morgenmantel, den sie mit dem Gürtel fest verschlossen hielt.

Während Katie das Baby wiegte, ging sie langsam auf und ab. Sie hatte Angst, etwas falsch zu machen, und das beunruhigte sie. Bisher war sie sich ihrer Sache immer sicher gewesen – sei es in ihrer Ausbildung, bei den Ruspolis oder während der ersten Wochen bei der griechischen Königsfamilie.

War sie unter Beobachtung? Überlegte die Großfürstin etwa, Katie durch eine andere Nanny zu ersetzen?

Sie hielt Olgas Köpfchen umfasst und lief weiter hin und her, versuchte, die Gedanken ebenso zu verdrängen wie ihre Nervosität.

»Ich glaube, sie schläft«, sagte die Großfürstin auf einmal leise.

Tatsächlich: Olgas Köpfchen ruhte an Katies Schulter. Endlich war das kleine Mädchen eingeschlafen. Behutsam legte Katie es zurück in die Wiege. Dabei wurde es zum Glück nicht wieder wach, und Katie atmete auf.

»Ich gehe auch wieder schlafen.« Großfürstin Jelena stand schon an der Tür. Sie schien noch etwas sagen zu wollen, doch dann nickte sie nur, als wollte sie ihre Worte unterstreichen.

»Muss ich mir Sorgen machen?«, fragte Katie.

Die Großfürstin blieb stehen und runzelte die Stirn. »Warum sollten Sie sich Sorgen machen, Nanny Fox?«

»Weil Sie mich kontrollieren. Ich dachte, Sie sind vielleicht nicht zufrieden mit meiner Arbeit. Falls es so ist, wüsste ich das gern früh genug. Oder wenn ich etwas anders machen kann …« Sie zögerte. »Soll ich sie weinen lassen, wenn sie nachts wach wird? Ist es das? Ich hätte sie nicht trösten dürfen, nicht wahr?«

»Nein, nein!« Die Großfürstin schloss die Tür. Sie trat zu Katie, und zu Katies Überraschung umfasste sie ihre Hände. Das fühlte sich ungewohnt an, fast schon zu intim. »Meine liebe Nanny Fox, Katia! Sie sind das Beste, was uns passieren konnte, mein Mann Nicolaos und ich sind uns da vom ersten Tag an sicher gewesen. Sie geben unserer Tochter genau die Liebe, die sie braucht. Sie werden immer für Olga da sein, auch wenn wir es gerade nicht können. Unser kleines Mädchen braucht eine Konstante im Leben, und die sind Sie.«

Seit jener Nacht begann Katie, Zutrauen zu fassen – zur Großfürstin, aber auch zu allen anderen Familienmitgliedern. Niemand gab ihr das Gefühl, »nur« eine Dienstbotin zu sein. Sie war die Nanny für Prinzessin Olga, die zwar vermutlich niemals Königin werden würde – schließlich war Prinz Nikolaos der drittgeborene Sohn von König Georg I., und die Königswürde wurde nur an Jungen vererbt –, aber nichtsdestotrotz setzten ihre Eltern große Hoffnung in das kleine Mädchen, in der weitverzweigten Familie aus dänischem, preußischem, englischem und russischem Herrscherhaus könnte doch ein Platz an der Seite eines Thronfolgers für sie sein.

~

Das betonte auch die Mutter der Großfürstin, bei der sie nun für die kommenden Wochen in Schwerin zu Besuch waren. Auch wenn die Sprachbarriere für Katie diesmal nicht so groß war, da meist Englisch oder Französisch gesprochen wurde, verstand sie manchmal nur die Hälfte dessen, was Großfürstin Maria Popowna sagte, weil ihr Akzent so entsetzlich war.

»Dieser kleine Schatz wird mal Zarin von Russland.« Olgas Großmutter ließ sich das Baby geben und wippte es auf dem Schoß. Sie drückte der Kleinen eine versilberte Rassel in die Hand. Olga schüttelte die Rassel mit wachsender Begeisterung, dass man kaum sein eigenes Wort verstand.

»Mama, bitte.« Großfürstin Jelena schloss für einen winzigen Moment die Augen, als müsste sie sich davon abhalten, eine heftigere Reaktion zu zeigen.

»Ja, was denn? Wir Frauen dürfen nie nachlassen, Eleni. Wir sollten für uns und unsere Kinder immer nach dem Größten streben.«

»Ich dachte, wir sollten eher versuchen, glücklich zu werden«, murmelte Olgas Mutter. Katie wäre liebend gerne in den Tiefen des Sofas versunken, nur um nicht länger dieser Unterhaltung lauschen zu müssen. Doch die Großfürstin und ihre Mutter schienen die Nanny gar nicht zu bemerken und waren schon bald in eine hitzige Diskussion verstrickt, immer wieder unterbrochen vom ohrenbetäubenden Rasseln der kleinen Olga.

»Glücklich, pah. Ich wäre glücklich, wenn mein Sohn sich endlich besinnen würde, statt zu versuchen, seine Cousine zu ehelichen.« Maria Popowna verzog den Mund. Das Verhalten von Großfürstin Jelenas Bruder Kyrill, der um seine verheiratete Cousine Victoria warb, war bei jeder Mahlzeit Gesprächsthema, und Jelenas Mutter ließ kein gutes Haar an ihrem Sohn.

»Er wird alles verlieren, wenn er so weitermacht!«

»Vielleicht will er einfach glücklich sein«, sagte Jelena.

Die Großfürstin quittierte diese Bemerkung mit einem mitleidigen Blick. »Und wenn dein Cousin, der Zar, ihn aller Titel beraubt, weil er die Verbindung nicht gutheißt, dann wird er weiter glücklich sein? Er ist ein Narr!«

»Mutter …«

Doch die Großfürstin hatte an diesem Morgen ausgesprochen schlechte Laune. »Ich will nichts davon hören, Eleni. Du hast selbst die Dummheit begangen, dich nicht richtig ins Zeug zu legen. Was hätte aus dir werden können! Max von Baden wollte deine Hand, aber du musstest ja unbedingt Porzellanfigürchen nach ihm werfen!«

Großfürstin Jelena wurde rot. »Ich will darüber nichts mehr hören! Er war nicht der Richtige für mich.«

»Ach, und dein Bettelprinz Nikolaos, der ist so viel besser?«

Zum Glück wurde Katie in diesem Moment erlöst, denn Großfürstin Maria rümpfte die Nase und hob Olga hoch. »Ich denke, hier ist noch was für Sie zu tun, Nanny Fox. Das Kind hat verdaut.«

»Selbstverständlich.« Katie übernahm Olga, die weiterhin fröhlich krähte und die Rassel schlug. Sie verließ den Salon und atmete erst auf, nachdem sich die Tür hinter ihr geschlossen hatte.

Himmel. Sie wusste ja durch ihre Arbeit, dass es in allen Familien knirschte und unter der Oberfläche brodelte. Aber die Gehässigkeit der Großfürstin Maria war noch einmal eine ganz andere Nummer als das, was sie bei den Ruspolis erlebt hatte.

Na, wenigstens trugen sie ihre Meinungsverschiedenheiten offen aus und machten aus ihren Herzen keine Mördergrube, dachte sie.

Nach dem Wickeln hatte Olga Hunger, und Katie besorgte für sie in der Schlossküche einen Brei. Zum Glück war das hier in Schwerin problemlos möglich; in Südeuropa herrschte einfach eine ganz andere Auffassung davon, was kleine Kinder brauchten. Geregelte Mahlzeiten und Schlafenszeiten waren es übrigens nicht, und sie hatte sich abgewöhnt, daran verzweifeln zu wollen. Wie schon in Athen und im Palast von Tatoi hatte sie hier in den ersten Tagen eine Verbündete in der Küche gefunden – eine kinderlose, reizende Hilfsbäckerin, die feinste Kuchen und süße Brötchen backte und für Olga sofort etwas nach Katies Anweisungen zubereitete. »Ach, so ein süßes Schnütchen!«, rief sie immer ganz entzückt auf Deutsch, sobald Katie mit Olga auf dem Arm in die Küche kam. Katie ahnte, dass die Schlossherrin ziemlich ungehalten werden würde, wenn sie wüsste, dass das Kind bei den Bediensteten herumgereicht wurde. Deshalb behielt sie Olga stets auf dem Arm und wartete, bis Erna den Brei fertig hatte.

»Vielen Dank.«

Sie ging wieder nach oben. Die Tür zur Kinderstube war nur angelehnt. Sie drückte sie mit einer Schulter auf, balancierte in einer Hand die Schüssel mit dem Brei, auf dem Arm zugleich Olga, die versuchte, mit ihren Patschehändchen die Schüssel zu erreichen.

»Warten Sie, ich helfe.«

Überrascht blickte Katie auf. Unversehens stand Prinzessin Jelena vor ihr. Sie nahm Olga entgegen, und das kleine Mädchen wand sich sogleich auf ihrem Arm, weil es nun wirklich nichts anderes als den Brei im Sinn hatte.

»Danke.« Katie stellte den Brei auf ein Tischchen und holte den kleinen Hochstuhl für Olga. Während sie die Mahlzeit vorbereitete und anfing, Olga zu füttern, fühlte sie sich von der Großherzogin beobachtet, die entspannt in einem Sessel Platz genommen hatte.

»Sie machen das so gut«, sagte sie leise.

Katie wusste nicht, was sie antworten sollte, darum lächelte sie nur verhalten.

»Es tut mir leid, was Sie vorhin mitanhören mussten.« Großfürstin Jelena seufzte. »Meine Mutter glaubt, wenn sie es sich nur fest genug wünscht, wird einer ihrer Nachkommen eines Tages Zar. Nachdem Kyrill nun lieber seinem Herzen folgen möchte, setzt sie Hoffnungen in ihre Enkelkinder. Sie meint auch deshalb, ich solle doch möglichst bald noch ein Kind bekommen.«

Katie schwieg dazu. Sie wusste, die erneute Schwangerschaft der jungen Großfürstin war kein Thema, das von irgendwem im Palast angesprochen wurde, da sich das nicht schickte. Jelena schien allerdings Katie dazu auserkoren zu haben, sie in das süße Geheimnis einzuweihen, das schon lange nicht mehr übersehbar war.

»Im Mai ist es so weit, schätze ich«, fuhr sie fort. »Ich hätte gern noch etwas länger gewartet, wenn Sie verstehen.« Sie wurde rot. Olga versuchte, mit dem Händchen in den Brei zu patschen, und Katie ließ sie gewähren. Sie hatte die Erfahrung gemacht, wie wichtig es für kleine Kinder war, ihre Umwelt mit allen Sinnen zu erkunden.

Großfürstin Jelena runzelte die Stirn. Sie beugte sich vor, doch dann schüttelte sie den Kopf und ächzte leise. Ihre Hände ruhten auf dem leicht gewölbten Bauch, den man trotz des weit geschnittenen Kleids, das sie trug, inzwischen deutlich sah.

»Werden Sie bei uns bleiben?«, fragte sie unvermittelt. »Wenn das zweite Baby da ist, meine ich. Unser Sohn.« Sie lächelte verträumt.

»Mein Vertrag geht bis September«, erinnerte Katie sie sanft.

»Ich weiß. Und ich weiß, wie schwierig es für Sie ist. Mit meiner Mutter, die glaubt, sie könnte uns alle herumkommandieren wie Dienstboten. Oder mit meinem Mann, der sich in alles einmischt, vor allem in die Dinge, die ihn nichts angehen.«

Katie lächelte nachsichtig.

»Aber ich brauche Sie, Nanny Fox. Katie. Darf ich Sie so nennen? Manchmal denke ich, Sie sind mir näher als jede Freundin, näher als all meine Familie.« Olga kreischte auf; nicht, weil sie damit etwas sagen wollte, sondern einfach, weil Babys in ihrem Alter gern aufkreischten, um ihre Stimme auszuprobieren. »Mein Schatz. Niemand ist mir näher als du.« Mit einem Lächeln beugte sich die Großfürstin vor.

Katies Herz wurde ganz weit.

Sie sah von Olga zu Großfürstin Jelena und wieder zurück. Sie liebte dieses Baby, das ihr damals, vor einem knappen halben Jahr, bei ihrer Ankunft in Athen von der Großfürstin in die Arme gelegt worden war, als hätte sie schon immer zu ihnen gehört. Prinzessin Olga hatte vom ersten Moment an Zutrauen zu ihr gefasst, als hätte sie vom ersten Moment an gewusst, dass ihre Nanny Fox immer für sie da sein würde. Und Katie? Sie hatte sich nicht dagegen wehren können, dass sie, wie es ihr schon ein Jahr zuvor bei ihrer Ankunft bei den Ruspolis mit den vier Jungen passiert war, sofort eine heftige Zuneigung zu diesem Menschenkind erfasste. Vielleicht hatte sie schon damals gewusst, dass sie gern länger bleiben wollte. Dass die Großfürstin sie nun so inständig bat, machte es ihr nicht leichter.

»Werden Sie bleiben? Katie?«

Andererseits: Sie hatte es hier gut getroffen. Und das dachte Katie nicht nur, weil sie eine der ersten Norland Nannys war, die in den Diensten eines europäischen Königshauses stand. Manches war bei dem griechischen Prinzen und seiner Frau so viel ärmlicher, gerade in Griechenland von einer geradezu primitiven Schlichtheit, an die sie sich erst hatte gewöhnen müssen, da sie den Luxus der Paläste von Genua, Monte Carlo und Neapel gewohnt war. Selbst Oberhofen war um Längen luxuriöser gewesen. Aber hier im Schweriner Schloss hatte Katie erst begriffen, was es hieß, für die Enkelin des früheren Zaren von Russland zu arbeiten. Die höfische Etikette, die in Griechenland an manchen Tagen geradezu absurd gewirkt hatte, rückte hier bei Hofe alles wieder ins rechte Licht.

»Ich kann Ihnen leider kein ruhiges Leben versprechen. Wir werden weiterhin viel unterwegs sein. Verpflichtungen müssen eingegangen werden. Manchmal können Olga und ihr Bruder nicht mit uns reisen, ich werde sie dann in Ihrer Obhut lassen.«

»Das gehört zu meinen Aufgaben.«

»Ich weiß. Und ich habe Sie beobachtet. Vom ersten Moment an waren Sie für Olga die zweite Mutter, die ich mir erhofft habe, als ich an Mrs Ward schrieb und um eine Norland Nanny bat.«

»*Sie* sind ihre Mutter.«

»Und Sie sind mehr als eine Nanny. Sie gehören zur Familie.« Großfürstin Jelena seufzte. »Sie werden noch den heutigen Tag bereuen, wenn Sie sich bereit erklären, länger bei uns zu bleiben. Schon bald geht es nach Russland. In St. Petersburg bei der Familie meines Cousins, dem Zaren … Nun ja. Jede Familie ist auf ihre Art … nicht so friedlich, wie man meint. Und je größer die Familie, je mächtiger die einzelnen Familienmitglieder, umso größer die Reibereien. Meine Mutter ist da kein Einzelfall. Sie werden Dinge mitbekommen. Und Sie werden diese für sich behalten müssen. Aber das wissen Sie, und ich vertraue Ihnen.«

Prinzessin Olga hatte ihre Mahlzeit beendet. Sie krähte vergnügt, als Katie sie aus dem Stuhl hob.

»Sie sagen ja gar nichts.«

»Was soll ich denn sagen?«

»Dass Sie bleiben, zum Beispiel. Ich kann Ihnen nicht viel bieten, außer …« Die Großfürstin verstummte.

»Ja?«, hakte Katie leise nach.

»Außer meiner unverbrüchlichen Freundschaft.«

Katie überlegte. Schon einmal hatte sie zugelassen, dass sie in die persönlichen Belange ihrer Arbeitgeber hineingezogen wurde, und damals hatte sie sich geschworen, dass derlei kein zweites Mal passieren durfte.

Aber nun lagen die Dinge anders, oder? Großfürstin Jelena hatte ihr in all den Monaten nie das Gefühl gegeben, dass sie nur eine Dienerin war. Oder sie sonst irgendwie spüren lassen, dass sie ihr nicht gleichgestellt war.

Und nun bot ihr diese wundervolle, freundliche Frau die Freundschaft an. Wer war Katie denn, diese auszuschlagen?

»Ich bleibe gern«, sagte sie leise. »Für Sie, Olga und all die kleinen Prinzen und Prinzessinnen, die noch kommen werden.«

»Ich danke Ihnen.« Großfürstin Jelena trat zu ihr. Einen Moment lang glaubte Katie, sie würde ihr die Hand auf den Arm legen, doch dann streichelte die Großfürstin nur sanft die Wange ihrer kleinen Tochter. Ohne Katie anzusehen, sagte sie: »Wenn wir alleine sind, dürfen Sie mich Eleni nennen, wie all meine Freundinnen.«

Dann ließ sie Katie und Olga allein. Aus dem Flur kam eines der Dienstmädchen, die Katie bei der Wäsche unterstützten. Katie stand am Fenster und blickte hinaus. Der Himmel so schmerzend blau, die Äste der Bäume leuchteten weiß im Licht der untergehenden Sonne. Das Eis auf dem zugefrorenen Schweriner See wirkte schwarz unter der zarten Zuckerschicht aus Pulverschnee, der in der Nacht gefallen war.

Sie dürfen mich Eleni nennen, wie all meine Freundinnen.

Das machte ihr ein warmes Gefühl im Bauch. Aber davor hatte Jelena etwas anderes gesagt, was diese kleine Freude direkt wieder einschränkte.

Wenn wir allein sind.

Katie machte sich nichts vor: Natürlich war es gut und richtig, dass die Großfürstin diese klare Linie zog. Sie war eine griechische Prinzessin, die Cousine des Zaren, und Katie war nur eine unbedeutende Bürgerstochter. Dennoch schmerzte es sie, dass es die Unterschiede gab.

Aber das soll es nicht, nahm sie sich vor. Sie war vor allem für eine Person verantwortlich, und die würde sie vor allem beschützen, was ihr schaden konnte.

»Komm, kleine Olga.« Sie drückte kurz ihre Lippen auf den dunkelblonden Schopf der Prinzessin. »Es ist Zeit für die Nachtruhe.«

Als sie an diesem Abend im *Norland Quarterly* von der Geburt des kleinen Edward George Reginald Dudley las, musste sie schwer schlucken. Ob sie sich eigene Kinder wünschte? Nein. Sie hatte sich bewusst für dieses Leben entschieden, und nichts in der Welt würde sie von diesem Weg abbringen. Sie war nun die Freundin einer Großfürstin und Prinzessin von Griechenland, die ihr das Kostbarste anvertraute, das sie besaß: die Zukunft ihrer Dynastie.

Kapitel 43

London, März 1904

Nie hätte Joan gedacht, dass es einen Unterschied machte. Dass es sich anders anfühlen konnte, wenn sie ihr eigenes Baby im Arm wiegte, wenn sie ihm die Brust statt der Flasche gab. So wurde es ihnen im Norland Institute vermittelt: Die Kinder, die ihnen anvertraut wurden, waren *ihre* Kinder. Sie würden ihnen so sehr ans Herz wachsen, dass sie auch dann einen Platz darin behielten, wenn sich ihre Wege nach vielen Jahren wieder trennten.

Für Joan waren die Kinder der Dudleys immer noch fest in ihrem Herzen verankert. Aber eben nicht so, wie es der kleine Edward war. Darüber dachte sie viel nach in diesen ersten Wochen, die sie vor allem zu Beginn noch im Bett liegend verbrachte. In der zweiten Woche stand sie wieder auf und bewegte sich im Haus; stets lauschte sie, ob Edward weinte, oder sie blieb an seiner Wiege sitzen, strickte ihm Mützchen oder las einen Gedichtband.

Abends, wenn Reginald von der Arbeit heimkehrte, fand er die beiden oftmals zusammen im Salon vor; Edward schlief dann an Joans Schulter, während sie – wie so oft – las oder den Säugling herumtrug, der ein bisschen Weltschmerz herausquäkte. Und jedes Mal, wenn Reginald sie zur Begrüßung küsste, dachte Joan, wie müde er aussah, mit jedem

Tag ein bisschen mehr. Die Augen in dunklen Höhlen, das Gesicht bleich wie der Tod. Aber sie sagte nichts, fragte ihn nur, ob es ihm gut ergangen sei, was er in jedem Fall bejahte. Danach wollte er den Kleinen tragen.

Es geschah an einem Abend Anfang März, dass Reginald ihr den kleinen Edward abnahm und dabei das Gesicht verzog. Ganz leicht nur, aber sie sah es.

»Was ist?«, fragte sie besorgt. »Hat er die Windel voll?«

»Nein, es ist nur …« Reginald nahm das acht Pfund schwere Baby und legte es in seinen Arm. Dann blickte er sich suchend nach einer Sitzgelegenheit um. Er ächzte, als er auf den Stuhl sank. »Mein Unterleib bringt mich noch um. Vermutlich irgendwas gezerrt.«

»Oder eine alte Kriegsverwundung, die dir zu schaffen macht?«

Er schüttelte den Kopf. »Da hat mich nie eine Kugel erwischt.« Er zeigte auf seine rechte Unterbauchseite. Inzwischen hielt er Edward mit dem linken Arm.

Joan machte sich langsam ernsthafte Sorgen um ihren Mann. Doch bevor sie etwas sagen konnte, wurde er ganz grün um die Nase. Er streckte ihr Edward hin, und Joan sprang vor und nahm ihm den Säugling ab, bevor Reginald sich hochzog und die drei Schritte zum Kamin stolperte, wo er sich übergab.

Hilflos stand Joan neben ihm.

Reginald stöhnte. Er blieb gekrümmt stehen, stützte sich mit einer Hand am Kaminsims ab, die andere hielt er auf den schmerzenden Unterbauch gedrückt.

»Reginald?«, flüsterte Joan. »Willst du nicht lieber zu einem Arzt gehen? Es ist nun schon so lange, und immer sagst du, es wird schon wieder …«

Er nickte, ohne sich umzudrehen. Joan atmete auf.

»Ich sage Jackson Bescheid. Er soll deinen Arzt holen.

Und du gehst jetzt ins Bett, in Ordnung? Oder brauchst du Hilfe?«

Einen Moment lang sagte Reginald nichts. Dann flüsterte er: »Jackson.«

»Natürlich«, sagte sie leise. »Ich schicke ihn, damit er dir ins Bett hilft.«

~

Die Tür klappte hinter Joan zu. Reginald hörte Edward quäken, der Kleine war aufgewacht. Er schloss die Augen und versuchte, sich aufs Atmen zu konzentrieren. Sobald er nicht länger versuchte, den Schmerz zu verdrängen, war er mit sengender Kraft zurück und bohrte sich in seinen Unterleib, von wo er bis in die Beine ausstrahlte, die unter ihm nachzugeben drohten.

Als die Tür wieder aufging, stöhnte er nur: »Jackson, schnell.«

Sofort war sein Butler an Reginalds Seite. Er schob sich unter seinen linken Arm und half ihm zum Sofa. Reginald schrie auf, als er sich hinlegte, er wollte nur noch, dass dieser Schmerz aufhörte. Jackson fragte ihn etwas; zumindest glaubte er, dass es eine Frage war, es klang so. Doch er schüttelte nur den Kopf. Keine Kraft mehr. Keine Kraft.

Seit Wochen waren die Schmerzen immer schlimmer geworden. Jeden Morgen vor dem Aufstehen dachte er, es sei ein wenig besser, aber dann wurde es doch wieder schlimmer. Er schleppte sich zur Arbeit, saß halb zusammengesunken am Schreibtisch, schaffte seine Arbeit nicht. Joans Onkel George hatte Mitleid, »diese durchwachten Nächte frischgebackener Eltern, man hört ja davon«, dabei schlief das Baby nachts zumeist friedlich in der Wiege, manchmal auch neben Joan im Bett, während er selbst auf der anderen Bettseite wach lag. Oder er schlief im zweiten Schlafzimmer, weil er dachte, ein paar Nächte ruhiger Schlaf würden schon wieder alles einrenken.

Heute hatte er einen Fehler gemacht. Einen von der teuren Sorte, der Joans Onkel einige Hundert Pfund kosten würde. Reginald hätte gern direkt den Kopf dafür hingehalten und angeboten, den Schaden auszugleichen, aber George war nicht da, als er in sein Kontor schaute. Nur zwei Bürogehilfen waren über die Kontobücher und Listen gebeugt. Da beschloss Reginald, dass er morgen genauso gut noch seinen Fehler eingestehen konnte. Er fühlte sich heiß, der Schmerz ließ immer noch nicht nach.

Er hatte Joan nicht beunruhigen wollen, doch als sie ihm Edward in den Arm legte, verließ ihn alle Kraft, und er brach zusammen. Joan reagierte so schnell, dass ihm gar keine Zeit blieb, sie zu beschwichtigen. Und nun lag er hier, sein Körper hatte alle Kraft verloren.

Dass der Arzt kam und ihn untersuchte, nahm Reginald kaum mehr wahr. Nur als dieser ihm auf den Bauch drückte, schrie er auf. Er hörte den Arzt mit Joan reden.

»… sieht mir nach einer Blinddarmentzündung aus … schon lange …? Ja, manche Patienten … Ambulanzwagen rufen …«

Mehr bekam er nicht mit.

Dann war da Joan. Ihre Stimme dicht an seinem Ohr, ganz leise geflüstert und so laut wie ein Glockengeläut. »Du musst ins Hospital«, hörte er sie sagen.

»Mir geht es gut …«

Joans leises Lachen. »Das kannst du gern jedem anderen erzählen. Ach, Liebster. Bald geht's dir besser. Die Ärzte werden dir helfen.«

Woher nahm sie nur die Kraft, in diesem Augenblick voller Zuversicht an ein gutes Ende zu glauben? Er selbst wusste, seit er sich in den offenen Kamin übergeben hatte, dass es schlimm um ihn stehen musste. Dass er von Glück sagen konnte, wenn er heil aus dieser Sache herauskam. Was auch immer »diese Sache« war. Er wollte noch etwas sagen, aber der Schmerz kam inzwischen in Wellen, immer stärker. Er krümmte sich auf dem Sofa, so ging es irgendwie. Fast aushaltbar. Joan hielt seine Hand.

»Du bist so heiß«, murmelte er.

»Das liegt daran, dass deine Hand so eisig ist.«

»Daran könnt's liegen.« Er schwieg. Joan wich nicht von seiner Seite. Jackson tauchte in der Tür auf und fragte sie etwas, doch sie sagte nur »jetzt nicht. Eines der Mädchen kann das übernehmen«.

»Was denn?«, murmelte er.

»Edward. Er brauchte eine frische Windel. Aber ich bin nicht die Einzige, die das kann. Aber die Einzige, die deine Hand halten und bei dir sein muss.«

Er schloss die Augen. Dämmerte in den Schmerz hinein, sie warteten. »Wenn ich das hier nicht ...«

»Nein.«

Ihre Stimme war so schneidend, dass er lächelte, bevor er wieder vor Schmerz zusammenzuckte.

»Ich will nichts davon hören, dass du das hier nicht überstehst«, fuhr sie fort. »Du wirst überleben, Reginald. Hast du mich verstanden? Für Edward und mich wirst du das überstehen. Etwas anderes ist nicht denkbar.«

Er schüttelte den Kopf. Denn er spürte, wie sich etwas Dunkles um ihn legte, wie ein Schleier, der ihn von ihr trennte. »Aber ich will es sagen.«

Ihre Stimme wurde sanfter. »Dann sag es. Aber ich muss dir auch etwas sagen.«

»Nur zu.«

»Du zuerst.«

»Wenn ich das nicht überstehe. Geh zu meiner Mutter. Sie wird für euch sorgen. Ich liebe dich.«

Sie schwieg.

»Nun du«, wisperte er.

»Wenn du das hier nicht überstehst, bringe ich dich um, Reginald Dudley«, flüsterte sie mit tränenerstickter Stimme.

Er lachte und verzog das Gesicht.

»Ich mein's ernst. Wenn du nicht überlebst und uns alleinlässt …«

Sie sprach nicht weiter. Eine Träne tropfte auf seinen Handrücken. Sie schniefte.

»Überleb gefälligst, Reginald. Ich brauche dich.«

»Ich liebe dich.« Mehr konnte er nicht sagen. Weil er nicht wusste, was wurde. Weil er keine Ahnung hatte, was ihn im Hospital erwarten würde.

»Ich werde dich immer lieben«, flüsterte Joan.

Sie hielt seine Hand, bis die Sanitäter mit einer Trage in den Salon kamen, von Jackson angeführt. Der Arzt dichtauf. Reginald hörte Befehle, er fühlte sich hochgehoben, eine Decke über seinem Körper, die nach Rauch und Rosshaar roch. Er war wieder im Krieg, lag irgendwo und wartete, dass die Nacht vorbei war.

Irgendwann würde auch diese Nacht vorbei sein. Ganz bestimmt. Und dann wachte er auf, und Joan war an seiner Seite.

Daran hielt er sich fest, als es um ihn dunkel wurde.

~

Die Stille machte sie verrückt.

Die Bediensteten bewegten sich auf Zehenspitzen durchs Haus, ihr Flüstern drang durch die Wände bis zu Joan.

Tagsüber, das merkte sie erst jetzt, war die Stille anders

als abends. An diesem Abend, während sie an Edwards Bettchen saß und ihrem Baby zusah, das im Schlaf die winzigen Lippen spitzte, war ihr die Vorstellung unerträglich, dass alle um sie herumschlichen, als wäre sie es, um die man sich sorgte.

Vielleicht empfand sie es auch nur deshalb als so unerträglich, weil Reginald ihr fehlte. Seit sie verheiratet waren, war kein Tag ohne ihn vergangen. Immer war er spätestens am Abend zu ihr gekommen. Erst jetzt fiel ihr ein, dass sie eine Nachricht an seine Familie schicken musste. Aber seine Familie, das ging ihr dann beim weiteren Nachdenken auf, waren jetzt sie: Edward und Joan. Seine Mutter und seine Geschwister gehörten zur Verwandtschaft. Er hatte seine eigene Familie.

Musste sie nicht trotzdem wenigstens Bescheid geben?

Joan rang mit sich. Und dann tat sie nichts, denn sie war zu müde vom Warten, zu erschöpft von der Angst um Reginalds Leben. Sie würde es auch nicht ertragen, wenn seine Mutter plötzlich vor der Tür stand und Antworten verlangte – was Joan ihr durchaus zutraute.

Nach dem Weihnachtsfest, das sie alle in relativer Harmonie begangen hatten, war Joans Hoffnung rasch zerschlagen worden, dass sich die Beziehung zu seiner Familie normalisieren könnte. Seine Schwester Amelia schrieb gelegentlich, doch war sie mit Mann und Kindern wieder aufs Land zurückgekehrt, nachdem sie sich offenbar versöhnt hatten. Joan vermisste Amelias humorvolle Lebenslust. Von Lady Georgina kam nichts, und Lady Rachel hatte Joan schon beim Weihnachtsfest ignoriert, während ihre Kinder sich um Joan drängten, die sie schmerzlich vermisst und nicht vergessen hatten. Einzig der kleine Roderick, der bei Joans Entlassung zu jung gewesen war, um an sie eine bleibende Erinnerung zu haben, drückte sich ängstlich an seine neue Nanny. Joan hatte es fast das Herz zerrissen, wie der kleine Junge sich von ihr abwandte.

Gladys, William und Lillian aber freuten sich, sie zu sehen. Dass Joan nun ihre Tante war und somit für immer irgendwie ein Teil ihres Lebens sein würde, begriffen sie rasch. Schneller als Lady Rachel wohl, die Joan mit einer Kühle begegnete, die nach all den gemeinsamen Jahren schmerzhaft war.

Joan hatte mit ihrer Liebe einen Verrat an Rachels Familie begangen. Daran ließ sich wohl nicht rütteln. Aber jetzt, in dieser dunklen Stunde, wünschte sie, dass sie mehr Familie hatte als nur die auf dem Papier und ihren lieben Onkel George, der sofort an ihre Seite eilen würde, wenn sie ihn darum bat.

Irgendwann schlief sie ein, so müde von der Sorge, dass sie nicht wusste, wo sie war, als Edwards Quengeln sie mitten in der Nacht aus dem Schlaf riss. Joan rappelte sich auf. Sie stillte den Kleinen und trug ihn dann in die Küche. Sie musste etwas essen – nicht, weil sie Hunger hatte, sondern weil sie fürchtete, dass sonst die Milch versiegte.

Jackson war auch noch – oder schon wieder? – auf. Er stand in der Küche und kochte Tee. »Mrs Dudley.« Wenn er überrascht war, sie in der Küche zu sehen, zeigte er das nicht.

»Jackson, Sie sollten schlafen.«

»Das sagen Sie so einfach.«

Sie seufzte. Verstand natürlich, dass er, der schon so viele Jahre für Reginald arbeitete, ebenso in Sorge war wie sie.

Sie setzten sich an den Küchentisch. Jackson stellte zwei Teetassen auf den Tisch, während Joan das Baby wiegte. Sie wusste nicht, was sie sagen sollte, und der Butler schwieg auch.

»Nun dann«, sagte sie, nachdem sie den Tee getrunken

hatten. Edward war in ihrem Arm eingeschlafen. »Versuchen Sie zu schlafen, Jackson.«

»Ja, Mrs Dudley. Es wird schon alles wieder gut werden.«

Sie trug Edward zurück ins Kinderzimmer, deckte ihn zu und streichelte seinen Rücken, bis er wieder eingeschlafen war.

Und was, dachte sie, wenn *nicht* alles wieder gut wurde? Wie sollte sie dann nur weiterleben?

Kapitel 44

Ach, herrje …«

»Was ist denn?«

Gerade als Emily Ward so seufzte, betrat Isabel Sharman ihr Büro. Dienstagmorgen, Anfang März. Die wöchentliche Besprechung stand an. Doch Emily stand der Sinn nicht nach den profanen Aufgaben, die ihre Arbeit mit sich brachte. Diese Nachricht verdarb ihr gründlich die vom knospenden Frühling geprägte blendende Laune.

Rasch schloss sie die Zeitung, in der sie gerade gelesen hatte. Sie dachte nach, schüttelte dann den Kopf. Es brachte ja nichts, wenn sie für sich behielt, was in der *Times* und vermutlich allen anderen Zeitungen des Landes stand.

»Captain Reginald Dudley ist verstorben.«

Es dauerte einen Moment, bis Isabel begriff. »Du meinst … *der* Reginald Dudley? Der Mann unserer Joan Hodges?«

»Genau der.« Emily faltete die Hände auf der Zeitung. Sie rang um Fassung. »Wir werden Blumen schicken müssen. Ob wir Mrs Dudley kondolieren sollten? Auf jeden Fall, immerhin hat sie so viel für das Norland Institute getan …« Sie sprach nicht weiter. Ach, so eine traurige Nachricht. Emily schluckte. Der Tod war stets nahe, er begleitete das Leben wie sein dunkler Schatten. Dennoch war es für sie jedes Mal, wenn jemand so jung aus dem Leben gerissen wurde, wie ein Schock. Seit sie damals vor vier Jahren ihr kleines Mädchen verloren hatte, wurde sie von solchen Nachrichten noch viel mehr ergriffen.

»Arme Joan«, murmelte Isabel. »Sie hat sich dieses neue Leben wohl anders vorgestellt.«

Doch Isabel schlug zugleich ihr in Leder gebundenes Kalenderbuch auf und begann, die Liste der Dinge aufzuzählen, über die sie heute sprechen wollte.

Emily konnte nicht so schnell zur Tagesordnung übergehen. Nach der Besprechung schloss sie ihr Büro ab. Auf dem Weg nach unten begegnete sie Mary MacArthur, die einen Eimer mit Putzwasser schleppte.

»Sind Sie abkömmlich?« Sie erinnerte sich nämlich, dass Mary, die ja schon bald den Jahreskurs beginnen würde, ihr erzählt hatte, dass sie Joan Dudley bei der Geburt des kleinen Edward beigestanden hatte, weshalb die beiden Frauen sich seither freundschaftlich verbunden fühlten. Aus dem verhuschten Dienstmädchen, das vor knapp zwei Jahren bei ihnen angefangen hatte, war inzwischen eine selbstbewusste junge Frau geworden.

Mary sah auf. Ihre Augen waren rot geweint.

»Sie haben es also auch schon gehört.« Emily seufzte.

»Arme Joan.« Mary schniefte und wühlte in der Rocktasche nach einem Taschentuch.

»Kommen Sie. Mrs Dudley braucht uns jetzt.«

Emily und Mary verließen das Norland Institute am Pembridge Square und nahmen eine Mietdroschke nach Mayfair. Unterwegs sagten sie nicht viel. Emily wusste nicht, was sie erwartete. Schon oft hatte sie Trauerhäuser besucht. Aber nie hatte sie vorher mit Bestimmtheit sagen können, was sie wohl erwarten würde.

Der Türklopfer war mit einem dunklen Kreppband verziert. Emily betätigte ihn. Ein groß gewachsener Butler öffnete, die Haare säuberlich gescheitelt, der Blick traurig und müde. Um den Oberarm trug er eine Trauerbinde.

»Guten Tag.« Emily reichte ihm ihre Karte. »Ich möchte nicht aufdringlich erscheinen, aber falls Mrs Dudley in dieser schweren Stunde ein wenig Beistandes bedarf, sind wir zur Stelle.«

Er musterte Emily und Mary. Dann erkannte er die junge Frau, seine Miene erhellte sich. Er bat die beiden herein und hieß sie, im Entree zu warten.

»Haben Sie mich deshalb mitgenommen?«, flüsterte Mary. »Weil man mich hier kennt?«

Emily schüttelte den Kopf. Daran hatte sie tatsächlich nicht gedacht. Der Butler kam zurück und bat sie, ihm zu folgen.

Die Flure und Gänge waren düster. Alle Bilder und Spiegel mit schwarzem Stoff verhängt. Im Salon waren die Vorhänge geschlossen, nur das Feuer und ein paar Kerzen spendeten etwas Licht, während vor den Fenstern ein wunderschöner Frühlingstag lockte.

»Mrs Ward.« Joan stand auf. Sie war komplett in schwarzes Krepp gehüllt. Emily trat zu ihr und umarmte sie.

»Meine liebe Joan. Nennen Sie mich Emily.«

Joan schluckte. Sie war sichtlich gerührt von diesem Besuch. »Sie hätten nicht kommen müssen«, sagte sie leise.

»Doch, hätte ich. Oder stören wir?«

»Nein, im Gegenteil.« Sie setzten sich. Joan faltete die Hände im Schoß. Blass war sie geworden. Der Schmerz hatte sich tief in ihr Gesicht gegraben, und obwohl Emily aus leidvoller Erfahrung wusste, wie wenig Trost Worte in dieser ersten, akuten Trauer zu spenden vermochten, wusste sie doch, dass *keine* Worte noch viel mehr schmerzten.

»Niemand sollte allein sein, wenn so etwas Schreckliches

passiert. Es tut mir aufrichtig leid, dass Ihnen nur so wenig Zeit vergönnt war.«

Joan blickte auf. Sie wirkte überrascht von so viel Mitgefühl und Trost. Doch dann fasste sie sich schnell wieder. »Er war ein guter Mann«, sagte sie tapfer. Kurz glaubte Emily, sie wollte noch mehr sagen, doch dann zückte sie nur ein Taschentuch und betupfte verstohlen ihre Augenwinkel.

Mary neben Emily bewegte sich. Die junge Frau hielt es nicht länger auf dem Sofa. Sie stand auf und setzte sich zu Joan. Ihr Arm lag um die schmalen Schultern der Witwe, und während Emily noch dachte, dass so viel Nähe sich nun wirklich nicht schickte, lehnte Joan sich ganz leicht in Marys Richtung, ihr Kopf ruhte fast auf der Schulter der anderen, und in dieser innigen Umarmung war auf einmal so viel Trost, dass Emily ihrerseits kaum ihre Gefühle in Zaum zu halten vermochte.

Sie spürte, wie ihre eigene Trauer sich wieder regte. Ein Gefühl, das sie all die Jahre gut weggeschlossen hatte, weil die Trauer über den Tod eines Kindes, noch dazu eines Mädchens, das sie nicht geboren hatte, für die Gesellschaft »unangemessen« war. Aber wer entschied überhaupt, welche Trauer angemessen war? Wer entschied denn, wie die Witwen und Waisen, die um ihre Kinder beraubten Eltern, die Freundinnen und Bekannten mit dem Verlust umgingen, wie sie einander Trost spendeten? Da musste erst ein Mädchen aus der Arbeiterschicht daherkommen, das mit Herz die Strukturen aufbrach. Emily schämte sich. Sie hätte gewusst, was Joan brauchte, weil sie es selbst damals gebraucht hatte, als die kleine Alice in ihren Armen starb. In den Wochen danach war sie außer sich vor Schmerz gewesen, und da war niemand gewesen, der sie festhielt, der sie tröstete oder ihr nur die Hand reichte. Als sie nach Monaten in ihr Büro am Pembridge Square zurückkehrte, weil sie es vorher nicht ertragen hatte, ihre anderen beiden Kinder tagsüber allein zu lassen, war Isabels einzige Reaktion gewesen, ihr alles Gute für den Neuanfang zu wünschen. Aber sie warf das nicht Isabel vor, denn sie hielt sich nur an das, was sich eben gehörte. Nein, es waren die Grenzen der Nähe, die in ihren Kreisen so sorgfältig gezogen wurden, dass man sie kaum überwinden konnte.

Emily stand auf. Neben Joan war auf der anderen Seite noch etwas Platz. Sie setzte sich und nahm Joans Hand und streichelte sie. »Möchten Sie uns erzählen, was passiert ist?«, fragte sie sanft.

Erst sah es so aus, als wollte Joan den Kopf schütteln. Auch sie war so erzogen worden, dass sie den Schmerz nur durch die tiefschwarze, trostlose Kleidung und die Tatsache zeigte, dass sie sich für Monate, manchmal sogar Jahre aus der Gesellschaft zurückzog. Emily erinnerte sich, dass Joan schon früh ihre Eltern verloren hatte und daher mit den Mechanismen dieser Art von Trauer vertraut war; wie sie die Trauernden ausschloss, weil dafür schlicht kein Platz in der Gesellschaft war.

Joan begann zu erzählen. Stockend zunächst, dann aber, als sie merkte, wie aufmerksam Emily und Mary ihr zuhörten, fasste sie wieder Mut und berichtete von den bangen Stunden, von den letzten Tagen ihres Mannes.

Mary stand leise auf und betätigte den Klingelzug. Dem Butler trug sie flüsternd etwas auf, und er nickte beflissen, brachte nach wenigen Minuten Tee und ein paar Kleinigkeiten zu essen, die Mary ebenso still vor Joan, Emily und sich auf den Kaffeetisch stellte. Nichts unterbrach Joans Erzählung, die so herzergreifend traurig war, dass Emily die tiefe Trauer spürte, mit der Joan rang.

~

Sie hatte bis zuletzt gehofft, gebangt. Um sein Leben gezittert.

Die Operation erfolgte noch in der Nacht. Der Arzt suchte sie am nächsten Morgen auf. Sie sah ihm die Müdigkeit an, die Erschöpfung nach diesen Stunden, in denen er um das Leben von Reginald gekämpft hatte. Aber wie er da so vor ihr saß, auf dem Sessel, auf den sie jetzt auch starrte, als sie Mrs Ward und Mary davon erzählte, wirkte er bereits so hoffnungslos … vielleicht hätte sie es da schon ahnen können.

»Es war ein schlimmer Durchbruch des Appendix«, sagte er und fügte erklärend hinzu: »Der Blinddarm. Er kann sich entzünden, das ist mit viel … Eiter verbunden.« Er stockte immer wieder, warf ihr knappe Blicke zu, als wüsste er nicht, wie viel er ihr zumuten durfte. Ob sie nicht in Ohnmacht fiel, wenn er medizinische Details nannte.

Joan saß aufrecht vor ihm. »Sagen Sie mir ruhig die ganze Wahrheit.«

Da seufzte Dr. Gregory. »Die ganze Wahrheit ist, dass wir nicht wissen, ob er wirklich wieder gesund wird.«

Das musste sie sacken lassen. Sie hatte gedacht, nach der Operation in der Nacht wüsste sie, wie es um Reginald stand. Er würde den Eingriff überleben – oder eben nicht.

»Kann ich zu ihm?«, fragte sie.

»Noch nicht. Später am Tag vielleicht. Ich schicke jemanden, der Sie informiert.«

Der Arzt verabschiedete sich bald. Er ließ Joan mit so vielen Gedanken allein, so vielen Fragen. Sie stand im Salon, zwischen Tür und Sekretär, unentschlossen, was zu tun sei. Schließlich schrieb sie eine knappe Nachricht, versiegelte den Brief und läutete nach Jackson. »Lassen Sie bitte diesen Brief schleunigst zu Lady Dudley nach Pembroke Lodge bringen.«

»Jawohl, Mrs Dudley.«

Er nickte knapp. Bevor er das Zimmer verließ, fragte er leise. »Schlechte Neuigkeiten?«

»Ich weiß es nicht«, gab sie zu.

Die Antwort von Reginalds Mutter kam am frühen Nachmittag.

Meine liebe Joan, danke für die Nachricht.
Wir beten für euch. Lady G.

Mehr nicht. Sie wusste nicht, ob sie enttäuscht oder eher wütend sein sollte, dass ihre Schwiegermutter sich so unbeteiligt gab.

Aber dann verlangte der kleine Edward wieder nach ihr, und ihr blieb gar keine Zeit mehr, sich über Lady Georginas Reaktion zu ärgern.

Am frühen Abend kam ein Botenjunge. Er brachte einen Brief, knapp gehalten in der krakeligen Schrift des Doktors.

Sie sollten herkommen.

Also ließ Joan ihr Baby bei Bridget und fuhr so schnell wie möglich ins Hospital. Dort wurde sie von Dr. Gregory bereits erwartet. »Ein Wunder«, sagte er nur. Mehr nicht.

Es war ein Wunder, aber es war passiert: Reginald war wieder wach, er war ansprechbar und hungrig.

Joan setzte sich zu ihm auf die Bettkante. Eine Krankenschwester in grauer Schwesterntracht, mit Häubchen und einer weißen Schürze brachte ihm ein Tablett mit Brühe und einem Stück Brot.

»Schau dir an, wie kurz sie mich hier halten.« Er lachte. Hielt ihre Hand, hatte nur Augen für sie. »Liebste. Ich dachte schon …«

»Ja.« Er brauchte nicht weiterzureden. Sie beide hatten gedacht, dass sie sich nicht wiedersehen würden.

»Warum bist du nicht früher zum Arzt gegangen?«

Reginald lächelte. Er begann die Brühe zu löffeln. »Dr. Gregory hat schon mit mir geschimpft, keine Sorge. Mh, das ist so lecker.«

»Das ist keine Antwort, Reginald.« Sie beugte sich vor. »Tu mir so etwas nie wieder an, hast du gehört? Ich kann nicht auf dich aufpassen, wenn du so nachlässig bist. Wenn du vor mir Geheimnisse hast.«

Er sah sie ernst an. Dann nickte er. »Gut«, sagte er. »Versprochen. Das nächste Mal wird alles anders.«

Als sie sich zwei Stunden später von ihm verabschiedete, war er müde. Die Stirn glänzte vom Fieberschweiß, und sie dachte noch, dass er viel Zeit brauchen würde, um sich von der Operation zu erholen. Dass er sich vielleicht heute schon zu viel zugemutet hatte, aber den Gedanken schob sie weit von sich.

»Deinem Papa geht es besser.« Sie hielt Edward im Arm, der sich während ihrer Abwesenheit ganz entspannt von Bridget hatte betreuen lassen, wie ihr diese mitteilte. Joan ging an diesem Abend beruhigt ins Bett. Ihr kleiner Sohn schlief in der Wiege neben dem Bett, und ihr Mann war auf dem Weg der Besserung.

Sonntagfrüh saß sie gerade am Sekretär und schrieb eine weitere Nachricht an Reginalds Mutter, als Jackson eintrat und ihr den Besuch des Arztes meldete.

»Um diese Zeit?« Joan stand auf. Sie zog das Schultertuch enger um ihren Oberkörper, weil ihr plötzlich so kalt war. Niemand machte vormittags Besuche, schon gar nicht am Sonntag. Sie sah auf die Kaminuhr: kurz nach halb elf.

Dr. Gregorys Schritte waren schwer, sein Gesicht grau, seine dunkelbraunen Augen matt und müde. Man sah ihm die durchwachten Nächte an, die er gemeinsam mit den Kollegen im Hospital um das Leben seines hochgestellten Patienten gekämpft hatte.

»Keine guten Nachrichten.«

Er erklärte sehr sachlich. Es fielen Worte, die sie nicht verstand, aber das musste sie auch gar nicht. Denn das Wichtigste begriff sie auch so. Dass Reginald in der Nacht wieder so unerträgliche Schmerzen bekommen hatte und man sich dazu entschlossen hatte, ihn ein zweites Mal zu operieren. Dass nach dieser Operation aber noch weniger Hoffnung bestünde als nach der ersten, da er eine Sepsis hatte, die sich auf den ganzen Körper ausbreitete. Er lebte noch, das Herz schlug gegen das Unvermeidliche an. Aber es sei nur noch eine Frage von Stunden, wann Reginald seinen letzten Atemzug tat.

»Ich will zu ihm«, sagte Joan nur.

»Das geht nicht.«

Und das war alles. Am nächsten Morgen kam die Nachricht, er sei in der Nacht gestorben. Joan, die den Brief an Lady Georgina nach dem Besuch des Arztes zerrissen hatte, weil *Reginald ist auf dem Wege der Besserung* nun nicht mehr stimmte, hatte ihrer Schwiegermutter nicht geschrieben. Das musste sie auch gar nicht, denn am Montagmorgen stand die Dowager Countess plötzlich vor ihrer Tür, bereits komplett in Schwarz. Ihr Blick, mit dem sie Joan maß, war voller Abscheu.

Joan sah an sich herunter. Sie trug ein hellgrünes Kleid, und weil sie vor wenigen Minuten noch Edward gestillt hatte, prangte ein kleiner Fleck Milchkotze an ihrer Schulter. Für eine Hochsteckfrisur hatte sie keine Zeit gefunden und hatte deshalb die langen braunen Haare nur zu einem Zopf geflochten, der ihr schwer über den Rücken fiel.

»Wie ich sehe, willst du dich auch nach seinem Tod völlig

unangemessen benehmen«, sagte Lady Georgina statt einer Begrüßung.

»Ich hatte noch keine Gelegenheit …« Joan verstummte. Der Boden unter ihren Füßen schwankte. Vor einer Stunde erst hatte sie die Nachricht bekommen. Wie konnte ihre Schwiegermutter schon davon wissen, warum trug sie bereits Trauer?

»Ich war vorhin im Hospital, wo man mir mitteilte, dass er in den frühen Morgenstunden nach den Komplikationen der zweiten Operation verschieden ist. Warum habe ich das nicht unverzüglich von dir erfahren? Willst du mich nicht einlassen?«

Joan trat beiseite. Sie fühlte sich überrollt, von der Trauer, von seiner Mutter. Das war nicht richtig. Doch in diesem Moment war nichts richtig. Sie hatte Reginald verloren.

»Ich gehe mich umziehen«, sagte sie. »Wenn du erlaubst.«

Die Dowager Countess schien erst etwas Bissiges erwidern zu wollen; die Trauer hatte sich in harten Linien in ihr Gesicht gegraben, die Falten zwischen Nase und Mundwinkel gaben ihr etwas Verhärmtes. Doch dann wurde ihr Blick weich.

»Selbstverständlich. Wenn du nichts dagegen hast … ich würde gerne den kleinen Edward sehen.«

Joan verstand. Seine Mutter war nicht nur hergekommen, weil sie Joan Vorhaltungen darüber machen wollte, wie man richtig trauerte. Sie suchte auch die Nähe ihres Enkelkinds, weil dieser kleine Junge alles war, was von ihrem liebsten Sohn geblieben war.

Kapitel 45

Der Kreis des Lebens schloss sich, und doch ging es irgendwie weiter. Joan legte die schwarze Trauerkleidung an und betrachtete sich im Spiegel; das ist für die nächsten achtzehn Monate mein Leben, dachte sie. Kein Schmuck. Keine Farben. Keine Besuche, keine gesellschaftlichen Verpflichtungen mehr.

Letzteres empfand sie fast als Wohltat.

Drei Tage später fand die Beerdigung statt. Zum Entsetzen der Familie bestand Joan darauf, an der Trauerfeier und der anschließenden Beisetzung teilzunehmen; niemand konnte ihr das ausreden. Sogar Amelia, von der Joan bisher gedacht hatte, dass sie am ehesten bereit wäre, die Konventionen zu brechen, schlug sich auf die Seite der Dowager Countess. Sie schrieb am Vorabend der Beerdigung nur eine knappe Notiz an Joan:

Das hätte ich von dir nicht erwartet.

Die Männer ignorierten Joan, als sie in die Kapelle ging. Frauen waren bei Beisetzungen nicht gestattet, deshalb blieben ihr die giftigen Blicke ihrer Schwiegermutter oder ihrer Schwägerin erspart. Niemand sprach ein Wort mit ihr. Doch Joan, die unter dem dichten schwarzen Schleier während der Zeremonie lautlos weinte und deren Schultern so heftig zitterten, dass sie glaubte, sie könnte sich vor Schmerzen kaum rühren, wenn sie gleich aufstand, blieb tapfer auf ihrem Platz. Sie blickte jeden Mann herausfordernd an, der an ihr vorbeiging und sie ignorierte.

Schließlich war es der junge Earl of Dudley, der vor ihr stehen blieb. Die Sargträger hoben den Sarg hoch und wuchteten ihn auf ihre Schultern.

Er sagte nichts. Sah sie nur an, sprach dabei kein Wort. Dann nickte er knapp. Mehr nicht.

Joan schlug die Augen nieder.

Zurück daheim, zog sie sich mit Edward in das Schlafzimmer zurück und ging tagelang nicht vor die Tür. Niemand kam zu Besuch – dies war schließlich ein Trauerhaus, das keine Besucher empfing, deshalb war das kaum verwunderlich –, aber sie suchte auch nicht die Nähe zu ihren Freundinnen.

Ohne Reginald war die Welt leer. Ihr fielen so viele Dinge ein, die sie ihm noch hätte sagen wollen. So vieles, was sie versäumt hatten.

Nach einer Woche kam ein dicker Umschlag vom Anwalt der Familie. Darin ein Brief und Unterlagen, die die Testamentseröffnung betrafen. Auch dieser Termin hatte in ihrer Abwesenheit stattgefunden.

Reginald hatte ihr alles vermacht. Das Stadthaus und seine Bankkonten gingen an sie, wobei sie bereits wusste, dass auf den Konten nicht so viel war wie erhofft.

Kein Wort allerdings über das Vermögen, das ihm nach dem Tod seines Vaters zugestanden hatte und das bis zuletzt der Earl of Dudley unter seiner Verwaltung hatte. Joan schrieb direkt eine Nachricht an den Anwalt und bat ihn um eine Stellungnahme.

~

Zwei Tage später bekam sie ihre Antwort, allerdings nicht in Form eines Briefs von ihrem Anwalt.

Die Dowager Countess wurde ihr als Besucherin gemeldet.

Joan saß mit Edward im Kinderzimmer auf dem Boden. Sie hatte ihn gerade gestillt, und da er danach nicht wie gewohnt auf ihrem Arm eingeschlafen war, hatte sie ihn auf eine Decke gelegt, wo er sich mit wachem Blick umsah. Mit gerade mal sechs Wochen begann er, die Welt um sich herum wahrzunehmen. Sie lächelte wehmütig. Ach, hätte Reginald das noch miterleben dürfen.

Als Jackson leise eintrat und ihr die Besucherin meldete, überlegte sie kurz. Dann beschloss sie, dass dieses Gespräch auch Edward etwas anging, und hob den Kleinen hoch. Sie ging nach unten und trug Jackson auf, ein paar Erfrischungen im Salon zu servieren.

Die Dowager Countess stand vor dem Kamin. Auf dem Sims stand ein Foto, das Reginald kurz vor seiner Abreise nach Südafrika zeigte. Joan räusperte sich, als die Ältere sich nicht rührte.

»Ich kann mir denken, warum du hier bist, Lady Georgina«, sagte Joan leise.

»Dann erkläre es mir. Bitte.« Erst jetzt drehte sie sich um. Sie sah seltsam verhärmt aus. Ihre Augen wirkten müde, Falten gruben sich in ihr Gesicht, wo vorher keine gewesen waren. Sie sah nun aus wie eine gewöhnliche Frau Mitte fünfzig.

»Ich habe dem Anwalt eine Frage gestellt. Vermutlich hat das bei euch für einige Aufregung gesorgt.«

»Es klingt, als wolltest du sein Testament anfechten. Du hast mehr als genug bekommen. Das Haus. Seine Konten.« Die Dowager Countess setzte sich, und Joan folgte ihrem Beispiel. Sie bemerkte, wie sich die Miene ihrer Schwiegermutter aufhellte, als sie Edward beobachtete, der an Joans Schulter leise meckerte und nach einer bequemen Lage suchte.

»Möchtest du ihn halten?«, fragte Joan leise.

Lady Georgina nickte nach kurzem Zögern. Als Joan den Kleinen in die Arme seiner Großmutter legte, bestaunte er sie mit großen Augen und streckte sogar die Hand nach ihrem Gesicht aus.

Da glättete sich das Gesicht der Dowager Countess, und Joan glaubte sogar ein Lächeln im Mundwinkel zu entdecken.

Jackson brachte den Teewagen, und Joan nickte ihm zu. Während sie selbst den Tee eingoss, ließ sie Edward mit seiner Großmutter schäkern.

»Er hat Reginalds Augen«, sagte Joan leise.

Ihre Hoffnung, die Zeit mit ihrem Enkel könnte die Dowager Countess gnädig stimmen, erfüllte sich nicht.

»Es gehört ihm«, sagte sie, ohne den Blick von Edward abzuwenden. Mit dem Zeigefinger kitzelte sie das Kinn des Säuglings. »Das Geld, meine ich. Die halbe Million Dollar. Es steht Edward zu, nicht dir.«

»Das stand so in dem Testament?«

»Wir haben es so vereinbart.«

Das beantwortete Joans Frage nicht.

»Wann?«, wollte sie wissen.

»Wann wir es vereinbart haben? Schon vor Edwards Geburt. Ich habe dir eine Abschrift des Testaments mitgebracht.« Sie gab Edward noch einen Kuss auf die Stirn, dann gab sie ihn Joan zurück. Sie zog mehrere Bögen Papier aus einer Mappe und hielt sie Joan hin.

»Lass dir Zeit. Es ist alles notariell beglaubigt und daher nicht anfechtbar.« Sie lächelte fein. »Du wirst verstehen, dass die Familie sich absichern musste.«

Joan legte Edward neben sich auf das Sofa. Das Baby gurrte zufrieden und hielt ihren Finger fest. Mit der anderen Hand nahm Joan ihre Teetasse vom Tisch und genehmigte sich einen Schluck, bevor sie antwortete. »Ich bin auch Teil dieser Familie, weißt du?« Innerlich bebte sie. Vor Wut, aber auch aus Angst, dass die Dowager Countess erkannte, wie wenig sie dieser Situation gewachsen war. Die dargebotenen Papiere ignorierte sie, weshalb die Dowager Countess sie auf den Tisch legte.

»Nun, durch Edward. Das stimmt. Und du wirst uns jederzeit bei Feierlichkeiten willkommen sein, wenn dies wieder möglich ist.«

Also in anderthalb Jahren, nach Ablauf der Trauerfrist. Joan hätte am liebsten aufgeschrien. So sah also ihre Zukunft aus? Sie sollte sich in diesem Haus einsperren lassen, bis es wieder angemessen wäre, dass sie sich in der Öffentlichkeit zeigte? Und bis dahin sollte sie von den Ersparnissen leben?

»Edward wird mit Vollendung seines einundzwanzigsten Lebensjahrs Zugriff auf sein Vermögen bekommen. Bis dahin wird der Earl sich um die Verwaltung kümmern. Selbstverständlich wirst du als Edwards Mutter regelmäßig über die Entwicklung der Sachwerte informiert. Derweil werden wir dir eine jährliche Apanage von zweihundert Pfund zahlen. Das sollte wohl genügen, oder?« Abschätzig blickte die Dowager Countess sich um.

Joan widersprach nicht. Zweihundert Pfund, damit konnte sie gerade mal das Haus übers Jahr unterhalten. Oder die Hälfte der Dienerschaft bezahlen. Jackson bekam allein fünfundvierzig Pfund im Jahr. Ohne Dienerschaft das Haus zu unterhalten war ein vergebliches Unterfangen, jemand musste putzen, kochen, einkaufen, all die Dinge, die ein großer Haushalt erforderte. Das kam ja hinzu: Die meisten Diener wohnten unterm Dach, sie aßen in der Küche … Ihr wurde schwindelig. Sie merkte, dass es ihre Kraft übersteigen würde, einen großen Haushalt zu führen – vor allem ihre finanziellen Möglichkeiten.

»Wenn du allerdings für Edward nicht sorgen kannst, würde ich dir anbieten, ihn für dich aufzuziehen. Falls du das unstete Leben als reisende Nanny wieder aufnehmen willst.«

Joan stellte die Teetasse behutsam zurück auf den Tisch. Sie stand auf, nahm Edward hoch und ging zur Salontür. »Ich denke, wir haben nun alles geklärt, Lady Georgina«, sagte sie kühl.

Ihre Schwiegermutter sah Joan nachdenklich an. Dann stand sie auf und seufzte. »Ja, das denke ich auch. Wenn du mir noch etwas zu sagen hast, nur zu. Ich stehe dir jederzeit zur Verfügung.«

Nur schriftlich, das war unmissverständlich. Dass Joan sie besuchte, kam nicht infrage.

Sie wartete, bis sie ganz sicher sein konnte, dass die Dowager Countess ihr Haus verlassen hatte. Dann sank sie zurück aufs Sofa. Sie nahm die Unterlagen zur Hand und las sie sorgfältig durch. Es war natürlich alles in dieser unerträglichen Juristensprache verfasst, aber sie war nicht dumm; der Sinn erschloss sich ihr wohl.

Es stimmte. Das Haus und die Konten bekam sie. Das Geld, das Reginald von seinem Vater geerbt hatte, würde nach Reginalds vorzeitigem Ableben bis zu Edwards einundzwanzigstem Geburtstag treuhänderisch von seiner Familie verwaltet – namentlich William Earl of Dudley.

Es bestünde vermutlich wenig Aussicht, wenn sie das Gespräch mit ihm suchte. Zumal er sicherlich bereits zurück nach Dublin gereist war. Sie müsste also mit einem Säugling die weite Reise antreten – oder ihm einen Brief schreiben. Wie das alles ausging, war mehr als ungewiss.

Sie könnte auch stillhalten. Das Haus verkaufen – es gehörte ihr schließlich –, die Dienerschaft entlassen und mit zwei Hausmädchen in ein kleineres Haus in einer ärmeren Gegend ziehen. Oder zurück zu Onkel George. Aber ob der alte Junggeselle so erfreut wäre, wenn sie mit einem Kind vor seiner Tür stand? Wäre er bereit, seinen Haushalt für anderthalb Jahre ihrer Trauer zu unterwerfen?

Sie war also auf sich gestellt. Und was wurde aus ihr, wenn die Trauerzeit um war? Selbst wenn sie das Haus verkaufte – und darauf lief es hinaus, so viel hatte sie inzwischen begriffen –, würde das Geld nicht ewig reichen. Irgendwann müsste sie wieder arbeiten gehen. Was wurde dann aus Edward? Konnte sie eine Stellung als Nanny finden, bei der sie ihn mitnehmen konnte?

Zu viele Fragen, von denen sie Kopfschmerzen bekam. Es gab keine einfache Lösung. Im Moment war ihr Auskommen gesichert, doch sie sollte sich lieber früher als später zu einer Lösung durchringen. Jeder Monat, den sie noch hier wohnte und so viele Menschen beschäftigte, kostete Unsummen. Geld, das Reginald verdient hatte. Ihr war das nicht möglich.

»Warum hast du mich nur im Stich gelassen?«, fragte sie Reginalds Foto auf dem Kaminsims. Er lächelte sie an, und sie verstand. »Weil wir sonst gar keine Zeit miteinander gehabt hätten.«

Das machte es nur nicht leichter, seinen Verlust zu verwinden.

Kapitel 46

Dublin, März 1904

Rachel Countess of Dudley beobachtete verstohlen ihren Mann. Vor zwei Tagen war er aus London zurückgekehrt, wo man seinen jüngeren Bruder zu Grabe getragen hatte. Seit seiner Rückkehr war William in einer ungnädigen Stimmung; er blaffte Bedienstete an und knallte mit Türen, wenn ein Diener nicht schnell genug zur Stelle war, um sie für ihn zu öffnen und zu schließen. Er stapfte durch das Dubliner Schloss wie ein wütender Leprechaun.

An diesem Abend hatte er sich zum ersten Mal seit seiner Rückkehr wieder mit ihr an den Tisch gesetzt. Obwohl er während der Mahlzeit verbissen schwieg, hatte er sie anschließend in die Bibliothek begleitet. Hier stand Rachels Schreibtisch inzwischen, an dem sie Briefe beantwortete und alle Belange ihrer Stiftung verwaltete.

William saß in einem der Clubsessel und kaute auf einer kalten Zigarre herum, während er laut raschelnd in der Zeitung blätterte.

Sie schloss die Mappe mit ihrer Korrespondenz. Nichts Dringliches, das nicht bis morgen warten konnte. Außerdem kannte sie ihren Mann. Wenn er sich in ihrer Nähe aufhielt, aber kein Wort über seine Lippen kam, suchte er das Gespräch. Es hatte ein paar Jahre gedauert, bis sie das begriffen hatte.

»Nun? Was hast du auf dem Herzen, Liebster?«, fragte sie sanft.

»Ach«, sagte er.

Rachel lächelte.

»Wusstest du, dass *sie* auf der Beerdigung war?«

»Du meinst Joan Hodges?«

Er schnaubte und stemmte sich aus dem Ledersessel hoch. Auf einem kleinen Servierwagen standen Gläser und sein liebster Whiskey in einer geschliffenen Glaskaraffe. William goss sich einen großzügigen Schluck ein und kippte den ersten Whiskey. Mit dem zweiten Glas kehrte er zum Sessel zurück.

»Joan Hodges, ja. Die wird uns noch Probleme bereiten. Oder besser gesagt meine Mutter, die nach wie vor davon überzeugt ist, dass diese junge Frau meinen Bruder erst um den Finger gewickelt und dann in den Tod getrieben hat.«

Rachel riss die Augen auf. »Das denkt sie nicht allen Ernstes!«

William nickte nachdenklich. »Er war ihr Lieblingssohn, das hat sie uns alle immer spüren lassen. Dass er gegen den Willen der Familie diese Frau geheiratet hat und dann starb, bevor sie sich endgültig mit ihm versöhnen konnte … daran gibt sie nun Joan die Schuld.«

»Aber so ist sie nicht.«

Rachel hatte viel darüber nachgedacht, was Joan Hodges wohl vor einem Jahr bewegt hatte, das Leben wegzuwerfen, das sie bis zu dem Zeitpunkt geführt hatte. Das einer Bediensteten, die im Ansehen auf einer Stufe mit dem Butler und damit sogar über der ersten Zofe stand. Warum hatte sie nach Höherem gestrebt? Für Rachel stand außer Frage, dass Joan sich dem psychisch labilen Reginald genähert hatte. Dass sie ihn tröstete, während er noch im Schmerz seiner Kriegserlebnisse verhaftet war.

Weihnachten hatten sich alle wiedergesehen. Rachel wusste nicht, was sie vor der Begegnung erwartet hatte. Doch was sie erlebte, hatte sie überrascht: eine zurückhaltende, beinahe demütige Joan, die sich im Hintergrund hielt. Nichts von der dreist fordernden Frau, die sich Rachel in den Wochen vor der Begegnung in ihrer Fantasie ausgemalt hatte.

Und noch etwas war ihr aufgefallen. Sie vermutete, sowohl William als auch seine Mutter hatten dies vorsichtshalber ausgeblendet. Wie verliebt Reginald und Joan auf alle anderen Anwesenden wirkten. Er war stets um ihr Wohlergehen besorgt, sie hingegen wusste jederzeit, wo er gerade war, als würde sie um ihn kreisen wie um einen Fixstern. Dabei verlor sie aber nie sich selbst aus dem Blick. Rachel hatte die beiden am Weihnachtsabend beobachtet, und danach hatte sie beschlossen, Joan Hodges nicht länger zu grollen, weil sie sich von ihr im Stich gelassen fühlte. Das gelang ihr nicht von heute auf morgen, doch sie hatte jedes Mal, wenn sie an die beiden dachte, geübt.

Sie macht ihn glücklich. Sieh nur, wie zufrieden die beiden sind. Sie sind so verliebt, beneidenswert.

Es gab Dinge zwischen Himmel und Erde, die größer waren. Die Liebe von Joan und Reginald gehörte dazu.

Ein Jammer, dass das außer ihr niemand sah.

»Nun, sie wird schon sehen, was sie davon hat.« William erhob sich schwerfällig. Er hatte schon genug getrunken, sie kommentierte es aber nicht, als er sich den dritten Whiskey eingoss. »Das Haus wird sie verlieren, die von Mutter gewährte Apanage ist aber mehr als großzügig. Edward soll nicht wie ein Arbeiterkind aufwachsen, immerhin ist er der Neffe eines Earls.«

»Hast du nie darüber nachgedacht, ihn zu uns zu holen?«

William lachte auf. »Natürlich haben wir das.«

Wir. Er sprach so selbstverständlich von diesem »wir«, das seine Mutter einschloss, seine Frau aber ausgrenzte, dass Rachel auf ihre schmalen Hände blickte. Sie hielt den Füllfederhalter umklammert und musste ihn bewusst loslassen.

»O nein, sie wird den Kleinen niemals aus den Augen lassen«, fuhr William fort. »Er ist doch ihr Kapital. Außerdem kann sie als Witwe nur bedingt erneut als Nanny arbeiten, Mutter hat sich beim Norland Institute danach erkundigt. Sie wird sicher eine Anstellung finden, aber sie wird eher zweitrangig sein. Und ob sie dorthin den Jungen mitnimmt oder ihn anderswo in Obhut gibt … Auf keinen Fall wird sie ihn unserem Einfluss aussetzen.« Er klang wütend. Die Tatsache, dass es dieses Kind gab, verkomplizierte alles noch zusätzlich. Sonst könnte man die Witwe seines Bruders ja einfach ignorieren.

»Bist du schon mal auf die Idee gekommen, dass die beiden sich geliebt haben?«, fragte Rachel sanft.

William hielt mitten in der Bewegung inne. Er dachte nach. »Meinst du?«

Sie nickte.

William seufzte. Er setzte sich zu ihr und nahm Rachels Hand. »Bin ich zynisch, ja? Dass es mir so unvorstellbar erscheint, wenn zwei Menschen einander lieben und dafür einiges auf sich nehmen?«

»Wir haben uns erst lieben gelernt, erinnerst du dich?«

Damals hatte sie gedacht, sein Status würde ihr für ein glückliches Leben genügen. William hatte eine Frau gesucht, die zu ihm passte, die sein Haus schmückte.

Und dann kam die Liebe.

»Das habe ich nicht vergessen …« Er dachte nach. »Vielleicht tue ich ihr tatsächlich unrecht … Nun denn. Ich gehe ins Bett. Darf ich heute Abend noch mit Besuch rechnen, Mylady?« Er stand auf.

Rachel musterte ihn nachdenklich.

Nicht alles war in ihrer Ehe so gelaufen, wie sie es sich erhofft hatte. Manches daran schmerzte sie, manches konnte sie hinnehmen. Sie hatte aber beschlossen, dass sie mit William Glück gehabt hatte. Bis zu einem gewissen Grad war er immer noch formbar. Sie lächelte, denn beide wussten, dass sie mit ihren nächtlichen Besuchen derzeit nicht auf die Zeugung weiterer Nachkommenschaft abzielten. Noch war es ein süßes Geheimnis zwischen Rachel und William, aber zu Beginn des Herbstes erwarteten sie erneut Nachwuchs.

»Das möchtest du gerne, ja?«, fragte sie kokett.

Rachel stand auf, und William schloss sie in die Arme. »Mit dir zusammen sein? Immer.« Sein Schnurrbart kitzelte sie. Er gab ihr einen Kuss. »Aber ich verstehe es auch, wenn du zu müde bist.«

»Ein andermal vielleicht. Ich muss hier noch etwas fertig machen.«

»Wann immer es dir beliebt, Mylady.«

Sie lächelte noch, nachdem er längst den Raum verlassen hatte. Zurück am Schreibtisch, schlug Rachel ihre Briefmappe auf und zog einen frischen Bogen hervor. Sie schrieb das Datum, zögerte aber bereits bei der Anrede. Einen Plan hatte sie, doch wusste sie noch nicht, wie sie ihn umsetzen sollte.

Irgendwas musste sie tun, so viel war ihr klar.

Am nächsten Tag informierte sie William über ihr Vorhaben. Er runzelte die Stirn. Doch er erhob keine Einwände.

Kapitel 47

London, März 1904

Was sich in den besseren Kreisen schickte, wusste Mary. Das wusste jeder. Aber es entsprach nicht dem, wie man bei ihnen mit Trauer umging, und deshalb nahm sie sich die Freiheit heraus, so zu handeln, wie es ihre Mutter ihr beigebracht hatte.

Sie wartete eine in ihren Augen angemessene Zeit ab – aber was war schon angemessen angesichts der Trauer einer Witwe? Knapp drei Wochen nach dem Tod von Reginald Ward packte sie einen Korb mit ein paar Leckereien und einem Strauß Seidenblumen, weil sie fand, dass Blumen auch in einem Trauerhaus Platz haben mussten. Mit guten Ratschlägen ihrer Mam versorgt, machte sie sich auf den Weg nach Mayfair.

Sie war nicht länger die kleine, schwache Mary MacArthur, die sich von jedem Problem einschüchtern ließ. Im Juni schon begann sie ihre Ausbildung am Norland Institute mit einem mehrwöchigen Praktikum im angeschlossenen Kindergarten und war fest entschlossen, auch diese Aufgabe mit Bravour zu meistern. Sie hatte ein wenig Geld angespart, von dem sie sich Stoff für zwei neue Kleider gekauft hatte. Von denen trug sie heute eins, es war aus taubenblauem Stoff, der so angenehm auf ihrer Haut war wie bisher keines ihrer Kleider.

Finn kam einmal in der Woche vorbei und berichtete von seinem erfolgreichen Geschäft. Als er ihr bei dieser Gelegenheit wieder einmal vier Schilling hinlegte, winkte Mary ab. »Spar das Geld für die Schulausbildung unserer jüngeren Geschwister«, sagte sie. Und das tat er auch. Jede Woche brachte er ein bisschen Geld vorbei, das Mam in einer zweiten Teedose sammelte.

Wenn Mary erst als Nanny arbeitete, würde sie auch einen Teil ihres Lohns schicken. Sie wünschte ihren Geschwistern ebenso viel Glück, wie ihr selbst vergönnt gewesen war.

Der Butler öffnete die Tür. Jackson hieß er. Seine hochmütige Miene wurde weicher, als er sie erkannte.

»Ms MacArthur. Wir empfangen keinen Besuch.«

»Ich weiß. Aber ich möchte sie trotzdem gern sehen.«

Er zögerte.

»Kein Mensch ist dafür geschaffen, monatelang auf sich gestellt zu sein. Ohne Freunde. Ohne Unterstützung.«

»Kommen Sie.«

Er führte Mary in den Salon, in dem Joan sie schon damals empfangen hatte, als Mary ihren Vertrag mit der Stiftung unterzeichnen wollte. So vieles war seither passiert. Der Raum hatte sich verändert; schwarze Schleier bedeckten die Vorhänge vor den Fenstern, die Spiegel waren ebenfalls verhängt. Mary würde wohl nie verstehen, warum der Adel meinte, die Trauer so sehr nach außen zu zeigen, wenn man ja doch keinen Besuch empfing. Wer sah denn die verhängten Spiegel?

»Mary.«

Sie fuhr herum. Joan betrat lautlos den Raum. Sie trug Schwarz, natürlich. Mary trat zu ihr und ergriff ihre Hände.

»Es tut mir so unendlich leid, Joan«, sagte sie leise. »Ich dachte, eine kleine Aufmunterung wird dir guttun.«

»Eine kleine Aufmunterung.« Joan lächelte verhalten.

Sie setzten sich, und Mary überreichte ihr den Korb. Darin waren ein paar Köstlichkeiten. Sie wusste wohl, dass Joan von ihrer Köchin versorgt wurde. Trotzdem fand sie, etwas Persönliches konnte nicht schaden.

Die Blumen hielt Joan etwas ratlos in den Händen. Sie wollte etwas sagen, Mary kam ihr aber zuvor.

»Ich weiß, dass Blumen nicht angemessen sind«, sagte sie leise. »Und ich finde diese Regelung Quatsch. Die hier werden nie verblühen. Vielleicht hast du ein Plätzchen dafür.«

Joan stand auf. Sie trat zum Kamin und stellte eine leere Vase neben das Foto von ihrem Ehemann, ehe sie die Seidenrosen in der Vase arrangierte. Sie sagte nichts. Erst als sie wieder saß, sah sie Mary aufmerksam an.

»Ich muss das erst noch lernen«, sagte sie leise.

»Was denn?«, fragte Mary.

»Über meinen Schatten zu springen. Nicht alles hinzunehmen. Wir Frauen werden so sehr eingeschränkt in unseren Entscheidungen. Sobald wir auf die Welt kommen, wollen andere über unsere Zukunft bestimmen. Unsere Väter, Onkel, Ehemänner …« Ihre Stimme verlor sich. »Ach nein. Reginald wollte das nie. Aber als Witwe steht mir mehr Entscheidungsbefugnis zu. Und weißt du, was ich damit mache?«

»Nun?«

»Gar nichts. Ich bin es überhaupt nicht gewöhnt, für mich selbst zu entscheiden. Immer war jemand da, der schon wusste, was richtig ist. Meine Eltern. Mein Onkel. Mrs Ward. Und wenn ich etwas selbst entscheiden wollte, habe ich zumindest jemanden um Rat gefragt.« Jetzt lächelte Joan. »Ja, auch Mrs Ward hat für mich entschieden. Dann Reginald, wo und wie wir leben. Aber nun … Als hätte ich bisher eine Brücke über einen Abgrund überquert. Ich sehe das andere Ende dieses Abgrunds, aber die Brücke ist zu

Ende. Ich muss nun voranschreiten, ohne zu wissen, ob die Luft mich trägt.«

»Das klingt ja leicht.«

Beide Frauen lachten.

»Nicht wahr? Wenn man das nicht gewohnt ist …«

»Gibt es niemanden, der dir helfen könnte?«

»Mein Onkel George wäre sicher sofort zur Stelle.« Joan wirkte nachdenklich. »Aber das möchte ich nicht. Ich schaffe das alleine. Irgendwie.«

»Weil du es schaffen musst?«

»Weil ich es will.«

Das verstand Mary. Sie erinnerte sich gut an dieses Gefühl, als sie versucht hatte, es allein zu schaffen. Und als sie verstand, dass sie eben doch Joans und Katies Hilfe brauchte, um ihren Traum zu verwirklichen.

»Hilfe anzunehmen ist keine Schande«, sagte sie leise.

Joan blickte an ihr vorbei. Sie schwiegen; irgendwo im Haus hörte Mary eine Tür knallen, dann einen Eimer scheppern. Stimmen erhoben sich, ein Streit entbrannte, dann war es wieder ruhig.

Schließlich sagte Joan: »Vielleicht hast du recht. Ich weiß nur nicht, wo ich darum bitten soll. Ich kann derzeit keine Arbeit annehmen, und daran wird sich noch eine Weile nichts ändern. Vielleicht sollte ich mir diese Zeit nehmen. Trauern. Für Edward da sein.«

»Wenn du mich brauchst, bin ich da.«

Joan seufzte leise. »Du lässt dich wohl nicht abhalten, wenn ich dir sage, dass sich Besuche in dieser Zeit nicht schicken?«

»Um nichts in der Welt«, beteuerte Mary. »Wir sind doch Freundinnen.«

Sie dachte an Edwards Geburt. Wie nah sich zwei Frauen in einer so extremen Situation kamen. Natürlich war sie schon bei den Geburten ihrer Geschwister anwesend gewesen, eine hatte sie auch im Nebenzimmer verschlafen. Aber das Band zu ihrer Mutter konnte kaum inniger werden. Durch Edward hatte sie das Gefühl, dass Joan mindestens eine Schwester für sie war.

»Das sind wir, ja.« Und zum ersten Mal an diesem Tag lächelte Joan. So warm und voller Zuversicht, dass Mary aufatmete.

Sie wusste: Joan würde das hier überstehen. Es würde vorbeigehen, und dann konnte sie nach vorne blicken. Was sie nun brauchte, war Zeit.

~

Das Beruhigendste war ja, dass sie tatsächlich nicht allein war. In den letzten Tagen hatte sie dieses Gefühl der Einsamkeit fast noch mehr gequält als das des Eingesperrtseins. Mary hatte sie mit ihrem Besuch daran erinnert, dass es Freundinnen gab, die für sie da waren. Sie brauchte nur die Hand auszustrecken.

Zunächst aber blieb sie daheim. Sie beantwortete die Kondolenzbriefe, während Edward neben ihrem Sekretär in einem ausgepolsterten Weidenkorb lag und schlief. Manchmal lag er wach im Körbchen, sah sich staunend um, die Augen groß, bis ihn die vielen Eindrücke erschöpft einschlafen ließen. Er war so ein entspanntes, ruhiges Baby. Sie hatte schon anderes erlebt, und sie war dankbar, dass er offenbar von ihrem eigenen Schmerz und ihrer Trauer gänzlich unberührt blieb.

Zwei der Dienstmädchen entließ sie schon Ende des Monats. Tapfer schnürten die beiden jungen Frauen ihre Bündel. Joan hatte ihnen Empfehlungsschreiben mit auf den Weg gegeben und ihnen den Rat gegeben, sich auch beim Norland Institute zu melden, ob man für sie Verwendung hatte.

Anfang April hatte sie genug davon, allein im Haus zu sitzen. Sie besorgte einen Kinderwagen und drehte nun jeden Nachmittag kleine Runden im angrenzenden Park. Die Blicke der anderen Spaziergänger ignorierte sie; das Getuschel hinter ihrem Rücken hörte sie zwar, aber es war ihr egal. Was sollte sie denn machen? Sich monatelang nur in ihrem Haus vergraben? Sie trug Trauer, weil es die Tradition verlangte, nicht weil sie glaubte, damit Reginald besonders nahe zu sein.

Als sie von einem dieser Spaziergänge zurückkam, wurde sie an der Haustür von Jackson abgefangen. »Sie haben Besuch, Mrs Dudley«, meldete er.

»Wer könnte das sein?«, fragte Joan. Sie sah auf die Kommode in der Eingangshalle, wo eine Visitenkarte auf dem Silbertablett lag.

»Die Countess of Dudley möchte Ihnen ihre Aufwartung machen.«

Das war eine Überraschung. Lady Rachel müsste doch in Dublin sein, oder nicht? Aber vielleicht war sie zu Besuch bei der Dowager Countess und dachte bei der Gelegenheit auch an Joan. Doch sie blieb auf der Hut. Seit Lady Rachel ihr vor über einem Jahr gekündigt hatte, empfand Joan ihr gegenüber ein unerklärliches Misstrauen, als fürchtete sie, bei nächster sich bietender Gelegenheit von der Countess of Dudley wieder ähnlich schlecht behandelt zu werden.

»Ich bringe Tee. Wenn Sie wünschen, lasse ich in einer Viertelstunde nach Ihnen schicken.«

Guter, treuer Jackson. Er hatte sofort begriffen, wie viel Unbehagen ihr dieser Besuch bereitete.

»Das wäre gut, ja.« Joan legte Hut und Handschuhe ab

und gab dem im Kinderwagen schlummernden Edward einen Kuss auf die Stirn, bevor sie zum Salon ging.

Lady Rachel saß auf einem der Sofas. Reglos wie eine Statue. Als Joan eintrat, rührte sie sich, sprang auf und blieb dann vor dem Sofa stehen, sie rang sogar die Hände. »Joan. Ich …«

Ihr fehlten offenbar die Worte.

»Das ist eine Überraschung«, sagte Joan leise.

»Ich weiß.« Lady Rachel senkte den Blick. Doch dann sah sie auf, und es sprudelte aus ihr heraus. Sie hatte sich die Worte wohl sorgfältig zurechtgelegt.

»Es tut mir so leid, Joan. Dein Verlust und … Nein, vor allem dein Verlust. Mein herzliches Beileid.« Joan nickte. Sie setzte sich, Lady Rachel folgte ihrem Beispiel. »Ich habe mich in den letzten Wochen so schlecht gefühlt. Vorher auch schon. Eigentlich seit ich dich damals entlassen habe. Ich dachte wohl, ich könnte damit verhindern, dass Reginald und du heiratet, obwohl er mir unmissverständlich klargemacht hat, dass er genau das wollte. Vermutlich dachte ich, damit Schaden von der Familie abwenden zu können … Ach, Joan. Kannst du mir vergeben?«

Die Frage erstaunte Joan. Hatte sie denn eine Wahl? Durfte sie einer Countess die Vergebung verweigern?

Sie straffte leicht die Schultern. Natürlich konnte sie das. Sie war schließlich Lady Rachels Schwägerin, aber allzu leicht wollte sie es ihr nicht machen. »Du hast mich verstoßen«, sagte sie sanft.

»Ich weiß.« Lady Rachel senkte den Blick. Sie starrte auf ihre Hände. Dann hob sie den Blick. Etwas Trotziges blitzte in ihren grünen Augen auf. »Aber du musst verstehen …«

»Ich verstehe es«, unterbrach Joan sie. Es war nicht ihre Art, andere zu unterbrechen, aber das hier, das war ihr wichtig. Es ging um ihren Standpunkt. Darum, wie sie die

Situation vor einem Jahr empfunden hatte. »Du hast gehandelt, wie es dir dein Stand, deine Erziehung und alles, was du über den Umgang mit Bediensteten gelernt hast, diktiert haben. Aber ich war die *Nanny* deiner Kinder. Kein Dienstmädchen, das unter der Treppe still seinen Dienst verrichtete. Wir haben auf Augenhöhe agiert, stets das Wohl deiner Kinder im Blick. Sie waren mir wie eigene Kinder, und das hast du mir von einem Tag auf den anderen genommen. Ich hatte nie ein Recht auf sie. Oder auf diese Arbeit. Aber meine Pflichten habe ich stets zu eurer Zufriedenheit erfüllt. Dann kam Reginald. Glaub mir, Rachel: Ich wollte das nicht. Aber unsere Gefühle füreinander ließen sich nicht leugnen. Ich wollte ihn, so wie er mich wollte.«

Lady Rachel sah sie mit weit aufgerissenen Augen an. Es schockierte sie sichtlich, wie Joan offen über ihre Gefühle und ihr Begehren sprach. Mit einer gewissen Befriedigung fuhr sie fort: »Du und Lady Georgina konntet nicht verhindern, dass wir zueinanderfanden. Irgendwann hätten wir auch wieder den Kontakt zur Familie gefunden, denke ich – aber dann wurde Reginald krank. Und nun kommst du her und bietest mir *was* an? Ich soll wieder die Nanny sein, die ich früher war, als wäre nichts geschehen? Ich habe mich verändert. Und ich weiß um meinen Wert. Also ja, ich habe Verständnis dafür, dass du damals so mit mir umgesprungen bist. Aber das Verständnis fehlt mir jetzt. Ich bin kein Dienstmädchen. Das war ich übrigens nie.«

Rachel war kreidebleich geworden. Doch dann nickte sie tapfer. »Du hast recht. Ich habe wohl wirklich gedacht, wir könnten dort weitermachen, wo wir vor einem Jahr aufgehört haben.«

Jackson brachte den Teewagen. Joan nutzte die willkommene Ablenkung, sie schenkte Tee ein und bot die kleinen

Küchlein an, von denen Lady Rachel eines mit Lavendelzuckerblüten auf ihren Teller legte.

»Und wenn wir es anders machen?« Lady Rachel nahm die Tasse entgegen und stellte sie vor sich ab. Sie lachte nervös. »Ich weiß, mit dieser Idee werde ich mir furchtbar viel Ärger einhandeln, sowohl mit meinem Mann als auch mit Lady Georgina.«

»Nun?«, fragte Joan, als Lady Rachel nicht weitersprach.

»Ich möchte, dass du wieder zu uns nach Dublin kommst. Also … wir haben eine neue Nanny, und es wäre sicher nicht angemessen, wenn du unter ihr arbeiten würdest. Aber die Kinder vermissen dich, und im August erwarte ich noch eins.« Sie errötete.

»Meinen Glückwunsch.«

Joans Gedanken rasten. Zurück nach Dublin? Nicht als Nanny? Wie sollte das gehen? Sollte sie sich um die Kinder des Earls kümmern?

»Du wirst nicht die Nanny sein. Also …« Lady Rachel suchte nach den richtigen Worten. »William hatte anfangs Bedenken, aber die konnte ich ausräumen. Ich möchte, dass du als unsere Schwägerin bei uns lebst. Und dass du Edward mitbringst. Es wäre mir lieb, wenn du ein Auge auf die Kinderstube hast. Dir vertraue ich mehr als jeder anderen, wenn es um meine Kinder geht.«

»Aber ich wäre keine Nanny«, sagte Joan vorsichtig.

»Nein. Du wärst meine Schwägerin.« Lady Rachel rang sichtlich um Worte. Joan erkannte, wie schwer es der Countess fallen musste, sich ihr so zu öffnen.

Joan nahm ihre Hände. »Rachel«, sagte sie leise. »Willst du, dass ich für deine Familie da bin?«

»Ich will einfach, dass alles wieder gut ist. Ich war so dumm, Joan. Ich dachte wirklich, dir ginge es nur um den Stand oder das Geld.«

»Und was hat dich vom Gegenteil überzeugt?«

Rachel blickte auf. »Du. Wie du deinen Weg gehst. Du bist zufrieden mit der jährlichen Rente, statt Zugriff auf das Vermögen zu erlangen, das du dir mit einem Anwalt vermutlich erkämpfen könntest.«

»Das Geld ist für Edward da. Ich komme schon klar.«

Rachel zog ein Taschentuch aus dem Ärmel. Sie schnäuzte sich geräuschvoll. »Er war so ein guter Kerl. Aber wem sage ich das.«

In dem Moment begriff Joan, dass es nicht nur um das Geld ging. Oder darum, wie sie sich nach Reginalds Tod wohl verhalten hatte.

»Er hat dir viel bedeutet.« Deshalb, und das brauchte sie nicht laut auszusprechen, hatte Rachel damals überreagiert.

»Durch die Norland Alumni Stiftung habe ich viel Arbeit. Ich könnte die Betreuung deiner Kinder gar nicht mehr so leisten wie früher. Und durch die jährliche Rente bin ich auch nicht länger auf das Geld angewiesen.«

»Aber darum geht es doch nicht.« Rachel seufzte. »Ich möchte doch nur, dass du bei uns bist.«

Joan hätte gern Ja gesagt. Einfach, weil sie sich nach einer Familie sehnte. Weil sie auch wusste, was sie in Dublin erwartete. Aber so einfach konnte sie es Lady Rachel nicht machen.

»Ich brauche Zeit«, sagte sie leise.

»Das verstehe ich.«

Sie sah aber, wie verletzt Rachel war.

»Ich komme zu euch. Aber bitte, lass mir Zeit.«

~

An diesem Abend blieb Joan an der Wiege ihres schlafenden Sohns sitzen. Es fühlte sich richtig an. Sie hatte Rachel weggeschickt, weil sie selbst entscheiden wollte, wann der richtige Zeitpunkt gekommen war, um nach Dublin zu reisen. Die Entscheidung für Dublin war gefallen, als Rachel sich bei ihr entschuldige, darum hatte sie gar nicht darüber nachdenken müssen.

Das Leben war zu kurz, um es allein im Groll zu verbringen. Ja, vor einem Jahr hatte Rachel sie verletzt, weil sie wohl fand, dass Joan nicht angemessen war als Frau ihres Schwagers. Weil sie dachte, sie könnte das in ihren Augen Schlimmste verhindern, wenn sie Joan aus dem Haus jagte. Aber dann hatten Reginald und Joan geheiratet, und irgendwann hätte sich alles gefunden, davon war sie überzeugt. Auch mit seiner Familie.

Ihr Leben war von Verlusten geprägt. Viel zu früh hatte sie ihre Eltern verloren. Edward hatte seinen Vater verloren, ohne ihn je kennengelernt zu haben; aber er sollte mehr Familie haben als sie. Und wenn sie ehrlich war, gefiel ihr der Gedanke, für eine gewisse Zeit bei den Dudleys in Dublin unterzukommen. Sie konnte ihre Arbeit für die Stiftung auch von dort aus bestreiten, und Edward würde im Kreis seiner Cousins und Cousinen aufwachsen. Wenn er größer war und eine Schule wie das Eton College besuchte – und dass das für ihn möglich war, erfüllte sie mit einer großen Dankbarkeit –, könnte sie auch wieder eine Stellung als Nanny annehmen. Wenn sie wollte.

Die Arbeit als Nanny hatte ihr Möglichkeiten eröffnet. Sie hatte nun die Chance, durch ihre Stiftung anderen jungen Frauen den Weg zu ebnen, damit sie unabhängig wurden. Zu viele waren auf den guten Willen ihrer Verwandten angewiesen oder gezwungen, Stellungen als Gouvernanten anzunehmen. Nicht jede wollte Lehrerin werden.

Zu wissen, dass ihr Weg weiterging – irgendwie –, dass sie Lösungen finden würde, dass sie nicht allein war, weil es

Frauen wie Emily Ward oder Isabel Sharman gab, auf die sie sich verlassen konnte, ebenso Freundinnen wie Katie und Mary – das gab Joan die Kraft, nach vorne zu blicken. Ja, das Schicksal hatte ihr einiges aufgeladen. Aber sie war mehr als bereit, stolz diesem Schicksal die Stirn zu bieten. Sie war nicht »nur« die Nanny. Sie war eine selbstbewusste junge Frau, die für andere sorgte und auf sich aufpasste.

»Und auf dich«, sagte sie leise zum schlafenden Edward, »werde ich auch immer aufpassen.«

Als sie an diesem Abend schlafen ging, war der Schmerz noch nicht gänzlich verschwunden. Das würde noch viel Zeit brauchen. Vielleicht würde er auch nie verschwinden. Aber sie wusste, dass sie damit umgehen konnte. Sie sah ihren Weg nun klar vor sich.

Epilog

London, August 1904

Der Sommer in London war erstaunlich warm. Joan schritt durch die Räume ihres Hauses. Alle Möbel waren mit Tüchern abgedeckt, die Teppiche eingerollt und verstaut. Die Vorhänge vor den Fenstern geschlossen. Das Haus hatte sich zur Ruhe begeben. Es würde auf Joan und Edward warten, bis sie irgendwann zurückkehrten.

Sie wusste nicht, wann das sein würde. Aber zu wissen, dass es dieses Haus gab, dass sie jederzeit hierher zurückkehren konnte, war ihr ein großer Trost.

Onkel George war gekommen. Er würde sie zum Hafen begleiten, wo sie ein Schiff nach Dublin besteigen würde. Als sie ihm ihre Entscheidung mitteilte, hatte er sie umarmt. »Du tust das Richtige.«

»Auch wenn sie nicht meine Familie sind?«

»Aber das sind sie. Genau wie ich.«

Der kleine Edward war Familie. So viel wusste sie. Und wie lose oder fest auch die Verbindungen zu anderen Familienmitgliedern sein würden – er war das Wichtigste.

Lady Georgina hatte sich seit Reginalds Tod sporadisch bei ihr gemeldet, doch dass ihr Verhältnis sich normalisiert hätte, konnte Joan nicht behaupten. Das Gefühl, immer noch ein Fremdkörper zu sein, ließ sich nicht vertreiben.

Dafür hatten Amelia und Rachel sich für Joan ins Zeug

gelegt. Beide Schwägerinnen waren so sehr darum bemüht, ihr einen Platz in der Familie einzuräumen, dass wohl Lady Georgina neulich bei einer Teestunde nicht ohne Stolz verkündet haben soll, dass nicht nur ihre Schwiegertochter, die Countess of Dudley, sich auf bewundernswerte Weise durch ihre wohltätige Arbeit in Dublin für die Schwachen einsetzte, sondern auch Joan sei hervorzuheben, die sich dem Schicksal nicht beugte, sondern unverdrossen ihren Weg ging.

Nun war ihre Stiftung nicht mit der Versorgung der Familien in den Armenvierteln von Dublin zu vergleichen, denen Rachel mit ihren Gemeindeschwestern zumindest eine rudimentäre Gesundheitsversorgung ermöglichte. Aber es tat gut zu hören, dass ihre Schwiegermutter sich wohl langsam an den Gedanken gewöhnte, dass Joan Teil der Familie war und bleiben würde. Dass sie aus dem Schatten ihrer Trauer hervortrat und wieder Teil der Gesellschaft wurde.

»Mrs Dudley? Sie haben Besuch.«

Jackson verschwand so lautlos, wie er gekommen war. Bis zum Schluss war er zusammen mit zwei Dienstmädchen bei ihr geblieben. Für die jungen Frauen hatte Joan gute Anstellungen gefunden, und um Jackson musste sie sich keine Sorgen machen – er hatte beste Aussichten, im Anschluss eine neue Arbeit als Butler zu finden.

Mary und Katie betraten den leeren Salon. Die beiden Freundinnen umarmten Joan zur Begrüßung. »Liebes. Wie leer alles ist! Bist du sicher, dass du nach Dublin ziehen willst? Wir werden dich hier vermissen.« Katie trug die Nannyuniform. Sie war mit der kleinen griechischen Prinzessin auf Besuch bei der englischen Verwandtschaft – in diesem Fall hieß das, dass sie im königlichen Palast residierten. Katies Stellung bedeutete für das Norland Institute einen enormen Prestigegewinn. Sie konnte sich nach ihrer

Zeit bei der Großfürstin Jelena ihre nächste Anstellung aussuchen.

»Dublin wird ein guter Ort für uns sein.«

Sie hörte Edward meckern, der im Schlafzimmer sein Mittagsschläfchen gehalten hatte. Sie ging ihn holen, und danach setzten sich die Freundinnen auf das abgedeckte Sofa. Edward schäkerte mit Katie und Mary, die beide ganz vernarrt waren in den kleinen Wonneproppen.

»Ich werde wohl bis auf Weiteres in Athen bleiben«, verkündete Katie. »Mit Großfürstin Jelena verstehe ich mich gut. Mit ihrer Mutter nicht ganz so gut, aber sie sehe ich ja nicht ständig. Außerdem liebe ich das kleine Mädchen.«

Joan freute sich sehr für Katie. Ihre Freundin hatte bei den Ruspolis genug durchgemacht, dass sie nun auch mal etwas Glück verdiente.

Mary war recht schweigsam. Sie ließ Edward auf den Knien wippen, was der Kleine mit fröhlichem Glucksen quittierte.

»So still heute?« Das war Joan von Mary gar nicht gewohnt.

»Ach, nun ja …« Mary seufzte. »Ich glaube, das wird nicht mein Leben sein. Dass ich so viel durch die Welt reise, meine ich. Ohne meine Geschwister und meine Mam …«

»Das musst du nicht jetzt entscheiden.« Außerdem, fand Joan, war Mary auch noch recht jung. »Mrs Ward wird für dich den richtigen Ort finden, wenn es so weit ist.«

»Das hat sie bei uns auch immer geschafft«, bekräftigte Katie. »Ist sie sehr böse auf dich, Joan?«

»Weil ich nicht weiterarbeite? Ich glaube, wir alle verkennen Emily Ward. Ihr geht es immer nur darum, dass wir glücklich sind. Wenn eine von uns woanders ihr Lebensglück findet, ist das für sie auch in Ordnung.« Joan lachte.

»Was soll sie denn machen? Mich im Trauerkleid zur nächsten Familie schleifen?«

Irgendwann aber, dachte Joan, könnte sie sich das vorstellen. Wenn gut für Edward gesorgt war oder sie ihn sogar mitnehmen konnte. Die Ehe und die Mutterschaft hatten sie damals überrumpelt; nie hätte sie gedacht, dass das Leben diesen Weg für sie vorgesehen hatte. Und so kurz ihr Glück auch gewährt hatte – sie war dankbar für die Zeit mit Reginald. Ihr Leben hatte zwar eine ganz andere Richtung eingeschlagen, als sie es sich vorgestellt hatte, aber sie war froh. Sie hatte geliebt und war geliebt worden. Durch die Stiftung konnte sie nun den Weg für junge Nannys ebnen. Ihr Leben war im Wandel, und sie empfand diesen Wandel als gut.

~

Sie fuhr mit Onkel George zum Hafen. Er war schweigsam, schmauchte seine Meerschaumpfeife. Als Edward versuchte, sie ihm zu klauen, lächelte er nachsichtig. »Ihr werdet mir fehlen«, stellte er fest.

»Wir sind nicht aus der Welt.«

»Ich weiß ... Trotzdem. Gestatte einem alten Mann ein gewisses Maß an Nostalgie. Als ich dich damals aufnahm, hätte ich nicht gedacht, dass du mir so viel wert sein wirst.«

»Du hast das gut gemacht, damals. Als ich zu dir kam, wirkte dein Haus so ... düster. Und dann ...«

»Ich habe schnell gemerkt, dass so 'ne Junggesellenhöhle nichts für ein junges Mädchen ist. Und ich erinnere mich, wie du schon mit zwölf eigene Vorstellungen davon hattest, wie unser Heim aussehen sollte.«

»Es war eine gute Zeit.«

»Hmhmmm.« Er brummte vor sich hin, kitzelte Edward, der glockenhell und fröhlich lachte. Joan hätte gern mehr gesagt. Sie spürte, dass Onkel George diesmal noch deutlicher das Gefühl hatte, es könnte ein Abschied für immer sein – weil sie nun zu Reginalds Familie zog.

»Wer weiß, vielleicht kehren wir schon nächstes Jahr nach London zurück. Lord William wird nicht auf Dauer Vizekönig von Irland sein, denkst du nicht?«

Er lächelte dankbar. »Und danach wird es ihn woanders hinziehen. Er hat Karriere gemacht und wird damit nicht aufhören, nur damit der Onkel seiner Schwägerin nicht schwermütig wird.«

»Wir kommen dich besuchen. Und du bist uns in Dublin immer willkommen.« Obwohl sie bei der Vorstellung, wie ihr brummiger Onkel George abends mit Lord William im Billardzimmer saß und ihm wegen der Verarmung der Landbevölkerung zusetzte, kichern musste.

Verbindungen, dachte Joan. Familienbande, die geknüpft wurden, unabhängig von Verwandtschaft. Onkel George hatte sie aufgenommen und würde sie nun vermissen. Ebenso hatte sie damals zu den Kindern der Dudleys eine innige Bindung hergestellt, als sie zu der Familie kam. Nicht Blutsbande entschieden darüber, ob man füreinander da war. Wahlverwandtschaften bildeten sich. So würde es hoffentlich auch Edward eines Tages ergehen – ihm blieb ja von der mütterlichen Seite nicht viel Familie, und wie sich Reginalds Familie in Zukunft verhielt, blieb abzuwarten. Sie würde ihm zeigen, dass man sich seine eigene Familie erschaffen konnte. So wie Mrs Ward in gewissem Maße für sie die Mutterrolle übernommen hatte und aus Katie und Mary nicht nur Freundinnen geworden waren. Sie fühlte sich ihnen innig verbunden und in ihrer Mitte geschützt und angenommen mit allem, was sie auszeichnete.

Sie hakte sich bei Onkel George unter und drückte seinen Arm.

»Du wirst mir auch fehlen«, sagte sie leise.

Er lächelte versonnen. »Dass wir das nur nie vergessen.«

Joan war überzeugt: Nie würde sie vergessen, wohin sie gehörte. Und nie würde ihre Verbindung zu London abreißen, zum Norland Institute. Zu dem Ort, der ihr die Welt eröffnet hatte.